導讀 注音 注釋 白話翻譯 大字版

宋詞三百首

清・朱祖謀——原著

沙靈娜——譯注

五南圖書出版公司 印行

序言

陳振寰

三年前，我曾給同一譯者的《唐詩三百首全譯》寫過一篇序，我說：「詩其實是不能翻譯的……翻成白話不難，不失詩味則很難，不失詩味而又不改原詩詩意、詩境更難。」至今我仍堅持這個看法。

但是，就在當時，憑著我對譯者和校訂者的了解，也曾大膽地預言過：「她們的合作成果，應該是既忠實於原詩，又確實是詩的吧！」

看來，廣大讀者是首肯了我的薦辭的，這證明便是《唐詩三百首全譯》榮獲了中國圖書金鑰匙獎和在短短兩年內便印刷了三次，發行達十三萬冊，而且，據說正在重排新版。讀者是熱愛優秀的中國傳統文化的，讀者是很需要向他們奉獻既富營養又合口味的精神食糧的！

現在《唐詩三百首》的譯者又奉出了《宋詞三百首全譯》。詞比詩還要難譯，我覺得。因爲詞的主題、題材不如詩的寬廣豐富，而語意卻多半要委婉含蓄得多，格律的謹嚴更往往造成詞意的隱曲。譯得不當，很容易流於千人一面或迂曲奧澀。我是譯文的第一個讀者，我想，也許是因爲有了翻譯《唐詩三百首》的經驗，或許還因爲譯者是主攻宋詞的，又是女性，讀起譯文來，我覺得意境、神韻，以至於語言、節律大都在《唐詩三百首全譯》之右。我不能説自己是完全公正的，廣大讀者是莊嚴的裁判。

唐詩、宋詞是中國詩史上的雙子星座。《宋詞三百首》比《唐詩三百首》晚出了一百五十年，它刻印流布時，多數童蒙塾館已隨著清王朝的倒臺而關閉了，代之而起的新學堂，於舊體詩已不感興趣，於詞自然更甚之。比如我，我在《唐詩三百首全譯》的序中説過：我最初接觸唐詩，就是在北京東北城角一座小四合院裡，是私塾果老師教給我的。那時《宋詞三百首》的刻本已經刊布了，可是果老師就從來没有提到過它。因此，在中國一般人眼裡，《宋詞三百首》的位置遠不如《唐詩三百首》。其實若以選家的眼光論選本，《宋詞三百首》自有超過《唐詩三百首》的地方。

關於此書成書的經過、編選的原則和所長所短之處，譯者有〈前言〉，説得很清楚，我自無庸贅述。我只是希望對唐詩有興趣的讀者也讀讀宋詞，對《唐詩三百首全譯》有興趣的讀者，更可以讀讀《宋詞三百首全譯》。因爲，説到底詞就是詩(是合樂歌唱的詩)，而且由於詞多抒情之作，讀起譯文來，恐怕更易令你神往。

値得再提一句的是，譯者在導讀和注釋上下了不少功夫。宋詞確有不少篇章是非常迂奧的，導讀將大有助於理解詞意，欣賞詞的藝術特點，細心的讀者必能從中得到收益。

在我提筆寫這篇短序的時候，不時襲來陣陣傷痛之情，《唐詩三百首全譯》的校訂者、敬愛的九葉詩人陳敬容先生，在校完該書後不久(一九八九年十一月)，便與世長辭了。她再也無法看到她女兒獨力完成的這部《唐詩三百首全譯》的姊妹篇了。這不能不説是一件極大的憾事。

前言

沙靈娜

爲配合燕樂歌唱而興起於隋唐的曲子詞，經五代的進一步發展，到宋朝臻於極盛，蔚爲大觀，名家輩出，佳作如林，成爲一代之勝，與唐詩後先比美，相互輝映。然而，詞作眾多，流派紛雜，玉石俱陳，一般讀者既不可能也沒有必要遍觀盡讀，因此詞選的編錄就是一件意義重大而深遠的事。

清代號爲詞學中興時期，各類詞選應運而生。魯迅先生關於「選本」，有一段十分精闢的評論，他說：「凡選本，往往能比所選各家的全集更流行，更有作用。冊數不多，而包羅諸作，固然也是一種原因，但還在近則由選者的名位，遠則憑古人之威靈，讀者想從一個有名的選家，窺見許多有名作家的作品……凡是對於文術，自有主張的作家，他所賴以發表和流布自己的主張的手段，倒並不在作文心、文則、詩品、詩話，而在出選本」（《集外集·選本》）。清代詞學之所以繼明朝的衰微而復盛，浙西詞派與常州詞派之所以確立，正是跟幾種著名選本的問世密不可分的。

清初朱彝尊借選詞標宗立義，經八年努力，輯成《詞綜》，選詞二千二百五十餘首，存錄了由唐至元的不少優秀作品。儘管他說：「善言詞者，假閨房兒女子之言，通之於〈離騷〉、〈變雅〉之義」（朱彝尊〈紅鹽詞序〉），似乎他編選《詞綜》的主旨在於推尊詞體，而實際上，他更多強調的卻是詞的雅俗之分。他明確提出詞宗南宋、師尚姜夔的主張，說：「世人言詞，必稱北宋，然至南宋始極其工，至宋季始極其變；姜堯章氏，最爲傑出」（《詞綜．發凡》）。又說：「詞莫善於姜夔，宗之者張輯、盧祖皋、史達祖、陳允平、張翥、楊基，皆具夔之一體」（《黑蝶齋詩餘序》）。朱彝尊不但自己將姜夔推爲宗主，還讓古人也列隊向之禮拜。他就是借選詞以達到尊姜夔爲宗師，建立浙西派雅詞體系的目的，最終造成「家白石而户玉田」的風氣，其「賴以發表和流布自己的主張和手段」，由《詞綜》的編錄得以實現。朱彝尊對詞學的復興有不小的功勞，但這個詞派力主清空，而對蘇軾、辛棄疾在詞史上的重要地位、作用和影響視而不見、聽若罔聞，卻是極不科學、極不公正的派別、門户之見。

嗣後，張惠言爲了切切實實推尊詞體，矯正浙西詞派偏重藝術形式的流弊，特意另編《詞選》，強調詞的比興寄託，強調詞的政治寓意。但張惠言以一個經學家的目光選詞和論詞，要旨在於「尊體」，因而無視詞史作爲一種音樂文學的眞實面目，無視詞史的全面狀況，只選錄了唐、五代、宋詞一百十六首，而宋詞僅選六十八首。他錯誤地將溫庭筠詞作爲比興寄託的祖師，錄其詞十八首之多。在兩宋諸家中，秦觀選十首，辛棄疾只選六首，蘇軾、周邦彥才各選四首，對詞史上卓有貢獻的柳永及獨闢蹊徑、自成一派的吳文英竟連一首詞也不錄，揀擇實在過於偏狹。張惠言爲了推尊詞體，對具體作品的評析更不惜穿鑿附會，給一些詞強加上原作所沒有的政治寓意，爲有識者所譏。常州詞派由《詞選》的產生而建立，它以沈著沉厚爲宗旨，對當時和後世「掃靡曼之浮音，接風騷之眞脈」，倒也確實起了一定的積極作用，歷史功績自不可沒。

周濟不滿意《詞選》門庭過隘，又未能示學詞津途於後人，因此編錄《宋四家詞選》，標舉周邦彥，辛棄疾、王沂孫、吳文英四家，將他們作爲詞人中的典範，他在序中說：「清眞，集大成者也；稼軒，斂雄心，抗高調，變溫婉，成悲涼；碧山，饜心切理，言近旨遠，聲容調度，一一可循；夢窗，奇思壯采，騰天潛淵，返南宋之清澈，爲北宋之濃摯，是爲四家，領袖一代。」他對這四家的評論並沒有很不妥當的地方，比如其中評辛棄疾典型風格特點的一段話還十分精采，問題是他以這四家作爲宋代詞史的領袖人物，卻不能反映出詞學發展的眞實情況。並且周濟抑蘇而揚辛，又將周、辛、王、吳四家分庭抗禮，都不夠恰當。他指出的「問塗碧山，歷夢窗、稼軒，以還淸眞以渾化」的學詞途徑，也使人不得要領，迷不知所從。

總而言之，以上三種享譽當世、影響巨大的詞選其實質主要是爲宗派服務，作爲一種宣傳綱領的。社會上迫切需要一種適合大眾口味的普及讀物，這一歷史任務必須由一位胸襟寬闊、目光遠大、見解精深的學者來完成，晚近的朱孝臧就正是這樣一位學者。

朱孝臧（一八五七～一九三一年）早年工詩，四十歲始專力作詞，並潛心於詞學研究。他師從常州派大師王鵬運，藝術上取法吳文英、周邦彥，同時也向秦觀、賀鑄、蘇軾、辛棄疾諸家學習，打破浙派、常州派的偏見，取精用宏，成爲一大詞家。對於當代詞人，朱孝臧不僅盛讚與自己風格相近的王鵬運、況周頤、鄭文焯等人，並且對宗法蘇、辛，氣魄沉雄的文廷式詞也推崇備至，表現出大家胸襟和轉益多師的治學態度。他所刻《彊村叢書》是最爲完備的詞總集，校訂精審，張爾田讚其可與乾嘉時期的樸學大師比美。

朱孝臧不滿意《詞綜》、《詞選》、《宋四家詞選》，是怕「讀者的讀選本，自以爲是由此得了古人文筆的精華的，殊不知卻被選者縮小了眼界……況且有時還加以批評，提醒了他之以爲然，而默殺了他之以爲不然處」（魯迅《集外集·選本》）。爲了矯正那幾種詞選偏頗、狹隘的流弊，爲了使宋詞被更多的讀者所了解、喜愛，朱孝臧特意廣採博收，編錄了《宋詞三百首》。清代乾隆廿九年（一七六四年），孫洙編《唐詩三百首》，作爲唐詩的普及讀本，「專就唐詩中膾炙人口之作，擇其尤要者」，以簡馭繁，廣收名篇，成爲一本家喻户曉、影響久遠的唐詩讀本，朱孝臧有意繼承這種文學普及事業，編選了《宋詞三百首》，與《唐詩三百首》珠聯璧合，馳名當世。

《宋詞三百首》錄兩宋詞人八十五家，選柳永十三首、晏幾道十八首、蘇軾十二首、周邦彦二十三首、賀鑄十二首、辛棄疾十二首、姜夔十六首、吳文英二十五首，這八家的作品，占全書將近一半，儼然推爲宗主。編選者雖對周邦彦、吳文英有所偏愛，但基本上捨棄了浙、常二派的缺點而吸取了他們的長處。此書「量既較多，而内容主旨以渾成爲歸，亦較精闢。大抵宋詞專家及其代表作品俱已入錄，即次要作家如時彥、周紫芝、韓元吉、袁去華、黃孝邁等所製渾成之作，亦廣泛採及，不棄遺珠。至目次，首錄帝王，末錄女流，乃當時沿襲舊書編選體例」（唐圭璋《宋詞三百首箋注》自序），亦無足深怪。

我們知道，判斷歷史人物的功績，不是依據歷史人物有沒有提供現代所要求的東西，而是依據他們是否比他們的前輩提供了新的東西。朱孝臧所編《宋詞三百首》雖不能算盡善盡美——其實沒有任何一種選本能做到盡善盡美——它在當時卻起到了應有的歷史作用，而比起在這之前的宋詞選本，它要精當、全面得多，也公允合理得多，它基本展示了宋詞發展的眞實面貌，各種風格流派兼收並蓄，使我們得以博覽近百位詞家的精品。但是，由於詞在內容、形式方面的種種局限，加上詞本來就比詩難讀，因此《宋詞三百首》雖是一部比較完備、精到的選本，卻始終沒能像《唐詩三百首》那樣婦孺皆知、深入人心。

然而，我們感到不無遺憾的是，一些文學史家、詞學研究家沒有給予《宋詞三百首》比較公允的歷史評價。如六十年代初胡雲翼編《宋詞選》，在前言中說《宋詞三百首》：「……曾是一時的權威著作，從今天來看，距離我們的要求已經很遠……其中偏重形式藝術的詞作占壓倒的比重」；又說：「范仲淹的〈漁家傲〉『塞下秋來風景異』和蘇軾的〈念奴嬌〉『大江東去』那樣的名作也都在摒棄之列……」胡雲翼先生並且特別聲明他所編錄的《宋詞選》：「是以蘇軾、辛棄疾爲首的豪放派作爲骨幹，重點選錄南宋愛國詞人的優秀作品，同時也照顧到其他風格流派的代表作，藉以窺見宋詞豐富多采的全貌。」胡先生的選詞標準適應當時特定歷史情況的需要，強調政治內容，原本無可厚非，但他對許多大詞家的評論卻失之偏頗，如將周邦彥、姜夔、吳文英等人定爲格律派詞人，給王沂孫、張炎戴上「失節詞人」的帽子，而無視他們眞實的歷史情況和思想傾向，無視他們作品中所表現的憂時傷世、悱惻動人的愛國感情。胡先生所選篇目，如在詞史上並不占重要地位的陸游十一首、劉克莊十二首，而作爲宋詞昌盛的奠基人、影響及於兩宋及金元曲的大詞人柳永卻只選七首、晏幾道僅四首、秦觀只六首、周邦彥十首，南宋末期存詞近四百首、獨開流派的吳文英才選錄四首，所顯示的「並非作者的特色，倒是選者的眼光」（魯迅《題未定草》六），這使得我們也還沒能眞正從《宋詞選》「窺見宋詞豐富多采的面目」。當然，胡先生的詞選同所有的選本一樣，既然是一定的歷史的產物，就必然帶有一定歷史條件的局限性，何況，它也完成了一定的歷史任務，起到了一定的歷史作用，關於它的功過得失，在這裡我們不打算詳細評論。

可是，在重新出版和評價朱孝臧《宋詞三百首》的今天，我們首先需要說明的一個事實是，《宋詞三百首》民國刻本選詞整三百首，收錄了范仲淹的〈漁家傲〉和蘇軾的〈念奴嬌〉。胡雲翼先生或許沒有看到過這一本子，所見的是唐圭璋先生的箋注本，那是朱孝臧的重編本，選詞二百八十三首，大約刪去了他認爲不符合「渾成」要求的一些作品，其中包括范、蘇二詞。據台灣的汪中先生說，後來朱孝臧在重編本的基礎上又增補了二十餘首詞。范、蘇二詞也在補入之列，因此，汪中所據本子選詞有三百一十首。

誠然，《宋詞三百首》還有一些缺陷，這倒並不是因爲「其中偏重形式藝術的詞占壓倒的比重」。我們不應把文學的思想內容的概念看得過於狹隘，如果認爲只有直接反映階級矛盾、階級鬥爭、民生疾苦的作品，才能叫做「不偏重形式藝術」並且用這樣一個極端的標準去衡量古人的作品，那麼可取的恐怕也就很有限了。一個作家的創作範圍不可能超越他自己所熟悉的生活，他多半只能通過自身的經歷、遭遇、所聞所見來表現他對當時社會生活的看法、感受。何況，詞還有它的特殊性，有它形式上的局限性和人們對它認識方面的局限性，以及它在社會生活中所起作用的局限性。詞作爲一種主要是在酒邊宴間歌唱的藝術樣式，除少數作家如辛棄疾的作品外，一般在詞中所表現的只是作家的一部分思想感情、一部分人格。只要把許多作家的詩文和詞對照來看，就可以明白，有關國計民生的大事，文人們慣常在詩文中所表現的廣闊深厚的內容，在詞中則是極少表現的。據我們的粗略統計，《宋詞三百首》所選具有愛國憂國或感時傷世的思想感情的作品，約在五十首左右，占全書的六分之一。在《全宋詞》近兩萬首詞中，此類作品無論如何不會占到這樣大的比重，如此看來，朱孝臧也算得夠重視政治內容的了，有些次要作家，如所選蔣捷三首均爲愛國詞章，張掄、程垓各選一首也都是愛國詞章，所選姜夔抒發憂國之思的〈八歸〉、〈翠樓吟〉，連《宋詞選》也並未採錄。此外，陳亮、劉過也選入其優秀的愛國詞章，而不錄其粗豪淺露、缺少情韻之作。《宋詞三百首》所選詞家多達八十五人，所用詞調一百五十一個（胡雲翼《宋詞選》錄七十五家，詞二百八十三首，詞調一百十七個），目的在於使讀者除廣泛了解宋詞作品外，對詞調、詞律也有比較全面的了解，所謂「多識草木鳥獸之名」。

前面我們提到，《宋詞三百首》也有不足之處。唐圭璋先生曾指出它將李重元〈憶王孫〉一詞誤爲李甲作，又將無名氏〈青玉案〉一詞誤爲黃公紹所作。此外，可能是囿於《宋史》對朱敦儒「晚節不終」的錯誤結論，朱孝臧竟未收這樣一位其詞被命名為「希眞體」，影響下及辛棄疾、陸游諸人的南北宋之交重要愛國詞家的作品，這不能不說是一個很大的缺憾，就如《唐詩三百首》未收在詩壇上以奇詭冷艷獨樹一幟的李賀詩一樣，不是一般的、偶然的疏略遺漏。而是出於一種偏見。再者，此書不錄王觀、朱淑貞、文天祥、汪元量詞，又柳永詞未錄其詠杭州的〈望海潮〉、蘇軾未選其〈江城子·密州出獵〉詞，賀鑄不收其慷慨生哀的〈六州歌頭〉，張元幹未錄其悲壯激烈的〈賀新郎〉，陸游不選其沉鬱蒼涼的〈訴衷情〉，周密未錄其憂時傷世的〈一萼紅〉，僧揮不選其清新秀麗的小令而選其藝術上平庸的長調，等等，均使人感到意猶未足。至於其書的編次序目，也屢有混雜不清處，如賀鑄不應排在周邦彥之後，魯逸仲與李廌同時，卻編在了陳與義、周紫芝之後，又万俟詠、徐伸、田為、曹組等人亦均不應排在周紫芝以後，再如陳克為南北宋之交的詞人，與朱敦儒同時代，反編在李之儀、周邦彥之前，程垓詞，《全宋詞》編在辛棄疾之後，《宋詞三百首》卻編在張孝祥以前，《全宋詞》將韓疁編入第四冊，寧宗開禧時人王武子在其前，時代與張端義、方千里略近，《宋詞三百首》卻與南北宋之交的葉夢得編在一處。就許多詞家來看，作品未能以寫作年代先後編次，也是不能盡如人意的。另外，入選的詞有少數篇章不算好，如賀鑄的〈浣溪沙〉「不信芳春厭老人」、周邦彥的〈尉遲杯〉「隋堤路」、劉克莊的〈生查子〉〈元夕勸陳敬叟〉等，思想內容與藝術表現均平庸無足稱道。然而，儘管《宋詞三百首》存在某些缺點，但比起在它之前和同時代的甚至是以後的一些宋詞選本，它還是經得起時間的考驗，經得起推究考查的。儘管它是歷史的產物，就是用今天的標準來衡量測定，仍可以説它瑕不掩瑜，是一本廣採博收，揀選較爲精當的詞選，具有相當的價值。對於這樣一本曾經產生過巨大影響的選本，我們既要看到它的不足，更要充分肯定它的成績。

我們這個譯注本是以唐圭璋先生的《宋詞三百首箋注》上彊村民（朱孝臧）重編本爲底本，又參照了民國初年刻印的《宋詞三百首》及湖南嶽麓書社翻印的台灣汪中先生《宋詞三百首注析》（據朱孝臧增補的重編本，錄詞三百一十首）的篇目，在唐本二百八十三首的基礎上，又選擇唐本中未收詞十七首，以補足三百首之數，使其名實相副。一些字詞、句讀並參考《全宋詞》、龍榆生《唐宋名家詞選》等總集和選本，擇善從之，恕不在注釋中一一説明。爲了使讀者對詞調的由來有最基本的了解，所有首次出現的調名均加上説明。唐圭璋先生的《宋詞三百首箋注》本，輯錄了歷代對每位詞人的評論，因篇幅所限不能盡錄，擇其精者於作者介紹部分及作品題解部分採錄一二，以便使讀者概要地了解其風格、藝術特點。唐先生所作注釋過於簡略，我們這個譯注本，增補了注釋內容，原注有所不當或訛誤處，均盡力予以訂正，原注不標明出處的均爲注明。因學力及完稿時間所限，難免有許多錯誤和不足，切望大家予以批評指正。

宋詞三百首

目次

序言……陳振寰
前言……沙靈娜
徽宗皇帝……1
宴山亭……1
錢惟演……4
木蘭花……4
范仲淹……6
漁家傲……7
蘇幕遮……9
御街行……11
張先……14
千秋歲……14
菩薩蠻……16
醉垂鞭……18
一叢花……19
天仙子……21
青門引……23
晏殊……25
浣溪沙……26
浣溪沙……27
清平樂……28
清平樂……30
木蘭花……32
木蘭花……33
木蘭花……35
踏莎行……36
踏莎行……38
蝶戀花……40
韓縝……42
鳳簫吟……42
宋祁……45
木蘭花……45
歐陽修……48
採桑子……49
訴衷情……50
踏莎行……52
蝶戀花……54
蝶戀花……56
蝶戀花……58
木蘭花……60
臨江仙……61
浣溪沙……63
浪淘沙……64
青玉案……66
柳永……69
曲玉管……70

雨霖鈴……73
蝶戀花……76
採蓮令……78
浪淘沙慢……80
定風波……83
少年遊……86
戚氏……88
夜半樂……93
玉蝴蝶……96
八聲甘州……100
迷神引……103
竹馬子……106
王安石……109
桂枝香……109
千秋歲引……113
王安國……116
清平樂……116
晏幾道……117
臨江仙……118
蝶戀花……120
蝶戀花……122
鷓鴣天……123
生查子……125
木蘭花……127
木蘭花……128
清平樂……130
阮郎歸……131
阮郎歸……133
六么令……135
御街行……138
虞美人……140
留春令……141
思遠人……143
蘇軾……145
水調歌頭……146
水龍吟……150
念奴嬌……153
永遇樂……157
洞仙歌……160
卜算子……163
青玉案……165
臨江仙……167
定風波……170
江城子……171
木蘭花……173
賀新郎……175
黃庭堅……178
鷓鴣天……179
定風波……181
秦觀……183
望海潮……184
八六子……187
滿庭芳……190
滿庭芳……193
減字木蘭花……196

踏莎行……198
浣溪沙……200
阮郎歸……201
鷓鴣天……203
晁元禮……204
綠頭鴨……205
趙令畤……208
蝶戀花……208
蝶戀花……210
清平樂……212
張耒……213
風流子……214
晁補之……217
水龍吟……217
憶少年……220
洞仙歌……222
晁沖之……225
臨江仙……225
舒亶……227
虞美人……227
朱服……229
漁家傲……229
毛滂……231
惜分飛……231
陳克……233
菩薩蠻……233
菩薩蠻……235
李元膺……236
洞仙歌……237
時彥……239
青門飲……239
李之儀……242
謝池春……243
卜算子……245
周邦彥……248
瑞龍吟……249
風流子……253
蘭陵王……257
瑣窗寒……261
六醜……264
夜飛鵲……268
滿庭芳……271
過秦樓……274
花犯……278
大酺……281
解語花……285
蝶戀花……288
解連環……290
拜星月慢……294
關河令……297
綺寮怨……298
尉遲杯……301

西河……304
瑞鶴仙……307
浪淘沙慢……310
應天長……314
夜遊宮……317
賀鑄……319
青玉案……319
感皇恩……322
薄倖……324
浣溪沙……327
浣溪沙……328
石州慢……330
蝶戀花……333
天門謠……334
天香……336
望湘人……340
綠頭鴨……343
張元幹……347
石州慢……347
蘭陵王……350
葉夢得……354
賀新郎……355
虞美人……358
汪藻……359
點絳唇……360
劉一止……362
喜遷鶯……362
韓疁……365
高陽臺……366
李邴……368
漢宮春……369
陳與義……372
臨江仙……372
臨江仙……374
蔡伸……376
蘇武慢……377
柳梢青……380
周紫芝……382
鷓鴣天……382
踏莎行……384
李甲……385
帝臺春……386
李重元……389
憶王孫……389
万俟詠……391
三臺……392
徐伸……397
二郎神……397
田爲……400
江神子慢……400

曹組 …… 403
驀山溪 …… 404
李玉 …… 406
賀新郎 …… 406
廖世美 …… 409
燭影搖紅 …… 410
呂濱老 …… 413
薄倖 …… 413
魯逸仲 …… 416
南浦 …… 417
岳飛 …… 420
滿江紅 …… 420
張掄 …… 424
燭影搖紅 …… 424
程垓 …… 427
水龍吟 …… 427
張孝祥 …… 431
六州歌頭 …… 432
念奴嬌 …… 437
韓元吉 …… 441
六州歌頭 …… 441
好事近 …… 446
袁去華 …… 448
瑞鶴仙 …… 448
劍器近 …… 451
安公子 …… 453
陸淞 …… 456
瑞鶴仙 …… 456
陸游 …… 459
卜算子 …… 460
漁家傲 …… 462
定風波 …… 464
陳亮 …… 465
水龍吟 …… 466
范成大 …… 469
憶秦娥 …… 469
眼兒媚 …… 471
醉落魄 …… 473
霜天曉角 …… 475
蔡幼學 …… 476
好事近 …… 477
辛棄疾 …… 478
賀新郎 …… 479
念奴嬌 …… 483
漢宮春 …… 486
賀新郎 …… 489
水龍吟 …… 493
摸魚兒 …… 497
永遇樂 …… 501
木蘭花慢 …… 505
祝英臺近 …… 508

青玉案……………511
鷓鴣天……………513
菩薩蠻……………515
姜　夔……………518
點絳唇……………518
鷓鴣天……………520
踏莎行……………522
慶宮春……………524
齊天樂……………529
琵琶仙……………533
八　歸……………536
念奴嬌……………539
揚州慢……………542
長亭怨慢……………546
淡黃柳……………549
暗　香……………551
疏　影……………555
翠樓吟……………558
杏花天影……………562
一萼紅……………564
霓裳中序第一……………568
章良能……………573
小重山……………573
劉　過……………575
唐多令……………575
嚴　仁……………577
木蘭花……………578
俞國寶……………579
風入松……………579
張　鎡……………582
滿庭芳……………582
宴山亭……………585
史達祖……………588
綺羅香……………588
雙雙燕……………591
東風第一枝……………594
喜遷鶯……………597
三姝媚……………600
秋　霽……………603
夜合花……………606
玉蝴蝶……………609
八　歸……………612
劉克莊……………615
生查子……………615
賀新郎……………617
賀新郎……………620
木蘭花……………623
盧祖皋……………625
江城子……………626
宴清都……………628
潘　牥……………631
南鄉子……………631
陸　叡……………633
瑞鶴仙……………633

蕭泰來……636
霜天曉角……636
吳文英……638
渡江雲……639
夜合花……642
霜葉飛……645
宴清都……648
齊天樂……652
花犯……655
浣溪沙……658
浣溪沙……660
點絳唇……661
祝英臺近……663
祝英臺近……665
澡蘭香……668
風入松……671
鶯啼序……673
惜黃花慢……679
高陽臺……683
高陽臺……686
三姝媚……689
八聲甘州……692
踏莎行……696
瑞鶴仙……697
鷓鴣天……700
夜遊宮……702
賀新郎……704
唐多令……707
黃孝邁……709
湘春夜月……709
潘希白……712
大有……712
無名氏……715
青玉案……715
朱嗣發……717
摸魚兒……717
劉辰翁……721
蘭陵王……721
寶鼎現……726
永遇樂……730
摸魚兒……734
周密……737
高陽臺……738
瑤華……741
玉京秋……744
曲遊春……748
花犯……751
蔣捷……754
瑞鶴仙……755
賀新郎……758
女冠子……761
張炎……765
高陽臺……765
渡江雲……768

八聲甘州……772
解連環……775
綠意……778
月下笛……781
王沂孫……784
天香……785
眉嫵……788
齊天樂……792
長亭怨慢……795
高陽臺……798
法曲獻仙音……801
彭元遜……804
疏影……804
六醜……807
姚雲文……811
紫萸香慢……811
僧揮……814
金明池……815
李清照……818
如夢令……819
鳳凰臺上憶吹簫……820
醉花陰……823
聲聲慢……825
念奴嬌……828
永遇樂……831
浣溪沙……834
附錄
況周頤原序……837

徽宗皇帝

宋徽宗趙佶（一〇八二～一一三五年），神宗第十一子，哲宗弟，元符三年（一一〇〇年）即位，宣和七年（一一二五年）金兵南侵，趙佶傳位其子趙桓（欽宗），靖康二年（一一二七年），爲金人俘虜北去，死於五國城（今黑龍江依蘭）。

他在政治上的昏庸無能、生活上的窮奢極侈和藝術上的多才多藝，以及亡國後的悲慘遭遇等方面，均與南唐後主李煜相類似。他曾於崇寧四年（一一〇五年）建立國家音樂機關「大晟府」，命周邦彥、万俟詠、田爲等人討論古音、審定古調、創製新曲，對北宋後期詞章的繁榮起了很大的作用。

趙佶工書善畫，詩、文、詞俱佳，著有《宣和宮詞》三卷，已佚。《全宋詞》錄其詞十二首。

徽宗皇帝

宴山亭

北行見杏花

【導讀】

〈宴山亭〉，詞調名，萬樹《詞律》卷十五云：「此調本名〈燕山亭〉，恐是燕國之燕，《詞滙》刻作〈宴山亭〉，非也。」始見於趙佶詞。

趙佶的前期詞作主要描寫宮廷遊樂生活，風調曼豔，辭采富麗，被俘北去後詞風頓變爲哀惋凄切。

這首〈宴山亭〉據《朝野遺記》說是他的「絕筆」，詞中以美麗絕世的杏花被無情風雨摧折而凋零，來比喻自己一旦歸爲臣虜、橫遭蹂躪的不幸命運，並用委婉曲折的筆法傾訴了他對故國山河的無限眷念，以及希冀成灰的絕望心情，詞情眞摯動人。王國維《人間詞話》借尼采的話評李煜詞爲「以血書者」，並說此詞「略似之」。

裁剪冰綃❶，
輕疊數重，
淡著燕脂勻注。
新樣靚妝❷，
豔溢香融，
羞殺蕊珠宮女❸。
易得凋零，
更多少、無情風雨。
愁苦，
問院落淒涼，

如同透明的白紗裁製，
你重疊的花瓣這樣輕巧，
又均勻地敷上淡淡胭脂。
你打扮得新奇絕麗，
光采照人，芳香濃郁，
蕊珠宮的仙女和你相比，竟羞慚得容身無地。
可嘆你終將凋零，
更有多少無情風雨折磨著你。
我的人滿是愁苦，
那舊日的院落該是怎樣地淒涼？

幾番春暮？
憑寄離恨重重，
者雙燕何曾❹，
會人言語？
天遙地遠，萬水千山，
知他故宮何處？
怎不思量？
除夢裡有時曾去。
無據，
和夢也新來不做。

它捱過了幾度冷寂的春暮？
想託寄我的離恨重重，
這雙飛的燕子，
又哪裡懂得人間言語。
天遙地遠，阻隔著萬水千山，
故宮究竟在何處？
怎能不深深懷想，
却只有夢魂曾偶然歸去。
一切都無憑無據，
近來連夢也不肯到我這裡。

【注釋】

❶冰綃：白色透明的絲綢，王勃〈七夕賦〉：「引鴛杼兮割冰綃。」❷靚妝：用脂粉

妝扮。司馬相如〈上林賦〉：「靚莊（同『妝』）刻飾，便嬛綽約」集解：「靚莊」，粉白黛黑也。晉王廙〈洛都賦〉：「若乃暮春嘉禊，三巳之辰，麗服靚妝，祓乎洛濱。」❸蕊珠宮：道家傳說天上上清宮有蕊珠宮，神仙所居。《十洲記》：「玉晟大道君治蕊珠貝闕。」❹者：同「這」。《開天傳信記》：「嘗有投牒誤書紙背，（裴）諝判曰：『者畔有那畔，那畔有這畔』。」

錢惟演

錢惟演（九六二～一〇三四年）字希聖，臨安（今浙江杭州）人，吳越王錢俶次子，博學能文，辭藻清麗，從其父歸宋。曾參與編撰大型類書《冊府元龜》，他是西崑詩派的代表詩人之一，與楊億、劉筠等相唱和，楊億編《西崑酬唱集》錄其詩五十四首。累官至樞密使，同中書門下平章事，終崇信軍節度使。《全宋詞》錄其詞二首。

木蘭花

錢惟演

【導讀】

〈木蘭花〉，唐教坊曲名，後用作詞調。唐五代人用此調如《花間集》所載之作爲三七言長短句式，《尊前集》所載之作則爲七言八句式，與〈玉樓春〉格律形式相同，至宋朝此調已成爲〈玉樓春〉的別稱。

此詞是作者臨死前不久所作，胡仔《苕溪漁隱叢話後集》卷三十九引《侍兒小名錄》云：「錢思公（惟演）謫漢東（指隨州，今湖北隨州）日，撰〈玉樓春〉（即〈木蘭花〉）詞云云，每酒闌

城上風光鶯語亂，
城下煙波春拍岸。
綠楊芳草幾時休？
淚眼愁腸先已斷。
情懷漸覺成衰晚，

城上風光明媚，一片群鶯聲亂，
城下，輕煙迷離的春波溫柔地
拍打著堤岸。
楊柳、芳草年年黃了又綠，
幾時才是了局？
我早就淚水流乾，愁腸寸斷。
那往昔多情多感的心懷，
似乎已漸漸衰減，

歌之則泣下。」作者一生仕宦顯達，晚年被貶外放，自覺政治生命與人生旅途都到了盡頭，因作此詞，借悼惜春光抒發他無限的遲暮之悲。

詞中用清麗的語言描繪了春聲、春色，首句的「亂」字用得極好，將春景渲染得十分生動熱鬧，而群鶯亂啼已是暮春天氣，這裡也暗含春光將盡之意。作者又用明麗的景色來反襯自己淒黯的心情，以及對於年光飛逝、生命無多的感傷，末二句以借酒澆愁來表現他無可奈何的心境，又隱約地顯示了他對於生命的留戀。

整首詞情調極其淒惋。

鸞鏡朱顏驚暗換❶。
昔年多病厭芳尊，
今日芳尊惟恐淺。

攬鏡自照，驚見青春的容顏暗中改換。
從前，多病的我常常厭棄酒杯，
在陽春將盡的今天，卻只嫌酒杯太淺。

【注釋】

❶鸞鏡：妝鏡。《藝文類聚》引南朝宋范泰〈鸞鳥詩序〉說晉罽賓王獲一鸞鳥，不鳴，後懸鏡映之乃鳴，後世因稱妝鏡爲鸞鏡。白居易〈太行路〉詩：「何況如今鸞鏡中，妾顏未改君心改。」

范仲淹

范仲淹（九八九～一〇五二年），字希文，吳縣（今江蘇蘇州）人。大中祥符八年（一〇一五年）進士。官至樞密副使、參知政事。宋仁宗時守衛西北邊境，遏制了西夏的侵擾。在政治上他主張革新，爲當時著名的政治家，「慶曆新政」的主持者之一。詩文詞均有名篇傳誦於世。《全宋詞》錄其詞五首，留存篇章雖少，內容風格卻豐富多樣，其中〈漁家傲〉一詞，極悲壯蒼涼之致；〈剔銀燈〉（與歐陽公席上分題）爲懷古詞，以尋常口語入詞，戲謔議論，格調頗近詼諧，其抒情篇章委婉深情而筆意淡遠清勁。

漁家傲

范仲淹

【導讀】

〈漁家傲〉，詞調名。《詞譜》卷十四云：「此調始自晏殊，因詞有『神仙一曲漁家傲』句，取以爲名。」

此詞別本題作「秋思」。魏泰《東軒筆錄》卷十一：「范文正公守邊日，作〈漁家傲〉樂歌數闋，皆以『塞下秋來』爲首句，頗述邊鎮之勞苦。」今所謂「數闋」者，僅存此篇。范仲淹於宋仁宗康定元年（一〇四〇年），任陝西經略副使兼知延州（治所在今陝西延安市），守邊四年，當時邊地民謠曰：「軍中有一范，西賊聞之驚破膽。」

本詞上片從聽覺、視覺兩方面寫足了邊地秋天景象，「千嶂裡，長煙落日孤城閉」與王維〈使至塞上〉詩：「大漠孤煙直，長河落日圓。」意境相類而情調迥異，王詩壯闊高遠，范句則寥廓荒寒。下片抒情，表達了邊地將士破敵立功的決心與思念家鄉的矛盾心情，蒼涼激楚。「羌管悠悠霜滿地」繪軍中月夜之景，景中含情，極富典型意義。

此篇詞境開闊，格調悲壯，給宋初充滿吟風弄月，男歡女愛的詞壇，吹來一股清勁的雄風，對以後的詞風革新產生了積極影響，是一首難得的佳作。

塞(ㄙㄞˋ)下(ㄒㄧㄚˋ)秋(ㄑㄧㄡ)來(ㄌㄞˊ)風(ㄈㄥ)景(ㄐㄧㄥˇ)異(ㄧˋ)，

塞下秋來風光淒淒，不似中原清爽美麗，

衡陽雁去無留意❶。
四面邊聲連角起❷。
千嶂裡，
長煙落日孤城閉❸。
濁酒一杯家萬里，
燕然未勒歸無計❹。
羌管悠悠霜滿地，
人不寐，
將軍白髮征夫淚❺。

鴻雁毫不留戀這荒寒地方，
一群群急急向衡陽飛去。
軍中號角一吹，悲涼的邊聲四面響起。
在層層山峰環抱裡，
一縷烽煙筆直升向天際，
一輪圓日沉沉西下，孤城重門緊閉。
濁酒一杯聊以解憂，家鄉遠隔萬里，
不曾破敵立功，歸去還沒有日期。
羌笛聲清越悠揚，月色如霜灑滿大地。
漫漫長夜我難以入睡，
將軍頭髮空白，征夫鄉淚暗滴。

【注釋】

❶衡陽句：庾信〈和侃法師三絕〉詩：「近學衡陽雁，秋分俱渡河。」湖南衡陽舊城南有回雁峰，相傳雁至此不再南飛。王象之《輿地紀勝》卷五十五〈荊湖南路・衡州載〉，

回雁峰「在州城南。或曰：『雁不過衡陽。』或曰：『峰勢如雁之回。』」❷邊聲：邊地的悲涼之聲。李陵〈答蘇武書〉：「側耳遠聽，胡笳互動，牧馬悲鳴，吟嘯成群，邊聲四起。」❸千嶂句：化用王之渙〈涼州詞〉：「一片孤城萬仞山」及王維詩句（見導讀）。❹燕然未勒：《後漢書・竇憲傳》載竇憲追北單于，「登燕然山，去塞三千餘里，刻石勒功」而還。燕然山，即今杭愛山。勒，指刻石紀功。❺羌管三句：李益〈夜上受降城聞笛〉詩：「回樂峰前沙似雪，受降城下月如霜。不知何處吹蘆管，一夜征人盡望鄉。」此化用其意。羌管，笛子出自羌中，故稱。

蘇幕遮

范仲淹

【導讀】

〈蘇幕遮〉，唐代教坊曲名，來自西域。幕，一作「莫」或「摩」。慧琳《一切經音義》卷四十一《大乘理趣六波羅蜜多經》〈蘇莫遮冒〉條云：「『蘇莫遮』，西戎胡語也，正云『颯磨遮』。此戲本出西龜茲國，至今猶有此曲，此國渾脫、大面、撥頭之類也。」後用爲詞調。曲辭原爲七言絕句體，以配合「渾脫舞」，後衍爲長短句。敦煌曲子詞中有〈蘇莫遮〉，雙調六十二字，宋人即沿用此體。

這首〈蘇幕遮〉，黃升《唐宋諸賢絕妙詞選》題作「別恨」，《全宋詞》題作「懷舊」，抒寫作者秋天思鄉懷人的感情。上片用多彩的畫筆繪出絢麗、高遠的秋景，意境開闊，「碧雲天，黃葉地」爲傳誦名詞，王實甫《西廂記》第四本第三折極負盛名的〈端正好〉一曲「碧雲天、黃花地」之句本此。詞的下片表達客思鄉愁帶給作者的困擾，極其纏綿婉曲。清彭孫遹《金粟詞話》說此詞「前段多入麗語，後段純寫柔情，遂成絕唱。」

碧雲天，
黃葉地，
秋色連波，
波上寒煙翠。
山映斜陽天接水，
芳草無情，
更在斜陽外❶。
黯鄉魂，
追旅思❷。

碧空飄著白雲，
黃葉落滿大地，
秋色直連到水波，
水上煙霧凝成一片寒綠。
斜陽映山，遠水接天，
芳草牽動我的離懷，它卻青得這樣無情，
延伸到斜陽以外。
思念家鄉令我黯然消魂，
糾纏不休的是那羈旅的愁悶，

夜夜除非，
好夢留人睡。
明月樓高休獨倚，
酒入愁腸，
化作相思淚。

每一個夜晚，
只有歸去的夢能帶給我片刻安慰。
明月皎潔，不要登上高樓去遠望，
滴滴醇酒才飲入愁腸，
就化成點點相思的眼淚。

【注釋】

❶芳草二句：以芳草的無邊無際比喻離愁的無窮無盡。古樂府〈飲馬長城窟行〉：「青青河畔草，綿綿思遠道」；李煜〈清平樂〉詞：「離恨恰如春草，更行更遠還生」；杜牧〈池州送前進士蒯希逸〉詩：「芳草復芳草，斷腸還斷腸。自然堪下淚，何必更斜陽」，此處化用其意。❷黯鄉魂：思念家鄉，黯然消魂。江淹〈別賦〉：「黯然銷魂者，惟別而已矣。」追旅思：羈旅的愁思糾纏不休。追，追隨，糾纏。

御街行

范仲淹

【導讀】

〈御街行〉，詞調名，始見於柳永詞。據楊湜《古今詞話》，無名氏詞有「聽孤雁，聲嘹唳」句，故又稱〈孤雁兒〉。

這首詞上片以寒夜秋聲襯托主人公環境的冷寂，突出人去樓空的落寞感，並抒發了良辰美景無人與共的愁情。沈際飛《草堂詩餘雋》稱賞「天淡」句寫景空靈。詞的下片淋漓盡致地寫出作者長夜不寐，無由排遣思愁別恨的情景和心態，「都來此事」幾句爲李清照〈一剪梅〉詞所襲用，化作「此情無計可消除，才下眉頭，卻上心頭」，向爲詞評家所讚譽。這首詞雖寫似水柔情，卻骨力遒勁，絕不流於軟媚。

紛紛墜葉飄香砌，
夜寂靜，
寒聲碎。
眞珠簾捲玉樓空❶，
天淡銀河垂地。
年年今夜，
月華如練❷，
長是人千里。

紛紛凋零的樹葉飄上香階，
寒夜一片靜寂，
只聽見風吹落葉細碎的聲息。
珠簾高捲，樓空人去，
天色清明，銀河斜垂到地。
年年今夜，
月色都如白綢一般皓潔，
人卻常常遠隔著千里。

愁腸已斷無由醉。
酒未到，
先成淚。
殘燈明滅枕頭攲❸，
諳盡孤眠滋味❹。
都來此事❺
眉間心上，
無計相迴避。

我如何能用沉醉來忘卻，
酒到不了已斷的愁腸，
先就變成淚水。
深夜裡殘燈忽明忽暗，斜靠枕頭，
我嘗盡孤眠的滋味。
你看這離愁別怨，
不是來在眉間，便是潛入心底，
我簡直無法將它迴避。

【注釋】

❶眞珠：即珍珠。玉樓，天帝住的白玉樓，借指華美的樓閣。❷練：煮過的白色絲綢。❸攲：傾斜。❹諳盡：嘗盡。❺都來：即算來。王闓運《湘綺樓詞選》云：「『都來』即『算來』也，因此處宜平，故用『都』字。」

張先

張先(九九〇～一〇七八年)，字子野，烏程(今浙江湖州)人。天聖八年(一〇三〇年)進士。曾知吳江縣(今江蘇吳江)，終尚書都官郎中。詞與柳永齊名，才力不如柳永，而詞風含蓄蘊藉，情味雋永，韻致高逸，也是上承晏、歐，下啓蘇、秦的一位重要詞人，「有含蓄處，亦有發越處。但含蓄不似溫、韋，發越亦不似豪蘇膩柳。規模雖隘，氣格却近古」(陳廷焯《白雨齋詞話》)。詞章內容不如柳永豐富開闊，藝術上有相當造詣。他也是較早大量創作慢詞長調的詞家，對詞體的發展有一定貢獻。有《安陸詞》，又名《張子野詞》。

千秋歲

張先

【導讀】

〈千秋歲〉，又名〈千秋節〉，據《宋史・樂志》，原爲唐教坊曲名，後用作詞調。始見於張先詞。

這首詞抒寫作者惜花傷春的情懷，同時暗寓相思之意。上片織入鶗鴂鳴叫、花殘、雨輕、風狂、梅靑、人靜、絮飛種種景象，造成濃重的、令人感傷欲絕的氛圍，逼出下片滿腔幽怨的傾訴。「天不老，情難絕」化用李賀〈金銅仙人辭漢歌〉「天若有情天亦老」詩句，以天的無情作爲反襯，表現了作者「之死矢靡它」的執著感情。

詞中用雙絲網比喻愁心千結，十分愜當有味。

數聲鶗鴂❶，
又報芳菲歇。
惜春更選殘紅折，
雨輕風色暴，
梅子青時節。
永豐柳❷，
無人盡日花飛雪。
莫把么弦撥❸，
怨極弦能說。
天不老，
情難絕，

聽得鳴幾聲鶗鴂，
報道花事又已消歇。
滿懷惜春的情意，
我特地把開殘的花枝攀折。
細雨輕濛，風色狂暴，
正當梅子青青的時節。
庭院寂寞無人，整天只見楊柳飛花堆雪。
不要去撥弄纖弱的么弦，
我的幽怨它哪裡能夠代言。
天既不會老，
這情思也難斷絕，

心似雙絲網，
中有千千結。
夜過也，
東窗未白孤燈滅。

就像一張雙絲的網，
我的心有千萬個結。
夜晚過去了，
曙光還未映上東窗，孤燈卻已自滅。

【注釋】

❶ 鶗鴂：亦作「鵜鴂」，鳥名，屈原〈離騷〉：「恐鶗鴂之先鳴兮，使夫百草為之不芳。」❷ 永豐柳：用典，白居易〈楊柳枝〉詞：「永豐西角荒園裡，盡日無人屬阿誰。」❸ 么弦：琵琶的第四弦，因其最細，故稱。劉禹錫《澈上人文集》：「如么弦孤韻，瞥入人耳，非大樂之音。」

菩薩蠻

張　先

【導讀】

〈菩薩蠻〉，唐教坊曲，原係古代緬甸樂曲，由雲南傳入，後用為詞調。文人詞始見於溫庭筠詞。

本詞描寫一位歌女彈奏箏曲時「弦弦掩抑聲聲思」，「說盡心中無限事」的情景，十分細膩動人，這是一位內心世界極其豐富的女子，作者沒有正面繪出她的外貌，但從「纖指」、「秋水」、「春山眉黛」這些畫龍點睛的側筆，我們完全可以想見她那與心靈同樣美好的容顏。

本詞文字華美，意濃韻遠，情眞調新。《全宋詞》將此詞歸入晏幾道所作，並說：「案此首別誤作張子野詞，見《類編草堂詩餘》卷一」。

哀箏一弄〈湘江曲〉，
聲聲寫盡湘波綠。
纖指十三弦❶，
細將幽恨傳。
當筵秋水慢❷，
玉柱斜飛雁，
彈到斷腸時，
春山眉黛低❸。

她撫弄哀箏彈奏著〈湘江曲〉，
一聲聲如聞湘波翻綠。
纖纖素手撥動十三根弦柱，
將心中幽怨細細地傳出。
歌筵上她秋波慢轉，
箏柱斜列如飛翔的群雁。
彈到感情激越、哀愁傷悲，
她頻頻低下春山般美麗的雙眉。

【注釋】

❶十三弦：唐宋時教坊用箏均爲十三弦，唯清樂用十二弦。❷秋水：形容美目明澈如秋水，白居易〈詠箏〉詩：「雙眸剪秋水，十指剝春蔥。」❸春山眉黛：《西京雜記》：「文君姣好，眉色如望遠山」，後因以山喻美人雙眉，古人以黛色（青黑色顏料）畫眉，故稱眉黛。

醉垂鞭

張先

【導讀】

〈醉垂鞭〉，詞調名，始見於張先詞。

這首小詞描寫作者初次見到的一位女子，那繡有雙蝶的羅裙，暗示著她對於愛情的期望。作者稱讚她妝飾淡雅，身材窈窕，寫得很平常，唯末二句化用李白〈清平調〉「雲想衣裳花想容，春風拂檻露華濃。若非群玉山頭見，會向搖臺月下逢」詩意，賦與女主人公理想的華彩，頗有韻致。

雙蝶繡羅裙，
東池宴初相見。
朱粉不深勻，
閑花淡淡春。

羅裙繡著蝴蝶雙雙，
我同她初次見面，在東池的宴會上。
她沒有把自己打扮得穠艷，
就像一枝淡雅的花，開放在可愛的春天。

細看諸處好，
人人道柳腰身。
昨日亂山昏，
來時衣上雲。

仔細看哪兒都長得妙，
人人稱讚她輕柔的身腰，宛如柳條一樣。
昨天日落時亂山昏暝，
她從仙山降臨，穿著彩雲製成的衣裳。

一叢花

張先

【導讀】

〈一叢花〉，詞調名，始見於張先詞。

這是一首閨怨詞，描寫一位女子念遠傷懷的情狀。上片用倒敘法先著意渲染女主人公的愁緒，在這樣的心理背景上，現出離別的鏡頭，給人十分強烈的印象。下片描繪了這女子華美而孤寂的生活環境，「又還是斜月簾櫳」句，極其含蓄地點出她日復一日的孤單、寂寞，由此自然地生出不如桃杏嫁東風的癡想，無理而妙。

范公偁〈過庭錄〉云：「子野郎中〈一叢花〉詞云：『沈恨細思，不如桃杏，猶解嫁東風。』一時盛傳。(歐陽)永叔尤愛之，……子野謁永叔，永叔倒屣迎之，曰：『此乃「桃杏嫁東風」郎中。』」

傷高懷遠幾時窮？
無物似情濃。
離愁正引千絲亂，
更東陌、飛絮濛濛。
嘶騎漸遙❶，
征塵不斷，
何處認郎踪？
雙鴛池沼水溶溶，
南北小橈通❷。
梯橫畫閣黃昏後，
又還是、斜月簾櫳❸。

傷高懷遠幾時才窮盡？
世間沒有任何事物，濃烈更勝感情。
離愁正使我心亂如千條絲縷，
東邊道路上又飛著濛濛柳絮。
那嘶叫的馬兒漸漸遠去，
只看見揚起陣陣塵沙，
迷茫中我辨不清他的蹤跡。
池塘裡春水溶溶，鴛鴦雙雙嬉戲，
小舟南北可通。
扶梯空橫，黃昏後，
畫閣又還是一樣地明月斜照窗櫳。

沉恨細思，
不如桃杏，
猶解嫁東風。

滿懷幽恨我細細思量，
眞不如桃杏，
還懂得嫁給東風，
可以隨著它自由地飛翔。

【注釋】

❶騎：備有鞍轡的馬，亦指馬兵或一人一馬。班固〈東都賦〉：「千乘雷起，萬騎紛紜。」❷橈：槳，《淮南子・主術訓》：「夫七尺之橈而制船之左右者，以水爲資。」此處代指船。❸簾櫳：指窗戶。櫳，窗格子。

天仙子

張先

時爲嘉禾小倅❶，以病眠，不赴府會。

【導讀】

〈天仙子〉，唐教坊曲名，後用爲詞調。唐、五代人多用此調詠天仙、仙子（借指妓女）。雙調始見於張先詞。

本詞是作者五十二歲任嘉禾（今浙江嘉興）判官時所作，抒發了惜花惜春、留連光景、感傷時序和相思別離的情懷，黃升《花庵詞選》題作「春恨」。

這首詞語言清麗，內容一般，詞中的「雲破月來花弄影」爲傳誦名句，以工巧的畫筆表現了一種意境朦朧的美，向爲人所稱道。

胡仔《苕溪漁隱叢話前集》卷三十七引《古今詩話》云：

「有客謂子野曰：『人皆謂公張三中，即心中事、眼中淚、意中人也。』子野曰：『何不目之爲張三影？』客不曉。公曰：『「雲破月來花弄影」、「嬌柔懶起，簾壓卷花影」、「柳徑無人，墮風絮無影」，此余平生所得意也。』」

〈水調〉數聲持酒聽❷，
午醉醒來愁未醒。
送春春去幾時回？
臨晚鏡，
傷流景，
往事後期空記省。
沙上並禽池上暝，
雲破月來花弄影。

一邊飲酒，一邊傾聽〈水調〉歌曲，
午醉中我沉睡許久，酒醒時，
憂愁卻逗留不去。
送別春天，它幾時才能重回？
黃昏時對鏡自傷，
感嘆那年華去如流水。
往昔的歡樂、後會的佳期，
不過令我徒然地懷念和希冀。
沙岸邊鴛鴦雙雙相依，池上暮色暝暝，
月光穿破雲層，弄婆娑花影，
我在窗前搖曳不定。

重重簾幕密遮燈，
風不定，
人初靜，
明日落紅應滿徑。

簾幕一重重低垂，密密遮起孤燈，
風兒飄忽，
人聲初靜，
到明天，凋落的紅花將鋪滿小徑。

【注釋】

❶小倅：小官。❷〈水調〉：曲調名，相傳爲隋煬帝開汴河時所製，唐人演爲大曲，十分流行，王昌齡有〈聽流人水調子〉詩，羅隱〈席上歌水調〉詩，有云：「若使煬帝魂魄在，爲君應合過江來。」宋時仍流行不衰。蘇軾〈虞美人〉詞：「沙河塘裡燈初上，〈水調〉誰家唱？」

青門引

張先

【導讀】

〈青門引〉，詞調名，據毛先舒《塡詞名解》載：「《三輔黃圖》云：『長安城東出南頭第一門，門色青，曰青門』；〈蕭相國世家〉云：『邵平種瓜長安城東』，而阮籍詩：『昔聞東陵侯，種瓜青門外』語，亦可證詞取以名。」始見於張先詞。這首詞無名氏《草堂詩餘》題作「懷舊」，抒發了殘春時節作者蕭索落寞的情懷。詞中寫出從風雨初定的黃昏直到月明之夜，孤獨的作者觸景傷心的種種感受。用字非常新警，如「樓頭畫角風吹醒」句,「醒」字極尖利,給人觸耳驚心之感末二句與前面提到的「三影」同為名句,係描神之筆,並不實寫打鞦韆的人,而借鞦韆影來顯示他人對春殘花落的無知無感和作者的多情善感,以及他人歡樂而己獨傷悲的難堪情狀,意味雋永。

乍暖還輕冷,
風雨晚來方定。
庭軒寂寞近清明,
殘花中酒❶,
又是去年病。
樓頭畫角風吹醒❷,
入夜重門靜,
那堪更被明月,

剛剛和暖的天氣忽而微冷,
風雨飄搖,晚來方停。
庭院一片空寂,又臨近惱人的清明。
不忍見繁花飄落將盡,我喝下太多的酒,
勾起年年傷春的心病。
戍樓上淒厲的畫角,是那風兒吹醒,
到夜裡,重門冷落寂靜,
正傷情,哪堪明月又送過來

隔(ㄍㄜˊ)牆(ㄑㄧㄤˊ)送(ㄙㄨㄥˋ)過(ㄍㄨㄛˋ)鞦(ㄑㄧㄡ)韆(ㄑㄧㄢ)影(ㄧㄥˇ)。

隔壁人家鞦韆的投影。

【注釋】

❶中酒：因酒醉而身體不爽，猶病酒。《史記・樊噲傳》：「項羽既饗軍士，中酒。」杜牧〈睦州四韻〉詩：「殘春杜陵客，中酒落花前。」❷畫角：彩繪的號角，古時軍中多用以警昏曉，振士氣。梁簡文帝〈和湘東王折楊柳〉詩：「城高短簫發，空林畫角悲。」高適〈送渾將軍出塞〉詩：「城頭畫角三四聲，匣裡寶刀晝夜鳴。」

晏殊

晏殊（九九一～一〇五五年），字同叔，臨川（今江西撫州）人。少年時以神童召試，賜同進士出身。宋仁宗時官至同中書門下平章事兼樞密使。政治上無甚建樹，然喜獎掖後進，范仲淹、韓琦、富弼、歐陽修等名臣，皆出其門下。

詞風承襲五代，受南唐馮延巳影響較深。劉攽《貢父詩話》說：「元獻（晏殊謚號）尤喜馮延巳歌詞，其所自作，亦不減延巳。」晏殊詞多為佳會宴遊之餘的消遣之作，有著濃厚的雍容華貴的氣派，況周頤《蕙風詞話》將其詞比作牡丹花。但其詞不鋪金綴玉而清雅婉麗，音韻和諧。有《珠玉集》。

浣溪沙

晏殊

【導讀】

〈浣溪沙〉，唐教坊曲名，後用爲詞調。沙，一作「紗」。有雜言、齊言二體。宋時雜言稱爲〈攤破浣溪沙〉，齊言仍稱〈浣溪沙〉（或稱〈減字浣溪沙〉）。始見於晚唐張曙詞。

本詞爲晏殊的名篇之一，抒寫悼惜春殘花落，好景不常的愁懷，又暗寓相思離別之情。語意十分蘊藉含蓄，通篇無一字正面表現思情別緒，讀者卻能從「去年天氣舊亭臺」、「燕歸來」、「獨徘徊」等句，領會到作者對景物依舊、人事全非的暗示和深深的嘆恨。詞中「無可奈何花落去」一聯工巧而流麗，風韻天然，向稱名句。

楊愼《詞品》讚曰：「二語工麗，天然奇偶」。作者自己也很欣賞此二句，還把它組織在一首題作〈示張寺丞、王校勘〉的七言律詩中。

一曲新詞酒一杯❶，
去年天氣舊亭臺❷，
夕陽西下幾時回？
無可奈何花落去，

我飲一杯美酒，聽一曲新歌，
依然像去年那樣的天氣，
依然是舊日的亭樓臺閣。
夕陽西沉，幾時才能東升？
一任紅花飄零，我萬般無奈，

似曾相識燕歸來，小園香徑獨徘徊。

似曾相識的燕子卻已歸來。在寂寞的庭院，在滿是花香的小路，我久久地獨自徘徊。

【注釋】

❶一曲句：白居易〈長安道〉詩：「花枝缺處青樓開，艷歌一曲酒一杯。」❷亭臺：原本作「池臺」，據別本改。

浣溪沙

晏殊

【導讀】

晏殊一生仕宦得意，過著「未嘗一日不宴飲」、「亦必以歌樂相佐」（葉夢得《避暑錄話》）的生活。這首詞描寫他有感於人生短暫，想借歌筵之樂來消釋惜春念遠、感傷時序的愁情。「不如憐取眼前人」句，表現出作者感情的淺薄，他的〈木蘭花〉詞：「美酒一杯誰與共？往事舊歡時節動。不如憐取眼前人，免更勞魂兼役夢」等句，可作爲此句的注腳。本詞思想內容無足論，唯語言清麗、音調諧婉，藝術方面尚有可取。

一向年光有限身❶，

年光是那樣短促，一生的時間實在有限。

等閒離別易消魂，
酒筵歌席莫辭頻。
滿目山河空念遠，
落花風雨更傷春，
不如憐取眼前人❷。

平常的離別也令人消魂，
我還是沉醉於頻頻的酒席歌筵。
滿目只見山河，伊人遙遠，
思念她終歸徒然。
落花風雨更叫我傷情，
不如就把眼前的人兒愛憐。

【注釋】

❶一向：即一晌，片刻。❷憐取眼前人：元稹《會眞記》崔鶯鶯詩：「還將舊來意，憐取眼前人。」

清平樂

晏殊

【導讀】

〈清平樂〉，詞調名，始見於晚唐溫庭筠詞，至五代時，已爲文人所習用。歐陽炯稱李白「有應制〈清平樂〉四首」（王灼《碧雞漫志》卷五引），當爲〈清平調〉之誤。

這首詞上片抒寫作者的一片深情，以及此情難寄的惆悵，語意懇摯；下片前兩句顯示主人公的孤獨寂寞，含蓄有致，「遙山恰對簾鉤」暗示心上人未至，簾鉤閒掛，唯遠山與自己相伴的苦況。末二句點明相思之意，「綠波依舊東流」，一則說明只有景物依舊，同時又以流水的悠悠比喻作者的思情和愁緒的悠悠。

紅箋小字，
說盡平生意，
鴻雁在雲魚在水❶，
惆悵此情難寄。
斜陽獨倚西樓，
遙山恰對簾鉤。
人面不知何處，
綠波依舊東流❷。

紅色信箋寫滿密密小字，
說盡平生相思的情意。
鴻雁在雲間高飛，魚兒在水中浮游，
惆悵我這一片深情難以寄遞。
斜陽中獨倚西樓，
遠山恰恰對著我閒掛的簾鉤。
美麗的她不知今在何處？
綠波卻依舊日夜東流。

【注釋】

❶鴻雁句：舊說魚雁可以傳書。《漢書・蘇武傳》：「常惠……教使者謂單于言：『天子射上林中得雁，足有繫帛書，言武等在某澤中。』」後因以雁代指信使；古樂府〈飲馬長城窟行〉：「呼兒烹鯉魚，中有尺素書。」後因稱書信為「魚書」，亦以魚代替信使。

❷人面兩句：孟棨《本事詩・情感》載唐崔護嘗於清明日獨遊長安城南，見一莊居，花木叢萃，乃叩門求飲；有女子「以杯水至，開門設床命坐，獨倚小桃斜柯佇立，而意屬殊厚。」來歲清明，崔又「往尋之，門牆如故，而已鎖扃之，因題詩於左扉曰：『去年今日此門中，人面桃花相映紅。人面只今何處去，桃花依舊笑春風。』」此處化用其意。

清平樂

晏殊

【導讀】

這首小詞抒發初秋時節淡淡的哀愁，語意極含蘊、極有分寸，作者只從景物的變易和主人公細微的感覺著筆，而不正面寫情，讀來卻使人品味到句句寓情、字字含愁。語言清麗，風調和婉。

金風細細❶，
葉葉梧桐墜。

秋風細細，
吹梧桐葉片片飛墜。

綠酒初嘗人易醉，
一枕小窗濃睡。
紫薇朱槿花殘❷，
斜陽卻照闌干❸。
雙燕欲歸時節，
銀屏昨夜微寒❹。

新釀的綠酒容易喝醉，
小窗下，我沉入濃濃的酣睡。
紫薇朱槿已經凋謝，
斜陽卻多情地照殘枝橫斜。
雙燕就要飛向南方，
昨夜感到微寒，在我華美的臥房。

【注釋】

❶金風：秋風，古代以陰陽五行解釋季節演變，秋屬金，故稱秋風爲金風。晉張協〈雜詩〉之三：「金風扇素節，丹霞啓陰期。」❷紫薇：花名，亦稱紫葳，凌霄花的別名，夏秋開花。朱槿，花名，即扶桑。❸闌干：橫斜貌，唐劉方平〈夜月〉詩：「更深月色半人家，北斗闌干南斗斜。」❹銀屏：鑲銀或銀色的屏風，借指華美的居室。

木蘭花

晏殊

【導讀】本詞抒寫相思別離之情，它不像晏殊多數作品那樣委婉含蓄、欲露不露，不著一字道破，而是直抒胸臆，寫得酣暢淋漓，但思想和藝術方面都十分平庸。

燕鴻過後鶯歸去，
細算浮生千萬緒。
長於春夢幾多時，
散似秋雲無覓處❶。
聞琴解佩神仙侶❷，
挽斷羅衣留不住。
勸君莫作獨醒人❸，
爛醉花間應有數❹。

燕子和鴻雁已經飛過，黃鶯兒也已歸去。
仔細思量，浮生總是千愁萬緒。
歡會如春夢沒有幾時，
她去了，就像吹散的秋雲，無處尋覓。
她是知音的文君，又彷彿解佩的仙侶。
但我卻留她不住，哪怕是挽斷羅衣。
我不要再作獨醒的人，
命中注定該爛醉花底。

【注釋】

❶長於春夢兩句：白居易〈花非花〉詩：「來如春夢不多時，去似朝雲無覓處。」❷聞琴：用卓文君事，《史記・司馬相如列傳》：「是時卓王孫有女文君，新寡，好音。故相如繆與令相重，而以琴心挑之。」解佩：用江妃二女事，劉向《列仙傳・江妃二女》：「江妃二女者，不知何許人也，出遊於江漢之湄，逢鄭交甫，見而悅之，不知其神人也，謂其僕曰：『我欲下請其佩。』……遂手解佩與交甫。」❸獨醒：《楚辭・漁父》：「屈原曰：『舉世皆濁我獨清，眾人皆醉我獨醒……』」。❹數：舊指氣數，即命運。劉峻〈辯命論〉：「將榮悴有定數，天命有志極。」

木蘭花

晏殊

【導讀】

這首詞抒寫了初春時作者回首往事、不勝今昔之慨的情懷。

詞中「重頭歌韻響琤琮，入破舞腰紅旋亂」兩句，劉攽《貢父詩話》評曰：「重頭、入破，管弦家語也」，說明作者妙解音律。這兩句將酣歌醉舞的場景渲染得十分熱鬧，聲色俱佳。

上片用實筆，過片兩句則用虛筆來表現歡樂。末二句忽然急轉直下，詞語似乎平直，卻寓無限傷今之意，使人感到前面所言情事恍若隔世，領悟到作者對於人生無常的深深感慨，言盡而意不盡。

池塘水綠風微暖，
記得玉眞初見面❶。
重頭歌韻響琤琮，
入破舞腰紅亂旋❷。
玉鉤闌下香階畔，
醉後不知斜日晚。
當時共我賞花人，
點檢如今無一半❸。

池塘泛著新綠，春風滿含暖意，
回憶起同她初次相遇。
如泉水琤琮，她唱著重頭歌曲，
入破樂調急促繁密，舞蹈時
只看見她一團旋轉的紅衣。
在玉簾鉤下的窗欄，在散放著
花香的石階畔，
沉醉於歡樂中，不知道天色已晚。
多麼可嘆，當時和我一道賞花的友伴，
如今屈指細算，只剩下不到一半。

【注　釋】

❶玉眞：謂仙人，此處借指佳人。❷重頭：詞中上下片聲調全同的，稱「重頭」。入破：《唐書・五行志》：「天寶後，樂曲多以邊地爲名，有伊州、甘州、涼州等，至其曲遍繁聲，謂之入破。」因繁弦急響喻爲破碎，故名入破。❸點檢：查核。

木蘭花

晏殊

【導讀】這首詞描寫一位女子的離愁別恨。詞中句句是對情人的怨，語意卻極柔婉，飽含著無限的愛與思念，黃了翁《蓼園詞選》說：「『樓頭』二語，意致淒然，挈起多情苦來。末二句總見多情之苦耳，妙在意思忠厚，無怨懟口角。」

晏殊詞多寫相思別離，有些詞（如本篇）代女子言情，他的幼子晏幾道卻曲為之諱，趙與時《賓退錄》云：「晏叔原（幾道字）見蒲傳正曰：『先君平日小詞雖多，未嘗作婦人語也。』傳正曰：『「綠楊芳草長亭路，年少拋人容易去」，豈非婦人語乎？』叔原曰：『公謂年少為所歡乎？因公言，遂解得樂天（白居易）詩兩句：「欲留所歡（指情人）待富貴，富貴不來所歡去。」』傳正笑而悟。」趙與時說：「按全篇云云，蓋眞謂所歡者，與樂天『欲留年少待富貴，富貴不來年少去』之句不同，叔原之言失之。」

綠楊芳草長亭路，
年少拋人容易去。
樓頭殘夢五更鐘❶，

在長滿綠楊芳草的長亭路，
那少年輕易地拋我而去。
同他相會的殘夢依稀，樓頭鐘敲五更，
把人驚起。

花底離愁三月雨。
無情不似多情苦，
一寸還成千萬縷。❷
天涯地角有窮時，
只有相思無盡處。

繁花在三月的雨中憔悴，
離恨更摻和著傷春意緒。
無情不像多情這樣愁苦，
我的心亂成千絲萬縷。
天涯地角縱然遙遠，到底還有邊際，
我對他的思念啊，卻永遠無窮無已。

【注 釋】

❶樓頭句：李商隱〈無題〉詩：「來是空言去絕蹤，月斜樓上五更鐘。」此處化用其意。❷一寸：即寸心，區區之心。何遜〈夜夢故人〉詩：「相思不可寄，直在寸心中。」

踏莎行

晏 殊

【導 讀】

〈踏莎行〉，詞調名，唐、五代不載，始見於北宋寇準、晏殊詞。楊慎《詞品》卷一：「韓翃詩：『踏莎行草過春谿。』詞名〈踏莎行〉，本此。」

這首詞抒寫送別之後的依戀不捨和登高望遠的無限思念，融情於景，含蘊深婉。「香塵已隔猶回面」句，傳神地描摹了送別歸去，作者步步回顧、步步留戀的情狀。「斜陽只送平波遠」句，分明怨斜陽不解留人，反隨著行舟漸遠，也從水面漸漸消隱，卻說得極婉轉，王世貞《藝苑卮言》評此句曰：「淡語之有致者也」。

祖席離歌[1]，
長亭別宴[2]，
香塵已隔猶回面[3]。
居人匹馬映林嘶，
行人去棹依波轉。
畫閣魂消，
高樓目斷，
斜陽只送平波遠。
無窮無盡是離愁，

酒席上唱著離歌，
長亭裡安排下別宴，
香塵飛揚，遮擋了視線，
我依然頻頻回顧、無限留戀。
我孤單的馬在樹林的隱映中嘶鳴，
她離去的船隨著江波回旋。
畫閣裡我黯然傷神，
獨倚高樓望穿雙眼，
怨斜陽不懂得把人留住，
卻只爲平波送遠。
無窮無盡的離愁纏繞心頭，

天涯地角尋思遍。

天涯地角思量不斷。

【注釋】

❶祖席：送別的宴席。姚合〈送韓湘赴江西從事〉詩：「行裝有兵器，祖席盡詩人。」❷長亭：秦漢十里置亭，亦謂之長亭。《白孔六帖》卷九：「十里一長亭，五里一短亭。」古時設在路旁的亭舍，常用作餞別處。庾信〈哀江南賦〉：「十里五里，長亭短亭。」❸香塵：因地下落花多，塵土都帶著香氣，故稱。

踏莎行

晏殊

【導讀】

這首詞黃升《花庵詞選》題作「春思」。作者以含蓄清麗的詩筆，抒寫了感傷春暮的淡淡哀愁。詞中繪景如畫，在色彩的選擇和映襯上特別講究，十分諧調。前八句無一字正面描寫愁情，仔細品味卻句句顯示傷春之意。作者又使用象徵手法，以楊花的迷濛暗喻愁思的撩亂，饒有風致。

全篇意境渾融、語言流麗、格調和婉，藝術方面是相當出色的。

小徑紅稀，

小路上紅花漸稀，

芳郊綠遍，

郊野裡芳草綠遍，

高台樹色陰陰見❶。
春風不解禁楊花，
濛濛亂撲行人面。
翠葉藏鶯，
朱簾隔燕，
爐香靜逐游絲轉❷。
一場愁夢酒醒時，
斜陽卻照深深院。

濃密幽暗的樹色中，
　高高的樓台依稀難辨。
春風不懂得留住楊花，
一任它迷濛飛舞、亂撲行人的臉面。
黃鶯藏在翠葉叢中歌唱，
朱簾外，燕子呢喃在樑間。
一縷縷香煙從爐中飄出，
　靜靜地追著游絲回旋。
飲過悶酒做一場憂傷的短夢，醒來時，
斜陽已照在深深的庭院。

【注釋】

❶陰陰見：暗暗顯露。見，同「現」。❷游絲：蜘蛛、青蟲之類的絲，飛揚空中，叫做游絲。庾信〈春賦〉：「一叢香草足礙人，數尺游絲即橫路。」

蝶戀花

晏殊

【導讀】

〈蝶戀花〉，詞調名，本唐教坊曲，又名〈鵲踏枝〉。另有〈黃金縷〉、〈捲珠簾〉、〈明月生南浦〉、〈細雨吹池沼〉、〈鳳棲梧〉、〈一籮金〉、〈魚水同歡〉、〈轉調蝶戀花〉等別稱。《詞譜》卷十二謂「宋晏殊詞改今名」。毛先舒《塡詞名解》卷二謂：「採梁簡文帝樂府『翻階蛺蝶戀花情』爲名」。

此首一作馮延巳詞，又作歐陽修詞。詞意蘊藉含蓄，如主人公聞箏而觸動心事，見海燕雙飛而自傷孤獨，均未在句中點明，而是意在言外。過片幾句也只從所繪景物，表現主人公惜花傷春的情緒，末二句則融化金昌緒〈春怨〉詩句，暗寓懷人之意。

譚獻《譚評詞辯》評本詞曰：「金碧山水，一片空濛」，因爲本詞語言極明麗，而用意極婉曲，我們看不到主人公的形象和生活狀況，卻能夠領會他的萬千思緒。

六曲闌干偎碧樹，
楊柳風輕，
展盡黃金縷。
誰把鈿箏移玉柱[1]，

欄杆曲折回環，倚靠著綠樹。
春風輕軟，飄拂的楊柳展示著
千萬條美麗的金色絲縷。
是誰，在撥弄裝飾羅鈿的箏柱？

穿簾海燕雙飛去❷。
滿眼游絲兼落絮❸，
紅杏開時，
一霎清明雨。
濃睡覺來鶯亂語，
驚殘好夢無尋處❹。

海燕穿度簾幕雙雙飛去。
滿眼游絲和落絮，
紅杏開得正好，
清明時又下了一陣急雨。
濃睡醒來只聽見黃鶯亂語，
驚破的好夢再也無處尋覓。

【注釋】

❶鈿箏：以羅鈿裝飾的箏。玉柱，指弦柱。❷海燕：燕子的別稱。古人認爲燕子產於南方，渡海而至，故稱。沈佺期〈古意〉詩之一：「盧家少婦鬱金香，海燕雙棲玳瑁梁。」❸游絲：見晏殊〈踏莎行〉注。❹濃睡兩句：暗用金昌緒〈春怨〉「打起黃鶯兒，莫教枝上啼。啼時驚妾夢，不得到遼西」詩意。

韓縝

韓縝（一〇一九～一〇九七年），字玉汝，開封雍丘（今河南杞縣）人。慶曆間進士。曾官尚書右僕射兼中書侍郎，以太子少保致仕。

鳳簫吟

韓縝

【導讀】

〈鳳簫吟〉，詞調名，又名〈芳草〉、〈鳳樓吟〉，〈芳草〉即因此詞詠芳草得名。

葉夢得《石林詩話》云：「元豐初，夏人來議地界，韓丞相玉汝出分畫，將行，與愛妾劉氏劇飲通夕，且作詞留別。翌日，忽中批步兵司遣爲搬家追送之，初莫測所由，久之方知自樂府發也。」

又沈雄《古今詞話》引《樂府紀聞》云：「韓縝有愛姬能詞，韓奉使時，姬作〈蝶戀花〉送之云：『香作風光濃著露，正恁雙棲，又遣分飛去。密訴東君應不許，淚波一灑奴衷素。』神宗知之，遣使送行。劉貢父（頒）贈以詩：『卷耳幸容留婉孌，皇華何啻有光輝。』莫測中旨何自而出，後乃知姬人別曲傳入內廷也。韓亦有〈鳳簫吟〉詞詠芳草以留別，與〈蘭陵王〉詠柳以敍別同意。後人竟以〈芳草〉爲調名，則失〈鳳簫吟〉原唱意也。」韓縝詞僅存此一首。

韓縝身爲北宋使臣，全不以國事爲念，臨行唯贈此詞與愛妾，而天子竟派兵追送其妾隨行，並傳爲佳話，北宋的大臣是怎樣地文恬武嬉，於此可見一斑。此詞融入淮南小山〈招隱士〉、江淹〈別賦〉、白居易〈賦得古原草送別〉，以及牛希濟〈生查子〉等篇句意，以萋萋芳草喻離愁，全詞無一「草」字，卻幾乎是句句詠草。「長行長在眼」、「盡日目斷王孫」、「曾行處、綠妒輕裙」等句，以芳草的無所不在渲染離情的無窮無盡，委婉深曲，很有情致。史達祖〈綺羅春〉句句詠春雨，而終篇不見一「雨」字，顯然受此詞影響。

鎖離愁連綿無際，
來時陌上初薰❶，
繡幃人念遠❷，
暗垂珠露，
泣送征輪。
長行長在眼，
更重重、遠水孤雲。

如鎖在心間的離愁，芳草連綿，
無邊無際，
在來時的路上散發香氣。
閨中人念遠傷情，
暗滴淚水像一串串珠露，
哭泣著爲我送行。
無論走到哪裡，芳草總在眼底，
一重重遠水孤雲，更添愁意。

但望極樓高，
盡日目斷王孫❸。
消魂，池塘別後，
曾行處、綠妒輕裙❹。
恁時攜素手❺，
亂花飛絮裡，
緩步香茵。
朱顏空自改，
向年年、芳意長新❻。
遍綠野、嬉遊醉眼，
莫負青春。

她將整天在高樓極目望遠，
卻只看見一片芳草萋萋。
傷心啊，我們在池塘邊別離，
那從前一同走過的地方，
也依然只有芳草與羅裙爭綠。
幾時才能重攜素手，
亂花飛絮裡，
漫步在如茵的芳草地？
年輕的容顏空自改變，
草兒卻年年芳意長新。
我願在綠野盡情地陶醉嬉戲，
不要辜負這大好青春。

【注釋】

❶陌上初薰：江淹〈別賦〉：「閨中風暖，陌上草薰」，楊慎《詞品》卷一：「佛經云：『奇草芳花，能逆風聞薰（香氣）』，江淹……正用佛經語。」❷繡幃人：即閨中人，「幃」同「帷」，帳。繡幃：精美華麗的帷帳，代指閨房。❸目斷王孫：淮南小山《招隱士》：「王孫遊兮不歸，芳草生兮萋萋（繁盛貌）」，此用其意。❹綠妒輕裙：牛希濟〈生查子〉詞：「記得綠羅裙，處處憐芳草。」❺恁時：那時。❻向年年句：白居易〈賦得古原草送別〉詩：「離離原上草，一歲一枯榮，野火燒不盡，春風吹又生」，此用其意。

宋祁

宋祁（九九八～一〇六二年），字子京，雍丘（今河南杞縣）人。天聖初（一〇二三年）與兄庠同舉進士，排名第一，章獻太后以爲弟不可先兄，乃擢庠第一，而置祁第十，時號大、小宋，並稱「二宋」。累遷工部尚書、翰林學士承旨。善詩文，曾與歐陽修同修《新唐書》。《全宋詞》錄其詞六首。

木蘭花

宋祁

【導讀】

此詞別本均作〈玉樓春〉。這是當時傳誦的名篇，作者因此而獲得「紅杏枝頭春意鬧尚書」的雅號。上片描繪春天的絢麗景色極有韻致。王國維《人間詞話》說：「『紅杏枝頭春意鬧』，著一『鬧』字，而境界全出」，它運用通感手段，化視覺印象爲聽覺，將繁麗的春色點染得十分生動，可惜下片意思俗濫，與上片不稱，李清照《詞論》譏評：「宋子京兄弟……雖時時有妙語，而破碎何足名家」，確有見地。

東城漸覺風光好，
縠皺波紋迎客棹❶。
綠楊烟外曉寒輕❷，
紅杏枝頭春意鬧。
浮生長恨歡娛少❸，
肯愛千金輕一笑？
爲君持酒勸斜陽，
且向花間留晚照❹。

東城風光一天天更好，
縐紗般的微波在迎接游船。
清晨，如烟的楊柳外輕寒蕩漾，
紅杏怒放在枝頭，春意無邊。
浮生總恨樂事太少，
難道會輕視歡笑去吝惜金錢？
我要爲你向斜陽頻頻勸酒，
請他把美麗的餘暉長留花間。

【注釋】

❶縠縐：縐紗，此處比喻波紋柔細。棹：搖船的用具，代指船，徐彥明〈採蓮曲〉：「春歌弄明月，歸棹落花前。」❷曉寒：原爲「曉雲」，據別本改。❸浮生：《莊子・刻意》：「其生若浮，其死若休。」意謂人生在世，虛浮無定，因稱人生爲浮生。李白〈春夜宴從弟桃李園序〉：「夫天地者，萬物之逆旅，光陰者，百代之過客，而浮生若夢，爲歡幾何？」❹晚照：夕陽餘暉，宋孝武帝〈七夕詩〉：「白日傾晚照，弦月外初光。」

歐陽修

歐陽修（一〇〇七～一〇七二年），字永叔，號醉翁，晚年又號六一居士，吉州永豐（今江西永豐）人。天聖八年（一〇三〇年）進士。官至樞密副使、參知政事，以太子少師致仕。

歐陽修是北宋詩文革新的領袖，一代文宗，散文名列唐宋八大家，又是其中影響較大的一位，文風平易流暢，紆徐婉曲，富於情韻。他又是史學家，與宋祁同修《新唐書》，獨力完成《新五代史》，他還開了宋代筆記文的先聲，並爲散文賦的開山作者，對當時的浮艷詩風也有所革新。

歐陽修善論詩，他的《六一詩話》開了「詩話」這一新的文學批評形式，對後來詞話的產生有很大影響。歐陽修也擅長寫詞，與晏殊齊名，並稱「晏歐」。他的詞主要內容與晏殊相仿，多寫戀情相思、酣歌醉舞、惜春賞花之類，但他的詞比晏詞更深婉纏綿、意境更渾融。歐詞也深受馮延巳詞影響，集中的一些作品與馮延巳相混。劉熙載《藝概》卷四說：「馮延巳詞，晏同叔得其俊，歐陽永叔得其深。」歐詞有一部分贈答、詠史以及抒發仕途坎坷的作品，詞風除深婉清麗外還有疏宕明快的，內容、風格均比晏詞豐富，馮煦《宋六十家詞選例言》說他的詞：「疏雋開子瞻（蘇軾），深婉開少游（秦觀）」。歐詞也受到民間俚曲影響，有些詞十分口語化，他還仿民間曲子詞的定格聯章體（組詞），用〈漁家傲〉十二首兩組分詠十二個月的節物風光，〈採桑子〉十首詠潁州西湖。

歐陽修是北宋前期重要的詞家之一，有《六一詞》傳世，又名《歐陽文忠公近體樂府》，另一種本子爲《醉翁情趣外篇》，共存詞二百餘首。

採桑子

歐陽修

【導讀】〈採桑子〉，《詞譜》卷五：「唐教坊曲有〈楊下採桑〉，調名本此。」唐詞不載此調，始見於五代後晉和凝詞。

歐陽修〈採桑子〉十首詠潁州(今安徽阜陽)西湖，爲晚年所作，詞前有序，說明他爲愛西湖之美、記遊賞之樂，「翻舊闋之辭，寫以新聲之調」，寫作目的是爲了「聊佐清歡」。〈採桑子〉組詞以清新疏淡的畫筆描繪了西湖的天容水色、春花夏荷、晨風夕照、晴光雨意，猶如一幅幅淡雅的有聲畫，十首皆以「西湖好」爲首句，詞意無一重複。本詞爲其中第四首，描寫了暮春西湖迷離的美，語言清麗，風格空靈淡遠。

群芳過後西湖好❶，
狼藉殘紅❷，
飛絮濛濛，
垂柳闌干盡日風。

百花開過，西湖別是一番好景，
落英繽紛，遍地殘紅，
柳絮輕飛如細雨迷濛，
欄檻邊垂楊千萬縷，整天搖曳向著春風。

笙歌散盡遊人去，
始覺春空，
垂下簾櫳，
雙燕歸來細雨中。

熱鬧的弦管歌聲漸漸沉寂，
熙熙攘攘的遊人也已散盡，
才感到春光是異樣地純淨空靈，
垂下我的窗簾，
閒看綿綿絲雨中歸來的雙燕。

【注釋】

❶西湖：在安徽阜陽縣西北，潁水合諸水匯流處，風景佳勝。❷狼藉殘紅：落花散亂貌。狼藉：縱橫散亂。舊傳狼群常藉草而臥，起則踐草使亂以滅跡，後因以「狼藉」爲散亂之形容。

訴衷情

歐陽修

【導讀】

〈訴衷情〉，唐教坊曲名，後用爲詞調，單調詞始見於韋莊詞，雙調始見於五代毛文錫詞，因其詞有「桃花流水漾縱橫」句，故又名〈桃花水〉。

這首詞黃升《花庵詞選》題作「眉意」。古人多以山水表示離情別意，本詞以女主人公特地將雙眉畫成遠山模樣來表現離恨，用意新巧奇警。「擬歌先斂，欲笑還顰」八個字，透露了這位靠色藝謀生的歌女不得不強顏歡笑的苦悶，隱一含著作者的同情，語簡意深，十分傳神。

清晨簾幕捲輕霜，
呵手試梅妝❶。
都緣自有離恨，
故畫作遠山長❷。
思往事，
惜流芳，
易成傷。
擬歌先斂❸，
欲笑還顰❹，
最斷人腸。

清晨捲起簾幕，見門外一片輕霜，
我呵暖雙手試化梅花新妝。
只因爲內心纏結著離恨，
特意把雙眉畫成遠山樣長。
追憶美好的往事，
惋惜華年去如流水一樣，
總引起無限感傷。
我不得不做出莊敬的神情，好準備歌唱，
想對人扮成笑容，卻掩飾不住愁苦模樣，
這強顏歡笑的時刻最令人斷腸！

【注釋】

❶呵手：天冷時哈氣使手暖靈活。梅妝：梅花妝，《太平御覽‧時序部》引《雜五行書》：「宋武帝女壽陽公主人日臥於含章殿檐下。梅花落公主額上，成五出花，拂之不去。皇后留之，看得幾時。經三日，洗之乃落。宮女奇其異，竟效之。今梅花妝是也。」李商隱〈對雪〉詩之二：「侵寒可能爭桂魄，忍寒應欲試梅妝。」❷遠山：比喻女子美麗的雙眉，葛洪《西京雜記》：「文君姣好，眉色如望遠山。」❸斂：斂容，猶正容，表示肅敬。❹顰：皺眉。

踏莎行

歐陽修

【導讀】

此詞黃升《唐宋諸賢絕妙詞選》題作「相別」。

這首詞以溫柔的筆觸抒寫離愁。上片從遠行人著眼，展示了他感情的漸變過程；初行時在融和春光中，爲美麗景物所感，他輕搖征轡、怡然自得，離家漸遠，別恨便一步比一步更強烈地襲擊他，終於在心底驅之不去。下片從閨中人著眼，代她設想相思苦況，勸她不要倚欄望遠，因爲行人越走越遠，思婦亦將愈望愈遠。李攀龍《草堂詩餘雋》評此詞：「春水寫愁，春山騁望，極切極婉。」王世貞《藝苑卮言》說最後兩句是「淡語之有情者」。

本詞細膩纏綿、委婉清麗、情景雙絕。

候館梅殘❶，
溪橋柳細，
草薰風暖搖征轡❷。
離愁漸遠漸無窮，
迢迢不斷如春水❸。

寸寸柔腸，
盈盈粉淚❹，
樓高莫近危闌倚❺。
平蕪盡處是春山，
行人更在春山外。

客舍邊開殘了紅梅，
溪畔橋頭，楊柳纖細柔媚。
綠草在暖風中散著芳馨，春光蕩漾中，
我輕搖馬鞭悠然前行。
行程漸遠，心中的離愁步步加深，
終於如迢迢春水無窮無盡。

遙想閨中人寸寸柔腸一定千迴百轉，
和著脂粉的眼淚長流不斷。
你千萬不要在高樓獨自憑欄，
那平廣草地的盡頭是春山重疊綿延，
你思念的人更遠在春山外邊。

【注釋】

❶候館：迎接賓客的館舍，即指客舍。《周禮‧地官‧遺人》：「五十里有市，市有

候館。」❷草熏句：江淹〈別賦〉：「閨中風暖，陌上草薰。」薰，香氣。轡：馬韁繩。❸離愁二句：化用寇準〈江南春〉：「日落汀洲一望時，柔情不斷如春水」句意。❹盈盈：淚水充溢貌。❺危闌：高樓上的欄杆。

蝶戀花

歐陽修

【導讀】

這是一首閨怨詞。歐陽修的詞風深受南唐馮延巳影響，以至此詞並見於馮延巳《陽春集》。李清照〈臨江仙〉詞序說：「歐陽公作〈蝶戀花〉，有『深深深幾許』之句，予酷愛之，用其語作『庭院深深』數闋，其聲即舊『臨江仙』也。」又黃升《花庵詞選》亦將此詞歸入歐作，應較可信。

作者以含蘊的筆法描寫了幽居深院的少婦傷春及懷人的複雜思緒和怨情，整首詞如泣如訴，淒婉動人，意境渾融、語言清麗。尤其是最後兩句，向爲詞評家所讚譽。《古今詞論》引毛先舒語云：「『淚眼問花花不語，亂紅飛過秋千去』，此可謂層深而渾成。何也？因花而有淚，此一層意也；因淚而問花，此一層意也；花竟不語，此一層意也；不但不語，且又亂落、飛過秋千，此一層意也。人愈傷心，花愈惱人，語愈淺而意愈入，又絕無刻畫費力之跡。」張惠言以爲此詞有政治寄託，殊無根據，爲王國維所譏。

庭院深深深幾許？

庭院深深，多麼地幽深！

楊柳堆烟，
簾幕無重數。
玉勒雕鞍遊冶處❶，
樓高不見章臺路❷。
雨橫風狂三月暮❸，
門掩黃昏，
無計留春住。
淚眼問花花不語，
亂紅飛過秋千去❹。

濃密的楊柳如烟如霧，
就像數不清的重重簾幕。
乘著華麗的車馬到哪裡遊樂？
高樓上我望不見他的去處。
雨那麼凶猛，風這樣狂暴，
正當三月將暮。
黃昏掩門獨坐，
苦恨不能把春光留住。
我含淚的眼睛詢問著花朵，
花朵卻默然不語，
又零亂地片片飄落，隨風飛過鞦韆而去。

【注釋】

❶玉勒雕鞍：鑲玉的馬籠頭和雕綉的馬鞍，指華貴的車馬。庾信〈馬射賦〉：「控玉勒而搖星，跨金鞍而動月。」遊冶處：指歌樓妓館。❷章臺：本爲漢代長安下街名，爲妓女聚居之所，後因以章臺爲妓女住所的代稱。❸雨橫：雨勢凶猛。❹淚眼兩

句：張宗橚《詞林紀事》卷四引〈南部新書〉記嚴惲詩：「盡日問花花不語，爲誰零落爲誰開？」說此二句「似本此」。

蝶戀花

歐陽修

【導讀】

歐陽修與馮延巳互見於詞集的作品有十多首，這首詞歷代詞選、詞評大多列爲馮延巳的名作之首。本篇抒寫了一片難以指實的，濃重的感傷之情，大有「春花秋月何時了，往事知多少？」的那種對於整個人生的迷惘和得不到解脫的苦悶，但又不僅限於此，詞中也還同時包含著主人公對美好事物的無限眷戀，以及他甘心爲此憔悴的執著感情。「獨立小橋」兩句，表現了主人公如有所待又若有所失的情狀，語淡而意遠。

誰道閒情拋棄久？
每到春來，
惆悵還依舊。
日日花前常病酒❶，

誰說閒情拋棄已久？
每當新春到來，
內心的惆悵甦生如舊。
天天對著容易凋落的繁花，
常常喝下過量的酒，

不辭鏡裡朱顏瘦❷。
河畔青蕪堤上柳❸，
爲問新愁，
何事年年有？
獨立小橋風滿袖，
平林新月人歸後。

珍惜春光我多愁多感，
卻情願因此容顏消瘦。
河畔芳草青青，堤上楊柳依依，
爲什麼我心中的愁緒，
總隨著它們年年常新？
我獨自在小橋久久佇立，
任清風吹滿衣袖，
看行人漸漸歸盡，一彎新月
升起在平林的高頭。

【注釋】

❶病酒：飲酒過量沉醉如病。《晏子春秋・諫上》：「景公飲酒酲，三日而後發。晏子曰：『君病酒乎？』」❷日日花前兩句：化用杜甫〈曲江〉詩二首之一：「且看欲盡花經眼，莫厭傷多酒入脣」之詩意。❸青蕪：青草，古樂府〈飲馬長城窟行〉：「青青河畔草。」

蝶戀花

歐陽修

【導讀】

此詞又見於馮延巳《陽春集》。這是一首思婦詞，內容和意境與另一首〈蝶戀花〉「庭院深深」十分相似。上片抒寫女主人公對遊蕩不知返的愛人由念極而生怨的複雜感情，那怨情又只表現爲「微慍而不怒」，詞中沒有一句正言厲色的譴責，而只有溫柔的嗔怪。下片通過女主人公倚樓、獨語、問燕、尋夢等一系列行爲和內心活動，抒寫了她滿懷相思與撩亂春愁交織在一起的、纏綿悱惻的情感。「雙燕」的問句是癡極之語，十分動人。末二句層深而渾成，與「淚眼問花花不語」有異曲同工之妙。

幾日行雲何處去❶？
忘了歸來，
不道春將暮。
百草千花寒食路❷，
香車繫在誰家樹❸？

像天上的流雲飄蕩無定，
這幾天他去到哪裡？
遊興正濃他忘了回來，
難道竟不知春天就要歸去？
寒食時節，大路上，
滿是爭奇鬥艷的百草千花。
他那華麗的車馬，究竟繫在了誰家？

淚眼倚樓頻獨語，
雙燕來時，
陌上相逢否？
撩亂春愁如柳絮，
依依夢裡無尋處❹。

我獨倚空寂的樓台，含著眼淚頻頻自語，
我問那雙飛的燕子，
來時的路上可曾和他相遇？
我心中撩亂的春愁，
正如迷濛紛飛的柳絮。
在孤獨而悠長的夢裡，
他的蹤跡也難尋覓。

【注　釋】

❶行雲：宋玉〈高唐賦序〉：「妾在巫山之陽，高丘之阻，旦爲朝雲，暮爲行雨，朝朝暮暮，陽台之下。」本以朝雲、行雨指女性，此處指人行踪不定如流雲飄浮。❷百草千花：詞意雙關，既指寒食時節的實景，也暗喻花街柳巷的妓女，白居易〈贈長安妓人阿軟〉詩：「綠水紅蓮一朵開，千花百草無顏色。」寒食：節令名，清明前一天（一說前兩天），相傳起於晉文公悼念介子推事，以介子推抱木焚死，就定於是日禁火寒食。❸香車：七香車，用多種香料塗飾的車，泛指華麗的馬車。❹依依：一作「悠悠」。

木蘭花

歐陽修

【導讀】

此詞抒寫別情。上片傳達了女主人公對遠行的愛人之關切、思念和怪怨，語意柔婉曲折。下片以秋聲襯托離情，「夜深風竹」句鏗然有金石之聲，「敲」字用得極響亮，見出秋聲入離人耳的力度，彷彿聲聲敲在心頭。鏦鏦錚錚的秋聲，又越發襯托了秋夜的冷寂淒清。「萬葉千聲」句寄情於景，顯得搖曳多姿。結尾兩句描寫女主人公孤夢難成、長夜相思的情景，語似輕倩而含情深蘊。

別後不知君遠近，
觸目淒涼多少悶！
漸行漸遠漸無書，
水闊魚沉何處問❶？
夜深風竹敲秋韻❷，
萬葉千聲皆是恨。

別後不知你去到何方，是遠是近，
滿眼只覺得景色淒涼，
我心中多麼愁悶！
你漸漸去遠，越來越得不到你的音信，
河水浩淼無邊，魚兒踪影不見，
我能到哪裡去探問？
夜已深沉，西風敲擊翠竹，
彈著秋天哀切的音韻，
萬葉千聲，全都是離愁別恨。

故欹單枕夢中尋❸，
夢又不成燈又燼❹。

我特地斜靠著孤枕，想在夢中把你找尋，
可嘆夢兒難成，殘燈又燃成灰燼。

【注釋】

❶魚沈：相傳魚能傳書，詳見晏殊〈清平樂〉注。魚沉謂書信不傳。❷秋韻：秋聲，秋時西風作，草木零落，多肅殺之聲，曰秋聲。庾信《周譙國公夫人步陸孤氏墓志銘》：「樹樹秋聲，山山寒色。」❸欹：傾斜，斜倚。❹燼：火燒東西的剩餘，如灰燼、燭燼。韋應物〈對殘燈〉詩：「獨照碧窗久，欲隨寒燼滅。」

臨江仙

歐陽修

【導讀】

〈臨江仙〉，唐教坊曲名，後用爲詞調。黃升《唐宋諸賢絕妙詞選》卷一李詢〈巫山一段雲〉詞注：「〈臨江仙〉則言仙事。」五代詞人用此調爲題，多由仙事轉入艷情。始見於南唐馮延巳詞。

作者把飄然而至、倏爾而逝的夏日雨景，刻劃得十分細膩、美麗，「輕雷」而從「柳外」隱隱傳來，疏雨而從池中荷上聽得，在暑熱中，這簡直是夢一般的境界，有著詩和音樂的韻味，使人神情意遠。詞中又寫出「小樓西角斷虹明」的初晴光景，更覺意趣橫生。那倚樓待月的人物，也是整幅圖畫的組成部分。下片描繪夜景，精緻華美的居室引人遐想，「涼波不動簟紋平」的清爽適意，又與上片的降雨關合。從「水精雙枕」二句，我們可以想像出臥房中神仙般美好的人物。

整首詞筆意輕靈秀麗，意境極其清美。

柳外輕雷池上雨，
雨聲滴碎荷聲。
小樓西角斷虹明。
闌干倚處，
待得月華生❶。
燕子飛來窺畫棟，
玉鉤垂下簾旌❷。
涼波不動簟紋平❸。
水精雙枕畔❹，

高柳外傳來隱隱輕雷，
一陣疏雨灑上池塘，
雨滴荷葉，細碎的樂音聲聲送爽。
疏雨過處，半彎彩虹
映小樓西角美麗明亮。
她久久倚著欄杆，
直待到清月初上。
燕子悄悄飛來，棲息在雕樑畫棟，
一雙玉鉤閒掛，屋內已垂下簾櫳。
清涼的竹席冰紋凝結不動。
華美的水晶枕間，

傍有墮釵橫。

橫斜著墜落的釵鈿。

【注釋】

❶月華：月亮。庚信〈舟中望月〉詩：「舟子夜離家，開舲望月華。」❷簾旌：即簾子、簾幕。❸簟：竹席。❹水精：即水晶。

浣溪沙

歐陽修

【導讀】

上片描繪了在空闊、明麗的湖上春景中活躍著的眾多遊人，並著意點出「綠楊樓外」的鞦韆影。吳曾《能改齋漫錄》引晁補之語，說此詞上片「要皆絕妙」，尤其是其中的「出」字，「自是後人道不到處」，因爲用此一字，突出了萬綠叢中忽然閃現的盪鞦韆少女的身影，使人更感到春天的歡樂，生命的歡樂。

下片自抒情懷，一方面寫出作者雖已白髮，卻仍舊熱愛生活、享受生活，陶醉於美酒和樂舞中的情景；而「人生何處似尊前」句，又使人體味到一種幽微的淒傷之慨。

堤上遊人逐畫船，

堤上遊人如雲，追隨著湖中畫船，

拍堤春水四垂天，

春水拍打堤岸，藍天空闊垂向四面。

綠楊樓外出秋千❶。
白髮戴花君莫笑，
六么催拍盞頻傳❷，
人生何處似尊前。

綠楊掩映的樓外，閃出飄蕩的鞦韆。
請不要笑我頭髮白了，
還把花朵戴在鬢邊，
〈六么〉琵琶曲節拍繁密，
催促人酒盞頻傳。
且讓我縱情陶醉，人生有什麼
比沈湎美酒更叫人留連？

【注釋】

❶綠楊句：王維〈寒食城東即事〉詩：「蹴踘屢過飛鳥上，秋千競出垂楊裡。」馮延巳〈上行杯〉詞：「柳外秋千出畫牆。」❷六么：唐時琵琶曲名。王灼《碧雞漫志》卷三云：「〈六么〉，一名〈綠腰〉，一名〈樂世〉，一名〈錄要〉。」白居易〈琵琶行〉：「輕攏慢捻抹復挑，初爲霓裳後六么。」

浪淘沙

歐陽修

【導讀】

〈浪淘沙〉，唐教坊曲名，後用作詞調。唐人作品與七絕同，至南唐李煜始創新聲爲雙片。又名〈浪淘沙令〉、〈賣花聲〉、〈曲入冥〉、〈過龍門〉。

這首詞抒寫留連光景和相思離別的情懷，對於自然界好景不常、人世間聚散匆匆的種種現象發出深深慨嘆，內容並不新鮮，唯語言平易舒暢，不假藻飾，如由胸中自然流出。

把酒祝東風，
且共從容[1]。
垂楊紫陌洛城東[2]，
總是當時攜手處，
遊遍芳叢。
聚散苦匆匆，
此恨無窮，
今年花勝去年紅，
可惜明年花更好，

我舉酒向東風祝告，
請暫且留步，不要去得飛快。
在綠柳成陰的京都大道，
在洛陽城東的郊外，
所有美麗的地方，我們都曾攜手，
一同賞遍了千花百卉。
苦嘆聚散總是那樣匆忙，
惹起思情別恨無限。
今年的花比去年還鮮艷，
可惜只有我獨自留連，
明年，花兒或許開得更好，

知與誰同？

卻不知能和誰人一起賞玩？

【注釋】

❶從容：舒緩，不急迫。《莊子·秋水》：「鯈魚出游從容，是魚之樂也。」❷紫陌：指帝都的道路，李白〈南都行〉詩：「高樓對紫陌，甲第連青山。」

青玉案

歐陽修

【導讀】

〈青玉案〉，詞調名，《詞譜》卷十五：「漢張衡詩（〈四愁詩〉）：『何以報之青玉案。』調名取此。」又名〈西湖路〉。《全宋詞》據《草堂詩餘》將此篇歸入無名氏詞。

上片感嘆春光無多，又描繪了「綠暗紅嫣」的明麗景色，並以此歡景寫愁情，造成人物心理和景色的強烈反差。下片「買花載酒長安市，又爭似、家山見桃李」的鮮明對比，顯示主人公思鄉之切，由此揭出「有個人憔悴」之因，使人至此方如夢初醒。以下幾句極言鄉愁之深，結拍直賦「歸去來」，似裂帛之聲，全詞感情達到高潮。

此篇只如平日談家常，娓娓道來，眞實動人。

一年春事都來幾？

一年裡芳菲時節能有多少？

早過了、三之二。
綠暗紅嫣渾可事[1]，
綠楊庭院，
暖風簾幕，
有個人憔悴。
買花載酒長安市[2]，
又爭似、家山見桃李？
不枉東風吹客淚[3]，
相思難表，
夢魂無據，
惟有歸來是。

又早過了春光的大半。
綠葉幽密、紅花穠麗，賞心樂事應無限。
但是，在那深深的綠楊庭院，
當和暖的東風吹進簾幕，
有一個人卻憔悴了容顏。
買名花、飲美酒，在繁喧的京華。
又怎麼比得上悠然地
觀賞家鄉普普通通的桃李花？
不必去嗔怪是東風吹落客淚，
想思之愁原本就在心底存埋，
夢魂度越關山總是虛幻，
我只應該早早歸來！

【注　釋】

❶嫣：美好貌。渾：全、滿。可：合宜、好。❷長安：此處借指京都。❸不枉：猶不怪。

柳永

柳永（九八七？～一〇五三年？），原名三變，字耆卿，崇安（今福建崇安縣）人，宋仁宗朝進士，做過屯田員外郎，世稱柳屯田，又因排行第七，亦稱柳七。由於他在京師應舉時留連於歌樓妓館，「好爲淫冶謳歌之曲」，受到了以道德文章裝點門面的統治者的打擊，屢試不第，一生飄泊。他自稱：「奉旨塡詞柳三變」，以畢生精力作詞，並以「白衣卿相」自許，以作爲對當時現實的一種反抗。

柳永是北宋一大詞家，在詞史上有重要地位。他擴大了詞境，所寫內容不限於男女風月，尤工羈旅行役，佳作極多，許多篇章用凄切的曲調唱出了盛世中部分落魄文人的痛苦，眞實感人。他還有相當多的詞篇抒寫了與歌妓舞女的誠摯戀情，有部分作品反映了她們悲酸的生活和她們要求過合理生活的願望。也有一些青樓調笑的庸俗作品，爲其糟粕。柳詞還描繪了都市的繁華景象及四時節物風光，另有遊仙、詠史、詠物等題材。

柳永發展了詞體，留存二百多首詞，所用詞調竟有一百五十個之多，並大部分爲前所未見的，以舊腔改造或自製的新調，又十之七八爲長調慢詞，對詞的解放與進步作出了巨大貢獻，爲後人提供了更便於抒情敍事的藝術形式。柳永還豐富了詞的表現手法，他的詞長於鋪敍，工於寫景言情，講究章法結構，詞風眞率明朗，語言自然流暢，有鮮明的個性特色。他上承敦煌曲，用民間口語寫作大量「俚詞」，下開金元曲。柳詞又多用新腔、美腔，旖旎近情，富於音樂美。他的詞不僅在當時流播極廣，對後世影響也十分深鉅，之後的詞家幾乎無不受其影響，他是北宋前期最有成就的詞家，有《樂章集》。

柳永亦工詩文，可惜作品大都散佚，今存的〈煮海歌〉反映了鹽民生活的痛苦，極富社會意義，爲北宋前期難得的佳作。

曲玉管

柳　永

【導讀】

〈曲玉管〉，唐教坊曲，後用爲詞調，始見於柳永詞，是其「變舊聲、作新聲」，改制的長調慢詞。這是一首雙拽頭三片詞，前兩片字數完全相同，如像是第三片的兩個頭，故稱雙拽頭。

這首詞抒寫羈旅之愁與相思別情，章法結構很像王粲〈登樓賦〉，全詞以登高望遠始，第一片描寫所見秋景，境界高遠開闊，又籠罩著淒暗的色彩，由此引出當前望遠徒添悲哀的感慨，接入第二片的抒情敍事，而在相思別情的抒寫中又寄寓了身世不偶的飄零之慨，並以孤雁作爲進一步引發思緒的媒介，自然而然地轉入第三片對於歡樂往事的追憶、眷戀，最後歸結到登山臨水非但不能消憂，反而更增愁悶的現實，與開頭相呼應。

近人夏敬觀說柳永雅詞「用六朝小品文賦作法，層層鋪敍、情景兼融，一筆到底，始終不懈」（《手批樂章集》），本詞與柳永多數優秀的長調一樣，具有這種特點。

隴首雲飛❶，
江邊日晚，
煙波滿目憑闌久。

山頭輕雲飄飛，
江邊日色漸晚，
滿目煙波，我久久地獨自憑欄。

一望關河蕭索，
千里清秋，
忍凝眸。
杳杳神京❷，
盈盈仙子❸，
別來錦字終難偶❹。
斷雁無憑❺，
冉冉飛下汀洲，
思悠悠。
暗想當初，
有多少、幽歡佳會；

唯見關河蕭索，
淒涼的秋色綿延千里，
這情景又怎忍長時間攝入眼底。
京城遙遠又遙遠，
沒有織錦回文的詩篇，
自從和可愛的人相別，
重逢的心願終難實現。
天邊，一隻失群的孤雁，
緩緩地飛到水邊小洲，
引起我思緒悠悠。
我暗暗地回想，當初曾有過
多少秘密的歡娛，
有過多少令人陶醉的約會。

豈知聚散難期，
翻成雨恨雲愁❻。
阻追遊❼，
每登山臨水❽，
惹起平生心事，
一場消黯❾，
永日無言❿，
卻下層樓⓫。

誰知聚散總難預計，
只留下滿懷思情別緒。
我不願再去漫遊，
每當我登山臨水試圖消憂，
反惹起平生心事，
換來一場淒傷哀愁，
就像這樣整天緘默不語，
悶悶地走下高樓。

【注釋】

❶隴首雲飛：柳惲〈搗衣詩〉五首之二：「亭皋木葉下，隴首秋雲飛。」隴首：山頭。❷神京：即帝都。謝莊〈世祖孝武皇帝歌〉：「刷定四海，肇構神京。」❸盈盈：美好貌，多指人之風姿、儀態。〈古詩十九首〉之二：「盈盈樓上女，皎皎當窗牖。」仙子：本指仙人、仙女，後亦用以指美貌的女子，或指妓女。❹錦字：用蘇蕙、竇滔事，《晉書·竇滔妻蘇氏傳》：「竇滔妻蘇氏……名蕙，字若蘭。善屬文。滔，苻堅時爲秦州刺史，被徙流沙。蘇氏思之，織錦爲回文璇璣圖詩以贈滔，宛轉循環以讀之，詞

甚凄婉，凡八百四十字。」❺斷雁：失群孤雁。❻雨恨雲愁：因宋玉〈高唐賦序〉所述神女事（見歐陽修〈蝶戀花〉注），後以雲雨指男女歡會，雨恨雲愁，指相思離別之恨。❼阻：斷，止。追：隨。❽登山臨水：宋玉〈九辯〉：「登山臨水兮送將歸。」❾消黯：黯然傷神貌。❿永日：長日、整日。⓫層樓：重樓，高樓。

雨霖鈴

柳永

【導讀】

〈雨霖鈴〉，唐教坊大曲名，後用爲詞調。霖，一作「淋」。王灼《碧雞漫志》卷五〈雨淋鈴〉條：「《明皇雜錄》及《楊妃外傳》云：『帝幸蜀，初入斜谷，霖雨彌旬。棧道中聞鈴聲，帝方悼念貴妃，採其聲爲〈雨淋鈴〉曲以寄恨。』……今雙調〈雨淋鈴慢〉，頗極哀怨，眞本曲遺聲。」《詞譜》卷三十一：「宋詞蓋借舊曲名，另倚新聲也。」始見於柳永詞。

這首詞是柳永著名的代表作。詞中以種種凄涼、冷落的秋天景象襯托和渲染離情別緒，活畫出一幅秋江別離圖。作者仕途失意，不得不離開京都遠行，不得不與心愛的人分手，這雙重的痛苦交織在一起，使他感到格外難以忍受，他眞實地描述了臨別時的情景：「執手」兩句，以白描手法表現情人相別的情狀，語簡情深，極其感人。作者又用想像的畫筆，以景物點染，繪出別後及未來歲月一幅幅凄清的生活圖畫，使人如臨其境，如感其情。

整首詞情景兼融，結構如行雲流水般舒卷自如，時間的層次和感情的層次交疊著循序漸進，一步步將讀者帶入作者的內心世界的深處，藝術手法十分高明。「楊柳岸、曉風殘月」係千古名句，宋代以來人們就以之概括柳詞的風格特點。

寒蟬淒切，
對長亭晚❶，
驟雨初歇。
都門帳飲無緒❷，
留戀處、蘭舟催發❸。
執手相看淚眼，
竟無語凝噎❹。
念去去、千里烟波，
暮靄沉沉楚天闊。

寒蟬的鳴聲早已是一片淒切，
更何況長亭籠罩著暮色，
一場驟雨剛剛停歇。
在京城郊外的餞別宴會上，
你我都無情無緒，
正在作最後的留連，
舟子卻聲聲把人催喚。
緊握彼此的手，
一雙淚眼凝望著另一雙淚眼，
萬千言語，竟然哽塞在喉間。
遠去了，遠去了，
我的小舟將浮游於烟波千里，
當黃昏的雲靄低壓在水際，只有我獨自一人，伴同著南方空漠的天宇。

多情自古傷離別，
更那堪、冷落清秋節！
今宵酒醒何處？
楊柳岸、曉風殘月。
此去經年，
應是良辰好景虛設。
便縱有千種風情，
更與何人說？

多情的人自古就感傷別離，
更哪堪在這蕭瑟冷落的秋季！
今宵酒醒時我將棲身何地？
幾縷晨風，一彎殘月，沙岸邊楊柳依依。
這一去年復一年，
良辰美景從此就形同虛設。
縱然有千萬種深情密意，
又能向誰人去訴說？

【注釋】

❶長亭：見晏殊〈木蘭花〉注。❷帳飲：在郊野張設帷帳，宴飲餞別。江淹〈別賦〉：「至若龍馬銀鞍，朱軒繡軸，帳飲東都，送客金谷。」❸蘭舟：木蘭舟，船的美稱。❹凝噎：喉中氣塞，說不出話。

蝶戀花

柳永

【導讀】

這首詞《彊村叢書・樂章集》題爲〈鳳棲梧〉，是同一詞調的別名。上片以寫景爲主，景中含情，見出作者佇立望遠之苦；下片以明暢淋漓的筆調抒寫他「雖九死其猶未悔」的執著戀情，眞摯感人。賀裳《皺水軒詞筌》說：「小詞以含蓄爲佳，亦有作決絕語而妙者。如韋莊『陌上誰家年少足風流，妾擬將身嫁與一生休，縱被無情棄，不能羞。』之類是也。……柳耆卿『衣帶漸寬終不悔，爲伊消得人憔悴。』亦即韋意，而氣加婉矣。」

王國維《人間詞話》以這兩句詞所表現的刻骨愛情，來比喻「古今之成大事業、大學問者，必經過三種之境界」的第二境，即鍥而不捨、甘願獻身的精神。並說此等語「非大詞人不能道」。

佇倚危樓風細細，
望極春愁，
黯黯生天際❶。
草色烟光殘照裡，

和風細細，我獨倚高樓久久佇立，
極目遙望，傷別交織著傷春的愁情
彷彿充滿了天宇。
當青青草色、濛濛烟靄
沐浴在夕陽的金光裡，

無言誰會憑闌意？
擬把疏狂圖一醉❷，
對酒當歌❸，
強樂還無味❹。
衣帶漸寬終不悔❺，
爲伊消得人憔悴❻。

我默默無言，有誰能領會我憑欄時的心意？
我眞想從此疏放狂蕩，在沉醉中求得忘記，
但無論是飲甘醇的酒還是聽美妙歌曲，
勉強地行樂，實在只覺得乏味。
唉，縱然衣帶漸寬，我也絕不懊悔，
那可愛的人，值得爲了她消瘦憔悴。

【注釋】

❶黯黯：傷別貌。❷擬把：打算。❸對酒當歌：曹操〈短歌行〉：「對酒當歌，人生幾何？」❹強：勉強。❺衣帶漸寬句：古樂府〈古歌〉：「離家日趨遠，衣帶日趨緩。」❻消得：值得。

採蓮令

柳永

【導讀】

〈採蓮令〉，詞調名，始見於柳永詞。劉熙載《藝概．詞曲概》說柳永詞「細密而妥溜，明白而家常，善於敘事，有過前人」，本詞就體現了這一特點，上片細緻地寫出離別的時間、季節，情人如何送行、臨別之時彼此的情態；下片描繪別後的心境、無限的留戀與悵惘之情，又以蕭疏的景物作爲襯托，全詞平鋪直敘，脈絡井然，語周而意顯。

月華收，
雲淡霜天曙。
西征客、此時情苦。
翠娥執手❶，送臨歧❷、
軋軋開朱戶❸。
千嬌面、盈盈佇立，
無言有淚，

月亮收斂起光華，
白雲疏淡，寒冷的秋空漸曙。
遠征西行的遊子，此時心情正苦。
親愛的人執手送我上路，
軋軋地打開門戶。
千嬌百媚的她，美好的身軀
久久佇立在道路。
沒有一句話，只有萬點淚，

斷腸爭忍回顧？
一葉蘭舟，
便恁急槳凌波去。
貪行色、豈知離緒，
萬般方寸❹，
但飲恨、脈脈同誰語？
更回首、重城不見❺，
寒江天外，
隱隱兩三烟樹。

愁腸已斷的我，怎忍再回頭朝她盼顧？
無情的客船，
就這樣迅急地凌波而去。
舟子只知道及早趕路，哪裡懂得人心裡有
萬種思情、千般離緒。
我只有默默地忍受著痛苦，
脈脈柔情又能向誰傾訴？
當我在舟中頻頻回顧，重城早已不見，
只有遙遠的寒江天外，
隱約中矗立著幾株曉烟籠罩的高樹。

【注釋】

❶翠娥，即翠蛾，本指美人之眉，眉修長如蛾，以黛點色，故稱，亦借指美人，白居易〈李夫人〉詩：「翠娥彷彿平生貌，不似昭陽寢疾時。」❷臨歧：指分道惜別，高適〈別韋參軍詩〉：「丈夫不作兒女別，臨歧涕淚沾衣巾。」❸軋軋：象聲詞，開門

聲。❹方寸：指心。❺重城不見：歐陽詹〈初發太原途中寄太原所思〉：「高城已不見，況復城中人」，此用其意。

浪淘沙慢

柳永

【導讀】

〈浪淘沙慢〉，係柳永依據〈浪淘沙〉本宮調改制的長調慢曲。

這首詞的特點是將相思離別之情刻畫得淋漓盡致，沒有半點兒含蓄，這種露骨地表達感情的方式顯然受到民間俚曲的影響。詞中描寫情事周詳細密，只是綺羅香澤之氣很濃，聲態頗近市民，故此類作品爲標榜雅正的貴族士大夫所輕視。

但本詞風格雖穠艷，卻因直抒胸臆、感情眞摯而不使人覺得浮薄輕佻。個別句子如「空階夜雨頻滴」淸麗疏淡，爲人稱賞。

夢覺透窗風一線，
寒燈吹熄。
那堪酒醒，

短夢醒來，寒風透入窗隙，
將殘燈吹滅，
哪堪酒意盡消，

又聞空階夜雨頻滴❶。
嗟因循❷、久作天涯客。
負佳人、幾許盟言，
便忍把、從前歡會，
陡頓翻成憂戚❸。
愁極，
再三追思，
洞房深處，
幾度飲散歌闌，
香暖鴛鴦被。
豈暫時疏散，

又聽得夜雨頻滴空階。
我感嘆遷延蹉跎，長久在天涯流落，
辜負了佳人多少盟約，
竟這樣忍心地把從前的歡會，
頓然翻成如今的離缺。
我心中愁悶已極，
不斷地追憶著美妙的往昔，
在那洞房深處，
有多少次，當歡樂的歌宴散去，
在香暖的鴛鴦被底，
還有無限柔情蜜意。

費伊心力。
殢雲尤雨[4]，
有萬般千種，相憐相惜。
恰到如今[5]，
天長漏永，
無端自家疏隔。
知何時、卻擁秦雲態[6]？
願低幃昵枕[7]，
輕輕細說與，
江鄉夜夜，
數寒更思憶[8]。

她心裡從不曾有過同我暫時分離的憂戚。
沉醉在濃烈的歡愛中，
彼此間有千萬種相憐相惜。
而現在，每一個白天和黑夜，
只覺得漫長到沒有邊際。
怨自己無緣無故造成這樣的別離。
誰知道什麼時候
　才能重新領受她溫存的愛意？
我願在低垂的帳中，在團圓的枕邊，
輕聲地向她細敘
江鄉的每一個夜晚，
我曾怎樣數著寒更把她思憶。

【注　釋】

❶空階夜雨：龔頤正《芥隱筆記》云：「陰鏗有『夜雨滴空階』，柳耆卿用其語」，按，今陰鏗詩集不載。❷嗟因循：嗟，嘆詞，表示憂嘆、感嘆。《詩經・周南・卷耳》：「嗟我懷人，寘彼周行。」因循，沿襲，照舊不改，引申爲拖沓、疲塌之意。❸陡頓：突然，猝然變化，同「斗頓」，宋時口語。❹殢雲尤雨：纏昵不捨，形容男女相愛，歡合。❺恰：猶「却」。❻秦雲：秦樓雲雨。❼幃：帷帳。昵：親近。❽輕輕細說與幾句：李商隱〈夜雨寄北〉詩：「君問歸期未有期，巴山夜雨漲秋池。何當共剪西窗燭，却話巴山夜雨時」，此處化用其意。

定風波

柳　永

【導　讀】

〈定風波〉，一作〈定風波令〉，唐教坊曲名，後用爲詞調。敦煌曲子詞〈定風波〉中有：「問儒士，誰人敢去定風波」語，可見此調取名的本義爲平定叛亂之意。原調六十二字，柳永衍爲慢詞。

這是柳永俚詞的代表作之一。作者用明白透徹的語言，大膽而直露地描寫一位女子的相思別離之情，上片鋪敘她別後百無聊賴的情態；下片純係內心獨白，寫出她的一片癡心，以及對愛情生活的渴望，刻畫細緻入微，眞實動人。但這類市民意識和趣味較濃的作品，卻遭到貴族文人的鄙視。

張舜民《畫墁錄》載：「柳三變既以詞忤仁廟，吏部不放改官，三變不能堪，詣政府，晏公（殊）曰：『賢俊作曲子麼？』三變曰：『只如相公亦作曲子。』公曰：『殊雖作曲子，不曾道：「彩線慵拈伴伊坐。」』柳遂退。」

自春來、慘綠愁紅，
芳心是事可可[1]。
日上花梢，
鶯穿柳帶，
猶壓香衾臥[2]。
暖酥消[3]，膩雲嚲[4]、
終日厭厭倦梳裹[5]。
無那[6]。
恨薄情一去，

自從春天來臨，看到花紅葉綠，
只覺得慘目傷情，
一片芳心什麼事都不在意。
太陽映上花梢，
黃鶯歌唱著穿過柳條，
我還壓著綉被躺臥未起。
肌膚消瘦，頭髮散亂，
成天無精打采懶得梳理。
實在是無可奈何，
恨薄情郎一去，

音書無個。　　沒有半點兒信息。
早知恁麼，　　早知如此，
悔當初、不把雕鞍鎖。　　眞後悔沒把車馬鎖起，
向雞窗❼、只與蠻箋　　就讓他守著書窗，給他紙筆，
象管❽、拘束教吟課❾。　　只許他吟詩詠句，
鎮相隨、莫拋躲，　　整天相隨不會分離，
針線閒拈伴伊坐❿。　　閒拈針線伴他坐在家裡。
和我，　　我跟他總在一起，
免使年少光陰虛過。　　免得把大好青春像這樣白白拋棄。

【注釋】

❶可可：不關緊要，不在意。薛昭蘊〈浣溪沙〉詞：「瞥地見時猶可可，却來閒處暗思量」。❷衾：被子。❸暖酥：指肌膚。❹嚲：下垂貌。❺厭厭：猶「懨懨」，精神不振貌。❻無那：無可奈何。❼雞窗：書窗、書房。《藝文類聚》卷九一引《幽明

錄》：「晉兗州刺史沛國宋處宗嘗買得一長鳴雞，愛養甚至，恒籠著窗間，雞遂作人語，與處宗談論極有言智，終日不輟。」後遂稱雞窗爲書齋。羅隱〈題袁溪張逸人所居〉詩：「雞窗夜靜開書卷。」❽蠻箋象管：紙筆。蠻箋，古時四川所產的彩色箋紙；象管，象牙製的筆管。❾吟課：把吟詠當作功課。❿針線閒拈：一作「彩線慵拈」。

少年遊

柳永

【導讀】

〈少年遊〉，詞調名，因晏殊詞有「長似少年時」句，取以爲名。始見於晏殊、柳永等人詞。又名〈玉臘梅枝〉等。

柳永晚年到過古都長安，這首詞抒發了他功名心冷淡、風情減盡和往事不堪回首的淒涼懷抱。上片描繪長安衰颯清遠的秋景，並繪出高天夐地中兀立著的詞人孤獨的形象，羈旅之愁和不遇之慨也隱然蘊於景中。下片對失落的愛情和少年時疏狂歡樂的生活，表現無限的眷戀及惋惜，並以往昔已矣，自己已無復當年的情興作結，顯示他對現實生活深深的失望。

在另一首〈少年遊〉中，柳永曾哀嘆：「一生贏得是淒涼」，一個天才的文學家，只因多作俚詞艷曲，便終身困頓漂泊，不能不引起人們深切的同情。

長安古道馬遲遲，

我騎著馬兒緩緩行走，在長安古道，

高柳亂蟬嘶。
夕陽島外，
秋風原上，
目斷四天垂。
歸雲一去無蹤跡❶，
何處是前期？
狎興生疏❷，
酒徒蕭索❸，
不似去年時。

高高的柳樹上寒蟬悲切地亂叫。
島外映著夕陽，
平原上秋風淒淒，
極目望去，蒼茫的天幕四面垂向大地。
親愛的人像白雲般飛歸，
一去再沒有蹤跡，
我能到哪兒去尋找從前約定的佳期？
遊冶的興致早就冷卻，
酒朋詩友也零落無幾，
當年的逸興豪情，都已成爲過去。

【注釋】

❶歸雲：用巫山神女事（見歐陽修〈蝶戀花〉注），此處指所愛的女子。❷狎興：冶遊之興，狎，遊戲。❸酒徒：嗜酒者，這裡指朋友。

戚氏

柳永

【導讀】

〈戚氏〉，詞調名，始見於柳永詞，是其自度的三片長調慢詞。

柳永年輕時曾過了一段奢華浪漫的生活，曾「論檻買花，盈車載酒，百琲千金邀妓」（〈剔銀燈〉），後來屢遭統治者的壓抑和打擊，一生只做過幾任小官，長年南北轉徙、四方漂流，嘗盡羈旅行役的苦痛。本詞可看作柳永的自敘傳，它幾乎概括了作者一生的思想和生活狀況。

王灼《碧雞漫志》引前人語云：「〈離騷〉寂寞千載後，〈戚氏〉淒涼一曲終」；柳永詞中多以宋玉自況，繼承宋玉悲秋的餘緒，抒寫他「貧士失職（不得其職）而志不平」（宋玉〈九辯〉）的感慨，本詞頗具代表性。全詞篇幅宏闊而針線細密，首敘悲秋情緒，次述永夜幽思，末尾寫出對於功名利祿的厭倦，層次分明，首尾呼應，言與意會、情與景融，語言清麗，音律諧美，「狀難狀之景，達難達之情，而出之以自然。」（馮煦《宋六十一家詞選例言》）是一首出色的佳作。

晚秋天，
一霎微雨灑庭軒。
檻菊蕭疏，

晚秋天，
一陣微雨灑在庭院、窗間。
欄檻內菊花蕭疏，

井梧零亂，
惹殘烟。
淒然，
望江關，
飛雲黯淡夕陽閒。
當時宋玉悲感，
向此臨水與登山❶。
遠道迢遞，
行人淒楚，
倦聽隴水潺湲❷。
正蟬吟敗葉，
蛩響衰草❸，

井台邊梧葉零亂，
沾惹著幾縷殘冷的輕烟。
四周一片淒然，
遙望江關，
飛雲暗淡，一輪夕陽閒掛天邊。
當年宋玉悲感，
也曾在這樣的時節臨水登山。
道路迢遠，
我心中淒楚，
不願再聽那隴頭水緩流如嗚咽。
秋蟬在敗葉間悲鳴，
寒蛩在衰草中哀吟，

相應喧喧。
孤館度日如年，
風露漸變，
悄悄至更闌。
長天淨，
絳河清淺❹，
皓月嬋娟❺，
思綿綿。
夜永對景，那堪屈指，
暗想從前，
未名未祿，

淒切的聲響應和著，交織成一片。
在孤獨的客舍，我度日如年，
清宵的寒風，把白露凝成霜霰，
我獨自一人，悄無聲息捱到夜深。
長空澄淨，
銀河清淺，
明月皎潔團圓。
漫漫長夜對此清景不由得思緒綿綿。
哪堪細細地回憶從前，
暗想當初，
沒有名位和官銜，

綺陌紅樓⑥，
往往經歲遷延⑦。
帝里風光好，
當年少日，
暮宴朝歡。
況有狂朋怪侶，
遇當歌對酒競留連。
別來迅景如梭，
舊遊似夢，
烟水程何限？
念利名、憔悴長縈絆，

我往往在繁華的街巷與歌樓，
年復一年地徜徉遷延。
帝城的風光分外明妍，
那時我正當青春少年，
常常是夜晚宴飲早起尋歡，
何況有許多狂放的友伴，
每每遇動聽的歌、醇美的酒，
大家爭相留連。
自從離別京都，光陰快如飛梭，
昔日的遊樂恍如夢境，
望前路一重重烟村水驛，
落寞的旅程無窮無盡。
想那名韁利鎖把人拘繫，

追往事、空慘愁顏。
漏箭移❽，
稍覺輕寒，
漸嗚咽、晝角數聲殘。
對閒窗畔，
停燈向曉，抱影無眠。

空令人憔悴了容顏，追思往事，
徒然增添愁怨。
漏箭漸漸移動，
我感到有些微寒，
遠處號角一聲聲嗚咽，直聽到夜盡更殘。
守在寂寥的窗邊，
熄滅寒燈，我獨抱孤影，
天色漸曉也未能成眠。

【注釋】

❶當時宋玉二句：宋玉〈九辯〉：「悲哉秋之爲氣也，蕭瑟兮草木搖落而變衰。憭慄兮若在遠行，登山臨水兮送將歸。」杜甫〈垂白詩〉：「垂白馮唐老，清秋宋玉悲。」❷倦聽隴水句：北朝樂府〈隴頭歌辭〉三首其一：「隴頭流水，流離山下。念吾一身，飄然曠野。」其三：「隴頭流水，鳴聲嗚咽。遙望秦川，心肝斷絕。」此處暗用兩首句意。隴水：在陝西隴縣西北，此處係泛指。潺湲：水徐流貌。屈原〈九歌・湘夫人〉：「觀流水兮潺湲。」❸蛩：蟋蟀。❹絳河：即銀河。王逵《蠡海集・天文類》：「天之色蒼蒼然也，而前輩曰丹霄，曰絳霄；河漢曰銀河可也，而曰絳河。蓋觀天者以北極爲標準，所仰視而見者，皆在北極之南，故稱之曰丹、曰絳，借南之色以爲喻也。」杜審言〈七夕〉詩：「白露含明月，青霞斷絳河。」❺嬋娟：美好貌，也用以指月亮。❻綺

陌：縱橫交錯的道路，此處指花街柳巷。紅樓：華麗的樓房，此處指歌樓妓館。❼遷延：猶徜徉、留連。❽漏箭：古代計時器漏壺上的浮標，刻節文，隨水浮沉以計時。也泛指時間。

夜半樂

柳永

【導讀】

〈夜半樂〉，唐教坊曲名，段安節《樂府雜錄》載：「明皇自潞州入，平內難，正夜半，斬長樂門關，領兵入宮，剪逆人，後撰此曲。」《太平御覽》作「平韋庶人(韋后)，後乃命樂人撰此曲。」一說此曲即〈還京樂〉，據《樂府雜錄》，〈還京樂〉係「明皇自西蜀返，樂人張野狐所制。」後用爲詞調，柳永改制爲長調慢曲。

鄭文焯《大鶴山人詞論》說柳永的長調「尤能以沉雄之魄，清勁之氣，寫奇麗之情，作揮綽之聲」，本詞就很能表現這一特點。作者用濡染大筆描寫他漂泊天涯的客愁鄉思。上片敍道途所經，氣象森然，歷歷如見；中片言目中所見，有遠有近，繪景如畫；下片抒去國離鄉之慨，沉咽動人，感情起伏變化極有層次。全詞舒卷自如，疏密相間，大開大合，盡情表露而又不見斧鑿之痕。

凍雲黯淡天氣，(ㄉㄨㄥˋ ㄩㄣˊ ㄢˋ ㄉㄢˋ ㄊㄧㄢ ㄑㄧˋ)

寒雲凝結遮蔽高空，天氣又陰又暗，

扁舟一葉[1]，
乘興離江渚[2]。
度萬壑千岩，
越溪深處[3]，
怒濤漸息，
樵風乍起，
更聞商旅相呼。
片帆高舉，
泛畫鷁、翩翩過南浦[4]。
望中酒旆閃閃[5]，
一簇烟村，

我乘興登上一葉小舟，
離開了江岸。
度過千岩萬壑，
越溪深處，
洶湧的波濤漸漸平息，
山風一陣陣吹起，
又聽到商船上，人們相互招呼。
我的行舟布帆高舉，
輕快地駛過南浦。
視野中，遠處酒旗在閃動，
一叢烟叢繚繞的孤村，

數行霜樹。
殘日下、
漁人鳴榔歸去。[6]
敗荷零落，衰楊掩映。
岸邊兩兩三三，
浣紗遊女，
避行客、含羞笑相語。
到此因念，
繡閣輕拋，[7]
浪萍難駐。
歎後約丁寧竟何據？

幾行經霜的秋樹。
夕陽的餘暉下，
漁人敲著木榔一一歸去。
衰敗的楊柳掩映著凋殘的荷花，
零零落落。
岸邊，
浣紗遊女三三兩兩，
避開行客，含羞地玩笑低語。
我觸景生情，
想到輕易地告別了親人，
一直像浮萍般漂流無定。
可嘆殷勤地訂下後會的日期，
終究又能有什麼意義？

慘離懷、
空恨歲晚歸期阻。
凝淚眼、杳杳神京路，
斷鴻聲遠長天暮。

我離思縈懷，心情愁慘，
空恨歲月已晚，歸期卻依然阻斷。
京城的道路遠而又遠，
我淚眼模糊凝望四方，
孤雁淒厲的叫聲一點點消隱，
長天也變得幽暗昏黃。

【注釋】

❶扁舟：小舟。❷江渚：渚，水中小塊陸地，此處江渚指江岸。❸越溪：越國美人西施浣紗的若耶溪，在今浙江紹興市南，此處係泛指。❹畫鷁：鷁，水鳥，像鷺鷥，能高飛。古時畫在船頭以圖吉利，因稱船爲畫鷁。沈佺期〈三日梨園侍宴〉詩：「畫鷁中流動，青龍上苑來。」南浦：南面的水邊，屈原〈九歌·河伯〉：「送美人兮南浦。」江淹〈別賦〉：「送君南浦，傷如之何」，後因以南浦指送別之地，此處泛指水邊。❺酒旆：酒旗。❻鳴榔：擊木榔驚魚，使魚聚於一處，易捕。❼綉閣：指婦女的居處。

柳永

玉蝴蝶

【導讀】

〈玉蝴蝶〉，唐曲，始見於溫庭筠詞，原爲小令，宋教坊衍爲慢曲。

這首詞抒寫秋日黃昏引起的故人之思與羈旅之愁。柳永最善於描繪秋景，並以之襯托愁情，本詞以「望處」統攝全篇，先虛寫晚景令人生悲，再實寫蘋老梧黃的實景，由此自然地過渡到念遠之感。下片以往日歡樂突出別後的孤淒，進一步抒發懷人深情以及音信難通、凝望不見的悵惘，蒼蒼莽莽，筆力彌滿。結尾「斷鴻聲裡，立盡斜陽」，與篇首遙相呼應，八個字包含天涯遊子無限的哀怨。

周濟說柳詞：「鋪敍委婉，言近意遠，森秀幽淡之趣在骨」（《介存齋論詞雜著》），本詞即表現了這些特點。

望處雨收雲斷，
憑闌悄悄❶，
目送秋光。
晚景蕭疏，
堪動宋玉悲涼❷。
水風輕，
蘋花漸老；

天邊雨收雲散，
我獨自憑欄，
憂愁地目送秋光。
晚景蕭疏，
引惹得心情像宋玉一樣悲涼。
水上風輕，
蘋花漸老；

月露冷，
梧葉飄黃。
遺情傷，
故人何在？
烟水茫茫。
難忘，文期酒會，
幾孤風月[3]，
屢變星霜[4]。
海闊山遙，
未知何處是瀟湘[5]？
念雙燕、難憑音信；

月寒露冷，
飄梧葉片片飛黃。
這景象眞令人感傷。
故人今在何處？
惟見烟籠江水迷迷茫茫。
過去的文期酒會，我總也難以淡忘。
這些年，辜負了多少清風明月，
又度過多少淒寂時光！
海闊山遙，
我思念的人究竟在何處？
想這雙飛的燕子，實在難以把書信寄上，

指暮天、空識歸航❻。
黯相望，
斷鴻聲裡，
立盡斜陽。

我空自在黃昏中，朝天邊辨認著熟識的歸航。
我心緒黯然，向遠方凝望，
在孤雁的哀鳴聲中，
久久地佇立，直到斜陽沉下山崗。

【注釋】

❶悄悄：憂愁貌。《詩・北風・柏舟》：「憂心悄悄」。❷宋玉悲涼：見柳永〈戚氏〉注。❸孤：負。風月：清風明月，良辰美景。❹星霜：星辰運轉，一年循環一次，霜則每年至秋始降，因用以指年歲，一星霜即一年。張九齡〈錢濟陰梁明府〉詩：「但恐星霜改，還將蒲稗衰。」❺瀟湘：即指瀟水和湘水，後泛指爲所思之處。柳惲〈江南曲〉：「洞庭有歸客，瀟湘逢故人。」❻指暮天二句：謝脁〈之宣城郡出新林浦向板橋〉詩：「天際識歸舟，雲中辨江樹。」溫庭筠〈夢江南〉詞：「過盡千帆皆不是，斜暉脈脈水悠悠，腸斷白蘋洲。」

【導讀】

〈八聲甘州〉，又名〈甘州〉、〈瀟瀟雨〉等。〈甘州〉本唐教坊大曲名，來自西域。王灼《碧雞漫志》卷三引蔡條《西清詩話》：「如〈伊州〉、〈甘州〉、〈涼州〉，皆自龜茲致。」後用爲詞調，此調因上下闋八韻，故名八聲，乃慢詞，與〈甘州遍〉

之曲破，〈甘州子〉之爲令詞不同。始見於柳永詞。

本詞是柳永的名篇。作者描寫了蕭瑟寥廓的秋景，傾訴了他流落異鄉、傷別念遠、思歸故里而不可得的痛苦心情。上片以寫景爲主而景中寓情。起句意境開闊清遠，「漸霜風」幾句爲千古登臨名句，蘇軾讚曰：「此語於詩句不減唐人高處」（趙令畤《侯鯖錄》卷七）。劉體仁《七頌堂詞繹》說：「詞有與古詩同妙者」，「『關河冷落，殘照當樓』即〈敕勒〉之歌也」，因其繪景自然而氣象渾淪。「惟有長江水」二句，言餘意外，韻味無窮。下片先從作者這方抒寫羈愁鄉思，自問自嘆，感慨萬千，然後再從代對方設想著筆，兩方面相互映襯，抒情效果絕佳。「想佳人」數句，翻用謝朓詩及溫庭筠詞句意，作進一層描寫，更加靈動有致。

梁啓超說：「飛卿（溫庭筠字）詞：『照花前後鏡，花面交相映』，此詞境頗似之」（《藝蘅館詞選》）。此詞「或發端、或結尾、或換頭，以一二語勾勒提掇，有千鈞之力」（周濟《宋四家詞選》），詞中又多用去聲字領起，轉折跌宕，鏗鏘有力。本篇情景兼融，骨韻俱高，不愧是傳誦千古的佳作。

八聲甘州

柳永

對瀟瀟暮雨灑江天❶，
ㄉㄨㄟˋ ㄒㄧㄠ ㄒㄧㄠ ㄇㄨˋ ㄩˇ ㄙㄚˇ ㄐㄧㄤ ㄊㄧㄢ

一番洗清秋。
ㄧ ㄈㄢ ㄒㄧˇ ㄑㄧㄥ ㄑㄧㄡ

看瀟瀟暮雨灑滿江天，
洗出澄淨空明的清秋，

漸霜風淒緊，
關河冷落，
殘照當樓。
是處紅衰翠減[2]，
苒苒物華休[3]。
惟有長江水，
無語東流。
不忍登高臨遠，
望故鄉渺邈，
歸思難收[4]。
嘆年來蹤跡，

西風漸漸慘急淒切，
關河冷落，
殘陽正照樓頭。
四處紅花凋零，綠葉衰謝，
芳華的景物慢慢到了生命盡頭。
惟有長江水，
亙古是這樣無言無語地向東奔流。
我不忍心再登高眺望，
故鄉遙遠又遙遠，
思歸的心願卻難以斂收。
感嘆連年奔走，

何事苦淹留❺？
想佳人、妝樓凝望❻，
誤幾回、天際識歸舟❼？
爭知我❽、倚闌干處，
正恁凝愁。

究竟爲了什麼長久在異地滯留？
遙想伊人，在妝樓苦苦地凝眸，
有多少次，錯認了天邊的歸舟。
她哪裡知道，倚欄的此刻，
我心中正結聚著無限哀愁。

【注　釋】

❶瀟瀟：雨勢急驟貌。《詩・鄭風・風雨》：「風雨瀟瀟。」❷紅衰翠減：李商隱〈贈荷花〉詩：「此荷此葉常相映，翠減紅衰愁煞人。」❸苒苒：漸漸，劉禹錫〈酬寶員外旬休早涼見示〉詩：「四時苒苒催容鬢，三爵油油忘是非。」物華，自然景色。❹不忍登高三句：古樂府〈悲歌〉：「悲歌可以當泣，遠望可以當歸。思念故鄉，鬱鬱壘壘。」此處化用其意。渺邈：遙遠。歸思：思歸的心情。❺淹留：久留。❻凝望：別本作「顒望」。❼誤幾回二句：翻用謝朓詩句，見柳永〈玉蝴蝶〉注。❽爭：怎。

迷神引

柳永

【導讀】

〈迷神引〉，詞調名，始見於柳永詞。

作者仕途坎壈，四十多歲改了名字才考中進士，之後輾轉州縣，四處飄蕩。他在江南逗留時間較久，淮楚一帶是其常常經行之地。本詞上片以疏淡的筆墨描繪了一幅晚泊楚江圖，景色清麗而帶著淒涼意味。「孤城暮角，引胡笳怨」二句，寫出異鄉客子的特殊感受，透露羈旅況味，爲下片言愁張目。下片著意抒寫遊宦的艱辛和作者矛盾與厭倦的心理，以及他遠離京華、與情人阻隔的無限惆悵，並以「芳草連空闊、殘照滿」的寥廓景象襯托行客的孤獨和悲哀。

柳永半生嘗盡「遊宦成羈旅」的痛苦，表現此類感受的詞章特別淒楚動人。

一葉扁舟輕帆卷，
暫泊楚江南岸。
孤城暮角，
引胡笳怨❶。
水茫茫，

一葉小舟捲起輕帆，
暫且停靠在楚江南岸。
聽孤城黃昏淒涼的號角，
如置身邊關，聞胡笳聲聲幽怨。
江水茫茫，

平沙雁，
旋驚散。
烟斂寒林簇，
畫屏展，
天際遙山小，
黛眉淺。

舊賞輕抛，
到此成遊宦。
覺客程勞，
年光晚。
異鄉風物，忍蕭索，

棲息在平沙的群雁
忽地又被驚散。
暮靄漸消，一簇簇寒林顯現，
清景如畫屏開展，
天邊遠山點點，
就像美人的蛾眉淺淺。

舊日的賞心樂事輕易抛擲，
到如今，爲了仕宦我四處流轉。
只覺得旅途勞頓，
年光已晚，
怎忍把蕭索的異鄉風物，

當愁眼。
帝城賒❷，
秦樓阻❸，
旅魂亂。
芳草連空闊，
殘照滿，
佳人無消息，
斷雲遠❹。

再攝入一雙愁眼。
京華遼遠，
秦樓阻斷，
我這天涯遊子神迷魂亂。
無邊芳草連接長空，
殘陽的餘暉灑遍，
佳人沒有半點消息，
猶如片雲飄飄去遠。

【注釋】

❶胡笳：古代北方民族的管樂器，傳說由張騫從西域傳入，其音悲涼。武帝時李延年因其曲造新聲二十八解，以爲武樂。李陵〈答蘇武書〉：「側耳遠聽，胡笳互動，牧馬悲鳴。」❷賒：遠，韓愈〈贈譯經僧〉：「萬里休言道路賒。」❸秦樓：秦樓楚館，指城市中的歌樓妓館。亦泛指婦女居所。❹斷雲：孤雲。

竹馬子

柳永

【導讀】

〈竹馬子〉，一名〈竹馬兒〉，詞調名，始見於柳永詞。

本詞描寫作者登上荒涼的孤壘極目遠望，雨後初晴的新秋景色盡收眼底，他驚覺時序更迭之快，引起追憶往事、離京去國的悲哀，感慨政治上的失意和昔日歡樂的一去不返。

「憑高盡日凝佇，贏得消魂無語」是柳永在多數羈旅行役的詞章中經常描繪的自我形象和心理狀態，這個富於才華卻漂泊半世的文人形象，千載以下仍能引起人們的深深同情。「極目霽靄」以下幾句，有聲有色地繪出寂寞江城秋日黃昏的淒迷景象，以景結情，餘韻無窮。

登孤壘荒涼❶，
危亭曠望，
靜臨烟渚。
對雌霓掛雨❷，
雄風拂檻❸，

登上廢舊的古壘一派荒涼，
在高亭我縱目眺望，
四周寂靜，下臨的洲渚輕烟飄蕩。
看驟雨初歇，一道虹霓掛在天際，
疾風吹拂欄檻，

微收殘暑。
漸覺一葉驚秋[4]，
殘蟬噪晚，
素商時序[5]。
覽景想前歡，
指神京、非霧非烟深處。
向此成追感，
新愁易積，
故人難聚。
憑高盡日凝佇，
贏得消魂無語。

稍稍退去殘留的暑氣。
一片木葉飄落，漸漸驚覺
秋天眞的已經來臨，
聽寒蟬向晚鼓噪不停，
正是素秋時令。
觀覽景色，我回想起歡樂的從前，
遙指京城，卻在那非烟非霧縹緲的高天。
追思往事引起多少感慨！
新愁容易堆積，
故人難以重聚。
憑倚著高欄，我整天呆呆地凝眸佇立，
空贏得黯黯傷神，淒涼無語。

極目霽靄霏微❻，　　極目向長空遙望，但只見晴烟霏霏，

暝鴉零亂，　　黃昏時，回巢的烏鴉零零亂亂，

蕭索江城暮。　　蕭條冷落的江城已近日晚。

南樓畫角，　　南樓聲聲號角，

又送殘陽去。　　又送殘陽歸去。

【注釋】

❶壘：軍營牆壁或防守工事。❷雌霓：即霓，雙虹中色彩淺淡的虹，亦名副虹。張衡〈七辯〉：「建彩虹之長旃，繫雌霓以爲旗。」❸雄風：強勁之風。宋玉〈風賦〉：「清清冷冷，愈病析酲，發明耳目，寧體便人，此所謂大王之雄風也。」❹一葉驚秋：《淮南子・說山訓》：「以小明大，見一葉落，而知歲之將暮。」朱鄴〈落葉賦〉：「見一葉之已落，感四序之驚秋。」❺素商：秋季的別稱。《初學記》卷三引梁元帝〈纂要〉：「秋曰白藏，亦曰收成，亦曰三秋、九秋、素秋、素商、高商。」按古代五行的說法，秋季色尚白，樂音配商，故有此稱。馬祖常〈秋夜〉詩：「素商凄清揚微風，草根知秋有鳴蛩。」❻霽靄：晴烟。霏微：迷濛貌。王僧孺〈侍宴詩〉之二：「散漫輕烟轉，霏微商雲散。」

王安石

王安石（一〇二一～一〇八六年），字介甫，號半山，臨川（今江西撫州）人，慶曆二年（一〇四二年）進士。神宗朝兩度爲相，實行變法，內容爲理財、整軍兩大類，試圖革新當時積貧積弱的社會狀況，後遭到皇族、豪族及許多大臣的反對，又因新法本身亦多有流弊，加上用人不當，變法終於失敗。晚年退居金陵。封荊國公，世稱王荊公。

王安石是一位大政治家，又是一位大文學家，散文爲唐宋八大家之一，文風峭刻，政治色彩濃厚。詩歌成就更大於文，瘦硬清峻，意新語工，多有名章妙句傳世，寫景小詩尤爲出色。詞作不多，而「瘦削雅素，一洗五代舊習」（劉熙載《藝概》），如〈桂枝香〉、〈清平樂〉、〈訴衷情〉等。詞風清新爽朗，亦間有婉麗之作，對後世有影響。今傳〈臨川先生歌曲〉，《全宋詞》錄其詞二十九首。

桂枝香

王安石

【導讀】

〈桂枝香〉，詞調名，始見於王安石詞。《白香詞譜》題考：「唐裴思謙和袁皓詩中有『桂枝香』句，詞名當本於此。」後因張輯詞中有「疏簾淡月」句，故又名〈疏簾淡月〉。

本詞黃升《花庵詞選》題作「金陵懷古」，上片描繪金陵山河的清麗景色，大筆揮灑，氣象宏闊。下片對六朝統治者競逐繁華，亡國覆轍相蹈的可悲歷史發出浩嘆，並寓譴責之意，又暗含傷時之慨。詞中多融入前人詩句而渾化無跡。

《草堂詩餘》引楊湜《古今詞話》說：「金陵懷古，諸公寄調於〈桂枝香〉，凡三十餘首，獨介甫最爲絕唱。東坡見之，不覺嘆息曰：『此老乃野狐精也。』」張炎《詞源》讚曰：「王荊公金陵〈桂枝香〉詞，清空中有意趣，無筆力者未易到。」梁啓超評此詞可「頡頏清眞（周邦彥）、稼軒（辛棄疾）」（《藝衡館詞選》）。

登臨送目，
正故國晚秋❶，
天氣初肅❷。
千里澄江似練❸，
翠峰如簇❹。
征帆去棹斜陽裡❺，
背西風、酒旗斜矗。
彩舟雲淡，
星河鷺起❻，

我登山臨水馳騁目力，
天氣漸漸變得蕭索淒清，
故都正值晚秋時節。
千里長江像一條澄靜的綢帶，
蒼翠的山峰如箭頭般尖利。
斜陽中，船隻穿梭來去，
背對西風，酒家斜斜地豎著酒旗。
五彩的船帆彷彿浮游於雲端，
白鷺就像從銀河翩然飛起。

畫圖難足。
念往昔、繁華競逐，
嘆門外樓頭，⑦
悲恨相續。⑧
千古憑高，
對此漫嗟榮辱。
六朝舊事隨流水，
但寒烟衰草凝綠。⑨
至今商女，時時猶唱，
〈後庭〉遺曲。⑩

縱有多彩的筆，也難把山河畫得這樣清麗。
感念往昔，人們在此地比賽著繁華奢靡，
可嘆隋兵來到了門外，陳後主
和妃子還在樓頭酣飲未已，
亡國的悲恨一代代不斷地繼續。
我憑高面對著歷史遺跡，
空自嘆息千古的榮辱興廢。
六朝舊事隨流水去而不還，
暮烟衰草總是凝成一片寒綠。
到今天，歌女依然時時唱著
前朝〈玉樹後庭花〉的歌曲。

【注　釋】

❶故國：指金陵，三國東吳、東晉、宋、齊、梁、陳六朝舊都，地在今江蘇南京。❷肅：清肅、蕭索，《詩‧豳風‧七月》：「九月肅霜。」毛傳：「肅，縮也，霜降而收縮萬物。」❸千里句：謝朓〈晚登三山還望京邑〉詩：「澄江靜如練。」江，指長江。❹簇：箭頭，形容山峰峭拔。❺征帆：原本作「歸帆」，據別本改。❻彩舟二句：將長江比擬爲天河。南京西南長江中有白鷺洲，作者活用爲「星河鷺起」的動景。❼門外樓頭：杜牧〈臺城曲〉：「門外韓擒虎，樓頭張麗華。」意謂隋兵已臨城下，陳後主（叔寶）還在和寵妃張麗華尋歡作樂。樓頭指張所住結綺樓。韓擒虎爲隋朝開國大將，於隋文帝開皇九年（五八九年），與賀若弼統率軍隊伐陳，次年正月，韓軍從朱雀門攻入金陵，俘獲陳後主、張麗華等，滅陳。門外，指朱雀門外。❽悲恨相續：指南朝各個王朝的覆亡相繼（也暗指後來隋煬帝在江都的身死國滅及五代南唐的滅亡）。此處暗用杜牧〈阿房宮賦〉：「秦人不暇自哀，而後人哀之；後人哀之而不鑒之，亦使後人而復哀後人也」之意。❾六朝二句：竇鞏〈南遊感興〉詩：「傷心欲問南朝事，惟見江流去不回。日暮東風春草綠，鷓鴣飛上越王臺。」此處化用其意。隨流水，原本作「如流水」，衰草，原本作「芳草」，據別本改。❿至今三句：杜牧〈夜泊秦淮〉詩：「商女不知亡國恨，隔江猶唱〈後庭花〉。」商女，歌女。〈後庭〉，指〈玉樹後庭花〉歌曲的簡稱，陳後主作。《隋書‧五行志上》：「禎明初，後主作新歌，詞甚哀怨，令後宮美人習而歌之。其辭曰：『玉樹後庭花，花開不復久。』時人以爲歌讖。此其不久兆也。」故後人把它看作亡國之音。

千秋歲引

王安石

【導讀】

〈千秋歲引〉，詞調名，始見於王安石詞。《詞律》卷十曰：「此詞即〈千秋歲〉調添、減，攤破自成一體，與〈千秋歲〉相較，前段第一二句減一字，第三句添一字；後段第一二句各添二字，第三句添一字，前後段第四五句各添二字，結句各減一字攤破作三字兩句，其源實出於〈千秋歲〉。」

本詞以輕倩的語言表現了作者複雜矛盾的內心世界。上片「不著一愁語，而寂寂景色，隱隱在目，洵一幅秋光圖」（李攀龍《草堂詩餘雋》），在燕、雁各有所歸的描寫中，含蓄地透露了作者自身無所歸依的悵惘。美好的風月又引發他思緒萬千，下片著重抒慨，作者政治上既不能如願，無端被名利所縛、棄世學道也不成，又貽誤了愛情的盟約，這三重失落使他不能不在清醒時沉入深深的思索。細玩此詞，當係安石變法失敗後所作。

楊慎《詞品》說：「荊公此詞，大有感慨，大有見道語。」安石平生並無風流韻事，詞中「秦樓約」云云，當是藉以寄慨之辭。此詞意致清迥，言近旨遠而空靈婉麗。

別館寒砧❶，
孤城畫角，

聽客舍搗衣的寒砧，
應和著孤城號角，

一派秋聲入寥廓❷。
東歸燕從海上去，
南來雁向沙頭落。
楚臺風❸，
庾樓月❹，
宛如昨。

無奈被些名利縛，
無奈被他情擔閣，
可惜風流總閒卻。
當初漫留華表語❺，
而今誤我秦樓約。

寥廓的天穹充滿一片秋聲。
東歸的燕子從海上飛去，
南來的鴻雁向沙岸棲息。
楚臺清爽的風，
庾樓皎潔的月，
美好一如往昔。

可惜我總被名韁利鎖束縛，
又被世情俗務擔擱，
把風流的懷抱白白地拋卻。
當初空留學仙的話語，
而今又貽誤了秦樓的盟約。

夢闌時，酒醒後，
思量著。

夢後酒醒的時節，
我不由得沉入深深的思索。

【注釋】

❶別館：客館。庾信〈哀江南賦〉：「三日哭於都亭，三年囚於別館。」寒砧：砧，擣衣石。指秋後的擣衣聲，詩詞中常用來象徵淒涼景象。沈佺期〈獨不見〉詩：「九月寒砧催木葉。」❷寥廓：空闊，此處指天空。❸楚臺風：宋玉〈風賦〉：「楚王遊於蘭台，有風颯至，王乃披襟以當之曰：『快哉此風。』」❹庾樓月：《世說新語・容止》及《晉書・庾亮傳》載，庾亮嘗爲江荊豫州刺史，治武昌，曾與僚吏殷浩、王胡之等登南樓賞月，談詠竟夕。後江州州治移潯陽，好事者遂於此建樓名爲「庾公樓」，亦稱「庾樓」。元稹〈憑李忠州寄書樂天〉詩：「傷心最是江頭月，莫把書將上庾樓。」此處及前面，風曰楚台、月稱庾樓，皆爲修飾語，與本事無涉。❺華表語：《搜神後記》云，丁令威學道於靈虛山，後化鶴舊遼東，止於城門華表上，有少年舉弓欲射，遂在空中盤旋而歌：「有鳥有鳥丁令威，去家千年今始歸：城廓如故人民非，何不學仙塚累累！」華表，古代用以表示王者納諫或指路的木柱及古代立於宮殿、城垣或陵墓前的石柱。

王安國

王安國（一二〇八～一〇七四年），字平甫，臨川（今江西撫州）人，王安石弟。熙寧元年應茂才異等科入等，賜進士出身，官至大理寺丞、集賢校理。與兄政見不合，且結怨於呂惠卿，安石罷相後，呂遂以鄭俠事陷安國，奪官，放歸田里。有《王校理集》，不傳。《全宋詞》錄其詞三首。

清平樂

王安國

【導讀】

本詞黃升《花庵詞選》題作〈春晚〉，亦見於安石詞集。

這首小詞上片抒寫惜花惜春的情意，首二句使用倒裝法，強調留春不住的悵恨，不說人殷勤留春，而借「費盡鶯兒語」委婉言之，別致有趣。作者以美麗的宮錦被污，比喻繁花在風雨中凋落，意象新鮮。過片忽地轉入聽琵琶的感受，於虛處傳神，表現女子傷春念遠的幽怨。末二句並非實詠楊花，而是承接上文喻琵琶女品格之高，借以自況。

本詞清新婉麗，委折多致。

留春不住，
費盡鶯兒語。

任憑黃鶯聲聲啼唱，費盡言語，
春天依然不肯留住，

滿地殘紅宮錦污❶，
昨夜南園風雨。
小憐初上琵琶❷，
曉來思繞天涯。
不肯畫堂朱户，
春風自在楊花。

南園昨夜風風雨雨，殘紅遍地，
可惜美麗的宮錦落入污泥。
聽小憐初次撥動琵琶，
到曉來，無限情思環繞天涯。
就像那春風中自由飛舞的楊花，
她不肯走進富貴人家。

【注釋】

❶宮錦：宮中特製的錦緞。❷小憐：北齊後主高緯寵妃馮淑妃名小憐，「慧黠，能彈琵琶，工歌舞。」（《北史·馮淑妃傳》）。李賀〈馮小憐〉詩：「灣頭見小憐，請上琵琶弦。」此處泛指歌女。

晏幾道

晏幾道（約一〇三〇～約一一〇六年），字叔原，號小山，晏殊的幼子。仕宦不得志，只做過卑微的小官，曾任穎昌府許田鎮（在今河南許昌市南）監。詞與晏殊齊名，號稱「二晏」，其父稱「大晏」，他稱「小晏」。

他曾經歷由大富大貴走向沒落的生活，對人情冷暖、世態炎涼有較深的感受，他詞中所抒發的愁恨較其父詞中春花秋月的閒愁深沉得多。馮煦稱他爲「古之傷心人」。他的詞章內容主要寫相思離別之情，有些詞表現出一種離經叛道的精神，有些詞以嚴肅的態度寫他與歌女的愛情，大部分詞章以感傷的筆調追憶過去的舊歡殘夢。詞風受《花間》、南唐影響，淒婉清新，秀麗精工，哀怨自然處頗近李煜。有《小山詞》（原名《補亡》）。

臨江仙

晏幾道

【導讀】

晏幾道〈小山詞跋〉：「始時沈十二廉叔、陳十君寵家有蓮、鴻、蘋、雲，品清謳娛客，每得一解，即以草授諸兒，吾三人持酒聽之，爲一笑樂。已而君寵疾廢臥家，廉叔下世，昔之狂篇醉句，遂與兩家歌兒酒使俱流轉人間。」張宗橚《詞林紀事》卷六謂：「此詞當是追憶蘋、雲而作。」

上片描寫人去樓空的索寞景象，以及年年傷春傷別的淒涼懷抱。「落花」二句套用前人成句而更見出色。下片追憶初見小蘋溫馨動人的一幕，末二句化用李白詩句，另造新境，表現作者對舊歡「如幻、如電、如昨夢、前塵」（《小山詞·自序》）的憮然之慨。陳廷焯評此詞「既閑婉，又沉著，當時更無敵手」（《白雨齋詞話》）。

夢後樓台高鎖，
酒醒簾幕低垂。
去年春恨卻來時。
落花人獨立，
微雨燕雙飛❶。
記得小蘋初見，
兩重心字羅衣❷。
琵琶弦上説相思。
當時明月在，
曾照彩雲歸❸。

歡樂的幻夢醒來，唯見高高的樓台鎖閉，
沉酣的酒意消盡，
只有寂寂簾幕垂得低低。
去年傷春惜別的愁恨，
此時恰恰又來到心裡。
落花霏霏，我獨自佇立，
濛濛細雨中，燕子雙雙飛去。
記得和小蘋初次相見，
她穿著兩重心字的羅衣。
她細細撥弄琵琶，藉曲調傳達相思情意。
曾經照臨她歸去的明月，皎潔一如往昔，
而她，卻像彩雲般，不知飄向何地。

【注釋】

❶落花二句：翁宏〈春殘〉詩：「又是春殘也，如何出翠幃？落花人獨立，微雨燕雙

飛。」❷心字羅衣：楊慎《詞品》卷二「心字香」條：「所謂心字香者，以香末縈篆成心字也。『心字羅衣』，則謂心字香薰之爾。或謂女人衣曲領如心字，又與此別。」這裡「心字」還含有深情密意的雙關之意。❸當時二句：李白〈宮中行樂詞〉八首其一：「只愁歌舞散，化作彩雲飛。」此處彩雲，比喻小蘋。

蝶戀花

晏幾道

【導讀】

本詞上片借夢境曲折地傾訴離情別緒，「覺來惆悵消魂誤」七個字爲癡絕之語，千迴百轉地表現了作者夢後沉重的失落感和他的一片深心，極耐人尋味。下片抒寫音信難通的感慨，作者寄情於弦索，卻因積鬱的感情如山洪爆發，而終於彈破了弦柱，語雖誇張卻眞摯感人。

作者有過人之情，所爲詞不是酒宴間的消遣之作，是深有所感而發，因此「清壯頓挫，能動搖人心」（黃庭堅〈小山詞序〉）。

夢入江南烟水路，
行盡江南，
不與離人遇。

夢裡到烟水茫茫的江南去，
走遍江南各地，
卻沒有同她相遇。

睡裡消魂無說處，
覺來惆悵消魂誤。
欲盡此情書尺素❶，
浮雁沉魚❷，
終了無憑據。
卻倚緩弦歌別緒，
斷腸移破秦箏柱❸。

睡夢中黯然傷神無處訴說，
醒來更覺得滿懷惆悵，原來連江南路
尋她不見的悲傷也不過是幻夢一場。
我想在書信裡傾訴這番苦衷，
魚沈在水、飛鴻浮空，
終究無人爲我傳送。
我只好緩緩地撥動絲弦，
唱出我深深的思念，
唱到傷心斷腸處，不覺彈破了箏柱。

【注釋】

❶尺素：書簡。素，白色絲絹，古人爲書，多書於絹，故稱書簡爲尺素。古樂府〈飲馬長城窟行〉：「客從遠方來，遺我雙鯉魚。呼兒烹鯉魚，中有尺素書。」❷浮雁沉魚：見晏殊〈清平樂〉「紅箋小字」注。❸秦箏：見張先〈菩薩蠻〉注。

蝶戀花

晏幾道

【導讀】

上片表現作者別時及別後癡迷、恍惚的情態和深深感慨，並以「畫屏閒展吳山翠」顯示環境的孤寂淒清，「吳山翠」又暗寓和情人阻隔之意。下片抒寫滿懷離情別緒，又以紅燭替人垂淚作爲陪襯，極言愁情之深。

晏殊〈撼庭秋〉詞有「念蘭堂紅燭，心長焰短，向人垂淚」句，純係客觀描寫，此詞句中言「自憐」、「空替」，將紅燭擬人化，使之參與作者的感情活動，尤覺情味雋永。

本詞正如馮煦所評：「其淡語皆有味，淺語皆有致」(《宋六十一家詞選・例言》)。

醉別西樓醒不記，
春夢秋雲，
聚散眞容易❶。
斜月半窗還少睡，
畫屏閒展吳山翠。

沉醉中在西樓分手，
醒來還以爲並不曾別離，
相會短暫如春夢一場，
她去後像秋雲般沒有踪跡，
聚散竟然是這樣地輕易！
對半窗斜月我難以入睡，
畫屏閒展，屏上吳山重重疊翠。

衣上酒痕詩裡字，
點點行行，
總是淒涼意。
紅燭自憐無好計，
夜寒空替人垂淚❷。

衣服上酒痕斑斑，詩篇裡無限字句，
那一點點、一行行，
全都是淒涼的離情別意。
紅燭自憐無計安慰愁人，
寒夜中，它只有不斷地爲我空垂淚痕。

【注釋】

❶春夢兩句：白居易〈花非花〉詩：「來如春夢不多時，去似朝雲無覓處。」❷紅燭二句：杜牧〈贈別〉詩：「蠟燭有心還惜別，替人垂淚到天明。」此處化用其意。

鷓鴣天

晏幾道

【導讀】

〈鷓鴣天〉，詞調名，首見於宋祁詞。楊愼《詞品》卷一說此調採鄭嵎詩：「家在鷓鴣天」爲名，聊備一說。毛先舒《塡詞名解》云此調「一名〈思佳客〉，一名〈于中好〉」；又名〈思越人〉、〈剪朝霞〉、〈半死桐〉等。

這首詞《花庵詞選》題作〈佳會〉。上片追懷歡樂的往事，「舞低楊柳」兩句爲傳世名句，向爲詞評家所稱讚，趙令畤

〈侯鯖錄〉引晁補之說見此二句「自可知此人不生在三家村中也」；胡仔《苕溪漁隱叢話》引《雪浪齋日記》評此二句「不愧六朝宮掖體」。它以穠艷工致的筆墨刻畫了華筵上通宵達旦地歡歌狂舞的特定情景。下片描寫別後兩地相思及重逢時悲喜交集之情，化用杜甫詩句，而更用虛字轉折，以加強語意，尤覺委曲深婉。

全篇辭采濃淡相間，婉妙明暢，正如陳廷焯所說：「自有艷詞，更不得不讓伊獨步。」

彩袖殷勤捧玉鍾❶，
當年拚卻醉顏紅❷。
舞低楊柳樓心月，
歌盡桃花扇底風❸。
從別後，
憶相逢，

當年，美麗的你，捧著精緻的酒杯勸飲，
爲了報答你的情意，
我不惜喝得大醉酩酊。
宴會上長久地狂舞，
直把樓心的明月催下柳陰，
歡歌一曲連著一曲，扇底的風都被搧盡。
自從分別以後，
我總是回憶從前的相遇，

幾回魂夢與君同。
今宵剩把銀釭照，
猶恐相逢是夢中。❹

曾經有多少次，夢中和你同在一起。
今夜晚，我頻頻高舉燈燭照映你的容顏，
證實你果眞來到此地，
卻仍怕這樣的歡聚，
會是在一場虛幻的夢裡。

【注釋】

❶彩袖：指歌舞女。玉鍾：酒杯的美稱。❷拚：不顧惜，甘願。❸扇底：古人歌舞時多持扇。庾信〈春賦〉：「月入歌扇，花承節鼓。」❹今宵三句：杜甫〈羌村〉三首之一：「夜闌更秉燭，相對如夢寐。」剩把：盡把，再三把。釭：燈。

生查子

晏幾道

【導讀】

〈生查子〉，唐教坊曲名，後用爲詞調。文人詞始見於晚唐韓偓所作。《考正白香詞譜》注云：「本名〈生楂子〉，其後從省筆作『查』。五言八句，唐時作者，平仄多無定格……至宋以後始奉魏承班一首爲律。」此調異名頗多，有〈楚雲深〉、〈陌上郎〉、〈愁風月〉等。

這首詞抒寫相思懷遠之情，下片純由想像生發，眞實而親切，於平淡中見韻味，然此類篇章在小山詞中並非上品，不具有小山詞精工婉麗的典型特色。

關山魂夢長，
塞雁音書少❶。
兩鬢可憐青❷，
只爲相思老。
歸傍碧紗窗❸，
說與人人道❹：
「眞個別離難，
不似相逢好。」

關山遙遠，夢魂才能夠度越，
塞雁飛回，音書卻不曾帶來。
我青青的兩鬢原是多麼可愛，
卻只爲著相思變得斑白。
有一天我如歸去，和她把碧紗窗同倚，
我將對心愛的人說：
「令人難過的最是別離，
不如長久相守在一起。」

【注　釋】

❶塞雁句：別本作「魚雁音塵少」。❷可憐：可愛，古樂府〈孔雀東南飛〉：「自名秦羅敷，可憐體無比」。❸歸傍：別本作「歸夢」。❹人人：對於親愛者的稱呼，宋時口語，歐陽修〈蝶戀花〉詞：「翠被雙盤金縷鳳，憶得前春，有個人人共。」

木蘭花

晏幾道

【導讀】

這首詞抒寫惜花傷春的情意。開頭兩句大聲疾呼，直怨東風，「碧樓」二句語氣轉爲委婉，涵義雋永，言簡意繁，表現了作者年年傷春而又無處可避春愁的感情。下片故用反詰自悔之詞，故作自我安慰的曠達之語，卻更顯出作者感情的沉痛。

全詞語言清麗自然，轉折多致。

東風又作無情計，
艷粉嬌紅吹滿地❶。
碧樓簾影不遮愁，
還似去年今日意。

誰知錯管春殘事，
到處登臨曾費淚。
此時金盞直須深❷，

東風又無情如昔，
將紅粉般嬌艷的春花，片片吹落滿地。
這情景我不忍目睹，
碧樓上垂下重重簾幕，
但它依然遮不住愁心，
我還是像去年一樣地愁苦。

誰知道爲什麼偏要去錯管春殘的閒事！
到處登山臨水，曾經空費了多少眼淚！
我就要頻頻斟滿酒杯，

看盡落花能幾醉。（ㄎㄢˋ ㄐㄧㄣˋ ㄌㄨㄛˋ ㄏㄨㄚ ㄋㄥˊ ㄐㄧˇ ㄗㄨㄟˋ）

繁花眼看飄飛將盡，
還能再有幾番沉醉？

【注釋】

❶艷粉嬌紅：紅粉，胭脂和鉛粉，女子的化妝品，代替美人，此處借喻花朵。❷金盞：酒杯的美稱。直須：就要，就是要，宋時口語。

木蘭花

晏幾道

【導讀】

本詞抒寫懷舊之情。首二句想像伊人別後孤寂的生活情景，「牆頭」句寓意很深，暗用韓翃〈章臺柳〉詩意，一方面憐惜伊人或已憔悴，一方面深慨會合無緣；「門外」句自嘆飄零也很精采。周邦彥〈玉樓春〉詞「人如風後入江雲，情似雨餘粘地絮」二句，言對方的一去無跡和自己的一往情深、難以自拔，即受此詞影響，故沈際飛說：「雨餘花，風後絮，入江雲，粘地絮，如出一手」（《草堂詩餘正集》）。

下片表達懷人之意，末二句不直言人多情，而借馬言之，婉曲有致。沈謙說：「填詞結句，或以動蕩見奇，或以迷離稱勝，著一實語敗矣」。他舉此二句曰：「深得此法」（《填詞雜說》），誠為知言。

鞦韆院落重簾幕，
彩筆閒來題繡戶❶。
牆頭丹杏雨餘花❷，
門外綠楊風後絮。
朝雲信斷知何處？
應作襄王春夢去❸。
紫騮認得舊遊蹤❹，
嘶過畫橋東畔路。

那掛著鞦韆的院落，
黃昏中低垂著重重帷帳，
閒暇時她也許在綉房，
用彩筆題寫著詩行？
如雨後牆頭的紅杏，可望而不可及，
我們門外風後的柳絮，飄飄無所依倚。
她彷彿一片朝雲，飛去就沒有信息，
又不知今在何處？
要相會除非是高唐的夢裡。
我那多情的棗紅馬認得
曾經慣行的舊地，
它一邊嘶鳴，一邊踏過畫橋東邊的路衢。

【注　釋】

❶繡戶：華麗的居室，指婦女所居。❷牆頭句：暗用韓翃〈章臺柳〉詩意：唐韓翃有姬柳氏，安史亂起，兩人離散，柳出家爲尼，後爲蕃將沙吒利所劫，韓使人寄詩云：「章臺柳，章臺柳，昔日青青今在否？縱使長條似舊垂，也應攀折他人手。」❸朝雲二句：用高唐神女事，見歐陽修〈蝶戀花〉注。❹紫騮：良馬名，又名棗騮。

清平樂

晏幾道

留人不住，
醉解蘭舟去❶。
一棹碧濤春水路，
過盡曉鶯啼處。
渡頭楊柳青青，

【導讀】

作者先用白描手法寫出留人不住、借酒澆愁，醉中對方卻已登舟離去的悵恨，然後，他想像情人舟行春水、處處聞鶯的明麗風光，不言怨而自含怨意：唯其無情故能毅然離去、又能領略春光的歡樂。作者又使用對比法，描寫自己佇立渡頭的冷清和依戀，古人有折柳贈別的風習，柳諧「留」音，依依楊柳也象徵著惜別之情，「渡頭」兩句用移情法傾訴作者的離愁別恨，貼切而柔婉。「結句殊怨，然不忍割」（《宋四家詞選》）。

晏幾道是一位情癡，故言情之作多刻骨銘心之語，感人肺腑，本詞即是一例。

苦苦留人不住，
餞別酒喝得醉昏昏，
　她的船已經解開纜繩。
小舟撥開輕捲的碧波，
　走在漫漫的春水路上，
她將聽不盡曉鶯處處啼唱。
渡頭冷落，只有楊柳青青，

枝枝葉葉離情。❷
此後錦書休寄，❸
畫樓雲雨無憑。

一枝枝，一葉葉，全都代表著離情。
再也不必寄什麼書信，
畫樓裡種種的深情厚愛，
從今後沒有了依憑。

【注釋】

❶留人不住二句：鄭文寶〈柳枝詞〉：「亭亭畫舸繫春潭，直到行人酒半酣。不管烟波與風雨，載將離恨過江南。」此處翻用其意。❷渡頭楊柳二句：劉禹錫〈楊柳枝〉詞：「長安陌上無窮柳，唯有垂楊管別離。」此處化用其意。❸錦書：書信的美稱。

阮郎歸

晏幾道

【導讀】

〈阮郎歸〉，詞調名，始見於李煜詞。《神仙記》載劉晨、阮肇入天台山採藥，遇二仙女，留住半年，思歸甚苦。既歸則鄉邑零落，經已十世。曲名本此，故作淒音。又名〈碧桃春〉、〈醉桃源〉等。

黃庭堅〈小山詞序〉說小山有「四癡」，第四癡是「人百負之而不恨，己信人，終不疑其欺己」，對待朋友如此，對待情人亦復如此。本詞就寫出儘管情人負心、改變了初衷，作者雖然怨恨人情淡薄，卻依舊寧願獨抱癡情、自守寂寞。末二句陳述連夢中相會聊以自欺的慰藉都沒有，其難堪、痛苦誠何以堪！言語雖淺淡，感情極沉痛。

趙佶抒寫故國之思的〈宴山亭〉詞：「除夢裡有時曾去，無據，和夢也新來不做」即由此變化而來。

舊香殘粉似當初，
人情恨不如。
一春猶有數行書，
秋來書更疏。

衾鳳冷，
枕鴛孤❶，
愁腸待酒舒。
夢魂縱有也成虛，
那堪和夢無！

她殘留的脂粉，依舊像
　從前一樣芳香四溢，
恨人情淡薄比不上當初。
一春裡還寄來短短的音書，
入秋後，書信卻漸漸稀疏。

繡著鳳凰的錦被冷冷清清，
綉著鴛鴦的枕頭孤孤零零，
我的百折愁腸，要舒展只有沉於酒鄉。
夢裡縱然能夠相會，也不過是一場虛妄，
哪堪連夢都不來到我的身旁。

【注釋】

❶衾鳳：即鳳衾，綉有鳳凰的被子。枕鴛：即鴛枕，綉有鴛鴦的枕頭。

阮郎歸

晏幾道

【導讀】

晏幾道「仕宦連蹇，而不能一傍貴人之門……論文自有體，不肯一作新進士語……」（黃庭堅〈小山詞序〉），他是一個不肯屈事權貴、不願趨附時俗、傲骨錚錚的人，因之一生不得志，本詞便抒寫了他失意的感慨。

作者以故作輕鬆的筆調描寫他重陽佳節在異鄉爲客，因主人殷勤而產生「人情似故鄉」的親切感，但從「綠杯」句，已可見其佯狂及借酒澆愁之狀，下片的「欲將沉醉換悲涼」即是此句注脚。作者又化用〈離騷〉句意，以佩蘭簪菊來象徵自己品格的高潔。而「殷勤理舊狂」五個字有三層意思：「狂者，所謂一肚皮不合時宜，發見於外者也。狂已舊矣，而理之，而殷勤理之，其狂若有甚不得已者」（況周頤《蕙風詞話》）。

夏敬觀說：「叔原以貴人暮子，落拓一生，華屋山丘，身親經歷，哀絲豪竹，寓其微痛纖悲，宜其造詣又過於父」（夏評《小山詞·跋尾》），於此詞可見一斑。這類「狂篇醉句」，超出男女幽怨的狹小範圍，思想內容較爲深刻，風格沉著凝重，又覺清麗空靈。

天邊金掌露成霜❶，
雲隨雁字長❷。
綠杯紅袖趁重陽❸，
人情似故鄉。
蘭佩紫，
菊簪黃❹，
殷勤理舊狂。
欲將沉醉換悲涼，
清歌莫斷腸。

天邊，金銅仙人的掌中，
白露已凝結成秋霜，
那飄浮的薄雲，追隨著長長的雁行。
面對美酒和佳人，
趁這重陽時節我要盡量歡暢，
身處異地，人情卻醇厚如在故鄉。
把紫色的蘭花佩在衣襟，
又將黃菊插上髮鬢，
我一無顧忌地重新搬出向來的怪膽狂情。
我只想在酣醉中忘掉心頭的悲傷，
美人呵，那些淒涼的歌，請不要再對著我
高唱，不然我就會愁斷肝腸！

【注釋】

❶天邊金掌句：《三輔黃圖》：「神明台，武帝造，上有承露盤，有銅仙人舒掌捧銅盤、玉杯，以承雲表之露。」金掌，指銅人掌承露盤。此處並非實指，而是用典。露

成霜，《詩・秦風・蒹葭》：「蒹葭蒼蒼，白露爲霜。」❷雁字：雁群飛行時組成行列，形狀如字，故云。❸綠杯：指綠酒。紅袖，代替美女，白居易〈對酒吟〉詩：「今夜還先醉，應煩紅袖扶。」此處指歌女。❹蘭佩二句：由屈原〈離騷〉「紉秋蘭以爲佩」、「夕餐秋菊之落英」等句化出。

六么令

晏幾道

【導　讀】

〈六么令〉，唐時琵琶曲名，後用爲詞調。王灼《碧雞漫志》卷三云：「〈六么〉，一名〈綠腰〉，一名〈樂世〉，一名〈錄要〉。元微之（稹）〈琵琶歌〉云：『〈綠腰〉散序多攏捻』；又云：『逡巡彈得〈六么〉徹』；段安節《琵琶錄》云：『〈綠腰〉，本〈錄要〉也，樂工進曲，上令錄其要者。』……至樂天（白居易）又獨謂之〈樂世〉，他書不見也。」

小山詞多清遠含蓄、深婉淒惻，本篇則爲別調，受《花間詞》影響，風格穠艷。作者描寫了一位歌女的美貌、伶俐、精絕的技藝、過人的才華，和她對作者大膽、熱烈的追求，以及作者未及吐露心曲而對方慧心已覺、兩下裡精神上的溝通、默契，並描寫了他們花前月下的幽期密約，很富有戲劇意味。

本詞表現愛情十分露骨，卻不流於輕褻，但與小山其它許多深情之作，則不屬同一流品，顯然不算上乘作品。

綠陰春盡，
飛絮繞香閣。
晚來翠眉宮樣❶，
巧把遠山學❷。
一寸狂心未說，
已向橫波覺❸。
畫簾遮匝❹，
新翻曲妙，
暗許閒人帶偷掐❺。
前度書多隱語，
意淺愁難答。

綠陰沈沈春光已盡，
柳絮環繞香閣飄飛不定。
晚來，她學著翠眉宮妝，
巧把雙蛾畫作遠山模樣。
我傾慕的一寸狂心還不曾向她細剖，
她已流動著知情的眼波。
軟軟的畫簾垂下，把四面緊緊遮著。
她彈奏新翻的曲調美妙無比，
曲譜被旁人悄悄暗記，她也全不在意。
前次的來書多是隱語，
用意明顯，叫我愁於對答。

昨夜詩有回文❻，
韻險還慵押❼。
都待笙歌散了，
記取留時霎❽。
不消紅蠟，
閒雲歸後，
月在庭花舊闌角。

昨夜又贈我回文詩篇。
韻險我也懶怠去押。
只等笙歌收去人散盡，
切記稍留一霎。
不必在紅燭下夜話，
當閒雲歸去，
月光映上庭花，我們依然
相會在舊日的欄杆角下。

【注釋】

❶翠眉：用黛螺畫的眉。晉崔豹《古今注》下：「魏宮人好畫長眉。今多作翠眉警鶴髻。」宮樣，宮廷裡流行的式樣。❷遠山：葛洪《西京雜記》：「文君姣好，眉色如望遠山。」❸已向橫波覺：橫波，比喻眼神流動，如水閃波。傅毅〈舞賦〉：「眉連娟以增繞兮，目流睇而橫波。」屈原〈九歌・少司命〉：「滿堂兮美人，忽獨與予兮目成」，此句暗用其意。❹遮匝：四面遮蔽。❺掐：指暗記。❻回文：詩體的一種，同一語句順讀回讀皆可成文，有的詩篇可以反復回旋，一首詩讀成多首，多屬文字遊戲，相傳始於晉代傅咸、溫嶠，詩皆不傳，今存蘇蕙〈璇璣圖〉詩等。❼韻險：指詩句用

艱僻字押韻，以示詩藝高超。❽留時霎：原本作「來時霎」，據別本改。

御街行

晏幾道

【導讀】

作者以大量筆墨描寫他心嚮神往的那個所在：「街南綠樹」下的「朱戶人家」，繪出那裡飛絮濛濛、嬌花爛漫的暮春光景，描寫自己日日登樓凝望的癡心，至「晚春盤馬」二句揭出往事，方悟作者留連不捨的處所早已人去樓空，這就越發顯示他感情的執著。

「曾傍綠陰深駐」六個字有千鈞之力，其間包含著多少往日的歡樂、今日的懷戀與悲酸！深得蘊藉之致。末三句寫出景物依舊人事全非的無限悵惘，哀而不傷，情味綿長。

本篇雖是小令，卻寫得往復回環，結構安排巧妙，頗見匠心。

街南綠樹春饒絮❶，
雪滿遊春路。
樹頭花艷雜嬌雲，
樹底人家朱戶。

街南一叢叢綠樹，晚春時紛紛飄絮，
遊春的道上白雪滿路。
樹頭朵朵穠麗的花，
夾雜著天邊嬌艷的彩雲，
樹底下有一個朱户人家。

北樓閒上，
疏簾高捲，
直見街南樹。
闌干倚盡猶慵去，
幾度黃昏雨。
晚春盤馬踏青苔❷，
曾傍綠陰深駐。
落花猶在，
香屏空掩，
人面知何處❸？

我登上北樓，
把疏簾高高捲起，
直直地向街南的綠樹凝睇。
我倚著欄杆不忍離去，
有多少次在黃昏的微雨中獨立。
記得從前，也是這樣的暮春，
我騎著馬在青苔路上盤旋，
我們曾經傍著綠陰，
長久地、長久地留連。
如今，落花仍舊，
香屏空掩，
伊人不知去向哪邊？

【注釋】

❶饒：多。 ❷盤馬：跨馬盤旋。韓愈〈雉帶箭〉詩：「將軍欲以巧服人，盤馬彎弓

惜不發。」❸香屛二句：用崔護事，見晏殊〈淸平樂〉「紅箋小字」注。

虞美人

晏幾道

【導讀】

〈虞美人〉，唐敎坊曲名，後用爲詞調。《樂府詩集》卷五十八〈琴曲歌辭．力拔山操〉序：「按《琴集》有〈力拔山操〉，項羽所作也。近世又有〈虞美人〉曲，亦出於此。」可見此調源出古琴曲，本意爲詠虞姬事。一名〈虞美人令〉，又名〈一江春水〉、〈玉壺冰〉等。始見於五代李煜詞。

本篇抒寫相思別恨，與〈阮郞歸〉「舊香殘粉」篇意思略近而寫法各異；〈阮郞歸〉筆致疏雋深永，此篇則較質實沉厚，上片極言盼望之初，下片陳述始終不改初衷的誠摯之情，哀婉動人。

曲闌干外天如水，
昨夜還曾倚。
初將明月比佳期，

曲欄杆外，天色水一般澄澈蔚藍，
昨夜我還曾獨自憑欄。
最初，我總把明月比作佳期，

長向月圓時候、
望人歸。
羅衣著破前香在，
舊意誰教改。
一春離恨懶調弦，
猶有兩行閒淚、
寶箏前。

長在月圓時，一次次盼望她回還。
我的羅衣雖已穿破，
她芳香的氣息依然存在，
舊日的情意又如何能改？
一春裡我被離恨纏磨，懶得去調理絲弦，
卻仍將兩行熱淚灑向箏前。

留春令

晏幾道

【導讀】

〈留春令〉，詞調名，始見於晏幾道詞。

開頭三句描寫主人公魂夢依稀、醒來仍不知處身何所的迷離之狀，十分眞實，情景淒美。作者於此作一頓挫，然後轉入實事：因夢而愈感其情，主人公連忙展紙作書向對方訴說，過渡自然。「傷春事」，一語雙關，既陳述情由，又點明時令。

下片極言憑高望遠歷時久遠而不衰的離愁，化用前人成

一句，而感情層次更深，更曲折委婉。

畫屏天畔，
夢回依約❶，
十洲雲水❷。
手拈紅箋寄人書❸，
寫無限、傷春事。
別浦高樓曾漫倚，
對江南千里。
樓下分流水聲中，
有當日、憑高淚❹。

夢中同她相會，
醒來時，恍惚依然置身縹緲的仙山，
室中畫屏，卻彷彿遠在天畔。
我拿過紅色信箋，
向她訴説無限傷春的情感。
我在離別的河岸，曾幾度獨倚高樓，
遙望千里江南。
樓下分流水聲中，
有當日憑高送別的眼淚長流不斷。

【注釋】

❶依約：隱約，白居易〈答蘇庶子〉詩：「蓬山閒氣味，依約似龍樓。」❷十洲：古代傳說中仙人居住的十個島。《海內十洲記》：「漢武帝既聞西王母說八方巨海之中有祖洲、瀛洲、玄洲、炎洲、長洲、元洲、流洲、生洲、鳳麟洲、聚窟洲。有此十洲，乃人跡所稀絕處。」❸箋：精美的紙張，供題詩、寫信等用。❹樓下分流二句：鄭文焯《評小山詞》說此詞末二句，「襲馮延巳〈三臺令〉：『流水，流水，中有傷心雙淚。』」

思遠人

晏幾道

【導讀】

〈思遠人〉，詞調名，始見於晏幾道詞。

本篇調名與詞意緊密結合。上片描繪了「紅葉黃花」的晚秋圖畫，以及主人公懷念遠人、翹首盼待之情。「飛雲」二句極言失望之深。過片承上，描寫無處寄書而彈淚，卻仍然和淚研墨作書的癡人癡事，情、語雙絕。

「漸寫」幾句「不言己之悲哀，而紅箋都爲無色，亦慧心妙語也」（唐圭璋《唐宋詞簡釋》）；較之他的〈蝶戀花〉「欲寫彩箋書別怨，淚痕早已先書滿」及〈兩同心〉「相思處，一紙紅箋，無限啼痕」等句，覺委折動人多矣。

紅（ㄏㄨㄥˊ）葉（ㄧㄝˋ）黃（ㄏㄨㄤˊ）花（ㄏㄨㄚ）秋（ㄑㄧㄡ）意（ㄧˋ）晚（ㄨㄢˇ）❶，

林葉染紅，黃花開遍，淒清的晚秋時節，

千里念行客。
飛雲過盡，
歸鴻無信，
何處寄書得？

淚彈不盡臨窗滴，
就硯旋研墨。❷
漸寫到別來，
此情深處，
紅箋爲無色。

我把遠隔千里的行客懷念。
天邊，過盡飛雲片片，
歸雁也沒有帶回音書，
待要寫信，卻不知寄往何處？

臨窗滴滴點點，我傷心的眼淚彈不盡，
且就石硯把墨研。
漸漸寫到別後的一片深心，
淚墨濕透了信箋，
紙上的紅色全都褪盡。

【注釋】

❶黃花：菊花。 ❷淚彈不盡等句：由孟郊〈歸信吟〉「淚墨灑爲書」句意生發變化。

蘇 軾

蘇軾(一〇三七～一一〇一年)，字子瞻，號東坡居士，眉山(今四川眉山)人。嘉祐二年(一〇五七年)進士。曾任杭州通判，又知密州、徐州、湖州，政績卓著。元豐三年(一〇七九年)，御史劾其以作詩訕謗朝廷，被捕入獄，後貶黃州團練副使。元祐間，官翰林學士、禮部尚書，旋出知杭州、穎州。紹聖初，爲新黨再三迫害，遠貶惠州(今廣東惠陽)、儋州(今海南島)。一一〇〇年徽宗即位，被赦北歸，次年死於常州。

蘇軾在政治上主張革新，但反對王安石的激烈作法，在地方官任上，對新法的流弊他常「託事以諷」，對其合理部分，又能在執行時「因法以便民」；元祐間舊黨執政時，蘇軾不同意全面廢除新法。由於他立身自有本末，不以個人好惡或政治偏見有所依違，因而得不到新舊兩黨任何一方的信任和諒解，一生仕宦不得志，但他卻始終關心國計民生。他一生不斷地轉徙四方州郡，歷覽名山大川，結識各種人物，了解官場弊端，體察風土人情，接觸下層生活，加深了閱歷，擴大了視野，爲文學創作提供了豐厚的基礎。

蘇軾是北宋文壇領袖，建樹了多方面的文學業績，散文與歐陽修並稱「歐蘇」，是唐宋八大家之一；詩歌與黃庭堅並稱「蘇黃」，開有宋一代詩歌新貌；詞與辛棄疾並稱「蘇辛」，改革了詞風，開拓了詞境，提高了詞品；書法與黃庭堅、米芾、蔡襄並稱「四大家」；繪畫是以文同爲首的「文湖州竹派」的重要人物。他在文學藝術的各個領域都取得了突出的成就，在中國文學史上極爲罕見。

蘇軾在詞史上有特殊貢獻，他在前人或同輩如范仲淹、柳永、歐陽修、王安石等人開拓詞境的基礎上，進一步將詞家「緣情」與詩人「言志」兩者結合起來，使文章道德和兒女私情並見於詞，將詞提高到和詩一樣的文學地位，擴展內容到懷古、詠史、談玄、說理，感時傷世，以及對山水田園、農村風俗的描繪、身世友情的抒寫，達到「無意不可入，無事不可言」（劉熙載《藝概》），詞至東坡，其體始尊，其境益大。蘇軾詞創造了多種風格，除傳統的婉約清麗外，他的詞或清曠、或雄放、或凝重、或空靈，佳作極多，對後世影響極爲深遠。有《東坡樂府》，存詞三百餘首。

水調歌頭

蘇　軾

丙辰中秋，歡飲達旦，作此篇兼懷子由。

【導讀】

〈水調歌頭〉，原爲隋曲，後用作詞調。郭茂倩《樂府詩集》卷七十九《近代曲辭》錄〈水調歌〉引《樂苑》曰：「〈水調〉，商調曲也。舊說：〈水調〉、〈河傳〉，隋煬帝幸江都時所製。曲成奏之，聲韻悲切。」《詞譜》卷二十三：「按〈水調〉乃唐人大曲，凡大曲有歌頭，此必裁截其歌頭，另倚新聲也。」始見於北宋劉潛詞。

神宗熙寧九年（丙辰，一〇七六年），蘇軾任密州（治所在今山東諸城縣）知州時作此詞。作者青年時抱著「有筆頭千字，胸中萬卷，致君堯舜，此事何難」（〈沁園春〉）的政治理想入仕，後因與王安石政見不合，輾轉州郡，政治上頗不得志，又與胞弟子由（蘇轍字）七年未能團聚，心情抑鬱，於中秋之夜寫下這千古名篇。

詞中以問天、問月來探索人生哲理，抒發兄弟的手足情誼，並以謫仙自喻，寫他幻想乘風上天，又覺得人間更使人眷戀，反映了他因政治上失意而對現實不滿，想要超脫塵世，卻依然熱愛人生的矛盾。「但願人長久，千里共嬋娟」的美好祝願，已不僅限於手足之情，而且概括了人類對生活中美好事物能夠長久留存的普遍願望。

這首詞表現了蘇軾灑落的襟懷和積極達觀的人生態度，筆致奇逸自然，大開大合，風格清雄高曠而又委折蘊藉，剛柔相濟。胡仔《苕溪漁隱叢話》說：「中秋詞自東坡〈水調歌頭〉一出，餘詞盡廢。」可見其獨步當時之概。

明月幾時有，
把酒問青天。❶
不知天上宮闕，
今夕是何年。
我欲乘風歸去，
惟恐瓊樓玉宇，❷
高處不勝寒。❸

「從幾時開始，明月普照人間？」
我高舉酒杯，詢問著浩渺的蒼天。
「請告訴我，那蟾宮桂殿，
今夜是何月何年？」
我多想乘風飛歸天邊，
卻又怕瓊樓玉宇碧空高懸，
我這平凡的身軀禁不住天外淒寒。

起舞弄清影，
何似在人間[4]。

轉朱閣，
低綺户，
照無眠。
不應有恨，
何事長向別時圓[5]？
人有悲歡離合，
月有陰晴圓缺，
此事古難全。
但願人長久，

還是在月下起舞吧，讓影兒隨著我回旋，
翩翩如塵世的神仙。

明月輕盈地轉過彩繪的樓宇，
又低低透進了雕花窗櫥，
把銀光灑滿帷幔，帷幔中愁人難眠。
月亮呵，你不應該有什麼愁恨，
爲什麼總在人們別離時偏偏團圓？
唉，人間有離合悲歡，
月兒有陰晴圓缺，
這些事自古就難以求全。
但願美好感情長留人們心間，

千里共嬋娟❻。

雖然遠隔千里，卻共對同一輪明月，就好像彼此相見。

【注釋】

❶明月二句：李白〈把酒問月〉詩：「青天有月來幾時？我今停杯一問之。」此用其語。❷惟：一作「又」，或作「只」。瓊樓玉宇：指月中宮殿。《大業拾遺記》載：「瞿乾佑於江岸玩月。或問此中何有。瞿笑曰：『可隨我觀之。』俄見月規半天，瓊樓玉宇爛然。」❸高處句：《淮南子．天文訓》：「積陰之寒氣爲水，水氣之精者爲月。」又《龍城錄》載唐玄宗遊月宮，見一大宮府，榜曰：「廣寒清虛之府。」後人因稱月宮爲廣寒宮。此皆月宮寒之所本。❹起舞二句：李白〈月下獨酌〉詩：「我歌月徘徊，我舞影零亂。」此化用其意。蔡絛《鐵圍山叢談》云：「歌者袁綯，乃天寶之李龜年也。宣和間，供奉九重。嘗爲吾言：東坡公者與客遊金山，適中秋夕，天宇四垂，一碧無際，如江流傾湧，俄月色如畫，遂共登金山山頂之妙高台，命綯歌其〈水調歌頭〉『明月幾時有？……』歌罷，坡爲起舞，而顧問曰：『此便是神仙矣！』吾輩文章人物，誠千載一時，後世安所得乎？』」由此則故事可知東坡善舞，可知其如何熱愛人生，亦可知其自己愛賞此詞的程度。❺不應二句：司馬光《溫公詩話》引石曼卿對李賀「天若有情天亦老」句云：「月如無恨月長圓。」此處乃變化其意，更覺委曲而層深。長向，一作「偏向」。❻千里句：謝莊〈月賦〉：「美人邁兮音塵闕，隔千里兮共明月。」此處翻用其意。嬋娟：形態美好，此處指月亮。孟郊〈嬋娟篇〉：「月嬋娟，眞可憐。」

水龍吟

蘇軾

次韻章質夫楊花詞❶

【導讀】

〈水龍吟〉，詞調名，首見於柳永的詠梅之作，（見《歷代詩餘》卷七十四，今本《樂章集》不載；《全宋詞》引《梅苑》卷一，作無名氏詞），其次則爲章質夫，蘇軾的唱和詞。調名的來源，毛先舒《塡詞名解》卷三謂採李白詩：「笛奏龍吟水」，陳元龍《片玉集注》卷十謂本於李賀詩：「雌龍怨吟寒水光」，這些說法可備參考。

此詞是哲宗元祐二年（一〇八七年）蘇軾在汴京任翰林學士時所作。這首楊花詞雖爲和作，在格律方面受到相當局限，卻因作者天才卓犖，毫無拘束之痕，有似原唱。本篇構思巧妙，刻畫細緻，詠物與擬人渾成一體：柔腸、嬌眼的想像已是出神入化，隨風萬里尋郎，更是將楊花的精魂和思婦的形象處理得不即不離、若即若離，表現出極其纏綿悱惻的情思，達到物與神遊的境界。

沈謙《塡詞雜說》云：「此詞幽怨纏綿，直是言情，非復賦物」，劉熙載《藝概》說起句「似花還似非花」，「可作全詞評語，蓋不即不離也」；王國維《人間詞話》更是讚道：「詠物之詞，自以東坡〈水龍吟〉爲最工。」此詞遺貌取神，空靈婉轉，精妙絕倫，確實壓倒古今，爲詠物詞的極品。

似花還似非花，（ㄙˋ ㄏㄨㄚ ㄏㄨㄢˊ ㄙˋ ㄈㄟ ㄏㄨㄚ）

它像花，終究又不是花，

也無人惜從教墜。
拋家傍路，
思量卻是，
無情有思②。
縈損柔腸，
困酣嬌眼，
欲開還閉。
夢隨風萬里，
尋郎去處，
又還被、鶯呼起③。
不恨此花飛盡，

沒有人愛惜，任隨它飄落，
依傍著道路，拋別了故家。
人們說它無情，細細思索，
情思綿長的不正是它！
那輕盈的身姿回旋轉側，
就像美人，愁斷了寸寸柔腸，
又像她困倦的嬌眼，
才想睜開復又閉上，
更像她依依的夢魂，隨風萬里，
苦苦地尋找情郎，
卻被鶯啼聲驚醒了好夢一場。
我不恨楊花紛紛飄飛，

恨西園、落紅難綴。
曉來雨過，
遺踪何在？
一池萍碎❹。
春色三分，
二分塵土，
一分流水❺。
細看來，
不是楊花，
點點是、離人淚❻。

只遺憾西園裡落紅遍地，無法重新綴上枝頭，花事就這樣輕易完畢。
早晨，雨歇天晴，
只見細碎的浮萍滿地，何處有楊花的踪跡？
可嘆呵！春色總共還剩三分，
二分已飄落埃塵，
一分又跟隨流水，
細看來，
飛墜的哪裡是楊花，
千點萬點，全都是離人的眼淚。

【注釋】

❶次韻：用原韻並依照其先後次序寫作詩詞。章質夫，名楶，浦城（今福建浦城）人。歷官吏部郎中、同知樞密院事。其〈水龍吟〉（楊花）詞云：「燕忙鶯懶花殘，正堤上柳

花飛墜。輕飛亂舞，點畫青林，全無才思。閒趁游絲，靜臨深院，日長門閉。傍珠簾散漫，垂垂欲下，依前被風扶起。蘭帳玉人睡覺，怪春衣、雪沾瓊綴。綉床漸滿，香毬無數，才圓却碎。時見蜂兒，仰粘輕粉，魚吞池水。望章臺路杳，金鞍遊蕩，有盈盈淚。」❷拋家傍路三句：韓愈〈晚春〉詩：「楊花榆莢無才思，惟解漫天作雪飛。」此處反用其意。思：情思，愁思。❸夢隨三句：金昌緒〈春怨〉詩：「打起黃鶯兒，莫教枝上啼，啼時驚妾夢，不得到遼西。」此用其意。❹萍碎：蘇軾〈再和曾仲錫荔支〉詩自注：「飛絮落水中，經宿即化爲萍。」❺春色三分：由葉淸臣〈賀聖朝〉詞：「三分春色二分愁，更一分風雨」句化出。❻細看來三句：曾季貍《艇齋詩話》引唐人詩「時人有酒送張八，惟我無酒送張八。君看陌上梅花紅，盡是離人眼中血」，說此二句即由此「奪胎換骨」。

念奴嬌

蘇軾

赤壁懷古❶

【導讀】

〈念奴嬌〉，王灼《碧雞漫志》卷五：「今大石調〈念奴嬌〉，世以爲天寶間所製曲，予固疑之。然唐中葉漸有今體慢曲子，而近世有塡〈連昌詞〉入此曲者。」元稹〈連昌宮詞〉中有「力士傳呼覓念奴，念奴潛伴諸郎宿。須臾覓得又連催，特敕街中許燃燭。春嬌滿眼淚紅綃，掠削雲鬟旋裝束」語。作者自注云：「念奴，天寶中名倡，善歌。」調名〈念奴嬌〉本此。宋詞此調始見於蘇軾詞，因蘇軾〈赤壁懷古〉詞特別有名，又稱〈大江東去〉、〈大江東〉、〈酹江月〉等。

神宗元豐五年（一〇八二年），蘇軾謫居黃州遊赤壁時寫下這首名作。他在〈與陳季常書〉中曾說：「日近新闋甚多，篇

大江東去，

大江滾滾向東流去，

篇皆奇」，此篇就是他詞風革新、詞藝臻於精絕的代表作之一。詞中以濡染大筆繪出江流浩蕩、「亂石穿空，驚濤拍岸」的古戰場雄奇壯麗的景象，令人驚心駭目、嘆爲觀止，並引起一種超越時空的遐想。在眾多豪傑中，作者著意塑造了周瑜的英雄形象，又以「小喬初嫁」襯托其風流儒雅。「羽扇綸巾，笑談間、檣艣灰飛煙滅」兩句，讚頌他指揮若定的大將丰采，讚頌他建立的赫赫戰功，筆墨省淨，卻十分傳神。

緬懷古人古事對照自己，作者感傷年紀老大而功業無成，不由得發出深深慨嘆，這慨嘆中寓有對建功立業的極度渴望和對不公平命運的憤激情緒，發人深省。此詞筆力遒勁，高唱入雲，眞有「一洗萬古凡馬空」氣象。

俞文豹《吹劍續錄》載：「東坡在玉堂（翰林院），有幕士善謳。因問：『我詞比柳詞何如？』對曰：『柳郎中詞，只合十七八女郎，執紅牙板，歌「楊柳岸、曉風殘月」；學士詞，須關西大漢，銅琵琶，鐵綽板，唱「大江東去」。』」可見此詞很能代表蘇詞的典型風格。

胡仔《苕溪漁隱叢話前集》盛讚本詞：「語意高妙，眞古今絕唱。」後人推尊此詞，和韻之作甚多。

浪淘盡、千古風流人物。
故壘西邊，
人道是、三國周郎赤壁[2]。
亂石穿空，
驚濤拍岸，
捲起千堆雪。
江山如畫，
一時多少豪傑。
遙想公瑾當年[3]，
小喬初嫁了[4]，
雄姿英發[5]。

終古以來，浪底淘盡了
無數英雄人物的業績！
故舊營壘之西，
聽說是三國時大破曹軍的周郎赤壁。
陡峭不平的山崖，高高插入雲際，
驚濤駭浪凶猛地拍擊江岸，
千萬堆雪浪一重重捲起。
江山美麗如畫，
曾有多少豪傑爭雄鬥奇。
遙想公瑾當年，
小喬剛剛出嫁，
映襯他更加英姿勃勃，議論卓絕、
風流儒雅。

羽扇綸巾❻，
笑談間、檣艣灰飛煙滅❼。
故國神游，
多情應笑我，早生華髮。
人生如夢，
一樽還酹江月❽。

頭戴青絲巾，手執白羽扇，
看他臨戰多麼從容瀟灑，
指揮若定，談笑間船艦
就如同煙塵飛滅熔化。
神遊故國舊地，
眞要笑我多情善感早生白髮。
唉，人生不過像一場夢啊，
還是讓我高舉杯酒，
致意永恆的江水和月華。

【注釋】

❶赤壁：赤壁之說不一，實際上三國時周瑜擊敗曹操大軍的赤壁是在湖北蒲圻縣西北、長江南岸。朱彧《萍洲可談》卷二載黃州「州治之西，距江名赤鼻磯，俗呼鼻爲弼，後人往往以此爲赤壁。……東坡詞有『人道是周郎赤壁』之句，指赤鼻磯也。坡非不知自有赤壁，故言『人道是』者，以明俗記爾。」❷周郎：《三國志‧吳志‧周瑜傳》載，周瑜年二十四爲中郎將，吳中皆呼爲周郎。❸公瑾：周瑜字公瑾。❹小喬：周瑜妻。喬，本作橋。《三國志‧吳志‧周瑜傳》載，周瑜從孫策攻皖，「得橋公兩女，皆國色也。策自納大橋，瑜納小橋。」❺雄姿：《三國志‧吳志‧周瑜傳》：「瑜長壯有姿貌。」英發，指言論見解卓越不凡。《三國志‧吳志‧呂蒙傳》載孫權曾和陸遜評論當時人物，說：「公瑾雄烈，膽略兼人」，呂蒙可以次於公瑾，「但言論英發，不及

之耳。」蘇軾〈送歐陽推官赴華州監酒〉詩：「知音如周郎，議論亦英發。」❻羽扇綸巾：魏、晉時人的裝束。羽扇，亦用以指揮軍事。《晉書・顧榮傳》：「(陳)敏率萬餘人出，不獲濟。榮麾以羽扇，其眾潰散。」綸巾，青絲帶做的頭巾。《晉書・謝萬傳》：「萬著白綸巾、鶴氅裘，履版(木屐)而前。」❼笑談間句：指赤壁大戰中周瑜使用火攻，燒毀了曹軍的戰船，使曹軍大敗。檣艣：船艦。俗誤作強虜，今據蘇軾墨蹟正作「檣艣」。李白〈赤壁歌送別〉詩：「二龍爭戰決雌雄，赤壁樓船掃地空。烈火張天照雲海，周瑜於此破曹公。」❽酹：把酒倒在地上祭奠。

永遇樂

蘇軾

彭城夜宿燕子樓，夢盼盼，因作此詞❶。

【導讀】

〈永遇樂〉，詞調名，首見於柳永詞。

此詞係神宗元豐元年(一〇七八年)蘇軾知徐州時所作。上片描寫深秋夜色，清絕、幽絕，「曲港跳魚，圓荷瀉露」的細微動景的描繪，更顯出萬籟俱寂，作者心跡雙清。以下述夢境爲鼓聲、落葉聲驚斷的茫茫然及尋夢不見的悵惘，體物入微。下片抒發由夢境所引起的對於世事無常、古今如夢的無限感慨，以及作者留戀人生終於不能超脫、徹悟的矛盾心情，眞實精警，悱惻動人。

詞中表達了作者因功業無成、政治上不得志而產生的、對於奔走仕途的厭倦和思歸故里卻不能的苦悶。「燕子樓」十三字詠盼盼事，言簡意繁，寄慨萬端，興起以下「後之視今，亦猶今之視昔」的歷史浩嘆。整首詞如環無端，熔情、景、理於一爐，在清麗纏綿的情致中寓清曠超邁之思，自一然天成，無一毫雕琢痕跡。

明月如霜[2]，
好風如水，
清景無限。
曲港跳魚，
圓荷瀉露，
寂寞無人見。
紞如三鼓[3]，
鏗然一葉[4]，
黯黯夢雲驚斷[5]。
夜茫茫、重尋無處，

明月寒白似霜，
好風涼爽如水，
深秋的景色清麗無限。
曲港裡魚兒潑喇跳躍，
夜露輕輕流瀉在圓圓的荷葉，
萬籟俱寂，這美景沒有別人得見。
三更沉沉的鼓聲振蕩，
一片秋葉墜地，鏗然如擊金石，
把我的好夢驚斷，我心情淒傷黯淡。
夜色茫茫，失落的夢已無處重尋，

覺來小園行遍。
天涯倦客，
山中歸路，
望斷故園心眼。
燕子樓空，
佳人何在？
空鎖樓中燕。
古今如夢，
何曾夢覺？
但有舊歡新怨。
異時對、黃樓夜景⑥，

醒來，我獨自走遍庭園。
我這厭倦了宦海風波的天涯行客，
嚮往踏上山中歸路，嚮往返回故鄉，
多年來，心心念念，望穿了雙眼。
燕子樓空空如也，
佳人今在何處？
樓中空鎖著舊燕。
古往今來的一切都像是夢，
又何曾眞正從夢中警覺？
總忘不了從前的歡娛，現時的愁怨。
正如我今天緬懷久遠的故事，
將來，人們對著黃樓夜景，

爲余浩嘆。

人們也會爲我深深嘆息，感慨萬千。

【注釋】

❶彭城三句：彭城，今江蘇徐州。白居易〈燕子樓詩序〉：「徐州故尚書（張建封）有愛妓名盼盼，善歌舞，雅多風態。尚書既沒，彭城有舊第，第中有小樓名燕子。盼盼念舊愛而不嫁，居是樓十餘年。」❷明月如霜：李白〈靜夜思〉詩：「床前明月光，疑是地上霜。」❸紞如三鼓：三更敲響了。紞，打鼓聲。如，語助詞。《晉書·鄧攸傳》引吳人歌：「紞如打五鼓，雞鳴天欲曙。」❹鏗然：形容聲音清脆悅耳如金石、琴瑟。❺黯黯：傷神貌。夢雲，指夢盼盼，用宋玉〈高唐賦序〉楚襄王夢神女事。❻黃樓：彭城東門上的大樓，蘇軾在徐州時所建。

蘇軾

洞仙歌

余七歲時，見眉州老尼，姓朱，忘其名，年九十歲。自言嘗隨其師入蜀主孟昶宮中❶。一日大熱，蜀主與花蕊夫人夜納涼摩訶池

【導讀】

〈洞仙歌〉，唐教坊曲名，後用爲詞調。此調歐陽修詞，名〈洞仙令〉，潘牥詞，名〈羽仙歌〉，《宋史·樂志》，名〈洞中仙〉。始見於敦煌詞。

本詞是蘇軾的名篇之一，作於神宗元豐六年（一〇八三年），寫作之由作者詞序中已講得十分清楚，篇中所述情景，純由想像生發。上片記人物、環境之清涼，人物則「冰肌玉骨」，具不同凡響的神仙資質，環境則水殿、清風、暗香、月光，如置身月殿瑤臺的清虛之境，無一毫塵俗氣。「繡簾開」幾句繪閨房情景宛然如見，「一點明月窺人」句，「一點」與「窺」

上❷，作一詞❸。朱具能記之。今四十年，朱已死久矣，人無知此詞者，但記其首兩句。暇日尋味，豈〈洞仙歌令〉乎？乃爲足之云。

字靈動奇妙，爲本詞增添許多情致。下片描寫蜀主孟昶和花蕊夫人留連月下納涼所見以及因納涼而思秋風，因思秋風而感念流光飛逝的悵惋之情，其間融入作者對人生的深深感慨，自然流麗。

整首詞奇逸疏雋，如空山鳴泉，清響絕倫。「清空中有意趣，無筆力者未易到」(張炎《詞源》卷下)。

冰肌玉骨❹，
自清涼無汗。
水殿風來暗香滿❺。
繡簾開、一點明月窺人，
人未寢，
欹枕釵橫鬢亂。
起來攜素手❻，

冰雪是她的肌膚，白玉是她的柔骨，
本來就天人般清涼非凡。
水殿好風陣陣，送荷花的幽香溢滿。
清風吹開繡簾，一點明月透入帷幔，
窺見那人還未安眠，
枕頭邊，釵鈿橫斜、鬢髮散亂。
他們一同起身，拉著手在月下久久盤桓。

庭戶無聲，
時見疏星渡河漢❼。
試問夜如何？
夜已三更，
金波淡、玉繩低轉❽。
但屈指、西風幾時來，
又不道流年❾、暗中偷換。

庭院悄無聲息，
仰望蒼空，不時看見
飛渡銀河的疏星數點。
試問夜分如何？
夜深沉已是三更，
月光清淡，北斗低低斜轉。
他們細細地計算幾時才到清涼的秋天，
卻深深悵惋當西風來臨時，
又將暗中偷偷改換
那流水般去而不還的華年。

【注釋】

❶孟昶：五代時後蜀國君，生活奢侈，愛好文學，工聲曲，後兵敗降宋，封秦國公。❷花蕊夫人：陶宗儀《輟耕錄》：「蜀主孟昶納徐匡璋女，拜貴妃，別號花蕊夫人，意花不足擬其色，似花蕊之翾輕也。或以爲姓費氏，則誤矣。」❸作一詞：蘇軾詞序云詞已失傳，只記其首二句，後世所傳孟昶〈玉樓春〉詞乃「東京士人隱括東坡〈洞仙歌〉」（沈雄《古今詞話》）。趙聞禮《陽春白雪》引潘叔明云：「蜀帥謝元明因開摩訶池，得古石刻，遂見全篇（指原〈洞仙歌〉），詞云：『冰肌玉骨，自清涼無汗。見闕琳宮恨初遠。玉闌干倚遍，怯盡朝寒；回首處，何必留連穆滿。芙蓉開過也，樓閣香融，千

片紅英泛波面。洞房深深鎖，莫放輕舟。瑤臺去，甘與塵寰路斷。更莫遣流紅到人間，怕一似當時誤他劉阮。』」宋翔鳳《樂府餘論》評此詞爲僞托。❹冰肌玉骨：莊子〈逍遙遊〉：「藐姑射之山，有神人居焉，肌膚若冰雪，淖約若處子……。」❺水殿：指築於成都摩訶池上的宮殿。暗香：指梅、蘭、荷、菊一類花清幽的香氣。❻素手：美人白皙的手。❼河漢：天河，銀河。❽金波：月光。《漢書·禮樂志·郊祀歌》：「月穆穆以金波，日華耀以宣明。」注：「言月光穆穆，若金之波流也。」玉繩，兩星名，在北斗第五星玉衡的北面。謝朓〈暫使下都夜發新林……〉詩：「金波麗鳷鵲，玉繩低建章。」❾不道：不覺。

卜算子

蘇軾

黃州定惠院寓居作❶

【導讀】

〈卜算子〉，詞調名。萬樹《詞律》卷三〈卜算子〉：「毛氏云：『駱義烏（駱賓王）詩用數名，人謂爲「卜算子」，故牌名取之。』按山谷詞『似扶著賣卜算』，蓋取義以今賣卜算命之人也。」沈雄《古今話詞·詞辨卷上》引《古今詞譜》謂〈卜算子〉的平韻，即〈巫山一段雲〉。按柳永、張先集中均有〈卜算子慢〉，據此，〈卜算子〉詞調的出現當更早。此調因蘇軾有「缺月掛疏桐」句，故又名〈缺月掛疏桐〉。其它異名有〈百尺樓〉、〈楚天遙〉等。

本詞作於神宗元豐六年（一○八三年）「烏臺詩案」之後，蘇軾以罪人身分索居黃州，政治上極度失意，故舊親朋又多與之疏隔，詞中借詠孤雁，自標高潔，表示不與世俗同流而寧肯固守孤獨、落寞的人生態度和幽僻心情。「初從人說起，言如孤鴻之冷落；下專就鴻說，語語雙關，格奇而語雋，斯爲超詣神品」（黃了翁《蓼園詞選》）。詞中是人是雁，渾然不可分割，取象弔譬，寄意深遠，風格清奇冷雋，誠如黃庭堅所說：「語意高妙，似非吃烟火食人語。非胸中有數萬卷書，筆下無一點塵俗氣，孰能至此！」（〈山谷題跋〉）。

此詞章法頗奇特，胡仔《苕溪漁隱叢話前集》卷三十九云：「此詞本詠夜景，至換頭但只說鴻，……蓋其文章之妙，語意到處即爲之，不可限以繩墨也。」

缺月掛疏桐，
漏斷人初靜❷。
誰見幽人獨往來，
飄渺孤鴻影❸。

一彎缺月掛在疏落的梧桐，
漏壺已不再滴響，
深夜是多麼寂靜，有誰看見
幽居的我獨自彷徨？
宛如形影相弔的孤雁，
在悠悠的天地間飄忽來往。

驚起卻回頭，
有恨無人省❹。
揀盡寒枝不肯棲❺，
寂寞沙洲冷。

它時而被什麼驚起，
猛然轉回若有所思的頭；
彷彿有滿心愁怨，卻恨沒有人爲它分憂。
揀盡寒枝不肯隨便棲息，
它寧願獨自徘徊在寂寞淒冷的沙洲。

【注釋】

❶黃州：蘇軾於元豐三年（一〇八〇年）三月貶至黃州（今湖北黃岡），初寓居定惠院。定惠院，在黃岡縣東南，惠，一作「慧」。❷漏斷：漏壺裡水滴盡了。指深夜。漏，古時用水計時之器。靜，一作「定」。❸飄渺：高遠隱約貌。❹省：領悟，了解。❺揀盡句：陳鵠《耆舊續聞》卷二：「蓋『揀盡寒枝不肯棲』，取興鳥擇木之意，所以山谷謂之高妙。」

青玉案

蘇軾

送伯固歸吳中❶

【導讀】

元豐間蘇軾曾請求居住常州，並在宜興買田置屋，預備終老於斯。神宗去世，舊黨執政，蘇軾一度任京官，後因反對廢除一切新法爲舊黨所不滿，又與程頤等人發生矛盾，請求外放，於元祐四年（一〇八九年）出知杭州。蘇堅隨其在杭三年。

本詞爲元祐七年(一〇九二年)送蘇堅歸吳中而作。上片用當地典故，抒寫作者對蘇堅歸吳的羨慕和自己對吳中舊遊的繫念之情。過片使用虛筆，以王維詩畫讚美吳中山水，抒發自己欲歸不得的嘆惋，間接地表現他對宦海浮沉的厭倦，筆致極委婉清麗。況周頤說「『曾濕西湖雨』，是情語，非豔語，與上三句相連屬，遂成奇豔、絕豔，令人愛不忍釋」(《蕙風詞話》)。

三年枕上吳中路，
遣黃犬❷、隨君去。
若到松江呼小渡，
莫驚鴛鷺，
四橋盡是❸、老子經行處。
輞川圖上看春暮❹，

三年來，我在夢中走遍了吳中舊路，
我讓黃犬跟隨你歸去，
好常常帶給我吳地的消息。
假如你到松江去呼喚舟子擺渡，
請記住，千萬不要
驚動江邊的鴛鴦和白鷺，
它們都曾同我一起徜徉
在姑蘇四橋的佳勝處。
看吳中暮春的清景，
如王維的輞川圖那樣美麗，

常記高人右丞句❺。
作個歸期天定許❻，
春衫猶是，小蠻針線❼，
曾濕西湖雨。

正像當年的高人右丞，
你將吟詠美妙的詩句。
我想蒼天會允許我歸去，
我身上穿的還是小蠻老早縫製的春衣，
它曾浸濕過多少西湖的絲雨。

【注釋】

❶伯固：蘇堅，字伯固，蘇軾宗族。❷黃犬：《晉書・陸機傳》載陸機有犬名黃耳，他在洛陽時，曾繫書犬頸，致松江家中，並得回書返洛。❸四橋：指蘇州垂虹橋、楓橋等四座名橋。❹輞川圖：唐王維官尚書右丞，有別墅在陝西藍田輞川，維嘗於藍田清涼寺壁上畫輞川圖。❺常記句：此句語意雙關，讚美王維詩，同時稱譽蘇堅詩才。❻天定許：別本作「天已許」。❼小蠻：白居易有姬樊素善歌，妓小蠻善舞，白有詩讚二姬：「櫻桃樊素口，楊柳小蠻腰。」此處泛指侍妾。

蘇軾

臨江仙

【導讀】

此詞王文誥《蘇詩總案》題作「壬戌（元豐五年、一〇八二年）九月，雪堂夜飲，醉歸臨皋作。」葉夢得《避暑錄話》云：「子瞻在黃州病赤眼，逾月不癒，或疑有他疾，過客遂傳以爲死矣。……故後量移汝州謝表有云：『疾病連年，人皆相傳爲已死。』未幾，復與客飲江上，夜歸，江面際天，風露浩然，有當其意，乃作歌詞，所謂『夜闌風靜縠紋平，小舟從此逝，江海寄餘生』者，與客大歌數過而散。翌日喧傳子瞻夜作此詞，掛冠服江邊，拏舟長嘯去矣。郡守徐君猷聞之，驚且懼，以爲州失罪人，急命駕往謁，則子瞻鼻鼾如雷，猶未興也。然此語卒傳至京師，雖裕陵（神宗）亦聞而疑之。」

上述故事說明了蘇軾待罪黃州的政治處境何等艱危，正如李白遭到打擊後，聲稱「人生在世不稱意，明朝散髮弄扁舟」（〈宣州謝朓樓餞別校書叔雲〉詩），本詞所抒寫的想要獲得解脫，獲得精神上的自由的強烈願望是十分合理和自然的。

本詞不假藻飾，直抒胸臆而自然動人，行吟江畔的不得志的詞人形象歷歷如在目前。

夜飲東坡醒復醉[1]，
歸來彷彿三更。
家童鼻息已雷鳴，
敲門都不應，

我在東坡盡情夜飲，
醒醒醉醉，醉醉醒醒，
歸來時差不多已是三更。
家童早都熟睡，鼻息有如雷鳴，
敲門也沒有人應承，

倚杖聽江聲。
長恨此身非我有❷，
何時忘卻營營❸。
夜闌風靜縠紋平❹，
小舟從此逝，
江海寄餘生。

我只得斜靠著手杖，
獨自傾聽江上的濤聲。
長恨這軀體本不屬於我自身，
何時才能完完全全地忘掉名利和世情？
夜深沉，風已停，水波輕泛，
縐紗般溫柔平靜。
我將駕一葉小舟從此遠去，
在隱秘的江海度我的餘生。

【注釋】

❶東坡：在黃岡的東面，蘇軾謫居黃州時，築屋於此（即雪堂），作為遊息之所，因以為號。寓所在黃岡縣南長江邊（即臨皋）。❷此身非我有：《莊子・知北遊》：「舜問乎丞曰：『道可得而有乎？』曰：『汝身非汝有也，汝何得有夫道？』舜曰：『吾身非吾有也，孰有之哉？』曰：『是天地之委形也。』」此謂身不由己，不能自主，因拘於外物之故，這裡亦有不能自己掌握命運的憤懣之意。❸營營：紛擾貌，指為世俗名利而奔忙、勞神。❹縠紋：比喻水的波紋如縐紗。宋祁〈玉樓春〉詞：「東城漸覺風光好，縠縐波紋迎客棹。」

定風波

蘇軾

三月三日沙湖道中遇雨❶，雨具先去，同行皆狼狽❷，余不覺。已而遂晴，故作此。

莫聽穿林打葉聲，
何妨吟嘯且徐行❸。
竹杖芒鞋輕勝馬，
誰怕？
一蓑煙雨任平生。
料峭春風吹酒醒❹，

【導讀】

這首詞作於神宗元豐五年（一〇八二年），時蘇軾謫居黃州，政治處境十分險惡，但他卻總能保持坦蕩的胸懷，而不戚戚於貧賤。此詞只寫了生活中的一件小事，以曲筆直抒胸臆，表現作者豪邁開朗的個性和履險如夷的人生態度。

「一蓑煙雨任平生」，不僅指蘇軾對待自然界的風風雨雨能處之泰然，也表現了他對政治上陰晴無定、升沉難測的情況，聽任自然的超脫氣度和不畏挫折的堅毅精神，語意雙關，情味雋永，且富有理趣。

何必去理會那穿林打葉的雨聲，
不妨一邊吟詠一邊長嘯，悠然地前行。
竹杖和草鞋輕捷更勝駿馬，
有什麼可怕？
我披一領簑衣，只管在風雨中過它一生。
輕寒的東風將酒意吹醒，

微冷，
山頭斜照卻相迎。
回首向來蕭瑟處，
歸去，
也無風雨也無晴。

我感到微冷，
山頭初晴的斜陽卻在相迎。
回望走過的風雨蕭瑟處，
我信步歸去，
既無所謂風雨，也無所謂天晴。

【注釋】

❶沙湖：在黃岡縣東三十里處。❷狼狽：進退兩難的樣子。❸吟嘯：吟詩、長嘯，表示意態閑適。陶淵明〈歸去來辭〉：「登東皋以舒嘯，臨清流而賦詩。」❹料峭：風寒著肌戰慄貌，多形容春寒。陸龜蒙〈開元寺客省早景即事韻〉詩：「檎樅滿地貝多雪，料峭入樓於闐風。」

蘇軾

江城子

乙卯正月二十日夜記夢❶

【導讀】

〈江城子〉，詞調名，始見於晚唐韋莊詞，爲平韻單調。歐陽炯所作詞中有「如西子鏡，照江城」語，猶含本意。至宋始作雙調，實將原曲重增一闋。一名〈江神子〉，韓淲詞有「臘後春前村意遠」句，故又名〈村意遠〉。

蘇軾妻王弗是青神鄉貢進士王方之女，仁宗至和元年（一

○五四年），年方十六，與蘇軾結婚，夫婦感情很好，不幸王弗年僅二十七歲即染病早逝。神宗熙寧八年（一○七五年），蘇軾知密州（四○歲），寫下這首著名的悼亡詞，對亡妻表達了永難忘情的懷念，並寄寓仕宦不得志的深沉感慨。詞中所記夢中之日常生活小景，親切而沉痛，令人不忍卒讀。

此詞感情淳厚凝重，格調高尚淒厲，成就遠在元稹〈遣悲懷〉詩以上。

十年生死兩茫茫[2]，
不思量，自難忘。
千里孤墳[3]，
無處話淒涼。
縱使相逢應不識，
塵滿面、鬢如霜。
夜來幽夢忽還鄉，

十年來，一死一生，兩下裡音信茫茫。
就算不去特別思量，
這份久遠的深情總也難忘。
你孤獨的墳墓在千里之外，
我到哪兒去訴說心中的淒傷。
縱然能夠重逢，如今我旅塵滿面，
兩鬢如霜，你也無法辨識我當年的模樣。
夜裡我忽然夢見回到了故鄉，

小軒窗，正梳妝。相顧無言，惟有淚千行。料得年年腸斷處，明月夜、短松崗。

你正坐在小窗下，像從前一樣對鏡梳妝。我們久久地互相凝望，說不出一句話，唯有淚流千行。料定每當明月之夜，想起你在那植滿小松的山崗，將使我年復一年痛斷肝腸。

【注釋】

❶乙卯：宋神宗熙寧八年（一〇七五年）。❷十年：王弗卒於宋英宗治平二年（一〇六五年）五月，至作此詞，正十年。❸千里孤墳：蘇軾〈亡妻王氏墓誌銘〉：「明年（治平三年，一〇六六年）六月壬午，葬於眉（山）之東北彭縣安鎮鄉可龍里先君先夫人墓之西北八步。」

木蘭花

蘇軾

次歐公西湖韻❶

【導讀】

這首詞於哲宗元祐六年（一〇九一年）作於潁州（治所在今安徽阜陽）知州任上，時年五十六歲。蘇軾早年知遇於歐陽修，二人誼兼師友，交情非比尋常。當他泛舟於潁水，自然而然地追念在這裡作過知州、並終老於斯的歐公。

上片先描寫深秋淮河將涸的荒落景象，並以潁水嗚咽來訴說對歐公的思念。正當他臨風懷想、情不自禁，更聽得傳來佳人高唱醉翁詞的歌聲，於是益增悲惋，深嘆流光如飛電一閃。過片仍藉秋露和明月發人生短暫、世事無常之慨。末二句想落天外，「西湖波底月」共抒傷逝哀情，內涵豐富，詩情濃郁，令人玩味不盡。

整首詞任情而發，「覺來落筆不經意，神妙獨到秋毫顛」（蘇軾〈書吳道子畫後〉）。

霜餘已失長淮闊，
空聽潺潺清潁咽。
佳人猶唱醉翁詞❷，
四十三年如電抹❸。
草頭秋露流珠滑❹，
三五盈盈還二八❺。
與余同是識翁人，
惟有西湖波底月。

秋霜降後，長淮失去了往日壯闊的氣勢，
只聽見潁水潺潺，像是在代我哭泣傷逝。
河上傳來歌聲悠揚，
佳人還唱著醉翁的曲詞。
四十三年匆匆流去，如同飛電一閃即馳。
生命像草上秋露晶瑩圓潤，
遺落消失卻不過一瞬。
十五的月輪多麼皓潔完滿，
第二天就會漸漸缺損。
和我一樣同醉翁相識的，
如今還剩有幾人？
唯有那曾照臨所有人、
倒映西湖波底的明月。

【注釋】

❶歐公西湖韻：歐陽修在潁州寫有〈木蘭花〉多首，其中之一云：「西湖南北煙波闊，風裡絲簧聲韻咽。舞餘裙帶綠雙垂，酒入香腮紅一抹。杯深不覺琉璃滑，貪看六公花十八。明朝車馬各西東，惆悵畫橋風與月。」❷醉翁詞：指歐陽修詠潁州西湖的詞，如〈木蘭花〉若干首及組詞〈採桑子〉等。❸四十三年：指上距歐陽修爲潁州知州的年數。❹草頭句：古樂府〈薤露〉：「薤上露，何易晞！露晞明朝更復落，人死一去何時歸。」曹操〈短歌行〉：「對酒當歌，人生幾何？譬若朝露，去日苦多。」此化用其意。❺三五：十五。二八：十六。謝靈運〈怨曉月賦〉：「昨三五兮既滿，今二八兮將缺。」

賀新郎

蘇軾

【導讀】

〈賀新郎〉，宋人常用的長調之一。首見於蘇軾詞，因詞中有「晚涼新浴」，亦題爲〈賀新涼〉。毛先舒《塡詞名解》卷三謂此調係蘇軾所創。

這首詞詠人兼詠物。上片描寫在清幽環境中的一位美人，她高潔絕塵，又十分孤獨寂寞。「簾外誰來推繡戶」幾句，化用唐李益「開門復動竹，疑是故人來」（〈竹窗聞風寄苗發司空曙〉）詩意，卻更具神韻，如夢似幻，動而愈靜，極其婉曲地表現了女主人公的孤寂。過片轉而詠榴花，這不與「浮花浪蕊」爲伍的榴花，也即是女主人公的象徵。最後四句描寫美人和榴花的遲暮之嘆，意境極似杜甫〈佳人〉詩：「天寒翠袖薄，日暮倚修竹」。
這首詞意象清雋，託意高遠，隱約地抒寫了作者懷才不遇的抑鬱情懷。

乳燕飛華屋❶，
悄無人、
桐陰轉午❷，
晚涼新浴。
手弄生綃白團扇，
扇手一時似玉❸。
漸困倚、孤眠清熟。
簾外誰來推繡戶？
枉教人、夢斷瑤臺曲❹，

初生小燕飛進華麗的屋宇，
靜悄悄沒有半點兒聲息。
桐樹陰漸漸轉過午後，
黃昏的清涼中你剛剛沐浴。
一時間扇子和纖手都美如白玉。
你困倦了，獨自斜臥不覺睡熟。
是誰，在簾外推著雕鏤的門戶？
白白地把人從仙遊的美夢中驚覺，

又卻是、風敲竹。
石榴半吐紅巾蹙[5]，
待浮花、浪蕊都盡[6]，
伴君幽獨。
穠豔一枝細看取，
芳心千重似束。
又恐被、西風驚綠，
若待得君來向此，
花前對酒不忍觸。
共粉淚、兩簌簌。

原來只是風兒敲擊著翠竹。
半開的石榴花宛如摺皺的紅巾，
等浮豔輕薄的百花開盡，
她才來陪伴你，安慰你的幽獨淒清。
請仔細看看這穠麗的花枝，
重重疊疊的花瓣像是束在一起。
眞怕西風驟吹，紅花會立刻凋謝，
只留下殘綠，
假如那一時辰到臨，
花前對酒，又怎忍看這情景。
你摻和著脂粉的眼淚，
將與花片一同簌簌落盡。

【注釋】

❶飛華屋：曾季貍《艇齋詩話》：「其眞本云：『乳燕棲華屋』，今本作『飛』，非是。」趙彥衛《雲麓漫鈔》卷四，亦云「見眞跡作『棲』，並云『以此知前輩文章爲後人妄改亦多矣』。」❷桐陰：原作「槐陰」，據別本改。❸扇手句：《世說新語・容止篇》：「王夷甫容貌整麗，妙於玄談，恆捉白玉柄麈尾，與手都無分別。」此用其意。❹瑤臺：屈原〈離騷〉：「望瑤臺之偃蹇兮，見有娀之佚女。」瑤臺，以玉爲臺，指仙境。曲，幽深處。❺紅巾蹙：白居易〈題孤山寺山石榴花示諸僧眾〉詩，「山榴花似結紅巾，容豔新妍占斷春。」❻浮花浪蕊：韓愈〈杏花〉詩：「浮花浪蕊鎭長有，才開還落瘴霧中。」

黃庭堅

黃庭堅（一〇四五～一一〇五年）字魯直，號山谷，又號涪翁。洪州分寧（今江西修水）人。治平四年（一〇六七年）進士。曾任國子監教授、校書郎、起居舍人等官職。紹聖時新黨執政，迫害元祐舊臣，黃庭堅被誣以修《神宗實錄》不實的罪名，貶涪州（今四川涪陵）別駕。徽宗時曾一度起用，後又被除名編管宜州（今廣西宜山），死於貶所。

他以詩文受知於蘇軾，爲蘇門四學士之一。他是江西詩派的開山大師，詩風生新瘦硬，他又是著名的書法家。詞與秦觀齊名，藝術成就則遜於秦。其詞良莠不齊，早期詞作多寫花月豔情，部分篇章流於猥褻，爲人所譏。有些詞疏宕豪邁，表現他「超軼豔塵，獨立萬物之表」（蘇軾語）的兀傲性格與浩然之氣，風調頗近蘇軾。有《山谷詞》，又名《山谷琴趣外篇》。

黃庭堅

鷓鴣天

座中有眉山隱客史應之和前韻，即席答之❶。

【導讀】

黃庭堅紹聖元年（一〇九五年）被貶涪州，先居黔州（今四川彭水），後移戎州（今四川宜賓）前後五年餘，但他身處逆境，卻「不以得喪休戚芥蒂其中」（《豫章先生傳》），自持清操，講學、著述不倦。對不公平的命運，他心中雖然充滿憤激情緒，卻總是以一種調侃、自嘲、慢世侮俗的方式來表現，而不流於哀怨頹喪。

這首詞形象地描繪了作者「風前橫笛斜吹雨，醉裡簪花倒著冠」的狂情醉態，以表示對現實社會的抗爭，並以盡眼前之觀娛從反面寫出內心深處的悲憤。最後兩句用傲霜菊花爲喻，抒寫了烈士暮年志節不移，一任時人冷眼相看、特立獨行的人生態度和高潔的胸次。

全詞語言陡健清峭，風格疏宕豪邁，不失爲一首佳作。

黃菊枝頭生曉寒，
人生莫放酒杯乾。
風前橫笛斜吹雨❷，
醉裡簪花倒著冠❸。

黃菊開放在枝頭，早晨送過來一陣輕寒。
人生能有多少歲月，且莫讓酒杯空乾。
我在斜風細雨中吹起橫笛，
旁若無人，一副狂態。
喝醉酒我滿頭插花，又把帽子倒戴。

身健在，
且加餐。
舞裙歌板盡清歡。
黃花白髮相牽挽，
付與時人冷眼看。

趁著此身健在，
我要努力加餐飯，
細細欣賞緩歌曼舞，盡情享受人世清歡。
黃花和白髮，正是攜手同行的友伴，
堅守我們的晚節，任他時人冷眼相看。

【注　釋】

❶史應之：黃庭堅在戎州貶所結識的友人。黃庭堅〈謝應之〉詩，任淵注云：「應之名鑄，眉山人，授館於人，爲童子師，落魄無檢，喜作鄙語，人以屠膾目之，客瀘、戎間，因識山谷。」❷風前句：黃庭堅〈念奴嬌〉有云：「老子平生，江南江北，最愛臨風笛。」❸醉裡句：用山簡事。晉朝山簡鎮守襄陽時，喜歡在外飲酒，常常大醉騎馬而歸。當地民歌唱曰：「山公時一醉，逕造高陽池。日暮倒載歸，酩酊無所知。復能騎駿馬，倒著白接籬（一種白帽子）。」

黃庭堅

定風波

次高左藏使君韻❶

【導讀】

本詞作於黔州貶所。黔州荒涼僻遠，氣候惡劣，但黃庭堅卻能隨緣自適、安貧樂道，置榮辱生死於度外。而他天性中原有沉著、滑稽、孤芳自賞的特點，所以能夠「處涸澤以猶歡」。

這首詞以輕鬆而豪健的筆調，寫出他重陽節酣飲賞菊的風雅情致、騎馬馳射的英雄氣概，以及藝術上不斷進取的奮發精神，讀之使人神氣鷹揚。

萬里黔中一漏天❷，
屋居終日似乘船。
及至重陽天也霽，
催醉，鬼門關外蜀江前❸。
莫笑老翁猶氣岸❹，

黔州萬里陰雨連綿，就像天漏了一般，
終日枯坐家中，如同在水上乘船。
待到重陽居然雨過天晴，
在鬼門關外烏江前，我要縱情醉飲，
趁著這難得的豔陽天。
不要笑我雖是老翁，氣概依舊高傲不減，

君看，幾人黃菊上華顛❺？

戲馬臺南追兩謝❻，

馳射，風流猶拍古人肩。

試看有幾人豪邁地把菊花
插上白髮蒼蒼的鬢邊？
我要追步戲馬臺南，
那寫下清詞秀句的兩謝，
還要馳馬射箭，
和古代風流人物並駕比肩！

【注釋】

❶高左藏：作者友人，生平不詳。使君，古代對州郡長官的尊稱。❷黔中，郡名，唐置，後改黔州，宋升爲紹慶府，治所在今四川彭水。漏天，指陰雨連綿。白居易〈多雨春空過〉詩：「浸淫似漏天。」❸鬼門關：即石門關，在四川奉節縣東，兩山相夾如門，故名。陸游《入蜀記》：「舟中望石門關，僅通一人行，天下至險也。」蜀江，指四川境內流經彭水的烏江。❹氣岸：氣概高傲。李白〈流夜郎贈辛判官〉詩：「氣岸遙凌豪士前，風流肯落他人後？」❺幾人句：古代重陽節有插戴菊花的習俗。杜牧〈九日齊山登高〉詩：「塵世難逢開口笑，菊花須插滿頭歸。」❻戲馬臺：臺名，項羽所築，高八丈，廣數百步，在今江蘇銅山縣南。東晉安帝義熙十二年（四一六年），劉裕北征，至彭城（今江蘇徐州），九月九日會將佐群僚於戲馬臺，賦詩爲樂，當時著名詩人謝瞻和謝靈運曾各寫一詩。兩謝即指謝瞻、謝靈運。

秦觀

秦觀（一〇四九～一一〇〇年），字少游，一字太虛，號淮海居士，揚州高郵（今江蘇高郵）人。元豐八年（一〇八五年）進士。哲宗時歷任太學博士，秘書省正字、國史院編修官。後坐黨籍歷貶郴州（治所在今湖南郴縣）、雷州（治所在今廣東海康縣）等地。徽宗即位（一一〇〇年），放還，至廣西藤州，死於途中。

秦觀是「蘇門四學士」之一，在四學士中他最受蘇軾愛重，詩、文、詞皆工，詞名尤著，當時即負盛譽，如陳師道《後山詩話》讚之爲「當代詞手」，葉夢得《避暑錄話》說他「善爲樂府，語工而入律，知樂者謂之作家歌，元豐間盛行於淮楚。」《四庫全書總目》說他：「詩格不如蘇黃，而詞則情韻兼勝，在蘇黃之上；流傳雖少，要爲倚聲家一作手。」

近人薛礪若《宋詞通論》稱李煜、晏幾道、秦觀爲詞中的三位美少年，他們的詞風相近。有《淮海居士長短句》傳世，存詞八十餘首，思想內容較狹窄，多抒寫愛情和身世之慨。秦觀是黨爭中的犧牲者，他的不幸是由於統治者的一再打擊，因此，他詞中抒寫的愁苦不是無病呻吟，而有著極其深刻的政治背景。他的詞藝術成就很高，柔麗典雅，情味深永，音律諧婉。詞風上承柳永、晏幾道，下開周邦彥、李清照。

望海潮

秦觀

【導讀】

〈望海潮〉，詞調名，首見於柳永詞。柳詞爲詠錢塘而作，調名當是以錢塘作爲觀潮勝地取意。

本篇《宋六十名家詞・淮海詞》題作「洛陽懷古」，其實此詞係「感舊」，作詞之地爲汴京而非洛陽，作年應在紹聖元年（一〇九四年）新黨再度執政，作者被貶離京時。

元祐五年（一〇九二年）秦觀制舉及第後，曾留京供職五年，多次參與公卿名流的文期酒會。後貶居處州（今浙江麗水）時，有〈千秋歲〉詞「憶昔西池會，鵷鷺同飛蓋」句，並深慨「攜手處，今誰在？日邊清楚斷，鏡裡朱顏改」，黃庭堅追和的〈千秋歲〉亦云：「苑邊花外，記得同朝退，飛騎軋，鳴珂碎。齊歌雲繞扇，趙舞風回帶」。本詞抒寫今昔之慨，由今感昔，又由昔慨今，錯綜交織，而以懷舊爲主。

詞中以「陳、隋小賦」手法極力鋪敘過去的歡樂，句法麗密，而目前的淒清牢落，卻只以疏筆藉景物點染，形成強烈對照，感人至深。詞中「柳下桃蹊」幾句，把絢爛的春色、無處不在的春光渲染得十分眞切動人，充滿了生意。整首詞語言典雅清麗，溫婉平和而意脈不斷、氣骨不衰，是出色的長調。

梅（ㄇㄟˊ）英（ㄧㄥ）疏（ㄕㄨ）淡（ㄉㄢˋ），

梅花已經稀疏淺淡，

冰澌溶泄[1]，
東風暗換年華。
金谷俊遊[2]，
銅駝巷陌[3]，
新晴細履平沙。
長記誤隨車[4]，
正絮翻蝶舞，
芳思交加。
　柳下桃蹊[5]，
　亂分春色到人家。
西園夜飲鳴笳[6]，

河上的流冰漸漸溶化，
又是一度東風，不知不覺中換了年華。
金谷園是當初的遊賞勝地，
銅駝巷陌曾經多麼繁麗！
雨後新晴，天朗氣清，
　我悠閒地漫步，踏著細細的平沙。
總記得錯跟上別家女眷的香車，
　留下一段溫馨的佳話。
那時正柳絮輕翻，蝴蝶群舞，
引起柔曼的情思無涯。
明麗春色亂紛紛來到每户人家，
　不管在桃邊還在柳下。
夜晚，在西園宴飲，絃管歌樂交加，

有華燈礙月，
飛蓋妨花❼。
蘭苑未空❽，
行人漸老，
重來是事堪嗟。
煙暝酒旗斜。
但倚樓極目，
時見棲鴉。
無奈歸心，
暗隨流水到天涯❾。

華燈輝煌燦爛，掩蔽了明月的光華，
飛馳的車馬來來往往，
妨礙人們安閑地賞花。
今天，西園依然遊人如雲，
我這遠行之客卻漸至老境，
往昔的歡樂一去不返，
重遊舊地只覺得事事傷情。
暮煙淒迷，寂寞的酒族旗掛，
獨倚高樓極目遙望，
時見天空飛幾隻尋巢的烏鴉，
我那不可遏制的思歸之心，
暗暗跟隨流水遠到天涯。

【注　釋】

❶冰澌：冰塊，澌，流水❷金谷：金谷園，在洛陽西北，爲晉石崇所建別館。《晉書・石崇傳》載石崇「出爲征虜將軍，假節，監徐州諸軍事，鎮下邳。崇有別館在河陽之

金谷，一名梓澤。送者傾都，帳飲於此焉。」此處泛指汴京名園。❸銅駝巷陌：古代洛陽宮門南四會道口，有二個銅駝夾道相對，後稱銅駝陌。徐陵〈洛陽道〉詩：「東門向金馬，南陌接銅駝」。古人詠洛陽，多以金谷、銅駝對舉，如駱賓王〈豔情代郭氏贈盧照鄰〉詩：「銅駝路上柳千條，金谷園中花幾色？」劉禹錫〈楊柳枝〉詞：「金谷園中鶯亂飛，銅駝陌上好風吹。」此處銅駝巷陌借指汴京的繁華街道。❹誤隨車：韓愈〈嘲少年〉詩：「只知閑信馬，不覺誤隨車。」❺桃蹊：桃樹下的路徑，語出《史記·李將軍列傳》贊引諺云：「桃李不言，下自成蹊。」❻西園句：曹植〈公宴〉詩：「清夜遊西園，飛蓋相追隨。」曹植所言西園在鄴城（今河北臨漳），此處係用典。鳴笳，奏樂。笳，胡笳，古代傳自北方少數民族的一種樂器。❼蓋：車頂，此借指車輛。❽蘭苑：猶言花園，指西園。❾無奈二句：李頻〈送友人下第歸越〉詩：「歸意隨流水，江湖共在東。」此用其意。

八六子

秦觀

【導讀】

〈八六子〉，唐詞調名，始見於《尊前集》載杜牧詞。

此詞抒寫懷人之情。起句爲神來之筆，見景物而陡然興起離恨，融入《淮南小山·招隱士》、白居易〈賦得古原草送別〉及李煜〈清平樂〉等篇句意，以剗盡還生的芳草比喻剪不斷的離情，變故爲新，用筆空靈含蓄。

「念柳外」至「十里柔情」六句，回憶分別情景及往日歡娛，纏綿婉曲，意味無窮。以下幾句再敘離恨，並融情入景，以飛花、殘雨、黃鸝等幽美景象，襯托淒迷的感情，形容處雖無刻肌入骨之語，卻於清淳中見沉著。

張炎《詞源》評此篇：「離情當如此作，全在情景交煉，得言外意。」本詞清麗精美，音律柔曼和諧，確是情韻兼勝的佳作。

倚危亭，
恨如芳草，
萋萋剗盡還生❶。
念柳外青驄別後，
水邊紅袂分時❷，
愴然暗驚。
無端天與娉婷❸，
夜月一簾幽夢，
春風十里柔情❹。

我獨倚高亭，
心中離恨恰似這萋萋芳草，
不斷鏟盡又不斷孳生。
同她分別的情景如在眼底：
　我把青驄馬繫在柳外，
望水邊紅袖漸漸離去。
猛然想起那一幕已是多麼久遠，
　不由得心中淒愴，暗暗驚悸。
蒼天沒來由賦予她綽約丰姿，
　致使我爲了她心迷神癡，
在夜月清明的良辰，深深的繡簾中，
　我們曾有過甜蜜的夢境。
十里長街富麗如春風中繁花開放，
　卻沒有誰比她更溫柔多情。

怎奈向⑤、
歡娛漸隨流水，
素絃聲斷，
翠綃香減。
那堪片片飛花弄晚，
濛濛殘雨籠晴。
正銷凝，
黃鸝又啼數聲⑥。

無奈往昔的歡娛挽留不住，
它漸漸跟隨流水遠去，
美妙的樂曲戛然中斷，
綠色絲帕的舊香消減，使我心情黯淡。
哪堪晚風弄飛花片片，
濛濛殘雨籠住了晴天，
正感傷出神，
又聽得催春的黃鸝啼叫數聲。

【注釋】

❶恨如二句：《淮南小山．招隱士》：「王孫遊兮不歸，春草生兮萋萋。」白居易〈賦得古原草送別〉詩：「離離原上草，一歲一枯榮，野火燒不盡，春風吹又生。……又送王孫去，萋萋滿別情。」李煜〈清平樂〉詞：「離恨恰如春草，更行更遠還生。」❷紅袂：紅袖，借指美人。❸娉婷：美好貌。南朝樂府〈春歌〉：「娉婷揚舞袖，婀娜曲

身輕。」❹春風十里：杜牧〈贈別〉詩：「春風十里揚州路，卷上珠簾總不如。」❺怎奈向：宋人方言，向即向來之意。❻正銷凝二句：洪邁《容齋四筆》說係模仿杜牧〈八六子〉結句：「正銷凝，梧桐又移翠陰。」銷凝：銷魂、凝魂的略語，謂因感傷而出神。

滿庭芳

秦觀

【導讀】

〈滿庭芳〉，詞調名，毛先舒《塡詞名解》說此調名採吳融詩：「滿庭芳草易黃昏」，又柳宗元詩：「滿庭芳草積」。始見於蘇軾詞。又名〈瀟湘雨〉、〈瀟湘夜雨〉、〈鎖陽台〉、〈話桐鄉〉等。

這是秦觀的名作之一。胡仔《苕溪漁隱叢話》引《藝苑雌黃》云：「程公辟守會稽（今浙江紹興），少游（秦觀字）客焉，館之蓬萊閣，一日，席上有所悅，自爾眷眷不能忘情，因賦長短句。所謂『多少蓬萊舊事，空回首、煙靄紛紛』也。」

此詞的特點是「將身世之感，打入豔情」（周濟《宋四家詞選》），在意境、句法等方面，深受柳永〈雨霖鈴〉影響。作者寫此詞時年三十一，詩文已享有一定聲譽，卻仕途蹭蹬，連舉鄉貢亦未得成功，加上失去愛情慰藉，更使他分外愁悶。詞中以淒涼的秋天晚景渲染離情，非常出色。

蘇軾極賞其首句新奇精警，戲呼秦觀爲「山抹微雲君」。晁補之說「『斜陽外、寒鴉萬點，流水繞孤村』，雖不識字人，亦知是天生好言語」（吳曾《能改齋漫錄》引），但總起來看，此詞雖婉麗精工，卻不如柳永〈雨霖鈴〉自然動人。

山抹微雲，
天粘衰草，
畫角聲斷譙門❶。
暫停征棹❷，
聊共引離尊。
多少蓬萊舊事，
空回首、
煙靄紛紛。
斜陽外，寒鴉數點，
流水繞孤村❸。
消魂，當此際，

山頭抹幾縷輕雲，
遠天粘無邊衰草，
城樓上號角聲初停。
讓航船再稍待片刻，
我們且把別離的酒同飲。
蓬萊閣多少往事，
回想起來，
幻如煙靄紛紛。
斜陽外飛著寒鴉數點，
一彎寂寞的流水環繞孤村。
怎不教人黯然傷神，此時此刻，

香囊暗解❹，
羅帶輕分❺。
漫贏得青樓，
薄倖名存❻。
此去何時見也？
襟袖上、
空惹啼痕。
傷情處，
高城望斷，
燈火已黃昏❼。

暗暗解下香囊當作紀念，
我們就這樣輕易離分。
可嘆我得到了什麼？
只有那薄倖的名聲在青樓留存。
這一去何時才能再見？
我的胸襟和衣袖，
空自沾滿淚痕。
傷心呵，
當我回頭凝望，看不見城中的伊人，
連高城也已在黃昏的燈火中消隱。

【注　釋】

❶畫角：彩繪的號角。詳見張先〈青門引〉注。譙門：建有望遠樓的城門。《漢書・陳勝傳》：「攻陳，陳守令皆不在，獨守丞與戰譙門中。」❷征棹：遠行的船。❸寒

鴉數點：原本作「萬點」，據別本改。隋煬帝楊廣詩（失題）：「寒鴉千萬點，流水繞孤村。」❹香囊暗解：繫欽〈定情詩〉：「何以致叩叩（拳拳情意），香囊繫肘後。」❺羅帶輕分：古人以結帶象徵相愛，羅帶輕分表示別離。❻青樓句：杜牧〈遣懷〉詩：「十年一覺揚州夢，贏得青樓薄倖名。」青樓：指妓女的居處。❼高城望斷：歐陽詹〈初發太原途中寄太原所思〉詩：「高城已不見，況復城中人。」此用其意。

滿庭芳

秦觀

【導讀】

秦觀青年時客遊揚州，結交師友與俊傑，醉心於風流豪邁的生活，因而詞中屢以在揚州有過曼豔情事的杜牧自況。此詞當係紹聖初被貶後途經揚州時所作。上片主要描繪雨後初晴清麗的春景，筆調明快。「飛燕蹴紅英」及「舞困榆錢自落」二句，摹寫物態出神入化。「東風裡」幾句及過片四句，回憶當年歡樂，辭采富麗。「漸酒空」以下撫今思昔，抒不盡之感慨，末尾以景結情，與篇首遙相呼應，顯示出感情變化過程，極富餘味。

馮煦說秦觀「所為詞寄慨身世，閑雅有情思，酒邊花下，一往而深」（《宋六十一家詞選例言》），於此詞可見一斑。

曉（ㄒㄧㄠˇ）色（ㄙㄜˋ）雲（ㄩㄣˊ）開（ㄎㄞ），

春（ㄔㄨㄣ）隨（ㄙㄨㄟˊ）人（ㄖㄣˊ）意（ㄧˋ），

曉空散去了沉沉烏雲，

可愛的春天隨人心願，

驟雨才過還晴。
古臺芳榭，
飛燕蹴紅英❶。
舞困榆錢自落❷，
秋千外、
綠水橋平。
東風裡，
朱門映柳，
低按小秦箏❸。
多情，
行樂處，

驟雨才過重又放晴。
古老的池臺，芬芳的亭榭，
見飛燕不時戲踏著地上的落英。
榆錢舞困從枝頭片片飄下，
鞦韆外，
盈盈綠水與小橋齊平。
和煦東風裡，
在楊柳掩映的朱門，
那人輕柔地撫弄著秦箏。
曾經浪漫多情，
遊樂的地方，

珠鈿翠蓋❹，
玉轡紅纓❺。
漸酒空金榼❻，
花困蓬瀛❼。
豆蔻梢頭舊恨，
十年夢、屈指堪驚❽。
憑闌久，
疏煙淡日，
寂寞下蕪城❾。

有乘著翠蓋香車的麗人，
而我，是手搖玉轡、帽繫紅纓的才俊。
往日盛滿歡樂的酒杯如今空空，
蓬瀛仙境也無處找尋。
當初的情事記憶猶新，
屈指細算，竟已過去十個春秋，就如一場幻夢，徒然令我心驚。
我倚欄久久地凝神，
見疏薄暮煙中隱一輪淡日，
寂寞地沉下蕪城。

【注釋】

❶蹴：踢，踏。丁鶴年〈登北固山多景樓〉詩：「潮蹴海西流。」紅英，紅花。❷榆錢：榆莢。《本草綱目・木部二》：「榆未生葉時，枝條間先生榆莢，形狀似錢而小，色白成串，俗呼榆錢。」❸秦箏：戰國時箏已流行於秦地，故稱。❹珠鈿：用珠寶製成的花朵形首飾，借指美人。❺玉轡：用玉裝飾的馬轡繩。纓，繫在頷下的冠帶。

❻金榼：金杯。❼蓬、瀛：蓬萊和瀛洲。傳說中神山名。《漢書・郊祀志上》：「自威、宣、燕昭使人入海求蓬萊、方丈、瀛洲此三神山者，其傳在渤海。」後用以指想像中的仙境。此處借指美人所在之處。❽豆蔻二句：杜牧〈贈別〉詩：「娉娉嫋嫋十三餘，豆蔻梢頭二月初」；〈遣懷〉詩：「十年一覺揚州夢，贏得青樓薄倖名。」此處化用其意。❾蕪城：指揚州城。北魏入侵及南朝竟陵王劉誕亂後，城邑荒涼，鮑照作〈蕪城賦〉憑弔，後因稱揚州爲「蕪城」。

減字木蘭花

秦觀

【導讀】

〈木蘭花〉，唐教坊曲名，後用作詞調（詳見前錢惟演〈木蘭花〉導讀）。後人就七言八句式，於一、三、五、七句各減去末三字，並調整韻腳，變爲句句押韻，兩句一換韻，稱作〈減字木蘭花〉。

此詞以淒婉含蓄的筆觸抒寫一位女子的相思別情，上片以篆香比喻九曲回腸，奇妙而貼切。下片描寫女主人公盼望遠人的無限愁悶，顯示了她的滿懷深情。整首詞語言極清麗，意味極綿長。

天涯舊恨，
獨自淒涼不問。

懷念天邊的遠人，已是長久的愁恨，
我獨抱淒涼，沒有誰關心存問。

欲見回腸，
斷盡金爐小篆香❶。
黛蛾長斂❷，
任是春風吹不展。
困倚危樓，
過盡飛鴻字字愁。

【注釋】

❶篆香：製成篆文形的盤香。❷黛蛾：指眉。黛，青黑色的顏料，古時女子用以畫眉。蛾，以蠶蛾觸角比喻美人彎彎的眉毛。《詩·衛風·碩人》：「螓首蛾眉」。

金爐中的篆字盤香，燃成了寸寸灰壞，
就像我愁斷的九曲迴腸。
我的雙眉長斂，
儘管春風陣陣，柔和而溫暖，
卻不能將我的愁眉吹展。
我悶悶地獨倚高樓，
排成字形的鴻雁全都從眼前飛走，
沒有半點音信，只帶給我更多的憂愁。

【導讀】

哲宗紹聖初，新黨再度執政，殘酷打擊元祐舊黨，蘇軾、黃庭堅均遭遠徙，秦觀也被一貶再貶，從處州（今浙江麗水）貶至郴州（今屬湖南），此詞作於貶居郴州時期。

上片描繪了淒迷的春景，以襯托作者暗淡悵惘的心境。

踏莎行

秦觀

郴州旅舍

霧失樓臺，
月迷津渡，
桃源望斷無尋處❶。
可堪孤館閉春寒，
杜鵑聲裡斜陽暮。

傳說中的桃花源離此不遠，想要尋找那理想中的仙境卻不可得，而獨居孤館、春寒料峭、啼鵑哀切、斜陽欲下，作者所感所聞所見無非愁苦，心情的愁苦已借景寫足。過片訴說友人的情誼使他更增離恨，「郴江」二句，用比興手法，對自己不公平的命運發出痛切的呼號，蘇軾絕愛詞尾兩句，將它書於扇上。

此詞情景交煉，淒楚欲絕，千載以下讀之，仍使人深深感動，並為作者的不幸遭遇嘆惋不已。

夜霧淒迷，樓臺依稀難辨，
月色朦朧，渡口也隱匿不見。
望盡天涯，找不到理想中的桃花源。
怎能忍受獨居在孤寂的客館，
春寒料峭，刺人肌骨，
杜鵑聲聲哀鳴，斜陽西下，沉沉欲暮。

驛寄梅花❷，
魚傳尺素❸，
砌成此恨無重數。
郴江幸自繞郴山，
爲誰流下瀟湘去❹。

遠方友人的音書，
寄來溫暖的關心和囑咐，
卻引起我深深的別恨離愁，
心中更覺無限愁苦。
郴江原本環繞著郴山，
流下瀟湘究竟爲了什麼？連無知無情的江水，也耐不住這山城的寂寞！

【注釋】

❶桃源：桃花源，是陶淵明在〈桃花源記〉中虛構的世外樂園，並假稱其地在武陵（今湖南桃源）。❷驛寄梅花：陸凱〈贈范曄詩〉：「折梅逢驛使，寄與隴頭人。江南無所有，聊寄一枝春。」此處以遠離江南故鄉的范曄自比。❸魚傳尺素：見晏殊〈蝶戀花〉注。❹郴江二句：張宗橚《詞林紀事》卷六引釋天隱云：「末二句從『沅湘日夜東流去，不爲愁人住少時』變化來。」顧祖禹《讀史方輿紀要・湖廣》載郴水在「州東一里，一名郴江，源發黃岑山，北流經此，……下流會耒水及白豹水入湘江。」幸自，本是。爲誰，爲什麼。瀟湘，湖南二水名，合流後曰湘江。詩詞中多稱瀟湘。

【導讀】

這首詞抒寫女子的相思別情，卻不用直筆，而是於景中

浣溪沙

秦觀

漠漠輕寒上小樓❶，
曉陰無賴似窮秋❷，
淡煙流水畫屏幽。
自在飛花輕似夢，
無邊絲雨細如愁，
寶簾閒掛小銀鉤。

見情。

上片寫天氣與室內環境的淒清，因主人公心中原本含愁，所見所感自然無非愁境，不言愁而愁自見。下片「自在飛花」二句，梁啟超稱爲「奇語」（《藝蘅館詞選》），作者以抽象的夢和愁來比擬具體的飛花與絲雨，顯得空靈之極，溫柔之極，對借景抒情起了更好的效果，描繪了一種淒迷的景色，顯示出人物同樣淒迷的心情。

末句以景作結，點出簾外愁境簾內愁人，語似疏淡而情實濃郁。

春天裡輕寒瀰漫，我獨自登上小樓，
早晨，天氣陰沉，無聊有如深秋，
屏風畫著淡煙流水，
使人更覺得寂寥清幽。
自在地飛舞的落花，夢一般輕柔；
無邊細雨，就像心中綿密的憂愁。
寶簾低垂，閒掛著小小的銀鉤。

【注釋】

❶漠漠：瀰漫貌。《楚辭》王逸〈九思‧疾世〉：「時咄咄兮旦旦，塵漠漠兮未晞。」韓愈〈同水部張員外曲江春遊寄白二十二舍人〉詩：「漠漠輕陰晚自開，青天白日映樓臺。」❷無賴：無聊，沒有道理。

阮郎歸

秦觀

【導讀】

本詞應是哲宗紹聖四年（一〇九七年）前後作於湖南郴州貶所，抒寫羈旅之愁。馮煦說秦觀和晏幾道是「古之傷心人」，而秦觀傷心的內容更有深刻的政治原因。在貶謫生涯中，他不能如其師蘇軾之開朗曠達，所作詩詞多辭情哀惋，淒切動人，此詞便是一例。

「衡陽猶有」兩句受晏幾道〈阮郎歸〉「一春猶有數行書，秋來書更疏」影響，而同工異曲，各極其妙。

湘天風雨破寒初，
深沉庭院虛。
麗譙吹罷小單于❶，
迢迢清夜徂❷。

瀟湘風雨滿天，送走了冬日的嚴寒，
空寂一片是這深深庭院。
高高的城樓角聲初停，
漫漫清夜已臨近天明。

鄉夢斷，
旅魂孤，
崢嶸歲又除❸。
衡陽猶有雁傳書，
郴陽和雁無❹。

回鄉的幻夢早就斷絕，
旅居他方我只覺得無限孤寂，
這不同尋常的歲月又翻過新的一頁。
衡陽還有鴻雁傳書，
郴州卻連鴻雁的蹤影都無。

【注釋】

❶麗譙：壯美的高樓。《莊子・徐無鬼》：「君亦必無盛鶴列於麗譙之間」。晉郭象注：「麗譙，高樓也。」小單于，唐曲調名。此處借指角聲。李益〈聽曉角〉詩：「無數塞鴻飛不度，秋風卷入小單于。」❷徂：往，過去。❸崢嶸：不同尋常。唐圭璋注引杜甫詩：「崢嶸歲又除」，按今杜集無此句。❹衡陽二句：衡陽，今湖南市名，舊城南有回雁峰，相傳雁至此不再南飛，郴州在衡陽南，故云「和雁無」。

【導讀】

詞中塑造了一位深於情、專於情的女性形象。她獨居幽閨，日日夜夜思念著遠在「千里關山」之外的情人。儘管對方「一春魚雁無消息」，她卻依舊夢繞魂縈，爲著相思而斷腸。「新啼痕間舊啼痕」句，形象地表現了女主人公綿綿不絕的離愁別恨，言簡意永。

「雨打梨花深閉門」句不僅描繪了淒清的晚春光景，也表現女主人公自甘索寞的高尚情操。全詞語言極其清婉自然，「體制淡雅，氣骨不衰，清麗中不斷意脈，咀嚼無滓，久而知味」（張炎《詞源》）。

鷓鴣天[1]

秦觀

枝上流鶯和淚聞，
新啼痕間舊啼痕。
一春魚雁無消息，
千里關山勞夢魂。
無一語，對芳尊，
安排腸斷到黃昏。
甫能炙得燈兒了[2]，

我正在傷心流淚，聽枝頭流鶯啼唱聲聲，
早就沾滿淚痕的羅衣，不斷染上新的淚痕。
一春裡沒有得到他的音信，
千里關山牽繫著我的夢魂。
我默然無語，對清酒一樽，
依舊是相思斷腸，獨自捱到黃昏。
才把青燈點亮，

雨打梨花深閉門❸。

聽春雨聲聲打在梨花，
我緊緊關上自家的院門。

【注釋】

❶此詞《全宋詞》據《草堂詩餘‧前集》卷上列爲無名氏詞。❷甫：方，才。《漢書‧孝成許皇后傳》：「今使甫受詔讀記。」❸雨打句：劉方平〈春怨〉詩：「寂寞空庭春欲晚，梨花滿地不開門。」此化用其意。

晁元禮

晁元禮（一〇四六～一一一三年），一名端禮，字次膺。其先爲開德府清豐縣（今屬河南）人，後徙家彭門（今江蘇徐州），晁補之族叔，熙寧六年（一〇七三年）進士。曾任地方官，因得罪上司，廢徙三十年。徽宗朝以承事郎爲大晟府協律，未及供職即病逝。詞多頌聖祝壽之作，愛情詞章藝術上亦多平庸無奇，少數篇章尚稱清婉。今傳《閑齋琴趣外篇》。

【導讀】

〈綠頭鴨〉，唐教坊曲，後用爲詞調，始見於晁元禮詞。本詞別本題作「詠月」，內容是中秋詠月兼懷人。上片描繪了月出的生動景象，意境清遠，然後又抒寫作者對良宵的詠讚與留戀，刻劃細膩，暗寓懷人之意。過片想像佳人對月相思之狀，以此反襯自己的一片深情，「料得來宵」以下化用蘇軾〈水調歌頭〉中秋詞「人有悲歡離合」等句意，以珍惜今宵共勉，並對未來致良好祝願。

此篇結構完密，層次分明，舒卷自如，雖抒相思離愁卻詞情放曠，無小兒女泣涕之態。胡仔《苕溪漁隱叢話後集》卷三十九云：「中秋詞，自東坡〈水調歌頭〉一出，餘詞盡廢；然其後，亦豈無佳詞？如晁次膺〈綠頭鴨〉一詞，殊清婉，但樽俎間歌喉，以其篇長，憚唱，故湮沒無聞焉。」

綠頭鴨

晁元禮

晚雲收，
淡天一片琉璃❶。
爛銀盤、來從海底❷，
皓色千里澄輝。
瑩無塵、
素娥淡佇❸，
靜可數、丹桂參差❹。

晚雲散盡，
淡淡天宇，透明如淺色琉璃，
一個燦爛的銀盤從海底生出，
澄澈清輝灑遍千里。
月兒晶瑩，沒有一顆微塵，
裝束素雅的嫦娥婷婷佇立，
四周寂靜，月中丹桂
那參差的枝葉可以數得清晰。

玉露初零，
金風未凜❺，
一年無似此佳時。
露坐久，
疏螢時度，
烏鵲正南飛❻。
瑤臺冷❼，
闌干憑暖，
欲下遲遲。
念佳人、音塵別後，
對此應解相思❽。

白露初降，
秋風還未變得淒厲，
一年裡再沒有比這更好的時際。
我在夜露中久坐，
時見點點流螢閃耀，
向南飛去了驚覺的烏鵲。
華麗的樓臺雖然幽冷，
久靠的欄杆卻已被我溫暖，
多少次想要下樓歸寢，
但又再三棲遲留連。
自從和佳人分別，音信難通，
彼此相隔遙遠，
對此一輪皓月，她定會像我這樣深深思念。

最關情、漏聲正永，
暗斷腸、花陰偷移。
料得來宵，清光未滅，
陰晴天氣又爭知。
共凝戀、如今別後，
還是隔年期。
人強健，
清尊素影，
長願相隨⑨。

一聲聲清漏她最爲關心，
見月光悄悄移過花陰，
生怕良夜將盡，她必定會暗自傷心。
明晚，月亮的清光想來不會消滅，
可是天氣陰晴誰又能夠料定。
我們分處兩地，卻共對同一輪秋月，
凝視著它心中有無限繾綣，
今宵與它相別，再相見又要等待來年。
但願我們總是強壯康健，
但願美酒和明月，同我們相隨，
直到永遠。

【注釋】

❶琉璃：一作「流離」，或「瑠璃」，天然的各種有光寶石。顏師古注《漢書·西域傳》引〈魏略〉：「大秦國出赤、白、黑……等十種流離。」唐代稱爲玻璃，宋元以來稱爲寶石。❷爛銀盤句：盧仝〈月蝕〉詩：「爛銀盤從海底出。」❸素娥：月中女神名嫦娥，

月色白，故又稱素娥。謝莊〈月賦〉：「引玄兔於帝臺，集素娥於後庭。」❹丹桂：相傳月中有桂樹，高五百丈。❺玉露：白露。金風：秋風，文人詩家多以金風玉露並用，如李世民〈秋日〉詩：「菊散金風起，荷疏玉露圓。」❻烏鵲句：曹操〈短歌行〉：「月明星稀，烏鵲南飛。」❼瑤臺：指雕飾華麗、結構精巧的樓臺。❽念佳人二句：謝莊〈月賦〉：「美人邁兮音塵闕，隔千里兮共明月。」此用其意。音塵，信息。❾料得來宵以下八句：化用蘇軾〈水調歌頭〉中秋詞：「人有悲歡離合，月有陰晴圓缺，此事古難全。但願人長久，千里共嬋娟」等句意。

趙令時

趙令時（一〇五一～一一三四年），字景貺，又字德麟，自號聊復翁，又號藏六居士，趙宋宗室，與蘇軾有交誼，入黨籍。紹興初，襲封安定郡王，遷同知行在大宗正事。著有筆記《侯鯖錄》，多記文壇掌故，品評詩詞多有新見。詞雖與蘇軾多唱和，氣格殊異。值得注意的是他以十二首〈商調蝶戀花〉鼓子詞詠張生、崔鶯鶯故事，韻、散相間，有說有唱，夾敘夾議，是研究宋金說唱文學與戲劇文學的重要資料。詞集《聊復集》今不傳，有趙萬里輯本。

蝶戀花

趙令時

【導讀】

這首小詞抒寫一位女子傷春怨別而又甘願獨抱濃愁的執著感情，語言清疏秀麗，情致蘊藉纏綿，有小晏、秦觀風味。

欲減羅衣寒未去，
不捲珠簾，
人在深深處。
紅杏枝頭花幾許？
啼痕止恨清明雨❶。
盡日沉煙香一縷❷，
宿酒醒遲，
惱破春情緒。
飛燕又將歸信誤，
小屏風上西江路。

我有心減去羅衣，卻沒有盡退春寒，
一任珠簾垂地，
我獨守在深深庭院。
枝頭紅杏還剩下幾許？
我傷心流淚，只怨恨清明的無情風雨。
爲消磨長日我點燃沉香，
孤獨的我癡對著香煙一縷，
昨夜飲過悶酒今晨醒得遲遲，
滿心都是惱春情緒。
飛燕又沒帶來他歸家的音信，
看屏風上西江水路淼淼，
更引起我無限愁情。

【注釋】

❶止：猶「只」。 ❷沉煙香：即沉香，植物名，亦稱「伽南香」、「奇南香」，瑞香

科。心材爲著名薰香料，又名沉水香。

蝶戀花

趙令時

【導讀】

詞的上片描寫暮春景象，惜花傷春的感情中織入相思別怨，語婉而層深，沈雄特別稱賞「新酒又添殘酒困，今春不減前春恨」二句，引黃庭堅「好詞惟取陡健圓轉」語，評此二句爲「陡健圓轉之榜樣」（《古今詞話》）。下片極言得不到信息的失望，晚春晝景已使人憂愁萬端，末二句更以含蓄的筆觸表現怕黃昏又近的難耐之情，沁人心脾。

沈謙《塡詞雜說》云：「小調要言短意長」；此詞正是語不多而意無窮。

卷絮風頭寒欲盡，
墜粉飄香，
日日紅成陣。
新酒又添殘酒困，
今春不減前春恨❶。

翻捲柳絮的和風透著溫暖，
驅走了殘留的春寒，
美麗花朵卻墜粉飄香，
天天落紅萬點，使我惆悵遺憾。
還沒從舊醉的煩憂中醒來，
頻頻飲下新酒，更添多少新的困惱！
今春的愁恨一點不比去年減少。

蝶去鶯飛無處問，
隔水高樓，
望斷雙魚信❷。
惱亂橫波秋一寸❸，
斜陽只與黃昏近❹。

蝴蝶和黃鶯一齊都飛去，
我到何處去探問他的消息？
高樓隔著盈盈春水，
我終日凝眸，望斷秋波，
也不見魚兒傳來書信。
滿目斜陽，使我心緒撩亂，
難捱的黃昏又已臨近。

【注釋】

❶新酒二句：張先〈青門引〉詞：「殘花中酒，又是去年病」，此化用其意。❷雙魚信：古樂府〈飲馬長城窟行〉：「客從遠方來，遺我雙鯉魚。呼兒烹鯉魚，中有尺素書」，後因謂魚能傳書，並稱書信爲魚書、魚信。❸橫波：比喻眼波流動，如水閃波。秋一寸，謂目係一寸秋波。❹斜陽句：李商隱〈樂遊原〉詩：「夕陽無限好，只是近黃昏」，此處翻用其意。

清平樂

趙令時

【導讀】

這首小詞寫景抒情頗爲別緻，如以「搓得鵝兒黃欲就」形容春風催柳葉初生，將自然的神工寫得十分生動有趣。又如不堪黃昏傷春懷人的愁悶，則說：「斷送一生憔悴，只消幾個黃昏？」語意新警，爲「恒語之有情者也」（王世貞《藝苑卮言》）。此詞一作劉弇所作。

春風依舊，
著意隋堤柳❶。
搓得鵝兒黃欲就❷。
天氣清明時候。
去年紫陌青門❸，
今宵雨魄雲魂❹。
斷送一生憔悴，

春風年年依舊，
特別垂顧隋堤的楊柳，
把千絲萬縷搓成嫩綠鵝黃，
天氣正當清明時候。
去年一同遊玩在紫陌青門，
今宵卻只能到夢裡將她找尋。
讓我一生都憔悴愁悶，

只消幾個黃昏？

用得著幾個春日黃昏？

【注釋】

❶隋堤柳：隋煬帝開通運河，沿河築堤，沿堤植柳，此處係泛指。❷鵝黃：淡黃色，多用以形容初春的楊柳。王安石〈南浦〉詩：「含風鴨綠粼粼起，弄日鵝黃嫋嫋垂。」❸紫陌：舊謂帝都的道路，賈至〈早朝大明宮〉詩：「銀燭朝天紫陌長，禁城春色曉蒼蒼。」青門，漢長安城東南門，本名霸城門，俗因門色青，呼為青門。此處紫陌青門泛指遊冶之地。❹雨魄雲魂：化用宋玉〈高唐賦〉序所言襄王夢神女事，此處表示伊人不見，只能於夢中尋見。

張耒

張耒（一〇五四～一一一四年），字文潛，號柯山。祖籍亳州譙縣（今屬安徽），生長於楚州淮陰（今屬江蘇）。熙寧六年（一〇七三）進士。曾任秘書省正字、起居舍人等職。張耒是蘇門四學士之一，政治上亦與蘇軾同進退，紹聖年間謫監黃州酒稅，又貶復州（即竟陵，後改沔陽縣，今屬湖北）。徽宗朝曾一度起復，又以黨籍被貶房州（今屬湖北）別駕，黃州安置。後詔除黨禁，始得「自便」，居陳州（今屬河南）。張耒以詩著名，詞流傳甚少，《全宋詞》錄其詞六首。

風流子

張耒

【導讀】

〈風流子〉，唐教坊曲名，後用作詞調，始見於五代孫光憲詞，本為小令，三十四字，秦觀衍為長調慢詞。

本詞上片傾訴了作者久久羈留他鄉、歲月空逝的憂愁，並拍合重陽節令。化用蘇軾詩句寫出自己失去賞菊簪花情致的慵倦心境。「楚天晚」以下幾句，描繪作者獨立自蘋洲、紅蓼汀，在暮色中凝神望遠所見秋景、所感情懷，句句清麗，字字含情，韻味清醇悠遠。下片抒寫兩地相思，婉曲深情，結句尤覺意蘊無窮。此詞疏密相間，前呼後應，結構完整，意境渾融，語言工麗自然。

張耒雖不以詞名家，本篇卻是情景俱勝的佳作。

亭皋木葉下❶，
重陽近、
又是搗衣秋。
奈愁入庾腸❷，
老侵潘鬢❸，

落葉飄下水邊平地，
重陽將近，
又是搗衣寄遠的清秋。
我像庾信在他鄉羈留，柔腸積滿憂愁，
又像潘岳雙鬢漸白，感嘆著歲月如流。

漫簪黃菊，花也應羞[4]。
楚天晚、
白蘋煙盡處，
紅蓼水邊頭[5]。
芳草有情[6]，
夕陽無語，
雁橫南浦，
人倚西樓。
玉容知安否？
香箋共錦字[7]，兩處悠悠。
空恨碧雲離合[8]，

我想戴應時黃菊，
恐花朵羞於插上老人頭。
南天已晚，
我佇立在暮煙迷離的白蘋洲，
在那紅蓼叢生的水邊頭。
有情芳草延伸到天涯，牽動人不盡離憂，
我默然地對一輪無語斜陽，
鴻雁橫飛南浦，
我久久獨倚西樓。
未知伊人安康與否？
兩下裡音訊悠悠。
空恨碧雲乍離乍合，伊人蹤跡始終沒有，

青鳥沉浮⑨。
向風前懊惱，
芳心一點，寸眉兩葉，
禁甚閑愁。
情到不堪言處，
分付東流。

傳信的青鳥不知在何處沉浮？
我懊惱地在晚風中滯留，
一點芳心，兩葉寸眉，
怎麼禁得住萬千憂愁。
情到無從訴說處，
只好交付給東去的江流。

【注釋】

❶亭皋句：柳惲〈搗衣詩〉五首之二：「亭皋木葉下，隴首秋雲飛。」亭皋，水旁平地。司馬相如〈上林賦〉：「亭皋千里，靡不被築。」木葉下，屈原〈九歌·湘夫人〉：「洞庭波兮木葉下。」柳永〈醉蓬萊〉：「漸亭皋葉下，隴首雲飛，素秋新霽。」此處化用以上句意。❷庾腸：庾信愁腸。南朝梁詩人，庾信出使北魏，梁亡，被強留北方，歷仕北魏、北周，有〈哀江南賦〉、〈愁賦〉等，表達鄉關之思、羈旅異域之苦。此處作者自喻。❸潘鬢：潘岳〈秋興賦序〉云：「余春秋三十有二，始見二毛。」又〈秋興賦〉：「斑鬢髟以承弁兮。」後因以「潘鬢」作爲鬢髮斑白的代詞。唐趙嘏〈春盡獨遊慈恩寺南池〉詩：「秦城馬上半年客，潘鬢水邊今日愁。」李煜〈破陣子〉詞：「一旦歸爲臣虜，沈腰潘鬢消磨。」❹漫簪二句：蘇軾〈吉祥寺賞牡丹〉詩：「人老簪花不自羞，花應羞上老

人頭。」❺紅蓼，即蓼藍，秋季開花，花紅色，穗狀花序。❻芳草句：見前韓縝〈鳳簫吟〉注。❼錦字：見前柳永〈曲玉管〉注。❽空恨句：江淹〈休上人怨別〉詩：「日暮碧雲合，佳人殊未來。」此處暗用其意。❾青鳥句：李璟〈浣溪沙〉詞：「青鳥不傳雲外信」，此用其意。青鳥，信使的代稱。〈漢武故事〉說西王母與漢武帝約會，命青鳥先期飛降承華殿，以通報消息。

晁補之

晁補之（一○五三～一一一○年），字無咎，號歸來子。濟州巨野（今屬山東）人。蘇門四學士之一。元豐二年（一○七九年）進士。歷任秘書省正字、校書郎、禮部郎中及地方官職等。曾兩度被貶。早年以文章受知於蘇軾，蘇軾稱其「於文無所不能，博辯俊偉，絕人遠甚。」文與詞受蘇軾影響較深。

劉熙載曰：「東坡詞，在當時鮮與同調，不獨秦七、黃九，別成兩派也。晁無咎坦易之懷，磊落之氣，差堪驂靳……」（《藝概》）；馮煦評其詞「無子瞻之高華，而沉咽則過之」（《宋六十一家詞選例言》）。有詞集《晁氏琴趣外篇》傳世。

晁補之

水龍吟

次韻林聖予惜春

【導讀】

林聖予原詞已佚，此篇爲和作。開頭抒寫惜春感情，「占春長久，不如垂柳」二句，體物明哲，道出自然之理與作者的美學趣味。

「算春長不老」幾句，表現了作者對自然界時序、景物變換循環不滅，生生不息的辯證認識，富有理趣，儘管如此，每當春殘花落，作者仍不免傷心，「春恨十常八九」四句便寫出作者雖然通曉物理卻未能忘情的複雜心緒。「世上」三句又進一層揭示他傷情的實質原因是年紀老大而功業無成，言簡意永。末三句宕開一筆，以友情的溫暖自慰，殊覺作者胸次超曠。

本詞語意不凡，筆如遊龍，轉折多致，不以形象而以趣味勝。

問春何苦匆匆，
帶風伴雨如馳驟。
幽葩細萼❶，小園低檻，
壅培未就❷。
吹盡繁紅，占春長久，
不如垂柳。
算春長不老，人愁春老，

春天呵，你何苦去得這樣匆忙，
挾帶著風雨奔馳如飛馬。
小園裡低矮欄檻中，
精心地培育名貴的幽花，
剛剛綻放出細嫩的奇葩，
就被片片吹落地下。
眞不如依依垂柳，
長久獨占芳華。
細想那春天歸去又歸來，
它其實永不會變老，

愁只是、人間有。
春恨十常八九，
忍輕辜、芳醪經口❸。
那知自是、桃花結子，
不因春瘦❹。
世上功名，
老來風味，
春歸時候。
最多情猶有，
尊前青眼❺，

春愁不過是多情的人
自己心頭生出的煩惱。
可我仍然難免對景傷心，
不忍輕易辜負晚春時候，
往往喝下過多的美酒，
明知道桃花凋謝只爲著結子，
並不是春風無情偏叫她消瘦。
我那想要建立功名的空望，
我那漸入老境淒涼的心田，
都像眼前正在逝去的春天。
唯有你這多情友人，
和我親切地對飲，

相逢依舊。

總帶給我無限溫馨。

【注釋】

❶葩：花。❷壅：用泥土或肥料培育植物的根部。❸芳醪：美酒。❹那知二句：王建〈宮詞〉：「樹頭樹底覓殘紅，一片西飛一片東。自是桃花貪結子，錯教人恨五更風。」此處化用其意。❺青眼：《世說新語·簡傲》注引《晉百官名》載阮籍能爲青白眼，見凡俗之士，以白眼對之。嵇康賫酒挾琴來訪，籍大悅，乃對以青眼。後因謂對人重視、喜愛曰青眼。又見《晉書·阮籍傳》。白居易〈春雪過皇甫家〉詩：「唯要主人青眼待，琴詩談笑自將來。」

晁補之

憶少年

別歷下❶

【導讀】

〈憶少年〉，詞調名，始見於晁補之詞。朱敦儒用此調作詞，題名〈十二時〉，故又名〈十二時〉。

起三句化用鄭文寶〈柳枝詞〉句意，妙語警絕，抒寫別情簡潔含蓄。詞中又寫出作者對友人和歷城風光的眷戀之情，以及設想日後重來此地將會是人、物皆非的無限悵惘。

沈雄說本詞結句「如泉流歸海」，「收得盡，又似盡而不盡者」（《古今詞話》）。

無窮官柳，

河岸上無窮的官柳碧綠一片，

無情畫舸，
無根行客。❷
南山尚相送，
只高城人隔。❸
罨畫園林溪紺碧，❹
算重來、盡成陳跡。
劉郎鬢如此，
況桃花顏色。❺

河岸邊無情的畫船催人啓程，
我這無根的行客將如浮萍般飄零。
南山一路上還能伴送我，
伊人卻阻隔著高城。
園林風景彩畫般綺麗，
一泓紺青的溪水輕泛漣漪。
日後再度重遊，
這一切都將成爲陳跡。
我的雙鬢會變得斑白，
桃花顏色自然早就褪去。

【注釋】

❶歷下：今山東濟南。❷鄭文寶〈柳枝詞〉：「亭亭畫舸繫春潭，直到行人酒半酣。不管煙波與風雨，載將離恨過江南。」此處化用其意。❸高城人隔：見秦觀〈滿庭芳〉注引歐陽詹詩。❹罨：畫家稱雜彩色的畫爲罨畫。紺，天青色，一種深青帶紅的顏

色。❺劉郎二句：劉禹錫〈元和十年自朗州召至京戲贈看花諸君子〉詩：「玄都觀裡桃千樹，盡是劉郎去後栽。」十四年後又寫了〈再遊玄都觀絕句〉：「種桃道士歸何處？前度劉郎今又來。」後世文人多喜自稱劉郎。

晁補之

洞仙歌

泗州中秋作❶

青煙冪處❷，

【導讀】

毛晉〈晁氏琴趣外篇跋〉云：「無咎，大觀四年（一一一〇年）卒於泗州官舍，自畫山水留春堂大屏，上題云：『胸中正可吞雲夢，盞底何妨對聖賢？有意清秋入衡霍，爲君無盡寫江天。』又詠〈洞仙歌〉一闋，遂絕筆。」

胡仔盛讚本詞結構完密，他說：「凡作詩詞，要當如常山之蛇，救首救尾，不可偏也。」他舉本篇其首云：「青煙冪處」三句，「固已佳矣」；其後闋「待都將」至末，「若此可謂善救首尾者矣」（《苕溪漁隱叢話後集》）。

黃了翁評曰：「前段從無月看到有月，後段從有月看到月滿，層次井井，而詞致奇傑。各段俱有新警語，自覺冰魂玉魄，氣象萬千，興乃不淺」（《蓼園詞選》）。無咎詞多凌麗奇卓，出於天成，而堂廡頗大，《四庫全書總目》說「其詞神姿高秀，與蘇軾可肩隨」，誠非虛譽。

青煙籠蓋蒼穹，一輪皓月穿破層雲，

碧海飛金鏡❸。
永夜閑階臥桂影。
露涼時，
零亂多少寒螿❹，
神京遠，
惟有藍橋路近❺。

水晶簾不下，
雲母屏開❻，
冷浸佳人淡脂粉。
待都將許多明，
付與金尊，

就像碧海中飛出一面金鏡。
月光將徹夜灑在庭院，
　臺階上印著婆娑桂影。
夜深露冷，我長久地徘徊留連，
只聽得零亂的寒蟬不住啼鳴，
帝城是多麼遙遠！
月宮仙境倒和我更加貼近。

我把水晶簾高高捲起，
打開美麗的雲屏，
讓冷光沁入房中，
　將佳人淡淡的脂粉照映。
我們要掬滿月亮的清光，
和金樽裡的美酒一同暢飲，

投曉共流霞傾盡❼。
更攜取胡床上南樓❽，
看玉做人間，
素秋千頃。

待到天明，把月光和美酒都喝個乾淨。
我們挾著繩床登上南樓，
觀賞月夜裡人世間如白玉做成，
看素秋的清景綿延千頃。

【注　釋】

❶泗州：治所在今江蘇宿遷東南。❷冪：覆蓋、籠罩。❸碧海句：李白〈古朗月行〉：「小時不識月，呼作白玉盤，又疑瑤臺鏡，飛在青雲端。」此化用其意。李賀〈七夕〉詩：「天上分金鏡，人間望玉鉤。」❹寒螿：寒蟬。《爾雅・釋蟲》「蜺，寒蜩，」郭璞注：「寒螿也。似蟬而小，青赤。」❺神京二句：化用日近長安遠的典故。南朝宋劉義慶《世說新語・夙慧》：「晉明帝數歲，坐元帝膝上，有人從長安來。……因問明帝：『汝意謂長安何如日遠？』答曰：『日遠。不聞人從日邊來，居然可知。』元帝異之。明日，集群臣宴會，告以此意，更重問之，乃答曰：『日近。』元帝失色曰：『爾何故異昨日之言耶？』答曰：『舉目見日，不見長安。』」後多用以比喻帝京遙遠，此處活用，以藍橋仙境代指月，以月代指日。藍橋：橋名，在陝西藍田縣東南藍溪之上，相傳其地有仙窟，爲裴航遇仙女雲英處，事見《太平廣記》卷五十「裴航」。❻雲母屏：雲母做成的屏風。雲母，礦石名，古人以爲此石爲雲之根，故名。可析爲片，薄者透光，可爲屏鏡。❼流霞：神話中的仙酒，泛指美酒。庾信〈衛王贈桑落酒奉答〉詩：「愁人坐狹邪，喜得送流霞。」❽南樓：見王安石〈千秋歲引〉注。

晁沖之

晁沖之，生卒年不詳，字叔用，早年字用道，巨野（今屬山東）人，補之堂弟。紹聖初，黨爭劇烈，沖之亦坐黨籍，後隱居於陽翟（今河南禹縣）具茨山，自號具茨。詞有一定的藝術成就，有《晁叔用詞》一卷，今不傳，有趙萬里輯本，刊入《全宋詞》，存詞十六首。

臨江仙

晁沖之

【導讀】

許昂霄評此詞「淡語有深致，咀之無窮」（《詞綜偶評》），可謂知言。這不是一首平常的懷友詩，它寄託著深沉的政治感慨。哲宗紹聖初新黨再度執政，沖之兄弟朋輩多遭貶謫，自己也被迫隱居，彼此難通音訊，他心中有無限殷憂。但從本詞超曠沖和的格調來看，作者的胸襟是豁達的、性情是開朗的，當然他所遭受的打擊要比蘇門四學士小得多。

秦觀撫今思昔的〈千秋歲〉「憶昔西池會」一詞，簡直是用淚墨寫成，讀來摧人肺腑，此詞則出之以平淡，別具一格，而藝術感染力不如秦觀詞。

憶昔西池池上飲[1]，年年多少歡娛。

記得從前在西池宴飲相聚，年復一年，曾經有過多少歡娛！

別來不寄一行書，
尋常相見了，
猶道不如初。
安穩錦衾今夜夢，
月明好渡江湖。❷
相思休問定何如？
情知春去後，
管得落花無。

別離後音訊難通，沒有交換過片言隻語。
縱然像平昔一樣常常相見，
又哪能再如往日無憂無慮。
今夜，當我在錦被中安眠，
朋友呵，願你趁著月明，
飛渡江湖來到我的夢境，
只要你我相思相念，
彼此的景況又何必過多詢問？
試想，春天已經歸去，
有誰再來理會落花的命運。

【注　釋】

❶西池：即金明池，在宋京開封西鄭門西北，因稱西池，周回九里。五代周世宗欲伐南唐，始鑿池以習水戰。宋時為遊覽勝地，文期酒會多在此舉行。❷安穩二句：杜甫〈夢李白〉二首其一：「江南瘴癘地，逐客無消息。故人入我夢，明我長相憶。」此處化用其意。

舒 亶

舒亶（一○四二～一一○四年），字信道，號懶堂。明州慈谿（今屬浙江）人。治平二年（一○六五年）舉進士第一。神宗元豐間爲監察御史裡行，同李定多次彈劾蘇軾以詩歌訕謗時政，釀成「烏臺詩案」，爲士林所鄙。累官至龍圖閣待制。工小詞，內容多留連光景、相思別離之類，風格、意境較單調，正如王灼所評：「思致妍密，要是波瀾小」（《碧雞漫志》）。有集，不傳。《全宋詞》錄其詞五十首。

虞美人

舒 亶

【導讀】

這首小詞別本題作「寄公度」，抒寫懷友之情。上片描繪了一幅蕭疏淡遠的清秋圖畫，化用李璟〈攤破浣溪沙〉詞意，暗示離憂。作者又以憑欄所見分飛之雙燕象徵與友人的別離，詞情生動含蓄。

過片突然進入對冬景冬情的描寫，時間跳躍性極大，以此顯示作者經久不衰的懷友之情。末二句設想對方的思念與盼望，並使用了陸凱寄梅花給范曄的動人故事，詩意濃郁，不失爲一首佳作。

芙蓉落盡天涵水，
日幕滄波起❶。

芙蓉都已凋落，遠天涵著近水，
蒼茫一片，
黃昏時秋風陣陣，湧起波瀾。

背飛雙燕貼雲寒，
獨向小樓東畔倚闌看。
浮生只合尊前老，
雪滿長安道。
故人早晚上高臺，
寄我江南春色一枝梅❷。

天邊分飛的雙燕各自東西，
遠遠向寒雲飛去，
我獨自在小樓東畔，久久地倚著欄杆，
浮生有多少難以消釋的煩惱，
眞應該在醉鄉中老去。
光陰荏苒，京城又蓋滿紛紛大雪。
我的朋友，每個清晨和夜晚，
你也會登上高臺把我懷想，
你將寄給我一枝梅花，
飽含著美麗的江南春光。

【注　釋】

❶芙蓉二句：李璟〈攤破浣溪沙〉：「菡萏香銷翠葉殘，西風愁起碧波間。還與容光共憔悴，不堪看。」此處化用其意。❷故人二句：用陸凱贈梅與范曄事。《荊州記》：「陸凱與范曄交善，自江南寄梅花一枝，詣長安與曄，曾贈詩……」詩云：「折梅逢驛使，寄與隴頭人。江南無所有，聊贈一枝春。」此處化用其意。

朱服

朱服（一〇四八～？年），字行中，烏程（今浙江湖州）人，熙寧六年（一〇七三年）進士。哲宗朝，官至禮部侍郎。徽宗朝，加集賢殿修撰，後坐與蘇軾遊，一貶再貶，卒於貶所。《全宋詞》錄其詞一首。

漁家傲

朱服

【導讀】

朱服門客方勺〈泊宅篇〉云：「朱行中自右史出典數郡，是時年尚少，風流才藻皆秀整。守東陽日，嘗作〈漁家傲〉『春詞』云云。」這首詞抒寫惜花傷春的情緒。上片「戀樹濕花飛不起」句饒有韻致。詩僧參寥子有詩云：「禪心已作黏泥絮，不逐東風上下狂」，與此句意思各別而工妙則同。

下片抒作者有感於好景不常，因此藉酒消愁的情狀，他自己很欣賞「而今樂事他年淚」之句，況周頤也稱道此是「一意化兩之法」（《蕙風詞話》），其實意思、手法皆平常，並不值得特別讚譽。

小雨纖纖風細細，
萬家楊柳青煙裡。

小雨綿綿，和風細細，
千家萬戶掩映在青濛的煙柳裡。

戀樹濕花飛不起，
　愁無際，
　　和春付與東流水。
九十光陰能有幾❶？
金龜解盡留無計❷。
寄語東陽沽酒市❸，
拚一醉❹，
而今樂事他年淚。

雨中飄零的落花留戀著故枝，
　卻黏在地下再不能飛起，
生命伴著春天隨流水東去，
　這情景眞令我憂愁無際。
三春好景能有幾許？
頻頻沽酒也挽留無計。
請告訴東陽的酒肆，
我要盡情喝個酩酊大醉，
今天的樂事將來回想時，
都會化作傷心的眼淚。

【注　釋】

❶九十光陰：指孟、仲、季三春共九十天。❷金龜解盡：用賀知章以金龜換酒事，孟棨《本事詩》說：「李太白……至京師，舍於逆旅。賀監知章聞其名，首訪之。既奇其姿，復請所爲文。出〈蜀道難〉以示之。讀未竟，稱嘆者數四，號爲謫仙，解金龜換酒，與傾盡醉。」金龜，唐三品以上官佩金龜。此處解金龜指沽酒。❸東陽：今浙

江金華。❹拚：不顧惜，甘願。晏幾道〈鷓鴣天〉詞「當年拚却醉顏紅。」

毛滂

毛滂（一〇六四～？年），字澤民，號東堂。衢州江山（今屬浙江）人。曾受知於蘇軾。蘇軾守杭時，毛嘗任法曹。元符初爲武康縣令，改官舍盡心堂爲「東堂」，因以爲號。蔡京當政時，曾獻諛詞而驟得進用。宣和間出知秀州。毛滂工詩能文，詞風清疏瀟灑，《四庫全書總目》稱其詞「情韻特勝」。近人薛礪若《宋詞通論》稱之爲「瀟灑派」，說他是個「俯仰自樂不沾世態的風雅作家」，並說其影響及於陳與義、朱敦儒及姜夔、張炎等詞人。有《東堂詞》一卷。

惜分飛

毛　滂

富陽僧舍作別語贈妓瓊芳

【導讀】

〈惜分飛〉，詞調名，始見於毛滂、晁補之詞。元祐中，蘇軾守杭州，毛滂爲法曹，秩滿離任時作此詞贈歌妓瓊芳。黃升嘗言毛因此詞方見知於蘇軾，張宗橚《詞林記事》卷七特爲辯之，言蘇集中〈次韻毛滂法曹感雨詩〉以韓愈自況，以孟郊、賈島目滂，證明滂受知蘇公，早在此前。此詞抒別情，沒有一句綺麗香豔語，而以清新含蓄的筆觸寫得一往情深，末二句尤爲出色。

周輝《清波雜志》卷九讚此詞：「語盡而意不盡，意盡而情不盡，何酷似乎少遊也！」

淚濕闌干花著露[1]，
愁到眉峰碧聚。
此恨平分取，
更無言語空相覷[2]。
斷雨殘雲無意緒，
寂寞朝朝暮暮。
今夜山深處，
斷魂分付潮回去[3]。

你臉上淚水縱橫
　像一枝鮮花沾帶著露珠，
憂愁在你眉間緊緊纏結，
　又像是碧山重疊攢聚。
這別恨不僅屬於你，我們兩人平均分取。
你我久久地、久久地互相凝望，
　再說不出一句話語。
雨收雲散，一切歡樂都成爲過去，
　令人無情無緒。
從此朝朝暮暮，我將空守孤寂。
今夜，當我投宿在荒山野店，
我深情的靈魂會跟隨潮汐回到你那裡。

【注釋】

❶淚濕句：白居易〈長恨歌〉：「玉容寂寞淚闌干，梨花一枝春帶雨。」化用其意。闌干，縱橫貌。❷覷：看，視。❸斷魂：猶銷魂，形容哀傷，也形容情深。

陳克

陳克（一〇八一～？年），字子高，自號赤城居士。臨海（今屬浙江）人。紹興七年（一一三七年），呂祉節制淮西抗金軍馬，薦爲幕府參謀。曾與吳若共著《東南防守便利》三卷，陳抗金方略。少數詞章對戰亂及民生疾苦有所反映。詞風主要承襲「花間」、北宋之婉麗，陳廷焯稱其詞「婉雅閑麗，暗合溫、韋之旨」（《白雨齋詞話》）。有《赤城詞》一卷，《全宋詞》錄其詞五十一首。

菩薩蠻

陳克

【導讀】這首小詞上片以濃豔的色彩描繪了明媚春光中的街景和人家，下片以微婉而諷的筆調描寫了貴族少年日日遊冶的放浪生活，及其「酒酣氣益振」的狂態。詞中「花晴簾影紅」、「午香吹暗塵」二句凝煉有致。

赤闌橋盡香街直，
籠街細柳嬌無力[1]。
金碧上青空，
花晴簾影紅。

朱紅欄杆橋頭，有一條筆直繁華的街道，
兩旁籠蓋細細垂柳，
輕風中飄拂著嬌軟的枝條。
高樓金碧偉麗，直插入青空，
晴日下，簾影映著穠豔的花紅。

黃衫飛白馬❷，
日日青樓下。
醉眼不逢人，
午香吹暗塵❸。

身穿黃衫的少年公子，
天天騎著白馬飛跑，
到青樓去追歡買笑。
他醉眼惺忪，認不出相熟的人，
正午時花氣馥郁，飛馬過處，
遮天蔽日的路塵，夾帶著芳香陣陣。

【注釋】

❶嬌無力：白居易〈長恨歌〉「侍兒扶起嬌無力」；溫庭筠〈菩薩蠻〉詞：「柳絲裊娜春無力」，此處合用其意將柳絲擬人化。❷黃衫：隋、唐時少年華貴之服。《新唐書・禮樂志》言明皇嘗以馬百匹施三重榻，舞〈傾杯〉數十回。又以樂工少年姿秀者十餘人衣黃衫文玉帶立左右。此處泛指貴公子。❸午香句：李白〈古風〉二十四：「大車揚飛塵，亭午暗阡陌。」此處化用其意。

菩薩蠻

陳克

【導讀】

這是一首閨怨詞。上片描繪了春日黃昏寂寞的庭院，「蝴蝶上階飛」的熱鬧景象越發襯托出「烘簾自在垂」的幽寂，以顯示主人公「不聞不見之無窮也」（譚獻《譚評詞辨》）。下片以雙語燕及他人的笑語歡樂反襯女主人公的孤獨，那一切足以引起愁思的聲音，又都從她輕淺的春睡中聞聽，寫得筆意空靈、富有情致。

綠蕪牆繞青苔院❶，
中庭日淡芭蕉卷。
蝴蝶上階飛，
烘簾自在垂❷。
玉鉤雙語燕，
寶甃楊花轉❸。
幾處簸錢聲❹，

牆邊綠草叢生，環繞著處處苔痕的庭院，
中庭寂靜，日色疏淡，芭蕉葉葉自捲。
蝴蝶在石階上亂飛，
暖簾悠閒地低垂。
簾鉤外雙燕軟語呢喃，
井壁間楊花飄飄翻轉。
聽幾處人家做簸錢遊戲，
傳來一聲聲笑語，

綠窗春睡輕。（ㄌㄨˋ ㄔㄨㄤ ㄔㄨㄣ ㄕㄨㄟˋ ㄑㄧㄥ）

我在綠窗下獨眠，春睡輕淺。

【注釋】

❶蕪，叢生的草。顏延之〈秋胡詩〉：「寢興日已寒，白露生庭蕪。」注：《爾雅》曰：「蕪，草也。」❷烘簾：暖簾，風簾。❸甃：井壁。《莊子・秋水》：「吾跳梁乎井干之上，入休乎缺甃之崖。」《釋文》：「李（頤）云：甃，如欄，以磚爲之，著井底欄也。」❹簸錢：擲錢爲賭戲。王建〈宮詞〉百首之九十三：「暫向玉花階上坐，簸錢贏得兩三籌。」

李元膺

李元膺，生卒年不詳，東平（今屬山東）人，南京教官。與蔡京同時，且有交誼。詞多抒寫留連光景，風格清麗，間有疏放之作。《全宋詞》錄其詞九首。

李元膺

洞仙歌

一年春物，惟梅柳間意味最深，至鶯花爛漫時，則春已衰遲，使人無復新意。余作〈洞仙歌〉，使探春者歌之，無後時之悔。

雪雲散盡，
放曉晴庭院。
楊柳於人便青眼❶。
更風流多處，
一點梅心，
相映遠，
約略顰輕笑淺❷。

【導讀】

本篇與其說詠梅，不如說是詠梅時、詠早春。詞序中說「一年春物，惟梅柳間意味最深」，作者獨識春光之微，深諳物理，詞中描繪早春光景十分美妙動人，正如李攀龍所評：「梅心映遠，一字一珠；春寒醉紅自暖，得暘谷（古代傳說中的日出處）初回趣」（《草堂詩餘雋》）。

此詞並含有隨分自得、知足持盈的人生哲理，讀來使人感到興會淋漓、意味深長。

雪霽陰雲散盡，
清晨，庭院裡一派新晴。
多情楊柳早對人垂青，
更有占盡風流的紅梅，
和青青柳枝遠遠輝映，
那可愛的花容，如同美人雙眉微皺、笑靨輕盈。

一年春好處，
不在濃芳，
小豔疏香最嬌軟❸。
到清明時候，
百紫千紅花正亂，
已失春風一半❹。
早占取、
韶光共追遊❺，
但莫管春寒，
醉紅自暖。

一年春好處，
不在姹紫嫣紅開遍，梅花放時疏香點點，
最動人正是這小豔嬌軟。
到清明時候，
百花爭妍芳華亂，
好春光已過去大半。
莫如早早抓住美好時光，
一同遊賞去把梅探，
不必管它料峭春寒，
當你見紅梅一片如佳人醉顏，
你就會感覺暖意無邊。

【注釋】

❶青眼：見前晁補之〈水龍吟〉注。此處借指柳葉發青。❷約略：大略，差不多。

顰：皺眉。❸疏香：宋初林逋〈山園小梅〉詩：「疏影橫斜水清淺，暗香浮動月黃昏」二句最爲著名，後遂稱梅花爲「疏影」或「暗香」，亦稱疏香。❹百紫二句：徐釚《詞苑叢談》卷六云：「潘佑與徐鉉、湯悅、張泌，俱有文名，而佑好直諫。後主於宮中作紅羅亭，四面栽紅梅，作豔曲歌之。佑應命作小詞，有『樓上春寒山四面，桃李不須誇爛漫，已失了春風一半』，時已失淮南，故云。」此二句本此。❺韶光：美好的時光，常指春光。唐太宗〈春日玄武門宴群臣〉詩：「韶光開令節，淑氣動芳年。」

時彥

時彥（？～一一〇七年），字邦美，開封人。元豐二年（一〇七九年）進士第一。歷官集賢校理、河東轉運使、開封尹、吏部尚書。《全宋詞》錄其詞一首。

青門飲

時彥

【導讀】

〈青門飲〉，詞調名，始見於時彥、秦觀詞。《宋史．時彥列傳》載紹聖間時彥曾出使遼國，此詞當作於使遼時，別本題作「寄寵人」。

本篇上片描繪了北國早寒、多變的氣候，寥廓荒涼的景物，以及寒夜漫漫，作者在孤寂的客館中通宵難眠的情狀，引出下片懷遠之情。下片回憶心愛的人依依惜別的神態，特別點出最牽繫作者情思的一幕：伊人附耳細語的情景。

此詞上片意境開闊，筆力蒼勁，而下片柔婉細膩、楚楚動人，整首詞剛柔相濟，頗具特色。但作者使遼本爲國家大事，他卻與韓縝出使西夏賦〈鳳簫吟〉一樣，心心念念只記掛愛妾，正由於這種思想境界，時彥此次使遼失職，坐廢，實在事出有因。

胡馬嘶風[1]，
漢旗翻雪，
彤雲又吐[2]，一竿殘照。
古木連空，
亂山無數，
行盡暮沙衰草。
星斗橫幽館，
夜無眠燈花空老。

胡馬對著北風嘶鳴，
漢家旌旗在飛雪中飄搖，
濃密的陰雲開處，
吐一輪斜光到地的殘照。
老樹枯枝連接著雲霄，
山巒錯雜堆疊，
暮色中踏不盡黃沙衰草。
幽寂的客館外星斗空橫，
我長夜無眠，對一盞燈花欲盡的孤燈。

霧濃香鴨、
冰凝淚燭，
霜天難曉。
長記小妝才了❸，
一杯未盡，
離懷多少。
醉裡秋波，
夢中朝雨❹，
都是醒時煩惱，
料有牽情處，
忍思量耳邊曾道：

鴨形薰爐飄出濃濃香霧，
燭淚滴下就凝結成冰。
寒冷的夜晚，眞是難以捱到天明。
總記得那人淡淡地梳妝才停，
一杯餞行酒還沒喝完，
心底已湧起多少別緒離情。
醉中依稀看到她明媚的眼睛，
夢兒裡和她歡樂地相見，
醒來時全都失落，只惹起更大的愁情。
我將總是情思牽縈，
怎麼忍心回想她附耳細語時的情景，
柔聲地說：

甚時躍馬歸來，
認得迎門輕笑。

幾時才跨馬歸來，
別忘了有人會守候在大門，
帶著微笑把你相迎。

【注 釋】

❶胡馬句：〈古詩十九首・行行重行行〉：「胡馬依北風，越鳥巢南枝。」❷彤雲：陰雲。宋之問〈奉和春日玩雪應制〉詩：「北闕彤雲掩曙霞，東風吹雪舞山家。」❸小妝：猶淺妝、淡妝。才了，原作「才老」，據別本改。❹朝雨：用神女事，見前歐陽修〈蝶戀花〉注。

李之儀

李之儀（?～一一一七年），字端叔，自號姑溪居士。滄州無棣（今屬山東）人，神宗時進士。元祐初曾爲樞密院編修官，元祐末從蘇軾於定州幕府，朝夕唱酬。徽宗朝曾提舉河東常平。後因文章得罪蔡京，除名編管太平州（今安徽當塗）。《四庫全書總目》云：「之儀以尺牘擅名，而其詞亦工，小令尤清婉峭蒨，殆不減秦觀。」頗溢美；馮煦評其詞「長調近柳，短調近秦，而均有未至」（《宋六十一家詞選例言》），較爲公允。有《姑溪詞》一卷。

謝池春

李之儀

殘寒消盡，
疏雨過、
清明後。
花徑款餘紅❶，
風沼縈新皺❷。
乳燕穿庭户，

【導讀】

〈謝池春〉，詞調名，又名〈賣花聲〉，六十六字，李之儀此調實為〈謝池春慢〉，始見於張先詞。

這首詞上片主要寫景，作者描繪了小徑紅遍、春水漣漪、燕穿庭戶、飛絮沾袖種種美好動人的春光，抒發了「正佳時仍晚晝」的好景不常之慨，以及由此產生的濃重的感傷情緒。下片抒寫一片相思癡情，和希望與心愛的人長久相守的強烈願望，並怪怨老天不管人憔悴，以尋常口語細細傾訴，自然動人。最後以景語作結，以庭前柳象徵作者千絲萬縷的憂愁，顯得搖曳多姿。

殘留的寒意全都退盡，
下過疏疏的雨，
到了清明以後。
小徑裡處處繁花，漸漸開得紅透，
輕風吹拂春池，微波縈迴，
有如細膩的縐綢。
小燕子穿過庭院和門窗，

飛絮沾襟袖。
正佳時仍晚晝，
著人滋味❸，
眞個濃如酒。
頻移帶眼❹，
空只恁厭厭瘦❺。
不見又思量，
見了還依舊，
爲問頻相見，
何似長相守。
天不老❻，

濛濛飛絮沾人衣襟和雙袖。
風光正佳麗，可惜又近黃昏時候，
傷春惜別的種種滋味，一齊湧上心頭，
眞是濃如醇酒。
我衣帶的扣眼頻頻移挪朝後，
總是無精打采，不斷消瘦。
見不到她就深深懷想，
見了面，依舊還得分手。
試問像這樣常別常見，
怎麼比得上長久廝守。
無情的蒼天永不會老，

人未偶。
且將此恨，
分付庭前柳。

它不管人間有多少煩惱，
相愛的人還沒能結成佳偶。
我只有把一腔幽怨，
交託給庭前的楊柳，那千絲萬縷隨風飄揚
的枝條，不正是我心中萬縷千絲的憂愁。

【注釋】

❶款：緩。❷風沼句：馮延巳〈謁金門〉詞：「風乍起，吹皺一池春水。」此用其意。❸著人：讓人感受到。❹頻移帶眼：《南史・沈約傳》載沈約與徐勉書云：「老病百日數旬，革帶常應移孔。」形容日漸消瘦，後遂用作典故，或稱消瘦爲「沈腰」。柳永〈鳳棲梧〉詞有「衣帶漸寬終不悔，爲伊消得人憔悴」之句，此處亦暗用此意。❺恁：這樣。厭厭：同「懨懨」，精神不振貌。❻天不老：李賀〈金銅仙人辭漢歌〉「天若有情天亦老」，此處翻用其意。

卜算子

李之儀

【導讀】

本詞通首以長江作爲寄情主體，使用回環復沓的手法圍繞江水這一中心，來抒寫女主人公深摯的情意，上片言相隔之遙與相思之深，「共飲長江水」句以脈脈江水暗示兩情可通，極有韻味。

下片「此水」二句化用古樂府〈上邪〉詩意，表現女主人公不可移易的執著感情，末二句翻用顧敻〈訴衷情〉詞意，寫出她對愛情的期望。

此詞富有民歌風采，毛晉稱之爲「古樂府俊語」（〈姑溪詞跋〉），但本篇又比民歌更曲折婉妙，凝煉精致。

我住長江頭，
君住長江尾，
日日思君不見君，
共飲長江水。
此水幾時休，
此恨何時已❶。
只願君心似我心，
定不負相思意❷。

我住在長江的上流，
你住在長江的下游，
天天把你思念，天天不能和你會面，
我們卻飲著同一的江水，
　這江水將你我暗暗相連。
悠悠的江水幾時不再奔流，
相思的愁憾何日才到盡頭？
只希望你的心，如同我深情的心，
定不會白白辜負，這一番相思情。

【注釋】

❶此水二句：古樂府〈上邪〉：「上邪，我欲與君相知，長命無絕衰。山無陵，江水爲竭，冬雷震震夏雨雪，天地合，乃敢與君絕。」此處化用其意。❷只願二句：顧敻〈訴衷情〉詞：「換我心，爲你心，始知相憶深。」此處翻用其意。

周邦彥

周邦彥（一〇五七～一一二一年），字美成，自號清眞居士，錢塘（今浙江杭州）人。神宗時爲太學生，獻〈汴都賦〉歌頌新法，賦中多奇文古字，得到神宗賞識，擢爲太學正。後長期任京官及州縣官吏，仕途並不得意。徽宗時任大晟樂府提舉官，其時周已年老。王國維稱其「立身頗有本末」，於新舊兩黨皆無依附，集中無一頌聖及阿諛達官貴人的詞（見《清眞先生遺事》）。蔡京曾傳達徽宗旨意，讓周作詞歌頌祥瑞，周辭以「某老矣，頗悔少作（指〈汴都賦〉）」（周密《浩然齋雅談》）。可見有人稱他爲「幫閑文人」是很不公平的。

周妙解音律，以「顧曲」名堂（三國時周瑜精通音律，有「曲有誤，周郎顧」的美譽）多爲樂工所製新曲作詞，又多自創調。周邦彥摹寫物態，能曲盡其妙，其詞渾厚和雅，富豔精工，結構完密，音律諧美，善於融化古人詩句入詞而無生硬之弊。他被很多詞評家推崇爲詞家的集大成者，當時歌女以能唱周詞而自增身價。周詞在章法、音律方面都起著規範作用，南宋詞人方千里、楊澤民、陳允平三人甚至全和其詞，「字字奉爲標準」。

周詞內容主要抒寫愛情與羈旅生活，藝術上有很高成就。他上承柳永、秦觀，下開南宋姜夔、史達祖、吳文英一派，對元、明、清以至近代詞的發展均有極大的影響。今傳《片玉集》（又名《清眞集》）。

【導讀】

〈瑞龍吟〉，詞調名，始見於周邦彥。此調爲雙拽頭三片，詳解見柳永〈曲玉管〉導讀。

瑞龍吟

周邦彥

這首詞爲尋舊、懷舊而作，內容並沒有什麼特別新鮮，「不過人面桃花（指崔護事），舊曲翻新耳」（周濟《宋四家詞選》）。描寫則十分生動細膩，富有層次，詞中將寫景、敘事、抒情融爲一體，極鈎勒之能事。

第一片寫重來故地景物依舊，暗寓人事已非的慨嘆；第二片回憶伊人當年的服飾情態，歷歷如在目前；第三片抒寫今昔之感，以側筆寫出尋訪故人無著，自然地轉入對過去賞心樂事的深切懷念，然後又歸結到當前孤寂的無限悵恨，末尾以淒涼景色與開篇寫景相照應，含不盡之意於言外。

此詞章法縝密曲折，層層脫換，筆筆往復，離合順逆，無不如意，極沉鬱頓挫、纏綿宛轉之致，語言典麗精巧，是周詞的代表作之一。

章臺路❶，
還見褪粉梅梢，
試花桃樹。
愔愔坊陌人家❷，

我來到章臺路，
又看見落梅已盡的空枝，
試放初花的桃樹。
坊曲人家一片沉寂，

定巢燕子，
歸來舊處。
黯凝佇，
因念個人癡小，
乍窺門戶[3]。
侵晨淺約宮黃[4]，
障風映袖，
盈盈笑語。
前度劉郎重到[5]，
訪鄰尋里，
同時歌舞，

去年在這裡築巢的舊燕，
重新飛回故居。
我黯然凝神久久佇立，
回想當年，那個天眞爛漫的少女，
剛剛開始站立門戶的生計。
清晨她把眉毛淡淡地塗上鴉黃，
舉起歌扇擋風，用羅袖遮住面龐，
笑盈盈地和我親切談講。
從前天臺遇仙的劉郎我
又再度來到此處，
殷勤地訪尋鄰里，
只有和她同時以歌聲聞名的姑娘

惟有舊家秋娘❻，
聲價如故。
吟箋賦筆，
猶記燕臺句❼。
知誰伴，
名園露飲❽，
東城閑步？
事與孤鴻去❾，
探春盡是，
傷離意緒。
官柳低金縷，
歸騎晚❿、

聲價依然如故，伊人卻不知去向何地。
想起過去跟她詩歌唱和，
還記得那些深情的詞句。
從今後有誰能陪伴我
在名園縱情地脫帽暢飲，
又有誰同我一道去城東漫步閑行？
往事就像孤鴻一樣飛去再沒有蹤跡。
我獨自尋春，
惹起的全都是傷別愁緒，
路旁官柳低垂著黃金縷，
我騎馬遲遲歸去，

纖纖池塘飛雨。
斷腸院落，
一簾風絮。

池塘上正飛著纖纖細雨。
令人傷心欲絕的空空庭院，
只有風兒吹捲柳絮，
頻頻補上寂寞的門簾。

【注釋】

❶章臺路：泛指歌妓集居之地，見歐陽修〈蝶戀花〉注。❷愔愔：寂靜無聲貌。坊陌人家，即坊曲人家。唐制，妓女所居之里巷曰坊曲，此處泛指歌樓妓館。❸乍窺門戶：娼家女子常站立門口以招徠客人，所謂「倚門賣笑」即指此。元稹〈李娃行〉「髻鬟峨峨高一尺，門前立地看春風。」此處指那少女剛開始這種營生。❹侵晨：猶「侵早」，破曉，天剛亮。淺約，淡淡，約，隱微。宮黃，宮人用以塗眉的黃色。梁簡文帝蕭綱〈美女篇〉：「約黃能效月，裁金巧作星。」張泌〈浣溪沙〉詞：「依約殘眉理舊黃。」❺前度句：用劉晨、阮肇入天臺山採藥遇仙女事及劉禹錫〈再遊玄都觀〉詩：「種桃道士歸何處？前度劉郎今又來」句。劉郎，作者自指。❻秋娘：唐代歌妓女伶多用「秋娘」爲名。白居易〈琵琶行〉「妝成每被秋娘妒。」《樂府雜錄》中所記李德裕的亡姬名謝秋娘，亦用爲歌妓的通稱。❼燕臺句：李商隱〈柳枝五首並序〉：「柳枝，洛中里娘……余從昆讓山，比柳枝居爲近。他日春，曾陰，讓山上馬柳枝南柳下，詠余〈燕臺詩〉。柳枝驚問：『誰人有此？誰人爲是？』讓山謂曰：『此吾里中少年叔耳』柳枝手斷長帶，結讓山爲贈叔乞詩。明日，余比馬出其巷，柳枝丫鬟畢妝抱立扇下，風障一袖，指曰：『若叔是？後三日，鄰當去濺裙水上，以博山香待，與郎俱過。』余

諾之。」李商隱〈贈柳枝〉詩：「長吟遠下燕臺句，惟有花香雜未消。」❽露飲：脫帽露頂而飲，表示豪邁不拘形跡。陳元龍注引《筆談》載石曼卿露頂而飲。❾事與句：杜牧〈題安州浮雲寺樓寄潮州張郎中〉詩：「恨如春草多，事與孤鴻去。」❿騎：一人一馬曰騎。

風流子

周邦彥

【導讀】

王明清《揮麈餘話》云「周美成為江寧府溧水令，主簿之室（一作「姬」）有色而慧，美成常款洽於尊席之間，世所傳〈風流子〉詞蓋所寓意焉。」王國維認為此條「亦好事者為之」（《清眞先生遺事》），未必實有其事。

本篇為懷人之作，首三句描寫春日黃昏奇麗的景色，「碎影」句極其靈動。「羨金屋」四句，以燕子、青苔能年年回到伊人居所，反襯室邇人遐，自己不得親近的苦悶。「繡閣裡」以下想像伊人思念自己的情狀，委折深沉。過片承上，繼續想像伊人待月西廂的盼望，引出連夢魂也不能飛去的痛苦嘆息，進一步抒發心中熱望，末尾恨極而呼蒼天，是癡絕的舉動和言語。此詞敘感情發展層層深入、層層高漲，由沉思遐想的含蓄婉約發展到呼天搶地的酣暢淋漓，不流於直率淺露，反覺眞淳深情。

正如況周頤所說，「『最苦』二句，『天便』二句，亦愈樸愈厚，愈厚愈雅」（《蕙風詞話》）。

新綠小池塘，
風簾動、
碎影舞斜陽。
羨金屋去來❶，
舊時巢燕；
土花繚繞，
前度莓牆❷。
繡閣裡、
鳳幃深幾許？
聽得理絲簧❸。
欲說又休，
慮乖芳信；

小池塘漲滿碧綠的春水，
風吹簾動，
金色斜陽裡，舞一池簾影細碎。
我眞羨慕舊時在這裡築巢的燕子，
自由地在她華麗的屋宇飛來飛去，
我也羨慕那些幸運的青苔，
又繚繞著前番生長的牆壁。
她的閨房，
繡著鳳凰的羅幃多麼幽深，
我依稀地聽見她彈琴的樂音：
像有萬千心事欲說還休，
又像憂慮著得不到愛人的音信。

未歌先噎，
愁近清觴❹。
遙知新妝了，
開朱戶、
應自待月西廂❺。
最苦夢魂，
今宵不到伊行❻。
問甚時說與，
佳音密耗，
寄將秦鏡，
偷換韓香❼？

她想要歌唱，喉中卻似梗塞著什麼，
她怕飲清酒，因爲那並不能夠解憂。
遙知她剛剛梳妝停當，
悄悄地打開朱門，
期待著月夜中在西廂會見情郎。
最苦的是今宵裡
連夢魂也難以去到她身旁。
我眞想問一問，
幾時才能幽期密約互訴衷腸？
我要給她秦嘉贈妻的明鏡，
換取她那賈午送與韓壽的異香。

天便教人，
霎時廝見何妨！

老天爺，你暫且行個方便又有何妨，
哪怕是讓我們短短地相會一場！

【注釋】

❶金屋：《漢武故事》：「（膠東王）數歲，長公主嫖抱置膝上，問曰：『兒欲得婦否？』膠東王曰：『欲得婦。』長公主指左右長御百餘人，皆云不用，末指其女問曰：『阿嬌好否？』於是乃笑對曰：『好！若得阿嬌作婦，當作金屋貯之也。』」此處金屋猶言『金閨』，係閨閣的美稱。❷土花：苔蘚，李賀〈金銅仙人辭漢歌〉：「三十六宮土花碧。」莓牆，長滿青苔的牆。莓，莓苔，青苔。❸絲簧：管絃樂器。❹清觴：潔淨的酒杯，觴，盛有酒的杯子。❺待月：元稹《會眞記》鶯鶯與張生詩：「待月西廂下，迎風戶半開。」❻伊行：他那裡。❼秦鏡：漢秦嘉赴京師致事，其妻徐淑生病歸母家，未獲面別，留贈詩三首，其三云：「何用敍我心？遺思致款誠。寶釵好耀首，明鏡可鑒形，芳香去垢穢，素琴有清聲」，臨別留贈寶釵、明鏡等物表達情意。韓香，《晉書·賈充傳》載，賈充女午，與韓壽私通，竊武帝賜其父西域所進異香以贈壽。充發覺後，以女嫁壽。後以此指男女暗中通情。

【導讀】

〈蘭陵王〉，唐教坊曲名，後用作詞調，始見於周邦彥詞。王灼《碧雞漫志》卷四云：「《北齊史》及《隋唐嘉話》稱：齊文襄之子長恭，封蘭陵王，與周師戰，嘗著假面對敵，擊

蘭陵王

周邦彥

周師金墉城下，勇冠三軍。武士共歌謠之曰〈蘭陵王入陣曲〉。今越調〈蘭陵王〉，凡三段二十四拍，或曰遺聲也。此曲聲犯正宮，管色用大凡字、大一字、勾字，故亦名〈大犯〉。又有大石調〈蘭陵王慢〉，殊非舊曲，周、齊之際，未有前後十六拍慢曲子耳。」周邦彥此調即〈蘭陵王慢〉。

此詞別本題作〈柳〉。張端義《貴耳集》稱這首詞與宋徽宗和李師師的風流故事有關，王國維《清眞先生遺事》特爲辯明，說徽宗私幸李師師時，周已是老年，不可能作師師狎客。周濟說此篇是「客中送客」之作（《宋四家詞選》），託柳起興，藉送別之情表達作者倦客京華的抑鬱心情。

陳廷焯云：「『登臨望故國，誰識京華倦客？』二語是一篇之主，上有『隋堤上，曾見幾番，拂水飄綿送行色』之句，暗伏倦客之根，是其法密處。故下文接云：『長亭路，年去歲來，應折柔條過千尺。』久客淹留之感，和盤托出。……『閑尋舊蹤跡』二疊，無一語不吞吐，只就眼前景物，約略點綴，更不寫淹留之故，卻無處非淹留之苦；直至收筆云：『沉思前事，似夢裡，淚暗滴。』遙遙挽合，妙在才欲說破，便自咽住，其味正自無窮」（《白雨齋詞話》）。

詞中「愁一箭」四句，代行者設想，極盡別離愁情，而「斜陽」七字，綺麗中帶悲壯，意境開闊沉厚。此詞流傳甚廣，毛幵云：「紹興初，都下盛傳周清眞〈蘭陵王慢〉，西樓南瓦皆歌之，謂之〈渭城三疊〉，以周詞凡三換頭，至末段聲尤激越，唯教坊老笛師能倚之以節歌者」（《樵隱筆錄》）。有人認爲此詞係留別而非送別之作，也算是一家之言。但既名此篇爲〈渭城三疊〉，似乎還應作爲送別詞，我們這裡仍採取通常的說法。

柳陰直，
煙裡絲絲弄碧。
隋堤上[1]、
曾見幾番，
拂水飄綿送行色。
登臨望故國，
誰識、
京華倦客？
長亭路、年去歲來，

柳樹排列成行，柳陰筆直，一望無邊。
迷濛的輕煙中，柳絲飛舞翩翩，
賣弄著她青春的容顏。
隋堤上，
這拂水飄絮的柳枝，
她作爲送別的見證曾有過多少次！
我登上高堤遙望故家，
有誰理解
我早就厭倦了客居京華的生涯。
年去歲來，
我在長亭路一次次攀折柳枝贈別，

應折柔條過千尺❷。
閑尋舊蹤跡，
又酒趁哀絃，燈照離席，
梨花榆火催寒食❸。
愁一箭風快，
半篙波暖❹，
回頭迢遞便數驛。
望人在天北。
淒惻，
恨堆積。
漸別浦縈回❺，

折下的枝條怕已超過千尺。
我追尋著往事的蹤跡，想起那一夜，
離宴上燈光閃爍，絃管聲清越，
正當梨花開放，臨近寒食時節。
我愁著順風中船飛行如箭，
竹篙才一半沒入溫暖的春水，
一回頭，卻早過了幾個驛站，
遙望送別的人已在天北。
我心中淒涼哀惻，
愁憾如山一般堆積，
漸漸地只見水波回旋，

津堠岑寂❻，
斜陽冉冉春無極❼。
念月榭攜手，
露橋聞笛❽。
沉思前事，
似夢裡，
淚暗滴。

船兒早已遠去，岸邊渡口一片冷寂，
夕陽緩緩地西沉，溫麗的春色無邊無極。
回憶從前在亭榭攜手賞月，
在河橋靜聽夜笛，
沉思往事，
真像是在夢裡，
我不由得清淚暗滴。

【注 釋】

❶隋堤：指汴京附近汴河一帶的堤，堤開自隋朝，故稱隋堤。❷應折句：古人有折柳贈別的風俗，柳諧「留」音，表示留戀之情。❸梨花句：舊曆清明前二日爲寒食節，相傳爲紀念介之推抱木焚死，因而焚火，唯食冷食，節後另取薪火。唐宋時朝廷於清明日取榆柳薪火以賜百官。❹篙：撐船用的竹竿或木杆。❺別浦：原指銀河，因銀河爲牛郎、織女二星隔絕之地，故稱銀河爲別浦。此處借指分別的水路。❻津：渡口。堠，古代瞭望敵情的土堡。津堠，指碼頭上守候、可供住宿的處所。❼冉冉：慢慢移動貌。❽月榭、露橋：均指夜遊之地。

瑣窗寒

周邦彥

【導讀】

〈瑣窗寒〉，詞調名，始見於周邦彥詞。周邦彥中年後長期擔任京官，仕途卻並不得意，詞多表現倦於久客京華、深深思念家鄉的感情。

本篇上片極言旅思宦情的淒清，抒寫作者寒窗獨對春雨，從黃昏直到深夜的感受，「故人」句化用李商隱詩意，反襯客居的孤獨。「楚江」三句由今思昔，將少年旅況與目前情景相勾連，顯示一生皆淒涼的懷感，似幻而實眞，文筆曲折動蕩。過片仍回到眼前遲暮心情的抒寫：寒食禁煙、獨處孤旅，無心遊冶、豪飲，由此進一步引出思念故國春色的深切感情。

「小唇秀靨」比喻家鄉桃李的美豔可人，情致極佳。末尾想像歸家後獨賞殘花的情景，句中的「客」字，隱含長年不歸的怨思，意味深長。

暗柳啼鴉，
單衣佇立，
小簾朱戶。
桐花半畝，

昏暗的柳陰傳來聲聲鴉啼，
我穿著單衣，
在朱門小簾裡佇立。
庭院中半畝桐花

靜鎖一庭愁雨。
灑空階、
夜闌未休，
故人剪燭西窗語❶。
似楚江暝宿，
風燈零亂❷，少年羈旅。
遲暮，
嬉遊處。
正店舍無煙，
禁城百五❸。
旗亭喚酒❹，

靜靜地籠罩著漫天愁雨。
雨不斷灑上空階，
夜深沉依然點滴淋漓。
沒有故人同我剪燭夜話，
只有孤寂的自己，在西窗久久憑倚。
這種淒涼況味，如像少年時四方羈旅，在
楚江上夜泊，風雨中燈影零亂搖曳。
我的年紀老大，
不再去嬉戲遊冶。
獨宿客舍又正逢寒食，
京城裡處處不見炊煙。
酒樓酣飲的豪舉，

付與高陽儔侶❺。
想東園、
桃李自春，
小唇秀靨今在否❻？
到歸時、定有殘英，
待客攜尊俎。

盡讓與狂放的少年。
遙想我的故園，
桃李年年裝點成豔陽天，
那可愛的花朵，
如今不知是否依舊芳鮮？
歸去時定有殘花未謝，
等待我這遠還的客子
攜帶清酒去嘆賞留連。

【注釋】

❶故人句：李商隱〈夜雨寄北詩〉：「何當共剪西窗燭，却話巴山夜雨時。」❷風燈零亂：杜甫〈船下夔州郭宿雨濕不得上岸別王十二判官〉詩：「風起春燈亂，江鳴夜雨懸。」❸百五：即寒食節。宗懍《荊楚歲時記》：「去冬節(冬至)一百五日，即有疾風甚雨，謂之寒食，禁火三日。」元稹〈連昌宮詞〉：「初過寒食一百六，店無煙宮樹綠。」❹旗亭：酒樓。張衡〈西京賦〉「旗亭五重」，薛綜注：「旗亭，市樓也。」❺高陽儔侶：指酒徒，狂放少年。《史記．酈生陸賈列傳》：「初，沛公引兵過陳留，酈生(酈食其)踵軍門上謁……使者出謝曰：『沛公敬謝先生，方以天下爲事，未暇見儒人也。』酈生瞋目按劍叱使者曰：『走，復入言沛公，吾高陽酒徒，非儒人也。』」後用以指好飲酒而狂放不羈的人。儔侶，伴侶。❻小唇秀靨：本指美貌女子，此是藉喻桃李。李賀〈蘭

香神女廟〉詩：「團鬟分珠巢，濃眉籠小唇。」〈惱公〉詩：「曉奩妝秀靨，夜帳減香篝。」

六醜

周邦彥

薔薇謝後作

【導讀】

〈六醜〉，詞調名，首見於周邦彥詞。周密《浩然齋雅談》卷下載，宋徽宗「問〈六醜〉之義，莫能對。急召（周）邦彥問之。對曰：『此犯六調，皆聲之美者，然絕難歌。昔高陽氏有子六人，才而醜，故以比之。』」

這首詞《彊村叢書．片玉詞》題作「落花」。黃了翁說此詞是作者「自嘆年老遠宦，意境落寞，藉花起興，以下是花、是自己，比興無端，指與物化……」（《蓼園詞選》）。我們認爲，詞中可能寄寓了作者的身世之慨，但主要是抒寫悼惜春殘花落的情意。表現手法回環往復，纏綿多致。

周濟云：「『願春暫留，春歸如過翼，一去無跡』十三字千回百折，千錘百鍊」（《宋四家詞選》），寫出作者惜春、留春、怨春的層層感情，言簡意繁。辛棄疾〈摸魚兒〉詞中「春且住，且說道、天涯芳草無歸路」幾句，即由周詞變化而來，只是語意更周詳顯豁。「長條故惹行客」以下，「不說人惜花，卻說花戀人；不從無花惜春，卻從有花惜春，不惜已簪之殘英，偏惜欲去之斷紅」（周濟《宋四家詞選》），立意新奇，情致委婉。

本詞章法井然，曲折多變，摹寫物態，曲盡其妙，是周邦彥的詠物名篇。

正單衣試酒，
悵客裡、
光陰虛擲。
願春暫留，
春歸如過翼，
一去無跡。
爲問家何在？
夜來風雨，
葬楚宮傾國❶。
釵鈿墮處遺香澤❷，
亂點桃蹊，
輕翻柳陌。

換上單衣把新酒初嘗，
光陰在客居中
虛抛眞令人惆悵。
我多麼希望春的脚步稍停，
它卻如飛去的鳥兒
沒有蹤影。
花兒的故家今在哪裡？
一夜風風雨雨，
葬送了豔麗絕世的薔薇。
像美人遺失的釵鈿，點點花片發著香氣，
亂落在桃樹下面的小徑，
又在碧柳交夾的道路上翻飛。

多情爲誰追惜[3]？
但蜂媒蝶使[4]，
時叩窗槅[5]。
東園岑寂，
漸蒙籠暗碧，
靜繞珍叢底，
成嘆息。
長條故惹行客[6]，
似牽衣待話，
別情無極[7]。
殘英小、

哪個多情的人來爲她們惋惜？
只有蜂兒同蝴蝶，
殷勤地叩著窗扉。
東園裡一片寂靜冷落，
幽暗朦朧，綠陰漸密。
我獨自環繞珍貴的花叢，
發出聲聲嘆息。
長長的枝條有意勾住衣衫，
彷彿和我依依話別，
情意無極。
小小的殘萼

強簪巾幘❽，　勉強插上我的帽子，
終不似，一朵釵頭顫裊，　終不如盛開的花朵在釵頭搖曳，
向人欹側。　求取美人的愛悅。
漂流處、莫趁潮汐❾；　落花啊，你千萬不要隨潮水漂流遠地，
恐斷紅、尚有相思字❿，　我怕花片上題有相思的詩句，
何由見得？　那豈不就永遠無人得知？

【注釋】

❶楚宮傾國：楚王宮中的美人，此處比喻薔薇花。韓偓〈哭花〉詩：「夜來風雨葬西施。」傾國，容顏絕代的佳人。漢李延年歌：「北方有佳人，絕世而獨立。一顧傾人城，再顧傾人國。」見《漢書·外戚傳》。❷釵鈿：首飾，此處比喻落花。❸爲誰：即「誰爲」。❹蜂媒蝶使：蜜蜂和蝴蝶，因它們來往奔忙於花間，故稱爲花的媒人和使者。裴說〈牡丹〉詩：「遊蜂與蝴蝶，來往自多情。」❺窗槅：窗子。❻長條句：薔薇有刺，會勾住人的衣服，故云。❼似牽衣二句：孟郊〈古離別〉詩：「欲別牽郎衣，郎今向何處？」❽巾幘：頭巾、布帽。❾潮：早潮。汐：晚潮。❿恐斷紅句：范攄《雲溪友議》卷下：「盧渥舍人應舉之歲，偶臨御溝，見一紅葉，命僕搴來。葉上有一絕句。……詩云：『水流何太急，深宮盡日閑。殷勤謝紅葉，好去到人間。』」斷紅，落花。

夜飛鵲

周邦彥

河橋送人處，
良夜何其❶。

【導讀】

〈夜飛鵲〉，詞調名，毛先舒《塡詞名解》云此調名「採曹孟德『月明星稀，烏鵲南飛』語；一作〈夜飛鵲慢〉。」始見於周邦彥詞。

本篇爲送別詞，起句逆入，用倒敘法描寫作者自昨夜與情人聚首至早晨送遠的情景，「花驄」二句用語巧妙，以馬兒尚且留連踟躕，襯托人的依戀不捨之情，宛轉而更富感染力。過片三句，將上片所敘情事「盡化煙雲」（周濟《宋四家詞選》），然後轉入寫目前的懷感，「何意」以下，平出，描寫聚會、送別等人事已爲陳跡，其地雖在，情人的蹤跡卻蕩然無存，眼前唯見景物蕭索，作者低徊顧眷，情不能已。

全篇層次井然而意致綿密，詞采淸麗、意味醇厚。梁啓超贊曰：「『兔葵燕麥』二語，與柳屯田之『曉風殘月』，可稱送別詞中雙絕，皆熔情入景也」（《藝蘅館詞選》）。

我在河橋送別情人，
難忘的良宵到了什麼時辰？

斜月遠，
墜餘輝，
銅盤燭淚已流盡❷，
霏霏涼露沾衣❸。
相將散離會，
探風前津鼓❹，
樹杪參旗❺。
花驄會意❻，
縱揚鞭、
亦自行遲。
迢遞路回清野❼，

斜月已沉沉欲下，
天邊餘輝正漸漸消隱。
銅盤裡燭淚早都流盡，
涼露濃重，濛濛然濕人衣襟。
我們最後的聚會也將離散，
細聽著渡口是否已風送鼓聲，
看樹梢處高掛參星，天色已近黎明。
我那伶俐的花馬懂得人心，
縱使揚鞭催促，
它也只管遲遲前行。
送別了她，轉回的路程，
驟然覺得遙遠無比，

人語漸無聞，
空帶愁歸。
何意重經前地，
遺鈿不見❽，
斜徑都迷。
兔葵燕麥❾，
向斜陽影與人齊❿。
但徘徊班草⓫，
欷歔酹酒⓬，
極望天西。

獨自走在清寂的郊野，
漸漸地聽不到行人的話語，
我空自載負著沉重的離愁歸去。
爲什麼重又經行聚首的舊地，
連她遺落的花鈿也不見蹤跡？
斜斜小徑只是一片迷離？
夕陽下，兔葵和燕麥的投影，
和我的身影交疊比齊。
我徘徊在同她列坐的草地，
飲泣著灑酒向天，
極目遙望她遠去的西方，
爲她祝告，暗自思念。

【注釋】

❶良夜何其：《詩・小雅・庭燎》：「夜如何其？夜未央。」良夜，原作「涼夜」，據別

本改。

❷銅盤句：杜牧〈贈別〉詩：「蠟燭有心還惜別，替人垂淚到天明。」此處暗用其意。❸霏霏：本形容雨雪之密，此處形容露濃如雨。❹津鼓：指渡口行舟催發的鼓聲。❺樹杪：樹梢。參旗，星名，又名「天旗」，「天弓」，屬畢宿，共九星。初秋時於黎明前出現於天空。❻花驄：毛色斑駁的馬。❼迢遞：遙遠貌，左思〈吳都賦〉：「曠瞻迢遞，迥眺冥蒙。」❽遺鈿：此處非實指遺落的細鈿，而是指情人的蹤跡。❾兔葵燕麥：劉禹錫〈再遊玄都觀絕句詩引〉：「重遊茲觀，蕩然無復一樹，唯兔葵燕麥動搖於春風耳。」此處化用其意，形容景色淒寂。❿影與人齊：原作「欲與人齊」，據別本改。⓫班草：鋪草於地而坐。《後漢書・陳留父老傳》：「陳留張升去官歸鄉里，道逢友人，共班草而言。」謝靈運〈相逢行〉：「行行即長道，道長息班草。」⓬欷歔：嘆氣，抽噎聲。柳宗元〈寄許京兆孟容書〉：「懔懔然欷歔惴惕。」注：「欷歔，哀泣之聲。」酹：灑酒於地表示祭奠或立誓。此處用為禱祝之意。

周邦彥

滿庭芳

夏日溧水無想山作

【導讀】

周邦彥於元祐八年（一〇九三年）至紹聖三年（一〇九六年）任溧水（今江蘇縣名）令，多年來他一直輾轉於州縣小官，很不得意，溧水令時已近四十歲，心情悒鬱，此詞為任期中所作，抒發他沉重的宦情羈思。

上片繪出江南初夏景色之美，而在地理、氣候特色的描寫中，已寓有不滿之意。「人靜」句，顯示人不能如鳥之隨

風老鶯雛❶，
雨肥梅子❷，
午陰嘉樹清圓❸。
地卑山近，
衣潤費爐煙。
人靜烏鳶自樂❹，
小橋外、新綠濺濺❺。

境而樂，「黃蘆」二句化用白居易〈琵琶行〉詩意，更將自己遠宦僻地比作貶職謫居，詞情含蓄而哀怨自見。

過片承上，感嘆身世，以社燕自況，表現長年漂泊羈旅的苦悶。「且莫」二句忽作解脫語，似乎主人公已將人間萬事、窮達苦樂一概置之度外，「憔悴」句卻又一轉，見出酒宴歌席並不能消愁，引出末句只有醉眠方能了卻愁情的無可奈何之辭。

全篇於沈鬱頓挫中別饒蘊藉，話不說盡而情愈無盡。

暖風中黃鶯漸漸長成，
雨潤梅子，一天天變得肥大，
樹陰清晰圓正，在中午的陽光下。
這裡的地勢多麼低窪，左近全都是山巒，
重烤潮濕的衣衫，費去多少爐煙！
人聲寂靜，烏鴉卻快樂地跳躍啼鳴，
小橋外，新綠的流水濺濺作響，

憑闌久，黃蘆苦竹，
疑泛九江船❻。
年年，
如社燕❼，
飄流瀚海❽，
來寄修椽❾。
且莫思身外❿，
長近尊前。
憔悴江南倦客，
不堪聽、急管繁弦。
歌筵畔，

滿眼黃蘆苦竹，我久久地憑欄凝望，
疑心自己是當年的青衫司馬，
泛舟在九江。
年復一年，
我就像春來秋去的社燕，
在荒漠的遠方漂流，
暫時寄身在人家的屋檐。
還是別再去思慮身外的功名，
不如常常把美酒暢飲，
可是我這憔悴的江南倦客，
受不了宴會上激越的管弦，
它使人愁緒更添。
最好在歌筵旁邊，

先安簟枕⓫，　　預先安置好枕席，
容我醉時眠。　　讓我喝醉時就地閑眠。

【注釋】

❶風老鶯雛：杜牧〈赴京初入汴口〉：「風蒲燕雛老。」此化用其意。❷雨肥梅子：杜甫〈陪鄭廣文遊何將軍山林〉詩：「綠垂風折筍，紅綻雨肥梅。」❸午陰句：劉禹錫〈晝居池上亭獨吟〉：「日午樹陰正。」❹人靜句：《片玉集》陳元龍注：「杜甫詩：『人靜鳥鳶樂』」，鳥鳶：即烏鴉。❺濺濺：水流聲，古樂府〈木蘭詩〉「但聞黃河流水鳴濺濺。」❻黃蘆苦竹二句：白居易〈琵琶行〉：「住近湓江地低濕，黃蘆苦竹繞宅生。」❼社燕：燕子春社時來，秋社時去，故稱社燕。蘇軾〈送陳睦知潭州〉詩：「有如社燕與秋鴻，相逢未穩還相送。」❽瀚海：沙漠地區，此處泛指遙遠、荒避之地。❾修椽：承屋瓦的長椽子。❿身外：指世俗的名利功業等。杜甫〈絕句漫興〉：「莫思身外無窮事，且盡生前有限杯。」⓫簟：席子。簟枕，原本作「枕簟」，據別本改。

過秦樓

周邦彥

【導讀】

〈過秦樓〉，詞調名，萬樹《詞律》卷十八云：「按此調，因又名〈惜餘春慢〉，又名〈蘇武慢〉，又名〈選冠子〉，故紛紛最甚，難以訂正。」萬樹因李甲此調尾句有「過秦樓」三字，「恐此調之名因此而起，故以首列也。」

作者在一個初夏夜晚獨自久久佇立庭院，沉入深深的回憶與遐想，表現懇摯的懷人之情。「水浴」六句用類似影視的「閃回」手法，突出現與情人共賞良辰美景的歡樂，繪景清麗，人物神態笑貌生動如見；「人靜」句驟然鈎轉，使人方悟前面一幕原是回憶，眼前寂寞與往日歡情恰成強烈對照。

換頭用想像之筆寫出情人因思念而憔悴的種種情狀，進一層抒情，同時見出作者深心的憐惜之意。「梅風」三句以芳景消歇襯托淒寂之感。「誰信」三句又與過片處遙接，表達兩地相思之苦，最後以景語結，應上片「立殘更箭」。

全篇章法回環曲折，抒情委婉細膩，筆墨極盡飛舞之致。

水浴清蟾❶，
葉喧涼吹，
巷陌馬聲初斷。
閒依露井❷，
笑撲流螢，
惹破畫羅輕扇❸。

明月純淨皎潔，沐浴盪漾在水底，
風吹樹葉沙沙作響，送來一陣陣涼意。
大街小巷喧鬧的車馬聲初停，
我們在井台邊悠閒地留連，
她笑著撲打閃閃流螢，
弄破了彩畫的輕羅小扇。

人靜夜久憑闌，
愁不歸眠，
立殘更箭[4]。
嘆年華一瞬，
人今千里，
夢沉書遠。
空見說鬢怯驚梳，
容消金鏡，
漸懶趁時勻染。
梅風地溽[5]，
虹雨苔滋，

夜深人靜，我久久憑欄，
歡樂的往事在眼前浮現，
憂愁的我不願回到臥房，
佇立庭院直到夜盡更殘。
可嘆年華轉瞬間就已逝去，
我同她如今相隔千里，
道路遙遠，難通音信，
連夢魂也不能相依。
我空自聽說她怕用玉梳，
整理那日漸稀薄的鬢髮，
容色消瘦憔悴，她怕對菱花鏡，
她越來越懶於把自己妝扮得時髦美麗。
當此梅雨時節，處處潮氣蒸騰，
青苔滋生滿架豔麗的紅花，

一架舞紅都變。
誰信無聊為伊，
才減江淹❻，
情傷荀倩❼，
但明河影下❽，
還看稀星數點。

不多時就片片飛舞凋盡。
有誰知道我為了她百事無心，
江淹般的才情消減，
像荀倩一樣神傷魂斷。
我獨自仰望天邊，但見迷迷茫茫的銀河，
只剩下疏星幾點。

【注釋】

❶清蟾：明月，傳說月中有蟾蜍，故以蟾為月的代稱。❷露井：沒有蓋的井。賀知章〈望人家桃李〉詩：「桃李從來露井旁。」❸笑撲二句：杜牧〈秋夕〉詩：「銀燭秋光冷畫屏，輕羅小扇撲流螢。」❹更箭：即漏箭，古代以銅壺盛水，壺中立箭以計時刻。❺溽：濕，悶熱。❻才減江淹：南朝梁鍾嶸《詩品》中：「初淹罷宣城郡，遂宿冶亭，夢一美丈夫，自稱郭璞，謂淹曰：『我有筆在卿處多年，可以見還。』淹探懷中，得五色筆授之，爾後為詩，不復成語，故世稱『江淹才盡』。」❼情傷荀倩：《世說新語·惑溺》載：「荀奉倩(名粲)與婦至篤，冬月，婦病熱，乃出中庭自取冷，還以身熨之。婦亡，奉倩後少時亦卒。」注引《荀粲別傳》曰：「後婦病亡，未殯，傳嘏往唁粲，粲不哭而神傷。嘏問曰：『……何哀之甚？』粲曰：『佳人難再得……』痛悼不能已，

歲餘亦亡，亡時年二十九。」❽明河：銀河，天河。宋之問〈明河篇〉：「明河可望不可親，願得乘槎一問津。」

花犯

周邦彥

【導讀】

〈花犯〉，詞調名，周邦彥自度曲。毛先舒《填詞名解·側犯條》：「自宣政間周柳諸公自制樂章，有〈側犯〉、〈尾犯〉、〈花犯〉、〈玲瓏四犯〉等曲。」按柳永制〈尾犯〉、〈小鎮西犯〉。「犯」，指詞中「犯調」，把不同的宮調之聲合成一曲，以增加樂曲的變化。

此篇梅詞主旨不在詠物而在抒情，作者由眼前風味絕佳的梅花引發回憶，追溯了去年獨賞寒梅的情景，又歸結到今年梅花正好而人將遠別的愁情，進而想像梅子熟時自己將寄身空江，只能夢想梅影的悵惘。「總是見宦跡無常，情懷落寞耳。忽藉梅花以寫，意超而思永」（黃了翁《蓼園詞選》）。

詞中表現的時間跨度很大，結構跳躍而渾化無跡「圓美流轉如彈丸」（周濟《宋四家詞選》）。下片「相逢似有恨，依依愁悴」與〈六醜〉「長條故若行客，似牽衣待話，別情無極」幾句，移情於物，藉物抒懷，一虛寫，一實寫，有異曲同工之妙。「相將見」四句以清婉之筆描繪種種幻出之景象，空靈雋永，意味無窮。

粉牆低，
梅花照眼，
依然舊風味。
露痕輕綴，
疑淨洗鉛華❶，
無限佳麗。
去年勝賞曾孤倚，
冰盤同燕喜❷。
更可惜、雪中高樹，
香篝熏素被❸。
今年對花最匆匆，

粉牆低矮，
梅花的光采炫人雙眼，
這佳麗風味一如從前。
花枝裝綴著輕盈露水，
彷彿洗淨脂粉的美人，
淡雅絕世，姿質天成。
去年，寒梅開放的勝景，
我曾獨自在留連嘆賞，
也曾在酒宴上，欣喜地
把玉盤中新脆的青梅品嘗。
尤其令人愛惜難忘那雪中盛開的梅樹，
透出一陣陣清幽的芬芳，
宛如香籠覆蓋著白色被絮。
今年對花最是匆忙，

相逢似有恨，
依依愁悴。
吟望久，
青苔上，旋看飛墜，
相將見，翠丸薦酒❹，
人正在、空江煙浪裡。
但夢想，
一枝瀟灑，
黃昏斜照水❺。

寒梅似乎也懂得相逢苦短，
她含愁憔悴、情意綿綿。
我久久地沉吟凝望，
眼前忽見花片飛墜在青苔上。
很快又一度青梅薦酒，
而我，將獨自在空江煙浪裡飄蕩。
我只能在夢中想見
這瀟灑的花枝在夕陽的餘照下，
水中疏影橫斜的芳姿。

【注釋】

❶淨洗鉛華：王安石梅詩：「不御鉛華知國色。」❷冰盤同燕喜：指以梅子下酒，韓愈〈李花〉二首之一：「冰盤夏薦碧實脆。」冰盤，指玉盤：冰，清，晶瑩。燕喜，宴飲喜悅，同「宴喜」，《詩‧小雅‧六月》：「吉甫燕喜，既多受祉」。箋：「吉甫既伐玁狁而歸，天子以燕禮樂之，則歡喜也。」❸香篝：熏籠。篝，竹籠。❹相將：行將。

翠丸，指梅子。❺黃昏句：林逋〈山園小梅〉詩：「疏影橫斜水清淺，暗香浮動月黃昏。」此用其意。

大酺

周邦彥

【導讀】

〈大酺〉，毛先舒《塡詞名解》：「〈大酺〉，越調曲也，漢唐制，皆有賜酺詞，取以名，唐教坊曲有〈大酺樂〉。」注引《樂苑》云：「〈大酺〉，商調曲，唐張文收造。」後用爲詞調，始見於周邦彥詞。

本詞別本題作「春雨」。「對宿煙」六句，展示了一個氣勢磅礴的雨的世界，在這背景上，作者特意繪出青竹細致的動態、聲色，表現了剛柔兼備的風格。「潤逼」三句寫屋內景，體物入微，作者又著重敘述了淒寂無聊、神魂不寧的情狀，而一切總由「雨」字生發，歸結到「自憐幽獨」的主題。過片用奇而入理的設想抒寫作者欲歸不能的愁悶，更用歷史人物的故事渲染觸景傷心的意緒。「況蕭索」以下再現雨景，並寓惜春之情。末句「共誰秉燭」與上片「自憐幽獨」，「如常山蛇勢，首尾自相擊應」（李攀龍《草堂詩餘雋》）。這首詞從雨聲、雨色、雨思、雨愁各方面曲折鋪敘，把作者淒清的旅況客思描寫得淋漓盡致，不愧是詠雨佳作。

史達祖詠雨名篇〈綺羅春〉，在內容、意境、表現手法等方面均受此詞極大影響。

對宿煙收❶，
春禽靜，
飛雨時鳴高屋。
牆頭青玉旆❷，
洗鉛霜都盡，
嫩梢相觸。
潤逼琴絲❸，
寒侵枕障，
蟲網吹粘簾竹。
郵亭無人處❹，
聽檐聲不斷，
困眠初熟。

隔夜屯聚的煙霧已經散去，
四周寂靜，聽不到春鳥啼鳴，
只有急雨錚錚，飛灑高高的屋頂。
新竹伸出牆頭，
宛如玉製的流蘇顏色青青，
竹皮霜粉被雨水沖洗乾淨，
柔嫩的竹梢，在風中輕輕相敲。
雨氣漲鬆了琴弦，
寒意陣陣侵人枕間，
蟲網吹散，一絲絲黏上竹簾。
在寂寥的旅店，
聽檐下雨聲不斷，
我昏沉沉獨自困眠。

奈愁極頻驚，
夢輕難記，
自憐幽獨。
行人歸意速，
最先念、
流潦妨車轂❺。
怎奈向蘭成憔悴❻，
衛玠清羸❼，
等閒時、易傷心目。
未怪平陽客，
雙淚落、笛中哀曲❽。

孤眠頻頻被雨聲驚斷，
夢境是那樣恍惚輕淺，
驚醒時已記不得半點，
幽獨的我唯有自傷自憐。
我這遠方過客歸心似箭，
最擔憂大雨滂沱，
車馬難以行走，泥濘的道路積水成河。
我像滯留異鄉的蘭成，
憔悴都因著欲歸不能，
又像清瘦的衛玠，多愁多病，
動不動慘目傷情。
難怪客居平陽的馬融，
聽見悲涼的笛聲，眼淚就雙雙落在衣襟。

況蕭索、青蕪國❾，紅糝鋪地❿，門外荊桃如菽⓫。夜遊共誰秉燭⓬？

更何況鮮花開遍的庭院，
早變作雜草叢生蕭條的荒園，
落紅點點鋪滿了地面。
門外櫻桃已結實如豆，
和誰一同去秉燭夜遊？

【注釋】

❶宿：隔夜。❷旆：古代旗幟末端如燕尾的垂飾。❸潤逼琴絲：王充〈論衡〉：「天且雨，琴弦緩。」❹郵亭：古時設在沿途，供送文書的人和旅客歇宿的館舍。❺流潦：雨後地面積水。宋玉〈九辯〉：「寂寥兮收潦而水清。」洪興祖補注引五臣云：「潦，雨水。」車轂：轂，車輪中心的圓木，周圍與車輻的一端相接，中有圓孔，用以插軸。《老子》：「三十輻共一轂。」也用作車輪的代稱。此處車轂泛指車。❻蘭成：庾信小字蘭成，初仕梁，出使西魏，值梁災，被留長安，後仕周，不得南歸，常思故國，作〈哀江南賦〉、〈愁賦〉等。〈愁賦〉今不傳，只留斷句。❼衛玠：西晉衛玠有「玉人」之稱，《世說新語・容止》載「衛玠從豫章至下郡，人久聞其名，觀者如堵牆。玠先有羸疾，體不堪勞，遂成病而死，時人謂看殺衛玠。」羸，瘦弱。❽未怪二句：用馬融事。漢代馬融，性好音樂，能鼓琴吹笛。臥平陽(今屬山西)時，聽客舍有人吹笛甚悲，因作〈長笛賦〉，見《注評昭明文選》卷四〈長笛賦序〉。❾青蕪園：雜草叢生的

地區，溫庭筠〈春江花月夜〉詩：「花庭必作青蕪園」，此用其意。❿紅糝：指落花，糝，本指飯粒，引申爲散粒。⓫荊桃：櫻桃的別名。《爾雅‧釋木》「楔，荊桃」，注：「今櫻桃」。⓬秉燭夜遊：《古詩十九首‧生年不滿百》：「晝短苦夜長，何不秉燭遊？」

解語花

周邦彥

上元

【導讀】

〈解語花〉，詞調名，毛先舒《塡詞名解》云：「唐玄宗太液池有千葉白蓮，中秋盛開，帝宴賞左右，皆嘆羨久之。帝指貴妃曰：『爭如我解語花？』詞取以名。」始見於周邦彥詞。

周濟《宋四家詞選》說：「此美成在荊南（今湖北江陵）作，當與〈齊天樂〉同時。到處歌舞太平，京師尤爲絕盛。」宋時元宵節最是隆重繁盛，此詞上片記荊南元夜，描繪了一個燈月交解、人物雅麗的神仙世界。過片別開一境，轉敘京都上元「千門如晝」的壯觀，以及市人縱情遊樂、小兒女邂逅追慕的種種景象。作者三十二至三十七歲在荊南任學官，仕宦不得志，詞中感慨節物依舊而情懷衰謝，隱約地透露了離鄉去國的抑塞心情。

全詞一氣如注，陳廷焯尤讚「後半闋縱筆揮灑，有水逝雲卷，風馳電掣之感」（《白雨齋詞話》）。

風消絳蠟[1]，
露浥紅蓮[2]，
花市光相射。
桂華流瓦[3]，
纖雲散、
耿耿素娥欲下[4]。
衣裳淡雅，
看楚女纖腰一把[5]。
簫鼓喧、
人影參差，
滿路飄香麝[6]。

絳燭在風中漸漸消蝕，
紅蓮燈被夜露沾濕，
市街是一片花的海洋，
千萬點燈火交相映射。
月光流動盪漾在屋瓦，
薄雲飛散，天宇空明，
依稀見素娥飄飄欲下。
看南國佳人細腰纖纖，衣裳何其淡雅。
簫鼓喧闐，
人影重疊，參差雜沓，
滿路麝香飄灑。

因念都城放夜[7]，
望千門如晝[8]，
嬉笑遊冶。
鈿車羅帕[9]，
相逢處、
自有暗塵隨馬[10]。
年光是也，
惟只見、舊情衰謝。
清漏移、
飛善歸來，
從舞休歌罷。

想起京都開禁的上元夜；
望宮中千門燈光輝耀如晝，
人們縱情地嬉戲遊冶。
美人的車乘多麼豪華，
偶相逢，
暗塵飛揚，少年追隨著車馬，
拾取那遺落的羅帕。
節物風光年年如故，
只是衰謝了舊日的豪情。
夜已深沉，
我獨自飛車歸去，
任隨他人歡歌狂舞直到天明。

【注釋】

❶絳蠟：紅燭。原本作「焰蠟」，據別本改。❷浥：沾濕。紅蓮，指荷花燈。歐陽修〈驀山溪〉元夕詞：「纖手染香羅，剪紅蓮滿城開遍。」紅蓮原本作「烘爐」，據別本改。❸桂華：月光。相傳月中有桂樹，故以桂代替月。❹耿耿：光明貌。謝朓〈暫使下都夜發新林至京邑贈西府同僚〉詩：「秋河曙耿耿，寒渚夜蒼蒼。」素娥，月中女神名嫦娥，因月色白，故亦稱素娥。❺看楚女句：《韓非子・二柄》：「楚靈王好細腰，而國中多餓人。」杜牧〈遣懷〉詩：「楚腰纖細掌中輕。」❻香麝：即麝香。麝似鹿而小，雄麝臍部有香腺，可作香料。❼放夜：開放夜禁。陳元龍《片玉集注》引《新記》：「京城街衢，有金吾曉暝傳呼，以禁夜行。惟正月十五夜，敕許金吾弛禁，前後各一日，謂之『放夜』。」❽千門：指皇宮中千門萬戶，院宇深沉。《史記・孝武本紀》「作建章宮，度爲千門萬戶。」❾鈿車：以金爲飾的華麗車乘。羅帕，女子使用的香羅手帕。❿暗塵隨馬：蘇味道〈正月十五夜〉詩：「暗塵隨馬去，明月逐人來。」馬蹄下塵土飛揚，夜間看不清楚，曰「暗塵」。

蝶戀花

周邦彥

【導讀】

這首詞別本題作「早行」，爲秋天早晨送別之作。首三句未別時於枕上所聞鳥啼、更殘、汲井等聲響，暗示離人淒惻難眠。「喚起」二句描寫淺睡乍覺、驚別傷心之態，語少而層深。下片敘送別，情景真切，纏綿動人。歇拍寫斗斜露寒人去、唯聽雞聲相應的淒情景象，使人感到餘音裊裊，不絕如縷。

月皎驚烏棲不定❶，
更漏將闌，
轆轤牽金井❷。
喚起兩眸清炯炯❸，
淚花落枕紅綿冷。
執手霜風吹鬢影❹，
去意徊徨❺，
別語愁難聽。
樓上闌干橫斗柄❻，
露寒人遠雞相應。

月光皎潔，烏鴉驚飛不定。
亂紛紛啼鳴，更漏將盡，
已聽見轆轤汲水的聲音。
從淺睡中喚起，驚醒的雙眸亮晶晶，
紅棉枕浸透傷別的淚，濕冷如同寒冰。
挽著手爲她送行，
秋風吹拂她美麗的鬢影，
她欲去又遲疑，再三徘徊不定，
分離的話語愁不忍聽。
小樓外，天邊空橫斗柄，
朝露寒冷，伊人去遠，
只有晨雞一聲聲遠近呼應。

【注釋】

❶月皎句：曹操〈短歌行〉：「月明星稀，烏鵲南飛，繞樹三匝，何枝可依。」此處化

用其意。❷轣轆：像聲詞，像車輪或轆轤的轉動聲。蘇軾〈次韻舒教授寄李公擇〉詩：「門前轣轆想君車。」❸炯炯：光亮貌。❹霜風句：李賀〈詠懷〉二首之一：「彈琴看文君，春風吹鬢影。」此化用其句。❺徊徨：彷徨不安貌。梁武帝〈孝思賦〉：「晨孤立而縈結，夕獨處而徊徨。」❻闌干：橫斜貌。斗柄，北斗七星中五至七三顆星形如斗柄，故稱。古樂府：「月沒參橫，北斗闌干。」

解連環

周邦彥

【導讀】〈解連環〉，詞調名，《詞譜》卷三十四有云：「此調始自柳永……名〈望梅〉。後因周邦彥詞有『妙手能解連環』句，更名〈解連環〉。」按《全宋詞》據《梅苑》卷四以所謂柳永〈望梅〉詞作「無名氏」詞。又張輯此調有「把千種舊愁，付與杏梁燕」句，故又名〈杏梁燕〉，另又名〈玉連環〉。

主人翁如環無端的幽怨、情思，用往復百折的手法表現得哀豔淒婉，楚楚動人。篇首直敘怨情，「縱妙手」以下抒寫主人翁想要從愛河中掙扎出來，而身邊物、眼前景，無一不引起他對往日歡情的眷戀，因而無從得到解脫的複雜心理。

過片用〈九歌〉辭意曲折表達對伊人的怨尤，以及自己不能忘情的深心。恨極之餘，他甚至想把「當日音書」「待總燒卻」，以示決絕，但卻終於不忍割捨，轉而希冀對方也能依舊相思，詞情極委折之致。

在痛苦矛盾的心理歷程之後，主人翁最後發出「拚今生、對花對酒，爲伊落淚」的誓言，表現他「直道相思了無益，未妨惆悵是清狂」（李商隱〈無題〉詩）、矢志不移的堅貞感情，凝重深至，堪稱「壯烈」。

怨懷無託，
嗟情人斷絕，
信音遼邈。
縱妙手、能解連環❶，
似風散雨收，
霧輕雲薄。
燕子樓空❷，
暗塵鎖、
一床弦索❸。

幽怨的情懷無所依託，
哀嘆著情人義絕恩斷，
書信杳杳，音容遼遠。
縱然有高手能解連環，
卻正如風雨停息，
依舊是陰雲綿薄、輕霧瀰漫。
燕子樓空，伊人去遠，
琴床上，厚厚的塵埃，
封住了昔日彈奏妙曲的絲弦。

想移根換葉，
盡是舊時，
手種紅藥。
汀洲漸生杜若[4]，
料舟依岸曲，
人在天角。
漫記得、
當日音書，
把閒語閒言，待總燒卻。
水驛春回，
望寄我、

紅芍藥開得多麼絢爛，
那都是我同她親手栽植，
盡管如今已根移葉換。
江上小洲芳香的杜若漸生，
我要想採一枝寄贈，而她，
是否泊舟在深深的港灣，
遠在那地角天邊？
我還記得當初的書信，
有過許多愛的盟約，
我真想把這些無用的閒話統統燒卻！
水邊驛站又一度春回大地，
我癡心地盼望，

江南梅萼❺。
拚今生❻、
對花對酒，
爲伊落淚。

她還能將江南的梅花寄遞。
唉，我寧願捨棄今生今世，
對花對酒，
永遠爲她落淚相思。

【注釋】

❶解連環：《戰國策．齊策六》載：「秦昭王嘗使使者遺（贈）君王后玉連環，曰：『齊多智，而解此環否？』君王后以示群臣，群臣不知解。君王后引錐錐破之，謝秦使曰：『謹以解矣。』」此處比喻情懷難解。❷燕子樓空：指人去樓空。詳見蘇軾〈永遇樂〉「燕子樓」注。❸床：指琴床，安放琴的器具。❹汀洲句：屈原〈九歌．湘夫人〉「搴汀兮杜若，將以遺兮下女。」此用其意。杜若，香草名。❺水驛二句：南朝陸凱〈贈范曄詩〉：「折梅逢驛使，寄與隴頭人。江南無所有，聊贈一枝春。」南朝樂府〈西洲曲〉又有「憶梅下西洲，折梅寄江北」句，此處化用其意。❻拚：捨棄，不顧惜。晏幾道〈鷓鴣天〉詞：「彩袖殷勤捧玉鍾，當年拚卻醉顏紅。」

【導讀】

〈拜星月慢〉，唐教坊曲，後用作詞調。張璋、黃畬《全唐

拜星月慢

周邦彥

五代詞》卷七《敦煌詞・雲謠集雜曲子》〈拜新月〉「箋評」曰：「〈拜新月〉曲調，因拜新月之民俗而產生。……《樂府詩集》所已錄之〈拜新月〉，訂為近代曲辭者，有李端五言四句仄韻及吉中孚妻張氏之長短曲。……宋人改名為〈拜星月〉，韻致全失。」敦煌曲子詞此調為八十四字，周邦彥衍為〈拜星月慢〉，增至一百零四字。

此篇別本題作〈秋思〉，「全是追思，卻純用實寫。但讀前半闋，幾疑是賦也。換頭再為加倍跌宕之，他人萬萬無此力量」（周濟《宋四家詞選》），這評語精當地點明了此詞結構、表現手法的獨特性。上片回憶初識伊人的溫馨情景，「驚豔」的感受，不用明眸皓齒之類的描寫，而是從虛處傳神，以「暖日明霞」、「水盼蘭情」來表現伊人的光采奪目、溫柔多情和清麗高雅，不落俗套。

過片追溯未見面時的傾慕，以加強相遇的難能可貴。「自到瑤台」二句寫上片闋合，敘歡洽戀情。

再用「苦驚風」句一筆鉤轉，描寫現今舊夢幻滅，被迫分離，主人翁獨宿荒寒孤館的苦況，結拍寫山川阻隔而相思不斷，見出主人翁一往情深，饒敦厚之致。

夜色催更鼓初響，

夜色催更，

清塵收露，
小曲幽坊月暗。
竹檻燈窗，
識秋娘庭院❶。
笑相遇，
似覺瓊枝玉樹相倚❷，
暖日明霞光爛❸。
水眄蘭情❹，
總平生稀見。
畫圖中、
舊識春風面❺，

露水灑，塵土不再飛揚。
天邊彎月銀光微淡，
照深巷坊曲朦朧幽暗。
我看見清爽的翠竹欄檻，
小窗前燈火閃閃，
第一次來到她的庭院。
欣喜地同她相識，
彷彿靠近晶瑩的玉樹瓊枝，
她就像太陽暖人心田。
含情的眼波如秋水流動，
性情清雅宛若幽蘭，
這樣可愛的人兒實在生平少見。
從前，觀看她的畫像，
那絕世容顏早曾傾羨，

誰知道、
自到瑤台畔❻。
眷戀雨潤雲溫，
苦驚風吹散。
念荒寒、寄宿無人館，
重門閉，
敗壁秋蟲嘆❼。
怎奈向、
一縷相思，
隔溪山不斷。

沒想到
我竟眞地去到她身邊。
我們有過許多歡愛的時光，
　相互間深深眷戀，
苦恨鴛夢忽地被狂風驚破，
　不得不兩下分散。
如今，我寄宿在荒寒的客館，寂寞無人，
重門緊關，
頹敗的四壁唯聽秋蟲聲聲哀嘆。
我有什麼辦法，
我同她隔著萬水千山，相思情意卻如絲縷
　綿綿不斷。

【注　釋】

❶秋娘：見前周邦彥〈瑞龍吟〉注。❷瓊枝玉樹：比喻人物姿容秀美。沈約〈古別離〉詩：「願一見顏色，不異瓊枝樹。」李商隱〈送千牛李將軍赴闕五十韻〉：「照席瓊枝

秀，當年紫綬榮。」《世說新語‧容止》：「魏明帝使后弟毛曾與夏侯玄共坐，時人謂蒹葭倚玉樹。」柳永〈尉遲杯〉「深深處，瓊枝玉樹相倚。」❸暖日明霞：宋玉〈神女賦〉「其始來也，耀乎若白日初出照屋梁。」曹植〈洛神賦〉：「皎若太陽升朝霞。」❹水盼：比喻眼波青明，流動似水。❺畫圖句：杜甫〈詠懷古跡〉五首其三：「畫圖省識春風面」。春風面，指容貌美麗。❻瑤台：原指仙人所居，此地指伊人居所。❼敗壁句：歐陽修〈秋聲賦〉：「但聞四壁蟲聲唧唧，如助予之嘆息。」此處暗用其意。

關河令

周邦彥

【導讀】

〈關河令〉，詞調名，本名〈清商怨〉，歐陽修此調首句為「關河愁思望處滿」，周邦彥遂改名為〈關河令〉。

周邦彥詞多溫厚和雅，此篇卻一變而為淒厲，他遭時不偶，曾長期浮沉於州縣，黃庭堅說過：「天下清景不擇愚賢而與之，然吾特疑端為我輩設，」本詞上片即藉陰沉淒清的秋景、秋聲，顯示作者同樣陰沉淒清的心情。

下片描寫主人翁孤獨對寒燈，無以消永夜的旅況客愁，淒惻哀切。這首詞雖係小令而章法縝密，時間層層推移，感情步步深刻，格調清峭。

秋陰時晴漸向暝，
變一庭淒冷。

陰陰秋天少有片時放晴，黃昏漸漸臨近，
滿庭頓變得淒清幽冷。

佇聽寒聲❶，
雲深無雁影。
更深人去寂靜，
但照壁、孤燈相映。
酒已都醒，
如何消夜永？

我凝神佇立，靜聽秋聲，
看不見旅雁掠影，
寒雲深處傳來陣陣悲鳴。
夜半更深，人去後四周寂靜，
我孤獨的身影，映一盞照壁青燈。
酒意全都散盡，
如何消磨這長夜沉沉？

【注釋】

❶寒聲：即秋聲，秋天的風聲、落葉聲、蟲鳥哀鳴等。范仲淹〈御街行〉詞：「紛紛墜葉飄香砌，夜寂靜，寒聲碎。」

綺寮怨

周邦彥

【導讀】

〈綺寮怨〉，詞調名，始見於周邦彥詞。

周邦彥長年漂泊羈旅，輒轉州縣，飽受別離行役之苦，此詞爲一曲離歌，當係其三十七歲以後所作。上片描寫作者在殘醉濃愁中走向渡口的情景，「當時曾題」二句暗用魏野故事，表現不得志的感懷，以下又對時移事去、流光匆匆發深深慨嘆。

下片抒寫了作者對舊歡前程均感冷淡的頹唐心情，末幾句敘當前別宴，化用王維〈送元二使安西〉詩意，對自己即將遠行而無故人相送，表現淒傷之情。通篇迤邐寫來，疏淡自然，含意深永。

上馬人扶殘醉，
曉風吹未醒。
映水曲、翠瓦朱檐，
垂楊裡、乍見津亭。
當時曾題敗壁，
蛛絲罩、
淡墨苔暈青[1]。
念去來[2]、

上馬人還帶著殘存的醉意，
晨風拂面也沒能吹醒。
翠瓦朱檐的樓閣，在水流深曲處倒映，
猛然見陰陰垂楊，掩蔽著渡口的驛亭。
當初曾在敗壁題詩，
如今早是淒涼光景：
蛛網罩字，
墨色消淡，苔痕青青。
想到過去未來的種種，

歲月如流，
徘徊久、
嘆息愁思盈。

去去倦尋路程，
江陵舊事❸，
何曾再問楊瓊❹。
舊曲淒清，斂愁黛、
與誰聽？
尊前故人如在❺，
想念我、
最關情。

惆悵歲月如水奔流不停。
我久久地徘徊嘆息，
愁思充溢胸襟。

我將越走越遠，懶得問訊前面的路徑，
江陵綺豔的舊事，
也不再向楊瓊去探尋。
別宴上，美人雙眉緊皺，
　唱舊曲聲聲淒清，
有誰忍心多聽？
假如故人就在尊前，
一定會深深將我想念
寄與無限關心。

何須〈渭城〉❻，
歌聲未盡處，
先淚零。

何必要高唱離歌，
一曲未盡，
已叫人涕淚交零。

【注釋】

❶當時曾題二句：暗用魏野事：吳處厚《青箱雜記》六載，魏野嘗從寇準遊陝府僧舍，各有留題。後寇準顯貴，復同遊，見準詩已用碧紗籠蓋護，而野詩獨否，塵昏滿壁……❷去來：指過去、未來。去來今，佛家語，指過去、未來、現在，窺基《大乘法苑義林章記一》：「去來今三，是時一切。」❸江陵：今屬湖北。❹楊瓊：唐時妓女名，此處泛指。白居易〈寄李蘇州兼示楊瓊〉詩：「爲問蘇台酒席中，使君歌笑與誰同。就中猶有楊瓊在，堪上東山伴謝公。」❺尊前句：王維〈送元二使安西〉詩有：「勸君更進一杯酒，西出陽關無故人」句，此處翻用其意。❻〈渭城〉：王維〈送元二使安西〉詩亦稱〈渭城曲〉。

尉遲杯

周邦彥

【導讀】

〈尉遲杯〉，詞調名，毛先舒《填詞名解》云：（唐）尉遲敬德（恭）飲酒必用大杯也」，故用以爲名。始見於柳永詞。

此詞別本題作「離恨」，抒寫夜宿舟中的懷感。上片繪黃昏及月夜兩岸的淒迷景色如畫，抒離愁別恨也極委婉，雖襲用鄭文寶〈柳枝詞〉詩意，卻出之自然。

過片由今思昔，追憶京華歡樂舊事，以與目前孤寂的客況作鮮明對比。陳洵云：「『隋堤』一境，『京華』一境，『漁村水驛』一境，總收入『焚香獨自語』一句中」（《海綃說詞》）。但「自語」中所念往事，不過是歌樓妓館的豔冶生活，雖係直說，顯得「樸拙渾厚」，格調卻不高。

隋堤路，漸日晚、
密靄生煙樹。
陰陰淡月籠紗❶，
還宿河橋深處。
無情畫舸，
都不管、
煙波隔前浦。
等行人、

日色漸晚，長長的隋堤，
密林外暮靄迷離。
淡月朦朧如柔紗輕籠，
我又寄宿在河橋深處的水域。
無情畫船，
全然不顧
茫茫煙波隔著前浦，
待到行人，

醉擁重衾，
載將離恨歸去❷。
因思舊客京華，
長偎傍疏林，
小檻歡聚。
冶葉倡條俱相識❸，
仍慣見珠歌翠舞。
如今向、漁村水驛，
夜如歲、
焚香獨自語。
有何人、念我無聊，

濃醉中，擁重重被絮，
它就載著人連同離恨悠悠歸去。
想從前在京華客居，
經常到疏林中遊蕩，
或是在低小的欄檻前歡聚。
青樓佳人都和我相識，
我看慣了翠麗珠繁、舞筵歌席。
如今，獨宿在漁村水驛，
漫漫長夜如歲，
對一縷爐香我憂愁自語。
有誰顧念我客中寂寥？

夢魂凝想鴛侶。

我幻想著與情人相會在夢裡。

【注釋】

❶淡月籠紗：杜牧〈泊秦淮〉詩：「煙籠寒水月籠紗。」❷無情畫舸四句：鄭文寶〈柳枝詞〉：「亭亭畫舸繫春潭，直到行人酒半酣，不管煙波與風雨，載將離恨過江南。」此處化用其意。畫舸，畫船。浦，水濱。衾：被子。❸冶葉倡條：指歌妓舞女。李商隱〈燕臺〉詩四首其一：「風光冉冉東西陌，幾日嬌魂尋不得。蜜房羽客類芳心，冶葉倡條偏相識。」

周邦彥

西河

金陵懷古

【導讀】

〈西河〉唐曲，後用作詞調。〈碧雞漫志〉卷五引〈脞說〉：「大歷初，有樂工取古〈西河長命女〉加減節奏，頗有新聲。」又稱：「又別出大石調〈西河慢〉，聲犯正平，極奇古。」周邦彥此詞入「大石」調，當即此曲。又名〈西湖〉。

王國維《清眞先生遺事・尚論三》云：「集中(齊天樂)『綠蕪凋盡臺城路』一首作於金陵，當在知溧水(三八歲至四二歲)前後。」此詞或即作於同時。有人認爲本詞係方臘起義，周邦彥避兵亂自杭州奔揚州途中，亦即其逝世前一年所作，根據似嫌不足。

這首詞主要依據劉禹錫〈金陵五題・石頭城〉、〈烏衣巷〉兩詩隱括而成，卻能自出機杼，渾化無跡。詞中不搬弄史實而只從虛處傳神，寓無限歷史興亡之慨，寫景清奇壯偉，格調高古蒼涼，隱微地流露了作者對於大宋末世的哀感。

佳麗地❶，
南朝盛事誰記❷？
山圍故國繞清江❸，
髻鬟對起❹。
怒濤寂寞打孤城，
風檣遙度天際❺。
斷崖樹，猶倒倚，
莫愁艇子誰繫❻？
空餘舊跡鬱蒼蒼，

好一片佳麗之地，
可是繁盛的南朝舊事，又還有誰曾記憶？
故都依然是青山環繞，清江畔，
髮髻般秀美的山峰對起。
寂寞怒濤拍打孤城，
遠水的風帆，像是在天際遊移。
古老的樹木，還在斷崖邊倒倚，
莫愁女的小船曾在這裡牽繫。
如今，空留下舊時蹤跡，
茂密的山樹一片蒼翠，

霧沉半壘。
夜深月過女牆來，❼
傷心東望淮水。❽
酒旗戲鼓甚處市？
想依稀王謝鄰里。❾
燕子不知何世，
向尋常巷陌人家相對，
如說興亡斜陽裡。

半邊營壘沉埋在濃濃的霧裡。
深夜，月亮靜靜越過城上的矮牆，
把空寂的古都照臨。
東望悄無聲息的秦淮河，
不由人慘目傷心。
當年熱鬧的酒樓戲館，
如今究竟在哪裡？
想那些寥落的街巷，
或許曾是王謝大族的故居。
燕子飛進普通百姓之家，
並不懂得今天是什麼時代，
它們在斜陽中相對細語，
像是敘說著歷史的興衰。

【注釋】

❶佳麗地：指金陵（今南京市）。謝朓〈入朝曲〉：「江南佳麗地，金陵帝王州。」❷南朝：指偏安江左的三國東吳、東晉、宋、齊、梁、陳六朝。❸山圍句：劉禹錫〈金陵五題·石頭城〉詩：「山圍故國周遭在，潮打空城寂寞回。淮水東邊舊時月，夜深還過女牆來。」故國，即故都，六朝均建都金陵，故云。❹髻鬟：女人髮髻，此處比喻山巒秀麗。黃庭堅〈寧子興追和予岳陽樓詩復次韻〉之一：「去年新霽獨憑欄，山似

樊姬擁髻鬟。」❺風檣：指帆船。檣，桅杆。❻莫愁句：古樂府〈莫愁樂〉：「莫愁在何處？莫愁石城西。艇子打兩槳，催送莫愁來。」石城，今湖北鐘祥縣，縣西有莫愁村。此地誤將石城當作石頭城（南京別名），今南京市水西門外有莫愁湖。❼女牆：城上的小牆。❽淮水：指秦淮河，橫貫南京城中，係南朝時都人士女遊宴之所。❾王謝鄰里：劉禹錫〈金陵五題·烏衣巷〉詩：「朱雀橋邊野草花，烏衣巷口夕陽斜。舊時王謝堂前燕，飛入尋常百姓家。」王謝，六朝時王謝世爲望族，居南京烏衣巷，故常並稱。

瑞鶴仙

周邦彥

【導讀】

〈瑞鶴仙〉，詞調名，始見於周邦彥詞。

王明清《玉照新志二》說，其父王銍云：「美成以待制提舉南京（今河南商丘）鴻慶宮（宣和二年，一一二〇年），自杭徙居睦州（今浙江桐廬），夢中作長短句〈瑞鶴仙〉一闋」，並說詞中應驗了當年方臘起義、美成避亂及逝世等事，語涉怪誕，不足徵信。但周邦彥與王銍係故交，至商丘後又以此詞寄王，寫作年代應無誤。

上片描寫客去後寥廓、迷茫的情景，並藉落照映樓的景象襯托依依別情，頗有韻致。以下記歸途所遇、短亭酣飲，引出過片次日於殘醉中見風狂花落而怨東風無情、悵芳菲難駐的感懷，末二句宕開一筆，爲自我寬慰之辭。全篇結構精嚴、針線綿密。

悄郊原帶郭，
行路永、
客去車塵漠漠。
斜陽映山落，
斂餘紅猶戀，
孤城闌角。
凌波步弱[1]，
過短亭[2]、
何用素約。
有流鶯勸我[3]，
重解繡鞍，
緩引春酌。

靜寂的郊野連接著城郭，
道路漫漫，伸向遠方。
友人的車馬離去了，只留下煙塵迷茫。
斜陽映山，徐徐沉落，
把澄紅的晚霞依戀地灑上
孤城的欄角。
嬌弱的伊人步履艱難，
經過短亭稍稍休憩，
意外地同故人相遇。
她柔聲軟語，
勸我重解繡鞍，
將春酒斟酌品味。

不記歸時早暮，
上馬誰扶，
醒眠朱閣。
驚飆動幕❹，
扶殘醉，
繞紅藥。
嘆西園已是，
花深無地，
東風何事又惡？
任流光過卻，
猶喜洞天自樂❺。

不記得歸去時天色如何，
上馬究竟是誰攙扶，
醒來正睡在自家門戶。
狂風搖動帷幕，
帶著殘存的醉意，
我留連在芍藥花圃。
嘆惋西園裡，
處處花片堆砌，
東風爲什麼又是這樣凶惡，
吹紅花凋落許多。
唉，任憑流光飛去吧，
幸喜還能在小天地自娛自樂。

【注釋】

❶凌波：形容女子步態輕盈。曹植〈洛神賦〉：「凌波微步，羅襪生塵。」❷短亭：古時於城外五里處設短亭，十里處設長亭，供行人休息。❸流鶯：比喻女子柔聲軟語。❹驚飆：狂風。❺洞天：洞中別有天地之意。道家以此稱仙人所居之處有王屋山等十大洞天、泰山等三十六洞天之說。此處比喻自家的小天地。

浪淘沙慢

周邦彥

【導讀】

這首詞爲懷人之作。上片倒敘離別京都、玉人折柳送別情景，以秋色渲染離愁，著墨不多而含思淒惋。「念漢浦」至中片，描寫別後的孤寂、冷清與相思之情，意境與柳永〈雨霖鈴〉下片極相似而用筆各異，柳詞純由想像生發，層層鋪敘，此詞則繪實景實情而又回環曲折。

下片抒別後怨情，時間跳蕩，感情卻如貫珠一氣流走且頓宕多姿。

正如陳廷焯所說：「末段蓄勢在後，驟雨飄風，不可遏抑。歌至曲終，覺萬匯哀鳴，天地變色，老杜所謂『意愜關飛動，篇終接渾茫』也」（《白雨齋詞話》）。

王國維讚此詞「精壯頓挫，已開北曲之先聲」（《人間詞話》）。

曉(ㄒㄧㄠˇ)陰(ㄧㄣ)重(ㄔㄨㄥˊ)❶，

早晨，天空布滿重重陰雲，

霜凋岸草，
霧隱城堞❷。
南陌脂車待發❸，
東門帳飲乍闋❹。
正拂面、垂楊堪攬結，
掩紅淚❺、
玉手親折。
念漢浦、離鴻去何許？
經時信音絕。
情切，
望中地遠天闊，

嚴霜已降，兩岸草木枯萎凋謝，
城樓在濃霧中隱藏。
南邊大路上，塗滿油脂的車子就要啓行，
東門外，餞別的酒宴剛剛終席。
絲絲拂面的垂楊還能攀折，
她悄悄拭去淚水，
纖纖玉手親折柳枝爲我送別。
我這失群的孤雁去到何方？
獨自在那漢水之濱，
時間久遠，沒有得到她的音訊。
相思情意多麼深切，
遙望中卻只看見天闊地遠，

向露冷、風清無人處，
耿耿寒漏咽❻。
嗟萬事難忘，
惟是輕別。
翠尊未竭，
憑斷雲❼、
留取西樓殘月。
羅帶光消紋衾疊，
連環解❽、
舊香頓歇❾；
怨歌永、

在這露冷風清寂寞的地方，
我心中憂愁，長夜難眠，
　臨聽更漏一聲聲嗚咽。
我嘆息著世間萬事，
最最難忘的莫過離別。
翠玉杯中的美酒還沒喝盡，
　我期待著與她共飲，
我盼望天際的雲片，
能留住西樓殘月，
　願她也在月夜裡將我想念。
我羅帶上的光采已經磨滅，
　繡被皺亂堆疊，
玉連環生生拆開，
她贈我的奇香芳馨早歇。
我不住地曼聲悲唱怨歌，

瓊壺敲盡缺⑩。
恨春去、
不與人期，
弄夜色，
空餘滿地梨花雪。

玉壺盡被敲擊殘缺。
我惱恨春光已去。
不給人良會佳約，
它只知道弄夜色淒清，
空留下滿地梨花似雪。

【注釋】

❶曉陰，原作「晝陰」，據別本改。❷堞：城上如齒形的矮牆。❸脂車：以油膏塗車轄。❹東門：指京都汴京東門。帳飲，在郊外設帳餞別，見前柳永〈雨霖鈴〉注。❺紅淚：舊題晉王嘉《拾遺記七．魏》：「文帝（曹丕）所愛美人，姓薛，名靈芸……聞別父母，歔欷累日，淚下沾衣。至升車就路之時，以玉唾壺承淚，壺則紅色。既發常山及至京師，壺中淚凝如血。」後因稱婦女的眼淚為紅淚。❻耿耿：煩躁不安貌。《詩．北風．柏舟》：「耿耿不寐，如有隱憂。」❼斷雲：孤雲、片雲。❽連環解：見周邦彥〈解連環〉注。❾舊香：用賈午偷贈韓壽異香事，見周邦彥〈風流子〉注。❿瓊壺句：《北堂書鈔》一二五晉裴啟《語林》載：「王大將軍（敦）每酒後，輒詠魏武帝樂府歌曰：『老驥伏櫪，志在千里。烈士暮年，壯心不已。』以鐵如意擊唾壺為節，壺盡缺。」後以敲壺盡缺表示感情激烈。獨孤及〈代書寄上裴六冀劉二潁〉詩：「長嘯林木動，高歌唾壺缺。」

應天長

周邦彥

【導讀】

〈應天長〉，詞調名，有令詞、慢詞兩體。令詞始見於唐入蜀的韋莊詞。慢詞始見於柳永詞。

此詞別本題作「寒食」。美成多別離懷舊之作，許多篇章內容差近而面目各異，表現手法極富變化。這首詞抒寫寒食懷人之情。

上片先繪寒食節白天春光融和之景，然後陡然轉入主人翁暗夜閉門愁絕之狀的描寫，並藉「梁間燕」自嘲、自憐，詞情苦澀，又用亂花飄香飛墜遍地的凄迷景象出色地襯托了人物的撩亂情思，引入過片對當年寒食不期而遇難忘情事的回憶，再用逆挽法敘述日間獨尋舊跡而物是人非的景象，不著一感傷語道破，而情味自然悠遠深長。

全篇結構開合動盪，意境迷離惝怳，情感深摯動人。

條風布暖[1]，
霏霧弄晴，
池臺遍滿春色。
正是夜堂無月，

和風散布著溫暖，
菲菲薄霧，透一派晴意，
池塘臺閣春色遍滿。
我獨自悶坐堂前，在這無月的夜晚，

沉沉暗寒食。
梁間燕，前社客❷，
似笑我、閉門愁寂。
亂花過、
隔院芸香❸，
滿地狼藉。
長記那回時，
邂逅相逢❹，
郊外駐油壁❺。
又見漢宮傳燭，
飛煙五侯宅❻。

雲影沉沉，寒食時節顯得淒涼幽暗。
去年春社的舊客，那梁間燕子，
似乎在嘲笑我緊閉門戶憂愁孤寂。
撩亂的殘紅片片飛過，
隔院飄來陣陣香氣，
遍地只見落花狼藉。
我獨自沉思，總不能忘懷那一次，
同她意外地相遇，
她的油壁車停在郊野，我們曾兩情依依。
如今，漢宮又一度傳遞蠟燭，
五侯家散著飛煙。

青青草，迷路陌。
強載酒❼、
細尋前跡。
市橋遠、
柳下人家，
獨自相識。

迷失了舊日的路徑，
滿目只看見芳草萋萋。
我勉強攜酒，
去仔細找尋那往事的蹤跡。
市橋遙遠，
柳樹下，
依然是那戶相識的人家。

【注釋】

❶條風：春天的東北風。八風之一。《淮南子·天文》：「距日冬至四十五日，條風至。」注：「艮卦之風，一名融。」《初學記》三《易通卦驗》：「立春條風至。」宋均注：「條風者，條遠萬物之風。」❷前社客：指燕子。社，祭社神之日，有春秋二社，立春後五戊爲春社，立秋後五戊爲秋社。陳元龍注〈片玉集〉引歐陽獬〈燕〉詩：「長到春秋社前後，爲誰去了爲誰來？」❸芸香：芸本是一種香草，可避蠹魚。此指亂花香氣。❹邂逅：不期而會。❺油壁：車壁飾以油漆之車名油壁車。南朝樂府〈蘇小小〉詩：「妾乘油壁車，郎騎青驄馬，何處結同心，西陵松柏下。」❻又見二句：唐韓翃〈寒食〉詩：「春城無處不飛花，寒食東風御柳斜。日暮漢宮傳蠟燭，輕煙散入五侯家。」此處指時當寒食，並未用原詩諷喻之意。五侯，漢桓帝封單超新豐侯，徐璜武原侯，貝

瓊東武侯，左悺上蔡侯，唐衡漁陽侯，見《後漢書・宦官傳》。❼強：勉強。

夜遊宮

周邦彥

【導讀】

〈夜遊宮〉，詞調名。毛先舒《塡詞名解》：「〈夜遊宮〉，古詩：『晝短苦夜長，何不秉燭遊。』《拾遺記》：『漢成帝於太液池旁起「宵遊宮」，又隋煬帝好以月夜從宮女數千騎遊西苑，作〈淸夜遊〉曲，於馬上奏之。』詞名蓋取諸此。」始見於賀鑄詞。

上片描繪秋日黃昏的景色，淸疏淡遠，富於動感，句中沒有正面抒情，但從獨立橋頭久久佇望的形象中，似乎可以捕捉到主人翁內心那種如有所待、又若有所失的複雜感情。下片敘長夜不眠的孤淒情景，通過主人翁「不戀單衾再三起」而急切地要給人寫信這一舉動，我們彷彿能夠窺測到他的無限隱衷。

這首詞正因其淸空而不質實，留給人無盡的想像餘地。

葉下斜陽照水❶，

卷輕浪、

沉沉千里。

木葉飄落，夕陽的餘暉映照水底，

秋風捲起層層輕浪，

不盡水波湧流千里。

橋上酸風射眸子❷。
立多時，
看黃昏，
燈火市。
古屋寒窗底，
聽幾片、井桐飛墜。
不戀單衾再三起，
有誰知，
爲蕭娘，書一紙❸？

橋頭冷風刺痛眼睛，
我長久佇立，
獨自在黃昏中，
看街市閃點點燈影。
在古房老屋的寒窗下，在無邊的寂靜裡，
我臥聽井臺畔，幾片桐葉鏗然墜地。
我不留戀這孤淒的單被，
　再三地披衣坐起，
有誰能領會我此時的心情？
全爲著她寄來的一封書信。

【注　釋】

❶葉下：葉落。屈原〈九歌‧湘夫人〉：「嫋嫋兮秋風，洞庭波兮木葉下。」❷酸風：冷風。李賀〈金銅仙人辭漢歌〉：「東關酸風射眸子。」❸爲蕭娘句：楊巨源〈崔娘〉詩：「風流才子多春思，腸斷蕭娘一紙書。」蕭娘，女子的泛稱。

賀鑄

賀鑄（一〇五二～一一二五年），字方回，原籍山陰（今浙江紹興），生長衛州（今河南汲縣）。宋太祖賀后族孫，娶宗室之女。人豪俠尚氣，渴望建功立業，曾爲武官，後轉文職，曾任泗州（今屬江蘇）、太平州（今屬安徽）通判等職。晚年退居蘇州，自號慶湖遺老。

賀鑄詩、文、詞皆善，尤以詞成就最高，其詞剛柔並濟，風格多樣，張來〈東山詞序〉讚其詞：「盛麗如遊金、張之堂，妖冶如攬嬙、施之袂；幽潔如屈、宋，悲壯如蘇、李。」其相思離別及留連光景之作多深婉麗密，善於煉字，下開吳文英一派。長調如〈臺城遊〉「南國本瀟灑」、〈六州歌頭〉「少年俠氣」等篇豪壯激烈、氣勢雄健，逼近蘇軾，對辛棄疾等人有影響。〈搗練子〉五首描寫征人妻的思邊之情，在宋詞中很是難得，其詞寫景詠物也有獨到之處，要之，賀鑄爲北宋一大名家。有《東山詞》，一名《東山寓聲樂府》。

青玉案

賀鑄

【導讀】

此詞表現幽居懷人之情。抒寫「美人不來，竟日凝佇」（曹植〈洛神賦〉）的情狀、環境的岑寂與內心暗恨淸愁之深，即景抒情，婉麗多致。結尾處「一川煙草，滿城風絮，梅子黃時雨」，繪江南景色如畫，以此三者比愁之多，語意精新，興中有比，意味深長，被譽爲絕唱。周紫芝《竹坡詩話》云：「賀方回嘗作〈靑玉案〉，有『梅子黃時雨』之句，人皆服其工，士大夫謂之『賀梅子』。」但正如劉熙載所說：「專賞此句誤矣！」「其末句好處全在『試問』句呼起，及與『一川』二句並用耳」（《藝概》），疊用了三種淒美的意象來喻愁，才顯得含蓄不盡，工妙絕倫，以至黃庭堅曰：「解作江南斷腸句，只今賀方回」（〈寄賀方回〉），並將他比作謝朓。萬樹稱道本篇「詞情詞律，高壓千秋」（《詞律》）。

凌波不過橫塘路，
但目送、
芳塵去❶。
錦瑟華年誰與度❷？
月橋花院，
瑣窗朱户❸，
只有春知處。
碧雲冉冉蘅皋暮❹，

你輕盈的步履不曾來到橫塘，
我徒然地佇立凝望，
只看見遠外塵土飛揚。
唉，你和誰一起度過，
　這錦瑟般美好的年光？
你在明月輝映的溪橋、鮮花盛開的院落？
抑或是雕鏤的窗欄、朱漆的門户？
唯有春風知道你隱秘的處所。
長滿杜蘅的小洲漸近日晚，
　天邊，碧雲在緩緩流蕩，

彩筆新題斷腸句❺。
試問閑愁都幾許？
一川煙草，
滿城風絮，
梅子黃時雨❻。

佳人沒有消息，
我用彩筆寫下悲傷的詩行。
若問我心中的幽恨清愁共有幾許？
正像那一川煙霧迷濛的芳草，
滿城隨風飄揚的柳絮，
梅子黃時霏微不絕的絲雨。

【注釋】

❶凌波二句：意謂美人一去不返。見周邦彥〈瑞鶴仙〉注。橫塘，大塘名，在今江蘇蘇州市西南。龔明之《中吳紀聞》卷三載賀鑄「有小築在盤門之南十餘里，地名橫塘，方回往來其間。」芳塵，美人走時揚起的塵土。❷錦瑟華年：李商隱〈錦瑟〉詩：「錦瑟無端五十弦，一弦一柱思華年。」❸瑣窗：雕作連瑣形花紋的窗。❹碧雲句：「碧」原作「飛」，據別本改。此句化用江淹〈休上人怨別〉「日暮碧雲合，佳人殊未來」詩意。冉冉，流動貌。蘅臯，生長著香草杜蘅的水邊高地。〈洛神賦〉：「爾迺稅駕乎蘅臯。」❺彩筆：見周邦彥〈過秦樓〉注。❻一川三句：一川，滿地。梅子黃時雨，宋陳肖岩《庚溪詩話》：「江南五月梅熟時，霖雨連旬，謂之黃梅雨。」宋潘子眞云：「寇萊公（準）詩：『杜鵑啼處血成花，梅子黃時雨如霧』，世推賀方回所作『梅子黃時雨』爲絕唱，蓋用萊公語也。」

感皇恩

賀鑄

蘭芷滿汀洲❶，
游絲橫路。
羅襪塵生步❷，
迎顧。

汀洲滿是香蘭白芷的芬芳，
游絲飄飄，橫繫道路。
她邁著輕盈的步履，
將我迎候、盼顧。

【導讀】

〈感皇恩〉，唐教坊曲名，後用作詞調。始見於敦煌曲子詞。宋詞始見於張先詞。賀鑄此調有「細風吹柳絮，人南渡」之句，故又名〈人南渡〉。

這首詞很像一首縮寫的〈洛神賦〉，描寫了主人公暮春時節在長滿芳草的汀洲佇立，與伊人相會、唯則兩情交通卻終於不能互訴心曲，以及伊人飄然離去後的悵惘之情。末幾句意境與〈青玉案〉結尾處極相似，但後者是以三種意象直接喻愁，本篇則是借助景物委曲抒情，整首詞空靈、清疏、淡遠。那種可望而不可即的追尋，使人感到「另有一種傷心說不出處，全得力於楚騷，而運以變化，允推神品」（陳廷焯《白雨齋詞話》）。

有人認爲本篇與〈青玉案〉均有所寄託，聊備一說。

整鬟顰黛，
脈脈兩情難語❸。
細風吹柳絮，
人南渡。
回首舊遊，
山無重數。
花底深、
朱戶何處？
半黃梅子，
向晚一簾疏雨。
斷魂分付與、春將去。

抬手把鬢髮整理，秀美的雙眉微微皺起，
我和她彼此凝視、含情脈脈，
卻終於沒能衷腸互訴。
輕風吹柳絮飛舞，
伊人翩然南渡。
回頭望不見舊時同遊的地方，
山屏峰障無重數。
百花深深，
她的住所又在何處？
梢頭梅子半已黃熟，
向晚時，簾外落一場疏疏細雨。
春天啊，請帶著我淒傷的神魂一同歸去。

【注釋】

❶蘭芷：香蘭、白芷，均爲香草。❷羅襪句：〈洛神賦〉：「凌波微步，羅襪生塵」，見周邦彥〈瑞鶴仙〉注。❸脈脈：相視貌；含情不語貌。〈古詩十九首〉之十：「盈盈一水間，脈脈不得語。」

薄倖

賀鑄

【導讀】

〈薄倖〉，詞調名，始見於賀鑄詞。

賀詞的愛情詞常常「於言情、寫景、敘別中，布出許多景色來，寫得如一枝臨風牡丹，豔麗照人」（薛礪若《宋詞通論》）。這首詞就很有代表性，上片追憶伊人動人的神采、色授魂與的情狀，和風月之下畫堂相見時的千嬌百媚，以及爐邊屏底幽會的情景，雖只從女子這方作正面描寫，但作者那種「今夕何夕，見此良人！」「子兮，子兮，如此良人何」的驚喜、狂熱的感情卻已蘊含其中，敘事極其細膩，層次分明，富於戲劇情味。過片直述男主人公當前的盼望、尋覓，「音書無由寄遞、佳會難再的種種悵恨，以及「春濃酒困」，無以打發光陰的百無聊賴的生活狀況，上片感情如登山攀梯盤旋直上，漸至頂峰，下片則一步一蹶，左右無路，二者形成鮮明對照，以顯示作者的一往情深。

全篇熔敘事、抒情、寫景於一爐，委曲有致。辭采濃淡相間，恰到好處。

淡妝多態，
更的的[1]、頻回眄睞[2]。
便讓得琴心先許[3]，
欲綰合歡雙帶[4]。
記畫堂、風月逢迎，
輕顰淺笑嬌無奈。
向睡鴨爐邊，
翔鴛屏裡，
羞把香羅暗解。
自過了燒燈後[5]，

她妝束淡雅，綽約多姿，
已使我深深傾慕，
哪裡還禁得頻頻回眸向我盼顧。
我知道她心中已自暗許，
願同我雙雙締結歡娛。
我不能忘懷清風皓月的良辰，
我們相會在畫堂，
她輕蹙蛾眉，含情微笑，
那柔媚可愛的模樣。
在睡鴨形的香爐旁，
在畫著雙飛鴛鴦的屏風裡，
她嬌羞地悄悄解開羅裳。
自從過了元宵，直到踏青挑青菜的時節，

都不見踏青挑菜❻。
幾回憑雙燕，
叮嚀深意，
往來卻恨重簾礙。
約何時再，
正春濃酒困，
人閒晝永無聊賴。
厭厭睡起，
猶有花梢日在。

如雲如荼的遊人仕女中，
我總不曾尋見她的蹤跡。
多少次想託雙燕傳信，
囑咐它們帶上我的一片深情，
來來往往，卻恨有重重簾幕，
在我們當中間阻。
佳期密約幾時才能再來？
春意正濃，我時常獨自醉飲，
人又閒，天又長，我只覺得百事無心。
我無精打采地昏昏愁眠，醒來時，
花梢還照著高高的日影。

【注　釋】

❶的的：明媚貌。❷眄睞，顧盼。〈古詩十九首〉之十六，「眄睞以適意，引領遙相晞。」❸琴心：見前晏殊〈木蘭花〉注。❹綰：旋繞打結。合歡帶，即合歡結，以繡帶結成雙結，以示歡愛。梁武帝〈秋歌〉：「繡帶合歡結，錦衣連理文。」❺燒燈：

燃燈，指元宵放燈。❻踏青：春日郊遊，杜甫〈絕句〉：「江邊踏青罷，回首見旌旗。」古代踏青節的日期因時地而異，秦味芸《月令粹編》卷五引費著《歲華紀麗譜》：「二月二日踏青節，初郡人遊賞，散在四郊。」又卷六引李淖《秦中歲時紀》：「上巳（三月初三）賜宴曲江，都人於江頭禊飲，踐踏青草，謂之踏青履。」挑菜，挑菜節，唐代風俗，農曆二月初一日曲江挑菜，士民遊觀其間，謂之挑菜節。宋張耒有〈二月二日挑菜節大雨不能出〉詩。

浣溪沙

賀鑄

【導讀】

《宋史·賀鑄列傳》稱其「喜論當世事，可否不少假借，雖貴要權傾一時，小不中意，極口詆之無遺辭，人以爲近俠。」並不無惋惜地說他「竟以尚氣使酒，不得美官，悒悒不得志，食宮祠祿，退居吳下。」

此詞當爲其晚年所作，表現了作者「老夫聊發少年狂」的情態；作者歌唱及時行樂，似乎甘心陶情於歌笑、沉溺於醉鄉，但是，在他佯狂的腔調中，我們不難聽出他內心憤懣不平的聲音。

不信芳春厭老人，
老人幾度送餘春，

我不相信明媚的春天眞地討厭老人，
我曾經多少次送走殘春，

惜春行樂莫辭頻。
巧笑豔歌皆我意❶，
惱花顛酒拚君嗔❷，
物情惟有醉中眞❸。

愛惜春光切莫白白放過，
遊冶行樂不要嫌多。
美麗的笑容、多情的歌曲，
全都合我的口味，
愛花愛酒變得顛狂，不怕讓你責備，
人生眞諦我看只在醉鄉。

【注釋】

❶巧笑：美好的笑貌。《詩・衛風・碩人》「巧笑倩兮，美目盼兮。」豔歌，描寫有關愛情的歌辭。梁武帝〈子夜歌〉：「朱口發豔歌，玉指弄嬌弦。」❷惱花：爲花所引逗、撩撥。杜甫〈奉陪鄭駙馬韋曲〉之一：「韋曲花無賴，家家惱殺人。」顛，狂。嗔，怒，生氣。❸物情：物理人情。

浣溪沙

賀鑄

【導讀】

胡仔說此詞「『淡黃楊柳暗棲鴉』之句，寫景可謂造微入妙」（《苕溪漁隱叢話》），其實這首詞正如楊愼《詞品》所評「句句綺麗，字字清新」，首句描寫晚霞當樓、漸褪餘紅之景也極美，「淡黃」句與之相映襯，才顯得更清麗有味。

詞中描寫了月下摘梅、笑歸門戶、垂簾遮寒的美人，但並不以刻劃人物或記事抒情爲主，作者把美人也當作初春月夜美景一個不可或缺的組成部分，她使得整個畫面更美、更富有生氣，同時又體現了一種瀟灑出塵的風致。

樓角初消一縷霞，
淡黃楊柳暗棲鴉，
美人和月摘梅花。
笑捻粉香歸洞戶❶，
更垂簾幕護窗紗，
東風寒似夜來些❷。

樓角剛剛散去最後一縷晚霞，
嫩黃的新柳，幽暗中棲息著烏鴉。
玉人披一身月光，摘取淡雅的梅花。
她笑捻花枝，走進深深的門戶，
爲遮護薄薄的窗紗，又放下厚厚簾幕。
東風陣陣，像昨夜一樣寒侵肌膚。

【注釋】

❶洞戶：深深的門戶。洞，深。戶，單扇門，此處爲門的通稱。❷些：語末助詞，無義。《楚辭・招魂》：「去君之恒干，何爲四方些？」沈括《夢溪筆談》三〈辯證〉一：「今夔、峽、湖、湘及南、北江僚人，凡禁咒句尾皆稱『些』，此乃楚人舊俗。」

石州慢

賀鑄

【導讀】

〈石州慢〉，詞調名，始見於賀鑄詞，一作〈石州引〉，因賀鑄此調有「長亭柳色才黃」句，又名〈柳色黃〉。吳曾《能改齋漫錄》記「方回眷一姝，別久，姝寄詩云：『獨倚危闌淚滿襟，小園春色懶追尋。深思縱似丁香結，難展芭蕉一寸心。』賀因賦此詞，先敘分別時景色，後用所寄詩語，有『芭蕉不展丁香結』之句。」上片描繪早春初晴的黃昏景色，由近及遠，聲色錯雜，意境清新開闊，並熔景入情，引出下片當年離別的回憶，以及連年音容隔絕的愁嘆。「欲知」幾句自問自答，跌宕有致，化用李商隱〈代贈〉及戀人所寄詩句，以故為新，語意絕妙。末二句以想像之筆抒寫人居兩地，情發一心的狀況，動人心腑。

本篇詞情清婉、精深，人們稱道賀鑄工於言情，於此可見一斑。

薄雨收寒，
斜照弄晴，
春意空闊。
長亭柳色才黃，

細雨初停，寒氣剛剛散去，
斜日輝耀，弄一番新晴，
春意正空闊無際。
長亭畔，才透出嫩黃的柳色，

倚馬何人先折？
煙橫水漫，
映帶幾點歸鴻，
平沙消盡龍荒雪❶。
猶記出關來，
恰如今時節。
將發，
畫樓芳酒，
紅淚清歌❷，
便成輕別。
回首經年，

不知有誰倚馬將枝條先折？
煙靄橫野，春水漫漫，
映帶著遠天歸雁數點。
塞外冰雪，消融在廣漠的平原。
還記得也是這樣的光景，我出關的那年。
想當初我將要出發，
畫樓上，她準備了酒席，
流著傷心的眼淚爲我唱一曲清歌，
我們就這樣輕易離別。
猛回首過了一年又一年，

杳杳音塵都絕。
欲知方寸❸，
共有幾許新愁？
芭蕉不展丁香結❹。
憔悴一天涯，
兩厭厭風月。

我和她音容渺茫，兩下隔絕。
要知道小小的寸心，
共有多少新愁？
就像卷曲難展的蕉葉，
丁香花蕾解不開重重結。
我們在天一涯各自憔悴，
兩處愁苦相思，空對著清風明月。

【注　釋】

❶平沙：謂廣漠的沙原。何遜〈慈姥磯〉詩：「野岸平沙合，連山遠霧浮。」龍荒，泛指北方荒漠地區。李白〈塞下曲〉：「將軍分虎竹，戰士臥龍沙。」❷紅淚：見周邦彥〈浪淘沙慢〉注。❸方寸：見柳永〈採蓮令〉注。❹芭蕉句：張說〈戲草樹〉詩：「戲問芭蕉葉，何愁心不開。」李商隱〈代贈〉二首其一：「芭蕉不展丁香結，同向春風各自愁。」丁香結：丁香的花蕾，唐宋詩詞中多用來比喻愁思固結不開。牛嶠〈感恩多〉詞：「自從南浦別，愁見丁香結。」李璟〈浣溪沙〉詞：「青鳥不傳雲外信，丁香空結雨中愁。」

【導　讀】

這首小詞抒寫傷春懷人的情緒。作者不同傷悼紅花凋落的陳套，而是以柳陰密到不能穿度游絲來表現春色已盡，用曲筆寫出傷春之情，語淡意深。懷人的感情只用虛筆勾勒主人公「腸斷白蘋洲」的心境依稀可感。過片寫其日夜的孤寂和相思，末二句全用李冠〈蝶戀花〉成句，而有青藍、冰水之妙。

蝶戀花

賀鑄

幾許傷春春復暮，
楊柳清陰，
偏礙游絲度。
天際小山桃葉步[1]，
白蘋花滿湔裙處[2]。
竟日微吟長短句，
簾影燈昏，
心寄胡琴語[3]。

不管你多麼傷春，春天依然還又遲暮，
楊柳清陰濃密，
偏妨礙游絲飛度。
伊人在天際的小山上閑步，
她浣洗衣裙的岸邊，如今白蘋花開遍。
我整天低吟著詞章，
到夜晚，簾影映孤燈昏暗，
我把一腔幽怨，都寄與胡琴絲弦。

數點雨聲風約住，
朦朧淡月雲來去❹。

才聽得數點雨聲，忽地被風兒吹遠，
見朦朧淡月來往雲間。

【注釋】

❶桃葉：晉王獻之妾，此處借指戀人。❷湔：洗。❸胡琴：樂器名。唐宋時，凡來自北方和西方各族的撥弦樂器，如琵琶、忽雷等，統稱胡琴。作為拉弦樂器，最早記載見於宋沈括《夢溪筆談》引自作〈凱歌〉其三：「馬尾胡琴隨漢車。」❹數點二句：北宋李冠〈蝶戀花〉（春暮）詞云：「遙夜亭皋閑信步，才過清明，漸覺傷春暮。數點雨聲風約住，朦朧淡月雲來去。桃杏依稀香暗度，誰在秋千，笑裡輕輕語。一寸相思千萬緒，人間沒個安排處。」

賀鑄

天門謠

登采石娥眉亭

【導讀】

〈天門謠〉，詞調名，始見於賀鑄詞。王灼《碧雞漫志》卷四〈阿濫堆〉條記賀方回〈朝天子〉曲云：「待月上……」可見此調原名〈朝天子〉，因賀鑄此調詠天門，故命名〈天門謠〉。李之儀有和作，題曰：「次韻賀方回登采石蛾眉亭。」采石磯原名牛渚磯，在安徽馬鞍山市長江東岸，為牛渚山突出長江而成，江面較狹，形勢險要，西南方有兩山夾江對峙如蛾眉，謂之天門。神宗熙寧間，太平州（今屬安徽）知州張瑰在牛渚山上築亭，以觀覽天門勝景，命名「蛾眉亭」，哲宗紹聖二年（一〇九五年），呂希哲知太平州，捐官俸重新修葺，次年四月，賀鑄赴任江夏（今屬湖北），途經當塗，參加了此亭落成典禮，並寫有〈娥眉亭記〉，本篇或即作於同時。

這首小詞以雄勁的筆力描繪了天門山的險峻和歷史上群豪的紛爭，興亡之慨只從「與閑人登覽」句淡淡說出，意味卻十分深長。過片想像天門山月夜可覽之景，高遠清奇，聲色絕麗。「歷歷數、西州更點」句，以誇張手法寫登高而聞遠，給人一種超脫塵凡、寵辱偕忘之感。

牛渚天門險，
限南北、
七雄豪占❶。
清霧斂，
與閑人登覽。
待月上潮平波灩灩❷，

牛渚天門是自古天險，
隔斷了大江南北，
七雄紛紛將它爭占。
如今，歷史的雲霧散盡，
只留給閑人登臨觀覽。
待到明月東升、晚潮初漲，
江波閃一片銀光，

塞管輕吹新〈阿濫〉❸。
風滿檻，
歷歷數、西州更點❹。

聽羌笛輕奏著新翻〈阿濫〉，
清風吹滿亭檻，
我將靜數西州更鼓幾點。

【注釋】

❶限南北句：南北朝以長江爲界，南朝偏安江左。七雄豪占：天門險要，爲歷代軍事上必爭之地。六朝以金陵爲都，五代時南唐亦建都金陵，七雄當指東吳、東晉、宋、齊、梁、陳與南唐。❷灩灩：水光。何遜〈望新月示同羈〉詩：「的的與沙靜，灩灩逐波輕。」❸塞管：指羌笛胡笳之類。阿濫，曲調名，王灼《碧雞漫志》卷四引〈中朝故事〉云：「驪山多飛禽，名阿濫堆，明皇御笛采其聲，翻爲曲子名，左右皆傳唱之，播於遠近，人竟以笛效吹。」❹歷歷：分明可數。崔顥〈黃鶴樓〉詩：「晴川歷歷漢陽樹。」西州，晉宋間揚州刺史治所，以治事在台城(今屬南京)西，故曰西州。

賀鑄

天香

【導讀】

〈天香〉，詞調名，毛先舒《塡詞名解》說詞名採自宋之問詩句「天香雲外飄」。始見於王觀詞。賀鑄此調有「好伴雲來，還將夢去」之句，故又名〈伴雲來〉。

賀鑄年輕時自負才略，尙氣近俠，有「請長纓，繫取天驕種」的志向，卻「官冗從，懷倥傯，落塵籠，薄書叢」(〈六州歌頭〉)，終生奔走道路，沉淪下僚，此詞便藉悲秋懷人之情，抒發其牢落不平之氣。上片繪秋日黃昏至入夜、中宵的種種景象，清壯淒美。「蛩催機杼」、「不眠思婦」等句，狀秋夜悲涼極其生動，姜夔詠蟋蟀名篇〈齊天樂〉詞，在意境、用語等方面顯然受其影響。

作者見秋色、聞秋聲而驚時序、嘆歲暮，自然地過渡到下片對一生的總結：浪跡天涯、壯志成虛、無誰告語，進而引發懷人之情，而又不作小兒女喁喁語，因之朱孝臧稱道此詞「橫空盤硬語」（《手批東山樂府》）。

本篇筆力遒勁，絕去雕飾，格調沉鬱，真摯動人。

煙絡橫林，
山沉遠照，
迤邐黃昏鐘鼓❶。
燭映簾櫳，
蛩催機杼❷，
共苦清秋風露。

橫展的平林網著煙霧，
天邊夕陽向遠山冉冉沉落，
斷續傳來黃昏的鐘鼓。
燭光搖曳，映著寂寞的窗戶，
蟋蟀哀鳴催人夜織，
我們都怨恨這清秋風露。

不眠思婦，
齊應和、幾聲砧杵❸。
驚動天涯倦宦，
駸駸歲華行暮❹。
當年酒狂自負❺，
謂東君、
以春相付❻。
流浪征驂北道❼，
客檣南浦❽，
幽恨無人晤語❾。
賴明月曾知舊遊處，

不眠的思婦搗製寒衣，
風聲、蟲鳴一齊應和著砧杵。
震動了我這天涯倦客，
驀然驚覺年光飛馳又近歲暮。
當初曾經以酒狂自負，
一心以爲司春之神對我，
只把三春好景交付。
誰料長年水舟陸馬，流浪四方，
輾轉在南北道路，
滿懷幽怨無人可以面訴。
幸喜明月知道我舊日遊歷的去處，

好伴雲來，
還將夢去❿。

將伴化作行雲的她同來這裡，
把我的夢魂也帶到伊人繡户。

【注釋】

❶迤邐：曲折連綿。謝朓〈治宅〉詩：「迢遞南川陽，迤邐西山足。」❷蛩：蟋蟀。白居易〈禁中聞蛩〉詩：「西窗獨暗坐，滿耳新蛩聲。」機杼：指織布機。古樂府〈木蘭辭〉：「不聞機杼聲，惟聞女嘆息。」引申為紡織。❸砧杵：搗衣具。砧，搗衣石，杵，槌棒。何遜〈贈族人秣陵兄弟〉詩：「蕭索高秋暮，砧杵鳴四鄰。」❹駸駸：馬速行貌。《詩・小雅・四牡》：「載驟駸駸。」毛傳：「駸駸，驟貌。」引申為疾速。也比喻時間迅速消逝。梁簡文帝〈納涼〉詩：「斜日晚駸駸。」❺酒狂：飲酒使氣者。《漢書・蓋寬饒傳》記蓋語：「無多酌我，我乃酒狂！」蓋寬饒為漢宣帝時剛正無私的官吏，曾任司隸校尉，彈劾不法官吏無所迴避，公卿貴戚皆畏之，莫敢犯禁。此處作者藉以自況。❻東君：司春之神。唐成彥雄〈柳枝詞〉之三：「東君愛惜與光春，草澤無人處也新。」❼驂：一車駕三馬，《詩・小雅・采菽》：「載驂載駟。」此處泛指馬。❽南浦：南面的水濱，因屈原〈九歌・河伯〉有「送美人兮南浦」，又江淹〈別賦〉云：「送君南浦，傷如之何？」後特指分別之處。此地泛指。❾晤語：面談。《詩・陳風・東門之池》：「彼美淑姬，可與晤語。」❿好伴雲來：以行雲比喻所愛女子，用宋玉〈高唐賦序〉句意，見歐陽修〈蝶戀花〉注。

望湘人

賀鑄

【導讀】

〈望湘人〉，詞調名，始見於賀鑄詞。

上片由景生情，首二句以歡景反襯愁情，愈見其愁，沈際飛說：「『厭』字嶙峋」（《草堂詩餘正集》），它統攝全篇，定下了本詞基調。作者又將懷人、惜春、自憐、觸景傷情等種種感受融合交匯，意致纏綿濃腴。所舉景物切合當地典實、傳說，形象新鮮，富有地方色彩。

過片承上，由情入景，化用錢起〈湘靈鼓瑟〉詩意，申訴自己的深心與伊人不見的悵恨，以及登高極目騁想的癡情，末句作自我寬解之辭，貌似放達，其實不過是含淚的強笑，讀之令人心酸。

本篇正如李攀龍所評：「詞雖婉麗，意實展轉不盡，誦之隱隱如奏清廟朱弦，一唱三嘆」（《草堂詩餘雋》）。

厭鶯聲到枕，
花氣動簾，
醉魂愁夢相半。
被惜餘熏，
帶驚剩眼❶，

可憎的鶯啼聲聲傳到枕畔，
鮮花香氣浮動簾間，
我在醉鄉愁夢中才遨遊一半。
繡被上還剩有她的餘香，使我格外珍愛。
腰帶眼頻頻後移，驚自己瘦得太快。

幾許傷春春晚。
淚竹痕鮮❷，
佩蘭香老❸，
湘天濃暖。
記小江風月佳時，
屢約非煙遊伴❹。
須信鸞弦易斷❺，
奈雲和再鼓，
曲終人遠❻。
讓羅襪無蹤❼，
舊處弄波清淺。

無恨傷春春又歸，
斑竹上湘妃的淚痕猶新；
高潔的幽蘭屈子曾佩，
　如今卻已色褪香消，
南國的天氣正暖得令人心碎。
記得清風明月的良辰，在小江，
我常約伊人伴同我遊賞。
應該相信鸞膠難以重續斷弦，
任憑我再三彈奏琴瑟，
樂曲終了，伊人仍然不見。
她的蹤跡無地可尋，
舊遊處只見微風弄江波清淺。

青翰棹檥❽，白蘋洲畔，
盡目臨皋飛觀❾。
不解寄、一字相思，
幸有歸來雙燕。

我縱目遙望，獨自佇立在岸邊高高的樓觀。
她那畫著青鳥的航船，是否停靠在白蘋洲畔？
唉，她竟然不寄我一句相思的話語，
幸而有雙雙歸來的飛燕，
或者能帶給我少許安慰。

【注　釋】

❶帶驚句：《梁書・沈約傳》載沈約與徐勉書：「……百日數旬，革帶常應移孔；以手握臂，率計月小半分，以此推算，豈能支久？」❷淚竹：傳說舜死於蒼梧，其二妃淚染楚竹而成斑痕，故斑竹又稱淚竹。唐郎士元〈送李敖湖南書記〉：「入楚豈忘看淚竹，泊舟應自愛江楓。」❸佩蘭：「屈原〈離騷〉：「紉秋蘭以爲佩。」。❹非煙：唐武公業妾，姓步，事見皇甫枚《非煙傳》。此處借指情人。❺鸞弦：《漢武外傳》：「西海獻鸞膠，武帝弦斷，以膠續之，弦二頭遂相著，終日射，不斷，帝大悅。」後世稱續娶爲「續膠」或「續弦」，此處以鸞弦指愛情。❻奈雲和二句：錢起〈省試湘靈鼓瑟〉詩：「曲終人不見，江上數峰青。」此處化用其意。雲和，古時琴瑟等樂器的代稱，語出《周禮・春官・大司樂》「雲和之琴瑟。」庾信《周記圜丘歌・昭夏》：「孤竹之管雲和弦，神光未下風肅然。」曲終，原本作「曲中」，據別本改。❼羅襪：見周邦彥〈瑞鶴仙〉注。此處代指情人。❽青翰：船名。因船上有鳥形刻飾，塗以青色，故名。《說苑・善說》：「鄂君子皙之泛舟於新波之中也，乘青翰之舟。」南朝宋顏延之〈三月三日曲水詩序〉：「龍文飾轡，青翰侍御。」檥，同「艤」，船靠岸。❾臨皋，臨水之地。屈

原〈離騷〉：「步余馬於蘭皋兮。」注：「澤曲曰皋。」飛觀，原指高聳的宮闕，此處泛指高樓。觀，樓台之類。

綠頭鴨

賀鑄

【導讀】

此詞當係紹聖間賀鑄離汴京後，在江夏（今湖北武漢）寶泉監任上的懷舊之作。

作者用綺麗的畫筆描述了當初對一位歌女技藝的向慕，以及在宴堂群豔中，又由琴歌獨識伊人的情狀，並寫出二人一見傾心，好合歡愛的柔情蜜意，辭采鋪錦列繡，帶有很重的脂香粉氣。但其後插入「回廊影，疏鐘淡月」清景的描繪，使上片詞語不至於濃到化不開。下片從男女主人公兩方面抒寫深摯的離緒思情，約訂後會之期，並以作者自楚地寄梅表示相思，進一步設想來春伊人相迎於郊外的歡樂情景。

本篇序事曲折有序，語言富豔精麗，未脫離《花間》氣格，張耒〈東山詞序〉評其詞有「妖冶如攬（毛）嬙、（西）施之袂」，當指此類篇章。

玉人家，

那位美人的家臨近渡口，

畫樓珠箔臨津❶。

畫樓上垂著富麗的珠簾。

託微風彩簫流怨，
斷腸馬上曾聞。
宴堂開、
豔妝叢裡，
調琴思、認歌顰。
麝蠟煙濃，
玉蓮漏短，
更衣不待酒初醺❷。
繡屏掩、
枕鴛相就❸，
香氣漸暾暾❹。
迴廊影、

她曾吹奏著彩繪洞簫，託輕風送出心中幽怨，
騎在馬上的我啊，
聽見曲調就感動得肝腸寸斷。
華堂上排開盛宴，
濃妝豔抹的麗人無限，
我偏偏認出曼唱清歌的她，
曾經寄情絲弦。
香燭高燒，濃煙氤氳，
只嫌玉蓮花壺漏聲太短，
更換羅衫不須待到酒酣，
未飲酒人心早已醉軟。
我們把繡屏緊掩，
鴛枕上相依相親，
只覺得意濃香滿。
淡淡的月光，將我倆的身影映上迴廊，

疏鐘淡月，
幾許消魂？
翠釵分[5]、
銀箋封淚，
舞鞋從此生塵。
任蘭舟、載將離恨，
轉南浦、背西曛[6]。
記取明年，
薔薇謝後，
佳期應未誤行雲。
鳳城遠[7]、

遠外傳過來疏鐘數點，
這樣的時刻，怎不叫人消魂留戀？
自她贈我翠釵兩處離分，
寄來的書信全都封著淚痕，
她從此不再歡笑，跳舞的衣裙落滿灰塵。
我一任蘭舟裝載離恨，
轉過南浦，背向斜日黃昏。
記住明年，
薔薇花謝的時候，
我定不辜負伊人的約盟。
帝京是多麼遙遠，

楚梅香嫩，先寄一枝春。❽
青門外❾，
只憑芳草，
尋訪郎君。

楚地的梅花正開得香嫩，
我先爲她寄上一枝芳春。
料想來年她在城外，
看春草又一度青春，
就會尋訪我的蹤影。

【注　釋】

❶珠箔：即珠簾。南朝梁劉孝臧〈奉和晚日〉詩：「蚪檐掛珠箔，虹梁卷霜綃。」❷醺：醉。❸枕鴛：即鴛枕。繡有鴛鴦的枕頭。❹暾暾：本指日光明亮溫暖，此地指香氣濃烈。❺翠釵分：分釵作爲離別紀念。白居易〈長恨歌〉：「惟將舊物表深情，鈿合金釵寄將去。釵留一股合一扇，釵擘黃金合分鈿。」翠釵，以翡翠裝飾的寶釵。❻任蘭舟二句：用鄭文寶〈柳枝詞〉詩意，見前周邦彥〈尉遲杯〉注。曛：落日的餘光。❼鳳城：舊時京都的別稱，謂帝王所居之城。沈佺期〈獨不見〉詩：「白狼河北音書斷，丹鳳城南秋夜長。」❽楚梅二句：用南朝陸凱〈贈范曄詩〉意，見前周邦彥〈解連環〉注。❾青門：漢長安城東南門。本名霸城門，俗因門色青，呼爲青門。此處借指北宋都城汴京。

張元幹

張元幹(西元一〇九一～一一六〇年後)，字仲宗，自號眞隱山人，又號蘆川居士、蘆川老隱。福建永福(今福建永泰)人。官至將作少監(掌營建的副職)。紹興初致仕南歸，晚年寓居福州。

張元幹北宋末年以詞著稱於時，早期詞風隨秦觀、周邦彥，詞風清麗婉轉，南渡後則一變而爲慷慨悲涼。紹興八年(西元一一三八年)，宋高宗要向金奉表稱臣，李綱上書反對無效，張元幹寄〈賀新郎〉詞給李綱，堅決支持他的抗金主張，並對他的英雄失路表示無限同情。紹興十二年(西元一一四二年)，胡銓上書請斬秦檜，除名編管新州，張元幹賦〈賀新郎〉詞爲其送行，觸怒秦檜，追赴大理寺，削除官籍。《四庫全書總目》讚此二首爲壓卷之作，說：「慷慨悲涼，數百年後，尙想其抑塞磊落之氣。」其他如〈石州慢〉(己酉秋吳興舟中)、〈水調歌頭〉(同徐師川泛太湖舟中作)、〈和薌林居士中秋〉、〈隴頭泉〉等詞，都抒發了愛國憂憤，對南宋愛國詞人產生了很大影響。但紹興十五年(西元一一四五年)以後，張元幹曾寫過〈瑞鶴仙〉、〈瑤台第一層〉二詞獻壽於秦檜。有〈蘆川詞〉。

石州慢

張元幹

【導讀】

這首詞抒寫客居中的思鄉懷人之情。上片化用杜甫詩意描繪溪邊早春景色，充滿了盎然生意，這一切卻引發作者「應是良辰好景虛設」的無限悵恨。

「長亭」三句，以騁望唯見綿延青山顯示與親人阻隔之遙，並藉以比喻心中堆積的離愁別怨。過片設想妻子在深閨感春光、思遠人因而憔悴消瘦的情狀，透過一層抒自己懷鄉之深情有「照花前後鏡，花面交相映」的雙重妙境。「心期」句以下對眼前的久別寄不盡感慨。

此詞嫵秀清婉，頗近柳、周同類作品。黃了翁說本篇有政治寄託，是爲送胡銓得罪，藉閨情而抒慨，恐難指實。

寒水依痕❶，春意漸回，沙際煙闊❷。
溪梅晴照生香，冷蕊數枝爭發❸。
天涯舊恨❹，試看幾許消魂？
長亭門外山重疊。
不盡眼中青，是愁來時節。

寒水漸退，溪邊留下淺痕一線。
輕煙籠沙岸空闊，春意冉冉又回人間。
晴日光照，溪畔的梅花散發幽芳，
冷香數枝爭相開放。
我獨自遠在天涯嘗盡離恨，
你可知這有多麼淒然傷神？
長亭門外，群山重重疊疊，
眼中望不盡連綿青色；
正是惹人愁悶的時節。

情切，
畫樓深閉，
想見東風，
暗消肌雪[5]。
辜負前雲雨[6]，
尊前花月。
心期切處，
更有多少淒涼，
殷勤留與歸時說。
到得再相逢，
恰經年離別。

想她懷遠情切，
畫樓上門戶深掩，
和煦東風裡，
白雪般的肌膚暗暗消減。
可嘆辜負了多少枕前恩愛，
又辜負多少尊前的花月美景，
我歸心似箭，
無限淒涼的思情，
留待歸去再向她傾訴詳盡。
到了重逢時候，將是離別多年，
卻如何抵擋這長久的愁怨！

【注　釋】

❶寒水句：杜甫〈冬深〉詩：「花葉惟天意，江溪共石根，早霞隨類影，寒水各依痕。」此處化用其意。❷春意二句：杜甫〈閬水歌〉：「正憐日破浪花出，更復春從沙際歸。」此處化用其意。❸冷蕊：指清香幽雅的花，如菊、梅、荷等。此處指梅。❹天涯句：秦觀〈減字木蘭花〉：「天涯舊恨，獨自淒涼人不問。」❺肌雪：比喻肌膚潔白如雪。《莊子‧逍遙遊》：「藐姑射之山，有神人居焉，肌膚若冰雪，淖約如處子。」❻雲雨：指男女歡愛，用宋玉〈高唐賦序〉神女事，見歐陽修〈蝶戀花〉注。

蘭陵王

張元幹

【導　讀】

此詞別本題作〈春恨〉，實則抒發作者南渡後感懷故國的「黍離」之悲。

上片描寫朝雨初晴的美麗春景，以及作者「感時花濺淚，恨別鳥驚心」的沉鬱心情。中片追憶京洛盛時歡樂的少年情事，極力渲染鋪敘，藻麗意密。至「又爭信」句一筆勾轉，猛地跌入現實，而用問句呼起，十分準確地表現了作者此時「其信然邪？其夢邪？非其眞邪？」那種恍若隔世的驚痛之感，並在痛定思痛的清醒中，轉入下片淒涼索寞心情與別後相思的描寫，又化用丁令威故事，對故國表現無限眷念，「相思除是，向醉裡、暫忘卻」，語句雖平常，感情極濃至深刻，讀之令人泣下。

宋翔鳳《樂府餘論》說：「南宋詞人繫心舊京，凡言歸路，言家山，言故國，皆恨中原隔絕。」他們常藉懷念故國昔時生活的繁盛歡樂，來表社稷傾覆之痛。

本詞就是如此，寓愛國感情於平常情事的敘述中，娓娓動人，於深婉清麗的格調中見氣骨，含蓄蘊藉，富於情韻。

卷珠箔，
朝雨輕陰乍閣。
闌干外、
煙柳弄晴，
芳草侵階映紅藥❶。
東風妒花惡，
吹落梢頭嫩萼。
屏山掩❷、
沉水倦熏，

捲起珠簾，
見朝雨初停，天氣漸漸轉晴。
欄杆外，
輕煙迷濛，柳枝飄拂在麗日春風中，
芳春的碧色染綠石階，
映襯得階前芍藥分外嬌紅。
可惡的東風嫉妒花朵，
竟忍心把梢頭的嫩萼吹落。
我將屏風緊掩，
沉水香也懶得點著，

中酒心情怕杯勺[3]。
尋思舊京洛[4]，
正年少疏狂，
歌笑迷著。
障泥油壁催梳掠[5]，
曾馳道同載[6]，
上林攜手[7]，
燈夜初過早共約，
又爭信飄泊？
寂寞，
念行樂，

悶酒喝得太多太多，如今已怕見杯勺。
回想從前在汴京洛陽，
我正當年少輕狂疏放，
一味地縱情歡笑，迷戀著舞榭歌場。
常常準備好漂亮的車馬，
催促美人快快地梳妝。
我曾和她一同在大道上飛馳，
在美麗的園林攜手遊冶。
熱鬧的元宵燈節剛過，
又訂好了繼續嬉遊的期約。
哪裡能相信有一天，
竟會像這樣四處漂泊？
我多麼寂寞，
從前的樂事不過空自懷念，

甚粉淡衣襟❽，
音斷弦索。
瓊枝璧月春如昨❾。
悵別後華表，
那回雙鶴❿。
相思除是，
向醉裡、
暫忘卻。

衣襟上粉香日漸消淡，
我們分別得何其久遠，
歡快的曲調難以重續，
琴瑟早已斷了絲弦。
不知那美好的一切，
是否依舊如同先前。
我惆悵和她分離以後，
人間萬事全都改變。
心中有無窮思情別怨，
除非在酒醉中，
才能夠暫時不去想念。

【注釋】

❶芳草侵階：杜甫〈蜀相〉詩：「映階碧草自春色」，此處化用其意。❷屏山：屏風曲折如重山疊嶂，或因屏風上刻畫山水，故稱。❸怕：原作「怯」，據別本改。杯勺：盛酒之器。❹舊京洛，指北宋汴京(東京，今河南開封)、洛陽(西京，今河南市名)。❺障泥：馬韉，因墊在馬鞍下，垂於馬背兩旁以擋泥、土，故稱。此處代指馬。油壁，即油壁車，用油漆塗飾車壁的華麗車乘。❻馳道：秦代專供帝王行駛馬車的道路。

《史記・秦始皇本紀》：「二十七年治馳道。」此處泛指京師大道。❼上林：苑名，秦舊苑，漢武帝擴建，周圍至三百里，有離宮七十所。苑中養禽獸，供皇帝春秋打獵。東漢有上林苑在洛陽市東。此處泛指京都園林。❽甚：正。❾瓊枝璧月：陳後主制豔曲歌詠張貴妃、孔貴嬪的容色，其〈玉樹後庭花〉云：「璧月夜夜滿，瓊枝朝朝新。」事見《陳書・張貴妃傳》。此處借喻情人的美麗姿容，亦可解釋爲花好月圓的美滿生活。❿悵別後二句：用《搜神後記》丁令威事，見王安石〈千秋歲〉注。

葉夢得

葉夢得（西元一〇七七～一一四八年），字少蘊，蘇州吳縣（今江蘇蘇州）人。紹聖四年（西元一〇九七年）進士，歷官翰林學士、尚書左丞、建康、福州知府等。晚年隱居湖州卞山石林谷，自號石林居士。

葉夢得與許多南北宋之交的愛國詞家一樣，詞風以南渡爲界，前後期迥然不同，前期詞「甚婉麗，綽有溫、李之風」，南渡後「落其華而實之，能於簡淡時出雄傑，合處不減靖節（陶淵明）東坡之妙」（關注《題石林詞》）。毛晉《石林詞跋》讚其詞「與蘇、柳並傳，綽有林下風，不作柔語殢人，眞詞家逸品也。」

葉夢得著有筆記《石林燕語》、《避暑錄話》等，多記詞壇掌故，論詞不乏精當之見。有《石林詞》傳世。

【導讀】

本詞爲懷人之作，應是葉夢得早期作品。上片描繪了春

賀新郎

葉夢得

末夏初鶯啼恰恰、蒼苔點點、落紅片片、垂楊自舞的黃昏景象，於聲色撩亂中寄寓庭軒寂寞之慨。

作者又敘述了他因消暑氣而尋歸舊扇的生活小事，由此卻引發對往事驚心動魄的回首，而又不作具體追憶，給人留無盡想像餘地。過片推想伊人所居江南水鄉風光，畫面清麗、高遠、開闊。

作者又化用柳宗元詩意，寄託自己深摯的想望之情。末幾句抒寫關河阻隔、瞻望弗及的無限悵恨。此詞絕去綺麗、柔媚的姿態，風調清婉而豪逸，體現出一種「剛健含婀娜」的特色，不愧是蘇詞的後勁。

睡起流鶯語，
掩蒼苔房櫳向晚，
亂紅無數。
吹盡殘花無人見，
惟有垂楊自舞。
漸暖靄、

午睡醒來，聽流鶯嬌聲軟語，
天色漸漸向晚，房門外，蒼苔滿地，
落紅片片堆砌。
沒人看見殘花已被吹盡，
只有垂楊迎風自舞，庭院幽靜空寂。
暮靄中漸漸帶著暖意，

初回輕暑。
寶扇重尋明月影，
暗塵侵、
上有乘鸞女❶。
驚舊恨，
遽如許❷。
江南夢斷橫江渚，
浪黏天、
葡萄漲綠❸，
半空煙雨。
無限樓前滄波意，

我感到了初夏的暑氣。
尋找從前用過的那把
　明月般圓圓的寶扇，
它已經灰塵沾滿，
扇上畫著騎鳳的仙女，
那久已沉積的離愁別怨，
猛然將我的心強烈震憾。
江南美好的舊夢已斷，
　洲渚橫靠著她的小舟，
碧綠的清水漲滿，
像一江新釀的葡萄酒。
波浪黏連著遠天，化半空煙雨蒼茫。
波浪是否也在把我深深想望、

誰採蘋花寄取❹？
但悵望、
蘭舟容與❺。
萬里雲帆何時到？
送孤鴻、
目斷千山阻。
誰爲我、唱〈金縷〉❻？

準備採一束蘋花寄上？
我悵然地遙望，
她的木蘭舟不知浮游何方？
雲帆在萬里以外，
幾時才能來到我的近旁？
我久久地目送著天邊孤鴻，
視線盡頭，只見千山阻擋，
有誰爲我把〈金縷曲〉歌唱？

【注釋】

❶寶扇二句：梁江淹〈擬班婕妤詩〉：「紈扇如圓月，出自機中素。畫作秦王女，乘鸞向煙霧。」指團扇上面秦穆公女乘鸞仙去的故事。此處化用其意。❷遽：疾，速。❸葡萄漲綠：李白〈襄陽歌〉：「遙看漢水鴨頭綠，恰似葡萄初醱醅。」❹無限二句：柳宗元〈酬曹侍御過象縣見寄〉詩：「破額山前碧玉流，騷人遙駐木蘭舟。春風無限瀟湘意，欲采蘋花不自由。」此處翻用其意。❺容與：安逸舒閑貌。陶潛〈閑情賦〉：「擁勞情而罔訴，步容與於南林。」❻金縷：唐李錡所作〈金縷衣〉曲：「勸莫惜金縷衣，勸君須惜少年時。花開堪折直須折，莫待無花空折枝。」其妾以善唱此曲著名（《唐詩三

百首》題爲李錡妾杜秋娘作）；〈金縷曲〉即爲〈賀新郎〉，此處或即意謂詞人作此曲而無人可賞、無人可爲其演唱。

葉夢得

虞美人

雨後同干譽、才卿置酒來禽花下作❶

落花已作風前舞，
又送黃昏雨。
曉來庭院半殘紅，
惟有游絲，

落花已在風中旋舞飄飛，
黃昏時偏又陰雨霏霏。
清晨，庭院裡一半鋪著殘紅，
只有游絲千丈，

【導讀】

本詞表現惜花傷春、流連光景的情思，卻風格高騫，不作婉孌、綺豔之語。其中「惟有游絲，千丈裊晴空」句，意境極清朗高曠。

詞中又描寫了主人公殷勤留客的情意，暗寓共同珍惜最後春光、及時行樂的勸喻。最後三句抒發春盡、酒闌、人散的哀感，卻曲曲道出，正如沈際飛所評：「下場頭話偏自生情生姿，顛播妙耳」（《草堂詩餘正集》）。

王灼《碧雞漫志》說葉夢得學東坡「亦得六七」，從這首清暢流麗的小詞，也可看出東坡的影響。

千丈裊晴空。
殷勤花下同攜手，
更盡杯中酒❷。
美人不用斂蛾眉，
我亦多情、
無奈酒闌時。

飄蕩纏繞在高高的晴空。
我盛情邀請他們在花下同遊，
爲愛賞這最後的春光頻頻勸酒。
美人啊，請你不要因著傷感而雙眉緊皺。
當春歸、酒闌、人散，
多情的我正不知該如何消愁。

【注釋】

❶干譽、才卿：葉夢得友人，事跡不詳。來禽，即林檎之別名，南方稱花紅，北方稱沙果。❷更盡句：王維〈送元二使安西〉：「勸君更進一杯酒，西出陽關無故人。」

汪藻

汪藻（西元一〇七九～一一五四年），字彥章。德興（今屬江西）人。崇寧二年（西元一一〇三年）進士。官至顯謨閣大學士、左中大夫，封新安郡侯。徽宗時，與胡伸顯名文壇，被稱爲「江左二寶」。詩作多興寄，風格與蘇軾略近。沈雄《古今詞話》稱其「詞亦美瞻。」《全宋詞》

錄其詞四首。

點絳唇

汪藻

【導讀】

〈點絳唇〉，詞調名，首見於五代馮延巳詞。詞名來源楊慎《詞品》卷一說是取自江淹詞句「明珠點絳唇」。

張宗橚《詞林紀事》卷八宋六「汪藻」條云：「按知稼翁（黃公度）詞注，彥章出守泉南（泉州）移知宣城，內不自得，乃賦〈點絳唇〉詞：『新月娟娟……』云云。公（指黃公度）時在泉南簽幕，依韻作詞送之云：『嫩綠嬌紅，砌成別恨千千斗。短亭回首，不是緣春瘦。一曲陽關，杯送纖纖手。還知否？鳳池歸後，無路陪尊酒。』」

以上事實說明此詞不是一般的寫景抒情小品，而有所寄託。詞中描繪了新月初弓、梅影橫斜的早春夜景，但雖處身良宵佳景，作者心情卻並不寧貼，從「起來搔首」句便可知道。「閑卻傳杯手」句更顯示了作者無情無緒的心理狀態。「亂鴉」句暗有所指，汪藻被迫自泉州知州調知宣州，或許是由於群小——「亂鴉」的讒毀，最後作者聲明「歸興濃於酒」，明白地表示了對於仕宦的厭倦。

本篇寫景高遠清麗，潘游龍說「此乃『月落烏啼霜滿天』景」（《古今詩餘醉》），作者失意落寞的情懷藉景言之，不動聲色而藉有味。

新月娟娟❶，
夜寒江靜山銜斗。
起來搔首❷，
梅影橫窗瘦❸。
好個霜天，
閑卻傳杯手。
君知否？
亂鴉啼後，
歸興濃如酒。

一彎新月多麼明媚，
寒夜裡江聲寂靜，遠山鑲嵌著北斗星。
不眠的我起身搔首，
見窗間淡月映梅影消瘦。
好一個清麗的霜天，
我卻不願擺開酒宴。
你可知道，
當群鴉喳喳亂啼過後，
我思歸的心情更濃於醇酒。

【注釋】

❶娟娟：明媚美好的樣子。鮑照〈玩月城西門廨中〉詩：「未映東北墀，娟娟似蛾眉。」❷搔首：抓頭，心緒煩亂焦急或有所思考時的動作。《詩・邶風・靜女》：「愛而不見，搔首踟躕。」❸梅影句：林逋〈山園小梅〉：「疏影橫斜水清淺，暗香浮動月

黃昏。」朱敦儒〈鵲橋仙〉詞：「橫枝消瘦影如無，但風裡、空香數點。」

劉一止

劉一止（西元一〇七九～一一六〇年），字行簡，湖州歸安（今屬浙江）人。宣和三年（西元一一二一年）進士。官至敷文閣待制。宋史本傳稱其「博學無不通，爲文不事纖刻」，「詩自成家，呂本中、陳與義讀之曰『語不自人間來也。』」詞風格多樣，或高逸清曠，如〈念奴嬌〉「江邊故國」、「水煙收盡」等；或雄放勁健，如〈望明河〉；或清婉沉鬱，如〈夢橫塘〉、〈西河〉、〈喜遷鶯〉等。有〈苕溪詞〉。

喜遷鶯

劉一止

曉行

【導讀】

〈喜遷鶯〉，詞調名，始見於由唐入蜀的韋莊詞，爲雙片小令，四十七字，又名〈鶴沖天〉、〈萬年枝〉、〈喜遷鶯令〉、〈燕歸梁〉。北宋蔡挺衍爲長調一百零二字。

陳振孫《直齋書錄解題》卷二十一說，劉一止「嘗爲『曉行』詞盛傳於京師，號『劉曉行』」，可見時人對此詞的讚賞。晚唐溫庭筠〈商山早行〉詩：「雞聲茅店月，人跡板橋霜」以簡約概括著稱於世，此詞則以細膩入微給人深刻印象。

上片迤邐敘述了晨曦微露、清角哀鳴、鷄聲相應、馬嘶人起、殘月穿林的種種景情，造成促迫而清冷的氛圍，以襯托作者厭於行旅、倦於仕宦的心情。許昂霄說「『宿鳥』以下七句，字字眞切，覺曉行情景，宛在目前，宜當時以此得名」（《詞綜偶評》），這評語是確當的。

下片著重抒情，描寫作者無從排遣的思鄉懷遠之情，並以嗔怨對方來強調自己飄泊羈旅的苦惱，層層轉折，婉曲有致。

曉光催角，
聽宿鳥未驚，
鄰雞先覺。
迤邐煙村，
馬嘶人起，
殘月尚穿林薄❶。
淚痕帶霜微凝，
酒力沖寒猶弱。

晨曦微露，催清角聲聲哀吟，
棲息的小鳥還沒驚醒，
鄰家的雄雞先自啼鳴。
輕煙迷離的村落，
漸漸聽到馬兒嘶叫、人兒起行，
一彎殘月正緩緩穿過叢林。
我的淚水和霜露一道相凝，
酒力綿薄，難以抵禦深秋的寒冷，

歎倦客，
悄不禁重染，
風塵京洛❷。

追念人別後，
心事萬重，
難覓孤鴻託。
翠幌嬌深❸，
曲屏香暖，
爭念歲華飄泊。
怨月恨花煩惱，
不是不曾經著。

可嘆我這倦遊客子，
簡直受不了再去沾染
京都的灰塵。

追念自從同她分別，
心事千萬重，
要訴說卻難以託付孤鴻。
嬌柔的她掩著華麗的帷幔，
在香暖屏風的深處，
哪裡能夠領會當此歲暮，
我獨自飄泊天涯的痛苦。
怨恨月兒團圓花兒姣好，
惹起我無窮的煩惱，

者情味❹、
望一成消減❺，
新來還惡。

那種情味並不是未曾嘗過，
如今，我盼望著它能一點點消減，
誰知近來卻更加將我折磨。

【注釋】

❶林薄：草木叢雜的地方。屈原〈九章・涉江〉：「露申辛夷，死林薄兮。」注：「叢木曰林，草木交錯曰薄。」❷嘆倦客三句：陸機〈爲顧彥先贈婦〉詩：「京洛多風塵，素衣化爲緇。」此處化用其意。悄，張相《詩詞曲語辭匯釋》卷二云，猶澤也，直也。宋時口語，賀鑄〈柳梢青〉詞：「丁香露結殘枝，悄未比愁腸寸結。」❸幌：布幔，此處泛指帷幔。❹者：猶「這」。❺一成：宋時口語，猶「看看」、「漸漸」，指一段時間的推移。蘇軾〈洞仙歌〉〔詠柳〕：「斷腸是飛絮時，綠葉成陰，無個事，一成消瘦。」

韓疁

韓疁，生卒年不詳，字子耕，號蕭閑。有《蕭閑詞》一卷，不傳。《全宋詞》錄其詞六首，並將其詞編入第四冊，據此，韓疁當爲南宋後期詞人。

高陽臺

韓疁

【導讀】

〈高陽臺〉，詞調名，毛先舒《塡詞名解》卷三謂調名「取宋玉賦神女事」。始見於宋王觀詞。此調有異名，劉鎮詞名〈慶春澤慢〉；王沂孫詞名〈慶宮春〉。

這首詞抒發作者除夕守歲時對年光飛逝的感慨，同時描寫年輕人迎春試妝、遊冶的濃烈情趣，以示對比，娓娓道來，如敘家常。況周頤說：「此等詞語淺情深，妙在字句之表，便覺刻意求工，是無端多費氣力」（《蕙風詞話》）。

頻聽銀籤❶，
重然絳蠟，
年華袞袞驚心❷。
餞舊迎新，
能消幾刻光陰？
老來可慣通宵飲？
待不眠、

更漏聲頻頻傾聽，
紅燭重又燃起，
年華如流水滾滾令我心驚。
餞別舊歲，迎來新春，
現在還用得了幾刻光陰？
老來可習慣通宵宴飲？
想要整夜不睡，

還怕寒侵。
掩清尊、
多謝梅花，
伴我微吟。
鄰娃已試春妝了，
更蜂腰簇翠，
燕股橫金❸。
勾引東風，
也知芳思難禁❹。
朱顏那有年年好，
逞豔遊，

又恐怕寒氣襲人。
我放下酒杯，
感謝多情梅花，
伴著我低詠微吟。
鄰家的姑娘已試著春裝，
鬢髮上蜂兒簇擁翠鈿，
金釵橫著飛燕。
東風把人引惹，
青年都滿懷春天的芳情。
朱顏那能年年美好，
盡情遊樂吧，

贏取如今。
恣登臨、
殘雪樓臺，
遲日園林。

且趁而今，
快去姿意登臨，
觀賞那殘雪未消的玉色樓臺，
斜陽輝映的可愛園林。

【注釋】

❶銀籤：指更漏。❷袞袞：謂相繼不絕，亦作「滾滾」。❸蜂腰燕股：剪彩爲蜂爲燕以裝飾鬢髮。孟元老《東京夢華錄》卷六云：「市人賣玉梅、夜蛾、蜂兒、雪柳、菩提葉」，皆爲插戴鬢髮之物。❹芳思：猶言春情。

李邴

李邴（西元一〇八五～一一四六年），字漢老，號雲龕居士。濟州任城（今山東濟寧）人。崇寧五年（西元一一〇六年）進士。官至參知政事，主張抗金。王應麟《小學紺珠》稱「南渡三詞人：李邴、汪藻、樓鈅也。」《全宋詞》錄其詞八首。

漢宮春

李邴

瀟灑江梅，
向竹梢疏處，
橫兩三枝❶。
東君也不愛惜，
雪壓霜欺。

江海多麼瀟灑，
向竹梢疏落的地方，
橫出三兩枝幽花。
東君也不懂得愛惜，
任隨它被雪壓霜欺。

【導讀】

〈漢宮春〉，詞調名，始見於張先詞。陳振孫《直齋書錄解題》、胡仔《苕溪漁隱叢話》均以此詞爲晁沖之作，曾慥《樂府雅詞》錄爲李漢老作。王明清《揮麈錄》亦云：「漢老少日作〈漢宮春〉詞，膾炙人口。」

詞中描繪了江邊竹外姿態橫生的疏梅，以責東君、怨燕子的委折手法反襯作者的愛梅之心，情韻佳勝。「問玉堂何似，茅舍疏籬」句故意設問，顯示梅花自甘淡泊、幽獨的品性，也含有作者自況之意，跌宕有致。

詞中還表現了對佳景而思友人的深情。本篇寫景清麗、抒情婉曲，無怪楊愼《詞品》稱「其〈漢宮春〉梅詞入選最佳。」許昻霄評曰：「圓美流轉，何減美成」。

無情燕子，
怕春寒、
輕失花期。
卻是有、年年塞雁[2]，
歸來曾見開時。
清淺小溪如練，
問玉堂何似[3]，
茅舍疏籬？
傷心故人去後，
冷落新詩。
微雲淡月，

無情的燕子，
害怕春寒，
輕易地擔誤了芳期。
倒是年年歸來的塞雁，
曾經看見梅花開時。
小溪清淺如白綢帶，
試問開放在富貴人家，
何如茅舍竹籬這般自在？
故人去後我感到傷心，
冷落了互相把新詩唱吟。
纖雲悠悠，淡月清明，

對江天、
分付他誰。
空自憶、
清香未滅，
風流不在人知。

我獨對江天，
一懷情愫講給誰聽？
我空自想著，
那梅花幽香未滅，
風流逸韻不在人們是否知情。

【注釋】

❶向竹梢二句：蘇軾〈和秦太虛梅花〉詩：「江頭千樹春欲闇，竹外一枝斜更好。」此處化用其意。❷塞雁：邊塞之雁。雁是候鳥，秋季南來，春季北去。❸玉堂：指豪富的宅第，古樂府〈相逢行古辭〉：「黃金爲君門，白玉爲君堂。」

陳與義

陳與義（西元一〇九〇～一一三八年），字去非，號簡齋。洛陽（今河南洛陽市）人。政和三年（西元一一一三年）登上舍甲科。官至參知政事。生平以詩著稱，早期作品受黃庭堅、陳師道影響較大，呂本中作《江西詩社宗派圖》未列其名，元代方回在《瀛奎律髓》中稱杜甫爲江西派的「一祖」，稱黃庭堅、陳師道、陳與義爲「三宗」。但嚴羽曾說他「亦江西之派而小異」（《滄浪詩話・詩體》）。

靖康亂後，陳與義經歷國破家亡之禍，經歷輾轉流亡的艱苦生活，詩作更傾向於杜甫，多感時傷事之作，多悲憤沉鬱之音。

詞作成就不如詩，以清婉秀麗爲主要特色，黃升說「去非詞雖不多，語意超絕，識者謂可摩坡仙之壘」（《花庵詞選》）。《四庫全書總目》稱其「吐言天拔，不作柳嚲鶯嬌之態，亦無蔬筍之氣，殆於首首可傳，不能以篇帙之少而廢之。」有《無住詞》一卷。

臨江仙

陳與義

【導讀】

這首小詞係建炎三年（西元一一二九年）作者流寓兩湖於端午節感時而作。作者「高詠楚辭」，不僅爲了應酬節序，更主要的是內心有許多愛國憂憤，藉以宣泄。「無人知此意，歌罷滿簾風」就與他的〈雨中再賦海山樓詩〉裡的「慷慨賦詩還自恨，徘徊舒嘯卻生哀」兩句用意相近，詩意顯豁而詞意則較爲含蓄。

「萬事一身傷老矣」也不是簡單的自傷老大，而是對南宋朝廷節節退讓的政局的極度不滿和自己「廟堂無策可平戎」的深沉慨嘆。末二句對屈原表示憑弔與懷念，隱含千古共一哭的知遇之情。

整首詞風格峭拔沉鬱，意在言外，正如元好問所說：「含咀之久，不傳之妙，隱然眉睫間，惟具眼者乃能賞之」（《自題樂府引》）。

高詠楚辭酬午日❶，
天涯節序匆匆。
榴花不似舞裙紅。
無人知此意，
歌罷滿簾風。
萬事一身傷老矣，
戎葵凝笑牆東❷。

我高聲吟誦楚辭，來酬對這端午時。
漂泊在天涯，嘆息節序匆匆改變。
異鄉的石榴花，
比不上京洛慣見的舞裙紅豔。
沒有人知道我內心的哀痛，
我慷慨長歌，唱罷一曲，
滿簾悲風搖動。
心中感慨萬事，自傷老大無用，
牆東的蜀葵，似乎也悄悄笑著把人嘲弄。

酒杯深淺去年同。
試澆橋下水❸，
今夕到湘中。

杯中的酒深淺猶如去年，
世事一年年卻不相同。
我把酒澆進橋下的江中，
江水會帶著深深的懷念，
今晚流到屈子所在的湘東。

【注釋】

❶午日：陰曆五月初五日，端午節，屈原於此日自沉汨羅江，後人便於此日紀念他。❷戎葵：蜀葵。《爾雅・釋草》：「菺，戎葵。」注：「今蜀葵也。」黃庭堅〈次韻文潛休沐不出〉詩之二：「戎葵一笑粲，露井百尺深。」❸試澆句：古人以酒澆地以示祭奠，屈原投水死，因而以酒澆水弔之。

陳與義

臨江仙

夜登小閣憶洛中舊遊

【導讀】

陳與義於紹興五年（西元一一三五年）前後退居湖州青墩鎮壽聖院僧舍，本詞大約寫於此時。

這是一首名作，上片追憶二十多年前在洛陽故鄉度過的豪暢歡樂的生活，歷歷如見清景、如聞聲息。「杏花疏影裡，吹笛到天明」是傳誦的名句，意境極美，風格爽利。劉熙載說此二句「因仰承『憶昔』，俯注『一夢』，故……不覺豪酣轉成悵惘，所謂好在句外者」（《藝概》）。過片轉言今情，「二十餘年」二句寓無限國事滄桑、身世飄零之慨，用筆空靈，內涵豐富。

北宋覆亡後，作者曾「避亂襄、漢，轉湖、湘，逾嶺嶠」，歷盡艱辛，這裡抒寫眞情實感、痛定之痛，動魄驚心。末三句宕開一筆，故作曠達語，而覺嘆惋之意裊裊不絕。胡仔說：「清婉奇麗，簡齋惟此詞爲最優」（《苕溪漁隱叢話》）。張炎稱此詞「眞是自然而然」（《詞源》），彭孫遹云：「詞以自然爲宗，但自然不從追琢中來，亦率易無味，如所云絢爛之極，仍歸平淡。」他稱此詞「杏花」二句，「自然而然者也」（《金粟詞話》）。這些評語是愜當的。

憶昔午橋橋上飲❶，
座中多是豪英。
長溝流月去無聲❷，
杏花疏影裡，
吹笛到天明。
二十餘年如一夢，

回憶年輕時，在午橋橋上酣飲，
座中多是傑出的才俊。
月光隨長溝水波奔湧，流去悄然無聲。
對著杏花疏落的清影，
我們吹笛直到天明。
二十餘年如同夢境，此身劫後雖存，

此身雖在堪驚。
閒登小閣看新晴，
古今多少事，
漁唱起三更❸。

每想起一切，只覺得魄悸魂驚！
如今閒登小樓，
觀賞雨後初晴的月夜美景，
感嘆古今有多少興亡舊事，
都付與三更時分漁夫的閑歌吟唱。

【注釋】

❶午橋：《新唐書・裴度傳》載裴度晚年在「午橋作別墅，具燠堂涼台，號綠野堂，激波其下。度野服蕭散，與白居易、劉禹錫爲文章，把酒窮晝夜相歡，不問人間事。」《清一統志・河南府》：「午橋莊，在洛陽縣南十里。」❷長溝句：黃了翁《蓼園詞選》說此句即杜甫〈旅夜書懷〉詩：「月湧大江流」之意。按此句暗指時光如流水悄悄逝去。❸古今二句：張升〈離亭燕〉詞：「多少六朝興廢事，盡入漁樵閑話。」此處化用其意。

蔡 伸

蔡伸（西元一〇八八～一一五六年），字伸道，自號友古居士。莆田（今福建縣名）人，蔡襄之孫。政和五年（西元一一一五年）進士。官至浙東安撫司參議官。有《友古居士詞》，有一些感時傷事之作，如〈水調歌頭〉「亭皋木葉下」、〈驀山溪〉「金風玉露」、〈念奴嬌〉「當年豪放」

及這首〈蘇武慢〉等；大多數詞抒寫離愁別恨，小令〈蒼梧謠〉是傳誦的名篇，蔡伸詞風清麗，但缺乏個性色彩。

蘇武慢

蔡伸

【導讀】

〈蘇武慢〉，詞調名，一名〈惜餘春慢〉、一名〈選冠子〉，始見於北宋張景修詞。

此詞當係南渡後所作，上片描繪了一幅聲色淒厲的秋江望遠圖，在作者思鄉懷人感情的抒寫中，可以聽到那一動亂時代的哀音：故家難歸、年華恨晚、情人遙遠，這一切個人不幸的背後，有著極其深刻的社會原因。

過片回首舊日的賞心樂事，以與眼前的淒涼客況形成鮮明對照。「書盈錦軸」三句想像伊人思念自己的苦況，筆觸溫柔悽惻。作者又以人居兩地情發一心、尊酒不能解憂表示相思之深，末幾句極言自己佇望棲遲、無人慰藉的悲哀，變沉至爲蒼涼激楚。

整首詞語言清麗、鋪敘委婉，情調淒切沉咽。

雁落平沙，
煙籠寒水❶，

鴻雁落在平齊的沙岸，
煙霧籠罩著寒水，

古壘鳴笳聲斷。
青山隱隱[2]，
敗葉蕭蕭，
天際暝鴉零亂。
樓上黃昏，
片帆千里歸程，
年華將晚。
望碧雲空暮，
佳人何處[3]？
夢魂俱遠。
憶舊遊、

古舊的營壘胡笳聲斷。
青山隱約難辨，
敗葉蕭蕭哀鳴，
天際，尋巢的烏鴉零零亂亂。
殘照下我獨倚高樓，
縱然有孤帆一片，歸程千里何其遙遠，
苦恨歲華已晚。
空望那碧雲暮合，
佳人今在何處？
夢魂也難飛到她身邊。
想起從前有多少賞心樂事，

邃館朱扉，
小園香徑❹，
尚想桃花人面❺。
書盈錦軸❻，
恨滿金徽❼，
難寫寸心幽怨。
兩地離愁，
一尊芳酒淒涼，
危闌倚遍。
盡遲留、
憑仗西風，
吹乾淚眼。

在那沉沉朱門、深深樓館，
在那繁花開遍的小園香徑，
至今還清晰地記得她美麗的容顏，
和桃花相映更加鮮豔。
她一定寫下許多錦字回文的書信，
愁悶中頻頻撥弄琴弦，
也難以訴說心中無限幽愁。
我和她人分兩地，離愁卻是同樣，
一尊芳酒並不能安慰心靈的淒傷。
我倚遍高高的欄杆，
久久地佇立、遷延，
我只有讓那西風，
將我的淚眼吹乾。

【注釋】

❶煙籠寒水：杜牧〈泊秦淮〉詩：「煙籠寒水月籠沙。」❷青山隱隱：杜牧〈寄揚州韓綽判官〉詩：「青山隱隱水迢迢。」❸望碧雲二句：見賀鑄〈青玉案〉注。❹小園香徑：晏殊〈浣溪沙〉：「小園香徑獨徘徊。」❺桃花人面：見周邦彥〈瑞龍吟〉注。❻書盈錦軸：用蘇蕙織綿回文詩事，見柳永〈曲玉管〉注。❼金徽：金飾琴徽。梁元帝〈詠秋夜〉詩：「金徽調玉軫，茲夜撫離鴻。」徽，繫弦之繩，後以為琴面識點之稱。此處代指琴。

柳梢青

蔡伸

【導讀】

〈柳梢青〉，詞調名，始見於僧仲殊詞。又名〈隴頭月〉、〈早春怨〉。

這首小詞抒發惜花傷春的情意，又暗暗寄寓身世之慨。上片繪暮春景象，辭采秀麗。下片描寫主人公愁腸寸結，消瘦憔悴，以沈約自比，語意淒惋，大有深意。

主人公的幽愁暗恨本由風月引起，末句卻故意一齊撇開，說是「不干風月」，口氣越輕巧而感情則越濃至。

數聲鶗鴂❶，

可憐又是、

聽得數聲鶗鴂，

可嘆又到了

春歸時節。
滿院東風，
海棠鋪繡，
梨花飄雪。
丁香露泣殘枝，
算未比、
愁腸寸結。
自是休文❷，多情多感，
不干風月。

春歸時節。
滿院東風，
海棠片片堆積，遍地鋪錦列繡，
梨花飛舞，宛若半空飄雪。
丁香含露，如在殘枝哭泣，
也還比不上
我的愁腸寸寸纏結。
我本來就多情善感，
就像當年消瘦的沈約，
此事並不關清風和明月。

【注釋】

❶鶗鴂：屈原〈離騷〉：「恐鶗鴂之先鳴兮，使夫百草爲之不芳。」❷休文：南朝梁代詩人沈約，字休文，仕宋及齊，以不得大用，鬱鬱成病，消瘦異常。《梁書·沈約傳》載其與徐勉書：「……百日數句，革帶常應移孔；以手握臂，率計月小半分。以

此推算，豈能支久？」言以多病而瘦損。此處作者藉沈約自況。

周紫芝

周紫芝（西元一〇八二～？年），字少隱，自號竹坡居士。宣城（今屬安徽）人。紹興中登進士第。歷官樞密院編修，知興國軍（治所在今湖北陽新縣），後退居廬山。以詩著稱，詞作今存較多，有一百五十餘首。

「其詩在南宋之初，特爲傑出。無豫章生硬之弊，亦無江湖末派酸餡之習」（《四庫全書總目》卷一五八）。詞風「清麗婉曲，非苦心刻意爲之」（孫競《竹坡詞序》）。然詩詞中多有獻壽秦檜之作，爲士林所鄙，《四庫全書總目》竟至責其「老而無恥，貽玷汗青。」有《竹坡詞》。

鷓鴣天

周紫芝

【導讀】

本篇爲雨夜懷人之作。開頭兩句只客觀地顯示了殘燈欲盡、秋氣滿室的景象，而主人公長夜不寐、感傷時序的情狀已隱然可見。以下化用溫庭筠〈更漏子〉詞意，點明離愁，情調淒楚。過片回首當年與情人歡會的溫馨情景，自然地歸結到眼前風雨之夕難以忍受的孤獨感與相思情意的深切。

這首小詞語言清暢，洗削綺麗，辭情婉曲，含蓄有致。

一點殘釭欲盡時❶，
乍涼秋氣滿屏幃。
梧桐葉上三更雨，
葉葉聲聲是別離❷。
調寶瑟，
撥金猊❸，
那時同唱鷓鴣詞。
如今風雨西樓夜，
不聽清歌也淚垂。

我獨自守一盞殘燈，燈已快要燃盡，
天乍涼，秋氣充塞羅幃和銀屏。
三更雨點點灑上梧桐，
一葉葉、一聲聲，都是離別的哀音。
那時，我和她相對調弄寶瑟，
撥動爐中溫馨的沉水香，
同聲齊唱鷓鴣詞，曾是多麼歡欣。
如今，孤寂地在這西樓，
當此風雨淒淒的暗夜，
不聽清歌也難禁悲淚頻垂。

【注釋】

❶釭：燈。江淹〈別賦〉：「冬釭凝兮夜何長。」❷梧桐二句：溫庭筠〈更漏子〉詞：「梧桐樹，三更雨，不道離情正苦。一葉葉、一聲聲，空階滴到明。」❸金猊：香爐。塗金為狻猊形狀，燃香於其腹中，香煙自口出。相傳猊好煙火，故用之。五代後蜀

花蕊夫人〈宮詞〉之五二：「夜色樓台月數層，金猊煙穗繞觚棱。」

踏莎行

周紫芝

【導讀】

這是一首送別詞。起句直敘離情，爲全篇定下基調。作者以游絲自喻神魂不定、情思縈繫之狀，以飛絮比喻作者的身不由己，設譬新警，言短意長。「淚珠」句自柳永〈雨霖鈴〉「執手相看淚眼，竟無語凝噎」二句化出，比柳詞稍欠自然。「一溪」以下，因見溪邊垂楊萬縷而怨其不繫蘭舟，無理而妙。過片繪別後水邊淒迷景色，渲染離情恰到好處。末三句感情層層轉折，深婉眞摯。

毛晉說：「紫芝嘗評王次卿詩云：『如江平風霽，微波不興，而洶湧之勢，澎湃之聲，固已隱然在其中。』其詞約略似之」（〈竹坡詞跋〉）。這首小詞也體現了此種特色。

情似游絲，
人如飛絮，
淚珠閣定空相覷。
一溪煙柳萬絲垂，

情似游絲牽惹飄忽，
人如隨風飛揚的柳絮，
兩雙含淚的眼睛，空自相對凝視。
溪邊煙柳垂萬條絲縷，

無因繫得蘭舟住。
雁過斜陽，
草迷煙渚，
如今已是愁無數。
明朝且做莫思量，
如何過得今宵去！

卻無法將她的蘭舟維繫。
鴻雁穿過斜照遠飛，
輕煙籠罩的沙洲，芳草一片淒迷，
如今，心中已積愁恨無際。
就算明天能夠不再思憶，
今夜又如何捱得過去。

李甲

李甲，生卒年不詳，字景元，華亭（今江蘇松江）人。善畫翎毛。《宋詩紀事補遺》卷三十一云：「李景元，元符（哲宗年號，西元一〇九七～一一〇〇年）中，武康（今屬浙江）令。王灼《碧雞漫志》卷二云：「沈公述、李景元……皆有佳句……源流從柳氏來。」《全宋詞》錄其詞九首。

帝臺春

李甲

【導讀】

〈帝臺春〉，詞調名，始見於李甲詞。因此闋調苦聲澀，楊纘《作詞五要》勸人勿作「如〈帝臺春〉之不順」；萬樹《詞律》說：「宋人作此調者絕少。」

「拚則而今已拚了，忘則怎生便忘得」——詞中所述感情上的一切苦惱、矛盾、波折，全由這兩句生發：正因爲無法忘懷遠隔天涯的情人，主人公所見暮春景物，不管是萋萋芳草還是落花飛絮，就無一不引起他的離愁別緒和今昔悲歡之慨；因爲忘不得，便只有「拚今天、對花對酒，爲伊淚落」（周邦彥〈解連環〉），「愁旋釋，還似織，淚暗拭，又偷滴」幾句，極其曲折地寫出主人公想要掙脫情網的徒勞，寫出他的一片癡絕之情；黃昏中佇倚危欄望伊人不見，仍還要再尋魚雁問消息，主人公執著的愛十分令人感動。

這首詞抒情時婉時直，轉宕多致。語言上雅不避俗，很有特色。潘游龍說：「拚則」二句，詞意極淺，正未許淺人解得（《古今詩餘醉》），極有見地。這兩句淺俗口語可以說正是本詞的「龍睛」，好在話愈說盡而情愈覺無盡，假如少此二句，全篇將大爲減色。

芳草碧色，

芳草多麼茂盛，

萋萋遍南陌[1]。
暖絮亂紅，
也似知人，
春愁無力。
憶得盈盈拾翠侶[2]，
共攜賞、
鳳城寒食[3]。
到今來，
海角逢春，
天涯爲客。
愁旋釋，

南邊大路一望碧綠。
風中亂落的花瓣，和飄蕩的柳絮，
似乎也知道，
我滿懷春愁，柔弱無力。
想起那可愛的伴侶，
在美好的春日曾和我一同嬉戲，
我們攜著手縱情遊賞京都
寒食的風光佳麗。
如今，
荒遠的海角再度逢春，
我在天涯獨自客居。
愁悶一會兒好像已經消釋，

還似織，
淚暗拭，
又偷滴。
漫倚遍危闌，
盡黃昏也，
只是暮雲凝碧❹。
拚則而今已拚了，
忘則怎生便忘得。
又還問鱗鴻❺，
試重尋消息。

一會兒依然密密織在心裡，
我暗暗拭去淚水，
忍不住還又悄悄下滴。
我悵惘地倚遍欄杆，
直待到天色昏黃。
只望見暮雲凝成一片碧綠，
她的蹤影渺茫。
我這一生已爲她捨棄，
想忘掉她卻如何能夠忘記？
我重又向魚雁詢問，
試著再度去探訪她的消息。

【注釋】

❶芳草二句：淮南小山〈招隱士〉：「王孫遊兮不歸，春草生兮萋萋。」江淹〈別賦〉：「春草碧色，春水綠波，送君南浦，傷如之何。」❷拾翠：曹植〈洛神賦〉：「或采明珠，

或拾翠羽。」指拾翠鳥羽毛以爲首飾，後以指婦女春日嬉遊的景象。杜甫〈秋興〉之八：「佳人拾翠春相問，仙侶同舟晚更移。」❸鳳城：指京都。❹暮雲凝碧：見賀鑄〈靑玉案〉注。秦觀〈千秋歲〉詞：「人不見，碧雲暮合空相對。」此處化用其意。❺鱗鴻：即魚雁，相傳魚雁可以傳書，見晏殊〈淸平樂〉注。

李重元

李重元（約西元一一二二年前後在世）生平事跡不詳，《全宋詞》收其詞《憶王孫》四首。

憶王孫

李重元

【導讀】

〈憶王孫〉，詞調名，毛先舒《塡詞名解》云：「漢劉安〈招隱士〉辭：『王孫兮歸來，山中不可以久留。』詩人多用此語。《北里志》：〈天水光遠題楊萊兒室〉詩曰：『萋萋芳草憶王孫』，宋秦觀（按，應爲李重元）〈憶王孫〉詞全用其句，詞或始此。徽宗北狩，謝克家作〈憶君王〉詞即其調也。又名〈豆葉黃〉，又名〈闌干萬里心〉；《嘯餘譜》云：『改用仄韻後加一疊，即〈漁家傲〉也。』」

《全宋詞》據《唐宋諸賢絕妙詞選》卷七所錄，云此詞係李重元作，誤入秦觀、李甲集。《全宋詞》錄李重元詞四首，均爲〈憶王孫〉，分別題作「春詞」、「夏詞」、「秋詞」、「冬詞」，

萋萋芳草憶王孫❶，
柳外樓高空斷魂，
杜宇聲聲不忍聞❷。
欲黃昏，
雨打梨花深閉門❸。

我佇倚高樓望遠，見樓外芳草繁茂、
柳色青青，思念未歸的友人，
令我空自傷心，
那忍更聽杜鵑一聲聲哀鳴。
天色臨近黃昏，
無情風雨打落梨花，
我獨自緊閉深深的院門。

此爲四首其一「春詞」。

這首傷春復傷別的小詞沒有著意刻畫具體的事件和感情波瀾，只是從主人公望中所見所聞的一連串意象：萋萋芳草、樓外柳色、杜鵑哀鳴，使人領略到一種濃重的感傷氣息，十分耐人吟味。

末句「欲黃昏，雨打梨花深閉門」，雖然也還只是狀景，並不直接言情，而我們卻可以深深感受到主人公的內心世界，似乎也正如這寂寂黃昏的淒風苦雨一樣淒惻慘黯，所以黃了翁說：「末句比興深遠，言有盡而意無窮」（《蓼園詞選》）。

【注釋】

❶萋萋句：淮南小山〈招隱士〉賦：「王孫遊兮不歸，芳草生兮萋萋。」此處化用其意。❷杜宇：即杜鵑。相傳古蜀帝杜宇號望帝，後讓位於其相開明，自己歸隱，化爲杜鵑。左思〈蜀都賦〉：「碧出萇弘之血，鳥生杜宇之魄。」啼聲哀切，有杜鵑啼血之說。白居易〈琵琶行〉詩：「其間旦暮聞何物？杜鵑啼血猿哀鳴。」❸欲黃昏二句：劉方平〈春怨〉詩：「寂寞空庭春欲晚，梨花滿地不開門。」此化用其意。

万俟詠

万俟詠，字雅言，籍貫與生卒年均不詳。王灼稱其「元祐時詩賦科老手也，三捨法行，不復進取，放意歌酒，自稱『大梁詞隱』，每出一章，信宿喧傳都下。政和初，召試補官，置大晟樂府制撰之職」（《碧雞漫志》卷二）。紹興五年（西元一一二〇年）補下州文學。万俟詠精通音律，與晁元禮、田爲、周邦彥同官大晟府，審定舊調、創制新詞，均有參助之功。黃庭堅曾稱其爲「一代詞人」。有《大聲集》五卷，今不傳。《全宋詞》錄其詞廿九首，多應制頌聖之作，敍帝都節物風光，辭采典麗平和。抒情詞受柳、秦影響較深，小令多佳制，如〈長相思〉二首、〈訴衷情〉等。

【導讀】

〈三臺〉，唐教坊曲名，後用爲詞調，始見於唐韋應物詞，爲小令。萬樹《詞律》卷一云：此調「平仄不拘，所賦不論何

万俟詠

三臺

清明應制❶

事。詠宮闈者，即曰〈宮中三臺〉，亦名〈翠華引〉、〈開元樂〉；詠江南者，即曰〈江南三臺〉，又有〈突厥三臺〉。其長調則爲宋人所撰，而襲取其名。」長調始見於万俟詠詞。

本詞標爲「清明應制」，當係徽宗時万俟詠爲大晟府樂官時所作。這首詞使用賦法極力鋪敘京都清明的節序風光。第一片以寫景爲主，「見梨花初帶夜月，海棠半含朝雨」二句，一改素常繪宮苑景物鋪金綴玉、點紅染翠的富麗色彩，而顯得十分清新秀美。「好時代」幾句則總敘太平盛世景象。第二片轉入具體描寫，寫出鶯歌燕舞、各色人物遊冶歡樂的情形，間以景物點染，筆調明快。第三片「輕寒輕暖漏永，半陰半晴雲暮」二句，描繪清明時節宜人而往往陰晴不定的天氣，極有情味。「清明看」幾句化用韓偓〈寒食〉詩意，切合節令，而與末幾句相聯，又歸結到宮廷生活景象，開合有序，首尾呼應。

徽宗時雖已危機四伏，仍維持著歌舞昇平的局面，這首詞如同一幅清明遊樂圖，爲我們生動再現了當時繁盛熱鬧的京都生活。

本篇特點是不離章刻句以求精麗，卻平正和雅、工整自然，內容也沒有庸俗地一味頌聖，而是眞實地反映節物風光，在應制詞中算是清麗可讀的一篇作品。

見梨花初帶夜月，
海棠半含朝雨。
內苑春、
不禁過青門②，
御溝漲，
潛通南浦。
東風靜，細柳垂金縷，
望鳳闕非煙非霧③。
好時代、
朝野多歡，
遍九陌④、
太平簫鼓。

梨花還染著夜月的銀霧，
海棠半含清晨的雨露，
皇家宮苑關不住陽春，
春光延伸到遙遠的城門。
御溝裡漲滿新水，
暗暗地流向南浦。
細柳垂絲絲金縷，東風平和靜穆。
望壯麗宮闕高聳入雲，
那並不是煙霧霏霏的仙境。
清平時代，
朝中和民間多麼歡悅。
帝城條條大路，
喧響著簫聲鼓樂。

乍鶯兒百囀斷續，
燕子飛來飛去。
近綠水、臺榭映秋千，
鬥草聚❺、雙雙遊女。
餳香更❻、
酒冷踏青路❼，
會暗識、
夭桃朱户❽。
向晚驟、寶馬雕鞍，
醉襟惹、亂花飛絮。
正輕寒輕暖漏永，

黃鶯兒歌聲斷續，
小燕子飛來飛去。
綠水中倒映著岸邊臺榭，
鞦韆影隨水波盪漾不住。
一對對遊女，聚集著做鬥草遊戲，
踏青路上洋溢著賣糖的香氣，
到處是攜酒野宴的人，
你也許會幸運地認識，
那人面桃花相映的朱門。
少年跨著雕鞍寶馬，向晚時在一起歡聚，
酣醉中，衣襟上沾惹著片片落紅、
點點飛絮。
正是輕寒輕暖宜人的長晝，

半陰半晴雲暮。
禁火天、
已是試新妝，
歲華到、三分佳處。
清明看、漢蠟傳宮炬，
散翠煙、
飛入槐府⑨。
斂兵衛、
閶闔門開⑩，
住傳宣、
又還休務⑪。

雲天半陰半晴的日暮，
在這禁火時節，
青年們已把新妝試著。
歲華恰到三分佳處，
清明時看漢宮傳送蠟燭，
翠煙縷縷，
飛進門前種槐的貴人府。
兵衛全都撤除，
皇宮敞開千門萬戶，
不再聽到傳詔宣旨，
停止了一切的公務。

【注釋】

❶應制：猶應詔，指奉皇帝之命寫作詩文。❷內苑：宮內的園庭，即禁苑。青門，漢長安東南門，後泛指京城城門。❸鳳闕：漢代宮闕名。《史記・孝武本紀》：「於是作建章宮……其東則鳳闕，高二十餘丈。」索隱：《三輔故事》云：「北有圜闕，高二十丈，上有銅鳳皇，故曰鳳闕也。」後泛指宮殿、朝廷。❹九陌：漢長安城中有八街、九陌。後來泛指都城大路。駱賓王〈帝京篇〉：「三條九陌麗城隈，萬戶千門年旦開。」❺鬥草：南朝梁宗懍《荊楚歲時記》：「五月五日，四民並踏百草，又有鬥百草之戲。」白居易〈觀兒詩〉：「弄塵鬥百草，盡日樂嬉嬉。」❻餳：飴糖類食物名，用麥芽或穀芽熬成。宋祁〈寒食詩〉：「簫聲吹暖賣餳天。」❼酒冷句：孟元老《東京夢華錄・清明節》：「……四野如市，往往就芳樹之下，或園囿之間，羅列杯盤，互相勸酬。都城歌兒舞女，遍滿園亭，抵暮而歸。」❽夭桃朱戶：用崔護事，見晏殊〈清平調〉注。夭桃，《詩・周南・桃夭》：「桃之夭夭，灼灼其華。」❾清明看二句：韓偓〈寒食〉詩：「春城無處不飛花，寒食東風御柳斜。日暮漢宮傳蠟燭，輕煙散入五侯家。」槐府，貴人宅第，門前植槐。❿閶闔：宮之正門。見〈三輔黃圖〉二。亦泛指宮門。王維〈和賈舍人早朝大明宮之作〉詩：「九天閶闔開宮殿，萬國衣冠朝至尊。」⓫休務：宋人語，猶云停止辦公。

徐伸

徐伸，生卒年不詳，字幹臣，三衢（今屬浙江）人。政和初，以知音律，爲太常典樂，出知常州，有《青山樂府》，今不傳。《全宋詞》錄其詞一首。

二郎神

徐伸

【導讀】

〈二郎神〉，唐教坊曲名，後用爲詞調，始見於柳永詞。此詞別本作〈轉調二郎神〉，王明清《揮麈餘話》說本篇是徐伸爲一個「亡室不容逐去」的侍婢而作，並說詞中「所敘多其（侍婢）書中語」。

上片開頭從馮延巳〈謁金門〉詞「舉頭聞鵲喜」句翻出，描寫男主人公觸景生愁、睹物思人，因相思而消瘦憔悴之狀，詞情婉曲。下片設想伊人爲自己終日凝愁，百事無心、空自佇望的情景，筆法細膩。詞中「又攪碎、一簾花影」、「門掩一庭芳景」二句，韻致頗佳。

黃升說：「青山詞多雜調，惟〈二郎神〉一曲，天下稱之」（《花庵詞選》）。王闓運說這首詞是「妙手偶得之作」。

悶來彈鵲❶，

又攪碎、

喜鵲喳喳，並沒有喜事到臨，

煩悶中彈走喜鵲，卻攪碎了

一簾花影。
漫試著春衫，
還思纖手❷，
熏徹金猊燼冷。
動是愁端如何向❸？
但怪得新來多病。
嗟舊日沈腰，
如今潘鬢❹，
怎堪臨鏡？
重省，
別時淚濕，

一簾花影。
我試著穿上春衫，
想到那是她親手縫紉。
她曾經點燃的熏爐，早已是香消灰冷。
眼前的一切只惹起無限愁情，
我不知道如何排遣？
只奇怪自己爲什麼近來多病。
可嘆原本消瘦的我，
如今白髮又滿雙鬢，
怎能不對鏡心驚？
我把往事重新思憶，
分別時她的淚水沾滿胸襟，

羅衣猶凝。
料爲我厭厭，
日高慵起，
長托春酲未醒。❺
雁足不來，❻
馬蹄難駐，
門掩一庭芳景。
空佇立，盡日闌干，
倚遍晝長人靜。

羅衣上只怕至今淚痕猶凝。
料想她爲了我百事無心，
太陽高高也懶得起身，
長向人推托酒醉未醒。
怪鴻雁沒帶去書信，
又看不見我的蹤影。
庭院裡一派明媚春景，
她卻只把門戶關緊，
整天倚遍欄杆，空自佇立傷情，
白日漫長，四下寂靜。

【注釋】

❶悶來句：馮延巳〈謁金門〉詞：「終日望君君不至，舉頭聞鵲喜。」此處翻用其意。
❷漫試二句：蘇軾〈青玉案〉詞：「春衫猶是，小蠻針線，曾濕西湖雨。」此處化用其意。
❸端：果眞、究竟。❹沈腰潘鬢：沈腰，見蔡伸〈柳梢青〉注。潘鬢，潘岳〈秋興賦〉序：「余春秋三十有二，始見二毛。」賦云：「斑鬢髟以承弁兮，素髮颯以垂領。」後因

以潘鬢為中年鬢髮初白的代詞。李煜〈破陣子〉詞：「一旦歸為臣虜，沈腰潘鬢消磨。」❺酲：病酒。❻雁足：《漢書・蘇武傳》：「天子射上林中得雁，足有繫帛書，言武等在某澤中。」後人借以稱送書信者。

田為

田為，生卒年不詳，字不伐，善琵琶，政和末，任大晟府典樂。宣和元年（西元一一一九年）罷典樂，為大晟府樂令。王灼《碧雞漫志》卷二云：「田不伐才思與雅言（万俟詠字雅言）抗行，不聞有側豔。」《全宋詞》錄其詞六首。

江神子慢

田為

【導讀】

〈江神子慢〉，唐詞調名，原作〈江城子〉，為平韻單調，始見於由唐入蜀的韋莊詞。歐陽炯用此調所填詞中有「如西子鏡，照江城」語，猶含本意。宋人增為雙調，始見於蘇軾詞，田為衍為長調，命名〈江神子慢〉。

這是一首閨怨詞，上片描寫了一位芳姿淡雅高潔、步態嬌盈的女子，她在秋月之夜佇望，思念遠人，「此恨」兩句情真意切。過片承上，抒寫女主人公持續不斷的相思，以黃昏哀角、花落春歸襯托愁情，點出時間的推移與季節的變換，並以怨無情月亮圓又缺的曲筆怨行人長久不歸，辭情委折。末二句純是癡語，顯示思婦感情的深摯。

一 整首詞風格婉麗，但並不是田爲最好的篇章。

玉臺掛秋月，
鉛素淺，
梅花傅香雪❶。
冰姿潔，
金蓮襯❷、
小小凌波羅襪❸。
雨初歇，
樓外孤鴻聲漸遠，
遠山外，
行人音信絕。

樓臺掛一輪秋月，
我淺淺梳妝，
宛如梅花覆蓋著白雪。
芳姿冰一般高潔淡雅，
纖纖素足，
穿一雙凌波羅襪。
驟雨初停，
孤雁鳴聲從樓頭遠去，
他在千山之外，
音書也不曾寄遞。

此恨對語猶難，
那堪更寄書說。
教人紅消翠減，
覺衣寬金縷[4]，
都爲輕別。
太情切，
消魂處，
畫角黃昏時節，
聲鳴咽。
落盡庭花春去也，
銀蟾迥[5]、

一懷離恨，對面都難以訴盡，
又怎能全部寫進書信？
枉教人紅顏憔悴減豐韻，
只覺得金縷衣寬，
全因爲跟他離分。
這思情太深切，
最令人傷神
是黃昏畫角聲聲鳴咽。
庭院中繁花凋盡，春天已經消歇。
明月遠掛高天，

無情圓又缺。
恨伊不似餘香，
惹鴛鴦結。

無情地圓了又缺。
恨他不如熏爐中裊裊餘香，
能長留在我衣上的鴛鴦結。

【注釋】

❶傳：通「附」，附著。❷金蓮：《南史・齊東昏侯紀》：「又鑿金爲蓮花以貼地，令潘妃行其上，曰：『此步步生蓮花也。』」後人因以金蓮專指女子纖足。❸凌波羅襪：見賀鑄〈青玉案〉注。❹金縷：金縷衣。飾以金縷的羅衣。❺銀蟾：明月，傳說月中有蟾蜍，故稱。

曹組

曹組，生卒年不詳，字元寵，潁昌（今河南許昌）人。與其兄曹緯以學識見稱於太學，宣和三年（西元一一二一年）始登進士第。官至給事殿中。

詞以「側豔」和「滑稽下俚」著稱，王灼《碧雞漫志》卷二一則稱曹組「每出長短曲、膾炙人口」；一則批評他爲「滑稽無賴之魁」。並說高宗時曾「有旨下揚州毀其板。」有《箕潁集》，今不傳。《全宋詞》錄其詞三十六首。

驀山溪

曹組

梅

【導讀】〈驀山溪〉，詞調名，又名〈上陽春〉，始見於歐陽修詞。

這首詠梅詞清疏雅麗，不僅描寫了梅花姿態的美，也顯示了它精神品格的美，運筆空靈。詞中將竹外梅花比作天寒日暮、獨倚修竹的絕代佳人，雖用蘇軾、杜甫詩意，而點化自然。

作者對梅花的孤傲一則嘆惋、一則欣賞，又從月下疏影的清麗景象，想到日後花落梅黃、細雨連綿令人感傷的情景，思微致遠。末幾句寫出作者獨賞清芳、爲梅消瘦的深情，以問句結，覺餘意無窮。

洗妝眞態，
不作鉛華御。
竹外一枝斜❶，
想佳人天寒日暮❷。
黃昏院落，
無處著清香，

洗卻胭脂鉛粉，
自有天然態度。
一枝疏梅斜出竹外，
有如佳人絕代，天寒日暮獨倚修竹。
黃昏院落，
幽芳都無人賞，

風細細，雪垂垂，
何況江頭路。
月邊疏影❸，
夢到消魂處。
結子欲黃時，
又須作廉纖細雨❹。
孤芳一世，
供斷有情愁，
消瘦損，東陽也❺，
試問花知否？

風細細，雪垂垂，
更冷落了江頭梅樹芬香。
月下疏影多麼清雅，
夢中卻禁不住心神惆悵，
待到梅子欲黃時節，
又該是陰雨連綿令人斷腸。
梅花一世孤芳自賞，
讓有情人愁悶悲傷，
可知道爲了你，
我像沈約般瘦損異常？

【注釋】

❶竹外句：蘇軾〈和秦太虛梅花〉詩：「江頭千樹春欲闇，竹外一枝斜更好。」❷佳

人句：杜甫〈佳人〉詩：「天寒翠袖薄，日暮倚修竹。」❸月邊疏影：林逋〈山園小梅〉詩：「疏影橫斜水清淺，暗香浮動月黃昏。」❹廉纖：細雨貌，韓愈〈晚雨〉詩：「廉纖晚雨不能晴，池岸草間蚯蚓鳴。」❺東陽：梁代沈約為東陽（今屬浙江）守。消瘦，見蔡伸〈柳梢青〉注。此處作者借沈約自喻。

李玉

李玉，生平事跡不詳。《全宋詞》錄其詞一首。

賀新郎

李玉

【導讀】

此詞別本題作「春情」，是一首思婦詞。黃升說：「李君詞雖不多，然風流蘊藉，盡此篇矣」（《花庵詞選》）。

詞中描寫了女主人公暮春時對景思人、百無聊賴的情景，和久久望人不至時疑時驚、且思且怨的複雜心情，而又出之以溫雅和平。與柳永內容相近的〈定風波〉「自春來」一詞相較，可以看出二詞風格的明顯不同，柳詞直而此詞婉，柳詞中的女主人公嬌憨熱烈，此詞中的女主人公則溫柔深情。

詞中「依舊歸期未定」句，暗用屈原〈九歌·山鬼〉：「君思我兮不得閑」的意思，在對遠人的盼望、怨艾中又表現了諒解和體恤，以及自我寬慰的細膩感情。「又只恐瓶沉金井」句，則寫出女子不能把握愛情命運的惶惑，語意沉至。這首詞正如黃了翁所說：「幽秀中自饒雋旨」（《蓼園詞選》），誠非虛譽。

篆縷消金鼎❶，
醉沉沉、
庭陰轉午❷，
畫堂人靜。
芳草王孫知何處❸？
惟有楊花糝徑❹。
漸玉枕、
騰騰春醒❺，
簾外殘紅春已透，

金爐中裊裊香縷散盡，
我醉意沉沉，
庭中樹影轉過午後，
畫堂裡人聲寂靜。
芳草萋萋，他的蹤影知在哪裡？
只有楊花飄灑滿地。
獨臥玉枕，
懶洋洋春困漸漸甦醒。
簾外殘紅飛舞，已是春光將盡。

鎮無聊、
殢酒厭厭病❻。
雲鬢亂，未忺整❼。
江南舊事休重省，
遍天涯尋消問息，
斷鴻難倩❽。
月滿西樓憑闌久，
依舊歸期未定。
又只恐瓶沉金井❾。
嘶騎不來銀燭暗，
枉教人立盡梧桐影❿。

長日情思無聊，
藉酒燒愁，反倒厭厭成病。
沒有心思去梳理，我那散亂的雲鬢。
江南溫馨的舊事，不必再去思念，
我遍天涯尋訪他的消息，
要寄書信卻難請託孤雁。
月滿西樓，我久久憑欄，
他莫非是歸期仍不能確定？
我眞怕兩情從此斷絕，
就像銀瓶沉入金井。
聽不到他騎馬前來，我獨對昏暗的殘燭，
直到明月落下梧桐，
依舊癡癡地候望凝佇。

誰（ㄕㄟˊ）伴（ㄅㄢˋ）我（ㄨㄛˇ），對（ㄉㄨㄟˋ）鸞（ㄌㄨㄢˊ）鏡（ㄐㄧㄥˋ）。

唉，有誰伴同我，雙雙對著鏡子照影盼顧。

【注釋】

❶篆縷：指香煙上升如線，又如篆字。蘇軾〈宿臨安淨土寺〉詩：「閉門群動息，香篆起煙縷。」❷庭陰句：蘇軾〈賀新郎〉詞：「悄無人，桐陰轉午，晚涼新浴。」❸芳草王孫：見李重元〈憶王孫〉注。❹糝：泛指散粒狀的東西，引申爲飄灑。❺騰騰：懶散，隨便。白居易〈戲贈蕭處士清禪師〉：「又有放慵巴郡守，不管一事共騰騰。」❻鎮：整，整日。殢酒：病酒，困酒。秦觀〈夢揚州〉：「殢酒困花，十載因誰淹留。」❼忺：高興。❽倩：請、央求。❾又只恐句：白居易〈井底引銀瓶〉詩：「井底引銀瓶，銀瓶欲上絲繩絕；石上磨玉簪，玉簪欲成中央折。瓶沉簪折知奈何，似妾今朝與君別。」此處暗用其意。❿枉教人句：呂岩〈梧桐影〉詞：「今夜故人來不來，教人立盡梧桐影。」此用其意。

廖世美

廖世美，生平事跡不詳。《全宋詞》錄其詞二首。

燭影搖紅

廖世美

題安陸浮雲樓❶

靄(ㄞˇ)靄(ㄞˇ)春(ㄔㄨㄣ)空(ㄎㄨㄥ)❷，

【導讀】

〈燭影搖紅〉，詞調名，始見於賀鑄詞，雙調小令，四十九字，周邦彥衍爲長調。吳曾《能改齋漫錄》卷十六云：「王都尉(詵)有〈憶故人〉詞，徽宗喜其詞意，猶以不豐容宛轉爲恨，遂令大晟別撰腔，周美成增損其詞，而以首句爲名，謂之〈燭影搖紅〉云。」

廖世美喜愛杜牧詩，他僅存的兩首詞均融入杜牧詩意或成句，此詞抒寫作者登高懷古念遠之情。杜牧有〈題安州浮雲寺樓寄湖州張郎中〉詩，本篇開頭描繪了安陸浮雲寺樓高迴森嚴的景象，並發思古之幽情，讚美杜牧登高而能賦，暗中也以自比才情。

「惆悵」句至過片「流水知何處」七句，用杜牧詩：「去夏疏雨餘，同倚朱闌語，當時樓下水，今日到何處？恨如春草多，事與孤鴻去。楚岸柳何窮，別愁紛若絮」，而稍加變化，更顯得唱嘆有致。「斷腸」句以下，繪出暮春黃昏時極目遠望的淒迷景物，襯托作者無限悵惘的心情，語淡而情深，使用前人詩句熨貼自然，一片化機。

此詞格調清遠，情味雋永，況周頤讚曰：「眞能不愧『絕妙』二字，如世美之作，殊不多覯」(《蕙風詞話》)。

春空中濃雲陰陰，

畫樓森聳凌雲渚。
紫薇登覽最關情，
絕妙誇能賦❸。
惆悵相思遲暮，
記當日、
朱闌共語。
塞鴻難問，
岸柳何窮，
別愁紛絮。
催促年光，
舊來流水知何處❹？

洲渚上，森嚴的寺樓高聳凌雲。
紫薇郎曾在這裡登臨觀覽，
　景物牽動無限感情，
他寫下絕妙詩篇一直傳誦至今。
我日暮登樓，滿懷相思的惆悵，
回憶當初，
我和友人倚欄共語多麼歡暢。
他像塞雁一去再沒消息，
空留下岸邊綠柳無窮，
惹起離愁亂紛紛如同飛絮。
節序催年光暗逝，
舊時樓下的江水不知今朝流向哪裡？

斷腸何必更殘陽❺，
極目傷平楚❻。
晚霽波聲帶雨，
悄無人舟橫野渡❼。
數峰江上❽，
芳草天涯❾，
參差煙樹❿。

何必等待當樓的斜陽，
極目遙望，見平野蒼蒼莽莽。
晚來天氣初晴，波聲中依然夾帶著雨意，
小船橫在野外的渡口，四下裡一片靜寂。
江上有幾座青峰矗立，
芳草長遍天涯，
參差不齊的遠樹煙靄迷離。

【注釋】

❶安陸：今湖北安陸。浮雲樓，即浮雲寺樓。❷靄靄：雲密集貌。陶潛〈停雲〉詩：「靄靄停雲，蒙蒙時雨。」❸紫薇二句：讚美杜牧才情卓犖、登高能賦，指其所賦〈題安州浮雲寺樓寄湖州張郎中〉詩絕妙。紫薇，即紫薇郎，指杜牧。唐代中書省稱紫薇省，杜牧曾官中書舍人，因稱杜紫薇。❹「惆悵」七句見導讀。❺斷腸句：杜牧〈池州春送前進士蒯希逸〉詩：「芳草復芳草，斷腸還斷腸，自然堪下淚，何必更斜陽。」❻極目句：謝朓〈郡內登望〉詩：「寒城一以眺，平楚正蒼然。」❼晚霽二句：韋應物〈滁州西澗〉詩：「春潮帶雨晚來急，野渡無人舟自橫。」❽數峰句：錢起〈省試湘靈鼓

瑟〉詩：「曲終人不見，江上數峰青。」❾芳草句：蘇軾〈蝶戀花〉詞：「枝上柳綿吹又少，天涯何處無芳草。」❿參差句：杜牧〈題宣州開元寺水閣閣下宛溪夾溪居人〉詩：「惆悵無因見范蠡，參差煙樹五湖東。」

呂濱老

呂濱老，一作呂渭老，生卒年不詳，字聖求，嘉興（今屬浙江）人，宣靖間朝士。趙師秀〈聖求詞序〉云：「聖求詞婉媚深窈，視美成、耆卿伯仲。」呂濱老詞多寫相思別離之情，一些與僧、道往還的篇章，表現了方外之思。南渡後有些詞作抒發亡國哀思，如〈好事近〉「飛雪過江來」、〈水調歌頭〉「撫床多感慨」等。有《聖求詞》一卷。

薄倖

呂濱老

【導讀】

這首詞塑造了一位熱烈深情的女主人公，她與情人「花前隔霧遙相見」，便傾心愛慕，以身相許，「角枕題詩，寶釵貰酒」，有過很多令人陶醉的歡樂。但情人遠去日久，於是她滿懷離愁，索居深院，無心梳洗，聞鴉聞鶯驚心，刻意傷春又傷別，她久久地沉入甜蜜的回憶，又在暮雨中孤獨地開窗閑眺，彈箏釋悶，寄情樂曲，傷心下淚。儘管她日漸消瘦憔悴，心中卻時刻思念遠人，無怨無悔，這種執著的戀情十分動人。

全詞不光使用平鋪直敘，且用倒敘、側筆等多種手法，委婉纏綿，曲折盡情，風格清麗而凝重，不愧是思婦詞中的佳作。

青樓春晚❶，
晝寂寂、
梳勻又懶。
乍聽得、
鴉啼鶯哢❷，
惹起新愁無限。
記年時、
偷擲春心，
花前隔霧遙相見。
便角枕題詩❸，

索居高樓春光已晚，
長日寂寞冷清，
我懶怠去梳妝打扮。
猛聽得
烏鴉啼叫，黃鶯歌聲婉囀，
惹起新愁無限。
記得去年，
我和他花前隔霧遠遠相見，
便悄悄拋擲春心一片，
與他題詩在角枕邊，

寶釵貰酒❹，
共醉青苔深院。
怎忘得，
迴廊下，攜手處、
花明月滿。
如今但暮雨，
蜂愁蝶恨，
小窗閑對芭蕉展。
卻誰拘管❺？
盡無言閑品秦箏，
淚滿參差雁❻。

拔下寶釵去換酒，
一同陶醉在長滿青苔的深院。
怎麼能忘記，
我們雙雙攜手，在迴郎下久久留連，
那時正圓月清明、繁花鮮豔。
如今只見暮雨綿綿，
蜂兒都感到愁悶，蝴蝶也深深哀怨。
我的小窗，對著芭蕉閑展。
一任情思纏綿，有什麼辦法拘束禁管？
我長久沉默無言，悶來獨自調弄箏弦，
弦柱斜列如群雁翺翔，
全都被我的淚水沾滿。

腰肢漸小，
心與楊花共遠。

腰肢一天比一天瘦削，
我的心跟隨柳絮飛向遙遠的那邊。

【注釋】

❶青樓：泛指女子所居之樓。❷哢：鳥叫。左思〈蜀都賦〉：「雲飛水宿，哢吭清渠。」❸角枕：用獸角做裝飾的枕頭。《詩・唐風・葛生》：「角枕粲兮，錦衾爛兮。」❹貰酒：賒酒，《史記・高祖本紀》：「常從王媼武負（婦）貰酒。」此處指換酒。❺誰：怎樣，什麼。❻參差雁：指箏柱斜列如飛雁。見張先〈菩薩蠻〉注。

魯逸仲

魯逸仲，即孔夷，字方平，生卒年不詳，汝州龍興（今河南寶豐）人，孔旼之子，元祐中隱士，與李廌爲詩酒侶，又與劉攽、韓維友善。自號滍皋漁父，又隱名爲魯逸仲。王灼《碧雞漫志》卷二稱其與侄孔處度齊名。黃升讚其「詞意婉麗，似万俟雅言」（《花庵詞選》）。《全宋詞》錄其詞三首。

【導讀】

〈南浦〉，詞調名，毛先舒《塡詞名解》云採自屈原〈九歌・河伯〉：「送美人兮南浦」之句。始見於周邦彥及魯逸仲詞。

南浦

魯逸仲

風悲畫角，
聽〈單于〉❶、
三弄落譙門❷。
投宿駸駸征騎❸，

畫角在寒風中悲吟，
聽〈單于〉曲反覆吹奏，
一聲聲落在譙門。
我快馬加鞭急急投宿，

此詞別本題作「旅懷」，黃了翁說：「細玩詞意，似亦經靖康亂後作也。第詞旨含蓄，耐人尋味」（《蓼園詞選》）。

上片從聽覺、視覺、遠景、近景各個角度細緻地描寫旅況：畫角悲鳴、樂聲哀切、飛雪滿村、燈火闌珊、驚雁嘹唳，這種種意象織成一幅雪夜、荒村、孤旅的淒涼圖畫，從詞中所表現的濃重感傷情調，可知這絕非尋常的行旅圖。

過片寫出景物依舊，滿目有河山之異的淒楚感情，以及對故國好景和伊人的深深眷念。「爲問暗香」兩句化用唐人詩意，融入深沉的亡國哀思。最後以想像伊人倚屏盼望作結，言有盡而意無窮。

此詞格調悲涼沉咽，全無方外人的虛誕之氣。「遣詞琢句，工絕警絕」（陳廷焯《白雨齋詞話》）。

飛雪滿孤村。
酒市漸闌燈火，
正敲窗、亂葉舞紛紛。
送數聲驚雁，
乍離煙水，
　嘹唳度寒雲[4]。
好在半朧淡月[5]，
到如今、
無處不消魂。
故國梅花歸夢，
愁損綠羅裙[6]。

飛雪正蓋滿孤村。
酒市燈火漸稀，
只有枯葉紛紛亂舞，叩著我寂寞的窗扉。
高空中傳來驚飛的鴻雁聲哀鳴，
響亮淒戾的叫聲乍離煙水，
　迅疾地穿度寒雲。
依舊是這樣半痕淡月朦朧，
如今，
只覺得一切景物，全令我神魂傷痛。
夢想返回故國，那裡的梅花多麼明豔，
　穿著綠色羅裙的伊人，
　早已爲了我愁損容顏。

為問暗香閑豔，
也相思、
萬點付啼痕。❼
算翠屏應是，❽
兩眉餘恨倚黃昏。

試問那一樹樹暗香疏影，
是否也因著相思，
千萬點紅花都變作淚痕？
料想伊人雙眉凝聚著別恨，
黃昏時獨倚翠屏。

【注釋】

❶單于：曲調名。唐代的〈大角曲〉中有〈大單于〉、〈小單于〉等曲。韋莊〈綏州作〉詩：「一曲單于暮烽起，扶蘇城上月如鉤。」❷三：多次，弄，演奏。譙門：見前秦觀〈滿庭芳〉注。❸駸駸：馬行快速貌。❹嘹唳：響亮淒清的聲音。陶宏景〈寒夜怨〉詩：「夜雲生，夜鴻驚，淒切嘹唳傷夜情。」❺好在：問候用語，即好嗎、無恙。杜甫〈送蔡希魯都尉還隴右因寄高三十五書記〉詩：「因君問消息，好在阮元瑜。」❻綠羅裙：五代牛希濟〈生查子〉詞：「記得綠羅裙，處處憐芳草。」此處借指伊人。❼為問二句：唐人詩：「君看陌上梅花紅，盡是離人眼中血」，見蘇軾〈水龍吟〉注，此處化用其意。❽翠：此處借指倚屏人。

岳飛

岳飛(西元一一〇三～一一四二年)，愛國名將，字鵬舉，相州湯陰(今屬河南)人。宣和四年(西元一一二二年)應募參軍守邊，其後在抗金戰鬥中屢建奇勳，官至樞密副使。高宗紹興十二年歲暮(西元一一四二年一月二十七日)，被主和派權臣秦檜誣陷，與其子同遭殺害。孝宗時追諡武穆，後改諡忠武，寧宗時追封鄂王。

詩文詞俱佳，多表現精忠大義。詞僅存三首。〈滿江紅〉一詞不見於岳飛之孫岳珂《金陀粹編》中，至明代景泰六年(西元一四五五年)袁純所編《精忠錄》始加收錄，故有的學者疑爲僞作。《全宋詞》錄岳飛詞三首。

滿江紅

岳飛

【導讀】

〈滿江紅〉，唐教坊曲名，楊愼《詞品》云：「唐人小說《冥音錄》載：『曲名有〈上江虹〉，後演變爲〈滿江紅〉。』」一說「滿江紅」是一種水草名，民間用爲詞牌。賀鑄詞，又名〈念良遊〉；賀鑄詞又有「傷春作」句，故又名〈傷春曲〉。

這是一首傳誦千古的愛國名篇，近千年來，激勵過無數愛國志士。它抒寫了抗金英雄岳飛滿腔忠義奮發之氣，開篇幾句就出語不凡，描寫作者登高臨遠、俯仰天地時不可抑勒的悲憤之情，以及誓死抗敵的決心。

「三十」兩句，自傷功業未竟、神州未復，感慨頗深，「『莫等閒』二語，當爲千古箴銘」(陳廷焯《白雨齋詞話》)。有極強的感召力，足以警頑起懦，使壯士爲之鼓舞。下片明言國恥未雪、作者誓將掃平狂虜，重整山河以報效王室的耿耿孤忠，作穿雲裂石之聲。此詞通篇爲愛國英雄眞誠、壯烈的剖白，絕非大言書生的欺世之談，因而感人至深。

沈際飛評曰：「膽量、意見、文章悉無今古」（《草堂詩餘正集》）；陳廷焯讚曰：「何等氣概，何等志向！千載下讀之，凜凜有生氣焉」（《白雨齋詞話》）。

有些學者因此詞不見於宋人稱引、因詞中所言地名與史實不符，便斤斤疑爲僞作，似不足據。

怒髮衝冠❶，
憑闌處、
瀟瀟雨歇❷。
抬望眼、
仰天長嘯，
壯懷激烈。
三十功名塵與土❸，

我怒髮衝冠，
獨自登高憑欄，
見急風暴雨剛剛停歇。
抬頭望遠，乾坤浩蕩，
我仰天長嘯，
熱血沸騰，壯懷激烈。
三十多歲，建樹的功業只如塵土般細微，

八千里路雲和月❹。
莫等閒❺、
白了少年頭，
空悲切。
靖康恥❻，
猶未雪；
臣子恨，
何時滅。
駕長車踏破、
賀蘭山缺❼。
壯志飢餐胡虜肉，

日夜轉戰南北，征途八千里。
並不在乎艱苦的歲月。
有志男兒千萬不要隨隨便便地，
把青春年少白白拋棄，
等兩鬢蒼蒼再空自悲戚。
亡國的奇恥大辱，
至今還沒有洗雪，
臣子心頭的憤恨，
何時才能眞正泯滅！
我定要駕上戰車，
直把賀蘭山踏得殘缺。
懷著壯志復仇，餓了要吃敵人的肉，

笑談渴飲匈奴血❽。

待從頭、收拾舊山河，

朝天闕❾。

談笑時若是口渴，就痛飲敵人的鮮血。

且看我重新

整頓故國山河，

再去宮闕報捷。

【注釋】

❶怒髮句：《史記・刺客列傳》：「士皆瞋目，髮盡上指冠。」《史記・廉頗藺相如列傳》：「怒髮上衝冠。」❷瀟瀟：風雨暴疾貌。《詩・鄭風・風雨》：「風雨瀟瀟，雞鳴膠膠。」傳：「瀟瀟，暴疾也。」❸此時岳飛已三十多歲，說三十歲是舉成數。❹八千里：《宋史・岳飛傳》：「飛大喜，語其下曰：『直抵黃龍府，與諸君痛飲耳。』」此處八千里即指遙遠的金國根據地。❺等閒：尋常、隨便。❻靖康恥：指欽宗靖康二年(西元一一二七年)京師和中原淪陷，徽欽二帝被俘往金國的奇恥大辱。❼賀蘭山：是現在寧夏與內蒙的界山，此處借指金國的臟腑之地。❽壯志二句：蘇舜欽〈吾聞〉詩：「馬蹄踐胡腸，士渴飲胡血。」此處化用其意。胡虜、匈奴，此處借指金人。❾天闕：皇宮。

張掄

張掄，生卒年不詳，字才甫，開封（今河南開封）人。紹興間，知閤門事。淳熙五年（西元一一七八年）曾爲寧武軍承宣使。自號蓮社居士。

毛晉〈蓮社詞跋〉稱其「好填詞應制，極其華豔；每進一詞，上即命宮人以綠竹寫之。嘗同曾覿、吳璩輩進〈柳梢青〉諸闋，上極欣賞，賜賚甚渥。」有詠春、夏、秋、冬、漁父、詠酒、詠閑、修養、神仙各十首，多蕭然世外之語。今傳《蓮社詞》一卷。

燭影搖紅

張掄

上元有懷

【導讀】

南渡前張掄多作應制詞，形跡有類於御用文人，親身經歷靖康慘禍後，他於次年（西元一一二八年）上元之夜寫下此詞，撫今思昔，不勝亡國之痛。詞中極言去年今宵的繁盛歡樂，對照眼前的淒涼悲哀，令人有隔世之感，表現了深深的故國之思。

李攀龍說此詞「上述往事，下嘆來年，神情一呼一吸。」又說：「此撫景寫情，俱見其榮光易度，夢醒無幾，眞畫出風前燭影，紅光在目」（《草堂詩餘雋》）。

雙闕中天❶，（ㄕㄨㄤ ㄑㄩㄝˋ ㄓㄨㄥ ㄊㄧㄢ）

宮門雙闕插入雲天，

鳳樓十二春寒淺❷。
去年元夜奉宸遊❸，
曾侍瑤池宴❹。
玉殿珠簾盡卷，
擁群仙、
蓬壺閬苑❺。
五雲深處❻，
萬燭光中，
揭天絲管。
馳隙流年❼，
恍如一瞬星霜換❽。

禁內樓觀春意融暖。
去年元夜陪伴君王遊樂，
曾經參與豪華盛宴。
玉殿全都捲起珠簾，
宮女翩翩有如群仙，
歌舞嬉戲在仙家池苑。
五色祥雲深處，
輝煌燦爛的萬燭光中，
絲弦管樂聲震九天。
流年飛逝如白駒過隙，
恍然一瞬間，星霜已經改變。

今宵誰念泣孤臣，
回首長安遠。
可是塵緣未斷，
漫惆悵、
華胥夢短❾。
滿懷幽恨，
數點寒燈，
幾聲歸雁。

有誰知道我這孤臣，今宵裡涕淚漣漣，
回望京城，遠在天邊。
可惜塵緣還不曾割斷，
空自惆悵故國繁華，
彷彿春夢苦短。
滿懷幽恨，
看數點寒燈閃閃，
聽幾聲哀哀歸雁。

【注　釋】

❶雙闕：天子宮門有雙闕。闕，古代宮廟及墓門立雙柱者謂之闕。❷鳳樓：指宮內樓閣。南朝宋鮑照〈代陳思王京洛篇〉：「鳳樓十二重，四戶八綺窗。」❸宸遊：帝王的巡遊。唐蘇頲〈侍宴安樂公主莊應制〉詩：「簫鼓宸遊陪宴日，和鳴雙鳳喜來儀。」❹瑤池：古代神話中神仙所居。《穆天子傳》三：「乙丑天子觴西王母於瑤池之上。」此處指皇宮。❺蓬壺：古代傳說海中有三神山，其一名蓬萊，又作蓬壺。見《拾遺記》。閬苑：閬風之苑，仙人所居之境。此處借指宮廷。❻五雲：五色祥雲。杜甫

〈重經昭陵〉詩：「再窺松柏路，還有五雲飛。」❼馳隙：即白駒過隙，比喻光陰飛馳。❽星霜：見柳永〈玉蝴蝶〉注。❾華胥：《列子．黃帝》：「（黃帝）晝寢，而夢遊於華胥氏之國。」後用作夢境的代稱。

程垓

程垓，字正伯，號書舟。生平事跡不詳。眉山（今屬四川）人，楊愼《詞品》說程垓爲「東坡之中表」，況周頤《蕙風詞話》已辯其誤。紹熙間（光宗年號，西元一一九〇～一一九四年）王偁爲其詞集《書舟詞》作序，垓亦應爲同時代人。詞多描寫羈旅行役、離愁別緒、個人生活情趣及故鄉之思，少數篇章表現了憂國之情。馮煦讚其詞「凄婉綿麗」（《宋六十一家詞選例言》）。

水龍吟

程垓

【導讀】

程垓長年客居他鄉，集中多望鄉思歸之詞，老年尤多，如〈孤雁兒〉：「如今客裡傷懷抱，忍雙鬢、隨花老」；〈漁家傲〉：「老來方有思家淚」；〈好事近〉：「別夢記春前，春盡苦無歸日」；〈望江南〉：「身在漢江東畔去，不知家在錦江頭……吾老矣，心事幾時休……」這首〈水龍吟〉便抒寫了作者對故園的深情、對往事的懷念和沉重的遲暮之慨。但它又不是一般嘆老嗟卑的篇章，從詞中「如今但有，看花老眼，傷時清淚」等句，可以見出作者自傷老大之感是與憂慮時局

緊密相聯的。

他在一首〈鳳棲梧〉說：「憂國丹心曾獨許，縱吐長虹，不奈斜陽暮」，這裡所表現的嗟傷就不僅是身世感慨，而主要是國事難以爲計的深長嘆息。

本詞抒發的感情顯得委婉深沉，雖藉一般感傷時序、留連光景的題材表現，內涵卻較爲豐厚，耐人吟味。

夜來風雨匆匆，
故園定是花無幾。
愁多怨極，
等閑孤負，
一年芳意。
柳困桃慵，
杏青梅小，
對人容易。

夜來雨驟風急，
想故國繁花一定所剩無幾，
我心中愁深怨極，
輕易地辜負了
一年中芳菲的時節。
楊柳不再輕颺，桃花懶得重放，
枝頭上杏兒青、梅子小，
春光對人太草草。

算好春長在，
好花長見，
原只是、人憔悴。
回首池南舊事❶，
恨星星❷、
不堪重記。
如今但有，
看花老眼，
傷時清淚。
不怕逢花瘦，
只愁怕、老來風味。

算來好春其實原本長在，
好花也能長開，
只不過人已變得身心衰敗。
可恨兩鬢斑白，池南歡樂的往事，
已不堪重記。
如今只有
看花老眼一雙，
傷時清淚常常流淌。
我不怕見花兒瘦損，
只發愁淒涼老境，

待繁紅亂處，　　唉，且趁著繁花紅紫爛漫，
留雲借月❸，　　讓我留住這美好光景，
也須拚醉。　　盡情把醇酒醉飲。

【注　釋】

❶池南：蘇軾〈和王安石題西太一〉詩：「從此歸耕劍外，何人送我池南。」此處係泛指故國某地。❷星星：鬢髮花白貌。左思〈白髮賦〉：「星星白髮，生於鬢垂。」❸留雲借月：朱敦儒〈鷓鴣天〉：「我是清都山水郎，天教懶慢帶疏狂。曾批給露支風敕，累奏留雲借月章。」此處意謂留住大好光景。

張孝祥

張孝祥(西元一一三二～一一六九年)字安國，號于湖居士。歷陽烏江(今安徽和縣)人。紹興二十四年(西元一一五四年)考取進士第一名。歷任校書郎、祕書郎、尙書禮部員外郎等職。隆興年間，任建康(今江蘇南京)留守時，極力贊助張浚北伐，被主和派彈劾落職。後起復，歷任荆南知府、荆湖北路安撫使，有政績。

他是著名的文學家，謝堯仁在〈于湖居士集序〉中稱：「自渡江百年，唯先生文章翰墨，爲當代獨步」。張孝祥詞今存二百二十餘首，具有深厚的愛國主義思想內容，許多篇章直接反映時政，表現他對南宋朝廷投降政策的極度不滿，以及他堅決要求抗擊金人、收復中原的愛國熱望。如〈水調歌頭〉·〈聞采石戰勝〉、〈六州歌頭〉·〈長淮望斷〉、〈浣溪沙〉·〈霜日明霄水蘸空〉等，或雄放、或悲壯、或沉鬱。有些篇章超逸、曠達，表現作者遭到政治打擊後不改高潔胸懷的素志，並隱約抒發牢落不平之氣。

張孝祥詩詞均受蘇軾很深的影響，湯衡說：「自仇池(蘇軾)仙去，能繼其軌者，非公其誰與哉」(〈張紫薇雅詞序〉)。他的詞上承蘇軾，下開辛棄疾，在詞史上有相當重要的地位。有《于湖詞》三卷。

【導讀】

〈六州歌頭〉，唐曲，岑參有〈六州歌頭〉，爲七言四句，後用作詞調。程大昌《演繁露》卷十六：「〈六州歌頭〉，本鼓吹曲也。近世好事者倚其聲爲弔古詞，如『秦亡草昧，劉項起吞并』者是也。音調悲壯，又以古興亡事實之。聞其歌，

六州歌頭

張孝祥

使人悵慨，良不與豔詞同科，誠可喜也。」楊愼《詞品》卷一：「六州得名，蓋唐人西邊之州：伊州、梁州、甘州、石州、渭州、氐州也。此詞宋人大祀大卹，皆用此調。」始見於北宋初劉潛詞。

紹興三十一年（西元一一六一年），主戰派將領張浚通判建康（今南京）府兼行宮留守，次年春張孝祥在張浚幕府爲客，寫下這首悲壯激烈的詞，即《說郛》引《朝野遺記》所云：「安國在建康留守席上賦此歌闋，魏公（張浚）爲之罷席而入。」

詞的上片描寫淮河邊岸武備不修、淒涼冷落的景象，對文化禮樂之地的中原長期遭受落後民族的踐踏、強占，表示了極其憤恨的感情，而對敵騎的驕縱猖獗、不忘窺視江南的情況，則深感憂慮和驚心。

下片感嘆自己報國無門、壯志難酬，對收復失地杳杳無期極表痛心，並譴責朝廷只知求和苟安，而對年年渴望王師北伐的淪陷區父老寄與深切的同情。湯衡稱張孝祥「平昔爲詞，未嘗著稿，筆酣興健，頃刻而成。」

這首即席寫成的詞章駿發踔厲，激越動人，正如陳廷焯所說：「淋漓痛快，筆飽墨酣，讀之令人起舞」（《白雨齋詞話》）。詞中將民族間的矛盾、朝廷的愛國者及中原百姓之間的重重矛盾，形象地展示在我們面前，如同一幅宏闊的歷史畫卷，尤其可貴的是，它凝聚了一代愛國知識分子高尚、堅毅的民族精神。作者採用的詞調音繁節促，聲情悲壯，使此詞的內容與形式達到了完美的統一，確實是愛國詞中

一

的佳作。

長淮望斷❶，
關塞莽然平❷。
征塵暗，
霜風勁，
悄邊聲❸，
黯消凝❹。
追想當年事❺，
殆天數❻、非人力；
洙泗上，
弦歌地，

遠望淮河，
見莽莽草木與關塞齊平，
飛塵陰暗，
寒風淒緊，
聽不到戰鼓、馬鳴，邊界上一派寂靜。
我不由得黯然傷神，
回想當年北方淪陷，
若不是人力所致，難道是上天的意願？
可嘆洙水泗水一帶，
那自古的禮樂聖地，

亦羶腥[7]。
隔水氈鄉[8]，
落日牛羊下[9]，
區脫縱橫[10]。
看名王宵獵[11]，
騎火一川明，
笳鼓悲鳴，
遣人驚。
念腰間箭，
匣中劍，
空埃蠹，

竟沾滿了野蠻民族的腥氣。
江對岸全是敵人的氈帳，
暮色中，他們吆喝著放牧歸去的牛羊，
遍地都是守邊的土室。
看敵軍將領在夜間習武，
騎兵的火炬把江岸照得通明，
胡笳戰鼓陣陣悲鳴，
眞令人動魄驚心。
我腰間弓箭，
匣中寶劍，
白白地塵封蟲蛀，

竟何成！
時易失，
心徒壯，
歲將零，渺神京。
干羽方懷遠[12]，
靜烽燧[13]，
且休兵。
冠蓋使，
紛馳騖[14]，
若爲情。
聞道中原遺老，
常南望，翠葆霓旌[15]。

到底有什麼用處！
時光易失，
徒存壯心，
汴京渺遠，歲月將盡。
朝廷正想用文德懷柔遠人，
不再點起烽煙在邊境，
一切戰事都已休停。
華冠高車求和的使臣，
紛紛然奔走於道路，
好叫人難以爲情。
聽說中原的父老兄弟，
年年殷切盼望王師北征，

使行人到此，
忠憤氣塡膺⑯，
有淚如傾。

連過路的人見到他們，
也禁不住胸中塞滿忠憤之氣，
熱淚湧流如大雨傾盆。

【注　釋】

❶長淮：指淮河。宋高宗紹興二十一年(西元一一四一年)與金訂立和議，以淮河爲宋金的分界線。淮河遂成爲南宋的極邊。❷關塞句：指斥南宋朝廷撤廢兩淮守備。❸邊聲：邊地的悲涼之聲。李陵〈答蘇武書〉：「側耳遠聽，胡笳互動，牧馬悲鳴，吟嘯成群，邊聲四起。」❹黯消凝：感傷地出神。黯，精神頹喪貌。❺當年事：指欽宗靖康二年(西元一一二七年)中原淪陷、二帝被俘北去的事。❻殆：大概，恐怕。天數，猶言天命。《後漢書・公孫述傳》：「天數有違，江山難恃。」❼洙泗上三句：謂禮樂之邦陷於敵手。洙、泗二水，流經山東曲阜(春秋時魯國國都)，孔子曾在此地講學。《論語・陽貨》：「子之武城，聞弦歌之聲。」邢昺疏：「時子游爲武城宰，意欲以禮樂化異於民，故弦歌。」弦歌地，指有禮樂文化的地方。羶腥，牛羊的腥臊氣。此處諷刺落後的金統治者。杜甫〈秦州見薛三璩授司議郎畢四曜除監察與二子有故遠喜遷居兼述索居〉詩：「華夷相混合，宇宙一羶腥。」❽隔水句：淮河北岸即金國所屬，故云。北方民族住氈帳，故稱其地爲氈鄉。❾落日句：《詩・王風・君子于役》：「日之夕矣，羊牛下來。」此處諷刺金人過著落後的遊牧生活。❿區脫：匈奴語稱邊境屯戍或守望的土堡爲區脫。《漢書・蘇武傳》：「區脫捕得雲中生口。」顏師古注引服虔曰：「區脫，土室。」⓫名王：《漢書・宣帝紀》載神爵二年(西元前六〇年)「匈奴單于遣名王奉獻。」

顏師古注：「名王者，謂有大名，以別諸小王也。」此處指敵方將帥。⑫干羽句：用文德懷柔遠人。意謂朝廷對敵妥協、求和。《尚書‧虞書‧大禹謨》：「帝乃誕敷文德，舞干羽於兩階。七旬，有苗格。」孔穎達疏：「帝乃大布文德，舞干、羽於兩階之間。七旬而有苗自服來至。」《禮記‧樂記》：「干戚羽旄謂之樂。」鄭玄注：「干，盾也，戚，斧也，皆武舞所執。羽，翟羽也，旄，旄牛尾也，皆文舞所執。」⑬烽燧：烽煙。《後漢書‧光武帝紀》：「修烽燧。」李賢注：「邊方備警急，作高土台，台上作桔皋，桔皋頭有兜零（籠），以薪草置其中，常低之，有寇即燃火舉之，以相告，曰烽。又多積薪，寇至即燔之，望其煙，曰燧。晝則燔燧，夜乃舉烽。」⑭冠蓋使二句：指議和的使臣往來不絕。冠蓋：冠服和車蓋。⑮翠葆霓旌：指皇帝的儀仗。翠葆，即翠羽，以鳥羽爲飾的車蓋。張衡〈東京賦〉：「樹翠羽之高蓋。」霓旌，即蜺旌。司馬相如〈上林賦〉：「拖蜺旌，靡雲旗。」呂向注：「畫雲蜺以飾旌旗。」⑯塡膺：滿懷。江淹〈恨賦〉：「置酒欲飲，悲來塡膺。」

念奴嬌

張孝祥

【導讀】

此詞別本題作〈過洞庭〉。《宋史》本傳載張孝祥於孝宗乾道元年（西元一一六五年）任廣南西路（今廣西和廣東西南一帶）經略安撫使，「治有聲績」。次年，他「被讒言落職」，由桂林北歸，經洞庭湖時作此詞。

這首詞描繪了中秋前夕洞庭湖水月交輝、上下澄澈、清奇壯美的景象，作者胸無點塵、通體透明，全身心融入這完全淨化的美的世界，在寵辱偕忘、物我渾然不分的境界中，他領略了人生的無限妙諦，心裡充滿不可言說的歡愉。

詞中以「肝膽皆冰雪」的孤傲告白，來顯示作者人格的超邁高潔，以吸江酌斗、賓客萬象的奇思妙想，來表現他淋漓的興會和凌雲的氣度，他坦蕩瑩潔的胸懷與純淨空明的天光水色合而爲一，「舟中人心跡與湖光映帶寫，隱現離合，不可端倪」（黃了翁《蓼園詞選》）。這首詞像蘇軾的某些篇章一樣，表現了作者政治上遭到挫折後泰然自若、遊於物外的處世態度，表現他對宇宙奧秘、人生哲理的深深領悟，達到了一種超越時空的化境。

魏了翁說：「張于湖有英姿奇氣……洞庭所賦在集中最爲傑特。方其吸江酌斗、賓客萬象時，詎知世間有紫薇（中書省稱紫薇省，此處泛指官場）、青瑣（借指皇宮）哉！」（《鶴山大全集》）誠爲知言。

洞庭青草❶，
近中秋、
更無一點風色。
玉鑒瓊田三萬頃❷，
著我扁舟一葉。

洞庭青草，
臨近中秋風平浪恬，
湖水皎潔寬廣，如三萬頃玉鏡瓊田，
載負著我的小舟一片。

素月分輝，
銀河共影，
表裡俱澄澈。
悠然心會❸，
妙處難與君說。
應念嶺海經年❹，
孤光自照❺，
肝膽皆冰雪。
短髮蕭騷襟袖冷，
穩泛滄浪空闊❻。
盡挹西江❼，

素月光耀四方，
碧波中倒映著銀河、月影，
整個宇宙澄澈空明。
面對這樣的清景，心中悠然寧靜。
我深深領悟其中奧妙，
無法向你訴說無限的歡欣。
想起在嶺南這幾年光陰，
一輪明月，照見我
肝膽冰雪般高潔晶瑩。
我披著稀疏的短髮，風滿襟袖稍覺清冷，
安穩地泛舟在空闊的湖心，
我汲盡西江水權當美酒，

細斟北斗❽，
萬象爲賓客❾。
扣舷獨嘯，
不知今夕何夕。

用北斗當杯勺來酌酒豪飲，
請世間萬物和天上星星，
作我座中的佳賓。
我獨自敲著船沿放聲長嘯，
不知今晚是什麼時辰！

【注釋】

❶洞庭青草：湖名。洞庭湖在湖南省岳陽市西面，青草湖在洞庭之南，二湖相通，總稱洞庭湖。❷玉鑒：玉鏡，原本作「玉界」，據別本改。❸悠然：原本作「怡然」，據別本改。❹嶺海：兩廣之地，北有五嶺，南有南海，稱嶺海。經年，年復一年，幾年。❺孤光：指月亮。陸龜蒙〈月成弦〉詩：「孤光照還沒。」❻滄浪：青蒼色的水。
❼盡挹句：汲盡西江之水以爲酒。西江，指長江，長江來自西，故稱（洞庭湖與長江通）。
❽細斟句：把北斗星當酒器取飲。屈原〈九歌·東君〉：「援北斗兮酌桂漿。」此用其意。北斗是七顆星組成的星座，形如酒斗。❾萬象：萬物，自然界的一切事物、景象。謝靈運〈從遊京口北固應詔〉詩：「皇心美陽澤，萬象咸光昭。」

韓元吉

韓元吉(西元一一一八～一一八七年)，字無咎，號南澗。開封雍邱(今河南開封)人，一作許昌(今屬河南)人，南渡後寓居信州上饒(今屬江西)。官至吏部尚書。有政績。平生交遊甚廣，與陸游、朱熹、辛棄疾等當代名流和愛國志士友善，多有詩詞唱和。黃升稱其「文獻、政事、文學爲一代冠冕」(《花庵詞選》)。

詞章內容多「神州陸沉之慨」(黃了翁《蓼園詞話》)，如〈水調歌頭〉(〈寄陸務觀〉、〈雨花台〉、〈九日〉)、〈霜天曉角〉(〈蛾眉亭〉)等。他主張北伐抗金，詞中多有涉及；也常抒發英雄遲暮、功業無成之慨。詞風雄渾悲壯，與辛棄疾相近。有《南澗詩餘》一卷。

六州歌頭

韓元吉

【導讀】

這首詞別本題作〈桃花〉。〈六州歌頭〉原本「音調悲壯……良不與豔詞同科」(程大昌《演繁露》)，前人用此調多懷古事、抒壯懷，本詞卻偏偏用以描寫愛情，哀豔頓挫，抑揚多致，收到出人意表的動人效果。

上片由花思人，回首初遇伊人時春色明媚的種種光景，融入崔護「人面桃花」詩意，筆觸溫柔細膩，「認蛾眉」以下幾句，寫出作者尋伊人無著的悵恨。

過片將二人相識、相愛的過程略去，以「共攜手處」領起，直入今情，抒寫景物依舊、人事全非，作者空自憔悴、懷戀的情狀，結處用桃花源故事再度表現伊人難以追尋的無限幽怨，全詞處處與桃花關合、處處藉桃花生發，將詠物、敘事、抒情有機地結合，詞情極其婉曲纏綿，語言極其嫵媚秀麗。

這篇作品既是〈六州歌頭〉的別調，也是韓元吉詞的別調。

東風著意，
先上小桃枝。
紅粉膩，
嬌如醉，
倚朱扉。
記年時，
隱映新妝面[1]，
臨水岸，
春將半，

東風對小桃格外垂愛，
枝頭上繁花盛開。
就像嬌態如醉的佳人，
濃施紅粉，
斜倚著朱門。
記得去年，
我驚喜地見到她新妝的容顏，
和桃花相互映掩，那是在臨水的江岸，
春光已過了一半，

雲日暖，
斜橋轉，
夾城西。
草軟莎平，
跋馬垂楊渡❷，
玉勒爭嘶。
認蛾眉，
凝笑臉，
薄拂燕脂，
繡户曾窺，
恨依依。

天氣異樣和暖，
轉過斜橋，
到夾城西畔。
芳草正柔軟如茵，
道路分外坦平，
我勒馬走向垂柳紛披的渡口，
馬兒在春風中爭相嘶鳴。
我深深地記得她秀麗的雙眉，
那盈盈笑臉，
搽著淡淡胭脂，
我悄悄尋訪過她的家園，
只留下無限悵恨與繾綣。

共攜手處，
香如霧，
紅隨步，
怨春遲。
消瘦損，
憑誰問？
只花知，
淚空垂。
舊日堂前燕，和煙雨，
又雙飛③。
人自老，

攜手同遊的地方，
如今花香似霧，
落紅隨步飛舞，
我怨恨春光已經遲暮。
空自憔悴瘦損，
究竟有誰存問？
只有桃花知情，
我清淚灑滿衣襟。
濛濛煙雨，舊時堂前小燕，
自管雙雙飛去。
人漸老，

春長好，
夢佳期。
前度劉郎，
幾許風流地❹，
花也應悲。
但茫茫暮靄，
目斷武陵溪❺，
往事難追。

春長好，
我依然夢想和她重遇。
前度劉郎，
來到曾有幾多歡樂的舊地，
桃花也爲我悲哀，片片飄零如許。
抬頭但見暮靄茫茫，
再也望不到武陵溪，
往事已難尋蹤跡。

【注釋】

❶記年時二句：見晏殊〈清平樂〉注。❷跋馬：勒馬使回轉。❸舊日三句：劉禹錫〈金陵五題・烏衣巷〉詩：「舊時王謝堂前燕」，晏幾道〈臨江仙〉詞：「落花人獨立，微雨燕雙飛。」此處化用其意。❹前度二句：見前晁補之〈憶少年〉注。此處借劉郎自指。其中又暗用劉晨故事。❺武陵溪：用陶淵明〈桃花源記〉典故：武陵漁人偶入桃花源，後路徑迷失，沒人再能尋訪。

好事近

韓元吉

【導讀】

〈好事近〉，宋人常用的詞調。始見於王益、宋祁、張先諸人的詞。《歷代詩餘》卷十二錄王益〈好事近〉題作〈催妝〉，疑爲此調本意。

此詞別本題作〈汴京賜宴，聞教坊樂，有感〉。《金史・交聘表》：「世宗大定十三年(西元一一七三年)三月癸巳朔，宋遣禮部尚書韓元吉、利州觀察使鄭裔興等賀萬春節。」韓元吉赴宴，作此詞寄寓黍離之悲。

上片暗用王維菩提寺所作詩意，隱約寫出故都被金人侵占的傷痛感情。當作者在宴會上聽到演奏北宋教坊舊樂，不禁悲從中來，「總不堪華髮」極言聞樂頓時衰老的愁情，並委曲地對歷史興亡及收復中原的壯志成虛，發出深沉感慨。

下片藉景抒情，「杏花」二句點明宴會時令，花發有時，草木無情，杏花本不知歷史興衰、人間悲歡，作者卻賦與它感情，藉以自抒哀愁。末二句描寫亡宋故宮御溝，因「知人嗚咽」，而不忍發出幽咽的流水聲來增加作者內心的痛苦，更使人感慨萬端，欷歔泣下。

這首小詞淒楚沉咽，表現了一個愛國使者對故國深深的眷戀與傷悼。

凝(ㄋㄧㄥˊ)碧(ㄅㄧˋ)舊(ㄐㄧㄡˋ)池(ㄔˊ)頭(ㄊㄡˊ)，

舊日宮廷的池苑，一彈奏管弦，

一聽管弦淒切❶。
多少梨園聲在❷，
總不堪華髮。
杏花無處避春愁，
也傍野煙發。
惟有御溝聲斷❸，
似知人嗚咽。

我就滿懷淒切的感情。
聽到故國遺留的樂曲，
一聲聲催人白了雙鬢。
山河已丟，杏花無處去躲避憂愁，
只得依傍著荒野開放。
唯有御溝不再流水幽咽，
它彷彿懂得我正自悲傷。

【注釋】

❶凝碧池二句：計有功《唐詩紀事》載：「安祿山大會凝碧池，梨園弟子欷歔泣下。樂工雷海青擲樂器西向大慟，賦支解於試馬殿。王維時拘於菩提寺，有詩曰：『萬戶傷心生野煙，百僚何日更朝天？秋槐葉落空宮裡，凝碧池頭奏管弦。』」凝碧池，在河南洛陽宮廷內，此處借指汴京故宮。❷梨園：《新唐書・禮樂志》十二載唐玄宗曾選樂工三百人，宮女數百人，教授樂曲於梨園，親自訂正聲誤，號「皇帝梨園子弟」。此處借指北宋教坊(皇家樂隊)。❸御溝：流經皇宮的河道。

袁去華

袁去華，生卒年不詳，字宣卿，奉新（今屬江西）人。紹興十五年（一一四五年）進士。曾任善化（今屬湖南）、石首（今屬湖北）知縣。詞風承蘇軾緒餘，然略欠情韻。部分篇章抒寫故國之思，如〈水調歌頭〉數闋，另有許多詞作表現身世感慨，愛情詞多洗却脂香粉氣，清深雅麗，藝術成就較高。有《袁宣卿詞》一卷。

瑞鶴仙

袁去華

【導讀】

本篇抒寫羈愁別恨。

全詞主要使用賦法，細緻地描繪作者旅途所見景物。雨後夕陽輝映，遠山幽明各不相同的畫面，以美人蛾眉深蹙淺顰來形容，頗饒韻致。「到而今」三句，寫出景物依舊，人事變化無常的感慨。

過片刻畫淒清旅況，而以「傷離恨，最愁苦」作點睛之筆，盡管伊人一往情深，贈與愛情的表記，但未來的命運卻難以逆料，作者對此懷著深深的疑慮。末二句以夢中有時能去來自我寬慰，詞情淒切深沉。

郊原初過雨，
見數葉零亂，

郊野上秋雨初晴，
見幾片零亂的敗葉，

風定猶舞。
斜陽掛深樹，
映濃愁淺黛，
遙山媚嫵。
來時舊路，
尚岩花、嬌黃半吐。
到而今惟有、
溪邊流水，
見人如故。
無語，
郵亭深靜[1]，

風住了猶自飛舞不停。
斜陽掛在遠樹，
映遙山或明或暗，
如美人愁眉秀麗，淺顰深蹙。
舊曾經行的道路，
岩石上還見嬌豔黃花半吐，
而今，
只有溪邊流水，
對著我潺潺細語如故。
我含愁無語，
客舍深遠寂靜，

下馬還尋，舊曾題處。
無聊倦旅，
傷離恨，最愁苦。
縱收香藏鏡❷，
他年重到，
人面桃花在否❸？
念沉沉小閣幽窗，
有時夢去。

我下馬把從前題詩的處所仔細找尋。
倦於行旅的人本覺無聊，
感傷離別更加愁苦不寧。
雖然收藏著她贈與的沉香青鏡，
他年故地重返，
人面桃花是否依舊悅目賞心？
我思念那遙遠深沉的小樓，
窗扉清幽靜謐，
只在夢中才能有時飛去。

【注釋】

❶郵亭：古時設在沿途、供送文書的人和旅客歇宿的館舍。❷收香：用韓壽事，見周邦彥〈風流子〉注。藏鏡，用秦嘉事。見周邦彥〈風流子〉注。❸人面桃花：用崔護詩，見晏殊〈清平樂〉注。

劍器近

袁去華

【導讀】

〈劍器近〉，詞調名，始見於袁去華詞。

這是一首雙拽頭三片詞。本篇抒發惜春、懷遠的愁緒。第一片描寫所見雨後海棠分外妖豔的佳景，以及作者的嘆賞留連，筆意清新明快。第二片藉所聞鶯歌燕語寄託惜春情意。第三片描述長日無聊、獨自悶睡、閑看風絮的生活狀況，並藉寄淚江流訴說相思念遠之深，同時嗔怪對方書信頻寄而不言歸期，使自己愁懷難解，末句將一懷相思別恨融入「落日千山暮」清遠淒迷的景色，餘意無窮。全詞一氣舒卷，語淡情深。

夜來雨，
賴倩得東風吹住。
海棠正妖嬈處❶，
且留取。
悄庭戶，
試細聽鶯啼燕語，

多謝知情的東風，
吹斷夜來綿綿絲雨，
著雨的海棠花，格外地妖嬈豔麗，
願這美好春色長留不去。
庭戶悄然寂靜，
細聽呢喃燕語，黃鶯啼唱嚦嚦，

分明共人愁緒，
怕春去。

佳樹，
翠陰初轉午❷。
重簾未卷，乍睡起，
寂寞看風絮。
偷彈清淚寄煙波❸，
見江頭故人，
爲言憔悴如許。
彩箋無數，
去卻寒暄❹，

它們同樣滿懷愁緒，
生怕春天匆匆歸去。

美麗的綠樹，
濃陰轉過正午，
我剛剛睡起，低垂著重重簾幕。
寂寞中，閑看柳絮隨風飛舞。
我偷彈相思淚，寄與輕煙迷濛的江水，
好流到江頭故人那裡，
訴說我怎樣地憔悴。
唉，寄來的書信不計其數，
除去噓寒問暖的絮語，

到了渾無定據。
斷腸落日千山暮。

【注釋】

❶妖嬈：原本作「妖饒」，據別本改。❷翠陰句：蘇軾〈賀新郎〉詞：「悄無人，桐陰轉午，晚涼新浴。」❸偷彈句：孟浩然〈宿桐廬江寄廣陵舊遊〉詩：「還將兩行淚，遙寄海西頭。」此處化用其意。❹寒暄：問候起居寒暖的客套話。

幾時歸來，卻始終沒有憑據。
夕陽中我久久佇立，空自傷心盼望，
只見暮靄中千山淒迷。

安公子

袁去華

【導讀】

〈安公子〉，唐教坊曲名，後用爲詞調。崔令欽《教坊記》云：「隋大業末，煬帝將幸揚州，樂人王令言以年老不去，其子從焉。其子在家彈琵琶，令言驚問：『此曲何名？』其子曰：『內裡新翻曲子，名〈安公子〉。』令言流涕悲愴，謂其子曰：『爾不須扈從。大駕必不回。』子問其故，令言曰：『此曲宮聲，往而不返。宮爲君，吾是以知之。』」宋詞始見於柳永詞。

上片描寫初春景象，聲色佳麗，懷人而向無知的飛燕詢問消息，語意輕靈。以下設想對方淒寂之狀，反襯主人翁自己的念遠意緒，別饒風致。下片以羈留他鄉的庾信自比，並癡想寄淚東流，繼而怪怨春閑晝永無計度日，以顯示相思離恨之深。「念永晝」三句從賀鑄〈薄倖〉詞句化出而語氣加婉。

此詞以景起，以景結，前後照應，抒情委折。

弱柳千絲縷，
嫩黃勻遍鴉啼處。
寒入羅衣春尚淺，
過一番風雨。
問燕子來時，
綠水橋邊路，曾畫樓、
見個人人否❶？
料靜掩雲窗，
塵滿哀弦危柱❷。

細柳千絲萬縷，
染遍鵝黃嫩綠，鴉雀處處亂啼。
還是早春天氣，才過了一番風雨，
寒意沁入羅衣。
我問著燕子，你飛來時，
在綠水橋邊畫樓裡，
可曾見到伊人蹤跡？
料想她雲窗靜掩，獨個兒無情無緒，
懶怠去彈奏淒涼的樂曲，
一任弦柱蓋滿塵泥。

庾信愁如許❸，
爲誰都著眉端聚。
獨立東風彈淚眼，
寄煙波東去。
念永晝春閒，
人倦如何度？
閒傍枕、
百囀黃鸝語。
喚覺來厭厭，
殘照依然花塢❹。

我就像多愁的庾信羈留異地，
到底是爲了誰眉峰不展，幽恨攢聚？
我對著東風獨立，彈點點清淚，
寄與煙波流向東去。
想這晝長春閒，
慵倦的我如何捱得過去？
悶倚孤枕，
只聽得黃鶯婉囀柔語，
昏沉沉進入夢鄉，又被鶯聲喚起。
我百無聊賴，見斜陽依然照在花塢裡。

【注釋】

❶人人：對親愛者的稱呼，宋時口語。周邦彥〈迎春樂〉詞：「人人花豔明春柳，憶

筵上偷攜手。」❷哀弦危柱：指樂聲凄絕。蘇軾〈水龍吟〉詞：「危柱哀弦，豔歌餘響，繞雲縈水。」柱，箏瑟之類弦樂器上的弦柱。危，高，指弦音高厲。此處「危」「哀」是弦柱的修飾語。❸庾信句：庾信，見周邦彥〈大酺〉注。愁如許，庾信有〈愁賦〉，今不傳，只留斷句若干，如「誰知一寸心，乃有萬斛愁」。❹念永晝五句：賀鑄〈薄倖〉詞：「正春濃酒困，人閒晝永無聊賴。厭厭睡起，猶有花梢日在。」此用其意。花塢：花房。塢，原指四面高中央低的山地，引申爲四面擋風的建築物。

陸淞

陸淞，生平事跡不詳，字子逸，號雲溪、雪窗，山陰（今浙江紹興）人。曾任辰州（今屬湖南）太守。《全宋詞》錄其詞一首。

瑞鶴仙

陸淞

【導讀】

陳鵠《耆舊續聞》說，一次陸淞參加宴會，「士有侍姬盼盼者，色藝殊絕，公每屬意焉。一日宴客，偶睡，不預奉觴之列。陸因問之，士即呼至，其枕痕猶在臉。公爲賦〈瑞鶴仙〉有『臉霞紅印枕』之句，一時盛傳，逮今爲雅唱。後盼盼亦歸陸氏。」陳鵠所記多小說家語，王闓運便譏其造事附會。

張炎《詞源》說：「陸雪窗〈瑞鶴仙〉、辛稼軒〈祝英臺近〉，皆景中帶情，而存騷雅。故其燕酣之樂，別離之愁，回文題葉之思，峴首、西州之淚，一寓於詞。」認爲這是一首思婦詞，所言極是。

此詞細膩地描寫女主人翁無心梳妝、對景傷心懷遠的情況，詞中回憶了在「殘燈朱幌，淡月紗窗」的清美境地中歡樂的往事，以顯示眼前的淒涼、幽怨。「待歸來」以下設想遠人返家後委折地嗔怪他的情景，結以問句，迷離婉妮。

臉霞紅印枕，
睡覺來、
冠兒還是不整❶。
屏間麝煤冷❷，
但眉峰壓翠，
淚珠彈粉。
堂深晝永，
燕交飛、

紅霞般的臉上印著枕痕，
悶悶睡起，
花冠也懶得去整。
他早已遠去，彩屏間墨跡冰冷。
我的翠眉總是難展，
珠淚盈盈和著脂粉。
白晝是這樣漫長，畫堂空寂深沉，
雙燕來回飛舞，

風簾露井。
恨無人説與，
相思近日，
帶圍寬盡。
重省，
殘燈朱幌，淡月紗窗，
那時風景。
陽臺路迥❸，
雲雨夢，
便無準。
待歸來，

嬉戲在風簾露井。
向誰去訴説一腔幽恨，
近來因爲相思，
腰帶寬鬆得叫人吃驚。
我不斷回憶往昔，
當淡月映上紗窗，殘燈照著羅幃，
我們有過多少美好時光。
如今，通向他的道路何其遙遠，
縱然夢中相遇，
終究是空茫無據。
待他歸來時，

先指花梢教看，欲把心期細問。問因循過了青春❹？怎生意穩？

我一定要指著敗落的花枝，叫他好好觀看，再細細地傾吐心事，我倒要問問他，好端端耽擱了大好青春，怎麼能夠忍心？

【注釋】

❶睡覺來句：白居易〈長恨歌〉云：「雲鬢半偏新睡覺，花冠不整下堂來。」❷麝煤：製墨原料，因以爲墨的別名。韓偓〈橫塘〉詩：「蜀紙麝煤添筆媚，越甌犀液發茶香。」❸陽臺：用宋玉〈高唐賦序〉神女事，見歐陽修〈蝶戀花〉注。❹因循：沿襲，引申爲拖沓。

陸游

陸游（一一二五～一二一〇年），字務觀，自號放翁，山陰（今浙江紹興）人，紹興二十三年（一一五三年），試禮部，名列前茅，觸怒秦檜，被黜免，孝宗時，賜進士出身。歷官隆興（今屬江西）、夔州（今屬四川）通判，並入王炎、范成大幕府，提舉福建及江南西路常平茶鹽公事，權知嚴州（今屬浙江）。光宗時，任朝議大夫、禮部郎中。

陸游一生三次被罷職，前後閒居鄉里數十年。他生活在一個民族危機深重的時代，青年時便抱著掃胡塵、靖國難的愛國志向，卻屢遭統治集團投降派的排擠、打擊，但他堅持理想，始終不渝。

他是一個偉大的愛國詩人，存詩近萬首，「言恢復者十之五六」（趙翼《甌北詩話》），梁啓超讚其：「集中十九軍樂，亙古男兒一放翁。」他的詩唱出了時代的最強音。

詞作今存一百三十首左右，成就遠遜其詩，《四庫全書總目》論其「欲驛騎東坡、淮海之間，故奄有其勝，而皆不能造其極。」較爲中肯。詞多飄逸清麗之作，有些詞激越悲壯、沉鬱蒼涼，抒寫英雄不遇之慨，感人至深。如〈夜遊宮〉（記夢寄師伯渾）、〈雙頭蓮〉（呈范致能待制）、〈訴衷情〉「當年萬里覓封侯」等。有《放翁詞》一卷。

卜算子

陸游

詠梅

【導讀】

王安石〈北陂杏花〉詩云：「一陂春水繞花身，身影妖嬈各占春。縱被春風吹作雪，絕勝南陌碾成塵」，這首詩藉物言志，顯示了詩人孤芳獨賞、自持清操，絕不同流合污的高尚品格。

陸游此詞由安石詩生發變化，詠梅花而遺貌取神，突出表現梅花的高格勁節，那自甘寂寞、不畏挫折、不慕榮利、不與流俗爲伍的梅花，也就是作者孤高品格的象徵。末二句無疑是作者倔強的告白，表現了他對理想的堅持，比安石詩更勃鬱深沉。

驛外斷橋邊，
寂寞開無主。
已是黃昏獨自愁，
更著風和雨。
無意苦爭春，
一任群芳妒❶。
零落成泥碾作塵❷，
只有香如故。

寂寞無主的幽梅，
在驛館外斷橋邊開放。
已是日落黃昏，她正獨自憂愁傷感，
一陣陣淒風苦雨，
又不停地敲打在她身上。
她完全不想占領春芳，
聽任百花群豔心懷妒忌將她中傷。
縱然她片片凋落在地，
粉身碎骨碾作塵泥，
絕世清芬卻永留世上。

【注釋】

❶群芳：借指打擊作者的政敵。

❷零落成泥：白居易〈惜牡丹花〉詩：「晴明落地猶惆悵，何況飄零泥土中。」

漁家傲

陸　游

寄仲高①

【導　讀】

孝宗乾道八年（一一七二年），陸游在漢中協助王炎襄理軍務，過著「鐵馬秋風大散關」（〈書憤〉詩）的軍旅生活，有過「呼鷹古壘，截虎平川」（〈漢宮春〉）的壯舉，並曾呈獻了經略中原、收復失地的宏偉計劃，然而，次年王炎即調離，陸游也被調往四川，從此與邊塞隔絕，過著閒散的生活。此詞就是在四川榮州期間所寫，題爲寄贈，實際上主要是書懷。

上片極言離家的遙遠和鄉思的深沉痛切，下片「行遍天涯眞老矣」句，對自己不斷遷徙流轉，歲月空逝而功業無成，發出無限慨嘆。「鬢絲幾縷茶煙裡」的感愴，正是對朝廷「老卻英雄似等閒」（〈鷓鴣天〉）所表示的憤怨之情。

這首詞在普通家常的敘談中，抒寫了壯志難酬的怫鬱、苦悶的心情，平易自然，淒婉動人。

東望山陰何處是？
往來一萬三千里。
寫得家書空滿紙，
流清淚，

我向著東方極目遙望，
故鄉山陰又在哪裡？
往來的道路，竟有一萬三千里。
空自寫成密密麻麻的家書，
思鄉清淚落滿衣襟，

書回已是明年事。
寄語紅橋橋下水，❷
扁舟何日尋兄弟？
行遍天涯眞老矣，❸
愁無寐，
鬢絲幾縷茶煙裡。❹

要等到明年，才會得著你的回信。
幾時能夠駕一葉扁舟，順著流水去到紅橋，
把我的兄弟尋找？
可嘆我走遍天涯，年紀白白老大。
我心中憂愁，長夜難寐，
在閒散無聊的生活裡，
鬢髮漸漸白如絲縷。

【注釋】

❶仲高：陸升之，字仲高，山陰（今浙江紹興）人，陸游堂兄。❷紅橋：在山陰縣西七里迎恩門外。陸游〈初夏懷故山〉詩有：「鏡湖四月正清和，白塔紅橋小艇過」之句。❸行遍句：陸游調離漢中後，經三泉、益昌、劍門、武連、綿州、羅江、廣漢等地至成都，又輾轉往來於蜀州、嘉州、榮州等地，四十九歲入蜀，五十四歲離蜀東歸，年齒老大，故云。❹鬢絲句：杜牧〈題禪院〉詩：「觥船一棹百分空，十歲青春不負公。今日鬢絲禪榻畔，茶煙輕颺落花風。」此處化用其意。

陸游

定風波

進賢道上見梅
贈王伯壽❶

【導讀】

淳熙五年（一一七八年）至六年（一一七九年），陸游在福建、江西等地任職，由於得不到眞正的報國機會，他對於投閒置散的命運、繁瑣無聊的公務，時常感到厭倦，在赴撫州（今江西臨川）治所途中，曾上章朝廷請求放他回鄉。

這首詞寫於江西進賢（宋時縣名，今屬江西南昌）道上。上片即景抒情，以梅花的富有情韻，反襯自己「衰病逢春都不記」的老大慵倦之悲，寫得極其婉轉。下片隱約表明自己進不能立身廊廟有定策之功，退不能歸隱山林安賞風花雪月的尷尬處境，「少壯相從今雪鬢，因甚，流年羈恨兩相催」等句，字字含著血淚，表面上又似乎說得很平靜，於平易中見沉鬱，正是此詞的特點。

欹帽垂鞭送客回，
小橋流水一枝梅。
衰病逢春都不記，
誰謂，幽香卻解逐人來。

我送走客人信步歸來，垂著馬鞭，
帽子歪戴。
小橋流水邊，一枝梅花已開。
衰病的我竟然把春天都忘懷，
誰知多情梅花，卻把幽香陣陣送來。

安得身閑頻置酒，攜手，與君看到十分開。
少壯相從今雪鬢，因甚？流年羈恨兩相催。

此身何時能得安閑，我將頻頻置辦美酒，
和你攜手，直看到梅花怒放盛開。
年輕時我們就在一起，
如今雙鬢都已雪白，
這是因爲什麼？匆匆流光和羈旅愁懷，
一同催人老邁。

【注釋】

❶王伯壽：作者友人，生平不詳。

陳亮

陳亮（一一四三～一一九四年），字同甫，人稱龍川先生，婺州永康（今屬浙江）人。《宋史》本傳稱其：「爲人才氣超邁，喜談兵，議論風生，下筆數千言立就。」

他力主抗金，多次上書孝宗，反對和議，倡言恢復，在學術上亦多有新見，但終生未任官職，反而兩次被誣下獄。紹熙四年（一一九三年）策進士第一，授建康軍節度判官廳公事，未到任而卒。存詞七十四首，「不作一妖語，媚語」（毛晉〈龍川詞跋〉）。

相傳他每作詞則云：「平生經濟之懷，略已陳矣。」劉熙載《藝概》說他：「與稼軒爲友，其人才相若，詞亦相似。」但陳亮詞的藝術成就與辛棄疾不可同日而語，許多詞氣勢有餘而含蘊不足，藝術上較生硬粗糙。有《龍川詞》傳世。

水龍吟

陳亮

【導讀】

這首詞別本題作〈春恨〉。劉熙載《藝概》說：「同甫〈水龍吟〉云：『恨芳菲世界，遊人未賞，都付與鶯和燕。』言近旨遠，直有宗（澤）留守大呼渡河之意。」他認爲本詞不是一般傷春怨別的作品，而有政治託意，是有道理的。

詞中所說「芳菲世界」指北方錦繡河山，鶯燕則借喻金人，字裡行間暗含對南宋小朝廷的譴責，而詞中憑高傷別念遠則寄寓了故國之思。姜夔〈八歸〉詞中「最可惜、一片江山，總付與啼鴂」等句抒寫家國之恨，顯然受到本詞啓發。

陳亮詞多慷慨激烈、粗豪勁直，此篇卻沉鬱悲涼、婉曲多致。

鬧花深處層樓❶，

畫簾半卷東風軟。

春歸翠陌，

高樓掩隱在繁花深處，

東風和煦，畫簾半捲，

春色染綠道路，

平莎茸嫩，
垂楊金淺。
遲日催花[2]，
淡雲閣雨，
輕寒輕暖。
恨芳菲世界，
遊人未賞，
都付與，鶯和燕。
寂寞憑高念遠，
向南樓一聲歸雁。
金釵鬥草[3]，

平野嫩草無邊，
垂楊泛淺黃一片。
遲遲春日催促花開，
淡淡雲彩留住雨水。
春光多麼明麗，宜人天氣輕寒輕暖。
我只恨芳菲世界，
遊人並不能好好賞鑒，
卻都付與流鶯飛燕。
寂寞的我憑欄念遠，
聽南樓鳴一聲歸雁。
想從前拔下金釵鬥草，

青絲勒馬❹，
風流雲散。
羅綬分香❺，
翠綃封淚，
幾多幽怨？
正消魂又是，
疏煙淡月，
子規聲斷。

騎著馬盡情遊冶，
誰知道不多時竟然會風流雲散。
贈香羅帶權作紀念，
翠色絲巾還沾滿別時淚水，
多少幽恨留在心田。
正自黯然傷神，
又只見淡月疏煙，
子規聲聲啼怨。

【注釋】

❶鬧花：繁花，盛開的花。「層樓」，原本作「樓臺」，據別本改。❷遲日：長日。《詩‧豳風‧七月》：「春日遲遲，采蘩祁祁。」❸鬥草：一種遊戲，見万俟詠〈三臺〉注。❹青絲勒馬：用青絲繩做馬絡頭。古樂府〈陌上桑〉：「青絲繫馬尾，黃金絡馬頭。」❺羅綬分香：指離別。秦觀〈滿庭芳〉詞：「消魂，當此際，香囊暗解，羅帶輕分。」羅綬，羅帶。

范成大

范成大（一一二六～一一九三年），字致能，號石湖居士，吳郡（今江蘇蘇州）人。紹興二十四年（一一五四）進士，曾出使金國，不辱使命而歸。歷任中書舍人、四川制置使、參知政事等職。晚年隱居蘇州石湖。詩與陸游、尤袤、楊萬里齊名，號稱南宋四大家。許多詩歌表現愛國思想，如使金時作七絕七十四首，晚年作田園組詩〈四時田園雜興〉六十首，內容深刻，風格清新，享譽很高。詞今存近百首，多婉麗之作，少數篇章或清曠、或豪宕，藝術成就遠不如詩。有《石湖詞》一卷。

憶秦娥

范成大

【導讀】

〈憶秦娥〉，詞調名，詞的內容寫秦娥的思憶，調即是詞。黃升《唐宋諸賢絕妙詞選》卷一〈巫山一段雲〉注：「唐詞多緣題所賦，〈臨江仙〉則言仙事，〈女冠子〉則述道情，〈河瀆神〉則詠祠廟，大概不失本題之意。爾後漸變，去題遠矣。」始見於相傳爲李白之詞。又名〈秦樓月〉、〈蓬萊閣〉、〈玉交枝〉、〈雙荷葉〉等。

范成大集中有五首〈秦樓月〉（即〈憶秦娥〉）抒寫閨怨，似爲組詞，此篇爲第四首，也是最精采的一首。詞中無一語直接寫情，極委婉含蓄，上片描繪樓外月夜春景，清幽雅靜，意境極美，由此可以想見樓中人物的美麗與寂寞。過片由遠而近，將鏡頭移至閨房，照見燈燭結花，羅幃暗淡的景象，燈花結預示著有喜訊，接下來便寫出女主人翁夢中行到江南，又沒有描述具體夢境，而以「江南天闊」作結，迷離惝恍，引人遐想。

樓陰缺，
闌干影臥東廂月。
東廂月，
一天風露，
杏花如雪。
隔煙催漏金虬咽❶，
羅幃暗淡燈花結。
燈花結，
片時春夢，

濃密的樹陰，露出高樓半邊，
明月照在東廂，欄杆疏影靜臥地面。
明月照在東廂，
滿天清風夜露，
杏花映著皎潔月光，如白雪蓋遍芳樹。
遠處煙霧茫茫，只聽見夜漏嗚咽，
一聲聲催促時光。
燈燭結成花芯，羅帳更覺幽暗。
燈燭結成花芯，
片時春夢行到江南，

江南天闊❷。

江天空闊浩瀚。

【注釋】

❶金虬：銅龍，銅製的龍頭，裝在漏壺上計時用。李商隱〈深宮〉詩：「金殿銷香閉綺籠，玉壺傳點咽銅龍。」❷片時二句：岑參〈春夢〉詩：「枕上片時春夢中，行盡江南數千里。」此用其意。

眼兒媚

范成大

萍鄉道中乍晴，臥輿中困甚，小憩柳塘。

【導讀】

〈眼兒媚〉，詞調名，始見於北宋阮閱詞。又名〈秋波媚〉。乾道九年（一一七三年）春，作者調任廣西經略安撫使，過江西萍鄉，時雨初晴，乘車倦乏，於柳塘邊小憩，作此詞記其事。本篇選取尋常生活中一個小小的場景，描寫了春日融融，花氣襲人，使作者如飲醇酒慵倦欲醉的情狀。詞中把由春天引起的那種軟綿綿的情思，那種困乏無力而恬美寧靜，又帶一絲淡淡清愁、時而凝聚、時而飄忽、不可言說的微妙感受，藉眼前和風中輕泛漣漪的春水來形容，十分自然熨貼。

沈際飛評曰：「字字軟溫，著其氣息即醉」（《草堂詩餘別集》），可算領悟了其中三昧。

酣酣日腳紫煙浮❶，
妍暖破輕裘。
困人天色，
醉人花氣，
午夢扶頭❷。
春慵恰似春塘水，
一片縠紋愁❸。
溶溶曳曳❹，
東風無力❺，
欲皺還休❻。

雲間透下明豔的日光，映升騰水氣，
如縷縷紫煙浮游天際。
春陽和煦，軀體浸透暖意。
正是困人天氣，
花香陣陣醉我心脾，
昏沉沉進入夢裡。
這慵倦的春思，帶一絲淡淡愁意，
宛若池塘碧水，泛著細細漣漪。
微波輕輕蕩漾，
東風柔弱無力，
春水時而皺起，時而平展靜謐。

【注釋】

❶酣酣：豔盛貌。宋之問〈寒食題黃梅臨江驛〉：「遙思故園陌，桃李正酣酣。」❷扶

頭：扶頭酒的省稱，指易醉之酒。白居易〈早飲湖州酒寄崔使君〉詩：「一榼扶頭酒，泓澄瀉玉壺。」此處指醉態。❸縠紋：見宋祁〈玉樓春〉注。❹溶溶曳曳：蕩漾貌。❺東風無力：李商隱〈無題〉詩：「東風無力百花殘。」❻皺，原本作「避」，據別本改。

醉落魄

范成大

棲鳥飛絕，
絳河綠霧星明滅❶。
燒香曳簟眠清樾❷。
花影吹笙，

【導讀】

〈醉落魄〉，詞調名，始見於張先詞。

細玩詞意，本篇約是范成大隱居石湖時所寫。詞中描繪了夏夜寂靜幽美的景色，以及作者在樹底乘涼、月下吹笙的閑雅的生活情趣，意境清絕，表現了作者孤芳自賞的幽獨心情。

「花影吹笙，滿地淡黃月」句，可同陳與義〈臨江仙〉：「杏花疏影裡，吹笛到天明」句比美。

棲鳥都已飛歸林間，
天河綠霧繚繞，星星閃爍，忽暗忽現。
點起馨香，鋪好竹席，睡在濃密樹陰下，
多麼清幽閑逸。
在扶疏的花影中吹笙，

滿地淡黃月。
好風碎竹聲如雪，
昭華三弄臨風咽❸。
鬢絲撩亂綸巾折❹。
涼滿北窗❺，
休共軟紅說❻。

月色淡黃，灑滿大地。
好風徐來，竹管聲清亮如雪，
玉笙再三吹奏，迎著晚風樂音漸歇。
我的白髮散亂，烏絲頭巾摺疊。
北窗下滿是清涼，這一番幽雅情味，
不要去對那些凡夫俗子談講，
他們可不能夠領會。

【注釋】

❶絳河：天河，見柳永〈戚氏〉注。❷簟：竹席，樾，交相蔭蔽的樹木。❸好風二句：宋翔鳳《樂府餘論》：「『好風碎竹聲如雪』寫笙聲也。『昭華三弄臨風咽吹』，已止也。」竹，指笙管。昭華，古樂器名。《晉書·律曆志》：「舜時西王母獻昭華之琯(管)，以玉爲之。」弄，吹奏。❹綸巾：見蘇軾〈念奴嬌〉注。❺北窗：陶潛〈與子儼等疏〉：「常言五六月中，北窗下臥，遇涼，風暫至，自謂是羲皇上人。」指閑適的隱士生活。袁去華〈六州歌頭·淵明祠〉：「北窗下，羲皇上，古人期。」此處暗用陶潛句意。❻軟紅：即紅塵，塵土，指那些熱衷於塵世功名利祿的人。

霜天曉角

范成大

晚晴風歇，
一夜春威折。
脈脈花疏天淡，
雲來去，
數枝雪。

【導讀】

〈霜天曉角〉，詞調名，始見於北宋林逋詞。又名〈月當窗〉。

此詞別本題作「梅」。上片以疏淡的筆墨描繪春日黃昏的景色，「脈脈」二字修飾梅花，賦予她生命和感情，描其神韻，同時表現作者的愛賞之意。「數枝雪」三字狀疏梅的形、色，與淡天閑雲相映襯，組成一幅清絕、勝絕的圖畫。過片承上讚嘆美景，抒寫當此良辰美景奈何天，作者滿懷情愫無誰告語的憂愁。末二句藉飛鴻訴說孤寂和月夜憑高念遠之情。

整首詞風調十分清婉含蓄。

一夜春寒凜冽，如今已失去威力、
傍晚時天晴風歇。
疏花脈脈含情，天色清淡，
浮游著幾片閑雲。
數枝幽梅開放，如白雪朵朵點綴平林。

勝絕，
愁亦絕，
此情誰共說。
惟有兩行低雁，
知人倚、
畫樓月。

這勝景美到極點，
我心中也愁到極限，
空對著良辰美景，
向誰去訴說我這一懷柔情。
只有兩行低飛的鴻雁，
知道我獨倚樓，
在靜靜的月夜裡把你思念。

蔡幼學

蔡幼學（一一五四～一二一七年），字行之，瑞安（今屬浙江）人。乾道八年（一一七二年）進士，試禮部第一。歷官寶謨閣直學士、提舉萬壽宮，進權兵部尙書兼太子詹事。《全宋詞》錄其詞一首。

蔡幼學

好事近

送春

日日惜春殘，
春去更無明日。
擬把醉同春住，
又醒來岑寂。
明年不怕不逢春，
嬌春怕無力。
待向燈前休睡，
與留連今夕。

【導讀】本詞用平易的語言抒寫惜春情懷，「一篇之中，三致意焉」。內容無甚新鮮，藝術上也不見出色。

日日惋惜春光已晚，
送春歸去，就再沒有美好的明天。
我想在醉夢中與春天同在，
又怕明朝醒來，她已悄悄去遠，
只剩下岑寂一片。
明年春天還會來到，
但嬌柔的她，卻依舊要被東風吹跑。
我將守在燈前終夜不眠，
留連這最後的春宵。

辛棄疾

辛棄疾（一一四〇～一二〇七年），字幼安，號稼軒。濟南歷城（今屬山東）人。廿一歲時曾聚眾二千參加耿京的抗金起義軍，二十三歲時決策南向，歸於南宋朝廷。二十四歲被任命江陰（今屬江蘇）簽判，此後又通判建康（今南京）、知滁州（今屬安徽）。其間他曾上〈美芹十論〉於朝，獻〈九議〉給宰相虞允文，力主抗金，並提出一整套計劃，均未得到反響。葉衡爲相，力荐辛棄疾慷慨有大略，歷任江西提點刑獄、湖北轉運使、治潭州（今湖南長沙）兼湖南安撫使、知隆興府（今江西南昌）兼江西安撫使。政績卓著，並不斷爲抗金復土大業作準備，後爲當權者所忌，自四十三歲起落職閒居信州上饒（今江西上饒市）達十八年之久。晚年又被起用，先後知紹興府兼浙東安撫使、知鎮江府。辛棄疾支持宰相韓侂胄北伐，但反對輕敵冒進，終於不被信任，再度被罷，齎志以歿。

辛棄疾是一位民族英雄、是偉大的愛國詩人，具出將入相的雄才大略而一生未得重用，便將滿腔忠憤寄之於詞，詞中反映出當時尖銳的民族矛盾和統治階級的內部矛盾，表現了他奮厲直前、堅決抗敵的雄心，以及壯志難酬的憤激不平之情，名作極多。另有許多描繪農村風光和農村生活的清新雋永的詞章，也有不少優美動人的愛情詞。辛棄疾存詞六百二十九首，列兩宋詞之首，內容博大豐厚，題材廣泛、風格多樣。

劉克莊讚曰：「公所作大聲鏜鞳，小聲鏗鏘，亦不在小晏（晏幾道）、秦郎（秦觀）之下」（〈辛稼軒集序〉），全面地概括了辛詞多方面的成就。他的詞或豪壯、或蒼涼、或清麗、或嫵媚、或雋逸、或沉鬱，各種風格均有傑作。無論是題材內容的廣闊，還是藝術造詣的高度，創作個性的鮮明，他都超越前人，而成爲詞史上最偉大的作家。有《稼軒長短句》十二卷。

辛棄疾

賀新郎

別茂嘉十二弟❶

【導讀】

鄧廣銘《稼軒詞編年箋注》將此詞列爲「瓢泉之什」（作年自一一九四年至一二〇二年）。

劉過有〈沁園春〉詞題爲〈送辛幼安弟赴桂林官〉，一方面稱讚辛茂嘉「入幕南來，籌邊如北，翻覆手高來去棋」，同時爲他感嘆：「何爲者，望桂林西去，一騎星馳」、辛棄疾在一首〈永遇樂〉中曾稱道茂嘉同自己一樣「烈日秋霜，忠肝義膽，千載家譜」。說明茂嘉南歸本爲北伐抗金，非但未得重用，又被貶到離前線更遠的廣西，這使辛棄疾不僅失去一個兄弟，也失去一起戮力從事復土大業的同志，他的遠離，表明抗金志士備受朝廷排擠、打擊的不幸命運，這是最令作者痛心的事。

辛棄疾在〈蝶戀花〉（送祐之弟）一詞中曾說：「不是離愁難整頓，被他引惹其他恨」，正可作爲此詞的注脚，它不是一首尋常的送別詞。

本篇不以敍當時情事爲主，而藉詠古發揮，列舉歷史上英雄美人辭家去國，鑄成千古莫贖的恨事來抒寫離恨，代茂嘉、也爲自己發出英雄壯志難酬的極度感愴。前人多說此詞類〈恨賦〉或〈擬恨賦〉，近人劉永濟認爲本之於唐人「賦得」詩而加以變化。

全詞一氣奔注，章法獨特，突破了上下闋的界限，渾然一片。陳廷焯讚此詞：「沉鬱蒼涼，跳躍動盪，古今無此筆力」（《白雨齋詞話》）。

綠樹聽鵜鴂❷，
更那堪、鷓鴣聲住❸，
杜鵑聲切❹。
啼到春歸無尋處❺，
苦恨芳菲都歇。
算未抵人間離別：
馬上琵琶關塞黑❻，
更長門、
翠輦辭金闕❼，
看燕燕，
接歸妾❽。

鵜鴂在綠樹間悲啼，令人心情哀切，
更那堪鷓鴣鳴聲剛停，
又聽得杜鵑聲聲淒咽。
啼到春歸無處尋覓，
苦恨百花都已凋謝。
但這種種悲愁，全比不上人間離別：
昭君在馬上彈著琵琶，邊關日暮，
一片昏黑，她遠離了漢家宮闕。
陳皇后乘著翠羽裝飾的車子，
獨自幽居長門，
從此和君王恩情斷絕。
莊姜寫下〈燕燕〉詩篇。
憂傷地送走歸妾。

將軍百戰聲名裂[9]，
向河梁、回頭萬里，
故人長絕[10]。
易水蕭蕭西風冷，
滿座衣冠似雪。
正壯士、悲歌未徹[11]。
啼鳥還知如許恨，
料不啼清淚長啼血，
誰共我，
醉明月？

李陵將軍身經百戰，投降異域聲名敗裂，
回望故國遙隔萬里，
在河橋同蘇武告別，永遠音信阻絕。
易水蕭蕭西風凜冽，
滿座賓客爲荊軻餞行，
白衣白帽皎潔如雪，
一曲悲歌還沒唱完，壯士毅然登車訣別。
啼鳥也知道人間種種離恨，
想來不啼清淚而聲聲泣血。
從今後有誰伴同我，
舉起酒杯共對明月？

【注　釋】

❶茂嘉：辛棄疾族弟，時因事貶官桂林（今廣西桂林）。❷鵜鴂：鳥名，鳴於暮春。見蔡伸〈柳梢青〉注。❸鷓鴣：鳥名，鳴聲淒切，如曰「行不得也哥哥」。❹杜鵑：鳥名，相傳爲古蜀帝杜宇所化，鳴聲哀切，如言：「不如歸去」。❺無尋處：原本作「無啼處」，據別本改。❻馬上句：用王昭君出塞事。昭君名嬙，漢元帝宮女，後以賜匈奴呼韓邪單于爲閼氏（王后）。石崇〈王明君辭序〉：「昔公主嫁烏孫，令琵琶馬上作樂，以慰其道路之思，其送明君亦必爾也。」❼更長門句：用陳皇后失寵事。司馬相如〈長門賦序〉：「孝武皇帝陳皇后，時得幸，頗妒。別在長門宮，愁悶悲思。……」❽看燕燕二句：《詩・邶風・燕燕》：「燕燕于飛，差池其羽。之子于歸，遠送于野。瞻望弗及，泣涕如雨。」毛傳：「燕燕，衛莊姜送歸妾也。」春秋時衛莊公妻莊姜，美而無子，莊公妾戴嬀生子完，莊公死，完繼立爲君。州吁作亂，完被殺，戴嬀離衛歸陳，莊姜爲其送別，作此詩。❾將軍句：李陵，漢武帝時的名將。司馬遷〈報任安書〉載其「提步卒不滿五千」，與匈奴「單于連戰十有餘日，所殺過當，虜救死扶傷不給。旃裘之君長咸震怖，乃悉征其左右賢王，舉引弓之民，一國共攻而圍之。轉鬥千里，矢盡道窮，救兵不至，士卒死傷如積」，最後降敵，毀壞了聲名。❿向河梁二句：用李陵別蘇武事。河梁，橋。故人，指蘇武。相傳爲李陵〈別蘇武詩〉：「攜手上河梁，遊子暮何之？」⓫易水三句：《史記・刺客列傳》載燕太子丹使荊軻出使秦國，「太子及賓客知其事者，皆白衣冠送之。至易水之上，既祖（餞行），取道。高漸離擊筑，荊軻和而歌，爲變徵之聲。士皆垂淚涕泣。又前而歌曰：『風蕭蕭兮易水寒，壯士一去兮不復還！』復爲羽聲慷慨。士皆瞋目，髮盡上指冠。於是荊軻就車而去，終已不顧。」

辛棄疾

念奴嬌

書東流村壁

【導讀】

鄧廣銘《稼軒詞編年箋注》說此詞當作於淳熙五年（一一七八年）自江西帥召爲大理少卿，清明前後途經池州（今屬安徽）東流縣某村時作。

這首詞描寫作者經行舊地，回憶當初的一段愛情生活，如今人去樓空，徒增惆悵、悲恨，因而感慨萬端。

上片點明時間，借東風清冷述旅況淒清，「曲岸」幾句回首往事，以下翻用蘇軾〈永遇樂〉句子而別出新意。過片三句表明對方身分爲青樓女子，並藉行人之目寫出那女子的嬌美，以及作者尋覓不見的悵惘。「舊恨」二語「矯首高歌，淋漓悲壯」（陳廷焯《白雨齋詞話》），已不限於離愁別緒的抒發，而自然地融入身世之慨、家國之恨，並將之化作春江流水、雲山千疊具體可感的形象。「料得」以下設想縱然日後重見，對方已屬他人，如鏡花水月可望而不可即。煞拍以問句結，感慨淋漓，耐人尋味。此詞內涵豐富，清壯悲涼，自然動人。

野棠花落❶，
又匆匆過了清明時節。

野海棠花紛紛飄落，
又匆匆過了清明時節，

剗地東風欺客夢❷，
一枕雲屏寒怯。
曲岸持觴，
垂楊繫馬，
此地曾輕別❸。
樓空人去，
舊遊飛燕能說❹。
聞道綺陌東頭❺，
行人曾見，
簾底纖纖月❻。
舊恨春江流不盡❼，

東風偏偏欺凌行客，
　無端地把我的短夢驚覺，
冷氣侵襲孤枕雲屏，
　身上只覺得陣陣寒怯。
在那彎曲的河岸邊，我和她曾一同飲宴，
垂楊下把馬兒栓繫，我們盡情遊歷，
又在此地輕易別離。
如今樓空人去，一片落寞，
舊時飛燕依然棲息，
　它們能夠敘述往日歡樂。
聽說在繁華街道的東面，
行人曾經看到過她，
　簾底秀足如新月纖纖，
　可我又能去何處尋覓？
舊恨如春江東流，無盡無休，

新恨雲山千疊。
料得明朝，
尊前重見，
鏡裡花難折❽。
也應驚問，
近來多少華髮？

新恨像雲山千疊綿延不絕。
假如有一天，
我又和她在酒宴上重見，
她也像鏡裡的空花，再不能採摘。
她會驚訝地問我，
頭髮爲什麼變得這樣花白？

【注釋】

❶野棠句：沈約〈早發定山〉詩：「野棠開未落，山英發欲然。」野棠，原本作「野塘」，據別本改。❷剗地：只是，無端。❸曾輕別：原本作「曾經別」，據別本改。❹樓空二句：蘇軾〈永遇樂〉詞：「燕子樓空，佳人何在？空鎖樓中燕。」此處化用其意。❺綺陌：原指縱橫交錯的道路，宋人用以指花街柳巷。柳永〈戚氏〉詞：「綺陌紅樓，往往經歲遷延。」❻行人二句：蘇軾〈江城子〉詞：「門外行人，立馬看弓彎。」龍沐勛《東坡樂府箋》：「弓彎，謂美人足也。」纖纖月，即指足。劉過〈沁園春〉（詠美人足）結句：「知何似，似一鉤新月，淺碧籠雲。」可證。❼舊恨句：李煜〈虞美人〉詞：「問君能有幾多愁？恰似一江春水向東流。」此用其意。❽鏡裡花：〈圓覺經〉：「用此思維，辨於佛鏡，猶如空華，復結空果。」

漢宮春

辛棄疾

立春

【導讀】

有人據本詞中「年時燕子」之句，斷定它是辛棄疾南歸之初所作，但從本篇骨子裡所隱藏的那種極度沉重淒傷的情感來看，更像是他政治上屢遭挫折、飽歷滄桑之後的作品，而不像血氣方剛的青年時代所寫。

辛詞常常在表面抒發的情思外，內裡又還暗含著一種境界、一種底蘊，與表面的情思相映襯，給人一種深美閎約的雙重印象，這首立春記錄感懷的詞章就很有代表性。詞中表面上對時序更迭、流光易逝發出感慨，甚至戲謔地哂笑東風，而實際上，那些話字字含淚，內在的感情淒楚沉咽。詞中所說的「清愁不斷」，不是春花秋月的閒愁，而是英雄報國無門的深哀巨痛。「問何人」句是對乞和苟安的小朝廷的質問，末幾句抒發作者觸景傷情的極度悲哀。

這首詞把其豐富複雜的愛國、憂國之情，藉要眇委婉的方式表達出來，感人至深。章法上起承轉合自然圓轉。

春已歸來，
看美人頭上，裊裊春幡❶。
無端風雨，

春天來了，
你看美人頭上搖曳著春幡，
無情風雨，

未肯收盡餘寒。
年時燕子，
料今宵夢到西園[2]。
渾未辦、黃柑薦酒，
更傳青韭堆盤[3]。
卻笑東風，
從此便熏梅染柳，
更沒些閒。
閒時又來鏡裡，
轉變朱顏。
清愁不斷，

卻不肯收拾起殘留的輕寒。
去年的燕子，
想今宵夢裡會飛到京都故國，
我沒有心情置辦黃柑新酒，
更不曾準備青韭春盤。
暗笑東風，
從此將忙著熏梅染柳，
再沒有一些兒空閑，
好容易有點空閒，
就跑來改變鏡中人青春的容顏。
我心中憂愁綿綿不斷，

問何人會解連環❹。
生怕見花開花落，
朝來塞雁先還。

請問有誰能解開連環？
我生怕看花開花又落，
早晨，見塞雁先自飛還。

【注釋】

❶春幡：《苕溪漁隱叢話》云：「《荊楚歲時記》云：『立春日悉剪彩爲燕子以戴之。』故歐陽永叔詩云：『不驚樹裡禽初變，共喜釵頭燕已來。』鄭毅夫云：『漢殿斗簪雙彩燕，並知春色上釵頭。』皆立春日帖子詩也。」❷西園：漢上林苑的別稱，此處借指京都園林。❸黃柑二句：《遵生八箋》：「立春日作五辛盤，以黃柑釀酒，謂之洞庭春色。故蘇詩云：『辛盤得青韭，臘酒是黃柑。』」❹解連環：見周邦彥〈解連環〉注。

【導讀】

本篇與另一首〈賀新郎〉（別茂嘉十二弟）章法結構和表現手法頗相類似。

本篇網羅歷史上一系列有關琵琶的故事，藉以抒發家國盛衰興亡之恨和個人身世不偶之慨。開頭以楊貴妃彈奏名貴琵琶來表現大唐盛世的風光，依次寫到「霓裳曲罷」、國勢衰微的情形，又借白居易潯陽江頭送客聽琵琶曲，自抒天涯飄零的感觸。以下用昭君故事，比喻徽、欽二帝離鄉去國之悲。過片又藉思婦彈奏琵琶傳達對遼陽征人的懷念，抒發作者對北國中原的思情。末幾句寫出盛世一去不復的無限感傷，餘音裊裊，不絕如縷。

陳霆說：「此篇用事最多，然圓轉流麗，不爲事所使，的是妙手」（《渚山堂詞話》）。作者的精忠之懷，藉淒婉要眇之手法曲折表達，運密入疏，化實作虛。沉綿深摯，字字嗚咽。

賀新郎

辛棄疾

賦琵琶

鳳尾龍香撥[1]，
自開元霓裳曲罷[2]，
幾番風月。
最苦潯陽江頭客[3]，
畫舸亭亭待發[4]。
記出塞、

楊妃的琵琶多麼名貴精美，龍香柏製成弦撥，檀木槽板刻著金色鳳尾。
開元間盛行霓裳羽衣曲，美妙的音樂一旦消歇，
從那時又過了幾多歲月！
最苦是潯陽江頭的詩客，
亭亭畫船就要出發，忽聽水上傳來幽咽的琵琶。
記得昭君出塞，

黃雲堆雪。
馬上離愁三萬里，
望昭陽、
宮殿孤鴻沒❺，
弦解語，
恨難說。
遼陽驛使音塵絕❻，
瑣窗寒、
輕攏慢捻❼，
淚珠盈睫。
推手含情還卻手❽，

邊關上黃雲沉沉堆疊如雪。
離鄉去國三萬里，馬上琵琶訴哀怨不絕。
回望昭陽宮殿，
只見天邊孤鴻飛遠。
弦索縱然解人心情，
千古幽恨也難說盡。
征人一去遼陽多少年，
驛使從不曾帶來書信，
雕花的窗扉寂寞冷清。
閨中人懷抱琵琶，慢慢地揉弦輕輕地捻，
睫毛上凝結著盈盈的淚花。
她含情脈脈，一會兒推手，一會兒卻手，

一抹梁州哀徹❾。
千古事、
雲飛煙滅。
賀老定場無消息❿，
想沉香亭北繁華歇⓫，
彈到此，
爲嗚咽。

奏一曲悲涼激越的〈梁州〉。
古往今來所有的事，
雲飛煙滅，不留蹤跡。
賀老的壓場絕藝再沒有消息，
沉香亭北斜倚欄杆，
那繁華盛世也已成爲過去，
彈到此地，
不由人傷心哭泣。

【注釋】

❶鳳尾句：《明皇雜錄》載楊貴妃琵琶，以龍香柏爲撥，以邏逤檀爲槽，有金縷紅紋，蹙成雙鳳。鄭嵎〈津陽門〉詩：「玉奴琵琶龍香撥。」蘇軾〈聽琵琶〉詩：「數弦已品龍香撥，半面猶遮鳳尾槽。」❷自開元句：開元，唐玄宗年號（七一三～七四一年），爲唐代鼎盛時期。杜甫〈憶昔〉詩：「憶昔開元全盛日，小邑猶藏萬家室。」霓裳曲罷，指天寶末安史亂起，國運從此衰頹。白居易〈長恨歌〉：「漁陽鼙鼓動地來，驚破霓裳羽衣曲。」白居易〈法曲〉詩注：「霓裳羽衣曲，起於開元，盛於天寶」，爲盛唐最流行的大曲。❸最苦句：白居易〈琵琶行〉序云：「元和十年（八一五年），予左遷九江郡司馬。

明年秋，送客湓浦口，聞船中有夜彈琵琶者。聽其音，錚錚然有京都聲。……予出官二年，恬然自安，……是夕始覺有遷謫意。」❹畫舸句：鄭文寶〈柳枝詞〉「亭亭畫舸繫春潭。」❺記出塞三句：用王昭君琵琶出塞故事，見辛棄疾〈賀新郎〉（別茂嘉十二弟）注。歐陽修〈明妃曲〉：「不識黃雲出塞路，豈知此聲能斷腸。」《三輔黃圖》卷二：「未央宮有增城、昭陽殿。」❻遼陽句：沈佺期〈獨不見〉詩：「九月寒砧催木葉，十年征戍憶遼陽。」此處泛指北國中原。❼輕攏慢撚：琵琶的指法，白居易〈琵琶行〉：「低眉信手續續彈，說盡心中無限事。輕攏慢撚抹復挑，初爲霓裳後六么。」❽推手句：《釋名》：「琵琶本於胡中馬上所鼓也。推手前曰琵，引手却曰琶，故以爲名。」歐陽修〈明妃曲〉：「推手爲琵却手琶，胡人共聽亦咨嗟。」❾梁州：唐時曲調名，亦作〈涼州〉，王灼《碧雞漫志》卷三云：「《唐史》及傳載稱：『天寶樂曲，皆以邊地爲名，若涼州、伊州、甘州之類。」又引《脞說》云：「〈西涼州〉本在正宮，貞元初，康昆倉翻入琵琶玉宸宮調……即黃鍾也。」元稹〈連昌宮詞〉：「逡巡大遍梁州徹，色色龜茲轟陸續。」❿賀老句：元稹〈連昌宮詞〉：「夜半月高弦索鳴，賀老琵琶定場屋。」賀老，唐賀懷智，開元、天寶之善彈琵琶者。定場：猶言 壓場、壓軸。⓫沉香亭：唐長安興慶宮圖龍池東有沉香亭。《松窗雜錄》載唐玄宗與楊貴妃於沉香亭觀賞牡丹。「命李龜年持金花箋宣賜翰林學士李白，進〈清平調〉三章」，其三云：「解釋春風無限恨，沉香亭北倚闌干。」

水龍吟

辛棄疾

登建康賞心亭❶

【導讀】

此詞作於淳熙元年(一一七四年)，作者時在建康任江東安撫司參議官。辛棄疾滿懷報國熱情起義南歸，志在澄清中原，但在以投降爲國策的政治局勢下，他滿腹經綸無處施展，長期沉淪下僚浪擲華年，這使他感到極其壓抑、憤懣，便藉登臨之際，把一腔鬱悶宣洩出來。

上片寫景，高遠開闊，景中寓情。「落日」六句意境悲涼，形象地表現了英雄無用武之地的苦悶。下片連用張翰、許汜、桓溫三個典故，迂迴曲折地訴說了他既不願歸隱江湖、更不屑求田問舍替個人經營，同時又爲國勢飄搖，自己不能及時建功立業，卻白白地虛度大好光陰痛心疾首的複雜感情，末幾句抒發時無知己之慨，與上片「無人會、登臨意」遙相呼應，章法嚴謹。

本詞將英雄失路之感盡情寫出，如聞垓下悲歌。譚獻說此詞「裂竹之聲，何嘗不潛氣內轉」(《譚評詞辨》)，它既有碧海掣鯨的偉力，又有悱惻深婉的感情，思想內容豐富，藝術手法精美，不愧是傳世名作。

楚天千里清秋，
水隨天去秋無際。

南方千里一派清秋，水光接天，
秋色無邊無際。

遙岑遠目[2]，
獻愁供恨，玉簪螺髻[3]。
落日樓頭，
斷鴻聲裡，
江南遊子，
把吳鉤看了[4]，
闌干拍遍[5]，
無人會、
登臨意。
休說鱸魚堪膾，
盡西風、

眺望遠處的山峰，
像螺髻玉簪一樣美麗，
卻只是觸發人許多愁恨憂鬱。
斜陽中我獨立樓頭，
聽孤雁聲聲哀叫，
我這客居江南的遊子，
空自端詳著閒置的寶刀。
拍遍欄杆徘徊不已，
沒有人理解，
登臨的此刻，滿懷憤激情緒。
不必說鱸魚膾是怎樣的美味，
任隨西風勁吹，

季鷹歸未❻？
求田問舍，
怕應羞見，
劉郎才氣❼。
可惜流年，
憂愁風雨❽，
樹猶如此❾。
倩何人喚取，
紅巾翠袖❿，
搵英雄淚⓫。

我卻不願學張季鷹棄官而歸，
更不願學許汜置地買房，
一心只爲自己，
被英雄劉備輕視鄙夷。
我惋惜似水年華，
在風雨飄搖中白白拋棄，
可嘆連無知無覺的樹木，
都會隨著歲月漸漸老去。
讓誰來請託
紅巾翠袖的美人，
把我這失意英雄的淚水拭去。

【注釋】

❶一般人認爲此詞係辛棄疾於乾道間（一一六八～一一七〇年）建康通判任上作，鄧廣銘《稼軒詞編年箋注》認爲從詞意看，非初官建康所寫，而繫年淳熙元年（一一七四年），

所見極是。賞心亭，《景定建康志》卷二十二：「賞心亭在下水門之城上，下臨秦淮，盡觀覽之勝。丁晉公謂建。」❷遙岑句：韓愈〈城南聯句〉：「遙岑出寸碧，遠目增雙明。」此用其語。❸玉簪螺髻：韓愈〈送桂州嚴大夫〉詩：「江作青羅帶，山如碧玉簪。」皮日休〈縹緲峰〉詩：「似將青螺髻，撒在明月中。」又周邦彥〈西河〉詞：「山圍故國，繞清江，髻鬟對起」。此用其意。❹吳鉤：一種彎形的刀。《吳越春秋・闔閭內傳》：「闔閭命於國中作金鉤，令曰：『能爲善鉤者賞之百金。』有人殺其二子，以血釁金，成二鉤，獻於闔閭。」因稱吳鉤。杜甫〈後出塞〉詩：「少年別有贈，含笑看吳鉤。」李賀〈南園〉詩：「男兒何不帶吳鉤，收取關山五十州。」❺闌干句：王辟之《澠水燕談錄》卷四：「劉孟節先生概，青州壽光人。……少時多居龍興僧舍之西軒，往往憑闌靜立，懷想世事，吁噓獨語，或以手拍闌干。嘗有詩曰：『讀書誤我四十年，幾回醉把闌干拍。』」此用其意。❻休說二句：《晉書・張翰傳》：「翰（字季鷹）因見秋風起，乃思吳中菰菜、蒓羹、鱸魚膾，曰：『人生貴得適志，何能羈宦數千里以要名爵乎？』遂命駕而歸。」此處翻用其意，表示雖然思念故鄉，但一則有家難歸，一則不願隱居無爲。❼求田三句：《三國志・魏志・陳登傳》：「許汜與劉備並在荊州牧劉表坐，表與備共論天下人，汜曰：『陳元龍湖海之士，豪氣不除。』……備問汜：『君言豪，寧有事耶？』汜曰：『昔遭亂過下邳，見元龍。元龍無客主之意，久不相與語，自上大床臥，使客臥下床。』備曰：『君有國士之名，今天下大亂，帝主失所，望君憂國忘家，有救世之意，而君求田問舍，言無可採，是元龍所諱，何緣當與君語？如小人，欲臥百尺樓上，臥君於地，何但上下床之間耶？』」求田問舍，置地買房。劉郎，指劉備。❽可惜句：蘇軾〈滿庭芳〉詞：「百年裡，渾教是醉，三萬六千場。思量，能幾許，憂愁風雨，一半相妨。」此處化用其意。❾樹猶如此：劉義慶《世說新語・言語》：「桓公（桓溫）北伐，經金城，見前爲琅琊時種柳皆已十圍，慨然曰：『木猶如此，人何以堪！』」

攀枝折條，泫然流淚。」庾信〈枯樹賦〉引桓溫語作「樹猶如此，人何以堪！」❿紅巾翠袖：指歌女。宋時宴席上多用歌妓勸酒，故云。⓫搵：揩拭。

辛棄疾

摸魚兒

淳熙己亥，自湖北漕移湖南❶，同官王正之置酒小山亭❷，爲賦。

【導讀】

〈摸魚兒〉，一名〈摸魚子〉，唐教坊曲名，後用爲詞調。本意當爲捕魚，出自民歌。始見於晁補之詞，因其首句有「買陂塘」，故又稱〈買陂塘〉，另稱〈邁陂塘〉、〈雙蕖怨〉。

這首詞別本題作「暮春」，寫作背景作者在詞序中講得很清楚。辛棄疾一生以抗金復土爲己任，但自一一六二年南歸後一直未受朝廷重用，一一七九年，又從本已與北伐事業毫不相干的湖北錢糧官之任調往湖南，這使他十分失望，便寫下這篇名作。

作者使用香草美人的比興手法，藉一個女子惜春、留春、怨春的感情，表達自己年華虛度、有志難展的鬱悶，又藉陳皇后的故事，暗喻自己受到排擠，滿腔愛國熱忱無處申述的痛苦。

作者在他同年寫的〈論盜賊札子〉中說：「平生剛拙自信，不爲眾人所容，恐言未脫口而禍不旋踵。」詞中「脈脈此情誰訴」、「蛾眉曾有人妒」即指這種不被信任反遭讒毀的難危處境。結尾處以「斜陽煙柳」比擬國家前途黯淡，羅大經《鶴林玉露》說「詞意殊怨」，孝宗「見此詞頗不悅」，可見它包含了深刻的政治內容。

更能消幾番風雨，
匆匆春又歸去。
惜春長怕花開早，
何況落紅無數。
春且住，
見說道、
天涯芳草無歸路。
怨春不語。

還能經得住幾番風雨，
春天又將匆匆歸去，
珍惜春光我總怕花開太早，
何況眼前飄落紅花無數。
春天呵，你且停步，
難道沒聽說
芳草已鋪滿天涯，遮斷了你的去路？
我怨春天默默不語。

這首詞抒寫沉痛的愛國感情、激烈的政治幽憤，卻並不劍拔弩張，而是「斂雄心，抗高調，變溫婉，成悲涼」（周濟《宋四家詞選》），藉淒美的意象，以哀婉的腔調唱出，千回百轉，寄託遙深，因而特別富有詩意，這類蘊藉沉鬱的篇章，是辛詞的第一等作品。

算只有殷勤，畫檐蛛網，
盡日惹飛絮。
長門事，
準擬佳期又誤，
蛾眉曾有人妒。
千金縱買相如賦，
脈脈此情誰訴❸？
君莫舞！
君不見、
玉環飛燕皆塵土❹。
閒愁最苦❺，

看起來，只有畫檐蛛網爲留住春光，
成天殷勤地沾惹著紛揚的柳絮。
長門宮盼望佳期，
一定又被貽誤，
我美麗的容顏讓她們嫉妒。
縱然用千金買得相如的辭賦，
這一片脈脈深情又向誰人去傾訴？
不要得意飛舞！
你們沒看見，
玉環和飛燕，寵極一時，
剎那間也化作塵土。
閒愁折磨人最苦！

休去倚危闌，
斜陽正在，
煙柳斷腸處。

別去倚靠高樓的欄杆遠望，
一輪就要沉落的斜陽，
正照著暮煙迷離的楊柳，
那令人傷心欲絕之處。

【注釋】

❶漕：漕司，轉運使，掌管一路財賦的地方官。❷王正之：王正己，字正之，曾任右司郎官、太府卿等職，爲辛棄疾的舊交。此時正接替辛的職務，故稱「同官」。小山亭：在湖北轉運副使官署內。府署在鄂州（今武漢市）。❸長門事五句：司馬相如〈長門賦序〉：「孝武皇帝陳皇后，時得幸，頗妒，別長門宮，愁悶悲思。聞蜀郡成都司馬相如，天下工爲文，奉黃金百斤，爲相如、文君取酒，因於解悲愁之辭，而相如爲文以悟主上，陳皇后復得幸。」李白〈白頭吟〉：「聞道阿嬌失恩寵，千金買賦要君玉。」〈長門賦序〉非司馬相如所寫，史傳亦無陳皇后復得親幸的記載。作者將賦序、詩句與史傳組合起來說明由於有人嫉妒，陳皇后才未能再得親幸。蛾眉，借指美人，屈原〈離騷〉「眾女嫉余之蛾眉兮，謠諑謂余以善淫。」❹玉環：楊貴妃小名玉環，唐玄宗的寵妃，安史亂起，玄宗幸蜀途中，賜死於馬嵬坡。飛燕：漢成帝寵幸的皇后趙飛燕，後廢爲庶人，自殺。二人皆以善妒著名。❺閒愁：表面說是「閒愁」，實際上是指精神上深深的苦悶。

辛棄疾

永遇樂

京口北固亭懷古❶

【導讀】

這首詞作於寧宗開禧元年（一二〇五年），其時辛棄疾爲鎭江知府，已六十六高齡。

本篇藉懷古爲題，抒寫對於政治局勢及自身遭遇的無限感慨。當時宰相韓侂胄準備北伐，作者一方面堅決主張抗金，同時又擔心輕敵冒進會招致覆車之禍，而對當權者不能眞正理解他、信任他、委之以重任，感到十分悒鬱憤懣。

此詞的特點是多用典故，且極其貼切，擴展、豐富了詞的內涵。組織在詞中的有孫權、劉裕、劉義隆、廉頗等一連串歷史人物，通過對他們的褒貶，反映出作者堅持收復中原失地的雄心大志，反對輕率從事的謀國忠誠和年紀老大壯志莫酬的抑塞心情；假使不用這典故，就很難將那些許多複雜、曲折的意思如此完密地表達出來，詞中所用的典故還充分體現了本地風光。

詞格蒼勁沉鬱，豪壯中又帶有悲涼的意味，令人回腸蕩氣。本詞爲千古名篇。楊愼《詞品》甚至不無偏激地說：「辛詞當以〈永遇樂〉（京口北固亭懷古）爲第一。」

千古江山，

英雄無覓、孫仲謀處❷。

江山千古依舊，

割據的英雄孫仲謀，卻已無處尋覓。

舞榭歌臺，
風流總被、
雨打風吹去。
斜陽草樹，
尋常巷陌，
人道寄奴曾住[3]。
想當年，
金戈鐵馬，
氣吞萬里如虎[4]。
元嘉草草[5]，
封狼居胥，

無論繁華的舞榭歌臺，
還是英雄的流風餘韻，
總被無情風雨吹打而去。
那斜陽中望見的草樹，
那普通百姓的街巷，
人們說寄奴曾經居住。
遙想當年，
他指揮著強勁精良的兵馬，
氣吞驕虜一如猛虎。
元嘉帝多麼輕率魯莽，
想建立不朽戰功封狼居胥，

贏得倉皇北顧❻。　　卻落得倉皇逃命，北望追兵淚下無數。

四十三年，望中猶記、　　還記得四十三年前，

烽火揚州路❼。　　我戰鬥在硝煙瀰漫的揚州路。

可堪回首、　　眞是不堪回首，

佛狸祠下，　　敵占區的廟宇，

一片神鴉社鼓❽。　　神鴉叫聲應和著喧鬧的社鼓。

憑誰問，　　有誰會來尋問，

廉頗老矣，　　廉頗將軍年紀已老，

尚能飯否❾？　　他的身體是否強健如故？

【注釋】

❶京口：今江蘇鎮江市，以其地有京峴山、城在長江之口得名。北固亭，在鎮江市東北北固山上，北面長江。又名北顧亭、北固樓。❷孫仲謀：孫權字仲謀，三國時東吳國主，曾在京口建都，赤壁之戰，大破曹操軍隊。❸寄奴：南朝宋武帝劉裕字德輿，小名寄奴，其先世彭城（今江蘇徐州）人，後遷居京口。劉在此生長。❹想當

年三句：晉安帝義熙五年（四〇九年）、十二年（四一六年），劉裕曾兩次統率晉軍北伐，先後滅南燕、後秦，收復洛陽、長安等地，此指其事。❺元嘉：宋文帝劉義隆（劉裕子）年號（四二四～四五三年），此借指劉義隆。❻封狼居胥兩句：意謂劉義隆不能繼承父業，徒自好大喜功，輕率北伐慘敗，幾乎危及國本。狼居胥，一名狼山，在今內蒙古自治區中部。《史記・霍去病傳》載驃騎將軍霍去病追擊匈奴單于至狼居胥，封山而還。《宋書・王玄謨傳》：「玄謨每陳北侵之策，上（宋文帝）謂殷景仁曰：『聞玄謨陳說，使人有封狼居胥意。』」又《南史・宋文帝紀》載元嘉二十七年（四五〇年）王玄謨北伐失敗後，「十二月庚午，魏太武帝率大眾至瓜步，聲欲渡江。都下震懼，咸荷擔而立。……」宋文帝對北伐事表示了懺悔，《宋書・索虜傳》載宋文帝詩有「北顧涕交流」語。當時韓侂胄試圖北伐而準備不足，辛棄疾借元嘉北伐慘敗事作爲針砭，後來的事情果然被作者不幸而言中。❼四十三年兩句：作者於高宗紹興三十二年（一一六二年）南歸，至此四十三年，南歸前，他曾在揚州以北參加抗金戰爭。揚州路，指淮南東路。「烽火」，原本作「燈火」，據別本改。❽可堪兩句：以敵占區廟宇香火正盛，暗示北方土地人民已非我有。魏太武帝拓跋燾小名佛狸，擊敗王玄謨軍後，他曾率追兵至長江北岸的瓜步山（在今江蘇六合縣東南二十里處），在山上建立行宮，即後來的佛狸祠。神鴉，廟裡吃祭品的烏鴉。社鼓，社日祭神時擊鼓。❾憑誰問三句：意謂朝廷不關心、不重視年老而富有經驗的抗敵將士。《史記・廉頗藺相如列傳》：「趙使者既見廉頗，廉頗爲之一飯斗米、肉十斤，被甲上馬，以示尚可用。趙使者還報王曰：『廉將軍雖老，尚善飯，然與臣坐，頃之，三遺矢矣。』趙王以爲老，遂不召。」辛棄疾作此詞前夕，「坐謬舉，降兩官」（《宋會要・職官・黜降官十一》），處境及心情與廉頗有相似之處，故用以自況。

木蘭花慢

辛棄疾

滁州送范倅❶

老來情味減，
對別酒，
怯流年❷。

【導讀】

〈木蘭花慢〉，〈木蘭花令〉原爲唐教坊曲名，後用爲詞調，〈木蘭花慢〉由此調變化而來。始見於柳永詞。

本詞作於乾道八年（一一七二）滁州（今屬安徽）知州任上。辛棄疾一生以整頓乾坤爲己任，南歸多年卻輾轉州縣，投閒置散，始終不能一展素抱，內心極度悒鬱憤懣，在這首普通的送友詞中，也深深地表達了有志難伸的感愴。

上片抒寫惜別之情及老大無成之感，悲涼慷慨，情濃意遠。下片純由浪漫的想像生發，設想友人入京後「留教視草，卻遣籌邊」，備受重用的情形，而這，正是作者長年的夢想，他多麼希望「尊前飛下，日邊消息」（〈滿江紅〉），但他清楚地知道，朝廷是不會讓抗金派抬頭的，於是在弦管剛奏到激烈高亢處，忽然一落千丈，作變徵之聲，寫出英雄躍躍欲試，卻「報國欲死無戰場」（陸游〈隴頭水〉）的可悲現狀，令人感嘆欷歔。

這首詞起伏跌宕，一波三折，極沉鬱頓挫之致。

老來生活情味漸漸消減，
對著別離酒宴，
深深惋惜飛逝的流年。

況屈指中秋，
十分好月，
不照人圓。
無情水都不管，
共西風、
只管送歸船。
秋晚蓴鱸江上[3]，
夜深兒女燈前[4]。
征衫，
便好去朝天，
玉殿正思賢。

何況中秋臨近，
明月十分美滿，
卻不照人團圓。
人間恨事無情江水全都不管，
和西風一道，
只管遠送你的船。
晚秋天，江上有鮮美的鱸魚、蓴菜，
夜深沉，你將返回故國，
和兒女一同歡聚燈前。
穿著旅行的衣衫，
你好去把天子覲見，
朝廷正要任能用賢。

想夜半承明❺，
留教視草❻，
卻遣籌邊。
長安故人問我：
道愁腸殢酒只依然❼。
目斷秋霄落雁，
醉來時響空弦❽。

我料想一定會留你在承明廬，
半夜裡草擬詔書，
又派你籌畫邊事去到前沿。
長安故人若是向你詢問，
就說我依然愁腸百結，總是在酒鄉沉湎。
醉中我仰望秋空飛落的鴻雁，
常常情不自禁地拉響空弦。

【注釋】

❶范倅：范昂，乾道六年（一一七〇年）任滁州通判，乾道八年（一一七二年）秋離任。倅，副職。❷對別酒二句：蘇軾〈江城子〉（東武雪中送客）詞：「對尊前，惜流年。」❸秋晚句：用張翰事，見辛棄疾〈水龍吟〉注。❹夜深句：黃庭堅〈寄叔父夷仲〉詩：「刀弓陌上望行色，兒女燈前語夜深。」❺承明：漢有承明廬，爲朝官值宿之處。❻視草：爲皇帝草擬制詔之稿。《舊唐書·職官志》翰林院條：「玄宗即位，張說等召入禁中，謂之翰林待詔……或詔從中出，雖宸翰所揮（皇帝手書），亦資其檢討（讓他校閱），謂之視草。❼愁腸句：韓偓〈有憶〉詩：「愁腸殢酒人千里。」殢酒：困於酒，沉溺於

酒。

❽目斷二句：《戰國策・楚策》：「更羸與魏王處京臺之下，仰見飛鳥，更羸謂魏王曰：『臣為君引弓虛發而射鳥。』……有間，雁從東方來，更羸以虛發而下之。」

祝英臺近

辛棄疾

【導　讀】

〈祝英臺近〉，一名〈祝英臺〉，詞調名。毛先舒《塡詞名解》卷二引《寧波府志》所載東晉流傳下來的梁、祝故事，謂此調即取其中的女主角祝英臺為名。始見於蘇軾詞。

此詞別本題作「晚春」，是一首閨怨詞。論家多認為有政治託意，卻依據不足，很難指實。

沈謙《塡詞雜說》讚云：「稼軒詞以激揚奮厲為工，至『寶釵分，桃葉渡』一曲，昵狎溫柔，魂銷意盡，詞人伎倆，眞不可測。」這段話說明辛棄疾無施不可的創作才能，既能作千丈松，也能畫寸人豆馬。作者的門生范開在〈稼軒詞序〉中早已指出「其詞固有淸而麗、婉而嫵媚」者，本詞就頗具代表性，作者以其溫柔纏綿的筆觸，抒發閨中少婦傷春復傷別的感情，把她的多愁善感、柔媚深情、嬌嗔天眞，刻畫得聲情畢肖、出神入化。

詞中：「試把花卜歸期，才簪又重數」二句，將人在極度渴念中，寄希望於某種徵兆、細膩而複雜的心情，描繪得淋漓盡致。

此詞穠纖綿密，實不在小晏、秦郎之下。

寶釵分[1]，桃葉渡[2]，
煙柳暗南浦[3]。
怕上層樓，
十日九風雨。
斷腸片片飛紅，
都無人管，
更誰勸啼鶯聲住？
鬢邊覷[4]，
試把花卜歸期[5]，
才簪又重數。
羅帳燈昏，

桃葉渡口，我和他分釵別離，
河岸邊煙霧茫茫，柳蔭幽暗濃密。
我眞怕登上高樓憑倚，
十天倒有九天風雨淒淒，
飛紅片片令我悲傷，
卻全然沒有人理，
更有誰勸住黃鶯，
不要一聲聲催芳春歸去。
對鏡斜看我鬢邊的花朵，
試數花瓣把他的歸期占卜，
才把花兒插上鬢髮，摘下又重新再數。
殘燈閃著昏暗光芒，映照我寂寞的羅帳，

哽咽夢中語：
是他春帶愁來，
春歸何處？
卻不解帶將愁去。❻

我獨自嗚咽夢囈：
是他春天將愁帶來，
春歸哪裡，
卻不懂得把愁帶去。

【注釋】

❶寶釵分：分釵作為別離紀念，南宋時猶盛行。南朝梁陸罩〈閨怨〉詩：「自憐斷帶日，偏恨分釵時。……欲以別離意，獨向蘼蕪悲。」白居易〈長恨歌〉：「惟將舊物表深情，鈿合金釵寄將去。釵留一股合一扇，釵擘黃金合分鈿。」❷桃葉渡：晉王獻之與妾作別處，在南京秦淮河與青溪合流處。《隋書·五行志》：「陳時，江南盛歌王獻之桃葉（妾名）之詞曰：『桃葉復桃葉，渡江不用楫。但渡無所苦，我自迎接汝。』此處泛指。❸南浦：屈原〈九歌·河伯〉：「送美人兮南浦。」江淹〈別賦〉：「春草碧色，春水綠波。送君南浦，傷如之何。」此處泛指分別地。❹覷：斜視。❺試把：原本作「應把」，據別本改。❻是他三句：劉克莊《後村詩話》前集：「雍陶〈送春〉詩云：『今日已從愁裡去，明年更莫共愁來。』稼軒詞云：『是他春帶愁來……』雖用前語而反勝之。」又陳鵠云辛詞此三句化自趙德莊〈鵲橋仙〉詞：「春愁元自逐春來，却不肯隨春去」（《耆舊續聞》）。

青玉案

辛棄疾

元夕

【導讀】

鄧廣銘《稼軒詞編年箋注》將此篇列入「帶湖之什」(作年自一一八二～一一九二年)。這首詞用生花妙筆描繪了元宵佳節火樹銀花、燈月交輝、管弦聲喧、車水馬龍、遊人如雲、笑語不絕的五光十色的繁麗世界，使人如臨仙境。在用諸多筆墨渲染了那一派熱鬧的節令風光之後，作者著意點出他所追慕的是一位獨在「燈火闌珊處」的自甘落寞的美人。《詩．鄭風．出其東門》：「出其東門，有女如雲，雖則如雲，匪我思存，縞衣綦巾，聊樂我員」，寫出主人翁傾心的是一位衣飾樸陋、不同流俗的女子，精神境界很高，但詩義單純，本詞意境與〈出其東門〉有相似處，涵義則豐富、深刻得多，梁啓超認爲詞旨是「自憐幽獨，傷心人別有懷抱」(梁令嫻《藝蘅館詞選》引語)。

東風夜放花千樹❶，
更吹落、星如雨❷。
寶馬雕車香滿路，
鳳簫聲動❸，

夜晚，東風吹開千樹銀花，
又吹落焰火如星雨閃耀。
華麗的車馬熙熙攘攘，
芳香溢滿小路大道。
奏起美妙動聽的音樂，

玉壺光轉❹，
一夜魚龍舞❺。
蛾兒雪柳黃金縷❻，
笑語盈盈暗香去❼。
眾裡尋她千百度，
驀然回首❽，
那人卻在，
燈火闌珊處❾。

天宇高掛玉壺，明月清光普照。
魚龍彩燈整夜飛舞騰躍。
美人頭上戴著應時飾物，鮮亮的鬧蛾、雪柳、黃金縷，
一個個儀態萬方，嬉笑著從我眼前遠去。
我千百次徒勞地在人群中把她尋覓，
猛一回頭，
卻忽然看見她
正在燈火零落的地方獨自站立。

【注　釋】

❶花千樹：張鷟《朝野僉載》卷三：「（唐）睿宗先天二年正月十五、十六夜，於京師安福門外作燈輪高十二丈，衣以錦綺，飾以金玉，燃五萬盞燈，簇之如花樹。」又蘇味道〈觀燈〉詩：「火樹銀花合，星橋鐵鎖開。」❷星如雨：吳自牧《夢粱錄．元宵》：「諸營班院於法不得與夜遊，各以竹竿出燈毬於半空，遠睹若飛星。」一說，星如雨，形容滿天焰火。❸鳳簫句：指音樂演奏。《尚書．夏書．益稷》：「簫韶九成，鳳凰

來儀。」《神仙傳》卷四載簫史、弄玉吹簫引鳳故事，鳳簫之稱本此。❹玉壺：比喻月亮。朱華〈海上生明月〉詩：「影開金鏡滿，輪抱玉壺清。」一說，指精美的燈。周密《武林舊事・元夕》：「燈之品極多，每以蘇燈為最。圈片大者徑三四尺，皆五色琉璃所成，山水人物，花竹翎毛，種種奇妙，儼然著色便畫也。其後福州所進，則純用白玉，晃耀奪目，如清冰玉壺。爽徹心目。」❺魚龍：指魚燈、龍燈。夏竦〈奉和御制上元觀燈〉詩：「魚龍漫衍六街呈，金鎖通宵啟玉京」，「寶坊月皎龍燈淡，紫館風微鶴焰平。」❻蛾兒句：周密《武林舊事・元夕》：「元夕節物，婦人皆戴珠翠、鬧蛾、玉梅、雪柳……。」黃金縷、李商隱〈謔柳〉詩：「已帶黃金縷，仍飛白玉花。」此處指捻金為飾的雪柳，雪柳以絲綢或紙扎成。❼盈盈：儀態美好貌。〈古詩〉：「盈盈樓上女。」暗香，花香，借指美人。❽驀然：忽然。❾闌珊：零落，將盡。白居易〈詠懷〉詩：「白髮滿頭歸得也，詩情酒興漸闌珊。」

鷓鴣天

辛棄疾

鵝湖歸病起作❶

【導讀】

此詞約作於淳熙十五年（一一八二年）前後，時作者落職閒居江西上饒已數年，對這種「不向長安路上行，卻教山寺厭逢迎」（〈鷓鴣天〉），有雄才大略而被投閒置散的遭遇，他不能安之若素，在詞章中或悲歌慷慨、或長嘆低吟、或大聲疾呼、或自嘲自哂……這首詞就以極美的意境、極平淡的語氣，抒發有志難展的苦悶。

詞中「紅蓮相倚渾如醉，白鳥無言定自愁」二句，生派愁怨與花鳥而出之以自然，藉以比擬作者愁病如醉、憤懣白頭，色彩、意象十分清麗，涵義極其深永。下片用殷浩、司空圖的典故，貌似曠達而實含忿怨，末二句以尋常語寫出「老郤英雄似等閒」的無限感慨。陳廷焯評此詞：「信筆寫去，格調自蒼勁，意味自沉厚，不必劍拔弩張，洞穿已過七札，斯爲絕技」（《白雨齋詞話》）。

枕簟溪堂冷欲秋❷，
斷雲依水晚來收。
紅蓮相倚渾如醉，
白鳥無言定自愁。
書咄咄❸，
且休休❹，
一丘一壑也風流❺。
不知筋力衰多少，

水邊堂閣我躺臥在竹席，
　感到清冷如臨秋季，
飄浮在水上的雲煙，斜陽下漸漸散去。
池塘裡紅蓮相互偎依，美若佳人微帶醉意。
　沙岸邊鶴鷺靜默不言，
滿頭白髮定是憂愁無際。
何必像殷浩那樣，整天向空中
　把「咄咄怪事」書寫。
還是學超逸的司空圖，來領略休閒的怡悅。
一丘一壑全都那麼美妙，
　我要把它們的風采盡情享受。
不知病後筋力衰退多少，

但覺新來懶上樓❻。

只覺得近來懶得登上高樓。

【注釋】

❶鵝湖：《鉛山縣志》云：「鵝湖山在縣東北，周回四十餘里。……〈鄱陽記〉云：『山上有湖多生荷，故名荷湖。』東晉人龔氏居山蓄鵝，其雙鵝育子數百，羽翮成乃去，更名鵝湖。山麓有仁壽院，禪師所建，今名鵝湖寺。」❷簟：竹席子。❸書咄咄：劉義慶《世說新語・黜免》載殷浩被廢後，終日向空中書「咄咄怪事」四字。❹休休：《新唐書・司空圖傳》載司空圖隱居中條山，作亭名「休休」，作文見志曰：「休，美也。既休而美具。故量才一宜休，揣分二宜休，耄而聵，三宜休。又，少也墮，長也率，老也迂，三者非濟時用，則又宜休。」❺一丘句：《漢書・敘傳》載班嗣書簡云：「漁釣於一壑，則萬物不奸其志；棲遲於一丘，則天下不易其樂。」又謝靈運〈齋中讀書〉詩：「余昔遊京華，未嘗廢丘壑。」此處指寄情山水之樂。❻不知二句：劉禹錫〈秋日書懷寄白賓客（白居易）〉詩：「筋力上樓知」，此化用其意。

辛棄疾

菩薩蠻

書江西造口壁❶

【導讀】

淳熙三年（一一七六年）辛棄疾任江西提點刑獄、駐節贛州時寫下此詞。

上片從懷古開端：四十多年前金兵侵擾贛西地區，給百姓造成深重苦難，作者只以清江水中流著「多少行人淚」的虛筆來表現，引起人們對歷史無盡的回想和對敵人的痛恨，以少勝多，深刻沉至。「西北」二句嘆息北望故國山川阻隔，暗喻恢復無望，語意痛切。過片承上，借水怨山，以江水尚能繞著重巒疊嶂向東流去，自己卻只能羈留後方一籌莫展作為對比，他正感到極其抑塞、苦悶，又聽深山傳來鷓鴣淒切的鳴聲，更覺精神沮喪。

這首小詞不假雕繪，使用比興手法自然動人，「忠憤之氣，拂拂指間」（卓人月《詞統》），難怪梁啓超說：「〈菩薩蠻〉如此大聲鏜鞳，未曾有也」（《藝蘅館詞選》）。

鬱孤臺下清江水，
中間多少行人淚[2]。
西北望長安[3]，
可憐無數山。
青山遮不住，
畢竟東流去。
江晚正愁余，

鬱孤臺下流著清江水，
水流中曾經有過多少百姓苦難的眼淚！
我向西北遙望，
可憐舊時京都，被無數山峰遮住。
重巒疊嶂擋不住清江，
盡管千回百轉它終究歡暢地流向遠方，
而我卻不能展翅飛翔。
黃昏中獨立江邊正自憂鬱，

又聽深山裏鷓鴣聲聲哀啼。

山深聞鷓鴣❹。

【注釋】

❶造口，在今江西萬安縣西南六十里處，亦稱皂口。❷鬱孤臺二句：追憶歷史災難，《宋史・高宗本紀二》載，建炎三年（一一二九年），金兵南下，一路由金帥兀朮率領大軍占領建康、臨安，追擊高宗，侵擾浙東一帶。另一路金兵從湖北大冶間道襲洪州（治所在今江西南昌），追蹤隆裕太后，至太和縣（今屬江西）。隆裕退往虔州（治所在今江西贛州）。宋羅大經《鶴林玉露》卷四則謂：「南渡之初，虜人追隆裕太后御舟至造口，不及而還。幼安自此起興。」鬱孤臺，在今江西贛州市西南，一名望闕，唐、宋時爲一郡形勝之地。贛江經此向北流去。清江，贛江與袁江合流處一名清江。此處指贛江。行人，指流離失所的百姓。❸長安：漢、唐時京城，借指汴京。❹鷓鴣：鷓鴣鳴聲凄切，如曰：「行不得也哥哥」。《鶴林玉露》卷四云：「『聞鷓鴣』之句，謂恢復之事行不得也。」意即對朝廷主和表示不滿。

姜夔

姜夔(約一一五五～約一二二一年)，字堯章，人稱白石道人。饒州鄱陽(今屬江西)人。一生未做官，除賣字以外，大都依靠他人的周濟過活。姜夔精音律、多才藝，懷抱用世之志而困躓場屋，不能展其才具。慶元三年(一一九七年)他曾向朝廷上〈大樂議〉、〈琴瑟考古圖〉，後又上〈聖宋鐃歌鼓吹曲〉，均未被重視。

他的一生是懷才不遇、飄泊四方的一生，但他嘯傲湖山，自標清高，絕不同於庸俗的清客文人。陳郁讚其「襟懷灑落，如晉、宋間人」(《藏一話腴》)。存詞八十餘首，內容有感慨時事、有抒寫身世、山水紀游、詠物、愛情等。詞集中今存十七首自注工尺旁譜的詞，是流傳下來唯一的宋代詞樂文獻，在音樂史上有重大價值。

姜詞風格清幽峭拔，用江西詩派瘦硬之筆作詞，以清剛救周柳一派的軟媚；又以委婉富有情致救蘇辛派末流的粗豪，郭麐《靈芬館詞話》說他：「一洗華靡，獨標清綺，如瘦石孤花，清笙幽磬。」他在詞壇獨樹一幟，享譽極高、影響極深。有《白石詞》。

姜夔

點絳唇

丁未冬，過吳松作[1]

【導讀】

這是一首膾炙人口的自抒懷抱的小詞。

姜夔一生傾慕晚唐詩人陸龜蒙，陸不赴朝廷徵召，曾隱居於松江，此詞即景抒情寫出了對他的深深懷念，並寄寓身世之慨。

開頭以燕雁自況，形容作者漂泊無定的生活，同時又表現他淡泊無欲、任其自然的人生態度。「數峰」二語是寫景名句，用擬人化的手法描繪山雨欲來時相與低語的情狀，化靜物作動態，極有韻致。用「清苦」來摹寫欲雨時雲霧繚繞的山容，貼切生動。「今何許」三句抒發歷史、人事滄桑之慨，「無窮哀感，都在虛處」（陳廷焯《白雨齋詞話》），這正是姜夔詞被張炎盛讚的「清空」的特點。

燕雁無心❷，
太湖西畔隨雲去。
數峰清苦，
商略黃昏雨。
第四橋邊❸，
擬共天隨住❹。
今何許？
憑闌懷古，

自由無礙的北方鴻雁，
　飛到太湖西畔，
　又悠然地隨著飄浮的白雲去遠。
湖上寒山清寂愁苦，繚繞著濃密的煙霧，
他們相對低語，商量著黃昏時是否落雨。
我眞想在第四橋邊，
做天隨子那樣的隱士。
試問如今是什麼時世？
我獨倚欄杆，無限地傷今懷古。

殘柳參差舞。

殘敗不齊的衰柳，在西風中獨自飛舞。

【注釋】

❶丁未：孝宗淳熙十四年（一一八七年），歲次丁未。吳松，即吳松江，俗稱蘇州河，經吳江、蘇州、上海，合黃浦江入海。❷燕雁：北方的雁。陸龜蒙多詠雁詩，並自比孤雁，如〈孤雁〉詩：「我生天地間，獨作南賓鴻。」〈歸雁〉詩：「北走南征象我曹，天涯迢遞翼應勞。」無心，沒有機心，事出自然。陶潛〈歸去來辭〉：「雲無心以出岫。」陸龜蒙〈秋賦有期因寄襲美（皮日休）〉詩：「雲似無心水似閑。」❸第四橋：《蘇州府志》卷三十四〈津梁〉：「甘泉橋一名第四橋，以泉品居第四也。」❹天隨：陸龜蒙字魯望，號天隨子，居松江甫里。辛文房《唐才子傳》卷八記載：「時放扁舟，掛篷席，齎束書、茶灶、筆床、釣具，鼓棹鳴榔，太湖三萬六千頃，水天一色，直入空明。」姜夔〈三高祠〉詩：「沉思只羨天隨子，蓑笠寒江過一生。」〈除夜自石湖歸苕溪〉詩：「三生定是陸天隨，又向吳松作客歸。」

鷓鴣天

元夕有所夢

姜夔

【導讀】

姜夔年輕時往來於江淮間，曾愛戀合肥一位妙擅琵琶的歌女，二十年後仍不能忘情，詞集中懷念那位女子的作品近二十篇。此詞寫於慶元三年（一一九七年），為感夢之作。

開頭「肥水」二句故以自怨自悔的語氣抒無限相思。「夢中」二句切題，描摹了山鳥驚夢，魂夢依稀的迷離之境，暗用金昌緒詩意，而詞情淒惋。過片「春未綠，鬢先絲」六字有千鈞之力，表現刻骨銘心的愛對他長年的銷蝕，而不待春至思發。「人間別久不成悲」，似乎說出生活中的一般道理，但聯繫上文可知這正是一種「不思量、自難忘」的深深的悲傷。從末二句更可看出兩個戀人「中心藏之，何日忘之」的深情厚意，而每當元宵佳節，益發不能自已。

此詞以健筆寫柔情，一往而深，自成高格。

肥水東流無盡期❶，
當初不合種相思。
夢中未比丹青見，
暗裡忽驚山鳥啼。

春未綠，
鬢先絲，
人間別久不成悲。

肥水永向東流，
當初不該種下相思，
思情同流水總是一樣地悠悠。
夢裏她的面影隱約難辨，
眞不如畫像看得清晰，
而這依稀的短夢，偏又被山鳥啼聲驚起。
春風還沒把大地染綠，
我的頭髮早變成銀絲，
人們過久地別離，悲哀會漸漸淡去。

誰教歲歲紅蓮夜❷，
兩處沉吟各自知。

爲什麼每當紅蓮開遍的元宵，
我們總是在兩地沉吟，領會這情意
和憂傷的，只有彼此的深心。

【注釋】

❶肥水：《嘉慶一統志》說肥水「源出合肥縣(今安徽合肥市)西南紫蓬山，北流三十里分爲二：其一東流經合肥入巢湖；其一西北流至壽州入淮。」❷紅蓮：指燈。歐陽修〈驀山溪〉(元夕)詞：「纖手染香羅，剪紅蓮滿城開遍。」郭應祥〈好事近〉(丁卯元夕)詞：「不比舊家繁盛，有紅蓮千朵。」周邦彥〈解語花〉(元宵)詞：「露浥紅蓮，花市光相射。」

踏莎行

姜夔

自沔東來，丁未元日，至金陵江上❶，感夢而作。

【導讀】

這首詞爲所戀合肥歌女而作。

前三句紀夢，借用蘇軾詩句以「燕燕」形容夢中人體態的輕盈，以「鶯鶯」形容她語音的嬌柔，著墨不多，而伊人可愛的聲容丰采仿佛如見。「夜長」以下皆從背面敷粉，設想伊人對自己的相思之深，聲吻畢肖，實則爲作者自抒情懷。「離魂」句暗用唐陳玄佑傳奇小說〈離魂記〉故事，以幽奇之語寫出伊人夢繞魂縈、將全部生命投諸愛河的深情，動人心魄。

末二句爲傳世警策，連不喜歡姜夔的王國維也不得不讚嘆：「白石之詞，余所最愛者，亦僅二語」（《人間詞話》）。這兩句描寫伊人的夢魂深夜裏獨自歸去，千山中唯映照一輪冷月的清寂情景，顯示了作者無限的愛憐與體貼，意境極淒黯，而感情極深厚。

這首詞以清綺幽峭之筆，抒寫一種永不能忘的深情，極其沉摯感人。

燕燕輕盈，
鶯鶯嬌軟②，
分明又向華胥見③。
夜長爭得薄情知，
春初早被相思染。
別後書辭，
別時針線，

夢中又見到你，依然是那樣分明：
燕子般輕盈的體態，黃鶯樣嬌柔的語音。
你怨嗔長夜漫漫輾轉不寐，
薄情郎哪裏能夠知情。
你說春風剛剛吹來，
情懷早就被相思佔盡。
分別後你讀著我深情的信箋，
分別時你親手爲我縫製衣衫，

離魂暗逐郎行遠④。
淮南皓月冷千山，
冥冥歸去無人管⑤。

離魂暗暗跟著情郎，走到了海角天邊。
淮南青山千疊，映照著一輪冷月。
你悠悠的夢魂獨自返回，
孤零零沒有人伴隨。

【注釋】

①沔東：唐、宋州名，今湖北漢陽(屬武漢市)，姜夔早歲流寓此地。丁未元日，孝宗淳熙十四年(一一八七年)元旦。②燕燕二句：鶯燕借指伊人。蘇軾〈張子野八十五歲尚聞買妾述古令作詩〉：「詩人老去鶯鶯在，公子歸來燕燕忙。」③華胥：夢裏。《列子·黃帝》：「黃帝晝寢而夢，游於華胥氏之國。」④郎行：情郎那邊。⑤淮南二句：杜甫〈夢李白〉二首之一：「魂來楓林青，魂返關塞黑。」〈詠懷古跡〉五首之三：「環佩空歸月夜魂」。此處化用其意。淮南，指合肥。

慶宮春

姜夔

紹熙辛亥除夕，余別石湖歸吳興，雪後夜過垂虹，嘗賦詩云：

【導讀】

〈慶宮春〉，詞調名。萬樹《詞律》云應作〈慶春宮〉，「題名作〈慶宮春〉，誤。」始見於周邦彥詞。

作者在詞序中將寫作此詞的背景、時地、緣由敘述得十分清楚。上片繪出湖上泛舟、松雨蕭蕭、水天空闊、日暮天寒之境。「呼我」三句將鷗鳥翩然欲近又倏爾飛遠的情態，描摹得極爲生動，其中又暗寓作者的今昔之慨，自然地回

「笠澤茫茫雁影微，玉峰重疊護雲衣；長橋寂寞春寒夜，只有詩人一舸歸❶。」後五年冬❷，復與俞商卿、張平甫、銛朴翁自封禺同載，詣梁溪❸。道經吳松，山寒天迥，雲浪四合，中夕相呼步垂虹，星斗下垂，錯雜漁火，朔吹凜凜，卮酒不能支❹。朴翁以衾自纏，猶相與行吟，因賦此闋，蓋過旬，塗稿乃定。朴翁咎余無益，然意所耽，不能自已也。平甫、商卿、朴翁皆工於詩，所出奇詭；余亦強追逐之，此行既歸，各得五十餘解。

憶起「那回歸去」、攜歌妓小紅雪夜過垂虹的無窮的詩情畫意，而往事如昨夢、前塵的感嘆不正面寫出，藉傷心重見遠山如蛾黛低壓發之，意蘊深永。

過片即景抒懷古幽思，並寫趁興放歌旁若無人之狀，「垂虹」三句承上，描寫扁舟飄然遠引，作者胸次浩然，逸興騰飛，有羽化登仙、遺世獨立之高致。「酒醒」以下兼抒懷舊與思古之情。末以「如今安在」提唱，空餘一片雲水蒼茫，令人嘆惋不止。

此詞意境空靈渾融，格調高雅清遠，詞采秀逸精妙，確是一篇佳作。

雙槳蓴波，
一蓑松雨，
暮愁漸滿空闊。
呼我盟鷗❺，
翩翩欲下，
背人還過木末❻。
那回歸去，
蕩雲雪孤舟夜發❼。
傷心重見，
依約眉山，黛痕低壓。
采香徑裏春寒❽，

在蓴菜飄香的湖面，我們蕩著雙槳，
疏落的雨滴，不時打在松樹上。
令人生愁的暮靄漸漸籠罩，
　天空、水域迷離浩淼。
我呼喚著盟友沙鷗，它飛舞環繞，
彷彿要來到我近旁，
又背人掠過遠處的樹梢。
記得那年，也是這樣的冬季，
踏著雲層般的雪浪，
　我們乘一葉扁舟在夜晚歸去。
我傷心地重又看見，
青黛如秀眉的遠山，
　依然是那樣重疊蜿蜒。
采香徑裏春寒襲人，

老子婆娑⑨，
自歌誰答？
垂虹西望，
飄然引去，
此興平生難遏。
酒醒波遠，
正凝想明璫素襪⑩。
如今安在？
惟有闌干，
伴人一霎。

我久久流連彷徨，
不管有沒有人應答，我獨自放聲歌唱。
遙望垂虹橋，
輕舟飄然西行，
就好像高蹈世外，這興味總是銘刻在心。
酒意醒來，平波渺遠，
我正自沉思冥想：當初那絕代的美人，
如今又在何方？
只有橋上欄杆依舊，
多情地伴人半響，欄杆外，
雲水蒼蒼茫茫。

【注釋】

❶紹熙辛亥即光宗紹熙二年（一一九一年），作者自蘇州范成大石湖別墅歸浙江湖州，攜范成大所贈侍妾小紅雪夜過垂虹橋，曾賦〈除夜自石湖歸苕溪〉十絕句，「笠澤茫茫」

爲其中一首。另有〈過垂虹〉詩：「自作新詞韻最嬌，小紅低唱我吹簫。曲終過盡松陵路，回首煙波十四橋。」垂虹：《吳郡圖經續志》：「吳江利往橋，慶曆八年（一〇四八年），縣尉王廷堅所建也。東西千餘尺，用木萬計，縈以修欄，甃以淨甓。前臨具區，橫截松陵。河光海氣蕩漾一色。乃三吳之絕景也。……橋有亭曰垂虹。」後因以名橋。笠澤，《名勝志》：太湖「〈禹貢〉謂之『震澤』，《周禮》謂之『具區』，《左傳》謂之『笠澤』，其實一也。」《吳郡圖經續志》：「松江一名笠澤，自太湖分流也。」❷後五年：指寧宗慶元二年（一一九六年）。❸俞商卿：咸淳《臨安志》：「俞灝，字商卿，世居杭，父徙烏程，登紹熙四年（一一九三年）第。張平甫，張鎡（字功甫）異母弟名鑒。」銛朴翁，《西湖游覽志》：「葛天民，字無懷，山陽人，初爲僧，名義銛，其後還初服，一時所交皆勝士。」封、禺，二山名，在今浙江德清縣西南。梁溪，今江蘇無錫。❹卮酒：杯酒。卮，古代一種盛酒器。❺盟鷗：與鷗鳥爲盟友。陸游〈雨夜懷唐安〉詩：「小閣簾櫳頻夢蝶，平湖煙水已盟鷗。」辛棄疾〈水調歌頭〉（盟鷗）：「凡我同盟鷗鷺，今日既盟之後，來往莫相猜。」❻翩翩二句：〈醜奴兒近〉（博山道中效李易安體）：「却怪白鷗，覷著人、欲下未下。舊盟都在，新來莫是，別有說話？」此化用其意。❼那回二句：見注❶。❽采香徑：《蘇州府志》廿六引《范志》：「采香徑在香山之旁，小溪也。吳王種香於香山，使美人泛舟於溪以采香。今自靈岩山望之，一水直如矢，故俗名箭涇。」柳永〈雙聲子〉詞：「夫差舊國，香徑沒，徒有荒丘。」❾婆娑：盤旋，停留。宋玉〈神女賦〉：「既婆娑於幽靜兮，又婆娑乎人間。」注：「婆娑，猶盤姍也。」❿明璫素襪：借指當時美人。曹植〈洛神賦〉：「凌波微步，羅襪生塵。」又「無微情以效愛兮，獻江南之明璫。」明璫：用明珠串成的耳飾。

姜夔

齊天樂

丙辰歲與張功甫會飲張達可之堂❶，聞屋壁間蟋蟀有聲，功甫約余同賦，以授歌者。功甫先成，詞甚美；余徘徊茉莉花間，仰見秋月，頓起幽思，尋亦得此。蟋蟀，中都呼爲促織❷，善鬥；好事者或以三二十萬錢致一枚，鏤象齒爲樓觀以貯之❸。

【導讀】

〈齊天樂〉，詞調名，始見於周邦彥詞，又名〈臺城路〉、〈五福降中天〉、〈如此江山〉。

賀裳《皺水軒詞筌》稱讚此詞的構思說：「蟋蟀無可言而言聽蟋蟀者，正如姚鉉所謂：『賦水不當僅言水，而言水之前後左右也』」；這首詞將蟋蟀及聽蟋蟀者層層夾寫，抒發了由蟋蟀鳴聲引起的種種感受與聯想，首句呼應詞序，將張功甫詞比作〈愁賦〉，以一「愁」字籠罩全篇，爲本詞定下基調。詞中以切切私語聲、機杼聲、暗雨聲、砧杵聲來刻畫蟋蟀鳴聲，而多從虛處傳神，不即不離，若即若離，由此引發無眠思婦，候館迎秋、離宮弔月的種種人物聞蟲聲而更覺強烈的孤寂感，和心中難以盡訴的幽愁暗恨，織成一片怨情。「〈豳〉詩」三句又以無知兒女的歡樂，反襯有心人的悲哀，詞意至此本已完足，結拍又翻出「寫入琴絲，一聲聲更苦」：由眼前景引到〈蟋蟀吟〉樂曲留給人的永久的感受，餘音繞梁，裊裊不絕。

此詞章法歷來爲人稱道，張炎《詞源》強調作詞「最是過片不可斷了曲意，須要承上接下」，並舉此篇作爲範例，讚其曲意不斷。上片歇拍「曲曲屏山，夜涼獨自甚情緒？」描寫思婦愁懷正不可開解，過片接入「西窗又吹暗雨」，寫出思婦更聞有如冷雨敲窗的蟲鳴聲，此時此際，情何以堪？其間只用一「又」字承接，分片明顯而曲意聯貫，如環無端，藝術手段確實高妙。

此詞構思新奇，文筆疏雋清婉，詞中多用問句，增強嘆惋之意，多用虛字，仰承俯注，靈動有致，抒情氣氛極其濃烈，宛如一首憂鬱動人的夜曲，詩意蕩漾，不愧是傳世名作。

庾郎先自吟愁賦❹，
淒淒更聞私語。
露濕銅鋪❺，
苔侵石井，
都是曾聽伊處。
哀音似訴，
正思婦無眠，
起尋機杼❻。
曲曲屏山，

張君先自吟成美妙的詞章，
像庾信哀惋的〈愁賦〉一樣，
又聽屋角傳來切切私語，
原來是蟋蟀鳴聲淒涼。
露水沾濕的銅鋪首外，
苔蘚染綠的石井臺旁，
都是它啼鳴的地方。
哀怨的聲音如泣如訴，
思婦轉側難眠，
起來尋找機杼，藉紡織消磨這秋宵漫長。
曲曲屏風宛若重巒疊嶂，

夜涼獨自甚情緒？
西窗又吹暗雨，
爲誰頻斷續，
相和砧杵[7]？
候館迎秋[8]，
離宮弔月[9]，
別有傷心無數。
〈豳〉詩漫與[10]，
笑籬落呼燈，
世間兒女。
寫入琴絲[11]，

寂寞的寒夜獨自懷念遠人，
　心緒該是怎樣淒傷？
彷彿又聽得風吹冷雨敲打西窗，
　爲什麼時斷時續，
和搗衣聲相伴吟唱？
旅舍裏天涯悲秋的行客，
　離宮中失意幽怨的妃妾，
對一輪孤寒的月亮，聽遠處聲聲蟲鳴，
更加會傷心斷腸。
〈豳風〉曾率意把蟋蟀寫進了詩章，
相互呼喚舉起燈火去捕捉蟋蟀，
　高興地來到庭間籬牆。
世間小兒女不曾把愁情品嘗，
有人將蟋蟀吟聲譜成琴曲，

一聲聲更苦。

一聲聲彈奏出永久的憂傷。

【注釋】

❶丙辰歲：寧宗慶元二年（一一九六年）。張功甫：見後張鎡〈滿庭芳〉導讀。張達可，張鎡舊字時可，達可與時可連名，或其昆弟也（見夏承燾《姜白石詞編年箋校．齊天樂》注）。❷中都：即都中，指南宋京城臨安（今杭州市）。促織，張宗橚〈詞林紀事〉：「余弟芷齋云：《漢書．王褒傳》：『蟋蟀俟秋吟。』（顏）師古注：『蟋蟀，今之促織也。』按蟋蟀呼促織，唐時已然，不始於宋之中都也。」❸鏤象齒句：王仁裕〈開元天寶遺事〉：「每秋時，宮中妃妾皆以小金籠閉蟋蟀置枕函畔，夜聽其聲。民間爭效之。」鄭校引宋顧文荐《負喧雜錄》「禽蟲善鬥」條：「鬥蟲亦起於天寶間。長安富人鏤象牙爲籠而畜之。以萬金之資，付之一喙，其來遠矣。」吳箋引〈西湖老人繁勝錄〉：「促織盛出，都民好養，或用銀絲爲籠，或作樓臺爲籠。」樓觀，樓臺。❹庾郎愁賦：庾信〈愁賦〉今已不傳，而僅存零句。金王若虛《滹南遺老集》三十四〈文辨〉謂：「嘗讀庾氏詩賦，類不足觀，而〈愁賦〉尤狂易可怪。」宋王安石、黃庭堅、韓駒、薛季宣均曾引用〈愁賦〉。此處借指張功甫詠蟋蟀詞。❺銅鋪：銅作的鋪首，裝在門上以銜門環，多製成虎、螭等的頭形。此處指門外。❻機杼：織布機。古樂府〈木蘭辭〉：「不聞機杼聲，但聞女嘆息。」❼砧杵：搗衣的用具。❽候館：接待賓客的館舍。《周禮．地官．遺人》：「五十里有市，市有候館。」❾離宮：皇帝正宮以外臨時居住的宮室，即行宮。《漢書．枚乘傳》：「修治上林，雜以離宮。」❿豳詩：《詩．豳風．七月》：「七月在野，八月在宇，九月在戶，十月蟋蟀入我床下。」⓫寫入琴絲：作者自注：「宣政（北宋徽宗年號）間，有士大夫製〈蟋蟀吟〉。指琴曲。

姜夔

琵琶仙

〈吳都賦〉云：「戶藏煙浦，家具畫船❶。」惟吳興爲然。春遊之盛，西湖未能過也。己酉歲❷，余與蕭時父載酒南郭❸，感遇成歌。

雙槳來時，
有人似、
舊曲桃根桃葉❹。

【導讀】

〈琵琶仙〉，詞調名，始見於姜夔詞，爲其自度曲。

人在極度的渴念之中往往會生出幻覺，誤將儀態相似者當成心嚮往之的伊人，這首詞劈頭就眞切地寫出這種生活體驗，把那「是耶？非耶？」盼望、驚喜之餘又終歸失望的複雜感情，卻用工致的三言兩語描摹得生動而深刻。「春漸遠」以下頓宕轉折，藉眼前景寫出「流水落花春去也，天上人間」、往事不堪回首的愁情，及無限身世不偶之慨。下片仍抒發時序更易，流光匆匆、景物依舊、人事全非的濃重感傷情緒，「都把」兩句，語氣似乎較舒緩，感情則極爲沉痛。「千萬縷」幾句繪當前景物清麗生動，又深寓惜春傷別之意，融情會景，極煙水迷離之致。張炎讚此詞「全在情景交融，得言外意」（《詞源》）。

本詞筆意清剛秀逸，詞中多翻用前人詩詞成句而渾成自然，不露斧鑿痕跡。

雙槳從遠處來時，
有一位女子隱隱約約，
彷彿我舊時坊曲的相知。

歌扇輕約飛花[5]，
蛾眉正奇絕。
春漸遠，
汀洲自綠，
更添了幾聲啼鴂[6]。
十里揚州[7]，
三生杜牧[8]，
前事休說。
又還是、宮燭分煙[9]，
奈愁裡、
匆匆換時節。

她輕搖歌扇，沾惹著飛揚的花片，
秀艷絕倫的容貌正同伊人一般。
春光漸漸去遠，
汀洲上，芳草油然自綠，
又添幾聲啼鴂淒切哀怨。
十里揚州風光綺麗，
三生杜牧美好的往事，
再也不必提起。
寒食又到，宮中依舊傳燭分煙，
可嘆在憂愁中，
流光匆匆，時序暗暗地變遷。

都把一襟芳思，
與空階榆莢⑩。
千萬縷、
藏鴉細柳⑪，
爲玉尊、
起舞回雪。
想見西出陽關⑫，
故人初別。

我把滿懷芳情春思，
都付給榆莢，委落在空階前。
細柳千絲萬縷，
濃蔭裏棲息著鴉雀，
又爲我在玉杯前，
飛舞柳絮如旋白雪。
我重又想見當年西出陽關，
和伊人初次離別，
也正是楊柳依依的時節。

【注釋】

❶吳都賦三句：清顧廣圻《思適齋集》十五〈姜白石集跋〉云：此三句係「〈唐文粹〉李庾〈西都賦〉文，作〈吳都賦〉，誤。李賦云：『其近也方塘含春，曲沼澄秋。戶閉煙浦，家藏畫舟。』白石作『具』、『藏』，兩字均誤。又誤『舟』爲『船』，致失原韻。且移唐之西都於吳都，地理尤錯。」❷己酉歲：孝宗淳熙十六年（一一八九年）。❸蕭時父：蕭德藻之侄，姜夔妻族。❹桃根桃葉：桃葉係晉王獻之愛妾，見辛棄疾〈祝英臺近〉

注。桃根爲桃葉之妹。此處借指歌女。❺歌扇：見晏幾道〈鷓鴣天〉注。約，纏繞，邀結，此處意謂沾惹。❻啼鴂：見蔡伸〈柳梢青〉注。❼十里揚州：杜牧〈贈別〉詩：「春風十里揚州路，卷上珠帘總不如。」❽三生杜牧：黃庭堅〈廣陵早春〉詩：「春風十里珠帘卷，彷彿三生杜牧之。」此處作者自指。三生，佛家語，指過去、現在、未來三世人生。白居易〈自罷河南已換七尹……偶題西壁〉詩「世說三生如不謬，共疑巢許是前身。」❾宮燭分煙，用韓翃詩，見周邦彥〈應天長〉注。❿空階榆莢：韓愈〈晚春〉詩：「楊花榆莢無才思，惟解漫天作雪飛。」此化用其意。⓫千萬縷句：周邦彥〈渡江雲〉詞：「千萬絲，陌頭楊柳，漸漸可藏鴉。」此用其意。⓬西出陽關：見周邦彥〈綺寮怨〉注。

姜　夔

八　歸

湘中送胡德華❶

【導　讀】

〈八歸〉，詞調名，始見於姜夔詞。

夏承燾《姜白石詞編年箋校．行實考．行跡》說白石少時久客漢陽近二十年，其間曾往來於淮、楚、湖南。淳熙十三年（一一八六年）冬始赴湖州，本詞當作於此前。

上片前六句以清麗細密的筆墨描繪了蓮花墜紅、疏桐飄綠、暗雨初歇、竹牆流螢閃閃、苔階寒蛩切切的秋色、秋聲，造成濃重的淒涼、感傷的氛圍，爲作者送別友人前黯然銷魂的心態作了充分鋪墊。「送客」以下抒別時景況，聲情激越，「最可惜」三句不僅寫出江山不可復識之慨，並暗寓家國之恨。過片敘惜別之意，並描寫江邊迷離之景及行舟去遠，兀自久久佇望的一片深情。末六句忽地宕開一筆；

想像友人歸後去夫婦相聚之樂，化凄傷爲疏朗。全詞似春雲舒卷，轉折自如，格調沉著和婉。

芳蓮墜粉[2]，
疏桐吹綠，
庭院暗雨乍歇。
無端抱影銷魂處，
還見篠牆螢暗[3]，
蘚階蛩切[4]。
送客重尋西去路，
問水面、琵琶誰撥[5]？
最可惜、一片江山，
總付與啼鴂[6]。

芳蓮墜落粉紅花瓣，
疏桐飄下綠色樹葉，
幽暗的庭院裏，一場秋雨剛剛停歇。
我正沒來由地獨自傷神，
又看見竹籬邊螢火明滅，
苔階旁蟋蟀鳴聲淒切。
重又送別友人走上西去的道路，
水面上有誰撥弄琵琶，
讓我們再留連一霎？
最可惜錦繡江山好景都歇，
全付給鳴聲哀怨的鵜鴂。

長恨相逢未款，
而今何事，
又對西風離別？
渚寒煙淡，
棹移人遠，
飄渺行舟如葉。
想文君望久❼，
倚竹愁生步羅襪❽。
歸來後、翠尊雙飲，
下了珠簾，
玲瓏閒看月❾。

常常遺憾相會過於短暫，
爲什麼在這西風蕭瑟的時節，
我們又匆匆離別？
清冷的洲渚籠著淡淡雲烟，
船兒啓程，友人漸遠，
行舟飄渺如一片輕葉，
浮游在無邊無際的江面。
我想像他的妻子，
憂愁地倚著翠竹，久久佇立盼望，
一任羅襪浸透了夜露。
歸去後，他們將把美酒對飲，
放下珠簾，
安閒地共賞秋月晶瑩。

【注釋】

❶胡德華：作者友人，生平未詳。❷芳蓮句：杜甫〈秋興〉八首其七：「露冷蓮房墜粉紅。」此用其意。❸篠：小竹。❹蛩：蟋蟀。❺問水面句：白居易〈琵琶行〉：「忽聞水上琵琶聲，主人忘歸客不發。」❻啼鴂：見蔡伸〈柳梢青〉注。《廣韻》說此鳥「春分鳴則眾芳生，秋分鳴則眾芳歇。」❼文君：漢司馬相如妻卓文君，宋人多借指妻子，如朱敦儒〈朝中措〉詞：「麻姑暫語，文君未寢。」此處借指胡德華妻。❽倚竹句：杜甫〈佳人〉詩：「天寒翠袖薄，日暮倚修竹。」李白〈玉階怨〉詩：「玉階生白露，夜久侵羅襪。」❾下了二句：李白〈玉階怨〉詩：「却下水晶簾，玲瓏望秋月。」

念奴嬌

姜夔

余客武陵❶，湖北憲治在焉；古城野水，喬木參天。余與二三友，日蕩舟其間，薄荷花而飲，意象幽閑，不類人境。秋水且涸❷，荷葉出地尋丈❸，因列坐

【導讀】

此詞約作於淳熙十六年（一一八九年），描寫泛舟荷池的景象，和作者對荷花深深的愛憐，充滿詩情畫意。詞中所繪荷塘景色清絕、幽絕、麗絕，將人帶入美妙的夢一般的世界。

作者以「水佩風裳」比喻荷葉荷花，又將荷花比作略帶醉意、含情微笑的美女，神韻絕佳。作者不說自己因賞花引發詩興，卻化主動爲被動，說荷花「嫣然搖動，冷香飛上詩句」，奇思妙想，令人讚嘆。下片把荷花形容成顧影自憐的多情少女，也極有情致。「只恐」二句化用李璟詞意，以荷花將謝比美人遲暮，也暗寓自傷身世之意。結拍抒無限留戀之情，餘意搖曳。

其下，上不見日，清風徐來，綠雲自動；間於疏處，窺見遊人畫船，亦一樂也。揭來吳興❹，數得相羊荷花中❺，又夜泛西湖，光景奇絕，故以此句寫之。

鬧紅一舸❻，
記來時、嘗與鴛鴦爲侶。
三十六陂人未到❼，
水佩風裳無數❽。
翠葉吹涼，
玉容消酒，
更灑菰蒲雨❾。

此詞詠荷花不留滯於物，不重形似，而著重表現它不凡的韻致和流品，使人神清意遠。詞格亦如出水芙蓉，清麗絕俗，「幽韻冷香，令人挹之無盡」（劉熙載《藝概》）。

在繁麗的荷花叢裏蕩舟，
一路上，雙雙鴛鴦與我們爲伴。
眾多的水塘幽寂無人，
只看見水葉風荷布滿。
清風吹動翠葉，送來陣陣涼氣，
荷花微紅的容顏，
　宛如美人帶著才消的酒意，
菰蒲又灑落疏疏細雨，

嫣然搖動，
冷香飛上詩句。
日暮，青蓋亭亭，
情人不見，
爭忍凌波去？
只恐舞衣寒易落，
愁入西風南浦[10]。
高柳垂陽，
老魚吹浪，
留我花間住。
田田多少[11]，

含笑的荷花輕輕搖動嬌美身軀，
散發著幽冷香氣，飛進我美妙的詩句。
荷葉像青色車蓋，在暮色中亭亭挺立。
荷花還沒見到情人的蹤跡，
怎麼能忍心凌波遠去？
她只愁天氣一冷，
　那翠色的舞衣容易脫落，
被無情的西風吹入南浦。
高柳垂下濃陽，
老魚吹起細浪，
殷勤地邀我在花間留駐。
而我，也總是戀戀難捨那田田蓮葉，

幾回沙際歸路。（ㄐㄧˇ ㄏㄨㄟˊ ㄕㄚ ㄐㄧˋ ㄍㄨㄟ ㄌㄨˋ）

多少次徘徊在沙岸邊的歸路。

【注釋】

❶武陵：今湖南常德。❷涸：乾竭。❸尋：八尺。❹朅來：來到。朅，發語詞。吳興，今浙江湖州。❺相羊：徘徊、流連。屈原〈離騷〉：「聊逍遙以相羊。」❻舸：原指大船，亦泛指船。❼三十六陂：言水塘極多，宋人詩詞常用三十六陂字樣，虛指而非實地。王安石〈題西太一宮壁〉詩：「三十六陂春色，白頭想見江南。」❽水佩風裳：李賀〈蘇小小墓〉詩：「風爲裳，水爲佩。」❾菰蒲：生於陂塘間的水草。❿只恐二句：李璟〈攤破浣溪沙〉詞：「菡萏香銷翠葉殘，西風愁起碧波間，還與韶光共憔悴，不堪看。」此處化用其意。⓫田田：葉浮水上貌。古樂府「江南可採蓮，蓮葉何田田。」

姜夔

揚州慢

淳熙丙申至日❶，余過維揚。夜雪初霽，薺麥彌望❷。入其城則四顧蕭條，寒水自碧，暮色

【導讀】

〈揚州慢〉，詞調名。姜夔創製，自注工尺旁譜。孝宗淳熙三年（一一七六年）冬至，作者來到揚州，那向以歌舞繁華著稱的歷史名城，兵亂後已變成野麥滿眼的荒蕪之地，金人南侵帶來的深重苦難，詞中只藉「廢池喬木，猶厭言兵」八字，抒盡無限傷時念亂之感，藝術概括力極強，令人驚心動魄，「他人累千百言，亦無此韻味」（陳廷焯《白雨齋詞話》）「漸黃昏」三句進一步渲染「黍離」之悲，把空城荒寒的景象描繪得聲色淒厲。下片設想當年在揚州有過許多風

漸起，戍角悲吟。余懷愴然，感慨今昔，因自度此曲。千岩老人以爲有〈黍離〉之悲也❸。

淮左名都❹，
竹西佳處❺，
解鞍少駐初程。
過春風十里❻，
盡薺麥青青。

流韻事的杜牧，假如對此面目全非的空城，怕再也寫不出從前那些曼艷的詩歌，而要魄悸魂驚了。

有人批評此詞主要懷念的是揚州的風月繁華，多少削弱了愛國主題，我們不能同意這種看法。此詞正因爲化用杜牧詩意，才突出表現了昔盛今衰的極度感愴，以及對金甌完好的故國的深切眷念，對敵人的無限憎恨，愛國之情不出以沉雄悲壯，而出之以委折凄惋，同樣動人心弦，而又極富詩美。

「二十四橋」以下即景抒慨，字精句煉，冷雋深情。「念橋邊紅藥，年年知爲誰生」二句，比杜甫〈哀江頭〉「江頭宮殿鎖千門，細柳新蒲爲誰綠」，更覺悲涼凄傷。有人將本篇比作鮑照的〈蕪城賦〉，不爲過譽。

我第一次經行淮左著名的都會，
這裏有風景幽美的竹西亭。
昔日歌舞繁華的揚州，
如今滿目荒涼，
到處野麥青青。

自胡馬窺江去後[7]，
廢池喬木，
猶厭言兵。
漸黃昏，
清角吹寒，
都在空城。
杜郎俊賞，
算而今，重到須驚。
縱豆蔻詞工，
青樓夢好[8]，
難賦深情。

自從胡馬渡江南侵，
連廢舊的城池和古老的喬木，
提起當年的兵禍都萬分痛心。
漸近黃昏，
淒涼的號角吹響，
空城中回蕩著清寒的聲音。
曾在這裏觀賞遊冶的杜牧，
料想他如今重來此地，
　一定會魄驚魂悸。
縱然那豆蔻詞寫得工麗，
青樓夢的詩句十分俊逸，
　面對這處處瘡痍的荒城，
怕是難以抒寫沉痛的心情。

二十四橋仍在，
波心蕩冷月無聲❾。
念橋邊紅藥，
年年知爲誰生？

二十四橋依舊存在，
卻只見波心搖蕩著冷月的光影，
四周圍寂寞無聲。
可嘆橋邊茂盛的紅芍藥，
到底爲了誰一年年謝了又生？

【注釋】

❶高宗在位期間，金人曾兩次大規模南侵。建炎三年(一一二九年)，金兵占領揚州，焚掠一空。紹興三十一年(一一六一年)，金主完顏亮又大舉南侵，揚州再度遭到破壞。此次劫後十五年，姜夔寫下本詞。丙申：宋孝宗淳熙三年(一一七六年)。❷薺麥：薺菜和麥子，一說，野生的麥子。❸千岩老人：蕭德藻，字東夫，晚年居湖州，自號千岩老人。姜夔曾跟他學詩，做了他的侄女婿。〈黍離〉：《詩・王風》有〈黍離〉篇，據說是東周的大夫看到西周鎬京的故宮長滿了禾黍，悼念周室衰微，彷徨不忍去，因作此詩。首句爲「彼黍離離」，故以名篇。後人常用「黍離之悲」，表現故國之思、亡國之哀。❹淮左：宋朝設置淮南路，後分爲東西兩路。淮南東路稱淮左，揚州爲其首府。❺竹西句：揚州城東禪智寺側有竹西亭，環境清幽。杜牧〈題揚州禪智寺〉詩：「誰知竹西路，歌吹是揚州？」❻春風十里：杜牧〈贈別〉詩：「春風十里揚州路，卷上珠簾總不如。」❼胡馬窺江：指紹興三十一年(一一六一年)完顏亮南侵。❽縱豆蔻二句：杜牧〈贈別〉詩：「娉娉裊裊十三餘，豆蔻梢頭二月初。」〈遣懷〉：「十年一覺揚州夢，贏得青樓薄倖名。」❾二十四橋二句：杜牧〈寄揚州韓綽判官〉詩：「青山隱隱

水迢迢，秋盡江南草未凋。二十四橋明月夜，玉人何處教吹簫？」沈括《夢溪筆談·補筆談》卷三：「揚州在唐時最爲富盛，……可紀者有二十四橋。」注明「今存」者六橋及一處「新橋」。《揚州畫舫錄》卷十五說二十四橋「即吳家磚橋，一名紅藥橋。……〈揚州鼓吹詞序〉云：『是橋因古之二十四美人吹簫於此，故名。』」按此詞句意應從後說。

長亭怨慢

姜夔

余頗喜自製曲。初率意爲長短句，然後協以律，故前後闋多不同。桓大司馬云：「昔年種柳，依依漢南，今看搖落，淒愴江潭；樹猶如此，人何以堪？」此語余深愛之❶。

【導讀】

〈長亭怨慢〉，詞調名。姜夔創製，自注工尺旁譜。

此詞爲告別合肥情侶而寫，作年約在紹熙二年（一一九一年）。姜夔記合肥情事的詞章多借柳抒懷，因「合肥巷陌皆種柳」（〈淒涼犯〉序）；如〈琵琶仙〉、〈浣溪沙〉（發合肥）、〈醉吟商小品〉、〈點絳唇〉「金谷人歸」等，或以柳起興、或化用前人詠柳詩句。

本篇詞序也特地用桓溫、庾信詠柳之句，藉以托興。上片先寫合肥柳色濃深、飄綿墜絮的暮春景色，暗喻別緒撩亂，以下記日暮渡頭景象，又拈出長亭柳樹寄慨，「樹若有情時，不會得青青如此！」翻用李賀詩句，使用尋常口語方言，於伊鬱中別饒蘊藉，特別親切有味，向爲人所稱道。過片描寫行舟漸遠，顧瞻眷戀，並自傷旅況淒寂。以下又折入別時伊人的細語叮嚀和作者自表愛情的堅貞不渝，化用韋皋故事，寫得情深意摯。結拍用李煜詞意抒離情綿芊，卻仍關合柳絲。

全詞絕去穠艷雕飾，而以清剛峭拔之筆，作敲金戛玉之一聲，渾灝流轉，深曲動人。

漸吹盡，枝頭香絮，
是處人家，
綠深門戶。
遠浦縈回，
暮帆零亂，
向何許？
閱人多矣，
誰得似長亭樹？
樹若有情時，
不會得青青如此[2]！

枝頭柳絮已漸漸吹盡，
家家門庭，
掩隱著濃密的綠蔭。
遠處江上水波回旋，
暮色中，航帆零零亂亂，
不知去向哪邊？
有誰像長亭畔的楊柳，
作過那麼多次離別的見證？
柳樹要是眞有感情，
就不會總這樣顏色青青！

日暮，
望高城不見❸，
只見亂山無數。
韋郎去也，
怎忘得玉環分付❹。
第一是早早歸來，
怕紅萼無人爲主❺。
算空有并刀，
難剪離愁千縷❻。

夕陽西下，
回望高城已隱沒不見，
只有亂山無數，映入我的眼簾。
像韋郎一樣我今天離去，
又怎能忘記她深情的囑咐：
「第一要緊的是早早歸來，
怕紅花沒有主人愛護。」
唉，即使有并州鋒利的剪刀，
也剪不斷離愁如柳絲萬條。

【注　釋】

❶桓大司馬：桓溫（三一二～三七三年）字元子，東晉明帝之婿，初爲荊州刺史，定蜀，攻前秦，破姚襄，威權日盛，官至大司馬。吳衡照《蓮子居詞話》說：「白石〈長亭怨慢〉引桓大司馬云云，乃庾信〈枯樹賦〉，非桓溫語。」桓溫語見辛棄疾〈水龍吟〉注。❷

樹若二句：李賀〈金銅仙人辭漢歌〉「天若有情天亦老。」李商隱〈蟬〉：「五更疏欲斷，一樹碧無情。」❸高城不見：用歐陽詹詩句，見秦觀〈滿庭芳〉注。❹韋郎二句：《雲溪友議》卷中〈玉簫記〉條載，唐韋皋遊江夏，與玉簫女有情，別時留玉指環，約以少則五載，多則七載來娶，後八載不至，玉簫絕食而死。❺紅萼：紅花，女子自指。❻算空有二句：賀知章〈詠柳〉詩：「碧玉妝成一樹高，萬條垂下綠絲縧，不知細葉誰裁出，二月春風似剪刀。」李煜〈烏夜啼〉詞：「剪不斷，理還亂，是離愁。別是一般滋味在心頭。」王安石〈壬辰寒食〉「客思似楊柳，春風千萬條。」此處化用以上句意。幷：幷州為古九州之一，今屬山西，所產刀剪以鋒利出名，杜甫〈戲題王宰畫水山圖歌〉：「安得幷州快剪刀，剪取吳松半江水。」

淡黃柳

姜夔

客居合肥南城赤闌橋之西，巷陌淒涼，與江左異；惟柳色夾道，依依可憐。因度此曲，以紓客懷❶。

【導讀】

〈淡黃柳〉詞調名。姜夔創製，自注工尺旁譜。

陳廷焯《白雨齋詞話》說：「南渡以後，國勢日非，白石目擊心傷，多於詞中寄慨，……特感慨全在虛處，無跡可尋，人自不察耳。」這段話無疑是打開姜夔不少詞章內涵感情的一把鑰匙。合肥南宋時已是邊境，在建炎間、紹興末、隆興初幾經戰火，已變得十分荒涼頹敗，本詞表面上雖是抒寫旅思客況，但從詞序感嘆「巷陌淒涼，與江左異」和篇首「空城曉角」等句，以及字裏行間所表現的那種極其淒惻的情感，可以說，在很大程度上是抒發哀時念亂的憂傷，無怪譚獻據此詞說：「白石、稼軒，同音笙磬，但清脆與鏜鞳異響，此事自關性分」（《譚評詞辨》）。

此詞寫景清新，抒情深婉，把作者那種春天裏的秋天的不同尋常的感受，傳達得極爲入妙。

空城曉角，
吹入垂楊陌。
馬上單衣寒惻惻❷。
看盡鵝黃嫩綠❸，
都是江南舊相識。
正岑寂❹，
明朝又寒食。
強攜酒，
小橋宅❺，

清晨，號角在空城回蕩，
又吹送到種滿垂楊的街巷。
我獨自騎馬，身穿單衣，
不禁感到微微的寒意。
處處是我江南舊時的相識，
那一樹樹嫩綠的柳枝。
我是這樣清寂淒楚，
明朝偏偏又是寒食，
我勉強帶上薄酒一壺，
去到伊人的居室。

怕梨花落盡成秋色❻。
燕燕飛來，問春何在？
惟有池塘自碧。

我眞怕梨花全都凋落，
田野和庭院，染一片秋天的蕭索。
當燕子飛來，尋問春天去到哪裏？
唯有無語的池塘，兀自泛水波碧綠。

【注釋】

❶紓：使寬舒。❷惻惻：與「側側」同義，輕寒貌。韓偓〈寒食夜〉詩：「小梅飄雪杏方紅，側側輕寒剪剪風。」宋人詞多用「惻惻」，如周邦彥〈漁家傲〉詞：「幾日輕陽寒惻惻。」❸鵝黃：幼鵝毛色黃嫩，形容新綠的柳色。王安石〈南浦〉詩：「含風鴨綠粼粼起，弄日鵝黃裊裊垂。」❹岑寂：鮑照〈舞鶴賦〉：「去帝鄉之岑寂。」注：「岑寂，猶高靜也。」❺小橋：夏承燾《姜白石詞編年箋注》認爲是用《三國志》裏喬玄次女小橋（即小喬）的典實。他說「詞云『強攜酒，小橋宅』，其非自己寓居之赤闌橋甚明。此小橋蓋謂合肥情侶也。」❻怕梨花句：李賀〈三月〉詩「曲水飄香去不歸，梨花落盡成秋苑。」

【導讀】

〈暗香〉、〈疏影〉，詞調名。姜夔創製，注有工尺旁譜。調名取自林逋詠梅名句：「疏影橫斜水清淺，暗香浮動月黃昏」（〈山園小梅〉）。後張炎以此二調詠荷花荷葉，更名〈紅情〉、〈綠意〉。

姜夔平生酷愛梅花，夏承燾《姜白石詞編年箋校》錄其詞八十餘首，詠梅詞竟有十九首，許多詞調專爲詠梅而作，

姜夔

暗香

辛亥之冬❶，余載雪詣石湖❷。止既月，授簡索句，且徵新聲，作此

兩曲，石湖把玩不已，使二妓肄習之❸，音節諧婉，乃名之曰：〈暗香〉、〈疏影〉。

舊時月色，

如〈暗香〉、〈疏影〉、〈玉梅令〉、〈高溪梅令〉等，此外，以梅起興或內容與梅有關的詞尚有十來首，加起來幾占全部作品的三分之一，其中尤以〈暗香〉、〈疏影〉最著名，甚至被譽爲「千古詞人詠梅絕調」（鄭文焯《校白石道人歌曲》）。但對此二詞的索解則眾說紛紜，莫衷一是，因詞旨不甚分明，使人有「獨恨無人作鄭箋」之慨，似乎它們同李商隱的〈錦瑟〉詩一樣，是猜不透的謎。假如不去刻意搜尋詞中的「微言大義」或指實某人某事，而只把它當作出色的寫景、抒情作品來欣賞，或者更能令人「神觀飛越」。

此詞上片描寫當年月下撫笛，和伊人夜寒中共摘梅花的清賞雅趣，意境幽絕，情味濃至。「何遜」二句爲作者自謙之詞，並含無限今昔之慨。「但怪得」二句點明「暗香」題目，寫疏梅的風采神韻引發作者詩情，文字極清俊。下片用驛寄梅花典故傳達相思之情，襯以江國夜雪的壯麗背景，寄託深遠。「長記」以下再度折入對往事的回憶，「千樹」二句極寫千樹梅放如紅雲映入碧水的幽美景色，堪稱「寫生獨步」（鄭廷禎語），「寒碧」二字恰切地形容了初春湖水的特點，又映襯出幽梅笑傲歲寒的品節。結拍惋惜落梅已盡，舊歡難尋，出以問句，委婉深情。

憶舊時，

算幾番照我，
梅邊吹笛？
喚起玉人，
不管清寒與攀摘[4]。
何遜而今漸老，
都忘卻、春風詞筆[5]。
但怪得、竹外疏花[6]，
香冷入瑤席。
江國，正寂寂，
嘆寄與路遙[7]，
夜雪初積。

月色曾多少次照著我和你，
相依在梅林，撫弄橫笛。
多少次我將你喚起，
全不顧夜寒露冷，踏著月光去攀折梅枝。
如今，我已像何遜漸漸老去，
早失卻當年的風情，荒落了昔日的詩筆。
竹叢外疏梅斜倚，
把幽冷的芬芳灑向筵席，
又喚醒了我詩情洋溢。
江南的冬夜多麼沉寂，
唉，道路遙遠，難採梅花相寄，
更何況白茫茫寒雪初積。

翠尊易泣，
紅萼無言耿相憶。
長記曾攜手處，
千樹壓、西湖寒碧。❽
又片片吹盡也，
幾時見得？

面對這翡翠酒杯我暗自飲泣，
默默地對著無語紅梅，我深深思念你。
攜手西子湖畔的往事，我總也不能忘記：
那千萬株盛開的梅樹，如紅雲沉沉，
映湖水寒碧。
梅花又將在春風中片片吹盡，
幾時才能夠再度相遇？

【注　釋】

❶辛亥：光宗紹熙二年（一一九一年）。❷石湖：詩人范成大晚年居住在蘇州西南的石湖，自號石湖居士。❸肄習：學習，練習。❹喚起二句：賀鑄〈浣溪沙〉詞：「玉人和月摘梅花。」❺何遜二句：何遜，字仲言，南朝梁詩人。早年曾任南平王蕭偉的記室，在揚州有〈揚州法曹梅花盛開〉詩：「兔園標物序，驚時最是梅。」杜甫〈和裴迪登蜀州東亭送客逢早梅相憶見寄〉詩：「東閣官梅動詩興，還如何遜在揚州。」《分門集注杜工部詩》蘇注「梁何遜作揚州法曹，廨舍有梅花一株。花盛開，遜吟詠其下。後居洛，思梅花，請再往，從之。抵揚州，花方盛。遜對花彷徨終日。」此事《南史》、《梁書》的何遜傳均不載。當時洛陽屬北朝，何遜不可能「居洛」。春風詞筆，何遜有〈詠春風〉詩：「可聞不可見，能重復能輕。鏡前飄落粉，琴上響餘聲。」❻竹外疏花：

蘇軾〈和秦太虛梅花〉詩：「竹外一枝斜更好。」❼嘆寄與：用陸凱寄范曄詩意，見舒亶〈虞美人〉注。❽千樹句：宋時杭州西湖上的孤山梅花成林，故云。

疏影

姜夔

【導讀】

這是一首梅花的贊歌，又是一首梅花的詠嘆調。

詞中先繪出梅花不同凡俗的形貌，又表現了她那孤芳自賞的清姿和高潔情懷，再化用杜甫、王建詩意，把遠嫁異域不能生還漢邦的昭君故事神話化，將眷戀故國的昭君之魂和寒梅的幽獨之魂合而爲一，帶有極深的悲劇意味，境界又極淒美。下片由眼前梅花盛開推想其飄落之時，用壽陽公主及陳阿嬌事，寓無限憐香惜玉之意，又藉笛裏梅花哀怨的樂曲，加深悵惋的感情，末二句想到梅花凋盡，唯餘空枝幻影映上小窗，語意沉痛。

全詞用事雖多，但熔鑄絕妙，遠氣空靈，變化虛實，十分自如。篇中善用虛字，曲折動蕩，搖曳多姿。張炎極口稱道本詞及〈暗香〉：「前無古人，後無來者，自立新意，眞爲絕唱」（《詞源》）。

許多詞評家認爲此篇寄託了徽、欽二帝北狩之悲，但卻很難指實。力主抗敵的愛國大臣吳潛與姜夔曾有交誼，姜去世後，吳潛曾次韻〈暗香〉、〈疏影〉二詞，卻並無一字明寫或暗寓感傷二帝之意，亦可佐證。

苔枝綴玉❶，
有翠禽小小，
枝上同宿❷。
客裏相逢，
籬角黃昏，
無言自倚修竹❸。
昭君不慣胡沙遠，
但暗憶、江南江北。
想佩環月夜歸來，
化作此花幽獨❹。
猶記深宮舊事，

苔梅裝綴枝頭，有如點點瓊玉，
一對小小的翠鳥在枝上棲息。
客居他鄉的我又和梅花相遇，
黃昏時她在籬邊角落，
獨自無言，把高高的青竹斜倚。
昭君遠涉沙漠去到胡地，
本不是她的心意，
她暗暗思念著故國山川秀麗。
她的魂魄依然是一往深情，
在月夜裏悠悠歸來，
化作了梅花，這幽獨的精靈。
還記得壽陽宮的舊事，

那人正睡裏，　　公主正在夢裏，
飛近蛾綠❺。　　梅花飛近她的蛾眉。
莫似春風，　　且莫像無情的春風，
不管盈盈，　　不管梅花這絕代佳麗，
早與安排金屋❻。　　應該早早安排下金屋，好讓她歸宿有地。
還教一片隨波去，　　但她卻還是片片隨流水飄去，
又卻怨玉龍哀曲❼。　　又聽得遠處吹奏〈梅花落〉，那淒涼哀怨的笛曲。
等恁時、重覓幽香，　　想要再去尋覓幽梅的芳馨，
已入小窗橫幅❽。　　小窗上空映著枝影迷離。

【注釋】

❶苔枝綴玉：范成大〈梅譜〉說紹興、吳興一帶的古梅「苔須垂於枝間，或長數寸，風至，綠絲飄飄可玩。」周密《乾淳起居注》「苔梅有二種：宜興張公洞者，苔蘚甚厚，花極香。一種出越土，苔如綠絲，長尺餘。」❷有翠禽二句：用羅浮之夢典故。舊題柳宗元《龍城錄》載，隋代趙師侅遊羅浮山，夜夢與一素妝女子共飯，女子芳香襲人。

又有一綠衣童子，笑歌歡舞。趙醒來，發現自己躺在一株大梅樹下，樹上有翠鳥歡鳴，見「月落參橫，但惆悵而已。」殷堯藩〈友人山中梅花〉詩：「好風吹醒羅浮夢，莫聽空林翠羽聲。」吳潛〈疏影〉詞：「閑想羅浮舊恨，有人正醉裏，姝翠蛾綠。」❸無言句：杜甫〈佳人〉詩：「天寒翠袖薄，日暮倚修竹。」❹昭君四句：杜甫〈詠懷古跡〉五首其三：「一去紫臺連朔漠，獨留青塚向黃昏。畫圖省識春風面，環佩空歸夜月魂。」王建〈塞上詠梅〉詩：「天山路邊一株梅，年年花發黃雲下。昭君已沒漢使回，前後征人誰繫馬？」❺猶記三句：用壽陽公主事，見歐陽修〈訴衷情〉注。❻安排金屋：〈漢武故事〉載武帝小時對姑母說：「若得阿嬌作婦，當作金屋貯之。」❼玉龍哀曲：馬融〈長笛賦〉：「龍鳴水中不見已，截竹吹之聲相似。」玉龍，即玉笛。李白〈與史郎中欽聽黃鶴樓上吹笛〉詩：「黃鶴樓中吹玉笛，江城五月落梅花。」哀曲，指笛曲〈梅花落〉。❽小窗橫幅：晚唐崔櫓〈梅花詩〉：「初開已入雕梁畫，未落先愁玉笛吹。」陳與義〈水墨梅〉詩：「晴窗畫出橫斜枝，絕勝前村夜雪時。」此翻用其意。

姜夔

翠樓吟

淳熙丙午冬，武昌安遠樓成❶，與劉去非諸友落之❷，度曲見志。余去武昌十年，故人有泊舟鸚鵡洲者❸，聞

【導讀】

〈翠樓吟〉，詞調名。姜夔創製，注有工尺旁譜。

淳熙十三年（一一八六年）冬，姜夔離漢陽赴湖州，經武昌，適逢「安遠樓」落成，他與友人同往觀覽，作此詞。

詞序爲十年後補寫。此年爲高宗八十大壽，《宋史・孝宗本紀》：「春正月庚辰朔，率群臣詣德壽宮行慶壽禮，大赦，……免貧民丁身錢之半……，內外諸軍犒賜共一百六十萬緡（成串的錢）。」宋金南北對峙至此半世紀有餘，武昌早已不是戰略要地，樓名取作「安遠」，也顯示時世太平之意。

小姬歌此詞，問之，頗能道其事；還吳，爲余言之，興懷昔遊，且傷今之離索也。

月冷龍沙④，塵清虎落⑤，今年漢酺初賜⑥。

這首詞雖然描寫了軍中熱鬧的歌舞、樓觀的堂皇壯麗，卻沒有頌聖的味道，首句「月冷龍沙，塵清虎落」形容宋、金兩地的冷寂光景，隱含著作者對苟安求和政局的不滿，他在〈昔游詩〉中，說他青年時浪跡湖漢曾「徘徊望神州，沉嘆英雄寡」。

從本詞下片「仗酒祓清愁，花消英氣」等句，可以看出姜夔原有濟世之志，卻因仕進無路而漂泊四方、寄食他人，精神上是極爲苦悶的。這首詞本爲「安遠樓」落成而作，主旨卻完全不是眞正歌詠昇平，詞中「新翻胡部曲」二句，似乎與杜牧〈河湟〉詩感嘆失地不能收復，「唯有涼州歌舞曲，流傳天下樂閑人」的用意相仿。

下片雖用崔顥詩抒鄉關之愁，但末三句又用王勃〈滕王閣詩〉意，對星移物換、盛衰屢變的歷史人生發出浩嘆，感情遠不止於自傷身世，所以許昂霄說此詞「淒婉悲壯，何減王粲〈登樓賦〉」（《詞綜偶評》）。

遙想漠漠塞外月色清冷，
此地的護城竹籬早已沒有戰塵，
朝廷今年正逢喜慶，
軍民都受到賞賜宴飲的隆恩。

新翻胡部曲[7]，
聽氈幕元戎歌吹[8]。
層樓高峙，
看檻曲縈紅，
檐牙飛翠。
人姝麗[9]，粉香吹下，
夜寒風細。
此地宜有詞仙，
擁素雲黃鶴，
與君遊戲。
玉梯凝望久，

營帳中演奏著新近改編的胡曲，
弦管歌聲喧騰，處處可聞。
安遠樓高高聳立，
朱紅欄檻曲折縈回，
斜飛的檐牙一片翠綠。
清夜裏寒風細細，舞筵歌席上佳人
多麼艷麗，風中飄浮著脂粉香氣。
我多希望有妙擅詞章的仙人，
身騎黃鶴，簇擁著素色雲霓，
來此地和大家一同遊戲。
我登上石梯久久凝望佇立，

但芳草萋萋千里⑩。
天涯情味，
仗酒祓清愁⑪，
花消英氣。
西山外，晚來還卷，
一簾秋霽⑫。

但見萋萋芳草綿延千里。
客居天涯的淒涼情味，
心中堆積的深深憂鬱，
全仗著杯酒來消解，
在閒散生活裏，消磨盡原先的英風豪氣。
到晚來，高捲珠簾，
看西山外，一派清遠的晴意。

【注釋】

❶安遠樓：即武昌南樓，在黃鶴山上。❷劉去非：作者友人，生平未詳。❸鸚鵡洲：在今湖北漢陽西南長江中，東漢末，黃祖為江夏(今武昌)太守，祖長子射，大會賓客，有人獻鸚鵡，禰衡作〈鸚鵡賦〉，洲因此得名。❹龍沙：《後漢書・班超傳贊》：「坦步蔥嶺，咫尺龍沙。」後世泛指塞外之地為龍沙。❺虎落：遮護城堡或營寨的竹籬。《漢書・晁錯傳》：「要害之處，通川之道，調立城邑，毋下千家，為中周虎落。」❻漢酺初賜：漢律，三人以上無故不得聚飲，違者罰金四兩。朝廷有慶祝之事，特許臣民會聚歡飲，稱賜酺。《漢書・文帝紀》詔：「朕初即位，其赦天下，賜民爵一級，女子百戶牛酒，酺五日。」「後來歷代王朝，遇新皇帝登位、帝后誕日、豐收、平定叛亂等事，常有賜酺之舉。酺，合聚飲食。此處所指事見導讀。❼胡部曲：唐

時西涼地方樂曲。《新唐書．禮樂志》：「開元二十四年（七三六年），升胡部於堂上。……後又詔道調、法曲與胡部新聲合作。」此泛指異族音樂。❽元戎：兵眾。《漢書．董賢傳》：「統辟元戎。」注：「元戎，大眾也。」❾姝麗：容貌美麗。《後漢書．鄧皇后紀》：「后長七尺二寸，姿顏姝麗，絕異於眾。」❿此地五句：崔顥〈黃鶴樓〉詩：「昔人已乘黃鶴去，此地空餘黃鶴樓。黃鶴一去不復返，白雲千載空悠悠。晴川歷歷漢陽樹，芳草萋萋鸚鵡洲。日暮鄉關何處是？煙波江上使人愁」此處化用其意。⓫祓：原指古代為除災去邪而舉行儀式的習俗。此處指消除。⓬西山外三句：王勃〈滕王閣詩〉「滕王高閣臨江渚，佩玉鳴鸞罷歌舞。畫棟朝飛南浦雲，珠簾暮卷西山雨。閑雲潭影日悠悠，物換星移幾度秋。閣中帝子今何在？檻外長江空自流。」此處化用其意，一簾秋霽，「秋」字為修飾語，非實指，因作者遊「安遠樓」為冬季。

姜夔

杏花天影

丙午之冬，發沔口❶。丁未正月二日❷，道金陵，北望淮、楚，風日清淑，小舟挂席，容與波上❸。

【導讀】

〈杏花天影〉詞調名。姜夔創製，注有工尺旁譜。又名〈杏花天〉。

此詞與〈踏莎行〉「燕燕輕盈」作於同時，可看作姊妹篇，一為江上感夢而作，一為舟行途中懷人而作，均抒寫對合肥情人的戀情。

本詞描寫作者道經金陵，北望淮楚，滿懷依戀繾綣，臨去又再三留連的情狀。首句托柳起興，「鴛鴦浦」、「桃葉渡」既是實寫眼前風物，使用本地之典故，又暗示作者對過去愛情生活和離別情景的回憶，辭采華美，涵義深永。「滿汀」三句本為內心獨白，以自問的方式說出，幽怨中含許多無

一

可奈何，更使人感到委婉深情。

綠絲低拂鴛鴦浦[4]，
想桃葉，
當時喚渡[5]。
又將愁眼與春風，
待去，
倚蘭橈更少駐。
金陵路，
鶯吟燕舞[6]。
算潮水知人最苦。
滿汀芳草不成歸，

鴛鴦雙棲的河濱，
柳絲低低地飄拂，
想當年美麗多情的桃葉，
曾經在這裏擺渡。
我含愁的雙眼，
只是凝望那沐著春風的淮楚，
行舟將要離去，
我獨倚雙槳再三地踟躕眷顧。
金陵江畔自古繁華，
人們沉醉於清歌妙舞，
只有信守盟約的潮水，
知道我心中的愁苦。
芳草長滿汀洲，我卻不能回到她的小樓，

日暮，更移舟向甚處？

黃昏日暮，又移船去往何處？

【注釋】

❶丙午：宋孝宗淳熙十三年（一一八六年）。沔口：沔水爲漢水上游，漢水入長江處謂之沔口，即今湖北漢口。❷丁未：淳熙十四年（一一八七年）。❸容與：遲緩不前貌。屈原〈九章・涉江〉：「船容與而不進兮，淹回水而凝滯。」❹綠絲：指柳，合肥多植柳，金陵（今南京）自古亦多種柳，南朝樂府〈楊叛兒〉：「暫出白門（南京白下門）前，楊柳可藏烏。」❺想桃葉二句：見姜夔〈琵琶仙〉注。❻鶯吟燕舞：借指美貌女子的清歌妙舞。

【導讀】

〈一萼紅〉，詞調名，始見於《樂府雅詞》載北宋無名氏詞。毛先舒《塡詞名解》云：「太眞初妝，宮女進白牡丹，妃捻之，手脂未洗，適染其瓣，次年花開，俱絳其一瓣，明皇爲製〈一捻紅〉曲，詞名沿之，曰〈一萼紅〉。」《樂府雅詞》所載北宋無名氏詞上片結句云：「未教一萼紅開鮮艷」，《詞譜》三十五謂調名由此而得。據夏承燾《姜白石詞編年箋校》，這首詞「託興梅柳，以梅起柳結」當是繼〈浣溪沙〉（客山陽）之後第二篇記合肥情事的詞章，爲淳熙十三年（一一八六年）客居長沙遊岳麓山時所作。

一萼紅

姜夔

丙午人日❶，余客長沙別駕之觀政堂❷，堂下曲沼，沼西負古垣，有盧桔幽篁❸，一徑深曲。穿徑而南，官梅數十株，如椒如菽，或紅破白露，枝影扶疏。著屐蒼苔細石間❹，野興橫生，亟命駕登定王臺❺，亂湘流❻，入麓山❼湘雲低昂，湘波容與❽，興盡悲來，醉吟成調。

上片紀遊，描寫作者與友人在早春的寒冷中賞梅、登臨的雅興，生動有致，「池面冰膠，牆腰雪老」二句狀嚴寒景象，用語生新瘦硬，屬對精工。過片如奇峰突起，筆鋒陡轉，發興盡悲來的深深喟嘆。

作者時年已三十有二，尚無進身機會，浪跡天涯、寄人籬下，登高臨遠之際，不覺觸景傷情，便藉眼前流蕩的楚水湘雲作譬、寄慨，巧妙自然而情味淒苦。「朱戶」三句切合節令，並嘆時序更迭，含他人歡樂己獨悲的傷感。「記曾共」以下抒懷遠之情，蘊藉深婉。

此詞將紀遊、抒慨、敘別熔爲一爐，感情層層遞進，曲折動蕩，脈絡分明，章法井然，語言錘煉功夫很深，卻不失生香眞色。

古城陰，有官梅幾許，
紅萼未宜簪。
池面冰膠，
牆腰雪老，
雲意還又沉沉。

多少棵梅樹，倚傍著古老的城牆，
剛剛綻放的小小紅花，
還不能插在髮鬢旁。
池上膠結著冰層，
老早的積雪還堆滿牆壁，
天空陰雲沉沉，又含著新的雪意。

翠藤共、閑穿徑竹，
漸笑語、驚起臥沙禽。
野老林泉，故王臺榭，
呼喚登臨。
南去北來何事，
蕩湘雲楚水，
目極傷心。
朱户黏雞[9]，
金盤簇燕[10]，
空嘆時序侵尋[11]。
記曾共、西樓雅集，

我們悠閑地穿過翠藤纏繞、
幽竹深深的小徑，
一路走來的歡聲笑語，
驚起了沙岸邊棲息的鳥禽。
我們這些林泉野老興高采烈地
把故王臺榭登臨。
究竟爲了什麼我南來北往，
像眼前的湘雲楚水不住地飄游流蕩？
極目遙望只見江天寥廓，
不由得暗自悲傷。
人家朱户黏貼著紙畫的金雞，
春盤中盛滿應節的玉燕，
而我，空自嘆息時序漸變。
還記得從前，在西樓同她雅集歡宴，

想垂柳、還裊萬絲金⑫。　　她那裏，楊柳想已垂下萬條金線。
待得歸鞍到時，　　待到我策馬歸時，
只怕春深。　　只怕是春光遲遲。

【注釋】

❶人日：舊稱夏曆正月初七日爲「人日」。《北史·魏收傳》引晉議郎董勛《答問禮俗說》：「正月一日爲雞，二日爲狗，三日爲豬，四日爲羊，五日爲牛，六日爲馬，七日爲人。」杜甫〈人日〉詩：「元日到人日，未有不陰時。」❷別駕：官名，漢置別駕從事使，爲刺史的佐吏，刺史巡視轄境時，別駕乘驛車隨行，故名。宋於諸州置通判，近似別駕之職，後世因沿稱通判爲別駕。❸盧桔：金桔。李時珍《本草綱目》云：「此桔生時青盧色，黃熟時則如金，故有金桔、盧桔之名。」並說：「注《文選》者以枇杷爲盧桔，誤矣。司馬相如〈上林賦〉云『盧桔夏熟，枇杷橪柹，』以二物並列，則非一物明矣。」❹屐：木鞋，底有二齒，以行泥地。引申爲鞋的泛稱。❺定王臺：在長沙城東，漢長沙定王所築。❻亂：橫渡。《詩·大雅·公劉》「涉渭爲亂。」疏：「水以流爲順，橫渡則絕其流，故爲亂。」《書·禹貢》：「亂於河。」孔傳：「絕流曰亂。」❼麓山：一名岳麓山，在長沙城西，下臨湘江。❽容與：舒緩貌，見姜夔〈杏花天影〉注。❾黏雞：《荊楚歲時記》：「人日貼畫雞於戶，懸葦索其上，插符於旁，百鬼畏之。」❿金盤句：金盤，指春盤，古俗於立春日，取生菜、果品、餅、糖等，置於盤中爲食，取迎新之意，謂之春盤。周密《武林舊事》立春條云：立春前一日「後苑辦造春盤供進，及分賜貴邸宰臣巨璫，翠縷紅絲，金雞玉燕，備極精巧，每盤值萬錢。」⓫侵尋：漸

進。⑫萬絲金：白居易〈楊柳枝〉十二首其九：「一樹春風萬萬枝，嫩於金色軟於絲。」

霓裳中序第一

姜夔

丙午歲❶，留長沙，登祝融❷，因得其祠神之曲曰：〈黃帝鹽〉❸、〈蘇合香〉❹。又於樂工故書中得商調〈霓裳曲〉十八闋，皆虛譜無辭。按沈氏樂律，〈霓裳〉道調❺，此乃商調。樂天詩云「散序六闋」❻，此特兩闋，未知孰是？然音節閑雅，不類今曲；余不暇盡作，作〈中序〉一闋傳

【導讀】

〈霓裳中序第一〉，詞調名，始見於姜夔詞，注有工尺旁譜。

毛先舒《塡詞名解》：「《夢溪筆談》云：『〈霓裳〉，本謂之道調法曲。』《新唐書》云：『高宗自以老子之後，命樂工製道調。』《南唐書》云：『〈霓裳羽衣〉最爲大曲。』按《教坊記》只云〈霓裳〉，塡詞始有今名。」

又曰：「《筆談》云：『曲十二疊，前六疊無拍，至第七疊始有拍而舞。』則塡詞名以〈中序第一〉者，蓋中分十二疊，以第七疊爲〈中序第一〉，至此乃舞，此調必宋人舞曲明矣。按《宋樂志》載舞隊女弟子隊第五曰『拂霓裳隊』，益可驗也。」

又曰：「宋宣和初普州守山東王平自言得〈夷則霓裳羽衣〉譜，以是推之，則此曲當是商聲抑曲。十二遍或各按月令，平獨得其一遍之譜邪？」

姜夔一生懷才不遇，是兩宋少有的一位以布衣終老的大詞人。在有生之年，最能觸動他傷心懷抱的一是「文章信美知何用，漫贏得天涯羈旅」；一是「記當時、送君南浦。萬里乾坤，百年身世，惟有此情苦」（均見〈玲瓏四犯〉）——對合肥情侶深摯的眷戀和離愁別恨。這雙重痛苦，加上他對時

於世[7]。余方羈遊，感此古音，不自知其辭之怨抑也。

亭皋正望極[8]，
亂落紅蓮歸未得。
多病卻無氣力，
況紈扇漸疏[9]，

世的感傷、失望，使他長年悒鬱不歡，而在登山臨水之際，便自然地敞開了他的心扉。這首詞就以淒傷的筆調抒寫了對景難排的種種悲哀：風物蕭索、欲歸不得、憔悴多病、光陰遷流、舊遊似夢、飄泊無定、伊人不見……詞中「人何在？」三句化用杜甫〈夢李白〉詩意，表現作者渴念已極而產生的迷離幻境，情深調苦。末二句反用阮籍故事抒寫他對情人不可移易的愛情，眞摯深厚。

今存白石詞有將近四分之一是爲合肥情人而唱的歌，絕不帶絲毫青樓調笑的意味，那種愛主要表現爲精神的而非感官的，已同作者的生命交織在一起，感情境界淸淳高尙，極其難能可貴，是特別值得稱道的。

這首詞既傷漂流又傷別離，淒惋沉咽，正是「弦弦掩抑聲聲思」、「說盡心中無限事」（白居易〈琵琶行〉），感人至深。

我在岸邊極目望遠獨自佇立，
但見紅蓮紛紛凋零，我盼望歸去，
卻欲歸無計。
多愁多病的我只覺得衰弱乏力。
何況夏日將盡，白絹團扇已被捐棄，

羅衣初索[10]。
流光過隙[11]，
嘆杏梁[12]、
雙燕如客[13]。
人何在？
一簾淡月，
彷彿照顏色[14]。
幽寂，
亂蛩吟壁，
動庾信、清愁似織[15]。
沉思年少浪迹，

又換掉單薄的羅衣，
流光匆匆有如白駒過隙。
可嘆梁上的雙燕，
正像我飄然客居，但不久它們就會飛去。
伊人今在哪裏？
朦朧淡月映滿我的窗帷，
依稀地照見了她的容顏。
我多麼幽獨冷寂，
蟋蟀在壁間哀吟，斷斷續續，
引動我像庾信一樣，心中織出無限愁緒。
我獨自沉思默想：
從少年時就天涯羈旅，

笛裏關山⑯，
柳下坊陌。
墜紅無信息，
漫暗水、涓涓溜碧⑰。
飄零久、而今何意，
醉臥酒壚側⑱。

笛聲中踏遍關山，
在楊柳夾巷的坊曲，欣喜地同她相遇。
而今她好比落花，我難以探尋她的消息，
眼前只見碧水潺湲暗暗流去。
我長年飄零無依，
再也沒有心思學阮籍在酒壚邊醉倚。

【注釋】

❶丙午：孝宗淳熙十三年（一一八六年）。❷祝融：南嶽衡山（在今湖南衡山縣北）七十二峰中之最高峰（高一二九〇米）。❸黃帝鹽：洪邁《容齋續筆》七云「今南嶽獻神樂曲有黃帝鹽，而俗傳爲黃帝炎。」此曲爲羯鼓遺曲。❹蘇合香：《羯鼓錄》載此曲屬太簇宮；段安節《樂府雜錄》云此曲屬軟舞曲。日本所傳唐樂，大曲共四曲，中有〈蘇合香〉。❺沈氏樂律句：沈括《夢溪筆談》五〈樂律〉一云：「〈霓裳羽衣曲〉本謂之道調法曲。」王灼《碧雞漫志》卷三：「按明皇改婆羅門曲爲霓裳羽衣，屬黃鍾商，時號越調。白樂天〈嵩陽觀夜奏霓裳〉詩云：『開元道曲自淒涼，況近秋天調是商。』又知其爲黃鍾商無疑。」葛立方《韻語陽秋》亦引樂天此詩，證霓裳用商調。又徐鉉〈又聽霓裳羽衣曲送陳君〉詩亦云「清商一曲遠人行」，證明此曲本爲商調而非道調，沈括誤記，白石偶失考。

❻散序六闋：白居易〈和元微之霓裳羽衣歌〉：「散序六奏未動衣，陽臺宿雲慵不飛。」《碧雞漫志》卷三：「霓裳第一至第六疊無拍者，皆散序故也。」❼中序：〈霓裳〉全曲分三大段：一，散序，六遍；二，中序，遍數不詳；三，破，十二遍。❽亭皋：水邊平地。亭，平，皋，水旁地。王勃〈錢韋兵曹〉詩：「亭皋分遠望，延想間雲涯。」❾況紈扇句：此句暗用相傳爲漢班婕妤所作〈怨歌行〉詩意：「新裂齊紈素，皎潔如白雪。裁爲合歡扇，團團似明月……常恐秋節至，涼飆奪炎熱。棄捐篋笥中，恩情中道絕。」❿索：離散，與「疏」意近。陸機〈嘆逝賦〉：「親落落而日稀，友靡靡而愈索。」⓫流光過隙：《莊子·知北游》「人生天地之間，若白駒之過隙，忽然而已。」⓬杏梁：屋梁的美稱。司馬相如〈長門賦〉：「刻木蘭以爲榱兮，飾文杏以爲梁。」⓭雙燕如客：以燕暗喻人之飄泊，周邦彥〈滿庭芳〉詞：「年年，如社燕，漂流瀚海，來寄修椽。」⓮人何在三句：杜甫〈夢李白〉二首其一：「落月滿屋梁，猶疑照顏色。」此用其意。⓯動庾信句：見姜夔〈齊天樂〉注。⓰笛裏關山：杜甫〈洗兵馬〉詩「三年笛裏關山月，萬國兵前草木風。」又古橫吹曲有〈關山月〉，此處語意雙關。⓱漫暗水句：杜甫〈夜宴左氏莊〉詩：「暗水流花徑，春星帶草堂。」⓲醉臥酒壚：劉義慶《世說新語·任誕》載「阮公（籍）鄰家婦有美色，當壚沽酒。……常從婦飲酒，阮醉，便眠臥其婦側。夫始殊疑之，伺察，終無他意。」酒壚，安置酒甕的土臺子。

章良能

章良能（？～一二一四年），字達之，麗水（今屬浙江）人。淳熙五年（一一七八年）進士，寧宗朝官至參知政事。周密《齊東野語》稱其「性滑稽」、「間作小詞，極有思致。」《全宋詞》錄其詞一首。

小重山

章良能

柳暗花明春事深❶，
小闌紅芍藥，
已抽簪。
雨餘風軟碎鳴禽❷。

【導讀】

《小重山》，詞調名，始見於韋莊詞。晚唐五代多以此調寫「宮怨」。

這首小詞抒寫作者在雨後的三春好景中愉悅的感受及趁時登臨的豪興，筆意輕靈和婉，節律明快，詞中雖然嘆息「無尋處，惟有少年心」，情調卻並不哀傷。

柳色深暗，花光明艷，春景正美，
小欄內可愛的紅芍藥，
已經含苞結蕊。
雨後和風輕軟，鳥聲唧唧噥噥一片細碎。

遲遲日，
猶帶一分陰。
往事莫沉吟。
身閑時序好，
且登臨。
舊遊無處不堪尋，
無尋處，
惟有少年心。

初晴的太陽慢慢透出雲層，
天宇還帶著一些兒陰沉。
過往的事情，不必去留戀嘆惋，
如今悠閑自在，
且趁好時光臨水登山。
舊日遊歷的跡印，
處處能夠找尋，
唯一沒法尋見的，
是少年時無憂無慮的心。

【注釋】

❶柳暗花明：李商隱〈名陽樓〉詩：「花明柳暗繞天愁。」❷風軟碎鳴禽：晚唐杜荀鶴〈春宮怨〉詩：「風暖鳥聲碎，日高花影重。」

劉過

劉過（一一五四～一二〇六年），字改之，自號龍洲道人，吉州太和（今江西泰安縣）人，一說廬陵（今江西吉安市）人。力主抗金。光宗朝曾上書朝廷提出恢復中原的方略，不用，從此流落江湖間。以詞著名，曾做過辛棄疾的座上客，「詞多壯語，蓋學稼軒者也」（黃升《花庵詞選》）。

許多詞章愛國感情慷慨激烈，如〈六州歌頭〉兩首，一歌頌岳飛，一弔古傷今，〈賀新郎〉「彈鋏西來路」悲嘆壯志莫酬，這些作品政治內容充實而藝術錘煉不夠，覺粗豪太過，略少餘韻。有的詞如〈沁園春〉「一劍橫空」在自訴坎壈的同時，流露出對富貴榮華的艷羨，有的詞如〈沁園春〉（詠美人指甲）、（詠美人足）庸俗輕薄，爲人所譏。一些小詞，贍逸有思致。有《龍洲詞》。

劉過

唐多令

安遠樓小集❶，侑觴歌板之姬黃其姓者，乞詞於龍洲道人，爲賦此。同柳阜之、劉去非、石民瞻、周嘉仲、陳孟

【導讀】

〈唐多令〉，詞調名，始見於劉過詞。周密因劉過詞有「二十年重過南樓」句，又名〈南樓令〉；另又名〈糖多令〉。此詞別本題作（重過武昌）。安遠樓落成於淳熙十三年（一一八六年），本篇爲劉過晚期作品。他青年時抱著「算整頓乾坤終有時」（〈沁園春〉）的壯志和信心，卻懷才不遇、湖海飄零。小朝廷南渡初，武昌曾是與敵分爭的要地，宴安日久，這裏已成爲文人墨客登臨觀覽之勝。作者重來此地，在安遠樓憑高遙望，舉目有河山之異，遂將個人身世不偶、交遊零落以及家國興亡的種種感慨織成這首淒愴的樂曲。

參、孟容，時八月五日也。

蘆葉滿汀洲，
寒沙帶淺流。
二十年重過南樓❷。
柳下繫船猶未穩，
能幾日，又中秋。

黃鶴斷磯頭❸，
故人曾到否？
舊江山渾是新愁❹。
欲買桂花同載酒，

詞旨清越，含蓄婉轉，韻協音調，是小令中的精品。先著甚至說它「與陳去非(與義)『杏花疏影裏，吹笛到天明』(〈臨江仙〉)並數百年絕作」(《詞潔》)。

蘆葉落滿汀洲，
淺水夾帶著寒沙緩緩東流，
二十年過後，重新登上了南樓。
我那漂泊的小舟，在柳樹下還沒繫穩，
能有幾天就又是中秋。

殘破的黃鶴磯頭，
我的故友可曾來遊？
對一片陳舊江山，
　油然生出許許多多新愁。
我想買上桂花、美酒一同去泛舟遨遊，

終不似，少年遊。　　卻早已失去少年時豪邁的興頭。

【注釋】

❶安遠樓：見姜夔〈翠樓吟〉注。❷南樓：即安遠樓，舊說東晉時庾亮曾和佐吏乘秋夜登此賞玩，傳爲佳話，因稱玩月樓。李白〈陪宋中丞武昌夜飲懷古〉詩：「清景南樓夜，風流在武昌。」實際上庾亮所登南樓在湖北鄂城縣南，非後代詩詞家所說武昌南樓。❸黃鶴句：黃鶴山，一名黃鵠山，在武昌。它的西北有黃鵠磯，黃鶴樓在其上，面臨長江。臨江的山崖稱「磯」。❹舊江山句：朱敦儒〈臨江仙〉詞：「一雙新淚眼，千里舊關山。」此處化用其意。

嚴仁

嚴仁，生平不詳，字次山，號樵溪，邵武（今屬福建）人，與同宗嚴羽、嚴參齊名，稱邵武三嚴。嚴羽生活時期主要在理宗至度宗朝，以此推之，嚴仁亦當爲同時代人。有《清江欸乃集》，不傳。《全宋詞》錄其詞三十首，長調多清超曠遠，小令多秀麗深情。黃升云：「次山詞極能道閨闈之趣」（《花庵詞選》）。

木蘭花

嚴仁

春風只在園西畔，
薺菜花繁蝴蝶亂。
冰池晴綠照還空❶，
香徑落紅吹已斷。
意長翻恨遊絲短，
盡日相思羅帶緩。

春光只在庭園西畔，
薺菜花開得正繁，蝴蝶飛舞忙忙亂亂。
晴日照著石池，
映晶瑩碧水更加澄徹空明，
紅花已片片凋落，芳香飄滿小徑。
心中情意綿長，卻恨裊裊游絲太短，
日日相思羅帶漸寬。

【導讀】

這是一首筆致輕倩流麗的閨怨詞。

作者特別選取了「薺菜花繁蝴蝶亂」這一有聲有色、頗饒趣味的鏡頭，來顯示盎然的春意、撩亂的春光，詞中又描繪了池水在陽光下空明若無和小徑滿是落花香氣的景象，組成一幅極其明艷生動的圖畫，用以抒發女主人公在良辰美景中益發深長的相思之情。「意長」句奇而入情，「寶奩」二句翻用李白詩意而語氣加婉，有青藍冰水之妙。陳廷焯讚此詞「深情委婉，讀之不厭百回」(《白雨齋詞話》)。

寶奩如月不欺人❷，
明日歸來君試看。

團團寶鏡明如月，不會把人誆騙，
明朝郎君歸來，
請他對鏡看著我憔悴容顏。

【注釋】

❶冰池句：李白〈望廬山瀑布〉二首之一：「海風吹不斷，江月照還空。」此化用其意。❷寶奩二句：李白〈長相思〉二首之一：「不信妾腸斷，歸來看取明鏡前。」此用其意。奩，鏡匣。

俞國寶

俞國寶，生平不詳，臨川（今江西撫州）人，淳熙太學生。有《醒庵遺珠集》，不傳。《全宋詞》錄其詞五首。

風入松

俞國寶

【導讀】

〈風入松〉，詞調名，毛先舒《塡詞名解》云：「〈風入松〉，古琴曲。又李白詩：『風入松下清，露出草間白』，詞取以名。」始見於晏殊詞。

周密〈武林舊事〉卷三「西湖遊幸」條載：「淳熙間，孝皇以天下養，每奉德壽三殿，遊幸湖山。……一日，御舟經斷橋，橋旁有小酒肆，頗雅潔，中飾素屏，書〈風入松〉一詞於上，光堯（高宗）駐目稱賞久之，宣問何人所作，乃太學生俞國寶醉筆也。……上笑曰：『此詞甚好，但末句未免儒酸。』因爲改定云：『明日重扶殘醉』（原作「明日再攜殘酒」），則迥不同矣。即日命解褐（給以官職）云。」

這首以香艷綺麗的筆墨極寫日日沉醉於西湖遊樂的小詞，竟得到高宗如此的稱賞，由此可以想見小朝廷的君臣上下是怎樣地醉生夢死、文恬武嬉。

一春長費買花錢，
日日醉湖邊。
玉驄慣識西湖路❶，
驕嘶過、沽酒樓前。
紅杏香中簫鼓，
綠楊影裏鞦韆。

一春裏不知費去多少買花錢，
天天沉醉在湖邊。
西湖的道路我那白馬慣常走遍，
它驕傲地嘶鳴著踏過沽酒樓前。
紅杏清雅的芳香中，簫鼓歌吹喧闐，
綠楊婆娑的樹影裏，映著飛舞的鞦韆。

暖風十里麗人天，
花壓鬢雲偏。
畫船載取春歸去，
餘情付湖水湖煙。
明日重扶殘醉，
來尋陌上花鈿❷。

十里長堤春風和煦，
這是麗人遊冶的艷陽天，
她們裝飾得多麼美妍，五光十色的花朵
沉甸甸把雲鬢壓偏。
暮色中畫船載春光歸去，
未盡的情致再觀賞湖水湖煙。
明天，我還要帶著殘存的醉意，
到湖濱來尋找遺落的花鈿。

【注釋】

❶玉驄：白馬。❷花鈿：古代婦女首飾。即花釵。沈約〈麗人賦〉：「陸離羽佩，雜錯花鈿。」白居易〈長恨歌〉：「花鈿委地無人收，翠翹金雀玉搔頭。」柳永〈木蘭花慢〉詞「盈盈，鬥草踏青，人艷冶，遞逢迎。向路旁往往，遺簪墜珥，珠翠縱橫。」

張鎡

張鎡（一一五三～一二二一年？），字功甫，亦作功父，又字時可，號約齋，晚年號約齋居士。西秦（今陝西）人。居臨安，卜築南湖。南宋三大名將之一張俊的曾孫。官至司農少卿。

周密《齊東野語》卷二十「張功甫豪侈」條，稱其「能詩，一時名士大夫，莫不交遊，其園池聲妓服玩之麗甲天下。」詞大多為宴賞登臨酬答之作，風格清婉。少數詞章如〈水調歌頭〉「忠肝貫日月」、〈漢宮春〉「城畔芙蓉」、〈賀新郎〉（次辛稼軒韻寄呈），表現了盼望恢復中原的愛國感情。有《南湖詩餘》又名《玉照堂詞》。

張鎡

滿庭芳

促織兒

【導讀】

姜夔〈齊天樂〉詞序云：「丙辰歲（寧宗慶元二年，一一九六年）與張功甫會飲張達可之堂，聞屋壁間蟋蟀有聲，功甫約余同賦，以授歌者。功甫先成，詞甚美」，即指此詞。

上片描繪了幽美的清秋夜景，並用壁底青苔及螢火明滅幽微之景作為陪襯，來突出蟋蟀哀吟所引起的感受。「爭求侶」二句切合「促織」名目。下片追述兒時夜捉蟋蟀的情景細膩逼真，寫出一片天眞爛漫。末三句與上片呼應，仍跌入眼前夜聞蟋蟀的淒涼，自然地表現了今昔之慨。

一些詞評家對這首詞評價甚高，賀裳讚其勝過姜夔〈齊天樂〉，說：「不惟曼聲勝其高調，兼形容處，心細如絲髮，皆姜詞之所未發」（《皺水軒詞筌》），我們卻不同意這種看法，姜詞意境清遠、寄託遙深，哀聲幽韻、動人心弦，此詞雕刻、織繡功夫過於細密，格局較窄，就如章楶與蘇軾相唱和的楊花詞一樣，小大固自不同。

月洗高梧，
露溥幽草❶，
寶釵樓外秋深❷。
土花沿翠，
螢火墜牆陰❸。
靜聽寒聲斷續，
微韻轉、淒咽悲沉。
爭求侶、殷勤勸織，
促破曉機心。

月光清徹如水，沐浴著高高的梧桐，
夜露灑滿幽草，
寶釵樓外秋意正濃。
青苔沿著屋壁伸展開一彎翠綠，
閃閃螢火不時墜落牆基。
靜聽寒蟲斷續，
輕微的音韻轉折抑揚，
淒切、悲咽，憂鬱。
它們爭著尋求心愛伴侶，
一面殷勤地勸人紡績，
那頻頻催促的聲音，
使織婦終夜不能停機。

兒時曾記得，
呼燈灌穴，
斂步隨音。
任滿身花影，
獨自追尋。
攜向華堂戰鬥，
亭臺小、籠巧妝金❹。
今休說，
從渠床下，
涼夜伴孤吟❺。

曾記得我還是小小孩童，
提著燈把水灌進蟋蟀洞，
輕輕地躡手躡腳，細聽鳴聲一步步跟蹤。
任憑滿身亂拂月色花影，
獨自一人耐心追尋。
高興地將蟋蟀帶上華堂，
去和別人的一決雌雄，
亭臺式金籠小巧玲瓏。
如今，一切都已過去，
再也沒有少年時代的情興，
一任蟋蟀在床下哀鳴，
清冷的秋夜裏，
伴著孤獨的我把詩句低吟。

【注釋】

❶露溥：《詩・鄭風・野有蔓草》：「野有蔓草，零露溥兮。」注：「溥，溥然盛多也。」

❷寶釵樓：宋邵博《邵氏聞見後錄》卷二十云：「予嘗秋日餞客咸陽寶釵樓上，漢諸陵在晚照中，有歌此詞（指相傳爲李白作〈憶秦娥〉）者，一坐悽然而罷。」此處泛指華美的樓閣。❸牆陰：牆角。❹亭臺句：見姜夔〈齊天樂〉注。王仁裕《開元天寶遺事》云：「每秋時，宮中妃妾皆以小金籠閉蟋蟀置枕函畔，夜聽其聲。民間爭效之。」❺從渠二句：《詩・豳風・七月》：「七月在野，八月在宇，九月在戶，十月蟋蟀入我床下。」杜甫〈促織〉詩：「促織甚微細，哀音何動人。草根吟不穩，床下夜相親。」此化用其意。渠，他。

張鎡

宴山亭

【導讀】

這首詞抒寫相思之情。上片著力描繪清晨天氣由陰到雨、庭院冷落清寂的景象，以襯托主人公望不到伊人信息的孤淒、悵惘。「新綠暗通南浦」句既點明時令，又在沉悶的背景上塗一抹亮色，起了調協作用。下片細緻地描述主人徘徊幽徑追思往事、想像伊人懷念自己的種種心理活動，末幾句痴想伊人到來後的溫馨之境，感情熾烈。

本篇鋪敘委婉，詞采清雅，是一首清麗可讀的愛情詞。

幽夢初回，（ㄧㄡ ㄇㄥˋ ㄔㄨ ㄏㄨㄟˊ）

幽獨的夢剛剛醒來，

重陰未開，（ㄔㄨㄥˊ ㄧㄣ ㄨㄟˋ ㄎㄞ）

重雲不開，天空陰翳，

曉色催成疏雨。
竹檻氣寒，
蕙畹聲搖❶，
新綠暗通南浦❷。
未有人行，
才半啓回廊朱戶。
無緒，
空望極霓旌❸，
錦書難據。
苔徑追憶曾遊，
念誰伴秋千，

一清早就變成稀疏小雨。
欄檻的青竹透出寒氣，
庭園芳香在風雨中搖動嘆息。
新綠的池水，暗暗通向別處河渠。
庭內還沒有人行走，
回廊朱門半掩半啓。
我無情無緒，
徒然地望斷雲空，
卻不見鴻雁來把錦書傳遞。
我徘徊在長滿青苔的小徑，
追憶著和她同遊的舊事，
如今，有誰在鞦韆繩柱旁，

彩繩芳柱。
犀簾黛捲，
鳳枕雲孤，
應也幾番凝佇。
怎得伊來，
花霧繞❹，
小堂深處。
留住，
直到老不教歸去。

陪伴她歡樂地嬉戲？
想她那犀角裝飾的簾子空自捲起，
孤零零地靠著鳳枕，
一定也曾幾度凝情佇立。
怎麼才能讓她來到此地，
那時，她氤氲的香氣，
將如花霧縈繞在深深的小堂裡。
我要叫她長久地留居，
到老也不放她回去。

【注釋】

❶蕙畹：屈原〈離騷〉：「余既滋蘭之九畹兮，又樹蕙之百畝。」王逸注：「十二畝爲畹。」《說文》以三十畝爲畹。❷南浦：本指南邊水濱，又常用作送別之地，此處泛指別處通水口。浦，河流注入江海的地方。❸霓旌：原爲皇帝出行時儀仗的一種。《漢書・司馬相如傳上》：「拖霓旌，靡雲旗。」此處借指雲霓。❹花霧：白居易〈花非花〉

詩：「花非花，霧非霧，夜半來，天明去，來如春夢不多時，去似朝雲無覓處。」此化用其意。

史達祖

史達祖，生卒年不詳，字邦卿，號梅溪。汴（今河南開封）人。張鎡《題梅溪詞》（嘉泰元年，一二〇一年）稱史爲「生」，可見行輩較張爲晚。韓侂胄執政時，史達祖爲其倚重的堂吏，後韓抗金失敗被殺，史亦受黥刑，死於貧困之中。韓被《宋史》定爲「奸臣」，史的爲人與作品也因此遭到貶損。

史達祖的詞，過去常與周（邦彥）、姜（夔）相提並論。姜夔稱其詞「奇秀清逸，有李長吉（賀）之韻。」他的詞善於創意、設色、布局、造語。史達祖特別擅長以長調詠物，極妍盡態，刻畫入神。〈龍吟曲〉、〈鷓鴣天〉、〈齊天樂〉、〈惜黃花〉等詞則表現了故國之思及盼望收復中原的壯懷。

史達祖

綺羅香

詠春雨

【導讀】

〈綺羅香〉，詞調名，始見於史達祖詞。

張鎡〈題梅溪詞〉稱道「史生詞織綃泉底，去塵眼中，妥貼輕圓，辭情俱到，有瑰奇、警邁、清新、閑婉之長，而無訑蕩、汙淫之失。」本篇就充分體現了這些特點。

這首詞通篇詠春雨，無一字不與題目相依，讀來「語語淋漓，在在潤澤」（李攀龍《草堂詩餘雋》），卻始終不出一「雨」字，

做冷欺花，
將煙困柳，
千里偷催春暮❶。
盡日冥迷，
愁裡欲飛還住。
驚粉重、蝶宿西園，
喜泥潤、燕歸南浦。
最妨他佳約風流，

添了多少清冷，把盛開的繁花欺凌，
那茫茫煙霧，籠罩著濃密的柳林，
細雨連綿千里，暗地催春光歸去。
整天昏暗淒迷，依依春愁裡，
它時而飛落時而停息。
蝴蝶棲宿西園，身上沾水的粉，
重得令它驚異，
燕子飛歸南浦，欣喜銜來築巢的濕泥。
這天氣最妨礙風流佳期，

只從雨中物象由遠到近、由小到大盡情描繪，使人清晰地看到那綿綿絲雨編織成的淒迷之境，刻畫出神入化。詞中沒有用片言隻字來抒寫人物感情，而把那無限悵惘的思緒和惜花傷春的含蓄情意，全都融入物象，充滿了詩情畫意。此詞深受周邦彥〈大酺〉詞影響，而意境的渾融清麗、語言的新警圓轉、情韻的優美自然，卻勝過周詞。

鈿車不到杜陵路❷。
沉沉江上望極，
還被春潮晚急，
難尋官渡❸。
隱約遙峰，
和淚謝娘眉嫵❹。
臨斷岸、
新綠生時，
是落紅、
帶愁流處。
記當日門掩梨花❺，

道路泥濘，樂遊原上鈿車難去。
極目遙望，江上煙波無際，
到晚來，春湖又還洶湧迅急，
渡口冷落沈寂，擺渡的船隻也難尋覓。
遠山隱隱約約，
宛如美人含淚的秀媚，顯得更加嫵媚。
臨近陡峭的河岸，
見河水又添新綠，
片片落紅，
卻帶著幽怨漂流東去。
記得當日，門掩一庭梨花，

剪燈深夜語❻。

深夜剪燈，在西窗下相對絮語。

【注釋】

❶千里句：孟郊〈喜雨〉詩：「朝見一片雲，暮成千里雨。」❷鈿車句：鈿車，以金爲飾的華麗的車子。杜陵：在長安東南，是漢宣帝陵墓所在地，亦稱樂遊原，唐時爲登覽勝地，此處泛指風景佳勝處。❸還被二句：韋應物〈滁州西澗〉詩：「春潮帶雨晚來急，野渡無人舟自橫。」此化用其意。❹謝娘：唐李德裕歌妓名謝秋娘，後用以泛指歌女。❺記當日句：李重元〈憶王孫〉詞：「欲黃昏，雨打梨花深閉門。」❻剪燈句：李商隱〈夜雨寄北〉詩：「何當共剪西窗燭，却話巴山夜雨時。」

史達祖

雙雙燕

詠燕

【導讀】

〈雙雙燕〉詞調名，史達祖創制。毛先舒《塡詞名解》：「宋史達祖作詠燕詞，即名其調曰〈雙雙燕〉。」

前人對這首詞讚譽備至，王士禛說：「僕每讀史邦卿詠燕詞，以爲詠物至此，人巧極天工錯矣」（《花草蒙拾》）。此詞以工筆摹畫春燕，不僅寫其形，亦且繪其神，可以稱得上是形神兼備，顯示了作者對事物極細膩的觀察和極工緻的藝術表現手段。

詞中雖然沒有很深的託意，但它宛如一幅生動美妙的花鳥畫，讓人感到自然、生活本身的美，愉悅著人們的身心。

過春社了❶，
度簾幕中間❷，
去年塵冷。
差池欲住❸，
試入舊巢相並。
還相雕梁藻井❹，
又軟語商量不定。
飄然快拂花梢，
翠尾分開紅影。
芳徑，芹泥雨潤❺，
愛貼地爭飛，

春社已過，
燕子穿度重重簾幕，
去年築巢的地方，冷冷清清，灰塵密佈。
拍打著長短不齊的翅翼，想在這裡棲宿，
試著飛進舊巢並肩站立。
又再三細看雕梁藻井，
軟語呢喃，商量不定。
它們輕快地飛掠花梢，
翠尾撥開紅花紛披的枝影。
滿是花香的小徑，
那長著芹草的泥地多麼濕潤，
它們最喜歡貼地爭飛，

競誇輕俊。
紅樓歸晚❻，
看足柳昏花暝。
應自棲香正穩，
便忘了天涯芳信❼。
愁損翠黛雙蛾，
日日畫闌獨憑❽。

競相誇耀自己的輕捷俏俊。
返回紅樓天色已晚，
飽覽了柳暗花暝的暮景。
它們睡得十分香甜。
竟忘記傳遞遠方帶來的書信。
閨中思婦愁眉不展，
天天空自盼待，把畫欄獨憑。

【注釋】

❶春社：在立春後，清明前。相傳燕子於春天的社日北來，秋天的社日南歸。❷簾幕中間：古時富貴人家，院宇深邃，多張設簾幕。蔣防〈霍小玉傳〉：「閑庭邃宇，簾幕甚華。」胡仔《苕溪漁隱叢話前集》卷二十六云：「(晏殊)每言富貴，不及金玉錦繡，惟說氣象，若『樓臺側畔楊花過，簾幕中間燕子飛。』」❸差池：形容燕子飛翔時羽翼參差不齊貌。《詩．邶風．燕燕》：「燕燕于飛，差池其羽。」❹相，仔細看。藻井，有畫飾的天花板。井，屋梁上的承塵，粉飾交加，作井字形，俗稱天花板。❺芹泥：水邊長芹草的泥地。杜甫〈徐步〉詩：「芹泥隨燕嘴，花蕊上蜂鬚。」❻紅樓：泛指華

美的樓房。❼便忘了句：江淹〈雜體詩‧擬李都尉從軍〉詩：「而我在萬里，結髮不相見。袖中有短書，願寄雙飛燕。」此處化用其意。❽獨憑：原本誤作「獨恁」。

東風第一枝

史達祖

春雪

【導讀】

〈東風第一枝〉，詞調名，始見於史達祖詞。《白香詞譜》題考云：「調名係指梅……東風即春風，第一枝爲梅花，春風所被，第一枝梅花先放，故曰東風第一枝，調名義本於此。」

本篇詠春雪亦如〈綺羅香〉詠春雨，通篇不見一「雪」字，卻又句句與題目關合。上片詠春雪悄悄飛落草木、平地、湖面的輕虛、潔白、細軟的形態，並由雪落增寒，重簾不捲，引出思鄉之情。過片兩句創語造境生新精警，神韻絕佳，與歷來慣用的以「柳絮」、「梨花」狀雪的形容語「競秀爭高」（沈際飛《草堂詩餘正集》），特別出色。「舊遊」兩句融入與雪有關的歷史故事，增添了詩情和生活趣味。「寒爐」二句與上片呼應，就眼前春雪再加點染，意脈不斷，結拍又用灞橋風雪典故，而將主人公改爲女性，顯得更有韻致，因此黃升說「結句尤爲姜堯章拈出」（《花庵詞選》）。

此詞寫景狀物深細入微，形容比擬恰到好處，張炎將此詞與姜夔〈齊天樂〉詠蟋蟀詞並列，讚其「全章精粹，所詠瞭然在目，且不留滯於物」（《詞源》）。

巧沁蘭心，
偷粘草甲❶，
東風欲障新暖。
漫疑碧瓦難留，
信知暮寒猶淺。
行天入鏡❷，
做弄出、輕鬆纖軟。
料故園、不捲重簾，
誤了乍來雙燕。
青未了、
柳回白眼❸，

它巧妙地沁入蘭心，
偷偷地往草芽上粘，
想要擋住東風，送來新春的和暖。
我疑心碧瓦難以將它留住，
要知道夜來的寒意還淺。
地面像白雲浮天，湖上澄淨如明鏡一般，
春雪把各處都裝綴得輕柔細軟。
想故園遙遠，重重簾幕不捲，
擔誤了剛剛飛來傳信的雙燕。
楊柳才染上青色，
一時間都變成千萬隻白眼，

紅欲斷、杏開素面。
舊遊憶著山陰❹，
後盟遂妨上苑❺。
寒爐重熨，
便放慢春衫針線。
怕鳳靴挑菜歸來❻，
萬一灞橋相見❼。

盛開的杏花差不多褪盡紅妝，
　改扮成素淡的容顏。
想起從前山陰的雅士，
　乘興訪友不在乎見與不見，
路途艱阻，司馬相如遲赴了兔園高宴。
深閨裡重又將火爐點燃，
只管把趕製春衫的針線放慢。
那穿著鳳紋繡鞋的人挑菜回來，
怕還有可能在灞橋同它相見。

【注釋】

❶甲：草木植物萌芽時的外殼。 ❷行天入鏡：韓愈〈春雪〉詩：「入鏡鸞窺沼，行天馬渡橋。」 ❸柳回白眼：指早春時楊柳初生的柳葉，如人睡眠初醒。李商隱〈二月二日〉詩：「花鬚柳眼各無賴，紫蝶黃蜂俱有情。」 ❹舊遊句：用王子猷雪夜訪戴安道事。劉義慶《世說新語‧任誕》：「王子猷居山陰，夜大雪。眠覺，開室，命酌酒，四望皎潔。因起彷徨，詠左思〈招隱〉詩。忽憶戴安道，時戴在剡，即便夜乘小船就之，經宿方至，造門不前而返。人問其故，王曰：『吾本乘興而行，興盡而返，何必見戴？』」 ❺後盟句：用司馬相如雪天赴梁王兔園之宴遲到的故事。 ❻挑菜：唐代風俗，農曆

二月初二日曲江挑菜，士民遊觀其間，謂之挑菜節。唐鄭谷〈蜀中春雨〉詩：「和暖又逢挑菜日，寂寥未是探花人。」宋沿其習。❼萬一句：用鄭綮事。孫光憲《北夢瑣言》七：「相國鄭綮善詩。……或曰：『相國近有新詩否？』對曰：『詩思在灞橋風雪中驢子上，此處何以得之？』」此處以灞橋隱指風雪。

喜遷鶯

史達祖

【導讀】

這首詞描寫上元之夜燈月交輝的景象，描寫了一個五光十色的世界，「月波疑滴」三句語、境兩新。詞中又抒發了自傷孤獨、憔悴的心情，並追憶當年遊歷的豪興，以與眼前的淒涼懷抱對照，最後寫出舊情難忘，當此佳節又禁不住學少年狂蕩的情景。

全篇語言稍嫌雕琢晦澀，詞情顯得拘而不暢，在史達祖詞中算不得上乘作品。

月波疑滴，
望玉壺天近❶，
了無塵隔。
翠眼圈花❷，

清月流波涓涓滴下人間，
天空沒有片雲纖塵，
玉壺般的圓月就在近前。
五光十色的各式彩燈，

冰絲織練，
黃道寶光相直❸。
自憐詩酒瘦，
難應接許多春色。
最無賴，
是隨香趁燭，
曾伴狂客。
蹤跡，漫記憶，
老了杜郎❹，
忍聽東風笛。
柳院燈疏，

是用透明絲羅製成，
月亮和寶燈交相輝映。
孤獨的我一味沉浸於詩酒，
可憐漸漸地消瘦，
那令人目眩神迷的場景難以接受。
想起從前，最有興味的事，
就是同三五狂友，
到處去觀賞熱鬧的燈會。
依稀記得昔日遊蹤，
杜郎如今已老，
怎忍聽幽怨笛聲在東風裡吹送。
楊柳院宇燈火疏落，

梅廳雪在，
誰與細傾春碧❺？
舊情拘未定，
猶自學當年遊歷。
怕萬一，
誤玉人夜寒簾隙。

廳堂上只有如雪的梅花，
誰和我一道把新酒細細斟酌？
我難以拘束舊日風情，
又去學做少年遊歷，
怕萬一那玉人在夜寒中，
盼待著我，獨自斜倚簾櫳。

【注釋】

❶玉壺：比喻月亮。朱華〈海上生明月〉詩：「影開金鏡滿，輪抱玉壺清。」❷翠眼圈花：指各式花燈。《西湖老人繁勝錄》：「預賞元宵……中瓦南北茶坊內掛諸般瑠珊子燈、諸般巧作燈、平江玉棚燈、珠子燈、羅帛萬眼燈，沙河塘裡最勝。」翠眼，疑爲綠色羅帛萬眼燈。周密《武林舊事》卷二「元夕」條：「燈之品極多，每以『蘇燈』爲最，圈片大者徑三四尺，皆五色琉璃所成，山水人物，花竹翎毛，種種奇妙……」圈花疑爲大型五彩花燈。❸黃道：《漢書．天文志》：「日有中道，月有九行。中道者，黃道，一曰光道。」此處借指月光。❹杜郎：指杜牧，此處作者自指。❺春碧：指春日新酒，新酒呈綠色，故云。

三姝媚

史達祖

【導讀】

〈三姝媚〉，詞調名，始見於史達祖詞。毛先舒《塡詞名解》云：「古樂府有〈三婦豔〉詞，緣以名，亦名〈三姝媚〉曲。」

史達祖愛情詞多憶舊和悼亡之作，本詞用崔徽故事，疑是一篇悼亡詞，所悼之人係一位曾經同他相戀的歌伎。首三句從光影、聲色、姿態多個角度描繪搖曳的春光，以此襯托作者動蕩不寧的心境，意新語工。

「錦瑟」以下推想對方思念自己的悲哀之狀，「諱道相思，偷理綃裙，自驚腰衩」十二個字把伊人「相思只自知」的一片痴情和顧影自憐的神態，摹寫入神，語言極精煉，用意極深曲。下片山回水轉，敘述作者自己追思舊遊的情景，以「枕肩歌罷」來表現他們之間的親昵、恩愛，情濃意密而不涉淫褻。「又入」以下進一步寫出作者重訪舊地，伊人卻已如同落花凋謝，只能描畫她的肖像做為紀念並聊慰孤寂，語似平淡而感情極爲沉痛。

這首詞結構十分奇特，跳躍性很大，但貫穿全篇的感情主線很分明，辭情兼勝，不失爲一首較好的抒情作品。銷

煙光搖縹瓦[1]，
望晴檐多風，

煙光浮蕩在琉璃瓦，
晴日多風，吹響檐間鐵馬，

柳花如灑。
錦瑟橫床，
想淚痕塵影，
鳳弦常下❷。
倦出犀帷❸，
頻夢見、王孫驕馬。
諱道相思，
偷理綃裙，
自驚腰衩❹。
惆悵南樓遙夜，
記翠箔張燈，

柳絮飛墜如飄雪花。
遙想她那裡，錦瑟橫在琴床，
常常把弦素擰鬆，任憑它淚染塵封。
她懶怠走出帷帳，
頻頻夢見情人騎著駿馬，
滿懷相思，卻不願說出心裡話。
悄悄地整理羅裙，
自憐腰肢瘦得令人驚訝。
我感到無限惆悵，想起從前在南樓，
長夜裡有過多少歡樂，
碧紗燈光那樣溫柔，

枕肩歌罷。
又入銅駝，
遍舊家門巷，
首詢聲價❺。
可惜東風，
將恨與閑花俱謝。
記取崔徽模樣❻，
歸來暗寫。

她唱著清歌，親昵地靠在我肩頭。
如今，我又回到舊日街巷，
挨門挨户把她尋訪，
可惜東風像吹落花片一樣，
不知把她帶向何方。
我依稀地記得她的容顏，
回來細細描畫那深情的模樣。

【注　釋】

❶縹瓦：琉璃瓦。皮日休〈奉和魯望早春雪中作吳體見寄〉詩：「全吳縹瓦十萬戶，惟我與君如袁安。」❷鳳弦：即琴弦，音弦。❸犀帷：以犀牛角裝飾的帷帳。❹腰衩：衩，指衣裙下旁開口的地方。此處腰衩指腰身。❺又入銅駝三句：周邦彥〈瑞龍吟〉：「前度劉郎重到，訪鄰尋里，同時歌舞，惟有舊家秋娘，聲價如故。」此處化用其意。銅駝，見秦觀〈望海潮〉注。❻崔徽：元稹〈崔徽歌並序〉記唐歌妓崔徽，與裴敬中相戀。既別，徽請畫家丘夏寫肖像寄敬中，不久抱恨病死。

秋霽

史達祖

江水蒼蒼，
望倦柳愁荷，
共感秋色。

【導讀】

〈秋霽〉，詞調名，始見於北宋曾紆詞。又名〈春霽〉。

寧宗開禧二年（一二〇六年）韓侂胄伐金，因準備不足而慘敗，次年被殺，史達祖遭黥刑，流放江漢之地。本詞抒寫他貶謫生涯中的淒苦之情。開頭描繪蒼茫江景，「望倦柳愁荷，共感秋色」兩句，用擬人格修辭手法，使景物皆著感情色彩，以加強作者的悲秋情緒，運思巧妙，出語自然動人。「廢閣」、「古簾」概括作者的生活環境，極悲涼之致，與過去在臨安「入眼南山碧」，飽覽湖山秀色的情景形成鮮明對比，由此接入「冠蓋滿京華，斯人獨憔悴」（杜甫〈夢李白〉）的無限感慨。下片描寫弱不禁風的作者夜聞秋聲、獨對冷屋青燈、愁白雙鬢的淒涼景象，並追憶昔年俊游，再折入目前驚魂難定的艱危處境的訴說，結句宕開一筆抒思親念友之情。

這首詞筆力清峭勁健，風格沉鬱蒼涼，與史達祖早期詞作的纖巧委婉、富艷精工大不相同。

江上煙波蒼茫，
立望含愁的敗荷，衰疲的垂楊，
共對秋風無限感傷。

廢閣先涼，
古簾空暮，
雁程最嫌風力。
故園信息，
愛渠入眼南山碧❶。
念上國❷，
誰是、
膾鱸江漢未歸客❸。
還又歲晚，
瘦骨臨風，
夜聞秋聲，

破廢的樓閣，早透進陣陣淒涼，
古舊的簾幕，空自映上暮色昏黃。
風力阻，鴻雁難以迅飛，
不能帶給我故園信息，
我多麼喜愛觀賞那南山一片蒼翠。
想濟濟京城，
有誰像我，
流落江漢不能返回。
眼看歲華又晚，
瘦骨嶙峋的我獨對西風，
清夜裡細聽秋聲吹動，

吹動岑寂。
露蛩悲、
青燈冷屋，
翻書愁上鬢毛白。
年少俊游渾斷得，
但可憐處，
無奈苒苒魂驚，
採香南浦❹，
剪梅煙驛❺。

我心頭只感到寂寞苦痛。
蟋蟀在寒露中悲吟，
淒冷的破屋閃一點青燈，
想藉讀書來消解愁悶，
憂愁卻讓我白了雙鬢。
少年在此地遨遊的樂事，
自然再不能重續，
可憐我心魂惶惶總是驚悸。
又怎麼能採一把南浦香草，
剪一枝江驛梅花，寄到我遙遠的故家。

【注釋】

❶南山：周密《武林舊事》卷五「湖山勝概」條列有「南山路」，注明：「自豐樂樓南，至暗門錢湖門外，入赤山煙霞石屋止。南高峰、方家峪、大小麥嶺並附於此。」此處

泛指西湖之濱的青山。❷上國：京師，首都。劉長卿〈客舍贈別韋九建赴任河南……〉詩：「頃者遊上國，獨能先選曹。」❸膾鱸：用張翰事，見辛棄疾〈水龍吟〉注。江漢未歸客：杜甫〈江漢〉詩：「江漢思歸客，乾坤一腐儒。」❹採香南浦：屈原〈九歌·湘夫人〉：「搴汀洲兮杜若，將以遺兮遠者。」古詩十九首〈涉江採芙蓉〉：「涉江採芙蓉，蘭澤多芳草，採之欲遺誰：所思在遠道。」此用其意。南浦：泛指水濱。❺剪梅煙驛：用陸凱事，見舒亶〈虞美人〉注。

夜合花

史達祖

【導讀】

〈夜合花〉，詞調名，始見於晁端禮詞。

伊人改變了初衷，於是主人公愁白雙鬢、暗自飲泣、懷念往事、感傷時序……作者回首過去的種種，嗔怪伊人沒有信息，他一面訴說自己的孤淒，一面用往日情分去打動對方，且怨且箴，用心良苦。但這首詞抒情過於晦昧，使人有隔霧看花之感。詞中寫景的句子卻很精采，「早春窺、酥雨池塘」描繪春天悄悄降臨的光景，清新有味，「窺」字用得極好，顯出春之腳步的輕靈。

詞中以徐妃半面妝來比擬尚未盛開的梅花，意象奇特新鮮，韻致頗佳。

柳鎖鶯魂，
花翻蝶夢❶，
自知愁染潘郎❷。
輕衫未攬，
猶將淚點偷藏。
念前事，
怯流光，
早春窺、
酥雨池塘❸。
向消凝裡，
梅開半面，
情滿徐妝❹。

就像密柳鎖住了黃鶯，
我聽不到你的唱歌，
就像是一場春夢，那從前的美好時光。
愁思染白了我的雙鬢，
我沒有用羅衫來遮住面龐，
卻依然偷偷把淚水掩藏。
我思憶著過去的一切，
又害怕這迅速飛去的流光。
早春悄悄地降臨到，
那落著細雨的池塘。
我正自黯然神傷，
見梅花含情欲開又未全開，
好比徐妃奇特的半面妝。

風絲一寸柔腸，
曾在歌邊惹恨，
燭底縈香。
芳機瑞錦，
如何未織鴛鴦[5]。
人扶醉，
月依牆，
是當初、
誰敢疏狂！
把閑言語，花房夜久，
各自思量。

風中輕颺的柳絲，如同你溫柔的心腸，
你曾爲我送別，慢聲歌唱，
牽惹了多少離別惆悵，
你也曾在燈燭下，伴我度過歡樂時光。
如今，你那精緻的織機上，
不是有著美麗錦絲，
爲什麼不織成雙雙鴛鴦，
卻長久地音信茫茫？
我獨自酒醉，
月亮照映著粉牆，
假如當初你沒有情意，
我又怎敢大膽傾訴衷腸？
只希望你長夜裡的房中，
把從前的千般言語細細思量。

【注釋】

❶蝶夢：莊子〈齊物論〉：「昔者莊周夢爲蝴蝶，栩栩然蝴蝶也，……俄然覺，則蘧蘧然周也。不知周之夢爲蝴蝶與，蝴蝶之夢爲周與？」後因稱夢爲蝶夢。❷潘郎：西晉詩人潘岳，見徐伸〈二郎神〉注。此處作者自指。❸酥雨：細雨。韓愈〈早春呈水部張十八員外〉詩之一：「天街小雨潤如酥，草色遙看近却無。」❹徐妝：《南史・梁元帝徐妃傳》：「妃（徐昭佩）以帝眇一目，每知帝將至，必爲半面妝以俟。帝見則大怒而去。」❺芳機二句：化用織錦回文事，見柳永〈曲玉管〉注。

玉蝴蝶

史達祖

【導讀】

上片借秋天蕭疏晚景寄託淒涼情懷。蟬抱疏葉，是即景狀物，亦含自喻身世凋零之狀。「想幽歡土花庭甃，蟲網闌杆」二句，極言舊日歡會之地，如今滿目冷落荒涼，令人觸目驚心。下片推想對方長夜不寐，含淚憑高凝想的情景，又用螻蛄悲鳴，夜笛哀怨加以渲染，情深調苦。

末三句抒寫彼此相隔遙遠、音書難通的悵恨，又表現了對伊人的無限溫柔體貼之情，淒婉動人。

晚雨未摧宮樹❶，
可憐閒葉，

晚雨沒有把庭樹折斷，
可憐疏落的枯葉，

猶抱涼蟬❷。
短景歸秋❸，
吟思又接愁邊。
漏初長、
夢魂難禁，
人漸老、
風月俱寒。
想幽歡土花庭甃❹，
蟲網闌杆。
無端啼蛄攪夜❺，
恨隨團扇❻，

蜷縮著小小寒蟬。
白日漸短，又一度秋涼，
詩情連接著無邊愁怨。
夜漏初長，
夢魂繚繞難以拘撿，
人已老去，
風流情事早就冷淡。
從前佳期幽會的地方，
想來青苔長滿井臺庭院，
蟲網罩著曲折欄杆。
螻蛄悲鳴，擾得她終夜不寧，
像團扇已被疏遠，離恨無限，

苦近秋蓮❼。
一笛當樓，
謝娘懸淚立風前。
故園晚、
強留詩酒，
新雁遠、
不致寒暄。
隔蒼煙、
楚香羅袖，誰伴嬋娟❽。

心中淒苦如同秋蓮。
高樓上聽一聲哀傷的笛曲，
她流著淚獨自佇立風前。
故園日晚，
她是否在詩酒中勉強留連，
新雁飛遠，
無法帶去我問候的書函，
我同她隔著茫茫蒼煙，
有誰能陪伴她，安慰她的寂寞孤單。

【注釋】

❶宮樹：本指宮廷之樹，此處泛指，「宮」字修飾「樹」。❷可憐二句：王安石〈題葛溪驛〉詩：「鳴蟬更亂行人耳，猶抱疏桐葉半黃。」❸短景：景，日光，借指日，入秋晝短，故云短景。❹甃：井壁。❺蛄：螻蛄，古詩十九首之十六：「凜凜歲云暮，螻蛄夕鳴悲。」❻恨隨團扇：相傳漢班婕妤作〈團扇歌〉，序云：「婕妤失寵，求供養

太后於長信宮，乃作怨詩以自傷，託辭於紈扇云。」見姜夔〈霓裳中序第一〉注。❼苦近秋蓮：蓮心苦，故用以作比。❽嬋娟：形容儀態美好，借指美人。

八歸

史達祖

【導讀】

細玩詞意，此篇當爲史達祖晚期作品。上片繪出一幅清疏淡遠而充滿生活情味的秋江俯瞰圖：近景有愁倚高閣的作者，披蓑歸舟的漁子、尋找棲宿地的群鷗，遠景是隔岸雲霧濛濛的樵村漁市，暮色裡縷縷炊煙升起。作者的畫筆表現秋江晚景非常出色，很像柳永許多類似的篇章。

詞中寫歸舟和翔鷗驚破了作者的凝神結想，因而詩思靈感一閃即逝，描摹創作狀態十分逼眞。下片筆鋒轉宕，抒寫作者漂泊天涯的凄涼況味。「一鞭南陌，幾篙官渡」八個字概括了作者經行山程水驛的遙遠，語凝意煉，「賴有」句自我寬慰，顯示作者不戚戚於失志的胸懷。但面對殘陽將暮的蕭瑟秋景，又難奈心底愁生，「只匆匆」以下再度轉折，抒無盡淒傷和懷人之情。

此詞風格清遠疏雋，陳廷焯說：「筆力直是白石，不但貌似，骨律神理亦無不擬。後半一起一落，宕往低徊，極有韻味」（《白雨齋詞話》）。

秋江帶雨，(ㄑㄧㄡ ㄐㄧㄤ ㄉㄞˋ ㄩˇ)

江波夾帶著秋雨，

寒沙縈水，
人瞰畫閣愁獨❶。
煙蓑散響驚詩思，
還被亂鷗飛去，
秀句難續。
冷眼盡歸圖畫上，
認隔岸、微茫雲屋。
想半屬、
漁市樵村，
欲暮競然竹❷。
須信風流未老，

寒沙縈繞水際，
我獨自在畫樓俯視，心裡充滿愁意。
漁人在暮煙中披蓑歸去，
長歌驚散了我的詩思，
白鷗亂紛紛飛去，
吟成的秀句難以繼續。
冷眼環顧，江山盡入圖畫裡。
隱約中，見隔岸房屋，
罩著微茫的雲霧。
遙想那裡，
多半是樵村漁市，
臨近黃昏，家家燃起柴火，
炊煙裊裊升上天宇。
我相信自己風情仍在，並不曾老去，

憑持尊酒，
慰此淒涼心目。
一鞭南陌，
幾篙官渡，
賴有歌眉舒綠❸。
只匆匆殘照，
早覺閒愁掛喬木。
應難奈故人無際，
望徹淮山，
相思無雁足。

憑仗杯酒，
讓淒涼的心目得到慰藉。
在南邊大路上獨自揮鞭，
舟行江上旅程幾許，
幸虧有歌女爲我消釋愁緒。
可惜殘陽匆匆將要黃昏，
一懷清愁隨著它掛上喬木。
我難以忍受故人遠在天際，
望斷淮山，
無限相思，卻沒有鴻雁爲我傳遞。

【注釋】

❶瞰：俯視。❷欲暮句：柳宗元〈漁翁〉詩：「漁翁夜傍西岩宿，曉汲清湘然楚竹。」然，同「燃」。❸歌眉：指歌女。舒綠，舒展愁眉，古人以黛綠畫眉，綠即指眉。

劉克莊

劉克莊（一一八七～一二六九年）字潛夫，號后村，莆田（今屬福建）人。出身世家，得補官。做建陽（今屬福建）令時，因詠〈落梅〉詩得罪，閒廢十年。後理宗賞其「文名久著，史學尤精」，特賜同進士出身。官至龍圖閣學士。晚年曾諂事奸相賈似道，爲人所譏。有詩名，是江湖派的重要作家。

詞繼承辛棄疾的愛國主義傳統及其豪放風格。馮煦對他極爲推重，《宋六十一家詞選例言》云：「后村與放翁、稼軒，猶鼎三足。其生丁南渡，拳拳君國，似放翁。志在有爲，不欲以詞人自域，似稼軒。」劉熙載《藝概》云：「劉后村詞，旨正而語有致。其〈賀新郎〉〈席上聞歌有感〉云：『粗識國風〈關雎〉亂，羞學流鶯百囀，總不涉閨情春怨。』又云：『我有平生離鸞操，頗哀而不慍，微而婉。』意殆自寓其詞品耶？」間有清婉之作。有《后村別調》，又名《后村長短句》。

劉克莊

生查子

元夕戲陳敬叟❶

【導讀】

這首小詞題爲〈元夕戲陳敬叟〉，係遊戲之作，算不上什麼傑構，只有「物色舊時同，情味中年別」兩句，寫出了眞實的人生體驗，意蘊較深。

繁燈奪霽華❷，（ㄈㄢˊ ㄉㄥ ㄉㄨㄛˊ ㄐㄧˋ ㄏㄨㄚˊ）

繁麗燦爛的燈火，遮蔽了皎潔月光、

戲鼓侵明發❸。
物色舊時同，
情味中年別。
淺畫鏡中眉❹，
深拜樓中月。
人散市聲收，
漸入愁時節。

戲鼓徹夜不停地喧響，
節物風光與舊時一樣，
人到中年，情味卻有些兒淒涼。
你們是多麼恩愛，你爲她巧畫淡淡雙眉，
一同向樓心明月深深禮拜。
市街又是一派沉寂，
那時候，憂愁會漸漸潛入心底。

【注釋】

❶陳敬叟：劉克莊友人，字以莊，號月溪，建安（今屬福建）人。劉克莊嘗讚其「詩才氣清拔，力量宏放，爲人曠達」（〈陳敬叟集序〉）。❷霽華：指明月、月光。❸明發：天發亮。《詩・小雅・小宛》：「明發不寐，有懷二人。」❹淺畫句：用張敞事，表示夫婦恩愛。《漢書・張敞傳》：「敞爲京兆，……又爲婦畫眉，有司以奏敞。上問之，對曰：『臣聞閨房之內，夫婦之私，有過於畫眉者。』上愛其能，弗備責也。」

賀新郎

劉克莊

端午

【導讀】

詞的上片繪出一幅端午節民俗畫，使我們清楚地看到當時的節物風光，作者也描寫了自己生活的悠閒，以及年紀老大無心遊樂的慵倦心情。下片用嬉笑怒罵的筆調嘲弄端午投粽子於江中以饗屈原的神話和歷史遺習，「非爲靈均雪恥，實爲無識者下一針砭，思理超超，意在筆墨之外」（《蓼園詞選》）。「把似」四句借端舒憤，並對屈原致憑弔之意。《楚辭．漁父》：「屈原曰：『舉世皆濁我獨清，眾人皆醉我獨醒。』」劉克莊卻說與其醒到現在讓人愚弄，倒不如當年「醉死」，反少許多痛苦。這裡有借他人酒杯澆自家塊壘之意，他一生抱著「憂時原是詩人職」的志向，關心國事，亟想有所作爲，卻「前後四立朝」，仕途坎坷，屢遭挫折，胸中自有許多牢騷不平之氣，便借屈原事一吐爲快。所謂「意在筆墨之外」實即指此。

深院榴花吐，

深深的庭院榴花吐蕊，

畫簾開、

我打開畫簾，

練衣紈扇❶，

手持團扇，穿著粗布衣衫，

午風清暑。
兒女紛紛誇結束，
新樣釵符艾虎[2]。
早已有遊人觀渡[3]。
老大逢場慵作戲[4]，
任陌頭、年少爭旗鼓，
溪雨急，浪花舞[5]。
靈均標致高如許[6]，
憶生平既紉蘭佩，
更懷椒醑[7]？
誰信騷魂千載後[8]，

在正午的暑氣中，享受著徐徐清風，是多麼悠閑。
小兒女紛紛誇耀自己的妝束，
頭上戴著新式的釵符艾虎。
遊人爭相觀看賽船，早已擠滿江岸，
我年紀老大懶得逢場作戲，
任隨街盡頭弄潮兒手把彩旗，
在鼓聲中翻起浪花如急雨。
屈原是少有的高致清標，
平生佩帶著芝蘭芳草，
難道他會要後人，爲他獻上美酒香醪？
有誰會相信千年以後，

波底垂涎角黍，
又說是蛟饞龍怒❾。
把似而今醒到了❿，
料當年、醉死差無苦，
聊一笑，
弔千古。

詩人會在水底貪吃米粽，
還對人說是害怕觸怒那些饞嘴的蛟龍。
唉，他與其一直醒到今天，
倒不如醉死在當年，
反省去許多苦惱煩怨，
我且以一笑把千古冤魂弔唁。

【注釋】

❶練衣：粗布衣服。練，粗絲織成的布。《陳書·姚察傳》：「吾所衣著，止是麻布蒲練。」❷釵符：即釵頭符，端午節頭飾。陳元靚《歲時廣記》二一「釵頭符」：「《歲時雜記》：『端五剪繒彩作小符兒，爭逞精巧，摻於鬟髻之上。都城亦多撲賣，名釵頭符。』」艾虎，端午節時用艾作虎，或剪彩爲虎，粘艾葉，戴以避邪。周紫芝〈永遇樂〉（五日）：「艾虎釵頭，菖蒲酒裡，舊約渾無據。」❸觀渡：《荊楚歲時記》：「五月五日競渡，俗爲屈原投汨羅日，人傷其死，故命舟楫拯之。」❹逢場作戲：原指藝人遇到合適的場所，就開場表演。釋道原《景德傳燈錄》卷六：「竿木隨身，逢場作戲。」亦指隨事應景，偶爾涉足遊戲的事。❺年少三句：指弄潮，周密《武林舊事·觀潮》：「吳兒善泅者數百，皆披髮文身，手持十幅大彩旗，泝迎而爭先鼓勇，出沒於鯨波萬

仞中，騰身百變，而旗略不沾濕，以此誇能。」❻靈均，屈原之小字。〈離騷〉：「皇覽揆余於初度兮，肇錫余以嘉名：名余曰正則兮，字余曰靈均。」標致，風度。❼紉蘭佩：意謂清高的道德修養。〈離騷〉：「紛吾既有此內美兮，又重之以修能。扈江離與辟芷兮，紉秋蘭以爲佩。」椒，香物，用以降神。屈原〈九歌・東皇太一〉：「奠桂酒兮椒漿。」醑：美酒，用以祭神。❽騷魂：指屈原。因其作〈離騷〉，特以騷人指屈原，李白〈古風〉之一：「正聲何微茫，哀怨起騷人。」後亦泛指詩人。❾波底二句：南朝梁《續齊諧記》：「屈原五月五日投汨羅水，楚人哀之，至此日，以竹筒子貯米，投水以祭之。漢建武中，長沙區曲，忽見一士人，自云三閭大夫（屈原），謂曲曰：『聞君當見祭，甚善。常年爲蛟龍所竊，今若有惠，當以楝葉塞其上，以彩絲纏之，此二物蛟龍所憚。』曲依其言。今五月五日作粽，並帶楝葉五花絲，遺風也。」❿把似：與其。

賀新郎

劉克莊

九日

【導讀】

本詞抒寫重陽懷感。作者在長空昏黑、斜風細雨的愁人天氣登高望遠，儘管「亂愁如織」，卻仍抒寫自己平生做爲一個放眼天下、憂國忘家的志士之豪邁情懷。

「白髮書生神州淚，盡凄涼不向牛山滴」二句極爲動人，顯示作者雖則白髮蒼蒼，卻仍只爲神州未復而灑淚，絕不像登臨牛山的齊景公那樣留連光景，爲個人生死悲哀，凜然正氣令人感佩。下片以庾信自比，說明自己不同於少年時重視華麗文采，而主要抒發家國悲慨。「常恨」三句對每逢重陽，文人多寫些空洞應景的陳詞濫調，缺少眞情實感和新意，表示極大的不滿，顯出他對文藝的眞知灼見。「若對」二句強自寬慰，並關合重陽節令。結句與開篇呼應，陰暗昏暝的景色具有一種象徵國勢衰微的寓意。

這首詞議論風發，蒼勁沉著，很能代表劉克莊的詞風。

湛湛長空黑❶，更那堪、斜風細雨，亂愁如織。老眼平生空四海，賴有高樓百尺❷。看浩蕩、千崖秋色。白髮書生神州淚，盡凄涼、不向牛山滴❸。

深邃的長空昏黑，
又怎禁得交加著斜風細雨，
愁思如織，亂紛紛千絲萬縷。
我平生望盡四海，
好在身居百尺樓台。
看眼前萬壑千山，一派浩蕩秋意。
我這白髮書生，灑淚總爲著神州大地，
無論怎樣悲戚，
卻不像登臨牛山的古人，
因人生短暫憂愁哀泣。

追往事，
去無跡。
少年自負凌雲筆❹，
到而今春華落盡，
滿懷蕭瑟❺。
常恨世人新意少，
愛說南朝狂客，
把破帽年年拈出❻。
若對黃花孤負酒❼，
怕黃花也笑人岑寂。
鴻北去，

追念往昔的情事，
早已一去不留蹤跡。
少年時自負凌雲手筆，
如今華麗的才藻落盡，
唯書寫滿懷蕭瑟情意。
常恨世人吟詩太少新趣，
只知道談論南朝狂士，
年年重陽，都搬弄破帽故事。
如果對著菊花不盡情暢飲，
而一味地沉吟嘆息，
只怕菊花也笑我過於冷寂。
舉頭見鴻雁冥冥北飛，

日西匿（ㄖˋ ㄒㄧ ㄋㄧˋ）❽。

白日隱隱落向西去。

【注釋】

❶湛湛：深貌。❷高樓百尺：見辛棄疾〈水龍吟〉注。後世以百尺樓做爲憂國忘家的志士登臨、居住之所的典故。❸牛山滴：《晏子春秋．內篇諫上》：「景公遊於牛山，北臨其國城而流涕，曰：『若何滂滂去此而死乎？』」杜牧〈九日〉齊山登高詩：「古往今來只如此，牛山何必獨沾衣。」牛山，在今山東臨淄南。❹凌雲筆：大手筆。《史記．司馬相如傳》：「相如既奏〈大人〉之頌，天子大說（悅），飄飄有凌雲之氣，似遊天地之間意。」❺滿懷蕭瑟：杜甫〈詠懷古跡〉五首之一：「庾信平生最蕭瑟，暮年詩賦動江關。」❻愛說二句：指重陽題詠搬出孟嘉典故。南朝狂客，指孟嘉。《晉書．孟嘉傳》：「九月九日（桓）溫宴龍山，僚佐畢集。時佐吏並著戎服。有風至，吹嘉帽墮地，嘉不之覺。溫使左右勿言，欲觀其舉止。嘉良久，如廁。溫令取還之，命孫盛作文嘲嘉，著嘉坐處。嘉還見，即答之，其文甚美。四座嗟嘆。」後世用「破帽」，即由此引申。蘇軾詠〈南鄉子〉（重九，涵輝樓呈徐君猷）詞：「破帽多情却戀頭。」❼若：假使；如果。❽鴻北去二句：江淹〈恨賦〉：「白日西匿，隴雁少飛。」

木蘭花

劉克莊

戲林推❶

【導讀】

劉克莊於詞家最服膺辛棄疾，他不但承其詞風，並且也像辛棄疾一樣，在深深慨嘆「乾坤如許大，無地著孤臣」的同時，總把自己未能實現的恢復神州的宏大理想，寄託在友人身上。這首小詞雖然題爲〈戲林推〉，思想內容却很深刻。上片描述林推的俠少生活和日夜暢飲、縱博的豪情，過片對友人進行規箴。「男兒西北有神州，莫滴水西橋畔淚」兩句，希望友人不要把壯志消磨在風月場中，而要擔起救國興邦的重任，勸勉之意十分明確，語意卻極和婉。

馮煦稱譽克莊「拳拳君國似放翁」，首舉此二句，並讚其「胸次如此，豈翦紅刻翠者比耶？」還說楊慎謂此詞「壯語足以起懦」，理解還太淺薄。

此詞格調明快，涵義深永，愛國感情不出之以豪雄，而出之以委折，尤爲動人。

年年躍馬長安市，❷
客舍似家家似寄。
青錢換酒日無何，❸
紅燭呼盧宵不寐。❹
易挑錦婦機中字，❺
難得玉人心下事。❻

你年年騎著馬在京城遊蕩，
把客舍當成自己的家，
家反倒像暫時棲身的地方。
天天拿著青銅錢縱飲，
什麼事也不去理會，
夜晚點起紅燭盡情賭博，
常常是通宵不寐。
要知道，你容易得到妻子
一片眞摯的感情，
卻難以捉摸歌妓們猜不透的心。

男兒西北有神州，莫滴水西橋畔淚。❼

西北還有未曾收復的神州，
請記住，男子漢的眼淚，
且莫爲青樓女子橫流。

【注釋】

❶別本題作〈戲呈標節推鄉兄〉。節推，節度推官，宋代州郡的佐理官。❷長安：借指都城臨安（杭州）。❸無何：沒有什麼，意謂什麼正事都不做。❹呼盧：古時一種賭博，又叫樗蒲，削木爲子，共五個，一子兩面，一面塗黑，畫牛犢，一面塗白，畫雉。五子都黑，叫盧，得頭彩。擲子時，高聲大喊，希望得到全黑，所以叫呼盧。李白〈少年行〉：「呼盧百萬終不惜，報仇千里如咫尺。」❺機中字：用蘇蕙事。晉竇滔妻蘇蕙字若蘭，善屬文。滔仕前秦苻堅爲秦州刺史，被徙流沙。蘇氏在家織錦爲回文璇璣圖詩，用以贈滔。詩長八百四十字，可以宛轉循環以讀，詞甚淒惋。❻玉人：指歌妓舞女之類。❼水西橋：劉辰翁《須溪集·習溪橋記》載「閩水之西」（在福建建甌縣），爲當時名橋之一，又《丹徒縣志·關津》載「水西橋在水西門。」此處泛指妓女所居之處。

盧祖皋

盧祖皋，生卒年不詳，字申之，又字次夔，號蒲江，永嘉（今屬浙江）人。慶元五年（一一九九年）進士。官至權直學士院。黃升云：「蒲江，樓攻媿（鑰）之甥，趙紫芝（師秀）、翁靈舒（卷）之詩友，樂章甚工」（《花庵詞選》）。朱彝尊云：「詞莫善於姜夔，宗之者張輯、盧祖皋、史達祖、吳文英、蔣捷、王沂孫、張炎、周密……皆具夔之一體」（《黑蝶齋詩餘序》）。

盧祖皐詞內容較單弱，多爲詠物、酬酢、相思別離、留連光景之作，藝術上出色篇章也不多，正如周濟所說：「小令時有佳處，長篇則枯寂無味」（《介存齋論詞雜著》）。有《蒲江詞》。

江城子

盧祖皐

【導讀】

這首小詞抒寫感傷時序更迭、年華易逝、舊夢難尋的落寞心情，內容、意境都不新鮮，唯語言尚稱清婉。況周頤云「後段與龍洲（劉過）『欲買桂花同載酒，終不似、少年遊。』可稱異曲同工」（《蕙風詞話》）。

畫樓簾幕卷新晴，
掩銀屏，　曉寒輕。
墜粉飄香，
日日喚愁生。
暗數十年湖上路，

畫樓上捲起簾幕，現一派新晴光景，
清晨還帶著輕輕寒意，
我把銀色屏風掩緊。
繁花天天墜粉飄香，
不斷引起人心中愁情。
暗數十年來在湖上遷延，

能幾度、著娉婷❶。
年華空自感飄零，
擁春酲❷，
對誰醒？
天闊雲閑，
無處覓簫聲。
載酒買花年少事，
渾不似、舊心情。

能有幾度同佳人繾綣？
我徒然感慨年華凋零，
獨自在春酒中沉醉，
清醒又去同誰相對？
天宇空闊，白雲悠閑地浮沉，
我嘆息無處去尋覓，那歡樂的簫管歌聲。
縱使學少年買花攜酒，
卻全然失去舊時豪情。

【注釋】

❶娉婷：原指姿態美好，此借指美人。❷酲：病酒。《詩・小雅・節南山》：「憂心如酲，誰秉國成？」

宴清都

盧祖皋

【導讀】

〈宴清都〉，詞調名，始見於周邦彥詞。

上片描寫初春景色，並感嘆年華暗換。「料黛眉、重鎖隋堤，芳心還動梁苑」兩句，形容柳綠花發，用語新麗精巧。下片抒相思別離之情，「春啼細雨，籠愁淡月」二句，移情於景物，藉以表現主人公的淒黯心情，韻致頗佳。「離腸」以下幾句，感情愈轉愈深，清婉動人。末尾以景結情，也使人感到餘意無盡。

春訊飛瓊管❶，
風日薄，
度牆啼鳥聲亂。
江城次第❷，
笙歌翠合，
綺羅香暖。
溶溶澗淥冰泮❸，

玉笛飛出春天的旋律，
風日初暖，
小鳥嘰嘰喳喳飛過牆院。
江城很快就聽見，
笙歌在碧波中蕩漾，
身穿綺羅的麗人滿路飄香。
山澗裡冰已融化，

醉夢裡，
年華暗換。
料黛眉、
重鎖隋堤[4]，
芳心還動梁苑[5]。
新來雁闊雲音[6]，
鸞分鑑影[7]，
無計重見。
春啼細雨，
籠愁淡月，
恁時庭院，
離腸未語先斷，

新水豐滿清澈，
醉夢中暗換年華。
綠眉般纖美的楊柳，
想是重又把河堤環繞，
園林裡，百花芳心動搖。
近來看不到鴻雁，從雲中傳送佳音，
我就像照鏡的孤鳳，
空自顧影傷心，卻沒有辦法與她重逢。
這時寂寞的庭院，春天正在哭泣，
落著細雨綿綿，
烏雲籠住淡月，清愁無限。
我還不曾開口，
塞滿離恨的柔腸已自先斷，

算猶有憑高望眼。
更那堪衰草連天，
飛梅弄晚。

就算還剩有，憑高望遠的雙眼，
又怎忍看見無邊衰草連天，
昏黃中飛墜梅花片片！

【注釋】

❶瓊管：古以葭莩灰實律管，候至則灰飛管通。葭即蘆，管以玉爲之。❷次第：轉眼，頃刻，白居易〈觀幻〉詩：「次第花生根，須臾燭遇風。」❸溶溶：水盛。劉向〈九嘆•逢紛〉：「揚流波之潢潢兮，體溶溶而東回。」淥，清澈。泮，溶解，分離，《詩•邶風•匏有苦葉》：「士如歸妻，迨冰未泮。」❹黛眉：以美人黛眉比喻柳葉，白居易〈長恨歌〉：「芙蓉如面柳如眉，對此如何不淚垂。」隋堤，見周邦彥〈蘭陵王〉注，此處泛指。❺梁苑：園囿名，在今河南開封市東南。漢梁孝王劉武築。爲遊賞與延賓之所，當時名士如司馬相如、枚乘、鄒陽皆座上客。一名梁園，又稱兔園。此處係泛指園林。❻闊：稀缺。❼鸞分鑒影：范泰〈鸞鳥詩序〉：「昔罽賓王結罝峻卯之山，獲一鸞鳥。王甚愛之，欲其鳴而不致也。乃飾以金樊，饗以珍羞。對之愈戚，三年不鳴。其夫人曰：『嘗聞鳥見其類而後鳴，何不懸鏡以映之？』王從其意。鸞睹形，哀響沖霄，一奮而絕。」後以此故事比喻愛人分離或失去伴侶。

潘牥

潘牥（一二〇五～一二四六年），字庭堅，號紫岩，閩（今福建省）人。理宗端平二年（一二三五年）進士第三，歷官太學正、潭州通判。《全宋詞》錄其詞五首。

南鄉子

潘牥

題南劍州妓館❶

生怕倚闌干，

我生怕去獨倚欄杆，

【導讀】

〈南鄉子〉，唐教坊曲名，後用爲詞調，單片始見於五代歐陽炯詞，雙調始見於南唐馮延巳詞。

這首〈題南劍州妓館〉的小詞，是爲一個已經遠離、尋訪無著的歌妓所寫，卻絕去綺詞麗語，也不帶絲毫輕褻的情調，而是以清婉深情的詩筆，抒寫了主人公的一片留戀、悵惘之情。沈際飛說：「『閣下溪聲閣外山』句，便已婉摯，況復足山水一句乎」（《草堂詩餘正集》）。詞中借景言情十分委折。將所愛歌妓想像成月下乘鸞的仙子，情致閑雅高遠，不同凡艷。結拍寫主人公於霜月之夜折梅自看而無誰可寄的情景淒切動人。

本篇雖爲小令，卻步步轉折，一步一態，因而況周頤讚其「有尺幅千里之妙」（《蕙風詞話》）。

閣下溪聲閣外山。
惟有舊時山共水，
依然，
暮雨朝雲去不還。❷
應是躡飛鸞❸，
月下時時整佩環。
月又漸低霜又下，
更闌，
折得梅花獨自看。

閣下是潺潺溪水，閣外有橫斜青山。
舊時的山，舊時的水，
面目一如當年，
她卻像朝雲暮雨，一去不再回還。
她是否已變做仙女乘著飛鸞，
在月下時時整理，美麗的環佩衣衫？
露冷霜降，月兒漸漸低轉，
夜寂更闌，
我折下梅花獨自觀看。

【注釋】

❶南劍州：今福建南平。❷暮雨朝雲：用宋玉〈高唐賦序〉巫山神女事，見歐陽修〈蝶戀花〉注。❸躡飛鸞：傳說中仙人多乘鸞騎鳳，此處比喻歌妓爲仙子。

陸叡

陸叡（?～一二六六年），字景思，號西雲，會稽（今浙江紹興）人。紹定五年（一二三二年）進士。官至集英殿修撰，江南東路計度轉運副使兼淮西總領。《全宋詞》錄其詞三首。

瑞鶴仙

陸叡

【導讀】

本詞別本題作〈梅〉，細玩詞意，卻似乎與詠梅無關，而是訴說相思離別之情。首句「濕雲粘雁影」，描寫沉沉欲雨的雲空，鴻雁難以迅飛，灰色的雁與灰色的雲似乎渾然一體的情景，「粘」字爲前人所屢用，並不新奇，而與「影」字連用，繪出迷離滯重之境，恰到好處，很有些情味。詞中主要抒寫羈旅行役、流光難駐、相思別離等種種愁恨，詞意較爲朦朧晦昧，從總體上看，不算一首高明的作品。

濕雲黏雁影，
望征路愁迷，
離緒難整。

沉重的雨雲黏著灰色的雁影，
望征途遙遠，
心中迷惘、愁悶，多少離情難以整頓。

千金買光景，
但疏鐘催曉，
亂鴉啼暝。
花悰暗省❶，
許多情，
相逢夢境。
便行雲都不歸來，
也合寄將音信。
孤迥❷，
盟鸞心在，
跨鶴程高❸，

誰說千金能夠買到光陰，
疏落的鐘聲催促清曉，
亂鴉啼叫又是暮色昏暝。
暗自思量從前的歡樂，
曾經有過許多柔情，
如今，要相逢卻只有夢境。
伊人縱使化作行雲不再歸來，
也該給我寄上音信。
我孤獨而清高，
愛情的盟誓銘記在心，
卻難以騎鶴飛上雲霄，

後期無準。
情絲待剪，
翻惹得舊時恨❹。
怕天教何處，
參差雙燕，
還染殘朱剩粉。
對菱花與說相思❺，
看誰瘦損？

後會的日期哪裡可靠。
我想要剪斷情絲，
反惹起心頭久已沉積的煩惱。
我不知道會在什麼地方，
看見雙飛的燕子，
沾帶著她脂粉的芳香。
她或許正在對鏡照影，
訴說苦苦的相思情，
她是否比我還更瘦骨嶙峋？

【注釋】

❶悰：歡樂。❷孤迥：志意高遠。杜牧〈南陵道中〉詩：「正是客心孤迥處，誰家紅袖憑江樓。」❸跨鶴：指飛升成仙。❹情絲二句：李煜〈烏夜啼〉：「剪不斷，理還亂，是離愁，別是一般滋味在心頭。」此化用其意。❺菱花：古銅鏡中，六角形的或鏡背刻有菱花的，叫菱花鏡。後詩文中常以菱花爲鏡的代稱。李白〈代美人愁鏡〉：「狂風吹却妾心斷，玉筋並墮菱花前。」

蕭泰來

蕭泰來，生卒年不詳，字則陽（《江西通志》云：字陽山），號小山，臨江（今屬江西）人。紹定二年（一二二九年）進士。理宗朝爲御史。《全宋詞》錄其詞二首。

霜天曉角

蕭泰來

【導讀】

這是一首梅的讚歌，作者詠讚她傲霜鬥雪的「瘦硬」生性、不同凡品的清絕姿容，並寫出她「知心惟有月」的幽獨心境。詞中可能有什麼託意，卻難以指實。

千霜萬雪，
受盡寒磨折。
賴是生來瘦硬，
渾不怕、
角吹徹。

她經受過千霜萬雪，
多少寒冷的折磨，
可就是生來瘦硬奇特，
完全不怕那冬夜裡，
清角吹，寒意透徹。

清絕，
影也別，
知心惟有月。
原沒春風情性，
如何共、海棠說。

她的姿容幽雅清絕，
疏影也與百花迥別，
知音者唯有天邊明月。
她原沒有春風情性，
如何向海棠訴說孤傲的深心？

吳文英

吳文英（約一二〇〇～約一二六〇年），本姓翁，過繼吳氏，字君特，號夢窗，晚號覺翁。四明（今浙江寧波）人。一生未應科舉，以布衣終老。曾以幕僚身分出入當時蘇、杭一帶的權貴之門，與理宗朝愛國名相吳潛有交誼，但與奸相賈似道及其館客也有交誼。晚年曾爲榮王趙與芮客，居紹興。

吳文英爲南宋後期一位重要詞人，存詞三百五十餘首。部分詞章表現了對國事的憂念和今昔盛衰之慨，如〈惜秋華〉（重九）、〈聲聲慢〉、〈應天長〉（吳門元夕）、〈賀新郎〉「喬木生雲氣」、〈八聲甘州〉「渺空煙」等。其餘大多數詞章記個人生活、遊冶、酬酢。與朝官應酬之作多達八十餘首。詞風穠艷麗密，於音律詞。十分講究，藝術上有相當的成就，有自度曲十餘闋，其中〈鶯啼序〉二百四十字，爲詞史上僅見的四片長調。

吳文英繼承並發展了周邦彥的詞風，「音律欲其協」，「下字欲其雅」，「用字不可太露」，「發意不可太高」（沈義父《樂府指迷》引），將詞從蘇、辛以來與詩文並驅的廣闊深厚、豪曠雄放、多姿多彩、無施不可，引回到首重審音拈韻、使典用字的道路上去，門徑較狹窄。

自宋以來對吳文英詞便毀譽紛紜，讚譽者如尹煥，竟至說：「求詞於吾宋，前有清眞，後有夢窗」（〈夢窗詞序〉）。而張炎却說：「吳夢窗詞，如七寶樓台，眩人眼目，拆碎下來，不成片段」（《詞源》）。清代朱彝尊、戈載、陳廷焯、周濟、況周頤等人都對吳文英推崇備至，周濟列周邦彥、辛棄疾、王沂孫、吳文英爲宋詞四大領袖；晚近的朱孝臧曾三校《夢窗詞》，跋語多溢美，他編《宋詞三百首》，選吳詞二十五首，居首位，可見對他的重視程度；而王國維則譏其詞「映夢窗，凌亂碧」（《人間詞話》）。

宋、清諸家對夢窗詞或褒或貶都嫌太過，唯《四庫全書總目》評語較爲公允：「文英天分不及周邦彥，而研煉之功則過之。詞家之有吳文英，如詩家之有李商隱也。」綜論吳文英詞章的成就較詩中之李商隱尙不能及，但在兩宋詞壇上仍不失爲一個獨闢蹊徑、較有成就的詞家。有《夢窗詞甲乙丙丁稿》四卷。

渡江雲

吳文英

西湖清明

【導讀】

〈渡江雲〉，詞調名，始見於周邦彥詞，又名〈三犯渡江雲〉。據毛先舒《塡詞名解》云，調名「取唐人詩『唯驚一行雁，沖斷渡江雲』」。

陳洵《海綃說詞》說「此詞與〈鶯啼序〉第二段參看……是一時事。」據夏承燾《吳夢窗繫年》考證，吳文英在杭州曾納一妾，不久亡故，二人感情相當深篤，因此「集中懷人諸作……其時春，其地杭者，則悼杭州亡妾」。

這首詞題爲〈西湖清明〉，詞中卻並未正面提及淸明二字，然而自古淸明即爲掃墓悼亡的節令，由時令念及亡人是十分自然的事。不明書悼亡，而讓人從詞意中去領會，顯得更加含蓄有致。

本詞一開篇就以忿怨的語氣，恨繁花不解悼亡者的心境，開得那樣嬌艷，進而又怨春風未能把不懂事的紅花全都吹落，接著很自然地轉入對往日生活的深深回憶和對舊事一去不復的惆悵之抒發。過片寫作者由憶生幻，在幻想中與伊人訂後會盟約，以及清醒後沉重的失落感，並寄情於滿湖風雨的慘淡景色，餘意不盡。

羞紅顰淺[1]，
恨晚風未落，
片繡點重茵[2]。
舊堤分燕尾[3]，
桂棹輕鷗[4]，
寶勒倚殘雲[5]。
千絲怨碧，
漸路入仙塢迷津[6]。
腸漫回，
隔花時見，

嬌紅的花像美人含羞的容顏，
嫩綠的葉綴在她鬢邊。
恨晚風不把它們全都吹落，
如茵的草坪只點染幾片花瓣。
舊日曾遊的湖堤交叉處像燕尾一般，
桂舟宛若鷗鳥輕輕飄去，
寶馬載著你飛上暮雲端。
柳絲綠得令人心傷，
我彷彿又沿著垂楊掩蔽的小路，
走到仙境桃源。
是什麼使我回腸九轉？
隔著穠麗的花叢，

背面楚腰身[7]。
逡巡[8]，題門惆悵[9]，
墮履牽縈[10]。
數幽期難準，
還始覺留情緣眼，
寬帶因春[11]。
明朝事與孤煙冷，
做滿湖風雨愁人。
山黛暝，
塵波澹綠無痕。

那纖細的腰身忽隱忽現，
卻不肯轉過你的臉。
我猶疑躊躇、進退兩難，
怕尋不著愁懷難遣，
渴望與你共枕我魂縈情牽。
我把約會的佳期細細推算，
弄不準將是哪一天。
這才懂得，
情思繚繞全爲著那多情的雙眼，
春日相思空叫人衣帶漸寬。
到明天，往事隨同孤煙一齊消散，
只剩下滿腹愁緒的我，
與滿湖淒風苦雨相伴。
山色更加幽碧晦暗，
湖面上微波隱現，顯得格外慘淡。

【注釋】

❶羞紅：形容花如含羞美人的容顏，古人以「羞花」喻女子美貌，此處反用。鬢淺，

形容葉嫩如女子髮鬟。❷重茵：厚席，比喻芳草如茵。❸舊堤句：杭州西湖蘇堤與白堤交叉，形如燕尾。❹桂棹：桂木船槳，代指華美的船。蘇軾〈前赤壁賦〉：「桂棹兮蘭槳，擊空明兮泝流光。」❺寶勒：裝飾寶物的馬勒，代指良馬。❻漸路入句：用劉晨、阮肇入天台山遇仙事，見周邦彥〈玉樓春〉注。此處指作者與杭妾初遇情事。❼隔花句：蘇軾〈續麗人行〉詩：「隔花臨水時一見，只許腰肢背後看。」此處話用其意。楚腰，美人細腰。楚諺：「楚王愛細腰，宮中多餓死。」❽逡巡：亦作「逡循」，欲進不進、遲疑不決的樣子。《莊子・讓王》：「子貢逡巡而有愧色。」❾題門：用呂安題嵇康門事。《世說新語・簡傲》：「嵇康與呂安善，每一相思，千里命駕。安後來，值康不在，喜(嵇康兄)出戶，延之不入，題門上作『鳳』字而去。」❿墮履：典出《史記・留侯世家》，張良於圯上遇黃石公，爲之撿墮履，後得授兵書。此處指得遇知音，並用其字面意(脫鞋)，表示留宿。⓫寬帶：見李之儀〈謝池春〉注。

吳文英

夜合花

白鶴江入京，泊葑門，有感❶。

【導讀】

葑門爲蘇州東門。吳文英有兩個妾，其一娶於蘇州，後離異。

此詞當是爲懷念與蘇州妾的舊日情事而作。上片由泊舟葑門回想起當年與蘇州妾同居、同遊的歡樂情景，下片折回到眼前事實，抒寫人去樓空、往事如夢的淒傷之慨。詞意較爲明暢，遣詞造句細膩考究。

詞中以「柳暝河橋，鶯淸臺苑」、「凌波翠陌，連棹橫塘」的明媚景象襯托往昔歡情，以「溪雨急，岸花狂，趁殘鴉飛過蒼茫」的淒疾之景渲染當前愁情，情景交融，十分精妙。

柳暝河橋，
鶯清臺苑，
短策頻惹春香[2]。
當時夜泊，
溫柔便入深鄉[3]。
詞韻窄[4]，
酒杯長，
剪燭花、
壺箭催忙[5]。
共追遊處，
凌波翠陌，
連棹橫塘[6]。

河岸上密柳濃蔭，把橋欄遮掩，
亭園裡黃鶯清歌，使春光更加明艷。
我揮動馬鞭，鞭梢時時掠過花瓣，
難以忘懷那年春夜，停舟在葑門前，
你我相依相伴，柔情蜜意無盡無邊。
我貧乏的詞箋，難以表達深心愛戀，
只有把定情酒一杯杯不住喝乾。
頻剪燭花，全沒半點睏倦，
恨更漏不解人意，一聲聲催促，
春宵苦短。
我難以忘懷每日相隨遊冶，
你就像洛水的神仙，
漫步在翠柳飄拂的田野，
你我時常蕩舟橫塘，歡樂無限。

十年一夢淒涼[7]，
似西湖燕去，
吳館巢荒[8]。
重來萬感，
依前喚酒銀罌[9]。
溪雨急，
岸花狂，
趁殘鴉飛過蒼茫。
故人樓上，
憑誰指與，芳草斜陽[10]？

轉眼間已過去十年，往事似夢，
我徒自傷心、繾綣，
你如西湖的旅燕般倏然飛遠，
對門旁舊巢空空，再也看不見你的容顏。
重遊故地，我感慨萬千，
連聲喚人添酒，頻頻舉杯一如從前。
山雨迅猛，橫飛江面，
山風急驟，落花狂舞在岸邊，
又被風兒飄捲，
追趕著幾隻遲歸的烏鴉，
飛向蒼茫的對岸。
凝望你住過的樓閣，
斜陽外，芳草連天，
尋找你的道路，誰能爲我指點？

【注釋】

❶白鶴江：又名鶴江、白鶴溪，在蘇州城西北武進縣境，與運河相通。吳文英自金陵（今南京）南下，入吳縣，過太湖至臨安，可經白鶴江。❷策：馬鞭。❸溫柔鄉：指美色迷人之境、男女歡愛之境。舊題漢伶玄《飛燕外傳》：「是夜進合德（飛燕妹），帝大悅，以輔屬體，無所不靡，謂爲溫柔鄉。謂嫕曰：『吾老是鄉矣！不能效武皇帝求白雲鄉也。』」❹詞韻窄：形容感情無法用詞章表達。❺壺箭：見柳永〈戚氏〉注。❻橫塘：見賀鑄〈青玉案〉注。❼十年一夢：見姜夔〈揚州慢〉注。❽吳館：春秋時吳王夫差爲西施建造的「館娃宮」，在蘇州靈岩山。此處借指舊日與妾同居處。❾罍：酒器，大腹小口。❿芳草斜陽：范仲淹〈蘇幕遮〉詞：「山映斜陽天接水，芳草無情，更在斜陽外。」

霜葉飛

吳文英

重九

【導讀】

〈霜葉飛〉，詞調名，始見於周邦彥詞。

這首詞是重九爲懷念杭州亡妾而作。重陽本是親友聚會歡飲的日子，而「每逢佳節倍思親」的愁緒也最易引發，此詞抒寫了作者面對斷煙、殘陽、霜樹、秋水、雨中黃菊等蕭索物象，回憶從前此日與愛妾醉遊南屏山的往事時淒苦、沉痛的心境。下片極言親人死後百事無心的情狀，「斷闋經歲慵賦」一句，包含著多少傷逝的淒愴。「早白髮」以下，描述作者「緣愁萬縷」而滿頭白髮，和因極度痛苦而木然的心態，眞切動人。結句表達「現在如此，未來可知」，極感愴卻極閑冷」（陳洵《海綃說詞》）的情感，委折深沉。

詞中繪秋色、秋聲，如聞如見，筆意清疏而含思淒婉。

斷煙離緒關心事，
斜陽紅隱霜樹。
半壺秋水薦黃花❶，
香噀西風雨❷。
縱玉勒❸，
輕飛迅羽，
淒涼誰弔荒臺古❹。
記醉踏南屏❺，
彩扇咽寒蟬，
倦夢不知蠻素❻。

縷縷炊煙，像離情別緒，時斷時續。
最叫人關情的是一輪血色殘陽，
在絳紅的霜樹後面隱去。
我舀來半壺秋水，供一束菊花將她奠祭。
在西風秋雨中，黃菊幽香四溢。
此時此刻，誰又有這樣的興趣，
揚鞭躍馬，
像小鳥迅飛，
去憑弔那荒臺古跡？
唯有醉遊南屏的往事，在眼前時時浮起。
伴同她歌舞的彩扇今在哪裡？寒蟬
聲聲悲啼，彷彿聽見她當年清歌幽咽，
我倦夢依稀，不知她去往何地？

聊對舊節傳杯，
塵箋蠹管，
斷闋經歲慵賦。
小蟾斜影轉東籬[7]，
夜冷殘蛩語。
早白髮、
緣愁萬縷[8]，
驚飆從捲烏紗去[9]，
漫細將、茱萸看[10]，
但約明年，
翠微高處。

如今又是重陽，酒宴上應節舉杯，
卻無情無緒。
一任素箋落滿埃塵，蠹蟲蛀壞了毛筆，
未完成的詞章擱置了幾年，也懶得再續。
半輪明月漸漸西斜，清光灑滿東籬。
淒冷的秋夜裡，蟋蟀一聲聲低語。
我早已滿頭白髮，
都因爲愁思萬縷，
任隨狂風把帽子飛捲而去。
醉中，我手持茱萸仔細觀看，
朋友呵，暫且約定明年此時，
再到翠峰高處將友情重敘。

【注釋】

❶黃花：菊花。李白〈九日龍山歌〉：「九日龍山飲，黃花笑逐臣。」❷噀：噴水。❸玉勒：鑲玉的馬勒，代指馬。❹荒臺：彭城（今江蘇徐州）戲馬臺，爲楚項羽閱兵處。南朝宋武帝劉裕曾於重陽日大會賓僚賦詩於此。此處借指古跡。❺南屏：山名，「南屏晚鐘」爲西湖十景之一。山上有吳越王所建雷峰塔。❻蠻素：見蘇軾〈青玉案〉注，此處借指愛妾。❼小蟾：上弦月。❽早白髮句：李白〈秋浦歌〉：「白髮三千丈，緣愁似個長。」此化用其意。❾驚飆句：用孟嘉事，見劉克莊〈賀新郎〉注。❿漫細將句：此化用杜甫〈九日藍田崔氏莊〉詩：「明年此會知誰健，醉把茱萸仔細看」句意。茱萸：植物名，生於川谷，其味香烈。古俗九月九日佩之以祛邪避災。

宴清都

吳文英

連理海棠

【導讀】

作者圍繞著唐玄宗、楊貴妃的愛情故事，暗用白居易〈長恨歌〉詩意及《太眞外傳》等野史，借詠連理海棠，一方面詠讚了李、楊「在地願爲連理枝」的深情厚愛，一方面又感嘆他們「此恨綿綿無絕期」的悲劇結局，以花始，以花結，句句詠物，又字字不留滯於物，將詠物、敍事、言情、抒慨熔爲一爐，筆墨華美濃艷，奇幻深曲，首尾呼應，結構嚴謹。

朱孝臧盛讚本詞「濡染大筆何淋漓」（《手批夢窗詞集》），唯覺雕繪太過，詞藻太密，但卻很能代表吳文英的風格特點。

繡幄鴛鴦柱[1]，
紅情密、
膩雲低護秦樹[2]。
芳根兼倚，
花梢鈿合[3]，
錦屏人妒。
東風睡足交枝[4]，
正夢枕瑤釵燕股[5]。
障灩蠟、
滿照歡叢[6]，
嫠蟾冷落羞度[7]。

一雙如相依鴛鴦的樹幹，
　支撐起錦繡篷帳，
紅花繁茂濃密，情意綿長，
綠葉像碧雲低垂，護衛著連理海棠。
美麗的樹根相並相靠，
柔嫩的枝梢如鈿合互交互傍，
引惹得深閨中思春的女子，
　生出多少妒嫉和夢想。
東風裡嬌憨的海棠睡熟，
雙雙躺臥在相交的花枝上，
彷彿情人沉入甜蜜的夢境，
　玉簪金釵遺落枕旁。
多情人高舉紅燭，
遍照穠麗的海棠著意觀賞，
孤寂的月殿嫦娥，更覺得幽怨哀傷。

人間萬感幽單，
華清慣浴[8]，
春盎風露[9]。
連鬟並暖[10]，
同心共結，
向承恩處。
憑誰爲歌長恨[11]？
暗殿鎖、
秋燈夜語[12]。
敍舊期、
不負春盟[13]，

人世間孤單的女子何止千萬，
誰不羨慕那賜浴華清池，
自沐春風、獨沾恩露的玉環？
當初，在溫暖的芙蓉帳，
他們鬢髮相傍，
曾是多麼恩愛，唯願世世代代結成鴛鴦。
爲什麼？爲什麼呵，一死一生空自相望，
長恨歌永久地傳唱？
幽寂的宮門緊鎖，
秋夜孤淒何其漫長，對一盞閃閃青燈，滿
懷知心話向誰去講！
盼望著伊人歸來，
把舊日盟誓踐償，

雙雙化作這連理海棠，
朝朝暮暮葉依花傍。
紅朝翠暮。

【注釋】

❶繡幄：原指錦繡的帷帳，此處借指樹冠繁密的花叢。鴛鴦柱，指連理海棠的樹幹。❷秦樹：漢宮苑中的樹，即指連理海棠，暗喻唐玄宗、楊貴妃。《閱耕餘錄》載：「宋淳熙間，秦中有雙株海棠。」李程〈華清宮望幸賦〉：「想恩波之東注，俯瞰渭流。愛佳氣之西浮，空瞻秦樹。」❸鈿合：金飾之合，有上下兩扇。陳鴻〈長恨歌傳〉：「定情之夕，授金釵鈿合以固之。」白居易〈長恨歌〉：「唯將舊物表深情，鈿合金釵寄將去。釵留一股合一扇，釵擘黃金合分鈿。但教心似金鈿堅，天上人間會相見。」❹東風睡足：用楊貴妃事。〈太眞外傳〉：「上皇（李隆基）登沉香亭，詔太眞妃子。妃子時卯醉未醒，命力士從侍兒扶掖而至。妃子醉顏殘妝，鬢亂釵橫，不能再拜。上皇笑曰：『豈是妃子醉，眞海棠睡未足耳。』」蘇軾〈寓居定惠院之東，雜花滿山，有海棠一株，土人不知貴也〉詩：「林深霧暗曉光遲，日暖風輕春睡足。」此用其意。❺燕股：釵有兩股如燕尾。❻障灩蠟句：白居易〈惜牡丹花〉詩：「明朝風起應吹盡，夜惜衰紅把火看。」李商隱〈花下醉〉詩：「客散酒醒深夜後，更持紅燭賞殘花。」蘇軾〈海棠〉詩：「只恐夜深花睡去，故燒高燭照紅妝。」此處話用以上句意。❼嫠蟾句：李商隱〈嫦娥〉詩：「嫦娥應悔偷靈藥，碧海青天夜夜心。」此化用其意。嫠，寡婦，嫠蟾，指孤獨無夫的嫦娥。❽華清：華清池，溫泉，在陝西臨潼驪山華清宮內。楊貴妃賞賜浴於此。白居易〈長恨歌〉：「春寒賜浴華清池，溫泉水滑洗凝脂。侍兒扶起嬌無力，始是新承恩澤時。」❾盎：指池水豐滿。❿連鬟：本指女子所梳雙髻，此處指連理海棠。暗喻玄宗和楊妃。⓫長恨：指白居易〈長恨歌〉。⓬暗殿句：杜甫〈哀江頭〉詩：「江頭

宮殿鎖千門。」白居易〈長恨歌〉：「夕殿螢飛思悄然，孤燈挑盡未成眠。遲遲鐘鼓初長夜，耿耿星河欲曙天。鴛鴦瓦冷霜華重，翡翠衾寒誰與共？」此處化用其意。⑬敍舊期句：白居易〈長恨歌〉：「臨別殷勤重寄詞，詞中有誓兩心知。七月七日長生殿，夜半無人私語時：在天願作比翼鳥，在地願爲連理枝。」

齊天樂

吳文英

【導讀】

陳洵《海綃說詞》云：「此與〈鶯啼序〉蓋同一年作，彼云十載，此云十年也。」是一首懷念情人之作。上片抒寫了十年來雖則音訊茫茫，作者對當初的邂逅之地——西子湖畔，卻始終夢繞魂縈的眷戀、感傷之情，並以憑高眺遠所見迷離秋色烘托愁情。

「但有江花，共臨秋鏡照憔悴」二句，以殘花襯人，特別突出了作者感傷之深，思念之苦。下片追憶當年與情人歡會的情景，極寫伊人的嬌美多情，「素骨凝冰，柔蔥蘸雪」二句形容伊人不同凡艷，清超的姿質，造語生新雅秀。「清尊」以下幾句抒無盡相思，而以秋宵的「亂蛩疏雨」加以渲染，使人倍覺淒涼。

此詞細膩綿密，用事自然，詞藻淸麗，情深語婉，是一首較好的抒情詞。

煙波桃葉西陵路❶，
十年斷魂潮尾。
古柳重攀，
輕鷗驟別❷，
陳跡危亭獨倚。
涼颸乍起❸，
渺煙磧飛帆❹，
暮山橫翠。
但有江花，
共臨秋鏡照憔悴❺。
華堂燭暗送客❻，

我又來到這煙波迷蒙的桃葉渡口、
西陵路上，
十年裡我總是見景心傷，
就像潮汐天天湧漲。
再一次攀折話別的古柳，
追想當時驟然分手，如同鷗鳥各飛一方，
我獨自憑倚高亭，
把早已變作陳跡的往事細細回想。
秋風乍起，送來陣陣淒涼，
輕煙籠罩在沙洲上，
隱約中見幾點飛馳的航帆，
水天空闊，蒼蒼茫茫，
遠山蒼翠，鍍金色夕陽。
只有岸邊殘花，
共憔悴的我，一同倒映水上。
想當年，晚宴後你送走賓客，
半熄燈燭，單單留下我，

眼波回盼處，
芳艷流水。
素骨凝冰❼，
柔葱蘸雪❽，
猶憶分瓜深意❾。
清尊未洗，
夢不濕行雲❿，漫沾殘淚。
可惜秋宵，亂蛩疏雨裡。

回過頭送來多情眼波，
沁人芳馨從我心上流過。
晶瑩的冰是你素潔的手臂，
雪白的嫩葱是你柔潤的纖指，
還記得你親自爲我把瓜果分剝，
待我那一片深情厚意。
從前你使用的酒杯，至今我還不忍去洗。
但無論我落下多少相思清淚，
你卻不肯來到我夢裡，
疏雨蕭蕭，蟋蟀哀鳴，
秋宵淒寒，我滿懷愁緒。

【注釋】

❶桃葉：晉王獻之與愛妾送別處，見姜夔〈琵琶仙〉注。此處泛指渡口。西陵，橋名，亦作「西泠」，在杭州西湖孤山下，橋邊有南朝名妓蘇小小墓。古樂府〈蘇小小歌〉「郎騎青驄馬，妾乘油壁車。何處結同心，西陵松柏下。」❷驟別：原本作「聚」別，據別本改。❸颸：冷風。❹煙磧：遠處迷濛的沙岸。磧，淺水中沙石或沙洲、沙丘、沙漠。❺但有二句：李璟〈攤破浣溪沙〉詞「菡萏香消翠葉殘，西風愁起碧波間，

還與容光共憔悴，不堪看。」此用其意。秋鏡：秋水平如明鏡。❻華堂句：《史記・滑稽列傳》：「堂上燭滅，主人留髡而送客……」此用其意，指伊人送走賓客，獨留作者。❼素骨凝冰：用《莊子・逍遙遊》句意，見蘇軾〈洞仙歌〉注。❽柔蔥蘸雪：形容美人白皙纖細的手指。白居易〈箏〉詩：「雙眸剪秋水，十指剝春蔥。」❾分瓜：暗用周邦彥〈少年遊〉：「并刀如水，吳鹽勝雪，纖指破新橙」詞意。❿夢不濕行雲：化用楚王會巫山神女典，見歐陽修〈蝶戀花〉注。

花犯

吳文英

郭希道送水仙索賦❶

【導讀】

本詞詠水仙。全詞以擬人手法，把水仙視爲絕色、知己，並融入神話傳說，既繪其形，更描其神。

陳洵《海綃說詞》評析此篇結構云：「自起句至『相認』，全是夢境，『昨夜』逆入，『驚回』反跌，極力爲『送曉色』一句追逼；復以『花夢準』三字，鉤轉作結。後片是夢非夢，純是寫神。『還又見』應上『相認』，『料喚賞』應上『送曉色』，眉目清醒，度人金針。」本詞結構完密，語言清麗。

詞中不僅寫出作者對水仙的欽敬慕戀和愛賞，又用側筆表現友人送花的善解人意和深篤友誼，還讚譽了友人高雅、清幽的生活情趣，雖爲詠物、應酬之作，仍不失爲一篇清新可讀的詞章。

小娉婷清鉛素靨[2]，
蜂黃暗偷暈[3]，
翠翹欹鬢[4]。
昨夜冷中庭，
月下相認，
睡濃更苦淒風緊。
驚回心未穩，
送曉色、
一壺蔥茜[5]。
才知花夢準。
湘娥化作此幽芳，

你如嬌小秀美的仙女，
　雪白的花瓣帶著聖潔的笑意，
蜂黃色花蕊暗含一抹羞澀，
碧葉如翠釵斜插在髮鬢裡。
昨夜，空庭中寒風淒淒，
冷月下我忽然見到你。
北風呼嘯，吹散我濃濃睡意，
猛然驚醒，心頭久久不能平靜，
晨曦剛剛從東方升起，
友人就送來一盆水仙碧綠。
這才懂得夜夢竟是那樣準確，
　花神預告了你的來期。
是湘水女神幻化成幽香的花枝，

凌波路，
古岸雲沙遺恨❻。
臨砌影，
寒香亂、
凍梅藏韻。
薰爐畔、
旋移傍枕，
還又見、
玉人垂紺鬒❼。
料喚賞、
清華池館❽，
臺杯須滿引❾。

輕盈地凌波飛去，
古岸邊雲沙迷離，
　永留你苦苦尋覓的足跡。
庭階前投下你優雅的身影，
散發著濃郁香氣。
連那經冬耐寒的紅梅，
　豐標逸致也不敢同你相比。
我把你放置在香爐旁邊，
一會兒又往枕畔輕移，
我多麼欣喜能時時見到，
你美人般青青的髮縷。
料想友人也像我一樣，
　異乎尋常地將你珍惜，
在清華池邊的樓館與你朝夕廝守，
不停地舉杯表達愛賞和讚譽。

【注釋】

❶郭希道：作者友人，生平未詳。❷娉婷：姿態美好，多形容女子。古樂府〈春歌〉：「娉婷揚袖舞，阿那曲身輕。」清鉛素靨：形容水仙的素雅嫵媚。鉛、素均爲白色，靨，酒渦。❸蜂黃：唐時以「蝶粉蜂黃」稱宮妝。李商隱〈酬崔八早梅有贈〉詩：「何處拂胸資蝶粉，幾時塗額藉蜂黃。」又以之比喻貞節：羅大經《鶴林玉露》引《道藏經》云：「蝶交則粉退，蜂交則黃退。」❹翠翹：翡翠頭飾。白居易〈長恨歌〉「花鈿委地無人收，翠翹金雀玉搔頭。」此處形容水仙綠葉。❺蔥茜：青翠色，此處指水仙。❻湘娥三句：用湘妃及洛水女神宓妃事，見張先〈菩薩蠻〉及賀鑄〈青玉案〉注。❼紺鬒：美髮。天青色爲紺，髮黑而濃密曰鬒。❽清華池館：指郭希道家花園。❾臺杯：套杯。

浣溪沙

吳文英

【導讀】

這是一首感夢之作。

陳洵《海綃說詞》認爲本詞全由自南唐入宋的張泌〈寄人〉詩：「別夢依依到謝家，小廊回合曲欄斜。多情只有春庭月，猶爲離人照落花」化出。上片記夢，以含蓄淒婉的詞筆勾勒夢中尋訪伊人郤成分別的情景，若虛若實，亦眞亦幻。「夕陽」句移情於景物，烘托黯然消魂的傷離氣氛，語淡情深。

下片抒慨，「落絮無聲春墮淚，行雲有影月含羞」爲傳誦的名句，上句化自蘇軾〈水龍吟〉詠楊花詞：「細看來、不是楊花，點點是離人淚」二句，郤更空靈含蓄、精微深至。下句同上句一樣，義兼比興，寄意深遠。末句借自然景象抒內心感受，情餘言外，耐人玩味。

門隔花深夢舊遊❶，
夕陽無語燕歸愁，
玉纖香動小簾鉤❷。
落絮無聲春墮淚，
行雲有影月含羞，
東風臨夜冷於秋❸。

夢裡我又去到她的庭院，
密密繁花把重門遮掩，
夕陽默默掛在天邊，
飛歸的雙燕也憂愁無言。
她芳馨的纖指搴動簾鉤，
我們依依地分手。
悠悠柳絮無聲地墜落，
那是春神愁歸、離人怨別的淚點，
浮雲輕掩著月影，
宛若她忍悲含羞的面顏。
夜晚，東風勁吹，
屋裡和心中都淒冷如同秋天。

【注釋】

❶夢舊遊：原本作「舊夢遊」，據別本改。❷玉纖：指白皙的纖手。❸東風句：薛道蘊〈奉和月夜聽軍樂應詔〉詩：「月冷疑秋夜」。韓偓〈惜春〉詩：「節過清明卻似秋」。此化用其意。

浣溪沙

吳文英

【導讀】

本詞抒寫秋夜懷人之情，寫得十分朦朧。

上片繪出秋夜清冷寂寥之景，「玉人垂釣理纖鉤」句，形容倒映水面的一彎新月，奇幻幽美。下片回首當初與情人離別情景，只輕輕點出，而著重借眼前「水花紅減」發出美好事物難以永駐的感嘆，離愁別恨也蘊含其中。末句以西風中井梧飄落的蕭瑟景象，寫出悲秋懷人的哀思。

此詞造境清奇，語言精細。

波面銅花冷不收[1]，
玉人垂釣理纖鉤[2]，
月明池閣夜來秋。
江燕話歸成曉別，
水花紅減似春休[3]，
西風梧井葉先愁。

池水像一面銅鏡，
　是誰在這清冷的夜晚忘記收斂？
月影如一彎魚鉤，
　是誰把握著無形的釣竿？
秋風拂過池邊樓閣，
涼夜裡只有清月和我相伴。
江燕呢喃著雙雙飛歸，
　清曉中你我依依道別。
江花已經褪去鮮麗的紅色，
　一切美好事物終究都會消歇。
井邊梧桐在西風中戰慄，
落葉蕭蕭令我憂愁欲絕。

【注釋】

❶銅花：銅鏡，古代銅鏡刻有花紋，故稱銅花，此處比喻水波清澈如鏡。❷纖鉤：月影。黃庭堅〈浣溪沙〉詞：「驚魚錯認月沉鉤」。❸水花句：柳永〈八聲甘州〉詞：「是處紅衰翠減，苒苒物華休。」此用其意。

【導讀】

上片以秀逸的詩筆描繪了試燈夜初晴的景色，「素娥臨夜新梳洗」句比擬雨後明淨的月容、清澄的月色，構想奇特，意象極美。試燈夜車水馬龍、遊女如雲的熱鬧情景，只用「暗塵不起，酥潤凌波地」九個字便概括殆盡。句中不著一「雨」字，卻使人感到字字清朗、在在潤澤。

過片頓宕，折入對往日燈節歡樂情事的回憶，似水柔情及感傷落寞之慨的抒發，仍只以點睛之筆稍加勾勒，而不作具體、細膩的刻畫，極煙水迷離之致。

吳文英

點絳唇

試燈夜初晴❶

捲盡愁雲，
素娥臨夜新梳洗。
暗塵不起❷，

漫天烏雲被晚風捲去，
月容明淨姣好，就像嫦娥剛剛沐浴梳洗。
賞燈的車馬絡繹飛馳，
卻沒有半點塵埃揚起，

酥潤凌波地❸。
輦路重來❹，
彷彿燈前事。
情如水❺。
小樓熏被，
春夢笙歌裡。

潤澤明亮的街市，
來往著體態輕盈的遊女。
如今，我重又來到京華，
把當年賞燈的樂事細細回憶，
可嘆它已如煙雲般逝去，
空留下似水柔情依依。
落寞的我登上小樓燻被獨眠，
聽樓外笙歌依稀，
和她相會只能在恍惚的夢裡。

【注釋】

❶試燈：周密《武林舊事》卷二〈元夕〉：「禁中自去歲九月賞菊燈之後迤邐試燈，謂之『預賞』。一入新正，燈火日盛……天街茶肆，漸已羅列燈球等求售，謂之『燈市』。自此之後，每夕皆然。……終夕天街鼓吹不絕，都民市女，羅綺如雲，蓋無夕不然也。」❷暗塵：化用蘇味道〈正月十五夜〉詩：「暗塵隨馬去，明月逐人來」句意。❸酥潤：韓愈〈早春呈水部張十八員外〉詩：「天街小雨潤如酥」，此用其意。❹輦路：帝王車駕經行之路，泛指京都大道。❺情如水：秦觀〈鵲橋仙〉詞：「柔情似水，佳期如夢」，此用其意。

吳文英

祝英臺近

春日客龜溪遊廢園❶

【導讀】

這首詞抒寫寒食節獨遊廢園時引發的身世飄零之慨。作者漫步於荒落的廢園，一邊採摘野花，一邊穿過幽竹陰翳的山間小路，似乎十分悠然閑適，下面忽然筆鋒陡轉，寫他看到少女鬥草踏青留下的印跡，不覺由他人的青春歡樂，聯想到兩鬢如霜的自己，當此寒食佳節，依舊浪跡雲山、漂流無所的可憐身世，百感交集，卻又咽住而不加細述。

過片仍藉遊園抒慨。作者本想以閒遊排遣憂悶，偏偏無情的天又降下暗雨，更引起他無限的客思鄉愁，「歸夢趁飛絮」五字看似輕靈，卻織入濃重的傷春思歸之情。末三句宕開一筆，聊作自我寬解，賦予景物動人的情感，借以寫出作者留連忘返的心情，使淒苦的曲調中略帶溫馨，極富情韻。

此詞寫景清麗有致，抒情婉轉清暢，堪稱佳作。

采幽香，
巡古苑，
竹冷翠微路。

我採摘幽香的花枝，
漫遊在古舊園庭，
陰翳的青竹深深掩映，
我獨自走在山間小徑。

鬥草溪根②，
沙印小蓮步③。
自憐兩鬢清霜，
一年寒食，
又身在、雲山深處。
晝閒度。
因甚天也慳春④，
輕陰便成雨。
綠暗長亭，
歸夢趁飛絮。
有情花影闌干。

少女們曾經鬥草溪頭，
沙岸邊還留著她們的點點足印。
青春和歡樂已不再屬於我，
　我憐憫自己白了雙鬢，
又是一度寒食來臨，
依然在雲山深處飄零。
我本想趁著天晴閒遊，
　打發這無聊的長晝。
爲什麼老天爺這樣吝惜春光，
幾片烏雲才飄過天空，　就變做陰雨濛濛。
芳菲的春華難以永駐，
　綠陰濃密遮斷了長亭歸路，
我思鄉的魂夢跟隨飄揚的柳絮，
　能不能飛回遙遠的故土？
曲欄上搖曳著多情花影，

鶯聲門徑，
解留我、霎時凝佇。

流鶯婉轉在門庭歌唱，
我靜靜地佇立凝神，暫且在這裡稍稍留連吧，她們挽留我是那樣殷勤。

【注釋】

❶龜溪：水名，在今浙江德清縣境。《德清縣志》：「龜溪，古名孔愉澤，即余不溪之上流。昔孔愉見漁者得白龜於溪上，買而放之。」故名。❷門草：見万俟詠〈三臺〉（清明應制）注。❸蓮步：《南史・東昏侯記》：「鑿金爲蓮華以貼地，令潘妃行其上，曰：『此步步生蓮華也。』」此處指女子足跡。❹慳：吝嗇。

吳文英

祝英臺近

除夜立春

【導讀】

除夕之夜恰值立春，正是「海日生殘夜，江春入舊年」（王灣〈次北固山下〉詩）、新舊時序交叉更易之際，最容易激發作者的懷舊情感。

此詞上片先以剪戴彩幡這一小事，極有代表性地寫出一般人家守歲迎春之樂，接著用溫麗的彩筆，描繪與情人「不眠侵曉」，笑語迎春的情景。過片以「舊尊俎」三字提起，方使人驚悟前面所寫情事原是幻覺，以下便轉入正面回憶伊人往日的脈脈柔情，句句關合節令，並抒發舊事已如昨夢、前塵，尋覓無地的悵恨。末三句以蕭蕭霜髮獨對落梅簌簌作結，淒迷哀婉。

此詞以眼中歡樂場景突現心底的孤淒感傷，對比鮮明、動人至深，詞采濃淡相間，恰到好處。

剪紅情，
裁綠意❶，
花信上釵股❷。
殘日東風，
不放歲華去。
有人添燭西窗❸，
不眠侵曉，
笑聲轉、新年鶯語❹。
舊尊俎❺，

剪一朵花兒鮮紅，
裁一片葉子碧綠，
滿含著春天的芳意，
紅花綠葉在釵頭斜倚。
殘陽遲遲不落，東風溫柔和煦，
不願讓舊歲匆匆歸去。
西窗下伊人頻添燈燭，
徹夜不眠和我共語，
在她流鶯般柔婉的笑聲中，
我們迎來新的春季。
舊砧板上，

玉纖曾擘黃柑❻，
柔香繫幽素。
歸夢湖邊，
還迷鏡中路。
可憐千點吳霜❼，
寒消不盡，
又相對、
落梅如雨。

伊人白皙的纖手曾分剖柑橘，
那溫馨的芳香，飽含著清淳的愛意，
至今縈繞在我胸臆。
我的夢魂渴望飛歸故里，
徜徉在波平如鏡的湖濱，
然而煙水迷離，只怕再難找到你。
可憐千點吳霜染白了我的雙鬢，
在這清寂淒寒的除夕，
孤獨的我，
哪堪更對殘梅飄落如雨！

【注釋】

❶剪紅情二句：剪彩為紅花綠葉，即春幡，可以戴在頭上。辛棄疾〈漢宮春〉（立春）詞：「春已歸來，看美人頭上，裊裊春幡。」詳見辛棄疾〈漢宮春〉注。❷花信：花信風的省稱，即花期。此處指彩幡。❸添燭西窗：李商隱〈夜雨寄北〉詩：「何當共剪西窗燭，却話巴山夜雨時。」❹新年鶯語：杜甫〈傷春〉五首之二：「鶯入新年語，花開滿故枝。」此處以鶯語比喻伊人的嬌聲軟語，姜夔〈踏莎行〉：「燕燕輕盈，鶯鶯嬌軟，分明又向華胥見。」❺尊俎：偏義複詞，此地專指俎，即刀砧板。❻擘：剖分；

黃柑，春盤中的果子。辛棄疾〈漢宮春〉〔立春〕詞：「渾未辦，黃柑薦酒，更傳青韭堆盤。」詳見辛棄疾〈漢宮春〉注。❼吳霜：指白髮。李賀〈還自會稽歌〉：「吳霜點歸鬢。」

吳文英

澡蘭香

淮安重午❶

【導讀】

〈澡蘭香〉，詞調名，始見於吳文英詞。

此詞爲端午懷人之作，篇中處處與端午節候及民情風俗緊密結合，又句句抒情，行行寄慨。

上片從追懷昔日端午情事落筆，細描伊人嬌美的睡態、應時的妝束、宴間的清歌妙舞，以及作者爲之題寫羅裙的親昵感情，又從當年榴裙的色澤聯繫到眼前窗外榴花紅褪、菖蒲漸老，寫出陡然從幻夢中驚覺的不盡感愴。過片敘此日端午的種種熱鬧景象與自然風光，仍以傷懷念遠之情貫串，時而怨抑，時而冥想，時而自慰，時而喟嘆，感情跳躍動蕩。末二句一彎新月照兩地離人結束全篇，餘音裊裊。

本篇詞藻麗密、雕繪滿眼，多用典故，詞情深曲，不易索解。

盤絲繫腕❷，巧篆垂簪❸，玉隱紺紗睡覺。

在朧朦如煙的青色紗帳裡，玉人剛剛睡足，手腕繫上吉祥的五色絲帶，釵頭戴起避邪符。

銀瓶露井[4]，彩箑雲窗[5]，
往事少年依約。
爲當時曾寫榴裙[6]，
傷心紅綃褪萼。
黍夢光陰[7]，
漸老汀洲煙蒻[8]。
莫唱江南古調[9]，
怨抑難招，
楚江沉魄[10]。
薰風燕乳[11]，
暗雨梅黃[12]，

花樹下殷勤地擺好酒宴，雕窗前清歌妙舞，
年少時歡樂的往事，彷彿歷歷在目。
我曾在她的石榴裙上題寫詩行，
傷心的是窗外榴花已經凋疏。
舊情似夢，流光匆匆，
沙洲上柔嫩的蒲草都已衰枯。
請不要再唱江南古曲，
那幽怨悲抑的歌聲，
又怎能招回沉埋在楚江中的屈子冤魂？
南風和煦催促飛燕生雛，
連綿絲雨染出梅子黃暈。

午鏡澡蘭簾幕⑬。
念秦樓⑭、
也擬人歸，
應剪菖蒲自酌⑮。
但悵望一縷新蟾，
隨人天角。

正午，驕陽照著高懸的寶鏡，
我心中深深思念的人，
你是否也在簾幕後用蘭湯沐浴？
遙想你一定轉回繡樓，剪下菖蒲浸酒自飲
自斟，思憶著我而傷懷愁悶。
我悵然仰望蒼空，一彎新月出現，
海角天涯追隨著離別的人。

【注釋】

❶淮安：今江蘇淮安。重午，陰曆五月初五端陽節。❷盤絲：民俗端午節以五色絲繫在腕上以驅鬼祛邪。一名長命縷，一名續命縷。一名避兵縷。見《風俗通》。❸巧篆：民俗端午節書符篆裝飾髮簪以避刀兵、災禍。❹銀瓶：酒器，此處指酒宴。❺露井，無蓋之井。古辭〈雞鳴高樹顛〉：「桃生露井上，李樹生桃旁。」後泛指花下。❺彩箑：彩扇，《方言》：「扇自關而東謂之箑。」爲歌舞女所持，代指歌舞。雲窗，雕飾雲紋的窗子。❻寫榴裙：《宋書•羊欣傳》載：王獻之往羊欣家，羊正著新絹裙午睡，獻之在裙上題字而去。榴裙，石榴裙，指大紅色羅裙。南朝何思澂〈南苑逢美人〉詩：「風捲葡萄帶，日照石榴裙。」❼黍夢：黃粱夢，唐沈既濟〈枕中記〉載：盧生於邯鄲客店中遇道者呂翁，生自嘆窮困，翁乃授之枕，使入夢。生夢中歷盡富貴榮華。及

醒，主人炊黃粱尚未熟。後因以喻富貴終歸虛幻或欲望破滅，此處指光陰迅急，往事如夢。❽蒻：香蒲嫩者稱蒻。❾江南古調：古人認爲楚辭〈招魂〉係宋玉爲招屈原亡魂而作，此處指楚地民間所歌招魂曲。❿楚江沉魄：指屈原，屈原憤時憂國自沉於湖南汨羅江，湖南古爲楚地，故云。⓫燕乳：燕生新雛。《說文》：「人及鳥生子曰乳。」⓬梅黃：原本作「槐黃」，據別本改。⓭午鏡：端午日午時所鑄鏡子，民俗以爲能避邪，稱「百煉鏡」。白居易〈百煉鏡〉詩：「百煉鏡，熔范非常規，日辰所處靈且奇。江心波上舟中鑄，五月五日日午時。」澡蘭：古代民俗，端午節要用蘭湯洗澡。《大戴禮・夏小正》：「五月……煮梅爲豆實也，蓄蘭爲沐浴也。」屈原〈九歌・東皇太乙〉：「浴蘭湯兮沐芳，華採衣兮若英。」唐宋時稱端午爲浴蘭節。唐韓鄂《歲華紀麗》二：「端午，角黍（粽子）之秋，浴蘭之月。」注：「午日以蘭湯沐浴。」⓮秦樓：本指春秋時秦穆公女弄玉與簫史共居之樓，亦泛指女子所居樓閣。古樂府〈陌上桑〉：「日出東南隅，照我秦氏樓。」⓯應剪句：民俗端午節菖蒲浸酒可祛病。

風入松

吳文英

【導　讀】

此詞爲清明懷人之作，是一首情韻兼勝的抒情佳作。

上片將傷春念遠之情融合無間，首句「聽風聽雨」已寫出一片淒涼，滿懷愁緒，愁寫葬花之銘，更見出作者深情。樓前是當年依依惜別之所，碧柳蔭濃而伊人不歸，柳條千絲萬縷縈繫著作者深情的心。「一絲柳、一寸柔情」句，筆觸溫柔、精細動人。「料峭」二句極言愁懷難遣、伊人難覓，而語意婉曲。

下片抒發作者一片痴絕之情。「黃蜂」二句，「見鞦韆而思纖手，因蜂撲而念香凝，純是痴望神理」（陳洵《海綃說詞》），真香生色，丹青難畫，是妙手偶得的神來之筆。結拍寫出望而不見的無限惆悵，感情凝重溫厚。

聽風聽雨過清明，
愁草瘞花銘❶。
樓前綠暗分攜路，
一絲柳、
一寸柔情。
料峭春寒中酒❷，
交加曉夢啼鶯❸。
西園日日掃林亭，
依舊賞新晴。

淒淒風雨聲中，我獨自度著清明，
掩埋好遍地落花，
滿懷憂愁起草了葬花銘文。
樓前依依惜別的地方，
柳樹已濃碧成蔭，
每一寸柳絲，
都寄託著一分柔情。
春寒襲人，我喝下過量的悶酒，
想在短暫的曉夢中同你相親，
又還被一聲聲啼鶯喚醒。
西園的亭台和樹林，
我天天都打掃得乾乾淨淨，
痴痴地盼望你的歸來，
依舊和我共賞新晴的美景。

黃蜂頻撲秋千索，
有當時纖手香凝。
惆悵雙鴛不到❹，
幽階一夜苔生❺。

蜜蜂頻頻撲向你盪過的鞦韆，
繩索上還留有你纖手的芳馨。
我是多麼惆悵，總也望不到你的蹤影，
幽寂的空階，一夜之間就長出苔蘚青青。

【注釋】

❶瘞花：葬花。庾信有〈瘞花銘〉，銘，文體的一種。❷中酒：醉酒。❸交加句：暗用唐金昌緒〈春怨〉詩意，見蘇軾〈水龍吟〉詠楊花詞注。❹雙鴛：指女子繡鞋，此處兼指女子本人。❺幽階句：南朝庾肩吾〈詠長信宮中草〉：「全由履跡少，并欲上階生。」此處化用其意。

吳文英

鶯啼序

春晚感懷

【導讀】

〈鶯啼序〉，詞調名，四片，二百四十字，是詞調中最長者，創自吳文英。又名〈豐樂樓〉。

此詞是吳文英的代表作，以大開大闔之筆，敘悲歡離合之情。第一片從西湖暮春景色寫起，繪景如畫，又暗寓傷春怨別之情，含思綿邈；第二片追憶往昔與情人縱情遊樂，並寄歡會有限終於別離的悵恨；第三片描述別後種種情事；流光匆匆，景物全非，自身漂泊羈旅，尋訪故地而伊人已逝，空留壁間題詩，因而見景傷心、睹物感愴；第四片總束全篇，極寫相思之苦以及對死去情人無限的哀悼。

此詞情深意摯，字凝語煉，結構縝密，層次分明，曲折盡情而又舒捲自然，筆力彌滿，靈動多致。清辭麗句使人目不暇接，藝術上純熟精粹。

殘寒正欺病酒❶，
掩沉香繡户❷。
燕來晚、飛入西城，
似說春事遲暮。
畫船載、清明過卻，
晴煙冉冉吳宮樹❸。
念羈情、
遊蕩隨風，

我飲下過量的酒，正自鬱悶，
　殘留的春寒又偏偏沁人肌骨，
我緊緊關上雕繪的門户。
遲來的燕子飛進西城，
相對細語，呢喃不住，
　彷彿在嘆息春光已暮。
清明過後，我獨自泛舟西湖，
遠山晴煙繚繞，
　宮館台苑掩映著濃深的綠樹。
我心中千萬縷客思離愁，
跟隨春風飄拂，

化爲輕絮。
十載西湖，
傍柳繫馬，
趁嬌塵軟霧[4]。
溯紅漸招入仙溪[5]，
錦兒偷寄幽素[6]。
倚銀屏[7]、
春寬夢窄[8]，
斷紅濕、
歌紈金縷[9]。
暝堤空，

化作輕颺的柳絮，
　飛到了遼遠縹緲的去處。
我曾在京華長久留駐，
　度過十個快樂的年頭，
每天繫馬湖濱柳樹，
追隨來往不絕的車船，
　縱情遊賞秀美的西湖。
傍著紅花爛漫的堤岸，
　我漸漸走向通往仙境的路。
你叫侍兒遞簡傳書，
　把一懷柔情暗暗傾訴。
在溫馨的銀屏深處，
　有過多少難以言說的安慰和歡樂，
可惜春長夢短，聚會的時日何其匆促。
你摻著紅粉的淚水長流，
　濕透了歌扇和繡金衣服。
暮色裡遊人散盡，堤岸空空，

輕把斜陽，
總還鷗鷺。
幽蘭旋老，
杜若還生，
水鄉尚寄旅。
別後訪、
六橋無信[10]，
事往花委[11]，
瘞玉埋香[12]，
幾番風雨。
長波妒盼，

夕陽中金波蕩漾的西湖，
那清麗風光都給了沙鷗白鷺。

幽蘭轉眼間就已老去，
汀洲上新生的杜若散著香氣，
歲月匆匆流逝，我依舊在水鄉漂泊羈旅。
我曾經尋訪六橋故地，
卻始終得不到你的信息。
往事如煙，春花萎謝，
多少無情風雨苦苦摧折你，
你就像香艷珍奇的花朵，才開不久便永遠凋落塵泥。
波面倒映著閃閃漁燈，我在春江獨自宿息，
這清澈的流水，沒有你含情的眼睛明麗，

遙山羞黛[13]，
漁燈分影春江宿。
記當時、
短楫桃根渡[14]，
青樓彷彿。
臨分敗壁題詩，
淚墨慘淡塵土。
危亭望極，
草色天涯，
嘆鬢侵半苧[15]。
暗點檢、

那蒼翠蔥蘢的遠山，
　也不如你彎彎的雙眉秀異，
但是，那美目和秀眉如今又在哪裡？
當年渡口送別的情景，
清楚地留在記憶裏，
你住過的妝樓似乎一如往昔，
　我卻無處將你尋覓。
分手時我曾在敗壁題寫詩句，
和著淚水的墨痕已蒙上塵土，
　字跡慘淡，模糊依稀。
我登上高亭極目遙望，
只看見芳草染綠天邊道路，
自嘆一半鬢髮已雪白如苧。
我默默地翻檢舊物，

離痕歡唾⑯，
尚染鮫綃⑰。
嚲鳳迷歸⑱，
破鸞慵舞⑲。
殷勤待寫，書中長恨，
藍霞遼海沉過雁。
漫相思、彈入哀箏柱。
傷心千里江南，
怨曲重招，斷魂在否⑳？

你留下的絲帕，還沾帶著斑斑淚痕、
點點香唾，
那往日離合悲歡的紀錄。
我就像垂下羽翼的孤鳳，迷失了歸路，
又像無侶的孤鸞懶得飛舞，
破碎了的鏡子，怎麼能完好如初。
我想要寫出滿心悲恨，鴻雁飛過藍天沉入
大海深處，有誰來爲我傳達情愫？
我撥動哀箏的弦柱，
徒然地彈出無限相思和愁苦。
千里江南處處觸景傷心，
你的靈魂是否就在近處，
可聽見我哀怨的詩篇如泣如訴？

【注釋】

❶病酒：飲酒過量而不適。❷沉香繡戶：香閨蘭房，指華美的住宅。沉香，指沉香木。❸吳宮：泛指南宋宮苑。臨安舊屬吳地，五代吳越王在此建都，故云。❹嬌塵軟霧：形容西湖景色迷人，遊人如雲。❺溯紅句：王維〈桃源行〉：「坐看紅樹不

知遠，行盡靑溪忽値人。」此化用其意，又用劉義慶《幽明錄》所載：劉晨、阮肇入天台山遇仙事。❻錦兒：洪遂《侍兒小名錄》載：錦兒爲錢塘妓女楊愛愛的侍婢，此處泛指。❼銀屛：鑲銀或鍍銀的屛風。❽春寬夢窄：春長夢短，指歡聚時間匆促。❾歌紈：歌唱時用的絹扇。金縷：金線繡成的舞衣。唐李錡一說其妾杜秋娘〈金縷衣〉詩：「勸君莫惜金縷衣，勸君惜取少年時。」❿六橋：杭州西湖外湖有映波、鎖瀾、望山、壓堤、東浦、跨虹六橋，爲蘇軾所建。⓫花委：即花萎、花謝。「委」通「萎」。⓬瘞玉埋香：指美人已逝。瘞，埋葬。玉、香，借指美人。⓭長波二句：古人常以山水喻美人眉目，稱美目爲「橫波目」，盼，美目，《詩‧衛風‧碩人》：「美目盼兮。」稱秀眉「眉色如望遠山」(葛洪《西京雜記》)。此二句誇張伊人的美麗，並抒因見流波遠山而引起的相思之情。⓮桃根渡：見辛棄疾〈祝英臺近〉注。桃根爲晉王獻之妾桃葉之妹。此處借指戀人。桃根渡，泛指送別地。⓯苧：白色的苧麻，比喻白髮。⓰離痕歡唾：淚痕唾跡，指悲歡情事。⓱鮫綃：薄絲手帕。陸游〈釵頭鳳〉詞：「淚痕紅浥鮫綃透」。⓲嚲：下垂貌。⓳破鸞：即孤鸞，破鏡，用罽賓王鸞鏡事，見盧祖皋〈宴清都〉注。⓴傷心三句：楚辭〈招魂〉：「目極千里兮傷春心，魂兮歸來哀江南。」

吳文英

惜黃花慢

次吳江，小泊。夜飲僧窗惜別。邦人趙簿攜小妓侑尊，連歌數闋，

【導讀】

〈惜黃花慢〉，詞調名，始見於北宋田爲詞。

這是一首送別詞，上片敘吳江送別，下片述僧舍夜宴，都採用由實入虛、因景生情的表現手法，藝術上很有特色。尤其是上下片結尾處，均由眼前送別突然聯想到自己舊時的愛情生活或遠方的情人，似乎與主題無關，卻又使人覺得順情合理，與友人離別和與情人分手互相襯托，加深了

皆清眞詞。酒盡已四鼓，賦此詞餞尹梅津❶。

送客吳臯，
正試霜夜冷❷，
楓落長橋。
望天不盡，
背城漸杳，
離亭黯黯，
恨水迢迢❸。
翠香零落紅衣老❹，
暮愁鎖、

淒婉的情調。

詞中多用去聲字，或領起、或頓挫、或轉折，靈活動蕩，音韻諧美。

送客到吳江岸，
正當寒霜初結，夜涼似水，
楓葉片片飄落垂虹橋邊。
長天寥廓望不到盡頭，
城關越離越遠，
送別的長亭隱隱可見，
江水如離恨，浩淼無邊。
翠葉乾枯，紅花凋謝，
殘荷零零落落，失去了華年。

殘柳眉梢。
念瘦腰、
沈郎舊日[5]，
曾繫蘭橈[6]。
仙人鳳咽瓊簫[7]，
悵斷魂送遠，
〈九辯〉難招[8]。
醉鬟留盼[9]，
小窗剪燭，
歌雲載恨，
飛上銀霄。

敗柳緊鎖愁眉，
籠罩著暮靄炊煙。
回想當年，我也曾繫舟江畔，
憔悴消瘦今昔一樣，
心境淒涼全不似從前。
席間歌女唱得多麼清越哀怨，
猶如仙人吹簫學作鳳鳴婉轉，
但縱有宋玉寫成〈九辯〉的才華，我送友傷別的斷魂也難以招喚，它已跟隨江流去得遙遠。
歌女飲下餞行苦酒，眼波流露出絲絲依戀，
小窗內燈燭頻剪，
她的歌滿載著離愁別恨，
飛上高高青天。

素秋不解隨船去，
敗紅趁一葉寒濤。
夢翠翹⑩，
怨鴻料過南譙⑪。

無情的清秋呵，你爲什麼不肯走得遠遠的，
帶上衰謝的殘紅，在寒濤中
追隨著那隻客船？
夢幻裡，伊人的面影忽然出現，
可傳信的哀鴻想已飛過南樓。

【注釋】

❶趙簿：名字及生平事跡未詳。簿，主簿，職官名。尹梅津：名煥，字惟曉，山陰人。嘉定十年（一二一七年）進士。作者好友，曾爲《夢窗詞》作序，備極讚譽。❷試霜：霜初降如試。❸恨水迢迢：歐陽修〈踏莎行〉詞：「離愁漸遠漸無窮，迢迢不斷如春水。」此化用其意。❹翠香句：化用李璟〈攤破浣溪沙〉詞意，見姜夔〈念奴嬌〉注。紅衣，指荷花。❺沈郎：見李之儀〈謝池春〉注。❻蘭橈：香木製的船槳，借作船的美稱。❼仙人句：用簫史、弄玉吹簫引鳳典，形容席間歌女唱腔清越哀婉動人。❽〈九辯〉：宋玉賦，王逸〈楚辭序〉：「宋玉者，屈原弟子也。憫惜其師忠而放逐，故作〈九辯〉以述其志。」又楚辭〈招魂〉舊題宋玉所作，王逸云：「宋玉憐哀屈原忠而斥棄，愁懣山澤，魂魄散佚，厥命將落，故作〈招魂〉，欲以復其精神，延其年壽……」（《楚辭章句》）。此處舉〈九辯〉不一定實指本賦，而代指宋玉所寫楚辭。❾醉鬟：指歌女。女子髮髻稱鬟，亦以代指女子。歌女飲酒微醉，故稱醉鬟。❿翠翹：見吳文英〈澡蘭香〉注。此處代指女子。⓫南譙：南樓。譙，望樓，高樓。

高陽臺

吳文英

【導讀】

此詞別本題作〈落梅〉。論者多認爲這首詞借詠落梅懷念去姬亡妾。

上片抒寫見梅落野水荒灣而引起的哀惋之情，作者將梅花比作「宮粉」、「仙雲」，鎖骨菩薩，極寫其嬌美、超逸、清純，卻最終葬身荒野令人嘆惋的命運，暗中寄寓了傷逝懷遠的感情。下片化用壽陽公主梅花妝及江妃解佩典故，爲落梅也爲意中之人唱出淒哀的招魂曲。結拍借「綠葉成蔭子滿枝」(杜牧〈嘆花〉詩)的景物變遷，表達人自多感而天地終無情的慨嘆。

陳廷焯盛讚此詞說：「既幽怨，又清虛，幾欲突過中仙(王沂孫)詠物諸篇」竟至稱其爲「集中最高之作」(《白雨齋詞話》)，未免過於溢美。此詞委婉深情，技法高超，然字雕語琢、用典過多且幽僻奧曲，遠未達到渾化無跡，自然如己出的境地。

宮粉雕痕，
仙雲墮影，[1]
無人野水荒灣。

是深宮粉黛凋殘的痕跡，
是仙山雲霓墮地的影子，
飄落在冷寂的荒岸野溪。

古石埋香[2]，
金沙鎖骨連環[3]。
南樓不恨吹橫笛[4]，
恨曉風千里關山。
半飄零、
庭上黃昏，
月冷闌干[5]。
壽陽空理愁鸞[6]，
問誰調玉髓，
暗補香瘢[7]？
細雨歸鴻，

深山古石掩埋你芳香的遺骨，
金沙灘上葬殮著你聖體仙軀。
我不恨南樓奏起哀怨的〈落梅〉笛曲，
只恨那晨風吹遍千里關山。
梅花片片飄落滿地，
　幽芳的寒梅半已凋零，
黃昏庭院浮動著殘餘的香氣，
清冷月色中，空枝疏影橫斜搖曳。
壽陽公主空對寶鏡愁眉不展，
琥珀般的梅花已飛落難見，
　用什麼調和玉髓，
來彌補臉上瘢痕，妝飾姣好的容顏？
濛濛細雨中鴻雁紛紛歸去，

孤山無限春寒❽。
離魂難倩招清些，
夢縞衣解佩溪邊❾。
最愁人、
啼鳥晴明，
葉底清圓。

無邊無際的春寒籠罩著
孤山空寂的梅苑。
你遠去的幽魂再難招還，
只能在夢裏同你相會溪邊，穿著潔白衣裙
的你，將贈我玉佩留下無限繾綣。
最使人哀愁的是，
當梅雨初停，晴日中小鳥歡唱樹間，
濃密的綠陽下，
我會看見點點梅子又青又圓。

【注釋】

❶宮粉：宮中粉黛，借喻梅花。周邦彥〈六醜〉詞：「夜來風雨，葬楚宮傾國」，以宮人喻花，與此同。❷古石埋香：原指美人死去，鮑照〈蕪城賦〉：「東都妙姬，南國麗人，蕙心紈質，玉貌絳唇，莫不埋魂幽石，委骨窮塵。」李賀〈官街鼓〉詩：「漢城黃柳映新簾，柏陵飛燕埋香骨。」此處借喻落梅。❸金沙句：李復言《續玄怪錄・延州婦人》記延州有婦人既沒，有西域來胡僧謂此即鎖骨菩薩。眾人即開墓，見遍身之骨，鉤結皆如鎖狀。」黃庭堅〈戲答陳季常寄黃州山中連理松枝〉詩之二：「金沙灘頭鎖子骨，不妨隨俗暫嬋娟。」❹南樓句：李白〈與李郎中欽聽黃鶴樓上吹笛〉詩：「黃鶴樓中吹玉笛，江城五月落梅花。」古笛曲有〈梅花落〉。❺庭上二句：林逋〈山園小梅〉詩：「疏影橫斜水清淺，暗香浮動月黃昏」，此化用其意，因梅已半落，故云「月冷闌

干」，闌干，橫斜錯落貌。❻壽陽句：化用壽陽公主梅花妝事，詳見歐陽修〈訴衷情〉注。❼問誰二句：活用段成式《酉陽雜俎》典，前集卷八云：「鬌鈿之名，蓋自吳孫和鄧夫人也。和寵夫人，嘗醉舞如意，誤傷鄧頰，血流，嬌婉彌苦。命太醫合藥，醫言『得白獺髓，雜玉與琥珀屑當滅痕。』和以百金購得白獺，乃合膏。琥珀太多，及差，痕不滅，左頰有赤點如痣，視之，更益甚妍也。」此處合前句意謂梅花落盡，無人調之爲壽陽公主補瘢增色。❽孤山句：孤山在杭州西湖濱，北宋初林逋隱居於此，遍種梅花幷養鶴，有「梅妻鶴子」之說，後孤山仍以梅花著稱。❾縞衣：白衣。蘇軾〈後赤壁賦〉：「翅如車輪，玄裳縞衣。」解佩：劉向《列仙傳上》〈江妃二女〉：「江妃二女者，不知何許人也，出遊於江漢之湄，逢鄭交甫。見而悅之，不知其神人也，謂其僕曰：『我欲下請其佩。』……遂手解佩與交甫。」

高陽臺

吳文英

豐樂樓分韻得「如」字❶

【導讀】

劉永濟《微睇室說詞》云：「此詞情意悲涼，有『莫重來』之語，……當係晚年所作。」並說「此詞寫登高眺遠，感今傷昔，滿腔悲慨。作者觸景而生之情，決非專爲一己，蓋有身世之感焉。以身言，則美人遲暮也；以世言，則國勢日危也，大有『舉目有河山之異』之嘆。」我們同意以上看法。

夢窗晚年，元兵已步步深入，山河破碎，國祚日衰，奄奄待斃；他集內屢有傷時憂世之作，此詞本爲登臨酬酢之作，詞情卻極其沉咽凄楚，借傷春之意透露了作者內心深處無時不在、遣之難去的末世哀感，而又均從虛處傳神，動人至深。

修竹凝妝[2]，
垂楊駐馬，
憑欄淺畫成圖。
山色誰題？
樓前有雁斜書。
東風緊送斜陽下，
弄舊寒、晚酒醒餘。
自消凝，
能幾花前，
頓老相如[3]？
傷春不在高樓上，

一叢叢修長的青竹，
宛如盛裝玉立的少女，
我穿過竹林走到樓前，垂楊下繫好馬匹，
登上高樓倚欄眺望，
清麗的湖山圖映入眼底。
這淡墨秀色是哪位畫家的手筆！
樓前旅雁排列成字，
向著高遠的藍天飛去。
東風勁吹，催送夕陽西下，
一陣陣晚涼襲人，吹醒了我的酒意。
我黯然神傷獨自嘆息，
才幾度花開花謝，
我已迅速老去。
我滿懷傷春情意，
卻不光是在高樓遠眺的時際，

在燈前欹枕，
雨外熏爐。
怕艤遊船❹，
臨流可奈清臞❺？
飛紅若到西湖底，
攪翠瀾、總是愁魚。
莫重來、
吹盡香綿❻，
淚滿平蕪❼。

燈前倚枕，我常常徹夜難眠，
獨對香爐，愁聽簾外風雨淒淒，
我害怕泊舟湖堤，
在清流中照見自己衰老瘦削的身軀。
落花若是飛到西湖波底，
魚兒也會傷心得把翠浪攪起。
我再也不願重來此地，
枝頭輕絮已經飛盡，
平野上落滿楊花如點點淚滴。

【注　釋】

❶豐樂樓：周密《武林舊事》卷五「湖山勝概」：「豐樂樓，舊爲衆樂亭，又改聳翠樓，政和（北宋徽宗年號，一一一一～一一一八年）中改今名。淳祐（南宋理宗年號，一二四一～一二五二年）間，趙京尹與籌重建，宏麗爲湖山冠……吳夢窗曾大書所賦〈鶯啼序〉於壁，一時爲人傳誦。」分韻：一種和詩、和詞的方式，數人共賦一題，用抓鬮或指定的辦法

分配各人當用韻部或韻字。吳文英分得「如」字，詞中除一定要用「如」爲韻腳字外，其餘韻腳均須與「如」同韻（魚韻）。❷凝妝：盛妝，濃妝。王昌齡〈閨怨〉詩：「閨中少婦不知愁，春日凝妝上翠樓。」❸相如：西漢文學家司馬相如，所作有〈子虛〉、〈上林〉、〈大人〉、〈長門〉等賦。此處作者自指。❹檥：或作「艤」，停船靠岸。❺清臞：即「清癯」，清瘦。❻香綿：指柳絮。❼平蕪：平遠的草地。歐陽修〈踏莎行〉詞：「平蕪盡處是春山，行人更在春山外。」

三姝媚

吳文英

過都城舊居有感

【導讀】

陳洵《海綃說詞》認爲本篇是夢窗晚年「過舊居，思故國」，「憑弔興亡」之作，根據不足。

夢窗卒於宋亡前，未及見臨安淪陷。但從這首詞裏所繪門荒井敗、舞歇歌沉的凋敝冷落景象，所表現的低徊掩抑的情調、淒厲慘惻的聲腔，以及抒發的華屋山丘、昔盛今衰的無限滄桑之慨，可以看出，它絕不僅限於自敘個人情事，也隱約地寄寓了沉痛的家國之恨。

此詞不以隸事數典爲能事，而以情深詞婉取勝。

湖山經醉慣，漬春衫，啼痕酒痕無限❶。

那秀麗的湖光山色，醉眼中早曾見慣；多少啼痕酒跡，遍染了我的衣衫。

又客長安，
嘆斷襟零袂[2]，
涴塵誰浣[3]。
紫曲門荒[4]，
沿敗井、
風搖青蔓。
對語東鄰，
猶是曾巢，
謝堂雙燕[5]。
春夢人間須斷，

今天重又客居京都，
傷心的是，殘破的衣服誰來縫補，
有誰爲我洗淨這滿身塵土？
熱鬧的街巷如今門徑荒蕪，
頹敗的井欄邊，
春風中搖曳著野草無數。
東牆外傳來切切私語，
那是曾在高門大户巢居的舊燕，
詫異著往昔繁華去到何處。
我知道人間歡樂總難長久，
就像一場短短的春夢，

但怪得當年，
夢緣能短❻。
繡屋秦箏，
傍海棠偏愛，
夜深開宴。
舞歇歌沉，
花未減、
紅顏先變。
佇久河橋欲去，
斜陽淚滿。

卻不曾料想當年的情緣，
竟這樣來去匆匆。
從前，曾經在深深繡房，
傾聽她彈奏動人的箏曲，
最難忘懷是在盛開的海棠花旁，
擺下叫人陶醉的酒席。
美妙的舞蹈已永遠休止，
歡樂歌聲也早就停息。
紅花依舊開得這樣艷麗，
青春容顏早就老去。
我在河橋久久佇立，徘徊留連不忍離去。
對一輪沉沉欲下的夕陽，
悲哀的淚水灑滿征衣。

【注釋】

❶湖山三句：化用陸游〈劍門道中遇微雨〉詩：「衣上征痕雜酒痕，遠遊無處不消魂」句意。漬：沾染。❷袂：衣袖。❸涴：污染。❹紫曲：猶「紫陌」，指京都道

路。一說指歌樓妓館聚集的里巷。❺對語三句：劉禹錫〈金陵五題・烏衣巷〉詩：「舊時王謝堂前燕，飛入尋常百姓家。」周邦彥〈西河〉（金陵懷古）詞：「想依稀王謝鄰里。燕子不知何世，向尋常巷陌人家相對，如說興亡斜陽裡。」此處暗用以上句意。❻能：猶「憑」，這樣。

八聲甘州

吳文英

靈岩陪庾幕諸公遊❶

【導讀】

理宗紹定中（一二二八～一二三三年），吳文英入蘇州倉臺幕府與同僚遊靈岩山時作此詞。

篇中通過感懷吳國盛衰的古事，抒發歷史興亡之慨，並寄寓對時政的深深憂念。這首詞意境深遠、氣魄雄渾、流暢清麗、格高調雅。

起句便蒼蒼莽莽身手不凡，接著，作者問「是何年、青天墜長星」幻化出吳國山樹宮館，奇情壯采令人擊節。詞中憑弔了夫差、西施的遊宴之地，對「宮裡吳王沉醉」，導致身死國滅的悲劇結局發出譴責，借以暗示北宋失國之痛，且對理宗不以前事爲師而照舊歌舞湖山，深含諷喻。

「問蒼天」以下自抒老大無成、回天乏力之嘆，寄情於景。「水涵空」兩句堪與辛棄疾〈摸魚兒〉「休去倚危闌，斜陽正在、煙柳斷腸處」二語比美，用意亦復相似。

末三句以景結情，感情激越、響遏行雲而貌似平和，情韻特勝。

渺空煙四遠、
是何年、
青天墜長星？
幻蒼崖雲樹[2]，
名娃金屋[3]，
殘霸宮城[4]。
箭徑酸風射眼[5]，
膩水染花腥[6]。
時靸雙鴛響[7]，
廊葉秋聲。
宮裡吳王沉醉，
倩五湖倦客，

縱目遙望四方，長空萬里，雲煙渺茫，
究竟是何年何月，
神星自青天墜落地上，
幻化出上參霄漢的古木，
石色青蒼的瓊岩，
絕代佳麗西施居住的華屋，
霸業未竟的吳王宮殿。
靈岩山前采香徑橫臥如箭，
淒冷的秋風刺人雙眼，
流水中至今還飄浮著脂粉，
濃膩的香氣把花朵沾染。
耳邊不時傳來陣陣聲響，難道是當年
穿著木屐的美人，婀娜輕盈，
一步步走過迴廊？抑或是風吹葉落，
彈奏出秋天淒涼的樂章？
深宮裡吳王沉醉，
最終卻以悲劇收場，

獨釣醒醒[8]。
問蒼天無語[9]，
華髮奈山青。
水涵空[10]、闌干高處，送亂鴉、
斜日落漁燈。
連呼酒，
上琴臺去[11]，
秋與雲平。

唯有頭腦清醒的范蠡，功成退隱，
悠然垂釣在太湖上。
到底是誰主宰著歷史興亡？
我仰頭問著上蒼，蒼天卻一聲不響，
多情的我早早愁白雙鬢，面對著永遠
青青的重巒疊嶂，怎能不滿心惆悵。
江水浩淼連接著無垠的天空，
我憑倚高欄凝神結想，
目送那千萬點歸巢寒鴉，
隨同沉沉西下的斜陽隱沒在
遠遠的沙洲旁。
我連聲呼喚拿來清酒，
快快攀登到山頂的琴臺上，
我要把一懷悲涼交付給與
雲霄平齊的秋光。

【注釋】

❶靈岩：山名，在江蘇蘇州市西南的木瀆鎮西北，上有春秋時吳國的遺跡，山頂有靈岩寺，相傳爲吳王夫差所建館娃宮遺址。庾幕，僚屬的美稱。《南吏·庾杲之傳》載王檢以杲之爲衛將軍長史，「安陸侯蕭緬與檢書曰：『盛府元僚，實難共選，庾景

行（杲之字）泛淥水，依芙蓉，何其麗也！』時人以入檢府爲蓮花池，故緬書美之。」庾幕，本此。一說，庾，《說文》云：「水漕倉也。」段注云：「謂水轉谷至而倉之也。」宋時轉運使正司其事。庾幕，指轉運使的僚屬。❷蒼崖雲樹：青山叢林。❸名娃句：指吳王夫差爲西施築館娃宮事。名娃，指西施。揚雄《方言》卷二：「娃，豔美也。吳、楚、衡、淮之間曰娃。」金屋，見姜夔〈疏影〉注。❹殘霸：吳王夫差先後破越敗齊，國勢強大，曾一度與晉國爭霸中原（西元前四八二年），後爲越國所敗，身死國滅，霸業有始無終，故稱「殘霸」。❺箭徑：即采香徑。范成大《吳郡志》卷八「古跡」：「采香徑在香山之傍，小溪也。吳王種香於香山，使美人泛舟於溪以采香。今自靈岩望之，一水直如矢，故俗又名箭徑。」酸風，冷風。李賀〈金銅仙人辭漢歌〉：「東關酸風射眸子。」❻膩水：語出杜牧〈阿房宮賦〉：「渭流漲膩，棄脂水也。」《古今詞話》：「吳宮香水溪，俗云西施浴處，人呼爲脂粉塘。吳王宮人濯妝於此。溪上源至今猶香。」❼時靸二句：陶宗儀《輟耕錄》卷十八「靸鞋」：「西浙之人，以草爲履，而無跟，名曰靸鞋。」靸，此處用爲動詞。雙鴛，鴛鴦履，指女鞋。廊，指響屧廊，《吳郡志》卷八〈古跡〉：「響屧廊在靈岩山寺。相傳吳王令西施輩步屧（木底鞋），廊虛而響，故名。」❽倩五湖二句：趙曄《吳越春秋》記大夫范蠡輔佐越王滅吳後，「乘扁舟，出三江入五湖，人莫知其所適。」韋昭注：「胥湖、蠡湖、洮湖、滆湖就太湖而五。」（靈岩山面臨太湖）一說，「五湖者，太湖之別名。以其周行五百里，故以五湖爲名」（徐氏補注引張勃《吳錄》）。獨釣醒醒，指范蠡功成身退，隱居江湖，頭腦清醒。《楚辭・漁父》：「眾人皆醉我獨醒。」❾「問蒼天」，原本作「問蒼波」，據別本改。❿水涵空：遠水連空。蘇軾〈更漏子〉詞：「水涵空，山照市。」⓫琴臺：在靈岩山西北絕頂，春秋時吳國遺跡。

踏莎行

吳文英

【導讀】

此詞爲端午感夢之作。

上片記夢中所見伊人裝束、豐姿、神態十分真切，使人幾疑是直賦眼前情景。「換頭點睛，卻只一夢，惟有雨聲菰葉，伴人淒涼耳」(陳洵《海綃說詞》)。

王國維對夢窗詞多有偏見，卻獨賞此詞末二句意境悠遠，含思深曲，云：「介存(周濟)謂夢窗詞之佳者，如天光雲影，搖蕩綠波，撫玩無極，追尋已遠。余覽夢窗甲乙丙丁稿中，實無足當此者。有之，其『隔江人在雨聲中，晚風菰葉生秋怨』二語乎？」(《人間詞話》)

潤玉籠綃，
檀櫻倚扇❶。
繡圈猶帶脂香淺❷。
榴心空疊舞裙紅❸，
艾枝應壓愁鬟亂❹。

肌膚柔潤光潔如玉，
穿著菲薄透明的紗衣，
你淺紅的櫻桃小口，
用羅絹歌扇輕輕掩蔽。
絲繡的花環還沾帶著淡淡的脂粉香氣，
大紅的舞裙上，石榴花紋重重疊起，
艾葉斜插鬢腳邊，輕壓著舞亂的髮髻。

午夢千山，
窗陰一箭，
香瘢新褪紅絲腕❺。
隔江人在雨聲中，
晚風菰葉生秋怨❻。

午夢醒來已遠隔千山，
窗前日影頻移，光陰箭一般飛逝。
我因著相思消瘦無比，
手腕繫上的紅絲絨很快就褪了下去。
江上雨聲淅瀝，隔江遙望卻看不見伊，
菰葉在晚風中蕭蕭作響，
幽怨的我只覺得淒涼如臨秋季。

【注釋】

❶檀櫻：淺紅色的櫻桃小口。檀，淺紅色，唐羅隱〈牡丹〉詩：「艷多煙重欲開難，紅蕊當心一抹檀。」❷繡圈：繡花圈飾。❸榴心句：形容歌女紅色舞裙上印著重疊的石榴子花紋。❹艾枝：端午節用艾葉做成虎形，或剪彩爲小虎，粘艾葉以戴。見《荊楚歲時記》。❺紅絲腕：見吳文英〈澡蘭香〉注。❻菰：水生植物，莖一稱茭白，可作菜，子實可食。

瑞鶴仙

吳文英

【導讀】

這首詞爲懷念蘇州去妾而作。

上片由景入情，抒寫對伊人的思戀，並追懷往日初會時的溫馨情景，過片承上，仍盡情寫出自己纏綿悱惻的思愁別怨，「待憑信」五句展示複雜的心理活動，「擬往而復，欲斷還連」「深得清眞（周邦彥）之妙」（陳洵《海綃說詞》）。

整首詞寫景疏淡，抒情深婉，語言清雅流麗，眞摯動人。

晴絲牽緒亂，
對滄江斜日，
花飛人遠。
垂楊暗吳苑❶，
正旗亭煙冷❷，
河橋風暖。
蘭情蕙盼❸，
惹相思、春根酒畔。
又爭知、

縷縷游絲在晴空飄蕩，
牽動我思緒離情紛亂，
更何況對著茫茫江水，
一輪斜日銜在山間。
伊人就像片片落紅，跟隨春風飛得遙遠。
垂楊濃碧幽暗，掩映著古老的宮館林苑。
記得那年寒食，酒樓沒有升起炊煙，
河橋上東風和暖。
你美麗清澈的眼波，
流露著溫馨柔情無限。
在那個難忘的暮春時節，在那些歡樂的酒宴間，惹起過多少相思愛戀。
誰能料到慣吟詩篇的我，

吟骨縈消，
漸把舊衫重剪。
淒斷。
流紅千浪，
缺月孤樓，
總難留燕。
歌塵凝扇，
待憑信，
拚分鈿❹。
試挑燈欲寫，
還依不忍，

如今瘦得這樣可憐，
把舊日衣衫一次次重新裁剪。
我淒然魂斷，
千重波瀾把落花流捲，
孤樓外缺月彎彎，
無論我怎樣殷勤，
總難留住一定要飛去的小燕。
只有她曾經使用的歌扇，任憑歲月遷延、
塵土蓋滿，卻依然珍藏在我身邊。
我想寄上一封書信，
和她永遠分手斷絕情緣，
試著挑亮青燈握起筆管，
終究遲遲疑疑，不忍心眞地與她割斷。

箋幅偷和淚卷。

寄殘雲雨蓬萊❺，

也應夢見。

我含著眼淚暗暗捲起已經展開的信箋。

但願我的魂魄能夠飛到蓬萊仙山，

在悠悠夢中同她相見。

【注釋】

❶吳苑：指春秋時吳王闔閭所建宮苑，在蘇州。❷旗亭：酒樓。張衡〈西京賦〉：「旗亭五重」。李賀〈開愁歌〉：「旗亭下馬解秋衣，請貰宜陽一壺酒。」❸蘭情蕙盼：形容伊人清雅絕俗的情態與脈脈含情的眼波。周邦彥〈拜星月慢〉詞：「水盼蘭情，總平生稀見。」❹拚：甘願，不惜。分鈿，卿分釵，表示分離。見辛棄疾〈祝英臺近〉注。❺蓬萊：傳說中的海上三座仙山之一，此借指伊人居所。

鷓鴣天

吳文英

化度寺作❶

【導讀】

這是一首思念蘇州家人的懷鄉詞，寫得清婉綿邈，飽含畫意。時作者寓居杭州城西化度寺，思歸情切，屢見於詞章，他如〈夜行船．寓化度寺〉等，內容相近。上片繪夏秋之交的景物變化真切細緻，語秀景清，又暗寓孤獨之慨、時序之嘆，點明佇望之久，以襯托思鄉情懷。下片以情帶景，「鄉夢窄，水天寬」句造境清奇，用語凝煉。「小窗愁黛淡秋山」句則語淡情深，引人遐想。

一 結拍直抒望歸之情，神飛詞外。

池上紅衣伴倚闌，
棲鴉常帶夕陽還❷。
殷雲度雨疏桐落，
明月生涼寶扇閒。
鄉夢窄，
水天寬，
小窗愁黛淡秋山。
吳鴻好爲傳歸信，
楊柳閶門屋數間❸。

池上朵朵紅蓮，伴著我獨倚欄杆，
天邊尋巢的點點寒鴉，
　常常披一身夕陽飛還。
濃雲夾著密雨剛剛掠過，
　蕭疏的梧桐片片飄落，
透露出秋天的消息，朗月初升送來陣陣涼意，寶扇閒置已被收起。
歸鄉的夢總是短得可憐，
藍天碧水卻寬闊無邊，
我獨倚小窗極目眺望，遠山如美人蛾眉含著幽怨，顏色疏淡清淺。
故鄉的鴻雁呵，請你爲我傳達思歸的心願，
　閶門外柳蔭下的小屋，
我無時無刻不在懷念。

【注釋】

❶化度寺：佛寺名，《杭州府志》：「化度寺在仁和縣北江漲橋，原名『水雲』，宋治平二年（一〇六五年）改。」❷棲鴉句：王昌齡〈長信秋詞〉：「玉顏不及寒鴉色，猶帶昭陽日影來。」周邦彥〈玉樓春〉詞：「雁背夕陽紅欲暮」。此處變化其意。❸閶門：蘇州西門。

夜遊宮

吳文英

人去西樓雁杳，
敘別夢，揚州一覺❶。
雲淡星疏楚山曉，
聽啼鳥，
立河橋，
話未了。

【導讀】

此詞紀夢懷人，內容、藝術手法皆平平，唯「雲淡星疏楚山曉，聽啼鳥，立河橋，話未了」幾句，情景兼融，饒有韻致。

人去後西樓空空，鴻雁飛遠沒有音信，
向你訴說離緒別情，
　是在那虛幻的夢境：
我和你站立河橋，
鳥啼聲聲把好夢驚醒，
千言萬語還沒說盡，
只看見雲淡星稀，楚山邊曉色初明。

雨外蛩聲早，
細織就霜絲多少❷？
說與蕭娘未知道❸，
向長安，
對秋燈，
幾人老❹？

秋雨蕭蕭交夾著紡織娘哀鳴，
就像是機梭細細來往不停，
織出我多少如霜的絲髮，
這一懷愁緒你是否知情？
我遙望京華，
對一盞熒熒秋燈，
此情此景，怎不叫人白髮又添幾莖？

【注釋】

❶揚州一覺：杜牧〈遣懷〉詩：「十年一覺揚州夢，贏得青樓薄倖名」。此處只用其字面。❷霜絲：指白髮。❸蕭娘：女子泛稱，見周邦彥〈夜遊宮〉注。❹幾人老：「人幾老」的倒裝。

【導讀】

理宗嘉熙三年（一二三九年）正月，作者與愛國名臣吳潛赴滄浪亭看梅，寫下此詞。

上片主要是懷古，首句「喬木生雲氣」突兀雄奇，充分突現了滄浪亭作爲抗金英雄韓世忠故居的氣勢，接著點出此次訪梅，主旨不在賞花而是爲了緬懷中興英雄，爲全詞定下基調。

詞中用極其精煉簡約的筆墨概述了韓世忠的業績，以及功虧一簣，復土無望，爲避奸佞迫害，只得歸隱的經歷，爲英雄壯志未酬深致感慨，並表達悼念之情。

下片主要是傷今，從遊春賞梅轉而抒發「後不如今今非昔」的悲憤感情，對南宋國勢日趨危殆表示深深的憂慮，又因奸臣當道朝政日非，只能與吳潛「兩無言、相對滄浪水」，寄恨於杯杓。

此詞寫得激越蒼涼，感慨生哀，表現了作者與吳潛同樣的耿耿孤忠。

吳文英

賀新郎

陪履齋先生滄浪看梅❶

喬木生雲氣，
訪中興、英雄陳跡，
暗追前事。
戰艦東風慳借便❷，

高大的樹木吞吐著雲氣，
爲了瞻仰中興英雄的遺跡，
追思前朝的往事，我們一同來到這裏。
多麼遺憾，多麼可惜，
吝嗇的東風不肯助戰艦一臂，

夢斷神州故里。
旋小築、
吳宮閑地。
華表月明歸夜鶴❸，
嘆當時、
花竹今如此。
枝上露，
濺清淚。
遨頭小簇行春隊❹，
步蒼苔、
尋幽別墅，

抗金事業終於半途而廢，神州山河，
　中原故里，英雄只能去夢中遊歷。
韓將軍來到江南，築起池苑，
在吳越王的故宮舊地。
如果在明月之夜，
　他能化成仙鶴飛歸這裏，
一定會深深嘆息，從前枝繁葉茂的花竹，
如今變得異樣地零落冷寂。
枝頭上清露點點，
像無數傷心的淚滴。
吳太守率領著遊春隊伍，
踏上滿是青苔的小路，
在林園中四處探尋

問梅開未？
重唱梅邊新度曲，
催發寒梢凍蕊。
此心與東君同意❺。
後不如今今非昔，
兩無言、
相對滄浪水，
懷此恨，
寄殘醉。

幽芳疏梅的消息。
我們在梅樹旁，一遍遍唱著新編的歌曲，
要用動人的歌聲把沉睡在寒枝的
梅蕊喚起，讓美麗春光長留大地。
我這一片痴心，和吳先生相同無異。
如今的年景大不如往昔，
以後的歲月怕連今天也比不及，
我們默默相向，
共對著滄浪水感愴無語。
滿懷難解的憂悒，
暫且把酒杯舉起。

【注釋】

❶履齋：吳潛字毅夫，號履齋，淳祐中曾爲相，封慶國公。吳文英曾爲其幕客。滄浪：亭名，在今蘇州市南。五代十國時此處曾爲吳越廣陵王錢元璙的池館，後廢爲寺。北宋蘇舜欽買得此地，築亭其上，即滄浪亭。南宋時爲韓世忠別墅。❷戰艦句：化用杜牧〈赤壁〉詩：「東風不與周郎便，銅雀春深鎖二喬。」句意：高宗建炎四年

（一一三四）韓世忠率八千兵士，駕海船在鎮江截住金兵退路，並用大鉤搭住敵船，取得了黃天蕩大捷。但抗金事業最終未能完成，故云。❸華表句：見王安石〈千秋歲引〉注。❹遨頭：指太守，《成都記》載，宋時成都正月至四月浣花，太守出遊，士女縱觀，稱太守爲「遨頭」。吳潛此時知平江府，故稱。❺東君：原指司春之神，此借指吳潛。

唐多令

吳文英

【導讀】

本篇別本題作〈惜別〉。張炎《詞源》稱「此詞疏快，不質實。」

詞中以明暢的語言抒寫遊子悲秋之感和離情別緒，不用麗詞奧典、不塗濃粉艷色，頗近民歌。然而感情不夠深沉，「何處合成愁，離人心上秋」二句類似文字遊戲，無怪陳廷焯譏其「幾於油腔滑調」（《白雨齋詞話》），在夢窗集中實非上乘之作。

何處合成愁？

離人心上秋❶。

縱芭蕉、不雨也颼颼❷。

哪裏合成一個愁字？

恰好是離人的心再加上凄涼的清秋。

縱然是寒雨停歇之後，西風中蕉葉沙沙，滿耳秋聲令人生憂。

都道晚涼天氣好，
有明月，怕登樓。
年事夢中休，
花空煙水流。
燕辭歸❸、
客尚淹留。
垂柳不縈裙帶住，
漫長是、繫行舟。

都說是天高氣爽到晚來更其清幽，
我卻怕登上高樓，明月如鏡，
兩地照離愁。
往事如夢去悠悠，
就像是花飛花謝，煙波向著東流。
群燕已飛歸南方，
我這天涯遊子卻還滯留他鄉。
絲絲垂柳不把她的裙帶挽住，
卻徒然地把我的客船繫在遙遠的河岸。

【注釋】

❶心上秋：合起來是一「愁」字。❷颼颼：風雨聲。❸燕辭歸：曹丕〈燕歌行〉：「群燕辭歸鵠南翔，念君客遊多思腸。慊慊思歸戀故鄉，君何淹留寄他方。」此用其意。客，作者自指。

黃孝邁

黃孝邁，字德夫，號雪舟。生平事跡不詳。《全宋詞》錄其詞三首。

湘春夜月

黃孝邁

【導讀】

〈湘春夜月〉，詞調名。萬樹《詞律》云：「此詞無他作者，想雪舟自度。風度婉秀，眞佳詞也。」

查禮《銅鼓書堂遺稿》說：「情有文不能達，詩不能道者，而獨於長短句中，可以委婉形容之」，特舉此詞稱道「雪舟才思俊逸，天分高超，握筆神來。」並引劉克莊《雪舟樂章》跋語「謂其清麗；叔原（晏幾道）、方回（賀鑄），不能加其綿密。」可見詞評家對本篇的高度評價。

此詞雖只表現常見的傷春惜別與羈旅之情，清詞麗句卻如串珠，令人賞心悅目。其中「欲共柳花低訴，怕柳花輕薄，不解傷春」及「翠玉樓前，惟是有、一陂湘水，搖蕩湘雲」等句，想像優美，意境新鮮，詩情濃郁，極婉麗之致。整首詞風格、語言頗近姜夔。

近（ㄐㄧㄣˋ）清（ㄑㄧㄥ）明（ㄇㄧㄥˊ），

臨近清明。

翠禽枝上消魂。
可惜一片清歌，
都付與黃昏。
欲共柳花低訴，
怕柳花輕薄，
不解傷春。
念楚鄉旅宿，
柔情別緒，
誰與溫存？
空尊夜泣，
青山不語，

翠鳥在枝頭唱得淒婉動人，
可惜這深情的歌，
都付與寂寞黃昏。
想要對柳花低訴衷曲，
又怕柳花本性輕薄，
根本不懂得傷春意緒。
我獨自在南國旅居，
滿懷柔情別恨，
有誰能給我一些兒溫存？
空杯在爲我哭泣，
青山卻緘默不語，

殘照當門。
翠玉樓前❶，
惟是有、一陂湘水，
搖蕩湘雲。
天長夢短，
問甚時、
重見桃根❷？
者次第❸，
算人間沒個并刀，
剪斷心上愁痕❹。

殘陽正照著院門。
華美的樓閣前，
只有一池悠悠的湘水，
輕輕搖蕩著悠悠的湘雲。
白日是那樣漫長，夜夢卻短得可憐，
到底什麼時候
才能和伊人重見？
只恨人間沒有并州快剪刀，
來剪斷我此刻心中的愁縷萬千。

【注釋】

❶翠玉樓：指華麗的樓閣。❷桃根：見姜夔〈琵琶仙〉注。❸者次第：者，同「這」。次第，情形，李清照〈聲聲慢〉詞：「這次第，怎一個愁字了得！」❹算人間二句：姜

夔〈長亭怨慢〉詞：「算空有并刀，難剪離愁千縷。」此處翻用其意。并刀，山西并州（今太原）出產快剪刀。杜甫〈戲題王宰山水圖歌〉：「焉得并州快剪刀，剪取吳松半江水。」

潘希白

潘希白，生卒年不詳，字懷古，號漁莊，永嘉（今屬浙江）人。理宗寶祐元年（一二五三年）進士，干辦臨安府節制司公事。宋恭帝德祐（一二七五～一二七六年）間詔命史館檢校，不赴。《全宋詞》錄其詞一首。

大有

潘希白

九日

【導讀】

〈大有〉，詞調名，始見於周邦彥詞。

潘希白生當南宋由衰至亡的時期，目睹國事日非、國勢日蹙，心中自有許多憂時傷世之慨，這首記重陽感懷的詞，情調十分淒楚，絕不同於一般登臨悲秋思鄉之作。

詞中「簾櫳昨夜風雨，都不似登臨時候」二句及「秋已無多」以下句子，似乎都有言外之意，弦外之音，透露出一種末世的哀感。

戲（ㄒㄧˋ）馬（ㄇㄚˇ）臺（ㄊㄞˊ）前（ㄑㄧㄢˊ）❶，

在古老荒涼的戲馬臺前，

采花籬下[2]，
問歲華、
還是重九，
恰歸來、
南山翠色依舊[3]。
簾櫳昨夜聽風雨，
都不似登臨時候。
一片宋玉情懷[4]，
十分衛郎清瘦[5]。
紅萸佩[6]，
空對酒。

籬下又把菊花摘採，
問歲華幾何？
又是重九，
歸來時，
南山一片蒼翠如舊。
昨夜裏，臥聽窗前風雨蕭蕭，
全不似登臨節候。
我像宋玉無限悲秋，
又如衛玠一般清瘦。
我獨自佩帶朱萸，
空對著一杯淡酒。

砧杵動微寒，
暗欺羅袖。
秋已無多，
早是敗荷衰柳。
強整帽檐欹側❼，
曾經向天涯搔首。
幾回憶、故國蒓鱸❽，
霜前雁後。

聽搗衣砧杵相和聲聲，
更覺得清寒襲人衣袖。
秋天已快到盡頭，
早就是滿眼敗荷衰柳。
我勉強整理傾斜的帽檐，
向著遠方頻頻搔首。
多少次，我思憶著故國風物，
在那霜凍之前、鴻雁歸後。

【注釋】

❶戲馬臺：見吳文英〈霜葉飛〉注。❷采花句：陶淵明〈飲酒〉詩其五：「采菊東籬下，悠然見南山」。❸南山：即陶淵明詩意，非實指。❹宋玉：見柳永〈戚氏〉注。❺衛郎：見周邦彥〈大酺〉注。❻紅萸佩：見吳文英〈霜葉飛〉注。❼帽檐：用孟嘉事，見劉克莊〈賀新郎〉（九日）注。❽故國蒓鱸：用張翰事，見辛棄疾〈水龍吟〉注。

青玉案

無名氏

【導讀】

這首詞原本題作黃公紹詞，卻不見於黃公紹集，《詞林萬選》、《歷代詩餘》作黃詞，《陽春白雪》、《翰墨大全》、《花草粹編》、《全宋詞》等書均作無名氏詞。

本篇抒寫旅思客況，作者由春社之日停止針線的習俗及雙燕歸來的眼前景色，引出獨自在「亂山深處，寂寞溪橋畔」的淒傷感受，再由停針線的尋常情事念及自己著破春衫卻歸家無日的悲哀，進而描繪無人相伴、無人關切、無人安慰的孤獨情狀，妙語聯珠而自然動人。

正如賀裳《皺水軒調筌》所評：「『落日解鞍芳草岸，花無人戴，酒無人勸，醉也無人管』，語淡而情濃，事淺而言深，眞得詞家三昧，非鄙俚樸陋者可冒。」

年年社日停針線❶，
怎忍見，雙飛燕？
今日江城春已半，
一身猶在，
亂山深處，

年年社日，婦女們停了針線，
孤單的我怎忍看見歸飛的雙燕。
如今，江城春光已過了一半，
我依舊孑然一身，
棲宿在亂山深處，

寂寞溪橋畔。
春衫著破誰針線？
點點行行淚痕滿。
落日解鞍芳草岸，
花無人戴，
酒無人勸，
醉也無人管。

在那寂寞的溪橋畔。
誰來爲我縫補已經穿破的春衫？
那上面點點行行，傷心的淚水沾滿。
落日餘暉中我解下了馬鞍，
暫歇在芳草萋萋的溪岸，
可惜艷麗的花朵沒有人戴，
美酒沒有人同飲，
喝醉了也沒有人照管。

【注　釋】

❶社日：見前周邦彥〈應天長〉注。停針線，張邦基《墨莊漫錄》云：「今人家閨房，遇春秋社日，不作組紃，謂之忌作。」周邦彥〈秋蕊香〉詞：「社日停針線」。

朱嗣發

朱嗣發（一二三四～一三〇四年），字士榮，號雪崖，烏程（今屬浙江）人。宋亡，舉充提學學官，不受。《全宋詞》錄其詞一首。

摸魚兒

朱嗣發

【導讀】

這首棄婦詞受到白居易新樂府詩〈井底引銀瓶〉很大影響，白詩重在敘事，本篇重在抒情。

上片敘述女主人公對往事的懷戀，而對情人的翻雲覆雨改變心腸，只發出微慍而不怒的隱隱責備。下片描繪被棄後淒寂的生活情景，卻將不幸歸之於命運，並引陳皇后故事爲證，以自我寬解。末幾句抒寫悔不當初自持清操的心情。

這首詞雖然寫得委婉曲折，卻只表現了一個逆來順受，毫無反抗精神，唯知自怨自艾的軟弱的女性，缺乏思想的光采，教訓意義和敘事的生動，比起白詩大大遜色。

對(ㄉㄨㄟˋ)西(ㄒㄧ)風(ㄈㄥ)、鬢(ㄅㄧㄣˋ)搖(ㄧㄠˊ)煙(ㄧㄢ)碧(ㄅㄧˋ)，
參(ㄘㄣ)差(ㄘ)前(ㄑㄧㄢˊ)事(ㄕˋ)流(ㄌㄧㄡˊ)水(ㄕㄨㄟˇ)。

西風搖動著我雲煙般濃密的髮鬟，
思量往昔的情事有如流水
一去不再復還。

紫絲羅帶鴛鴦結❶，
的的鏡盟釵誓❷。
渾不記，
漫手織回文❸，
幾度欲心碎。
安花著葉，
奈雨覆雲翻，
情寬分窄，
石上玉簪脆❹。
朱樓外，
愁壓空雲欲墜，

我們曾用紫羅帶打成鴛鴦結，
　表示傾心相愛，
如今，百年好合的盟約，
　依舊清楚地存在，
他已完全忘卻
我親手織成回文詩章，
多少次因相思離別痛斷肝腸。
他曾經著意惜玉憐香，
竟又翻雲覆雨心意改變，
可嘆我對他感情太深，緣分太淺，
　恩義就這樣半道中止，
如同石上磨簪，玉簪忽地折斷。
朱樓外，
愁壓空雲沉沉欲墜，

月痕猶照無寐。
陰晴也只隨天意，
枉了玉消香碎。
君且醉，
君不見長門
青草春風淚❺。
一時左計，
悔不早荊釵❻，
暮天修竹，
頭白倚寒翠❼。

一輪團團的明月，偏照我深夜不寐。
無論陰晴散聚，還不都是任隨天意，
枉自消瘦憔悴，全然沒有意義。
我且在美酒中沉醉，
你難道沒看見長門宮生滿青草，君王的蹤跡渺渺，陳皇后長對春風眼淚空拋。
誰叫我一時糊塗走錯道，
眞後悔不如當初頭戴荊釵，
在暮色中獨倚修竹
一直到老，固守我清高的節操。

【注釋】

❶鴛鴦結：即同心結，古人用羅帶製成菱形連環回文結，以表示恩愛。❷的的：明白，昭著。《淮南子．說林》：「的的者獲，提提者射。」注：「的的，明也，爲眾所

見，故獲。」鏡盟，用樂昌公主事，孟棨《本事詩・情感》載，南朝陳太子舍人徐德言娶陳後主妹樂昌公主爲妻。陳衰，德言謂妻曰：「以君之才容，國亡必入權豪之家。」乃破鏡各執其半，相約他年正月十五賣於都市以通訊息。陳亡，公主爲楊素所得。德言依期至京，見有老僕賣半鏡，乃出半鏡合之，並題〈破鏡詩〉一首，公主得詩，悲泣不食，楊素知之，召德言，還其妻。釵誓：陳鴻〈長恨歌傳〉載唐玄宗與楊貴妃「定情之夕，授金釵鈿合以固之」，「願世世爲夫婦」。趙長卿〈一叢花・暮春送別〉「釵盟鏡約知何限，最斷腸，溢浦琵琶。」鏡盟釵誓均指愛情的盟誓。❸回文：見柳永〈曲玉管〉注。❹石上句：白居易〈井底引銀瓶〉詩：「井底引銀瓶，銀瓶欲上絲繩絕；石上磨玉簪，玉簪欲成中央折。瓶沉簪折知奈何？似妾今朝與君別！」❺長門：見辛棄疾〈摸魚兒〉注。❻荊釵：以荊枝當髮釵，指貧家婦人樸陋的裝飾。❼暮天二句：杜甫〈佳人〉詩：「天寒翠袖薄，日暮倚修竹。」

劉辰翁

劉辰翁(一二三二～一二九七年)，字會孟，江西廬陵(今江西吉安)人，因家在龍須山之陽須溪山，故自號須溪。少登陸象山之門，景定元年(一二六〇年)補太學生，受知於國子祭酒江萬里，曾多次爲其幕僚。景定三年(一二六二年)廷試，忤賈似道，置丙第，得鯁直名，文章亦見重於世。以親老請濂溪書院山長。江萬里、陳宜中薦居史館，除太學博士，皆固辭。宋亡，文天祥起兵抗元，辰翁曾短期參與江西幕府。他是宋末的節義之士，張孟浩贈詩把他比作伯夷和陶淵明。

宋亡後他隱居不仕，憑弔故鄉臨安，謀葬殉國故相江萬里，表現了深切的愛國感情。宋亡後所作詩詞慷慨悲涼，寄託深微。況周頤《蕙風詞話》說：「須溪詞風格遒上，似稼軒；辭情跌宕，似遺山。有時意筆俱化，純任天倪，竟能略似坡公。」劉辰翁爲辛派後勁，有許多愛國感情充沛的詞章，間有輕靈婉麗之作。有《須溪詞》。

劉辰翁

蘭陵王

丙子送春❶

【導讀】

宋恭帝德祐二年(一二七六年)春正月，率軍南侵的元相伯顏，駐兵於臨安郊外的皋亭山，太皇太后謝道清遣監察御史楊應奎上「傳國璽」，奉表降元。三月，伯顏驅遣亡宋三宮離杭赴元大都(今北京)。

本篇即作於宋亡當時，正如陳廷焯所說：「題是『送春』，詞是悲宋，曲折說來，有多少眼淚」(《白雨齋詞話》)。開頭「送春去，春去人間無路」二句，就是悲痛欲絕的呼號，撕人心腑。

詞中曲折地描繪了原先繁麗的帝都遭到敵騎蹂躪，轉瞬間變作荒城，以及亡宋君臣去國離鄉的悲慘景象，隱約地表現了對流落海崖的二王及抗元臣民的深深關切，對侵略者的無限痛恨，和今昔盛衰興亡的極度感慨。格調沉鬱悲涼，詞中多用比興寄託手法，言在此而意在彼，含蘊極深，一字字一聲聲都沁透了愛國遺民的血淚。

卓人月《詞統》說：「即以爲〈小雅〉、〈楚騷〉可也，塡詞云乎哉？」厲鶚論詞絕句逕稱「送春苦調劉須溪」，可見本詞幽怨悱惻的愛國感情動人之深。

送春去，
春去人間無路②。
秋千外、芳草連天，
誰遣風沙暗南浦③。
依依甚意緒？

我送春天回去，
人間卻已沒有他的歸宿地。
秋千外，無邊芳草與遠空相連，
哪裏來的猛烈風沙，
使江南變成黑地昏天。
我心中撩亂，說不出是怎樣的情緒，

漫憶海門飛絮❹。
亂鴉過❺、
斗轉城荒❻，
不見來時試燈處❼。
春去誰最苦？
但箭雁沉邊❽，
梁燕無主❾，
杜鵑聲裏長門暮❿。
想玉樹凋土⓫，
淚盤如露⓬。
咸陽送客屢回顧⓭，

我空自思憶著流落海崖的人，
　他們一如飄蕩的柳絮。
亂鴉過後，
　北斗轉向，時移事去，
　帝城一派荒涼淒寂，
春天呵，你再也看不到，
來時試燈的風光繁麗。
春天歸去，有誰最是痛苦不幸？
那些受傷的哀鴻，
被獵手帶往遙遠的邊境。
梁間燕子失去主人，
　飛來飛去，彷徨無定。
杜鵑悲切啼聲裏，幽冷的故宮暮色淒迷。
我懷念著宮中寶物，
　那珍貴的玉樹長埋土地，
去國辭鄉的人，淚水如同
　露珠落滿捧露盤裏。
　在告別京都的大路上，
他們頻頻回顧，不忍遠離，

斜日未能度。
春去尚來否？
正江令恨別，
庾信愁賦⑭，
蘇堤盡日風和雨⑮。
嘆神遊故國，
花記前度⑯。
人生流落，
顧孺子⑰，共夜語。

這悲涼的黃昏時分，如何捱得過去！
春天呵，你今朝歸去，
能否重新回到這裏？
我像江淹一樣怨恨別離，
又寫下庾信愁賦般詩句，
蘇堤上，天天都是淒風苦雨。
我感嘆故國的美好光景，
只能去夢中遊歷，
只能永遠銘記心底。
餘生將流蕩無依，
夜深時，我唯與小兒相對共語。

【注釋】

❶丙子：宋恭帝德祐二年（一二七六年）。❷送春去二句：南宋已向元朝奉表稱臣，國土已非我有，故云。❸誰遣句：暗喻亡國慘象。風沙，指敵人。❹漫憶句：臨安陷落，南宋宗室、官吏和軍隊多從海上逃亡，奉益王趙昰、廣王趙昺自溫州入閩。

❺亂鴉：指南侵的元兵。❻斗轉：暗指時代改換。❼試燈：見吳文英〈點絳唇〉注。❽箭雁沉邊：指元相伯顏將南宋君臣帶往北方事。箭雁，受傷的雁，比喻被俘的南宋君臣。❾梁燕無主：借喻流離失所的南宋士大夫。❿杜鵑句：化自秦觀〈踏莎行〉「杜鵑聲裏斜陽暮」句。長門：漢宮名，借指南宋故宮。⓫玉樹：《漢書·揚雄傳》：「翠玉樹之青葱兮。」顏師古注：「玉樹者，武帝所作，集眾寶爲之，用供神也。」此處玉樹凋土比喻亡國。⓬淚盤如露：漢武帝在建章宮前造神明台，上有銅人手托盛露銅盤。魏明帝命人將銅人從長安搬到洛陽，在拆卸時，據說銅人眼中流下淚來。此處表示亡國之痛。⓭咸陽句：李賀〈金銅仙人辭漢歌〉：「衰蘭送客咸陽道，天若有情天亦老。」此處借喻被俘之人去國離鄉的愁思。⓮正江令二句：原注：「二人皆北去。」南朝梁詩人江淹，曾被罷黜任建安吳興令，因稱江令，著有〈別賦〉；庾信愁賦：見周邦彥〈大酺〉注。⓯蘇堤：是西湖外湖和裏湖的界堤，蘇軾任杭州知府時所築，因稱蘇堤。⓰花記前度：唐劉禹錫於憲宗元和年間從貶所被召回京，因遊玄都觀賞桃花作詩，對新貴寓有譏諷，執政者又將他遠貶。十四年後劉再度被召回京，重遊舊地，作〈再遊玄都觀〉詩：「百畝庭中半是苔，桃花淨盡菜花開。種桃道士歸何處？前度劉郎今又來。」此處指作者回到淪陷後的臨安，見昔日如花美景已蕩然無存，不禁目擊傷心。⓱孺子：指作者的兒子劉將孫。

【導讀】

〈寶鼎現〉，詞調名，始見於康與之詞。

此詞別本題作「春月」，《歷代詩餘》引張孟浩云：「劉辰翁作〈寶鼎現〉詞，時爲大德(元成宗年號)元年，自題曰『丁酉元夕』，亦義熙（東晉安帝年號，四〇五～四一八年）舊人（指陶淵明）只書甲子之意。」表示不承認新朝。大德元年（一二九七）距宋亡整整二十年，復國已完全絕望，適逢元宵節，作者憶昔傷今，心情極其悲涼，因作此詞（作者於此年逝世）。

全詞分三片，第一、二片用多彩的畫筆渲染當年元夕的繁華熱鬧，那是一個燈火輝煌的光明世界，那是一個徹夜歌舞喧闐的歡樂世界，辭采極絢爛，其間織入一二今昔之感，意味深長。第三片描寫眼前的淒清景象、落寞哀傷的心情，回首往昔，如同天上人間的深沉感慨。

張孟浩說此詞「反反復復，字字悲咽。」楊慎《詞品》云：「詞意淒婉，與〈麥秀〉歌何殊？」

寶鼎現

劉辰翁

紅妝春騎❶，
踏月影竿旗穿市❷，
望不盡、樓臺歌舞，
習習香塵蓮步底❸，
簫聲斷，

一群群盛妝的婦女、騎馬的男士，
踏著月影去觀賞燈市，看浩浩蕩蕩穿過街道，那是官員、軍人舉著形形色色的旗幟。
望不盡歌舞歡騰，望不盡樓臺林立，
美人走過的地方
飛揚的塵土也帶著香氣。
待到鼓樂簫管沉寂，

約彩鸞歸去❹，
未怕金吾呵醉❺。
甚輦路、喧闐且止，
聽得念奴歌起❻。
父老猶記宣和事❼，
抱銅仙、清淚如水❽。
還轉盼、沙河多麗❾。
滉漾明光連邸第❿，
簾影凍、

少年約佳人一同歸去，
不怕執金吾來管束干預。
京都大道喧鬧聲忽然靜止，
原來是名歌手唱起美妙歌曲。
父老們還記得宣和盛世，
如今卻像攜盤辭國的銅仙，
清淚長流不已。
回首往日，
沙河塘多麼美麗。
高張起燈燭的府第，
耀眼的光影蕩漾在水際，
靜靜的簾幕映著燈火，

散紅光成綺⑪。
月浸葡萄十里⑫，
看往來、神仙才子，
肯把菱花撲碎⑬？
腸斷竹馬兒童⑭，
空見說、
三千樂指⑮。
等多時春不歸來，
到春時欲睡。
又說向燈前擁髻⑯，
暗滴鮫珠墜⑰。

紅光四散美如花綺。
月浸碧水，像新釀的葡萄酒綿延十里。
來來往往都是些才子美女，
怎肯把幸福生活一旦毀棄。
真是痛心，騎著竹馬的兒郎生不逢辰，
只從前輩口中，
聽說過皇家大樂隊演奏的盛況。
我等待了多少時日，
卻再看不到歸來往昔的好春光，
在眼前的春日裏，只是昏昏欲睡、
意緒茫茫。
婦女們在燈下談起往事，
心中極度悲傷，暗滴淚水千行。

就算我曾經親見故國歌舞昇平的景象，
也早變作夢裏幻境，
今和昔如像是人間天上。

便當日親見霓裳⑱，
天上人間夢裏⑲。

【注釋】

❶紅妝春騎：指遊春男女。沈佺期〈夜遊〉詠元宵詩：「南陌青絲騎，東鄰紅粉妝。」❷竿旗穿市：蘇軾〈上元夜〉詩：「牙旗夜穿市。」❸習習：塵土飛揚貌。蓮步，指美人足。❹彩鸞：仙女，此處借指遊女。林坤《誠齋雜記》：「鍾陵西山有遊帷觀，每至中秋，車馬喧闐。大和（唐文宗年號，八二七～八三五年）末，有書生文簫往觀，睹一姝（吳彩鸞）甚妙。生意其神仙，植足不去，姝亦相盼。……乃與生下山歸鍾陵結爲夫婦。」❺未怕句：古代元宵不禁夜行。韋述《西都雜記‧金吾禁夜》：「西都京城街衢，有金吾曉暝傳呼，以禁夜行。惟正月十五日夜，敕許金吾弛禁，前後各一日。」蘇味道〈觀燈〉詩：「金吾不禁夜，玉漏莫相催。」金吾即執金吾，執行警察職務。呵醉，用李廣事。《史記‧李將軍列傳》載李廣「嘗從一騎出，從人田間飲。還至霸陵亭。霸陵尉醉，呵止廣。廣騎曰：『故李將軍。』尉曰：『今將軍尚不得夜行，何乃故也！』止廣宿亭下。」❻念奴：元稹〈連昌宮詞〉自注：「念奴，天寶中名倡，善歌。每歲樓下酺宴累日之後，萬眾喧隘。嚴安之、韋黃裳輩辟易不能禁，眾樂爲之罷奏。玄宗遣高力士大呼於樓上曰：『欲遣念奴唱歌，邠二十五郎吹小管逐，看人能聽否？』未嘗不悄然奉詔。其爲當時所重也如此。」此處泛指著名歌手。甚，正。輦路，皇家車騎經行的道路，泛指京城道路。❼宣和：宋徽宗年號，指承平時期。❽抱銅仙句：見劉辰翁〈蘭陵王〉注。❾沙河：沙河塘，在錢塘（杭州）南五里，爲繁華地區，蘇軾〈虞美人〉

〈有美堂贈述古〉詞：「沙河塘裏燈初上，水調誰家唱？」田汝成〈西湖遊覽志餘〉：「沙河宋時居民甚盛，碧瓦紅檐，歌管不絕。」南宋時尤爲繁盛。❿滉漾句：周密〈武林舊事・元夕〉：「邸第好事者，如清河張府、蔣御藥家，閒設雅戲燈火，花邊水際，燈燭燦然。」⓫散紅光成綺：謝朓〈晚登三山還望京邑〉：「餘霞散成綺，澄江靜如練。」綺，有花紋的絲織品。⓬葡萄：形容深碧的水色。李白〈襄陽歌〉：「遙看漢水鴨頭綠，恰似葡萄初醱醅。」蘇軾〈滿江紅〉（寄鄂州朱使君壽昌）：「江漢西來，高樓下、葡萄深碧。」⓭菱花撲碎：用樂昌公主事。見劉辰翁〈蘭陵王〉注。⓮竹馬兒童：兒童多以竹杖當馬騎，以爲遊戲。李白〈長干行〉：「郎騎竹馬來，繞床弄青梅。」⓯三千樂指：指三百人的大樂隊，《宋史・樂志》載宋高宗紹興年間恢復教坊，「凡樂工四百六十人」。招待北使，「舊例用樂工三百人。」蘇軾〈送江公著知吉州〉詩：「紅妝執樂三千指。」⓰燈前擁髻：《飛燕外傳・伶玄自敍》：「子于（伶玄字）老休，買妾樊通德。……能言趙飛燕姊弟故事。子于閒居命言，厭厭不倦。子于語通德曰：『斯人俱灰滅矣，當時疲精力，馳騖嗜欲蠱惑之事，寧知終歸荒田野草乎？』通德占袖顧視燭影，以手擁髻，淒然泣下，不勝其悲。」⓱鮫珠：指眼淚。晉張華《博物志》：「南海中有鮫人，水居如魚，不廢織績，其眼能泣珠。」⓲霓裳：唐時流行的大曲〈霓裳羽衣曲〉，見姜夔〈霓裳中序第一〉注。⓳天上人間：李煜〈浪淘沙令〉：「流水落花春去也，天上人間。」此用其意。

永遇樂

劉辰翁

【導讀】

這首詞作於端宗景炎三年（元世祖至元十五年，一二七八年），臨安早於兩年前被元軍占領，三宮被俘至元大都，二王爲

余自乙亥上元❶，誦李易安〈永遇樂〉❷，爲之涕下。今三年矣，每聞此詞，輒不自堪，遂依其聲，又託之易安自喻，雖辭情不及，而悲苦過之。

壁月初晴❸，
黛雲遠淡，
春事誰主？
禁苑嬌寒❹，
湖堤倦暖，
前度遽如許❺！

元軍步步進逼，退到了福建、廣東沿海，已是苟延殘喘，南宋離徹底亡國不遠了。

作者在小序中說三年前元宵節，讀李清照懷念京洛舊事、寄寓故國之思的〈永遇樂〉，爲之泣下，從那以後，南宋大勢已去，實際上滅亡。北宋覆亡南渡後還有半壁江山，南宋亡國則更無尺寸之地，國祚不可能再振，因此作者說自己比李清照「悲苦過之」。

本詞「託之易安自喻」，以柔婉淒切的詞筆，描繪了臨安今昔盛衰的不同，抒寫了種種複雜的內心感受，唱出亡國哀音，讀之令人感嘆不已。

暮雨初晴，壁月東升，
雲色如黛，淡遠輕盈，
這芳春美好景物，到底屬於誰人？
故宮內苑一片微寒，
西湖堤岸暖意倦軟，
我重又來到此地，變化竟是這樣驟然！

香塵暗陌[6]，
華燈明晝，
長是懶攜手去。
誰知道、
斷煙禁夜[7]，
滿城似愁風雨。
宣和舊日，
臨安南渡，
芳景猶自如故[8]。
緗帙流離[9]，風鬟三五[10]，
能賦詞最苦。

記得從前元夜，遊人車馬熙熙攘攘，
　香塵蔽天，大路昏暗迷茫，
五光十色的花燈照耀得白晝一般明亮，
我也總是沒有心思與友人
　攜手同去觀賞。
誰知道到如今，
人家稀少，炊煙斷絕，
　上元佳節竟會禁止夜行。
滿城蕭條冷寂，就像籠罩著淒風慘雨。

獨記宣和年間，汴京無比繁麗，
南渡後的臨安山河雖異，
美好風光卻一如舊日。
辛苦珍藏的書畫古籍，幾乎散失無餘，
　我孤獨一人流落異地，
飽經磨難，憔悴衰老，
　在元宵佳節寫下愁苦詞句。

江南無路，
鄜州今夜⑪，
此苦又誰知否？
空相對、
殘釭無寐，
滿村社鼓⑫。

如今，江南已經無路可走，
我像當年的杜甫，在明月之夜，
懷念著遠方的親屬，
有誰能夠領會我內心深深的痛苦？
空自對一盞殘燈，
我長夜不能入睡，
聽滿村響起社鼓聲聲。

【注釋】

❶乙亥上元：宋恭帝德祐元年（一二七五年）元宵節。❷李易安〈永遇樂〉：李清照號易安居士，〈永遇樂〉見後李清照詞作。❸璧月：以圓形的玉比喻明月。南朝宋何偃〈月賦〉：「滿月如璧。」❹禁苑：帝王園囿，禁百姓入內，故稱。❺前度：見晁補之〈憶少年〉注。遽，驟然。❻香塵暗陌：李白〈古風〉第二十四：「大車揚飛塵，亭午暗阡陌。」❼禁夜：實行軍事戒嚴，禁止夜行。❽芳景句：《世說新語》記周顗云：「風景不殊，正自有山河之異」，此用其意。❾緗帙流離：指北宋覆亡，李清照追隨小朝廷南渡，與其夫趙明誠共同搜集珍藏的珍本古籍書畫大多喪失遺落，見李清照〈金石錄後序〉。緗帙，包在書卷外的淺黃色封套，也作書卷的代稱。「流離」，原本作「離離」，據別本改。❿風鬟：李清照〈永遇樂〉：「如今憔悴，風鬟霧鬢，怕見夜

間出去。」⓫鄜州今夜：杜甫安史亂時獨在淪陷的長安，思念家人，寫下〈月夜〉詩，有云：「今夜鄜州月，閨中只獨看。」此用其意。劉辰翁此時與家人離散，因以杜甫自比。⓬社鼓：見辛棄疾〈永遇樂〉注。

劉辰翁

摸魚兒

酒邊留同年徐雲屋

【導讀】

理宗景定三年（一二六二年），劉辰翁舉進士第，結識同年徐雲屋，正當「西湖煙柳」的暮春時節，多年以後，二人又在杭州重逢，恰巧仍值暮春，而友人將要離去，作者爲他餞行，寫下此詞，表示依依惜別，並在描述二人作爲文朋詩友深摯交誼的同時，抒發無盡的今昔之慨與個人身世飄零之悲。

作者面對知友細敘家常，語言樸實平易，表現的感情卻回環曲折、底蘊深厚。詞中多用問句，以加強感慨意味，如「問前度桃花，劉郎能記，花復認郎否」幾句，訴盡世事滄桑，發問的語調卻似乎帶著調侃戲謔，舉重若輕，使人讀後倍感心酸。

此詞藝術上並不特別出色，而是以抒情的眞摯凄婉取勝。

怎知他、春歸何處？
相逢且盡尊酒。

怎能知道芳菲的春天去向何地？
今朝同你幸運地重遇，
且請暢飲杯中美酒。

少年裊裊天涯恨，
長結西湖煙柳。
休回首，
但細雨斷橋❶，
憔悴人歸後。
東風似舊，
問前度桃花，
劉郎能記❷，
花復認郎否？
君且住，
草草留君剪韭❸，

不論你我當初正值青春少年，
還是如今垂老依舊漂流，
總離不開這西湖煙柳。
往事不必再去回首，
我這憔悴的人故地重遊，
見斷橋細雨迷濛，
春色依然如舊。
我痴痴地問著桃花，
你從前的美麗姿容，我還記在心上，
而你，是否能夠辨認出
我早已改變的模樣？
我的朋友，請你稍稍停留，
我爲你準備了家常飯菜，
剪來鮮嫩的春韭。

前宵正憑時候。
深杯欲共歌聲滑，
翻濕春衫半袖。
空眉皺，
看白髮尊前，
已似人人有。
臨分把手，
嘆一笑論文❹，
清狂顧曲❺，
此會幾時又？

前天晚上也是這個時候，
我和你縱情地狂歌醉酒，
多少次把美酒打翻，弄濕了一半衣袖。
唉，今日相對雙眉空皺，
但見宴會上，幾乎人人都白髮滿頭。
我不忍同你分離，
臨別再三握住你的雙手。
可嘆一起談笑著議論文章，
狂熱地把樂曲欣賞，
這樣清雅的聚首幾時才能再有？

【注釋】

❶斷橋：在杭州西湖白堤上，原名寶祐橋，唐時稱爲斷橋，又名段家橋。「斷橋殘雪」爲「西湖十景」之一。❷劉郎：翻用劉禹錫詩意，見晁補之〈憶少年〉注。❸草草：

隨隨便便。王安石〈示長安君〉詩：「草草杯盤供笑語，昏昏燈火話平生。」剪韭：杜甫〈贈衛八處士〉詩：「夜雨剪春韭，新炊間黃粱。」❹論文：杜甫〈春日憶李白〉詩：「何時一樽酒，重與細論文。」❺顧曲：《三國志・吳志・周瑜傳》：「瑜少精意於音，雖三爵之後，其有闕誤，瑜必知之，知之必顧。故時人謠曰：『曲有誤，周郎顧。』」此處指在宴會上聽樂。

周密

周密（一二三二～一二九八年），字公謹，號草窗、苹洲，晚年別號四水潛夫、弁陽老人。世爲齊歷下（今山東濟南）人，曾祖周秘隨高宗南渡，居於吳興，故亦稱湖州人。宋亡前曾爲臨安府幕僚、義烏（今屬浙江）令等職，宋亡不仕，抱遺民之痛，以故國文獻自任，輯錄家乘舊聞，著《齊東野語》、《武林舊事》等書，爲野史家巨擘。周密工書善畫，詩詞兼擅，《宋史翼》說他「樂府妙天下，協比呂律，意味不凡。」周密爲宋末詞壇領袖，早年出倚聲家宗師楊纘之門，結吟社於西湖，同時唱和者甚眾。宋亡後又與王沂孫、張炎等十四人結社作詞。高士奇〈絕妙好詞選序〉說：「公謹所作音節淒清，情寄深遠，非徒以綺麗勝者。」但今存的周密詩詞皆結集於宋亡前，入元後的作品留存甚少，無法了解其創作全貌。有《草窗詞》。

【導讀】

《鄭思肖文集》附錄〈王行題周草窗畫像〉云：「宋運既徂，吳有三山鄭所南（思肖字）先生，杭有弁陽周草窗先生，皆以

高陽臺

周密

送陳君衡被召❶

照野旌旗，

狩獵旌旗光照原野，

無所責守而志節不屈著稱。」並說他「介然特立，足以增亡國之光。」陶宗儀《輟耕錄》云：「宋亡，草窗才四十五歲，交好如陳允平、趙孟頫皆不固晚節，草窗與鄧牧、謝翺諸子，獨歷歲寒之操。」

這樣一位自持高節的愛國遺民，對友人陳允平應召入元當然是極不滿意的，但人各有志，又相強不得，於是在送別之際寫下此詞，以側筆微諷。

詞中描寫了「朝天」隊伍的威武雄壯，友人「金章寶帶」的「非凡榮耀」，卻暗中提示「秦關汴水經行地」本是宋朝故土，希望他勿忘根本，勸諫的意思極爲含蓄。作者以想像之筆描寫友人在中原如何豪邁地遊樂、賦詩，卻隻字不提他仕宦的情事，用心良苦，表現他深心盼望友人不要屈身新朝（陳允平後來未仕而還）。「冰河月凍，曉隴雲飛」八字描繪北國風光，意象新妙，風致絕佳。

「投老殘年」以下幾句內涵極爲豐富複雜，多有言外之意、弦外之音，對陳允平隱含著擔心、不滿和勸喻、指責，也表現了對他的眞摯友情，以及自己內心深處的亡國之痛與身世飄零之慨。

朝天車馬，
平沙萬里天低。
寶帶金章，
尊前茸帽風欹❷。
秦關汴水經行地，
想登臨都付新詩。
縱英遊、
疊鼓清笳，
駿馬名姬。
酒酣應對燕山雪，
正冰河月凍，

朝覲天子的車馬浩浩蕩蕩，
平沙萬里，雲天低曠。
你腰繫寶帶身佩金章，
餞別宴會上，斜戴著皮帽風采異常。
故國的秦關汴水，是你將要經行的地方，
你登山臨水時，想必會寫下美妙詩行。
你將在北國縱情遊歷，
聽疊鼓胡笳清雄悲壯。
我想見你跨著駿馬馳驅，
著名的歌姬陪伴身旁。
酒酣時你將觀賞燕山白雪茫茫，
一輪凝凍的皓月，映照在冰封的河上，

曉隴雲飛❸。
投老殘年❹，
江南誰念方回❺？
東風漸綠西湖岸❻，
雁已還、
人未南歸。
最關情、折盡梅花，
難寄相思❼。

清曉時見隴頭白雲飛翔。
又有誰來顧念我已是垂老殘年，
像方回那樣傷心斷腸在江南。
當春風漸漸染綠西湖岸，
鴻雁從北方飛回，
不知你能否南歸。
最令我嘆息的是折盡寒梅，
也難以把我的相思寄給你。

【注　釋】

❶陳君衡，名允平，號西麓，四明（今浙江寧波人）。德祐時，授沿海制置司參議官。宋亡後，曾應召至元大都，不仕而歸。有詞集《日湖漁唱》。詞風和婉平正，少數作品表現了故國之思。❷茸帽風欹：《北史・周書・獨孤信傳》：「信在秦州，嘗因獵，日暮，馳馬入城，其帽微側。詰旦，而吏民有戴帽者，咸慕信而側帽焉。」陳師道〈南鄉子〉詞：「側帽獨行斜照裡，颼颼。」茸帽，皮帽。欹，側。「風欹」，原本作「風欺」，據別本改。❸曉隴雲飛：柳永〈曲玉管〉詞：「隴首雲飛，江邊日晚。」❹投老：到老、

臨老。❺方回：北宋詞人賀鑄字，有〈青玉案〉一詞最負盛名，黃庭堅曾賦詩贊云：「解道江南腸斷句，只有今唯賀方回。」此處乃作者自指。❻東風句：王安石〈泊船瓜洲〉詩：「春風又綠江南岸」，此處化用其意。❼最關情二句：用陸凱、范曄故事，見舒亶〈虞美人〉注。

周密

瑤華

后土之花，天下無二本❶，方其初開，帥臣以金瓶飛騎，進之天上，間亦分致貴邸。余客輦下，有以一枝（下缺）。

【導讀】

〈瑤華〉，詞調名，一作〈瑤花慢〉，始見於吳文英詞。極爲可惜的是此詞原有一百五十餘字的長序，今缺大半，使我們無從確切了解創作背景及意圖，但從詞意來看，諷喻之意甚明。

理宗寶祐四年（一二五六年）蒙古便兵分三路大舉南侵，其後步步深入，至度宗朝，國勢已危如累卵，兩朝皆係奸相賈似道專權，理宗、度宗均爲昏君。

此詞將進貢瓊華這一細事與唐玄宗朝進貢荔枝相提並論，意在指責君王只知在深宮中享樂，而置國家危急存亡於度外。詞中「老了玉關豪傑」、「淮山春晚，問誰識、芳心高潔」等句，隱約地對國家「已失了春風一半」的局面和正直有才之士報國無門的現實，深表憂慮。「杜郎老矣」以下借懷古詠史，對國家往昔的繁榮昌盛表示極度眷戀，又借瓊花作爲歷史的見證，發無限痛切之慨。

陳廷焯評此詞「不是詠瓊花，只是一片感嘆，無可說處，借題一發洩耳」（《白雨齋詞話》）。

此詞寄託深遠，言婉而意摯，外柔而內剛，是一首將詠物、抒懷、諷喻結合得很好的作品。

朱鈿寶玦(2)，
天上飛瓊(3)，
比人間春別。
江南江北，
曾未見，
漫擬梨雲梅雪(4)。
淮山春晚，
問誰識、
芳心高潔？
消幾番、花落花開，

瓊華秀妍而珍貴，彷佛朱鈿和寶玉，
又若天上仙葩，
比人間春花別樣奇麗。
江南江北，
從不曾見過第二株花枝，
如瓊花這般名貴，人們憑空比擬
她該像雲似的梨花，雪樣的寒梅。
淮山一帶春光將盡，
試問有誰能眞正理解
瓊花那高潔的心靈？
用得著幾度花開花落，

老了玉關豪傑[5]。
金壺剪送瓊枝，
看一騎紅塵[6]，
香度瑤闕[7]。
韶華正好，
應自喜、
初識長安蜂蝶[8]。
杜郎老矣[9]，
想舊事、
花須能說。
記少年、

就會白白老去邊關的豪傑和精英。
看瓊枝裝入金瓶，
快馬飛速傳遞，一路上揚起多少灰塵，
奇花的幽香才飄進宮裏。
她芳華正茂，
想來暗自欣喜
同京城的蜂蝶初次相遇。
我似杜郎已經老去，
盛衰興亡的歷史，
瓊花一定能夠向人細敘。
還記得當年，

一夢揚州，
二十四橋明月❿。

揚州風光旖旎，
二十四橋清月明麗，
嘆往昔繁華恍如夢裏。

【注釋】

❶后土二句：周密《齊東野語》卷十七「瓊花」：「揚州後土祠瓊花，天下無二本，絕類聚八仙，色微黃而有香。」❷朱鈿寶玦：比喻瓊花的珍貴美麗。鈿，見俞國寶〈風入松〉注。玦，古玉器名。環形，有缺口。❸飛瓊：傳說中西王母的侍女許飛瓊，此處借仙女喻花爲天上奇葩，又以美玉形容瓊花。❹梨雲：王建〈夢梨花詩〉：「落落漠漠路不分，夢中喚作梨花雲。」梅雪，段成式〈嘲飛卿〉七首之四：「柳煙梅雪隱青枝，殘日黃鸝語未休。」❺玉關：玉門關的簡稱。漢武帝置，因西域輸入玉石取道於此而得名，故址在今甘肅敦煌西北小方盤城。❻一騎紅塵：杜牧〈過華清宮絕句〉：「一騎紅塵妃子笑，無人知是荔枝來。」❼瑤闕：宮殿的美稱。❽初識：原本作初亂，據別本改。❾杜郎：唐詩人杜牧，此處作者自指。❿一夢二句：見姜夔〈揚州慢〉注。

周密

玉京秋

【導讀】

〈玉京秋〉，詞調名，始見於吳文英詞。

此詞抒寫客中秋思，應是宋亡前客居臨安時作。上片從秋容、秋聲、秋色幾個方面繪出一幅高遠而蕭瑟的圖景，襯托作者獨客京華及相思離別的幽怨心情。下片感慨情人

長安獨客❶，又見西

風、素月、丹楓，淒然其爲秋也，因調夾鍾羽一解。

煙水闊，
高林弄殘照，
晚蜩淒切❷。
碧砧度韻，
銀床飄葉❸。
衣濕桐陰露冷，
采涼花時賦秋雪❹，
嘆輕別，

疏隔、前事消歇，「怨歌長、瓊壺敲缺」句又不僅限於寄託離愁別恨，也隱含著長年沉淪下僚，鬱鬱不得志的喟嘆。結尾畫出側耳細聽遠處簫聲悲咽，舉頭凝望朦朧淡月的主人幽獨形象，淒寂情狀不言自見。整首詞語言清麗精工，風格高秀婉雅。

輕煙籠罩湖天寥廓，
高林掛一輪殘陽，
暮色淒涼，晚蟬不住哀切啼唱。
搗衣砧敲出聲聲秋韻，
井欄邊梧葉飄黃。
我在桐陰下久立，清冷的夜露沾濕衣裳。
我採一枝蘆花，
不時賦滿汀蘆花如秋雪茫茫。
我感嘆著同她輕易別離，

一襟幽事，
砌蟲能說。
客思吟商還怯❺，
怨歌長、
瓊壺暗缺❻。
翠扇恩疏❼，
紅衣香褪❽，
翻成消歇。
玉骨西風，
恨最恨、
閒卻新涼時節。

一腔心事幽怨悲傷，
階畔蟲聲唧唧，像是代我低訴衷腸。
客中吟詠秋天，只覺得心情寒怯，
曼聲唱怨歌激越，
玉壺暗暗被我敲缺。
如同夏日翠扇早被捐棄，
她與我恩情斷絕，贈我紅羅衣芳香褪去，
歡樂往事都已消歇。
我在西風中獨自佇立，
心中怨恨
白白虛度這新涼時節。

楚簫咽⑨，
誰倚西樓淡月⑩。

遠處傳來簫聲悲咽，
我久久地憑倚西樓，凝望著朦朧淡月。

【注釋】

❶長安：此借指南宋都城臨安。❷晚蜩句：柳永〈雨霖鈴〉：「寒蟬凄切，對長亭晚，驟雨初歇。」蜩，蟬。❸銀床：井上轆轤架。古樂府〈淮南王篇〉：「後園作井銀作床，金瓶素綆汲寒漿。」庾肩吾〈九日傳宴〉詩：「玉醴吹岩菊，銀床落井桐。」❹涼花：指菊花、蘆花等秋日開放的花，此地係指蘆花。陸龜蒙〈早秋〉詩：「早藕擎霜節，涼花束紫梢。」❺吟商：吟詠秋天。商，五音之一，《禮記‧月令》：「孟秋之月其音商。」❻瓊壺暗缺：見周邦彥〈浪淘沙慢〉注。❼翠扇句：見史達祖〈玉蝴蝶〉注。❽紅衣句：古代女子有贈衣給情人以爲表記的習俗。屈原〈九歌‧湘夫人〉：「捐余袂兮江中，遺余褋兮醴浦。」❾楚簫咽：相傳爲李白所寫〈憶秦娥〉詞：「簫聲咽，秦娥夢斷秦樓月。」❿誰倚：原本作「誰寄」，據別本改。

【導讀】

〈曲遊春〉，詞調名，始見於施岳詞。

周密早年出樂律家楊纘之門，曾在西湖楊氏環碧園由楊纘、張樞組織的吟社中賦詞，多優遊湖山、留連光景之作，如〈木蘭花〉「西湖十景」。周密宋亡前的生活內容、生活情調，正如他〈龍吟曲〉一詞中所述：「花底朝回多暇。……閒

曲遊春

周　密

禁煙湖上薄遊❶，施中山賦詞甚佳❷，余因次其韻。蓋平時遊舫，至午後則盡入裏湖，抵暮始出斷橋，小駐而歸，非習於遊者不知也❸。故中山亟擊節余「閒卻半湖春色」之句，謂能道人之所未云。

禁(ㄐㄧㄣˋ)苑(ㄩㄢˋ)東(ㄉㄨㄥ)風(ㄈㄥ)外(ㄨㄞˋ)❹，

中日月，淸時鐘鼓，結春風社」，完全是一派承平風光，這首〈曲遊春〉即是他前期的得意之作。

他的《武林舊事》卷三「西湖遊幸」云：「都城自過收燈，貴遊巨室，皆爭先出郊，謂之『探春』，至禁煙爲最盛。……都人士女，兩堤駢集，幾於無置足地。水面畫楫，櫛比如魚鱗，亦無行舟之路。歌歡簫鼓之聲，振動遠近，其盛可以想見。若遊之次第，則先南而後北，至午則盡入西泠橋里湖，其外幾無一舸矣。弁陽老人有詞云：看畫船盡入西泠，閒卻半湖春色，蓋紀實也。既而小泊斷橋，千舫駢聚，歌管喧奏，粉黛羅列，最爲繁盛。……至花影暗而月華生，始漸散去。絳紗籠燭，車馬爭斗，日以爲常。」

這首詞就用淸麗的畫筆，細致地、極有層次地描繪了寒食佳節西湖上自午至夜、畫船歌管遊春的盛況，「看畫船」二句極得時人稱賞，以爲「能道人之所未云。」馬臻〈西湖春日壯遊〉詩讚曰：「畫船過午入西泠，人擁孤山陌上塵；應被弁陽模寫盡，晚來閒卻半湖春。」

其實「看畫船」二句造意雖新，末幾句繪湖上碎月搖花、空濛淸幽的夜色，意境更美，令人神往。

西湖上東風和煦，

颺暖絲晴絮，
春思如織。
燕約鶯期，惱芳情偏在，
翠深紅隙。
漠漠香塵隔，
沸十里，亂絲叢笛。
看畫船盡入西泠⑤，
閒卻半湖春色。
柳陌，新煙凝碧，
映簾底宮眉，堤上遊勒。
輕暝籠寒，

晴日下飄揚著游絲落絮，
這春光引人芳思萬縷。
可惱鶯燕溫存軟語、密約幽期，
在那翠葉林間、紅花叢底，
偏偏撩撥起感春情緒。
仕女如雲，隔漠漠香霧迷離，
急管繁弦遠近相應、彼伏此起，
歡聲沸騰，振蕩十里。
看一艘艘畫船，全都渡過西泠橋底，
半湖春色多麼清綺，卻被白白閒置廢棄。
湖邊柳色如煙，凝成一片新綠，
掩映著堤岸上策馬俊遊的翩翩男士，
車簾裏風姿絕艷的佳麗。
暮色輕籠散放出寒意，

怕梨雲夢冷❻，
杏香愁冪❼。
歌管酬寒食，
奈蝶怨良宵岑寂。
正滿湖碎月搖花，
怎生去得！

梨花怕夜夢淒冷，
紅杏也被愁雲遮蔽，
寒食歌管漸漸停息，
連蝴蝶都怨恨這良宵過於岑寂。
當清月映滿湖漣漪，搖花影紛披，
幽美夜色叫我怎忍捨棄。

【注釋】

❶薄遊：即遊歷，薄爲發語詞，無意義。❷施中山：施岳，名仲山，吳人，精於音律。其〈曲遊春〉（清明湖上）云：「畫舸西陵路，占柳陰花影，芳意如織。小楫沖波，度鞠塵扇底，粉香簾隙，岸轉斜陽隔，又過盡、別船簫笛。傍斷橋、翠繞紅圍，相對半篙晴色。頃刻，千山暮碧，向沽酒樓前，猶繫金勒。乘月歸來，正梨苑夜縞，海棠煙冪。院宇明寒食，醉乍醒，一庭春寂。任滿身露濕東風，欲眠未得。」❸蓋平時五句：見本詞題解。❹禁苑：皇家園林，南宋都杭，西湖一帶因稱禁苑。❺西泠：西湖一橋名。❻梨雲：見周密〈瑤華〉詞注。❼冪：覆蓋、罩。《周禮・天官・冪人》：「祭祀，以疏布巾冪八尊，以畫布巾冪六彝。」晁補之〈洞仙歌〉：「青煙冪處，碧海飛金鏡。」

花犯

周密

水仙花

【導讀】

水仙花，顧名而思義，作者將她比作湘江女神，極爲貼切，上片用如夢似幻的畫筆，不去描摹水仙的色相，而寫她不同凡艷的清姿、高潔的流品、芳心難寄的幽怨、「香雲隨步起」的豐神和月下亭亭玉立的逸韻，筆意十分輕靈雅秀，使人讀之忘俗而思飄雲外。

過片用湘靈鼓瑟故事代水仙抒恨，遺憾屈原沒能把她寫進詩篇，感嘆世人不懂得水仙的寶貴價值，而特別表明作者將她當作有清操厲節的歲寒之友相依相伴。末幾句寫作者在燈下愛賞水仙的別樣情味，令人神清意遠。

本篇盡洗靡曼，獨標清麗，詞情婉轉，一氣旋折，把人與花寫得極纏綿悱惻，在詠贊作爲清賞的水仙的同時，隱約地表現作者高蹈塵俗、絕世獨立的精神、品格。

楚江湄❶，
湘娥再見❷，
無言灑清淚，
淡然春意。

和不同凡品的水仙相依，
彷彿在楚江畔，重又看見幽怨的湘妃，
暗灑清淚默然無言，
卻給人間帶來淡淡春意。

空獨倚東風，
芳思誰寄？
凌波路冷秋無際❸。
香雲隨步起，
漫記得、
漢宮仙掌❹，
亭亭明月底。
冰絲寫怨更多情❺，
騷人恨，
枉賦芳蘭幽芷❻。
春思遠，

她空自獨倚東風，
滿懷芳情向誰托寄？
踏著水波輕輕走來，
　路途淒冷如秋色無際。
隨著她的步履，升騰起香雲清雅奇異。
我依稀記得，
她正像奉著承露盤的金銅仙女，
在明月下亭亭玉立。
她是撥弄冰弦的湘妃，彈奏出一腔憂悒，
屈子抒發牢騷怨恨，
只把香蘭幽芷寫了進去，
　卻忘記水仙更加高潔，多情無匹。
她含著悠遠的春思芳意，

誰嘆賞國香風味❼？
可惜有誰來嘆賞這難得的國香韻味。

相將共、
我和她同在一起，

歲寒伴侶❽。
如與歲寒三友結爲伴侶。

小窗靜，
小窗靜悄悄，

沉煙薰翠袂❾。
沉水香縷將她的翠袖繚繞。

幽夢覺、
夜半時，當我一枕幽夢初醒，

涓涓清露，
燈影下見盈盈水仙，沾帶著露珠點點，

一枝燈影裏。
更使人覺得神清意遠。

【注釋】

❶湄：水濱，水和草交接的地方。《詩·秦風·蒹葭》：「所謂伊人，在水之湄。」❷湘娥：即湘妃，傳說帝舜南行，死於蒼梧之野，其二妃娥皇、女英追蹤而至，在洞庭湖邊聽到舜死的消息，南望痛哭，自投湘水而死。後成爲湘水女神。此處比喻水仙。❸凌波：見賀鑄〈青玉案〉注。❹漢宮仙掌：見晏幾道〈阮郎歸〉注。❺冰絲寫怨：用湘靈鼓瑟故事。《楚辭·遠遊》：「使湘靈鼓瑟兮，令海若舞馮夷。」錢起〈省試湘靈鼓瑟〉詩：「善鼓雲和瑟，常聞帝子靈。馮夷空自舞，楚客不堪聽。苦調淒金石，清

音入杳冥。蒼梧來怨慕，白芷動芳馨。流水傳湘浦，悲風過洞庭。曲終人不見，江上數峰青。」劉禹錫〈瀟湘神〉詞：「斑竹枝，斑竹枝，淚痕點點寄相思。楚客欲聽瑤瑟怨，瀟湘深夜月明時。」❻騷人恨二句：屈原〈離騷〉「扈江離與辟芷兮，紉秋蘭以爲佩。」❼國香：指極香的花。《左傳・宣公三年》：「以蘭有國香，人服媚之如是。」後因稱蘭爲國香，此處稱水仙爲國香。黃庭堅〈次韻中玉水仙花〉詩：「可惜國香天不管，隨緣流落小民家。」❽歲寒伴侶：古人以松、竹、梅爲歲寒三友，水仙開在冬末春初，流品高潔，作者因稱其爲歲寒伴侶。❾翠袂：原本作翠被，據別本改，指水仙葉。

蔣捷

蔣捷，生卒年不詳，字勝欲，號竹山，陽羨（今江蘇宜興）人。咸淳十年（一二七四年）進士。宋亡，隱居不仕，氣節爲時人所稱。蔣捷的詞作雖然沒有正面反映時代的巨變，卻仍與時代息息相關。在流亡途中，在隱遁生活裏，他寫了不少表現亡國劇痛的詞章，如〈賀新郎〉（兵後寓杭）、「夢冷黃金屋」、〈女冠子〉（元夕）、〈尾犯〉（寒夜）、〈南鄉子〉（塘門元宵）等。

他感嘆著「二十年來，無家種竹，猶借竹爲名」（〈少年遊〉），表白道「浩然心在，我逢著梅花便說」（〈尾犯〉）。他的〈虞美人〉（聽雨）一詞，選取了一生中三個階段聽雨這平常生活小景，概括了自少至老不同的生活經歷、心理感受，寓意沉痛而深刻。蔣捷詞內容風格都較豐富，有些小詞如〈一剪梅〉（舟過吳江）、〈昭君怨〉（賣花人）、〈霜天曉角〉等，輕靈秀逸，富有生活情趣。

盡管歷代詞評家對他褒貶不一，但他毫無疑問是宋元之交的一位重要詞人。有《竹山詞》一卷。

瑞鶴仙

蔣捷

鄉城見月

【導讀】

本詞題作〈鄉城見月〉，作於宋亡後。作者回到故里，在一個明月之夜，面對如霜月色，撫今思昔，百感交集。「風檠背寒壁」、「放冰蟾、飛到蛛絲簾隙」二句極言生活環境的蕭條冷落，可與《詩．小雅．東山》「果蠃之實，亦施於宇，伊威在室，蠨蛸在戶」等句比美。「漫將身化鶴歸來」句用丁令威故事，對山河依舊、人事全非發深沉感慨，言簡而意永。

過片三句用絢麗的彩筆描繪故國上元之夜的歡樂情景，然後筆鋒急轉直下，借用神話故事，抒發往事如夢，恍若隔世的悵惘之情。「勸清光」等句充滿了江山易主的悲怨，又隱含著對那些亡國後依舊征歌逐舞、全無心肝的人們的指責。此詞格調悲涼沉鬱，辭情深微含蓄，字精語煉，章法縝密。

紺煙迷雁跡❶，
漸碎鼓零鐘，
街喧初息。
風檠背寒壁❷，

青紅色的煙雲，隱蔽了飛雁蹤跡，
漸聽鐘鼓零零落落，
市街喧鬧聲初息。
風中搖曳的孤燈，背向寒冷的空壁，

放冰蟾❸，
飛到蛛絲簾隙。
瓊瑰暗泣❹。
念鄉關、霜華似織。
漫將身化鶴歸來❺，
忘卻舊遊端的。
歡極蓬壺蕖浸❻，
花院梨溶❼，
醉連春夕。
柯雲罷弈❽，
櫻桃在，

天宇升起一輪皓月，
光華透進我蛛絲纏結的簾隙。
我暗自傷心悲泣，
鄉關月色如霜，灑滿大地，
化鶴歸來的我，
已忘卻故國舊遊如何愜意。
從前今夜，世界淹沒在紅蓮燈裏，
　恍如置身歡樂的蓬壺仙境。
月華溶溶的梨花院落，
我們往往通宵達旦縱情醉飲。
斧柄爛收了棋局，
櫻桃核墮在枕邊，

夢難覓❾，
勸清光、
乍可幽窗相照，
休照紅樓夜笛。
怕人間換譜〈伊〉〈涼〉❿，
素娥未識。

美麗夢境難再尋覓。
明月呵明月，
你的清光寧可映我的小窗幽寂，
千萬不要去照耀那紅樓上的清歌夜笛，
我恐怕人間的江南舊腔，
換作了北方〈伊〉、〈涼〉新曲，
嫦娥就會感到生疏詫異。

【注釋】

❶紺：天青色，一種深青帶紅的顏色。❷檠：燈架，也指燈，風檠，燈光在風中搖曳不定，故稱。❸冰蟾：傳說月中有蟾蜍，故以蟾代指月，明月皎潔晶瑩，因稱冰蟾。❹瓊瑰：指美玉。《詩・秦風・渭陽》：「瓊瑰玉佩。」《左傳・成公十七年》：「聲伯夢涉洹，或與己瓊瑰食之，泣而爲瓊瑰，盈其懷。」此處形容淚珠晶瑩如玉。❺化鶴歸來：見王安石〈千秋歲引〉注。❻蕖：芙蕖，荷花，《詩・鄭風・山有扶蘇》：「隰有荷華。」鄭玄箋：「未開曰菡萏，已發曰芙蕖。」此處指荷花燈。宋代元宵多點紅蓮燈，見姜夔〈鷓鴣天〉注。❼花院梨溶：晏殊〈寓意〉詩：「梨花院落溶溶月，楊柳池塘淡淡風。」❽柯雲罷弈：用爛柯典故。《述異記》：「信安郡石室中，晉時樵者王質，逢二童子弈棋，與質一物，如棗核，食之，不饑，置斧子坐而觀。童子曰：『汝

斧柯爛矣。』質歸鄉間，無復時人。」此處指時移世改。❾櫻桃二句：段成式《酉陽雜俎》：「姑婿裴元裕言群從中有悅鄰女者，夢女遺二櫻桃，食之，及覺，核墮枕邊。」此處指往事如夢，空留記憶。❿〈伊〉〈涼〉：唐曲調名，即伊州、涼州二曲。王灼《碧雞漫志》卷三：「唐史及傳載稱『天寶樂曲，皆以邊地爲名，若涼州、伊州、甘州之類』，均爲少數民族樂曲，此處借指元人的北方曲調。

賀新郎

蔣捷

【導讀】

這首詞以隱喻的手法透露深沉的亡國之恨。

上片描寫一位宋舊宮人「化作嬌鶯飛歸去」，但是故國的繁華夢冷，故宮內一片淒涼荒落，從前經常撥弄的箏弦撲滿塵土，碧紗窗猶在，卻已時移世改，飛雨過處，櫻桃如豆，不禁湧起無限今昔之慨。詞中以「彈棋局」來比喻她難以平息的亡國愁恨，又用「消瘦影，嫌明燭」句刻畫這位宮女極度悲憤的心情，辭意曲折，形象鮮明。

下片從作者這方著筆，將故國幻化成那位宋舊宮人，深情地抒寫對她的思戀與後會無期的悵恨，作者想像她依然穿著舊時宮裝，以此表現愛國孤臣的拳拳之心。「彩扇紅牙」兩句以無人解聽盛世樂曲，抒發物是人非、時無知音之嘆。末句以幽獨佳人自況，表現不與世俗同流的高潔情懷。

此詞極宛轉迷離之致，譚獻評其「瑰麗處鮮妍自在，然詞藻太密」（《譚評詞辨》），甚爲允當，但瑕不掩瑜，仍不失爲一首佳作。

夢冷黃金屋[1]，
嘆秦箏斜鴻陣裡[2]，
素弦塵撲。
化作嬌鶯飛歸去，
猶讓紗窗舊綠[3]。
正過雨、荊桃如菽[4]。
此恨難平君知否？
似瓊臺、湧起彈棋局[5]。
消瘦影，
嫌明燭。

故宮的繁華夢早已冷卻，
可嘆往時彈弄的秦箏，
斜列如雁的弦索撲滿埃塵。
我化作嬌小的黃鶯飛回去，
還認得出舊日紗窗，依然是那樣碧綠。
疏雨過處，庭院中櫻桃如豆，春光已盡，
你可知我心中愁恨
就像玉做的彈棋局，起伏難平。
我怕對明亮燭光，照見消瘦的身影。

鴛樓碎瀉東西玉❻，
問芳蹤、何時再展？
翠釵難卜。
待把宮眉橫雲樣，
描上生綃畫幅，
怕不是新來妝束。
彩扇紅牙今都在❼，
恨無人、
解聽開元曲❽。
空掩袖，
倚寒竹❾。

鴛鴦樓殿杯碎酒傾，
伊人芳蹤幾時才能重現？
我用翠釵占卜，終究難以應驗。
我要把她纖雲般的宮眉，
描上生絹畫幅，
想必她依然是舊時妝束，
歌扇和紅牙拍板還在，
恨只恨沒有人懂得欣賞
往昔盛世美妙的樂曲。
時無知音，我空掩羅袖，
獨自把寒竹斜倚。

【注釋】

❶黃金屋：見姜夔〈疏影〉注，此處借指南宋故宮。❷斜鴻陣，見張先〈菩薩蠻〉注。❸紗窗舊綠：元稹〈連昌宮詞〉：「舞榭欹傾基尚在，文窗窈窕紗猶綠。」此用其意。❹荊桃如菽：周邦彥〈大酺〉詞：「紅糝鋪地，門外荊桃如菽。」❺此恨二句：李商隱〈無題〉詩：「莫近彈棋局，中心最不平。」〈柳枝〉：「玉作彈棋局，中心亦不平。」此用其意，比喻心中幽恨難平。瓊臺，即彈棋局，彈棋枰，以玉石做成，曹丕〈彈棋賦〉：「局似荊山妙璞。」其形狀中間突起，周圍低平。彈棋，古博戲。❻鴛樓：即鴛鴦樓，樓殿名，唐孫逖有〈登鴛鴦樓應制〉詩。東西玉，酒器名。黃庭堅〈次韻吉老〉詩：「佳人斗南北，美酒玉東西。」此處以宮中杯碎酒瀉暗喻亡國。❼彩扇：歌扇。紅牙，紅牙拍板。❽開元曲：唐代開元盛世的歌曲，此處借指宋朝盛時的樂曲。❾空掩袖二句：杜甫〈佳人〉詩：「天寒翠袖薄，日暮倚修竹。」

女冠子

蔣捷

元夕

【導讀】

〈女冠〉，唐教坊曲名，後用作詞調，始見於溫庭筠詞，雙調，四十一字。柳永衍爲長調。

本詞用今昔對比手法抒元夕感懷。前六句用濃墨重彩繪出一個以花香、月華、燈光、樂聲、人影編織成的、五光十色的元宵節美麗圖畫，讀之幾疑是賦，「而今」句筆鋒陡轉，才恍然驚悟那圖景不過是作者回憶中的故國風光，作者俯仰今昔的哀痛之情不言自明，章法上有「水逝雲捲、風馳電掣之妙」（陳廷焯《白雨齋詞話》）。以下幾句直抒非復舊日時世，作者早已心灰意懶的情狀。下片描寫當前的冷落蕭索。

作者傷極而問蒼天，希望故國繁華還能恢復，但它畢竟一去無跡，作者再度以夢境重現往昔風光，並以「待把舊家風景，寫成閑話」，表示他對故國的紀念、憑弔，卻聽到不知盛衰興亡之痛的鄰家少女還在唱著南宋著名的元宵詞，這使他倍覺傷情。一個「笑」字包藏著多少辛酸。

本篇詞情頓宕婉曲，字字句句使人領會作者對故國深深的眷戀，感人心腑。

蕙花香也，
雪晴池館如畫。
春風飛到，寶釵樓上❶，
一片笙簫，
琉璃光射❷。
而今燈漫掛，

蕙蘭花散放陣陣幽香。
皎月照臨池館台亭，
活畫出大雪初晴的美麗圖景。
春風飛到歌樓舞榭，
處處笙簫管樂和鳴，
琉璃燈晶光四射，將快樂的人群輝映。
如今，隨隨便便掛幾盞燈，

不是暗塵明月❸，
那時元夜。
況年來，
心懶意怯，
羞與蛾兒爭耍❹。
江城人悄初更打，
問繁華誰解、
再向天公借？
剔殘紅灺❺，
但夢裡隱隱，
鈿車羅帕❻。

就算是上元應景，再不像從前的明月夜。
何況近年來，
我早已心灰意懶，無情無緒，
哪有興致去觀燈嬉戲。
冷落江城人聲沉寂，聽得更鼓初打，
有誰能去向老天爺，討回那昔日繁華？
我剔除紅燭的灰燼，
輕夢中恍惚重現，
熙熙攘攘鈿車轔轔，

吳箋銀粉砑❼，
待把舊家風景，
寫成閑話。
笑綠鬟鄰女，
倚窗猶唱，
夕陽西下❽。

手揮羅帕的遊女如雲，
我正想用吳地精美的銀粉紙，
記下故國旖旎風情，
笑嘆鄰家那位年輕姑娘，並不懂得
今夜是多麼令人傷心，
深夜裡她還憑倚窗欄，
高興地把「夕陽西下」的舊曲唱吟。

【注　釋】

❶寶釵樓：見張鎡〈滿庭芳〉注，此處泛指歌樓舞榭。❷琉璃：指燈。周密《武林舊事》卷二「元夕」：「燈之品極多，每以『蘇燈』爲最，圈片大者徑三四尺，皆五色琉璃所成」，「禁中嘗令作琉璃燈山，其高五丈」。❸暗塵明月：蘇味道〈上元〉詩：「暗塵隨馬去，明月逐人來。」❹蛾兒：見辛棄疾〈青玉案〉注。❺灺：燒殘的燭灰。❻鈿車羅帕：見周邦彥〈解語花〉[上元]注。❼銀粉砑：有光澤的銀粉紙。研，光潔貌。❽笑綠鬟三句：張相《詩詞曲語匯釋》認爲「此亦欣喜之辭，言喜鄰女猶能唱當時『夕陽西下』之詞，舊家風景，尚存一二也。」可備一說。夕陽西下：指南宋康與之（一說爲范周）〈寶鼎現〉詠元夕詞，首三句爲：「夕陽西下，暮靄紅隘，香氣羅綺。」

張炎

張炎（一二四八～一三二○年），字叔夏，號玉田，又號笑翁，祖籍西秦（今陝西），家居臨安。六世祖爲南宋名將張俊，曾祖張鎡、父親張樞均爲著名詞人。宋亡前其祖父張濡鎮守獨松關時，曾殺死元使者廉希賢，一二七六年元兵入杭，斬殺張濡並籍沒其家產。宋亡時張炎三十二歲，家資喪盡，四處飄泊，生活潦倒，甚至設卜肆以維持生計。他常同前朝遺老如周密、鄭思肖等人交往。四十三歲時曾被元世祖召至大都繕寫金字藏經，旋即不仕而歸。他「生平好爲詞章，用功逾四十年」，與其姜夔齊名，號爲「姜張」。其詞「往往蒼涼激楚，即景抒情，備寫其身世盛衰之感，非徒以剪紅刻翠爲工」（《四庫全書總目》）。從現存作品來看，他抒寫亡國哀思的篇章大大超過周密、王沂孫，如兩首〈高陽臺〉及〈甘州〉、〈凄涼犯〉、〈長亭怨〉、〈月下笛〉、〈憶舊遊〉等。

其諸多詠物詞刻劃精微，寄情深遠，曾因賦春水、詠孤雁絕妙而被人稱作「張春水」、「張孤雁」。有《山中白雲詞》及重要詞論著作《詞源》。

高陽臺

張炎

西湖春感

【導讀】

〈高陽臺〉，詞調名，始見於僧皎如詞。毛先舒《塡詞名解》謂調名「取宋玉賦神女事」。宋玉〈高唐賦序〉載神女云：「妾在巫山之陽，高丘之陽，旦爲朝雲，暮爲行雨，朝朝暮暮，陽臺之下。」

本篇是張炎的代表作，藉歌詠西湖暮春景色抒寫亡國哀痛，悲憤至極，凄咽至極。這裡所描畫的西湖，不是太平時的明麗風光，而是敵騎過後的殘山剩水，一片慘目傷心的景象；面對著「萬綠西泠，一抹荒煙」的故都，作者滿懷淒愴，借尋問燕子、借「苔深韋曲，草暗斜川」的淒迷景色表達「國破山河在，城春草木深」(杜甫〈春望〉詩)的深深感慨。「無心再續笙歌夢」以下幾句，寫出作者清醒的人生態度和江山易主後心如死灰的沉痛感情。

整首詞一氣轉折，情調沉鬱幽咽，語言清麗工致，有人將它看成玉田詞的壓卷之作。譚獻《譚評詞辨》引張炎《詞源》所云：「最是過變(片)不可斷了曲意」，盛讚此詞章法精妙。

接葉巢鶯❶，
平波卷絮，
斷橋斜日歸船❷。
能幾番遊？
看花又是明年。
東風且伴薔薇住，

黃鶯在暗密的碧葉間巢居，
湖面輕泛微波，翻捲著飄墜的柳絮。
日落黃昏，斷橋下，遊船漸漸歸去。
還能有幾番遊歷？
看花又要等待來年。
東風啊，你且伴同薔薇稍稍遷延，

到薔薇、春已堪憐。
更淒然，萬綠西泠[3]，
一抹荒煙。
當年燕子知何處[4]？
但苔深韋曲[5]，
草暗斜川[6]。
見說新愁，
如今也到鷗邊[7]。
無心再續笙歌夢，
掩重門、
淺醉閑眠。

薔薇開時，春光已少得可憐，
萬綠叢中的西泠，
橫一抹荒寒暮煙，更叫人慘目傷情。
當年棲息在高門大宅的舊燕，
不知飛向哪邊？
往日風景佳勝的地方，
只見處處長滿苔蘚，
荒草掩沒了池台亭榭。
你看那本不知憂愁的沙鷗，
如今也白了頭。
我沒有心思去重續縱情歡樂的舊夢，
只把自家的門戶緊掩——
借酒澆愁，悶來獨自閑眠。

莫開簾，
怕見飛花，
怕聽啼鵑。

請不要打開窗簾，
我怕見飛花片片，
怕聽聲聲啼鵑。

【注釋】

❶接葉巢鶯：杜甫〈陪鄭廣文遊何將軍山林〉詩：「卑枝低結子，接葉暗巢鶯。」❷斷橋句：見周密〈曲遊春〉題解及注。❸西泠：西湖一橋名。❹當年句：劉禹錫〈金陵五題·烏衣巷〉詩：「舊時王謝堂前燕，飛入尋常百姓家。」此話用其意。❺韋曲：在長安南郊，唐時韋氏世居於此，因名韋曲。潏水繞其前，風景佳勝。鄭谷〈郊墅〉詩：「韋曲樊川雨半晴，竹莊花院遍題名。」此處借指西湖風景區。❻斜川：在江西省星子與都昌兩縣的湖泊中。陶淵明有〈遊斜川〉詩詠其景色。此處借指西湖風景區。❼見說二句：沙鷗色白，因說係愁深而白，如人之白頭。辛棄疾〈菩薩蠻〉詞：「拍手笑沙鷗，一身都是愁。」

張　炎

渡江雲

山陰久客，一再逢春，
回憶西杭，渺然愁思❶。

【導讀】

張炎本爲貴公子，累代生活在杭州，家中盛有園林聲伎。宋亡後家資喪盡，四處漂泊，楊纘曾稱他爲「佳公子，窮詩客」。

這首詞抒寫他久客紹興念遠傷別之情。首三句繪倚樓極目所見山空海闊、水天相接、暮潮洶湧的景象，高遠壯偉。

山空天入海，
倚樓望極，
風急暮潮初。
一簾鳩外雨，
幾處閑田，
隔水動春鋤。
新煙禁柳，
想如今、

山色清空，無垠的藍天與碧海接壤，
我倚樓極目。
見疾風捲暮潮初漲。
簾外一陣疏雨，聽班鳩啼唱聲聲，
隔漠漠水田，
見幾處農家在揮鋤春耕。
如淡煙輕籠，柳色初新，
想如今，—

「一簾鳩外雨」三句描寫雨中春耕的農村風光，眞切新麗，生意盎然。作者漸次寫出由眼前春景引起對西湖風光及往昔美好和平生活的無盡眷念，均借柳色言之，含思清婉雋永。

下片抒寫宋亡後身世飄零無以爲家、消瘦憔悴的哀愁及懷人深情，層層翻進，曲折幽渺。

綠到西湖。
猶記得、
當年深隱，
門掩兩三株。
愁余，
荒洲古溆❷，
斷梗疏萍❸，
更漂流何處？
空自覺、
圍羞帶減❹，
影怯燈孤❺。

春風已染綠西湖濱。
還記得
當年我在那裡隱居，
重門掩三兩棵柳青青。
我是多麼憂愁煩悶，
在這荒落的洲渚，古老的水浦，
我就像斷梗、浮萍，
不知還要漂流到何處？
我只覺得
腰帶漸鬆，體重減輕，
怕對孤燈照見這瘦削的身影。

長疑即見桃花面❻，
甚近來、
翻致無書。
書縱遠，
如何夢也都無❼？

我總以爲很快能夠看到，
她桃花般美麗的容顏，
爲什麼近來
反連書信都不見？
縱然音信茫遠，
如何夢裡也未曾出現？

【注釋】

❶原本題爲「久客山陰，王菊存問予近作，書以寄之」，據別本改。❷漵：浦，水濱。王維〈三月三日曲江侍宴應制〉詩：「畫旗搖浦漵，春服滿汀洲。」❸斷梗：用桃梗故事。《戰國策·齊策》載，蘇代謂孟嘗君曰：「臣來過於淄上，有土偶人與桃梗相與語。桃梗謂土偶曰：『子西岸之土也，挺子以爲人，淄水至則汝殘矣。』土偶曰：『吾，西岸之土也，土則復西岸耳。今子，東國之桃梗也，刻削子以爲人，淄水至，流子而去，則漂漂者將如何耳？』」後以桃梗或斷梗比喻漂流無定的旅人。石孝友〈清平樂〉詞：「自憐俗狀塵容，幾年斷梗飛蓬。」疏萍，猶言飄萍、流萍、泛萍，萍浮水面，隨風飄蕩，因以比喻飄泊的身世。❹圍羞帶減：用沈約典故，見李之儀〈謝池春〉注。❺燈孤：原本作「煙孤」，據別本改。❻桃花面：見晏殊〈清平樂〉注。❼書縱遠二句：翻用趙佶〈宴山亭〉詞「怎不思量？除夢裡有時曾去，無據，和夢也新來不做」句意。

張炎

八聲甘州

辛卯歲，沈堯道同余北歸，各處杭、越。逾歲，堯道來問寂寞，語笑數日，又復別去。賦此曲，並寄曾心傳❶。

記玉關、
踏雪事清遊，

還記得當年在北國，
我們踏雪同遊，

【導讀】

元世祖二十七年（一二九〇年），張炎曾與沈欽、曾遇同時被召北上繕寫金字《藏經》，次年即未仕而歸，本詞係張炎四十五歲（一二九一年）寓居紹興時所作。

詞中抒寫了作者北遊歸來的落寞憂傷、與友人離別的愁情，以及心中深深的亡國隱痛。他北遊途中所寫〈淒涼犯〉一詞，曾表白被迫赴召、不願出仕新朝的心志，和在政治高壓下怨怒不敢形於色的憂懼心情。本詞開頭幾句回憶在嚴寒荒遠的北地飲馬黃河的情景，氣象蒼茫，「此意悠悠」句，暗含許多難以言說的苦衷。

「短夢依然江表，老淚灑西州」二句極其沉痛，對故國山河表示了憑弔的哀情。「一字無題處」，極寫內心悲愁之深，欲吐不可，以致「落葉都愁」。過片用湘君、湘夫人故事，比喻友人離去後的失意彷徨，以下幾句抒寫對友人的情誼、離恨及身世零落之感，並嘆息故友星散，人事已非，結尾處表現了十分痛切的故國之思。

寒氣脆貂裘。
傍枯林古道，長河飲馬，
此意悠悠。
短夢依然江表，
老淚灑西州[2]。
一字無題處，
落葉都愁[3]。
載取白雲歸去[4]，
問誰留楚佩，
弄影中洲[5]？
折蘆花贈遠，

貂皮袍在朔風中變得脆硬，
凜凜寒氣把肌骨侵透。
依傍著枯林古道飲馬長河，
有誰知我心中難言的情由。
一覺短夢醒來，依然在江東漂流，
老淚點點灑在，曾是舊京的杭州。
滿懷幽怨無從訴說。
片片落葉代表著片片哀愁。
你匆匆地走來，又匆匆地載著白雲歸去，
有誰爲我解下佩玉，
你又爲什麼在他鄉逗留？
我折一枝蘆花贈給遠方故友，

零落一身秋。
向尋常、野橋流水，
待招來、不是舊沙鷗。
空懷感，有斜陽處，卻怕登樓❻。

這蘆花就是我，身世零落如蕭瑟殘秋。
在這尋常的
野橋流水，
我想要呼朋喚友，
可惜都不是舊時的勝流。
空自懷著百樣感慨，
想排遣卻怕登上高樓，故園山河
正映著斜陽，令人傷心悲愁。

【注釋】

❶曾心傳：原本作趙學舟，據別本改。❷西州：古城名，在今南京市西。《晉書》載，謝安扶病入西州門。安死後，他的知友羊縣行不由西州路。一次大醉，不覺至西州門，於是慟哭而去。此處指經故國舊京（杭州），不勝其悲。❸一字二句：翻用紅葉題詩典故，見周邦彥〈六醜〉注。❹載取白雲歸去：表示隱居。南朝梁陶宏景〈詔問山中何所有賦詩以答〉：「山中何所有，嶺上多白雲。只可自怡悅，不堪持贈君。」後以白雲深處爲隱士所居。王維〈送別〉詩：「君言不得意，歸臥南山陲。但去莫復問，白雲無盡時。」❺問誰留二句：屈原〈九歌·湘君〉：「捐余玦兮江中，遺余佩兮澧浦。」

「君不行兮夷猶，蹇誰留兮中洲？」此話用其意。❻空懷感三句：古樂府〈悲歌〉云：「悲歌可以當泣，遠望可以當歸。」因南宋江山已屬他人之手，故曰「有斜陽處，却怕登樓。」與李煜〈浪淘沙令〉：「獨自莫憑欄，無限江山，別時容易見時難」，意思相仿。

解連環

張炎

孤雁

【導讀】

張炎以詠物詞見稱於世，這首詞與〈南浦〉〈春水〉同爲享有盛名之作。孔行素《至正直記》載：「錢塘張叔夏……嘗賦孤雁詞……人皆稱之曰『張孤雁』。」

本詞以失群的孤雁來比喻作者國破家亡後的漂泊孤淒，令人觸目驚心。詞中又以暗喻的手法表示他對被俘北上、守節不屈的故人的憂念，並代他們抒寫家國愁思，全詞委婉纏綿，刻劃新警深微，其中「寫不成書，只寄得、相思一點」兩句，形容斷雁孤飛、怨懷無託的苦況，精巧生動，眞是丹青難畫。「未羞他、雙燕歸來，畫簾半卷」二句，表明作者自守清操的心跡，語婉而志堅，使人尋繹無盡。

整首詞明暢貼切，將詠物、抒懷、敘事緊密結合，寄託幽微而不流於晦澀，正如他在《詞源》中所主張的：「體認稍眞則拘而不暢，模寫差遠則晦而不明」，這首詞託物寄懷恰到好處，是詠物詞中的上品。

楚江空晚，(ㄔㄨˇ ㄐㄧㄤ ㄎㄨㄥ ㄨㄢˇ)

楚江上天色已晚，

恨離群萬里，
恍然驚散❶。
自顧影、
卻下寒塘❷，
正沙淨草枯，
水平天遠。
寫不成書，
只寄得、相思一點❸。
料因循誤了❹，
殘氈擁雪❺，
故人心眼。

我空恨離群萬里，
悵然與同伴失散。
我自憐幽獨再三顧影，
想飛下寒塘，又遲疑不定，
只看見草枯沙淨、水平天遠，
多麼寂寥淒清。
孤雁排不成字，
只能寄託深心的一點相思。
我生怕這樣遷延，
會貽誤了北地吞氈嚼雪的故人，
託付我傳達丹心一片。

誰憐旅愁荏苒[6]，
漫長門夜悄，
錦箏彈怨[7]。
想伴侶、
猶宿蘆花，
也曾念春前，
去程應轉。
暮雨相呼[8]，
怕驀地，玉關重見。
未羞他、
雙燕歸來，畫簾半卷。

我隱約聽見幽冷的故宮，
在沉沉靜夜，
有錦瑟彈出無限哀怨。
料想我離散的伴侶，
依然相守蘆花叢底，
他們是否正在惦念，春天到來以前，
我也應當飛往北邊。
我彷彿聽到暮雨中聲聲呼喚，
想想看，在玉門關忽地重見
我將是怎樣悲樂交集、驚喜萬千！
當畫簾半捲，雙燕飛歸，縱然我和同伴
寄身荒野，內心也不會感到一點兒羞愧。

【注釋】

❶怳然，失意貌。怳，「恍」的異體字。❷自顧影句：崔涂〈孤雁〉詩：「暮雨相呼失，寒塘欲下遲。」❸寫不成書二句：雁群飛行，行列整齊如字，故稱雁字。孤雁獨飛排不成字，故云。句中，又暗用《漢書·蘇武傳》雁足傳書事。❹因循：隨便。❺殘氈擁雪，《漢書·蘇武傳》載匈奴「幽武置大窖中，絕不飲食。天雨雪，武臥齧雪與氈毛並咽之，數日不死。」此處借喻南宋被迫北行、守節不屈者的艱難景況。❻荏苒：展轉，遷延。❼漫長門二句：長門，見辛棄疾〈摸魚兒〉注，杜牧〈早雁〉詩：「金河秋半虜弦開，雲外驚飛四散哀。仙掌月明孤影過，長門燈暗數聲來。須知胡騎紛紛在，豈逐春風一一回？莫厭瀟湘少人處，水多菰米岸莓苔。」錦箏彈怨，錢起〈歸雁〉詩：「瀟湘何事等閒回？水碧沙明兩岸苔。二十五弦彈夜月，不勝清怨却飛來。」此處化用二詩意。❽暮雨相呼：見注❷。

綠意❶

張炎

詠荷葉

【導讀】

張炎《山中白雲詞》卷六〈紅情〉序云：「〈疏影〉、〈暗香〉，姜白石爲梅著語。因易之曰〈紅情〉、〈綠意〉，以荷花荷葉詠之。」舒岳祥〈贈玉田序〉稱其「畫有趙子固（孟堅）瀟灑之意」。

本詞上片就用丹青妙筆描繪「碧圓自潔」、「亭亭清絕」、「翠雲千疊」的荷葉，形神兼備，芳姿清品令人精神爲之一振。「鴛鴦密語同傾蓋」美如有聲畫幅，情味濃至。「且莫與」以下幾句抒寫作者對荷葉無限愛惜之意。

下片借趙飛燕留仙裙故事，代荷葉回首往昔盛事，實則表現作者對故國繁華的眷念。「戀戀青衫」五句抒老大之慨，又暗含自甘淡泊的情志，並以銅仙故事寄託亡國哀思。末幾句以欣賞月下清景，表白終老林泉的心跡。

碧圓自潔，
向淺洲遠浦，
亭亭清絕。
猶有遺響，
不展秋心，
能卷幾多炎熱？
鴛鴦密語同傾蓋[2]，
且莫與，浣紗人說[3]。
恐怨歌忽斷花風，

碧綠圓葉多麼雅潔，
在淺淺汀洲、遠遠水浦，
你亭亭卓立，清超至極。
身邊墜幾點花片，猶如美人遺落的釵鈿。
你不肯舒展肅爽的心，
又能把多少炎熱捲起？
有你綠色車蓋的蔭庇，
看那雙鴛鴦談得何其親密。
不要對浣紗女說這番情景，
花風忽地吹斷她的怨歌，

碎卻翠雲千疊。
回首當年漢舞，
怕飛去漫皺，
留仙裙摺④。
戀戀青衫，
猶染枯香，
還嘆鬢絲飄雪。
盤心清露如鉛水⑤，
又一夜西風吹折。
喜淨看、匹練飛光，
倒瀉半湖明月。

我怕她會折碎荷葉，如散千疊翠雲。
回憶當年在漢宮旋舞輕盈，
天子生怕你乘風飛去，
　叫人把你的衣衫扯住，
盡變作留仙皺摺的裙裾。
我眷戀自己的一領青衫，
它沾染著枯荷的幽芳，
還又嘆息鬢絲已如白雪飄揚。
綠盤樣的荷葉承著露水，
就像銅仙辭國的點點清淚，
　一夜西風終於把你吹碎。
當如練月華從天宇斜飛，
喜看倒瀉半湖澄淨的光輝。

【注釋】

❶〈綠意〉，原本作〈疏影〉，據別本改。❷傾蓋：車蓋相碰，表示一見如故。《史記・鄒陽傳》：「有白頭如新，傾蓋如故。」《後漢書・朱穆傳》注：「孔叢子曰：『孔子與程子相遇於途，傾蓋而語。』」❸且莫與句：浣紗人：春秋時越國美人西施原是浣紗女，此處泛指。鄭谷〈蓮葉〉詩：「多謝浣溪人未折，雨中留得鴛鴦蓋。」此話用其意。❹留仙裙摺：《飛燕外傳》：「帝於太液池作千人舟，號合宮之舟。后（趙飛燕）歌舞〈歸風送遠〉之曲。侍郎馮無方吹笙以倚后歌。中流歌酣，風大起，后揚袖曰：『仙乎仙乎，去故而就新，寧忘懷乎？』帝令無方持后裙，風止，裙爲之皺。他日，宮姝或襞裙爲皺，號『留仙裙』。」辛棄疾〈江城子・戲同官〉詞：「留仙初試砑羅裙。小腰身，可憐人。」❺盤心句：用金銅仙人事，見劉辰翁〈寶鼎現〉注。

月下笛

張炎

孤遊萬竹山中❶，閑門落葉，愁思黯然，因動黍離之感❷。時寓居甬東積翠山舍。

【導讀】

〈月下笛〉，詞調名，始見於周邦彥詞。

本詞係張炎於元成宗大德二年（一二九八年）流寓甬東（今浙江定海）時所作。二十年來，他一直懷著深深的亡國隱痛飄零湖海、愴懷禾黍，弔古傷今，長歌當哭，把山殘水剩之感，故國舊家之思寄託於詞章，本篇就很有代表性。

詞中把孤雲般浮游無定的身世感慨，故交零落、故宮荒涼、故家殘破的無限傷悼之情，以及對故國舊家的深切懷念，表現得十分曲折、沉痛。末二句讚揚隱居不仕自持高節的故人，藉以自明心志。

此詞如杜鵑啼血、夜猿叫月，危弦苦調，令人淒絕，而篇終作孤傲清高的穿雲裂竹之聲，將全詞格調進一步提高。

萬里孤雲，
清遊漸遠，
故人何處？
寒窗夢裡，
猶記經行舊時路。
連昌約略無多柳❸，
第一是難聽夜雨。
漫驚回淒悄，
相看燭影，
擁衾誰語❹？

我像一片孤雲飄蕩萬里，
獨自在遠方遊歷。
故人今在哪裡？
寒窗下一枕幽夢，
從前經行的道路還記得清晰。
故宮千萬株翠柳，想來已剩無幾，
最難堪又聽得夜雨淅瀝。
短夢驚醒，淒涼沉寂，
空對著燭下孤影，
我獨抱寒被，有誰能來同我共語？

張緒，
歸何暮❺？
半零落依依，斷橋鷗鷺。
天涯倦旅❻，
此時心事良苦。
只愁重灑西州淚❼，
問杜曲人家在否❽？
恐翠袖、正天寒，
猶倚梅花那樹❾。

我風流儒雅一如當年張緒，
為什麼遲遲不能歸去？
想斷橋畔鷗鷺半已零落，
見了人依依不忍別離。
我浪跡天涯倦於行旅，
此時心中淒苦無比。
滿懷歸思又怕重遊故地，
灑不盡憑弔的傷心淚滴。
西湖濱舊時人家，是否在那裡？
想故人寒天中，翠袖仍把梅樹斜倚。

【注釋】

❶萬竹山：〈山中白雲詞〉江昱注引《赤誠志》：「萬竹山在（天臺）縣西南四十五里。絕頂曰新羅，九峰回環，道極險隘。嶺上叢薄敷秀，平曠幽窈，自成一村。」❷黍離：見姜夔〈揚州慢〉注。❸連昌句：連昌，唐別宮名，在河南宜陽，宮中多植柳樹，元

稹名作〈連昌宮詞〉，極寫連昌宮戰亂後的荒廢景象。此處借指南宋故宮。約略，大概。❹擁衾誰語：原本作「無語」，據別本改。❺張緒：《藝文類聚·木部》載：「齊劉悛之爲益州刺史，獻蜀柳數株，條甚長，狀若絲縷，武帝植於太昌雲和殿前。常嗟玩之曰：『楊柳風流可愛似張緒』。」按張緒《南齊書》有傳，少有文才，喜談玄理，風姿清雅。此處作者自比。❻天涯倦旅：鄭思肖〈山中白雲詞序〉說張炎「三十年汗漫數千里。」❼西州淚：見張炎〈八聲甘州〉注。❽杜曲：見張炎〈高陽臺〉注。❾恐翠袖二句：話用杜甫〈佳人〉「天寒翠袖薄，日暮倚修竹」詩意。「正天寒」，原本作「天寒」，據別本改。

王沂孫

王沂孫，字聖與，號碧山，又號中仙，又號玉笥山人，會稽（今浙江紹興）人。生卒年不詳，與周密爲同輩人而年齒少於周密。宋亡後，王沂孫曾與周密、張炎等十四人結社作詞，藉詠物抒寫亡國之痛。

袁桷《延祐四明志》載其入元後曾任慶元路（今浙江寧波一帶）學正，他在許多詞章中表明他出仕的不得已和歸隱的迫切願望，事實上也只做了短期學官即辭職回鄉，張炎〈洞仙歌〉說「野鵑啼月，便角巾還第」，即指此事。張炎嘗稱其「能文工詞，琢語峭拔，有白石（姜夔）意度」（〈瑣窗寒〉詞序）。

清代常州派論詞重寄託，多推崇王沂孫詞。他善於以隱晦曲折的藝術手段，通過詠物來表現亡國沉哀，其他詞亦多抒時移事去、樂往哀來之慨，表現了一個懷著故國之愛的文人深長的憂思和無力的悲嘆。有《碧山樂府》，又稱《花外集》。

天香

王沂孫

龍涎香❶

【導讀】

周密《癸辛雜識·別集上》載元僧楊璉眞伽發宋陵，因「理宗含珠有夜明，倒懸其屍樹間，如此三日夜，竟失其首。」夏承燾先生《樂府補題考》說：「此龍涎香所賦採鉛搗唾之本事也。」

本詞描寫龍涎香被採集、製作的神秘而淒然魂斷的情形，富有神話悲劇色彩，引人入勝，作者以此寄託宋陵被發和厓山兵敗的悲哀，抒發亡國傷痛，並織入個人身世感慨，格調沉鬱幽咽，使事用典，貫以意脈，意味深長，辭采精麗，字凝語煉，只是稍嫌晦澀。

孤嶠蟠煙❷，層濤蛻月❸，驪宮夜采鉛水❹。
汛遠槎風❺，夢深薇露❻，化作斷魂心字❼。

海中礁石繚繞著濃煙，
層層雲濤蛻淡月初現，鮫人趁著夜晚，
到驪宮去採集清淚般的龍涎。
風送竹筏隨海潮去遠，
夜夢深沉，龍涎研和薇露，
化作心字篆香淒然魂斷。

紅瓷候火[8]，
還乍識、冰環玉指[9]。
一縷縈簾翠影，
依稀海天雲氣。
幾回殢嬌半醉[10]，
剪春燈、夜寒花碎。
更好故溪飛雪，
小窗深閉。
荀令如今頓老[11]，
總忘卻尊前舊風味。
漫惜餘薰，

龍涎裝入紅瓷合用文火烘焙，
又巧妙地製成晶瑩的指環。
點燃時一縷翠煙，飄浮縈回在簾幕，
彷彿海上沉沉的雲霧。
想從前，有多少次她故意撒嬌，
當她喝得半醉。
在春夜的清寒中，她輕輕把燈花剪碎。
故鄉紛紛落雪天氣，
將我的小窗深閉，燃起龍涎香最有情味。
而今，我如荀令已經老去，
早忘卻尊前溫馨的舊夢，
我徒然地愛惜當年留下的餘香，

把素被放上空空的薰籠。

空篝素被⑫。

【注釋】

❶龍涎香：一種名貴的香料。《宋史・禮志》：「紹興七年，三佛齊國進貢南珠、象齒、龍涎、珊瑚、琉璃、香藥。」《嶺南雜記》：「龍涎香於香品中最貴重，出大食國西海之中，上有雲氣罩護，則下有龍蟠洋中，臥而吐涎，飄浮水面，爲太陽所爍，凝結而堅，輕若浮石，用以和眾香，能聚香煙。」「鮫人採之，以爲至寶，新者色白……入香焚之，則翠煙浮空，結而不散。」龍涎香實際上是抹香鯨腸內的分泌物。抹香鯨是鯨的一種，有的長達五六丈，鼻孔位於頭上，常露出水面噴水，因而被人想像爲龍，並傳說「上有雲氣罩護。」❷嶠：尖而高的山，此處指海中礁石。蟠，盤曲而伏。❸蛻：脫去皮殼。❹驪宮：驪龍的宮殿。驪，驪（黑）龍的省稱。鉛水：淚水，李賀〈金銅仙人辭漢歌〉：「憶君清淚如鉛水」此處借指龍涎。❺汎：潮汎。槎：竹、木筏，張華《博物志》：「舊說雲天河與海通，近世有人居海渚者，年年八月有浮槎來去不失期，人賫糧乘槎而去，十餘日，至天河。」❻薇露：薔薇花製成的香水。《嶺南雜記》說製龍涎香，要「用以和眾香」。《香譜》說製龍涎香時須取龍涎與薔薇水共同研和。❼化作句：指龍涎被製成心字盤香。楊慎《詞品》：「所謂心字香者，以香末篆成心字也」。楊萬里〈謝胡子遠郎中惠蒲太韶墨報以龍涎香〉詩：「遂以龍涎心字香，爲君興雲繞明窗。」❽紅瓷候火：《香譜》說製龍涎香，須用「慢火焙，稍乾帶潤，入瓷合窨。」紅瓷，存放龍涎香的紅色瓷合。候火，焙製時需要守候的適當文火。❾冰環玉指：指龍涎香製成指環的形狀。《香譜》云：「造作花子佩香及香環之類。」❿殢嬌：故意撒嬌纏人。⓫荀令：東漢荀彧，字文若，爲漢侍中，守尚書令，稱荀令。李商隱〈韓

翊舍人即事〉詩：「橋南荀令過，十里送衣香。」又〈牡丹〉詩：「荀令香爐可待薰。」馮浩注：「習鑿齒〈襄陽記〉：『荀令君至人家，坐幕三日，香氣不歇。』」此處作者自況。

⑫空箒素被：見周邦彥〈花犯〉注。

眉嫵

王沂孫

新月

【導讀】

〈眉嫵〉，詞調名，毛先舒《塡詞名解》云：「漢張敞爲婦畫眉，人傳『張京兆眉嫵』。詞取以名。」始見於姜夔詞。

周濟《宋四家詞選‧序論》云：「碧山胸次恬淡，故〈黍離〉、〈麥秀〉之感，只以唱嘆出之，無劍拔弩張習氣。」本詞寄寓君國之憂，用意雖較顯豁，情調仍是婉曲深微。

全篇逐句環繞「新月」著筆，上片以工筆刻畫新月初上之境和人間拜月之情，再以缺月比擬嫦娥愁眉及夜幕簾鉤，形象新麗、意境淸奇而含思淒哀。下片意轉雙關，引典設喻，以新月難圓寄寓金甌難整的悲憤之情，又在反覆感嘆故國山河殘破之餘，對恢復故土仍寄與熱望，表達了他的「一片熱腸，無窮哀感」（陳廷焯《白雨齋詞話》）。

漸（ㄐㄧㄢ）新（ㄒㄧㄣ）痕（ㄏㄣˊ）懸（ㄒㄩㄢˊ）柳（ㄌㄧㄡˇ），
淡（ㄉㄢˋ）彩（ㄘㄞˇ）穿（ㄔㄨㄢ）花（ㄏㄨㄚ），

一痕新月漸漸掛上柳梢，
淡淡光華穿過花樹，

依約破初暝。
便有團圓意[1]，
深深拜[2]，
相逢誰在香徑？
畫眉未穩，
料素娥，猶帶離恨[3]。
最堪愛，
一曲銀鉤小，
寶簾掛秋冷[4]。
千古盈虧休問[5]，
嘆慢磨玉斧，

隱約地劃破初暗的夜幕。
新月包含著團圓意態，
人間女兒向它深深禮拜。
小路上花香迷蒙，
不知能否與故人相逢？
新月像沒有畫好的眉痕，
一定是嫦娥還帶著離恨。
最叫人憐愛的是，
天邊那一彎銀鉤小小，
掛住寶簾在清冷的秋霄。
千古以來月兒圓缺不住變易，
不必細問其中道理，
我嘆息的是徒然磨快玉斧，

難補金鏡❻。
太液池猶在，
淒涼處、
何人重賦清景❼？
故山夜永，
試待他、
窺戶端正❽。
看雲外山河，
還老盡、桂花影❾。

難以把金甌修補。
故國池苑依舊存在，
只見一片荒落淒涼，
有誰來重賦那盛世風光？
在故鄉的漫漫長夜，
我期待著圓月澄明，
端端正正照我門庭。
可惜雲外山河無限，
卻白白老盡大好光陰。

【注釋】

❶團圓意：牛希濟〈生查子〉詞：「新月曲如眉，未有團圓意。」此處反用其意。❷拜：指拜月，古代有婦女拜新月的風俗。李端〈拜新月〉詩：「開簾見新月，即便下階拜。」吳自牧《夢粱錄·七夕》：「於廣庭中設香案及酒果，遂令女郎望月瞻斗列拜。」❸畫眉二句：陳叔寶〈有所思〉三首之一：「初月似愁眉」。李商隱〈嫦娥〉詩：「嫦娥應悔

偷靈藥，碧海青天夜夜心。」此處化用其意。❹一曲二句：劉瑗〈新月〉詩：「仙宮雲箔卷，露出玉簾鉤。」沈佺期〈和洛州康士曹庭芝望月有懷〉詩：「台前疑掛鏡，簾外似垂鉤。」寶簾，原本作「寶奩」，據別本改。❺千古盈虧：蘇軾〈水調歌頭〉詞：「人有悲歡離合，月有陰晴圓缺，此事古難全。」❻嘆慢磨二句：以缺月難補比喻殘破山河難以收拾。段成式《酉陽雜俎·天咫》：「舊言月中有桂，有蟾蜍。故異書言月桂高五百丈，下有一人常斫之。樹創隨合。人姓吳名剛，西河人，學仙有過，謫令伐樹。」又「太和中鄭仁本表弟，不記姓名……方眠熟。即呼之……問其所自。其人笑曰：『君知月乃七寶合成乎？月勢如丸，其影日爍其凸處也。常有八萬二千戶修之，予即一數。』因開襆，有斤（斧）鑿數事。」以上兩事，後來成爲「玉斧修月」典故的出處。曾覿〈壺中天慢〉詞：「何勞玉斧，金甌千古無缺。」此處反用其意。金鏡，比喻月亮。李賀〈七夕〉詩：「天上分金鏡，人間望玉鉤。」❼太液池二句：陳師道《后山詩話》載，宋太祖趙匡胤於後池賞新月，學士盧多遜應詔賦〈詠月〉詩云：「太液池頭月上時，晚風吹動萬年枝。何人玉匣開新鏡，露出清光些子兒。」此處暗用其事，感嘆宋時盛世難以重現。太液池，漢、唐宮中池名，借指宋宮池苑。❽端正：指圓月。韓愈〈和崔舍人詠月二十韻〉：「三秋端正月，今夜出東溟。」❾看雲外二句：感嘆國土淪喪，時光虛擲。陸游〈桃源憶故人〉詞云：「外華山千仞，依舊無人問。」桂花影，指月影，見注❻。「還老盡桂花影」，原本作「還老桂花舊影」，據別本改。

【導讀】

夏承燾《樂府補題考》云：「周密《癸辛雜識》記『一村翁於孟后陵得一髻，髮長六尺餘，其色紺碧。謝翶作〈古釵嘆〉，有云「白煙淚濕樵叟來，拾得獻慈陵中髻，青長七色光照地，發下宛轉金釵二。」』此賦蟬十詞九用鬟髻字之本事也。」

本詞借蟬傳說爲齊女所化比擬南宋后妃，寫她化蟬之後向人訴說離愁、淒楚動人的情景，「鏡暗妝殘，爲誰嬌鬢尚如許」二句，暗指髮陵見孟后髻一事，用意顯豁。過片由蟬餐風飲露，聯想到國已覆亡，銅仙攜盤去遠，秋蟬更無所倚，她是「病翼驚秋，枯形閱世」，身世艱危，朝不慮夕，這裡也含有作者對於自身無寄的感慨。末二句忽然轉折，以追懷當年盛時的歡樂，反對目前景況的淒苦，充滿故國滄桑的哀思。

整首詞字字淒惻，聲聲悲楚，婉轉曲折，訴盡作者暗傷亡國的幽恨。

齊天樂

王沂孫

蟬

一襟餘恨宮魂斷❶，
年年翠陰庭樹。
乍咽涼柯，
還移暗葉，

宮人忿然魂斷，滿懷餘恨未消，又化作哀蟬，
年年在庭間翠樹鳴叫。
你剛在秋天的枝頭嗚咽，
一會兒還遷移到幽暗的密葉，

重把離愁深訴。
西窗過雨，
怪瑤佩流空，
玉箏調柱❷。
鏡暗妝殘❸，
爲誰嬌鬢尚如許❹？
銅仙鉛淚似洗，
嘆移盤去遠，
難貯零露❺。
病翼驚秋，
枯形閱世❻，

重把離愁向人傾訴，
西窗外如聞秋雨簌簌，
奇怪那鳴聲如玉佩在空中流響，
又像誰人撫弄著箏柱。
當年明鏡變得昏暗，你無心梳洗，
爲了誰鬢髮依舊這樣美麗？
金銅仙人去國辭鄉，鉛淚如洗滴下千行，
可嘆她攜盤去遠，
難以爲你再把清露貯藏。
你病弱的雙翼害怕秋天，
枯槁的形骸歷盡人世滄桑，

消得殘陽幾度？
餘音更苦，
甚獨抱清商，
頓成淒楚。
漫想熏風❼，
柳絲千萬縷。

還能禁受多少個黃昏時光？
淒咽飲絕的啼鳴一聲聲更苦，
爲什麼獨自把哀怨的曲調吟唱，
一時間變得無限悲傷？
你徒然地追憶那逝去的熏風，
那時有碧柳萬縷輕輕飄揚。

【注釋】

❶一襟句：馬縞《中華古今注》：「昔齊后忿而死，屍變爲蟬，登庭樹嘒唳而鳴。王悔恨。故世名蟬爲齊女焉。」此處因稱蟬爲宮魂。❷瑤佩二句：比喻蟬聲。❸鏡暗妝殘：不梳洗打扮。徐幹〈雜詩〉：「自君之出矣，明鏡暗不治。」❹嬌鬢：借蟬翼嬌美。崔豹《古今注》載魏文帝宮人莫瓊樹「製蟬鬢，縹緲如蟬。」❺銅仙三句：見劉辰翁〈寶鼎現〉注。溫嶠〈蟬賦〉：「饑噏晨風，渴飲朝露。」李賀〈金銅仙人辭漢歌〉：「憶君清淚如鉛水。」「攜盤獨出月荒涼，渭城已遠波聲小。」❻枯形：孫楚〈蟬賦〉：「形如枯槁。」❼熏風：南風。古〈南風歌〉：「南風之熏兮。」蘇軾〈阮郎歸〉詞：「綠槐高樹咽新蟬，熏風初入弦。」夏天是蟬的黃金時代，此處借指南宋盛世。

長亭怨慢

王沂孫

重過中庵故園

泛孤艇❶，
東皋過遍❷。
尚記當日，
綠陰門掩。

【導讀】

本詞題爲〈重過中庵故園〉，舊注以爲中庵係元曲家劉敏中，非是。

上片直敘其事，描寫作者泛舟獨至友人故園、追尋舊夢，回憶往昔種種賞心樂事，並由眼前的人去庭空、故友星散，引起無限今昔盛衰之慨。下片「水遠」三句，抒發與知友山隔水阻、天各一方的離情別緒，只藉景物言之，筆墨淡遠而感情濃至。「天涯夢短」二句隱隱責備友人忘記了故國生活，而在責備中又帶著體恤對方苦衷之意，輕輕寫來，涵義深永。「望不盡」以下幾句，抒無盡故國喬木與年華空晚的傷悼感情。結拍借「數點紅英」寫出花落園空、時移事去的極度悵惋。

周爾墉特賞其下片，稱其「一片神行，筆墨到此俱化」（《周批碧山詞》）。

我獨自泛一葉輕舟，
走遍水濱去尋訪他的故園。
還記得當年，
綠陰深深，門戶緊掩，

屐齒莓苔[3]，
酒痕羅袖事何限。
欲尋前跡，
空惆悵、
成秋苑[4]。
自約賞花人，
別後總、風流雲散[5]。
水遠。
怎知流水外，
卻是亂山尤遠[6]。
天涯夢短，

我們一同遊玩，屐齒印上滿地苔蘚。
常常縱情豪飲，也不管酒痕把羅袖沾遍，
只覺得賞心樂事無限。
我想找尋往事的蹤跡，
空自惆悵著百花芳園，
已變成一片淒涼秋苑。
從前一同賞花的友人，
別離後早都風流雲散。
流水迢迢，多麼遙遠，
又怎知流水外亂山橫斜，
故人更加遙遠。
他獨處天涯，歸夢何其短暫，

想忘了、
綺疏雕檻❼。
望不盡、
冉冉斜陽❽，
撫喬木❾、
年華將晚。
但數點紅英，
猶識西園淒婉。

想是早就忘掉了，
家園的綺窗雕欄。
抬頭望不盡，
斜陽依依，暮色如染，
撫喬木，
空嘆年華將晚。
只見落紅數點，
還眷戀著淒婉的庭院。

【注釋】

❶艇：輕快小船。❷東皋：泛指田野或高地。潘岳〈秋興賦〉：「耕東皋之沃壤兮。」李善注：「水田曰皋，東者，取其春意。」陶淵明〈歸去來辭〉：「登東皋以舒嘯。」❸屐齒：〈急就篇〉顏師古注：「屐者，以木爲之，而施兩齒，可以踐泥。」❹成秋苑：見姜夔〈淡黃柳〉注。❺風流雲散：各自分散。王粲〈贈蔡子篤〉詩：「風流雲散，一別如雨。」❻水遠三句：歐陽修〈踏莎行〉詞：「離愁漸遠漸無窮，迢迢不斷如春水」、「平蕪盡處是春山，行人更在春山外」。此用其意。❼綺疏：鏤花的窗格。《後漢書・梁

冀傳》：「窗牖皆有綺疏青瑣。」雕檻：雕花的欄檻。❽冉冉斜陽：周邦彥〈蘭陵王·柳〉：「斜陽冉冉春無極。」❾撫喬木：《孟子·所謂故國者章》：「所謂故國者，非有喬木之謂也，有世臣之謂也。」王充《論衡》：「睹喬木，知故都。」江淹〈別賦〉：「視喬木兮故里，決北梁兮永辭。」

高陽臺

王沂孫

和周草窗寄越中諸友韻❶

【導讀】

宋亡後周密湖州故家毀於兵火，終身寄居杭州，作〈高陽臺〉詞寄越中諸友，抒發破國亡家、思鄉念友的無限淒傷之情。王沂孫此詞爲和作，以哀婉含蓄的詩筆寫出亡國後春天來臨卻毫無知覺的遺民之痛和深摯的思友感情。

「但淒然，滿樹幽香，滿地橫斜」三句，以極其淒美的景象襯托夢後不見故人的惘悵情懷。過片明言離愁苦，寄寓他鄉無以爲家的流淚之苦尤不堪忍受，更何況相思情與日俱增，卻與知友天各一方，會合無因，再加上惜花傷春的哀傷，這種種愁懷縈迴糾結，令人無以開解。正如況周頤所說：「結筆低徊掩抑，蕩氣迴腸」（《蕙風詞話》）。

本詞寄意深遠，層層勾勒而愈見渾厚，感時傷世之言，出之以委婉纏綿，動人至深。

殘雪庭陰，

庭院背陰處堆積著殘雪，

輕寒簾影，
霏霏玉管春葭❷。
小帖金泥❸，
不知春是誰家？
相思一夜窗前夢❹，
奈個人、水隔天遮。
但淒然、
滿樹幽香，
滿地橫斜❺。
江南自是離愁苦，
況遊驄古道，

透過簾幕，還感到輕微寒意，
葭灰飛揚，已吹出春天的韻律。
門前雖有泥金帖子，
我卻不知春天來到誰人家裡。
我深深地把你思念，
夜夢中你彷彿到我窗前，
無奈同你終究水隔天遮，
醒來時心情淒黯，
但見滿樹幽香的梅花，
遍地枝影橫斜。
你我同居江南，離愁已是無限，
何況古道策馬，

歸雁平沙。
怎得銀箋，
殷勤說與年華。
如今處處生芳草，
縱憑高、
不見天涯❻。
更消他，幾度東風，
幾度飛花。

都過著羈旅生涯，
　見紛紛歸雁飛落在平沙。
哪兒能得到潔白的信紙，
我要殷勤地向你訴說，
　那與年光一道增添的相思。
如今處處長滿芳草，
縱然把高樓憑倚，
也望不到知友所在的天際。
還怎能再禁受幾番東風勁吹，
幾度落花霏微。

【注　釋】

❶周草窗：周密，號草窗，詳見七三七頁。周密〈高陽臺〉〈寄越中諸友〉：「小雨分江，殘寒迷浦，春容淺入蒹葭。雪霽空城，燕歸何處人家？夢魂欲渡蒼茫去，怕夢輕、還被愁遮。感流年、夜汐東還，冷照西斜。萋萋望極王孫草，認雲中煙樹，鷗外平沙。白髮青山，可憐相對蒼華。歸鴻自趁潮回去，笑倦遊、猶是天涯。問東風，先到垂楊，後到梅花？」❷玉管春葭：見盧祖皋〈宴清都〉注。❸小帖金泥：古

代風俗，立春日貼「宜春帖子」。帖子上或寫「宜春」二字，或寫詩句。金泥即泥金，用金粉粘著於物體。小帖金泥，泥金紙的宜春帖子。范成大〈代兒童作立春貼門〉詩：「剪彩宜春勝，泥金祝壽幡。」❹相思句：化用盧仝〈有所思〉：「相思一夜梅花發，忽到窗前疑是君」詩句。❺滿樹幽香二句：化用林逋〈山園小梅〉：「疏影橫斜水清淺，暗香浮動月黃昏」詩句。❻如今二句：暗用淮南小山〈招隱士〉：「王孫遊兮不歸，春草生兮萋萋」，並化用蘇軾〈蝶戀花〉詞「天涯何處無芳草」句意。

王沂孫

法曲獻仙音

聚景亭梅次草窗韻❶

【導讀】

〈法曲獻仙音〉，原爲唐曲，後用作詞調名。陳暘《樂書》：「法曲興於唐，其聲始出清商部，比正律差四律，有鐃、鈸、鐘、磬之音。〈獻仙音〉其一也。」始見於柳永詞。

周密原詞題作〈弔雪香亭梅〉，《蘋洲漁笛譜》江昱疏證說此詞實爲聚景園而作。王沂孫此詞首三句化用姜夔〈暗香〉「千樹壓、西湖寒碧」句意，描繪聚景園梅花盛開的美景，一狀紅梅，一狀白梅，各極其妍。繼而感嘆景物如舊，卻「相逢幾番春換」，滿心「物是人非事事休」之慨，由此接入對往日樂事的追尋，仍以梅花挽合，詞情婉曲。

下片發今昔盛衰之感，昔時盛況只以「夜深歸輦」四字輕輕點出，自覺無限蒼涼。江山易主、自身漂泊無定的淒愴、與友人遠隔天涯的愁情，作者不從正面鋪敘，而以落花喻銅仙鉛淚，以折梅只能「自遣一襟幽怨」的曲筆來表現，更使人感到情味悠遠醇厚。

層綠峨峨❷，
纖瓊皎皎，
倒壓波痕清淺。
過眼年華，
動人幽意，
相逢幾番春換。
記喚酒尋芳處，
盈盈褪妝晚。
已消黯，
況淒涼近來離思，
應忘卻明月，

長滿綠苔的梅枝多麼高大，
白梅如皎皎細玉點綴樹間，
千花倒壓湖面，碧波更覺清淺。
年華匆匆像煙雲過眼，
你動人的幽意依然如故，
重逢時卻幾度春光改變。
還記得從前，朋友們一同豪飲，
一同把芳景探訪，
美麗的你總是久開不敗，
宛若佳人遲遲不願卸妝。
感嘆往日歡樂都已消歇，
何況近來心境淒涼，離思茫茫，
差不多忘卻以前明月下，

夜深歸輦❸。
荏苒一枝春，
恨東風人似天遠。
縱有殘花，
灑征衣，
鉛淚都滿。
但殷勤折取❹，
自遣一襟幽怨。

夜深時金輦歸去的盛況。
可惜辜負這一枝春色，
恨東風把友人吹到天邊。
縱然還剩有殘梅點點，
凋零的花片灑上我的征衣，
正如清淚落滿胸前。
我殷勤地將你折取，
卻只能獨自賞鑒，聊以排遣滿腔幽怨。

【注釋】

❶周密原詞云：「松雪飄寒，嶺雲吹凍，紅破數椒春淺。襯舞臺荒，浣妝池冷，淒涼市朝輕換。嘆花與人凋謝，依依歲華晚。共淒黯，問東風幾番吹夢，應慣識當年，翠屏金輦。一片古今愁，但廢綠平煙空遠。無語消魂，對斜陽，衰草淚滿。又西泠殘笛，低送數聲春怨。」聚景園，吳自牧《夢粱錄》卷十九「園囿」：「顯應觀西齋堂觀南聚景園，孝、光、寧三帝嘗幸此，歲久蕪圮，迨今僅存一堂兩亭耳，堂扁曰『鑒遠』，亭曰『花光』，一亭無扁，植紅梅……」❷層綠峨峨：指苔梅。見姜夔〈疏影〉注。峨

峨，高峻貌。《後漢書·馮衍傳》「山峨峨而造天兮。」❸夜深歸輦：董嗣杲〈西湖百詠注〉：「聚景園在清波門外，阜陵(指孝宗)致養北宮(指高宗)，拓圃西湖之東，斥浮屠之廬九，曾經四朝臨幸。」❹但殷勤句：暗用陸凱折梅寄范曄事，此處表示無從贈遠。

彭元遜

彭元遜，生卒年不詳，字巽吾，廬陵(今江西吉安)人。景定二年(一二六一年)解試，與劉辰翁友善。《須溪詞》中屢有與之唱和篇章。劉辰翁〈憶舊遊〉(和巽吾相憶寄韻)有：「去年相攜流落，回首隔芳洲」之句；〈摸魚兒〉(和巽吾留別韻)有云：「嘆君已歸休，吾方俯仰」，彭元遜〈臨江仙〉亦云：「自結床頭麈尾，角巾坐枕孤松」，可知他宋亡不仕、隱居林泉。《全宋詞》錄其詞二十首。

疏影

彭元遜

尋梅不見

【導讀】

此詞別本調名作〈解珮環〉。

詞中把梅花描寫成一位遠遠離去的遲暮美人，抒發作者尋訪她無著的悵恨之情，並以梅花落後的蕭疏景象襯托心中愁情。「日晏山深聞笛」句，以〈梅花落〉笛曲照應眼前梅花落的實景，加深作者嘆惋的感情，十分巧妙有味。

詞中又化用〈九歌·湘君、湘夫人〉詩意，渲染作者對梅花的愛慕和離愁別怨，別有一種淡遠的情致。

江空不渡，
恨蘼蕪杜若[1]，
零落無數。
遠道荒寒，
婉娩流年[2]，
望望美人遲暮。
風煙雨雪陰晴晚，
更何須[3]，
春風千樹。
盡孤城、落木蕭蕭，
日夜江聲流去[4]。

江天空闊，看不見梅花清影，
又恨蘼蕪杜若，
芳草零落將盡。
我一直去到荒寒的遠道，
辛苦把她追尋，年華這樣溫煦美好，
她卻如美人已過了青春。
她受多少雨雪風煙，度過多少晴日陰天，
如今春光已晚，
哪裡還能找得到，
梅花千樹競放的景觀。
孤城中只看見落木蕭蕭，
只聽見江水日夜奔流不斷。

日晏山深聞笛❺，
恐他年流落，
與子同賦。
事闊心違❻，
交淡媒勞❼，
蔓草沾衣多露❽。
汀洲窈窕余醒寐❾，
遺佩浮沉澧浦❿。
有白鷗淡月，
微波寄語，
逍遙容與⓫。

暮色中聽深山傳來笛曲，
怕梅花終究要流落，
人們把她譜進了樂曲。
我想同她見面，
卻不能如願以償，
她和我交情太淡，再殷勤也是枉費心腸。
蔓蔓野草帶著濃重的露水，
沾濕了我的衣裳。
美麗的她或許在江邊小洲熟睡，
不知水濱是否留下環佩？
汀上白鷗、天邊淡月，
同著江中微波都把我勸，
叫我且自逍遙，將憂愁排遣。

【注釋】

❶蘼蕪：香草名，亦名「蘄茝」、「茳蘺」。古樂府〈上山採蘼蕪〉：「上山採蘼蕪，下山逢故夫。」杜若：香草名。屈原〈九歌・湘君〉：「採芳洲兮杜若，將以遺兮下女。」❷婉娩：指儀容柔順，亦指天氣溫和。歐陽修〈漁家傲〉詞：「三月清明天婉娩，晴川祓禊歸來晚。」❸須：等待。❹落木二句：杜甫〈登高〉詩：「無邊落木蕭蕭下，不盡長江滾滾來。」本繪秋景，此處藉以描寫蕭疏景象。❺笛：指〈梅花落〉笛曲。❻闊：疏略，缺。❼交淡句：屈原〈九歌・湘君〉：「心不同兮媒勞，恩不甚兮輕絕。」此用其意。❽蔓草句：《詩・鄭風・野有蔓草》：「野有蔓草，零露漙兮。」此處化用其意。蔓草，蔓生的雜草。❾窈窕：美好貌。《詩・周南・關雎》：「窈窕淑女，君子好逑。」亦用作美女之代稱。陸龜蒙〈婕好怨〉詩：「後宮多窈窕，日日學新聲。」❿遺佩句：原本作「遺佩環」，據別本改。屈原〈九歌・湘君〉：「捐余玦兮江中，遺余佩兮澧浦。」佩，玉佩。澧，流入洞庭湖的水名。⓫逍遙容與：〈九歌・湘君〉：「時不可兮再得，聊逍遙兮容與。」容與，亦即「逍遙」意。

六醜

彭元遜

楊花

【導讀】

這首詞詠楊花。作者模仿蘇軾〈水龍吟〉詠楊花詞，想要把楊花與人物形象融合爲一，但因詞情較晦澀，託意看得不甚分明。然而從「江山身是寄，浩蕩何世？」「何人念、流落無幾」這些詞句，似乎可以理解爲作者主要是想藉隨風飄蕩的楊花，來比喻自己宋亡後無所歸依的身世，表達他的痛苦心情。

似東風老大，
那復有當時風氣。
有情不收❶，
江山身是寄，
浩蕩何世？
但憶臨官道，
暫來不住，
便出門千里。
痴心指望回風墜❷，
扇底相逢，

暮春時東風漸老，
哪裡還有當初的繁情芳意，
多情楊花無人收留，
江山空闊，身世如寄，
飄蕩在怎樣的時世？
記得她曾經依傍著京都大道，
卻未能長久地留居，
又還悠悠出門千里。
痴心指望被旋風吹墜，
飛落到佳人扇底，

釵頭微綴。
他家萬條千縷，
解遮亭障驛，
不隔江水。
瓜洲曾艤❸，
等行人歲歲，
日下長秋❹，
城烏夜起。
帳廬好在春睡，
共飛歸湖上，
草青無地，

輕輕在釵頭點綴。
別人家千萬縷柳絲，
懂得遮掩長亭、屏障驛站，
不隔斷長流的江水。
她曾經在瓜洲停靠，
一年年等待著行人返回。
黃昏時望斜日落下故宮，
夜晚看城上棲息的烏鵲被月光驚起。
又曾在帳中沉沉春睡，
和友伴一同飛到湖上，
四處芳草芊芊，沒有歸宿地。

愔愔雨❺，
春心如膩，
欲待化、
豐樂樓前帳飲❻，
青門都廢❼。
何人念、流落無幾，
點點摶作雪綿松潤❽，
爲君浥淚❾。

天空沉寂，落綿綿絲雨，
沾濕楊花，她飄飛不起。
想去到豐樂樓前餞別的宴席，
想飛至青門以外都不可以，
誰來憐念她流落漂泊、生命無幾，
點點滾作松潤的雪團，
只有我爲了她淚流如許。

【注釋】

❶有情：杜甫〈白絲行〉：「落絮遊絲亦有情，隨風照日宜輕舉。」蘇軾〈水龍吟〉詠楊花詞：「拋家傍路，思量却是無情有思。」此處化用其意。❷回風：旋風。屈原〈九章・悲回風〉：「悲回風之搖蕙兮，心冤結而內傷。」❸瓜洲：鎮名，又稱瓜埠洲，亦作瓜州，在江蘇邗江縣南部，大運河入長江處。此處泛指渡口。檥：附船著岸。❹長秋：漢宮名，皇后所居。此處泛指。❺愔愔：靜寂無聲貌。周邦彥〈瑞龍吟〉詞：

「愔愔坊陌人家，定巢燕子，歸來舊處。」❻豐樂樓：孟元老《東京夢華錄》卷一「酒樓」：「大貨行通牒紙店白礬樓，後改爲豐樂樓，宣和間，更修三層相高。」南宋時杭州也有豐樂樓，見吳文英〈高陽臺〉注。帳飲，見柳永〈雨霖鈴〉注。❼青門：古長安城門名。門外出好瓜，秦廣陵人邵平爲東陵侯，秦亡，爲民，種瓜青門外。此處借指南宋都城。❽摶：捏之成團。《禮記·曲禮》：「毋摶飯。」❾浥，沾濕。陶潛〈飲酒〉詩：「浥露掇其英。」

姚雲文

姚雲文，生卒年不詳，字聖瑞，高安（今屬江西）人。咸淳四年（一二六八年）進士。曾任興縣（今屬山西）縣尉。入元，授承直郎，撫、建兩路儒學提舉。《全宋詞》錄其詞九首。

姚雲文

紫萸香慢

【導讀】

〈紫萸香慢〉，詞調名，始見於姚雲文詞。

這首詞記重陽感懷。上片抒寫羈旅之愁與懷念故友之情，發無限滄桑之慨。下片追懷往事，「紫萸一枝傳賜……」、「華髮如此星星」等句，表達了對故國生活的深切眷念和亡國隱痛。此詞以擬趁興出遊始，以「歌罷涕零」結，感情轉宕變化出乎自然。

作者雖入元爲學官，卻始終不曾忘懷故國，其〈摸魚兒〉

〔艮岳〕一詞有「落紅萬點孤臣淚」、「便乞媧皇，化成精衛，塡不盡遺恨」之句，可鑒其耿耿忠心。

近重陽、偏多風雨，
絕憐此日暄明。
問秋香濃未，
待攜客、出西城。
正自羈懷多感，
怕荒臺高處❶，
更不勝情。
向尊前、
又憶漉酒插花人❷。
只座上、

臨近重陽風雨偏多，
我特別珍惜今天晴朗暖和。
不知秋光是否已深，
我想同朋友一起走出西城。
正滿懷旅愁容易感發，
眞怕登上荒涼的戲馬臺，
更是不勝悲哀。
欲待安排酒宴，
舉起酒杯，又把從前濾酒、
插花的友人懷念，
而眼前的座席上，

已無老兵③。
淒清，
淺醉還醒，
愁不肯、
與詩平。
記長楸走馬，
雕弓笮柳④，
前事休評。
紫萸一枝傳賜⑤，
夢誰到、漢家陵。
盡烏紗便隨風去⑥，

已沒有了能夠替代的同伴。
我感到無限淒清，
借酒澆愁淺醉還醒，
心中憂愁
比詩筆寫出的更甚。
記得在植滿長楸的大道，
我和友伴一同走馬，
又展示百步穿楊的技巧，
唉，過去的事還是不提最好。
總記得每當重陽，朝廷傳賜紫萸，
故國陵園如今夢魂也難飛到。
我任隨秋風把帽子吹跑，

要天知道，
華髮如此星星，
歌罷涕零。

頭髮變得如此斑白，
一定要讓老天爺知道，
我長歌一曲清淚流下多少。

【注釋】

❶荒臺：見吳文英〈霜葉飛〉注。❷漉酒：蕭統《陶淵明傳》載陶淵明嘗取頭上葛巾漉酒。漉，過濾。陸游〈野飯〉詩：「時能喚鄰里，小甕酒新漉。」❸老兵：用謝奕事。《晉書》載謝奕嘗逼桓溫飲，溫走避之。奕遂引溫一兵帥共飲曰：「失一老兵，得一老兵。」❹長楸二句：曹植〈名都篇〉「鬥雞東郊道，走馬長楸間。」朱敦儒〈雨中花〉詞：「故國當年得意，射麋上苑，走馬長楸。」此化用其意。長楸，古時道旁植楸樹，綿延很長，故稱長楸。筰柳：即百步穿楊意。筰，射擊。❺紫萸：見吳文英〈霜葉飛〉注。❻烏紗：帽子，用孟嘉事，見劉克莊〈賀新郎〉注。

僧揮

僧揮，又稱僧仲殊，生卒年不詳，俗姓張名揮，字師利，安州（今湖北安陸）人。進士出身。後棄家爲僧，先後寓居蘇州承天寺、杭州寶月寺。與蘇軾交情深厚。徽宗崇寧年間自縊。

蘇軾稱其「能文，善詩及歌詞，皆操筆立就，不點竄一字。」又讚其「胸中無一毫髮事」（《東坡志林》）。詞章成就較高，有些登臨懷古詞風格高邁清超，如〈金蕉葉〉、

〈定風波〉、〈南徐好〉等。小令多清婉奇麗，間有穠艷之作。有近人所輯《寶月集》。

金明池

僧揮

【導讀】

〈金明池〉，詞調名，《詞律》錄爲秦觀始作，首句爲「瓊苑金池」，《全宋詞》列爲無名氏作品。僧揮此詞《全宋詞》題調名作〈夏雲峰〉。

此詞別本題作〈傷春〉。仲殊抒寫相思別離和感傷時序的詞章以小令爲佳，黃升竟至稱其小令「篇篇奇麗，字字清婉，高處不減唐人風致」（《花庵詞選》）。這首抒發傷春怨別之情的長調除個別寫景描情句子略有韻味，整篇作品並不見佳。

天闊雲高，
溪橫水遠，
晚日寒生輕暈。
閑階靜、
楊花漸少，

高闊的天空飄著浮雲。
一橫溪水平遠，
夕陽餘暉如暈，天氣變得稍稍清冷。
我的空階寂靜，
楊花飛墜漸少，

朱門掩、
鶯聲猶嫩。
悔匆匆、過卻清明，
旋占得餘芳，
已成幽恨。
卻幾日陰沉，
連宵慵困，
起來韶華都盡。
怨入雙眉閑斗損，
乍品得情懷，
看承全近。

深深關閉朱門，
黃鶯歌聲還很嬌嫩。
我後悔匆匆過了清明，
等到觀賞剩下的春光，
已生出許多幽愁暗恨。
這幾日又天氣陰沉，
連夜來慵倦乏困，
起來時芳景都已消盡。
我的雙眉皺緊，
鎖多少傷春愁情，剛剛領略相知的意味，
他待我是那樣親近。

深深態，
無非自許，
厭厭意，
終羞人問。
爭知道、
夢裡蓬萊，
待忘了餘香，
時時音信。
縱留得鶯花，
東風不住，
也則眼前愁悶。

深深的相思，
只有自己心裡知情，
百無聊賴的愁緒，
羞於讓別人探聽。
有誰知道和他相會，
只能是夢中等蓬萊仙境，
我眞想忘卻與他同在的溫馨，
不能相見只要時傳音信。
唉，縱然留得鶯花，
東風不肯暫停，
眼前的殘敗景象，依舊令人傷心。

李清照

李清照（一〇八四～一一五五年？），自號易安居士。濟南章丘（今屬山東）人。父格非，官至禮部員外郎、京東路提點刑獄，曾以文章受知於蘇軾。李清照自幼刻苦勤學，博聞強記，精通書史。「自少年便有詩名，才力華贍，逼近前輩」（王灼《碧雞漫志》）。十八歲時與太學生趙明誠結婚，夫婦志同道合，均工詩詞，酷愛金石圖書，二人一起鉤沉古籍，收藏極爲豐富。靖康二年（一一二七年）北宋覆亡，李清照夫婦南渡，趙明誠於高宗建炎三年（一一二九年）在赴湖州太守任上病逝建康（今南京）。此後，李清照追蹤高宗，往來流徙於杭州、紹興、金華一帶，所藏書畫百不存一，孑然一身四處漂泊，晚景十分淒涼。

《宋史・藝文志》載《易安居士文集》七卷，又《易安詞》六卷，可惜大多數散失，今僅存詞五十餘首，還有少數詩、文、賦、序跋。李清照是抒情詞大家，公認的正宗詞人。王士禎稱：「僕謂婉約以易安爲宗，豪放唯幼安（辛棄疾）稱首」（《花草蒙拾》）。《四庫全書總目》說李清照：「詞格乃能抗軼周、柳，雖篇帙無多，固不能不寶而存之，爲詞家一大宗矣。」易安詞以北宋覆亡分爲前後兩期，前期主要描寫眞摯愛情和生活小景，佳作甚多。

後期詞不僅寫個人痛苦，也表現了時代的悲音，思想更加深刻，詞風從前期的婉麗清新，變爲淒楚沉咽。易安詞藝術成就很高，連不滿意她的王灼也不得不承認她「作長短句能曲折盡人意，輕巧尖新，姿態百出」（《碧雞漫志》）。她的詞清新、自然、優美、精巧，語言有鮮明的個性特色，其詞被稱爲「易安體」，不斷爲後人所學習、仿效。有《漱玉集》一卷。

如夢令

李清照

昨夜雨疏風驟，
濃睡不消殘酒。
試問卷簾人，

【導讀】

〈如夢令〉，詞調名。蘇軾《東坡樂府》卷下〈如夢令〉詞序：「此曲本唐莊宗（李存勗）制，名〈憶仙姿〉，嫌其名不雅，故改爲〈如夢令〉。莊宗作此詞，卒章云：『如夢，如夢，和淚出門相送。』因取以爲名云。」

此詞別本題作「春晚」或「暮春」。這首詞化自晚唐韓偓〈懶起〉詩：「昨夜三更雨，臨明一陣寒。海棠花在否？側臥卷簾看。」詞中使用一問一答的表現手法，更覺跌宕有致。作者描寫了閨房裡日常生活的一個場景，在「捲簾人」絲毫沒有感知的景物的細微變化中，傾注了女主人公惜花傷春的無限情意，實際上，這首小詞還隱約地表現了她的相思別離之情，「濃睡不消殘酒」、「應是綠肥紅瘦」等句都富於暗示性，有著弦外之音，「短幅中藏無限曲折」（黃了翁《蓼園詞選》）。

「綠肥紅瘦」十分形象地繪出雨後春景，向以造語清新爲人稱道。

昨夜雨疏風狂，
我喝了過量的酒，進入沉沉夢鄉，
酒意到早晨仍然殘留。
我問捲簾的人：

卻道海棠依舊。
知否？知否？
應是綠肥紅瘦。

「海棠花是否無恙？」
她說：「依舊和原先一樣。」
「你可知道，你可知道，
該是綠葉更加肥碩，紅花卻瘦損零落。」

鳳凰臺上憶吹簫

李清照

【導讀】

〈鳳凰臺上憶吹簫〉，詞調名，始見於李清照詞。毛先舒《塡詞名解》云：「《列仙傳》載秦弄玉事，詞以取名。」

李清照是一個熱烈大膽詠唱愛情的女詞人，她抒寫閨閣的幽怨、別離的愁苦、相思的深情，不但「以我手寫我心」，極其眞摯，而且具有強烈細膩的表現力，以及獨特、鮮明的藝術形象。只有像她這樣有性靈的女詞人，才能把中國人女性心靈中蘊藏著的許多優美詩情充分展示出來。

這首詞就以極其纏綿悱惻的筆調，抒寫她的「一腔臨別心神」（李攀龍《草堂詩餘雋》），詞中用白描手法寫出臨別時女主人公那種諸務無心、百無聊賴的情狀，寫她萬千心事無從訴說的哀愁。「新來瘦」三句及「休休」四句，婉曲地表現了她的一懷深情和留人不住的極度幽怨。「惟有樓前流水」以下，平空生出一段痴想，以抒其一片痴情，動人至極。

整首詞似乎任隨感情流瀉，雖覺波瀾起伏，卻舒卷自如，無一毫斧鑿痕，眞可謂「大巧若拙」，自然流麗。

香冷金猊❶，
被翻紅浪❷，
起來慵自梳頭。
任寶奩塵滿，
日上簾鉤。
生怕離懷別苦，
多少事、
欲說還休。
新來瘦，
非干病酒，
不是悲秋。

獅形銅爐中，燒殘的沉水香已經冷透，
錦被亂攤著，如紅浪翻滾，
起身來我懶得梳頭。
任隨華美的鏡匣積滿塵埃，
任隨太陽高高照上簾鉤。
生怕離恨別愁，
有多少心事想向他訴說，
到底還是沒有開口。
近來我變得這樣消瘦，
並不是喝了過量的酒，
也不是因爲悲秋。

休休，
者回去也，
千萬遍陽關❸，
也則難留。
念武陵人遠❹，
煙鎖秦樓❺。
惟有樓前流水，
應念我、終日凝眸。
凝眸處，從今又添，
一段新愁。

沒有辦法了，沒有辦法，
這回他一定要走，
哪怕唱上千萬遍陽關曲，
也終究不能把他挽留。
我將思念遠方親人，
獨自幽居妝樓。
只有樓前流水，
會憐惜我整天痴痴地凝眸。
從今後在離別的痛苦中，
又要增添久久佇望的新愁。

【注釋】

❶金猊：獅子形的銅香爐。❷紅浪：錦被上的繡文。❸者：通「這」。陽關：王

維〈送元二使安西〉詩：「渭城朝雨浥輕塵，客舍青青柳色新。勸君更進一杯酒，西出陽關無故人。」後據此詩譜成〈陽關三疊〉，爲送別之曲。此處泛指離歌。❹武陵人遠：陶淵明〈桃花源記〉云武陵（今湖南常德）漁人入桃花源，歸後路徑迷失，無人尋見。此處借指愛人去到遠方。韓琦〈點絳唇〉詞：「武陵凝睇，人遠波空翠。」❺煙鎖秦樓：意謂獨居妝樓。秦樓，即鳳臺，相傳春秋時秦穆公女弄玉與其夫簫史乘鳳飛升之前的住所。馮延巳〈南鄉子〉詞「煙鎖秦樓無限事。」

醉花陰

李清照

【導讀】

〈醉花陰〉，詞調名，始見於毛滂詞。

此詞別本題作「重陽」或「九日」。這首詞訴說愛情、訴說相思的苦況，然而不用一字道破，讀來卻處處使人感到纏綿的思情，咀嚼到其中的苦味。詞中以黃花比人的瘦損，進一層暗示瘦的原因是長時間相思之苦的銷蝕。整首詞無一字言情，卻句句是刻骨銘心的情語，使人深深感知作者呼之欲出卻欲言又止的感情，達到「此時無聲勝有聲」的藝術效果。

伊世珍〈嫏嬛記〉說易安以此詞寄明誠，「明誠嘆賞，自愧弗逮，務欲勝之。一切謝客，忘食忘寢者三日夜，得十五闋。雜易安作，以示友人陸德夫。德夫玩之再三，曰：『只三句絕佳。』明誠詰之。答曰：『莫道不消魂，簾卷西風，人比黃花瘦。』正易安作也。」

薄霧濃雲愁永晝，
瑞腦消金獸❶。
佳節又重陽，
玉枕紗廚，
半夜涼初透。
東籬把酒黃昏後❷，
有暗香盈袖❸。
莫道不消魂，
簾卷西風，
人比黃花瘦。

天邊籠罩著薄霧濃雲，
我發愁如何消磨這漫長的白晝，
獸形銅爐裡，已漸漸燃盡龍腦香，
又一度佳節重陽，
臥在瓷枕紗帳，
半夜裡，沁透金秋的淒涼。
黃昏後，我獨自在東籬邊飲酒，
菊花幽香一陣陣襲人衣袖。
請別說此情此景，不令人黯然凝愁，
當西風捲起帷簾，
你會看到人比菊花還更消瘦。

【注釋】

❶瑞腦：即龍腦，香料。金獸，獸形的銅香爐。❷東籬：菊圃的代稱，語出陶淵

明〈飲酒〉詩其五：「採菊東籬下，悠然見南山。」❸暗香：幽香，原指梅花，林逋〈山園小梅〉詩：「暗香浮動月黃昏。」此處指菊花。

聲聲慢

李清照

【導讀】

〈聲聲慢〉，詞調名，始見於晁補之詞。毛先舒《塡詞名解》云：「詞以慢名者，慢曲也。拖音裊娜，不欲輒盡。」

本詞係千古名篇，楊愼《詞品》盛讚易安詞，並說：「〈聲聲慢〉一詞最爲婉妙。」南渡後，國家的殘破和個人喪偶流離的雙重痛苦，使清照不得開解，她想在迷茫中尋找失落的一切，尋覓的結果卻一無所有，只剩下冷冷清清的自己，她怎能不感到淒慘悲戚呢，開頭七對疊字感情層層遞進，步步深入，且造成一種音樂效果，「眞似大珠小珠落玉盤」（徐釚《詞苑叢談》），強烈地表現了作者難以盡訴的淒惋之情。

「乍暖」以下借景抒情：悲涼的秋天，鴻雁飛來，欲待傳書，卻是「天上人間，沒個人堪寄」，而那鴻雁竟是曾經爲她和丈夫傳遞過書信的老相識，這奇異的設想包含著多少無可安慰的幽怨！憑窗枯坐，眼望滿地堆積的黃花，再沒有「東籬把酒黃昏後，有暗香盈袖」的情致，只感到由一片衰敗引起的悲戚，更悲雨滴梧桐單調愁悶的聽覺的刺激，此情此景，令她百感交集，正因爲這悲愁太深、太重，無以形容，直截了當地說：「怎一個愁字了得！」內涵反覺無窮無盡。

陳廷焯說：「後幅一片神行，愈唱愈妙」（《白雨齋詞話》），又用「點點滴滴」與篇首照應，並用「黑」、「得」等險韻，工妙自然，筆力矯拔。此詞頓挫淒絕，不但深切地表現了作者內心的痛苦，也讓人看到那個愁雲慘霧籠罩下的社會生活的圖畫。

尋尋覓覓，
冷冷清清，
淒淒慘慘戚戚。
乍暖還寒時候，
最難將息。
三杯兩盞淡酒，
怎敵他、晚來風急。
雁過也，正傷心，

茫茫中我苦苦尋覓，那失落的一切，
如今又在哪裡？
只留下冷冷清清的自己，
滿心淒慘悲戚。
忽而回暖、忽而又冷的天氣，
最難調理身體。
三杯兩盞淡酒，
怎能抵禦晚來寒風迅急。
鴻雁飛過，正自傷心，

卻是舊時相識。
滿地黃花堆積，
憔悴損、
如今有誰堪摘。
守著窗兒，
獨自怎生得黑？
梧桐更兼細雨，
到黃昏、點點滴滴。
這次第❶，
怎一個愁字了得？

【注釋】

❶這次第：這許多情況。

那雁兒竟然是舊時相識。
滿地黃花堆積，
如今憔悴瘦損，
哪裡還有心思賞菊？
守著窗兒，
獨自一人如何熬到天黑？
蕭蕭梧桐、淋漓細雨，
黃昏時點點滴滴。
此情此景，
一個愁字又怎能訴盡。

念奴嬌

李清照

【導讀】

這是一首閨怨詞，詞中塑造了一個刻意傷春復傷別的女主人公形象，她與柳、秦等人筆下的女性形象迥然不同，這是一個多情的妻子、一個詩人、學者。

開頭「只寫心緒落寞，近寒食更難遣耳，陡然而起，便爾深邃」（黃了翁《蓼園詞選》）。「寵柳嬌花」四字，新麗奇俊，與「綠肥紅瘦」同妙。詞中寫出女主人公以「險韻詩」、「扶頭酒」排遣愁悶，卻仍無濟於事，她只爲相思所苦的情狀。下片描寫環境的清冷和女主人公無所倚托的心情，能「用淺俗之語，發清新之思」（鄒祗謨《遠志齋詞衷》）。「清露」二句用《世說》成語，以故爲新，自然入妙。

毛先舒云：「詞貴開宕，不欲沾滯，忽悲忽喜，乍遠乍近，斯爲妙耳。」此詞「本閨怨，結云『多少遊春意，更看今日晴未？』忽爾開拓，不但不爲題束，並不爲本意所苦，直如行雲，舒卷自如，人不覺耳」（《詞苑叢談》引）。

蕭條庭院，
又斜風細雨❶，
重門須閉。

庭院裡冷冷清清，
又飄來斜風細雨，
我把一重重門兒緊閉。

寵柳嬌花寒食近，
種種惱人天氣。
險韻詩成[2]，
扶頭酒醒[3]，
別是閒滋味。
征鴻過盡，
萬千心事難寄。
樓上幾日春寒，
簾垂四面，
玉闌干慵倚。
被冷香消新夢覺，

柳媚花嬌近寒食，
種種天氣困擾人心境不寧。
難做的險韻詩已經寫成，
沉沉酒意也終於清醒，
依然是百般無情無緒。
飛鴻過盡，
萬千心事難以托寄。
樓上連日春寒料峭，
四面簾幕垂得低低，明知望遠徒增煩惱，
我懶得去把欄杆憑倚。
被子冷冰冰，沉香燃盡，一枕短夢已醒，

不許愁人不起。　　我這憂愁的人也不能不起。
清露晨流，　　早晨清露涓涓，
新桐初引❹，　　桐葉一片新綠，
多少遊春意。　　添多少遊春情意！
日高煙斂，　　遲日初上，雲煙收斂，
更看今日晴未。　　且看今朝可是晴和天氣。

【注釋】

❶又斜風細雨：「又」原本作「有」，據別本改。❷險韻詩：用冷僻生疏、難押的字做爲韻腳的詩。❸扶頭酒：容易喝醉的酒。杜牧〈醉題五絕〉：「醉頭扶不起，三丈日還高。」賀鑄〈南鄉子〉詞：「易醉扶頭酒，難逢敵手棋。」❹清露二句：劉義慶《世說新語・賞譽》：「於時清露晨流，新桐初引。」

【導讀】

張端義《貴耳集》說李清照「南渡以來，常懷念京、洛舊事。晚年賦〈永遇樂〉詞。」並說首句「『落日熔金，暮雲合璧』已自工致，至於『染柳煙濃，吹梅笛怨，春意知幾許？』氣象更好。」但是，國已破，家已亡，此身不知何所歸依，盡管是「元宵佳節，融和天氣」，作者卻發出「人在何處？」的悲呼和「次第豈無風雨」的疑問，她再也沒有心情去遊玩。她用細致的筆墨追憶、緬懷汴京元宵節的歡樂情景，以與目前的淒涼心境相對照，在個人懷感的抒寫中，寄寓了對故國深切的眷念，抒發了對於國事興衰的沈痛感情。

「如今憔悴」五句「皆以尋常語度入音律，煉句精巧則易，平淡入調者難」（《貴耳集》），於平淡中見醇厚，正是李清照詞獨特的風貌。

劉辰翁說：「誦李易安〈永遇樂〉，爲之涕下，每聞此詞，輒不自堪。」並依韻和詞，可見此詞強烈的藝術感染力。

永遇樂

李清照

落日熔金❶，
暮雲合璧，
人在何處？
染柳煙濃，
吹梅笛怨❷，

落日燦爛似金熔水裡，
暮雲接連如相合的白玉，
我卻不知自己置身何地！
新柳如綠煙點染，
〈梅花落〉笛曲傳出聲聲幽怨，

春意知幾許？
元宵佳節，
融和天氣，
次第豈無風雨？
來相召、香車寶馬，
謝他酒朋詩侶。
中州盛日❸，
閨門多暇，
記得偏重三五❹。
鋪翠冠兒❺，
捻金雪柳❻，

春意是多麼濃郁。
但在這元宵佳節
融和天氣，
誰知道一轉眼會不會有急風暴雨？
酒朋詩友駕著華麗車馬，
來邀我一同遊歷，
我婉言辭去。
汴京繁盛的歲月，
閨中多有閒暇，
記得特別看重上元之夜。
帽兒鑲著翡翠、珠子，
還有應節的捻金柳絲，

簇帶爭濟楚❼。
如今憔悴，
風鬟霧鬢❽，
怕見夜間出去。
不如向簾兒底下，
聽人笑語。

一個個插戴滿頭，爭相打扮得俊俏美麗。
如今容顏憔悴，
頭髮篷鬆散亂無心梳理，
我懶得夜間出去。
不如就在簾兒底下，
聽聽別人家歡聲笑語。

【注釋】

❶落日熔金：廖世美〈好事近〉詞：「落日水熔金。」❷吹梅笛怨：即笛吹梅怨，漢〈橫吹曲〉有笛曲〈梅花落〉。李白〈與史郎中欽聽黃鶴樓上吹笛〉詩：「黃鶴樓中吹玉笛，江城五月落梅花。」❸中州：今河南省，此處指北宋都城汴京。❹三五：古人常稱陰歷十五爲三五，此處指正月十五元宵節。柳永〈傾杯樂〉詞：「元宵三五。」❺鋪翠冠兒：吳自牧《夢粱錄》卷一「元宵」：「戴花朵肩，珠翠冠兒。」爲元宵應時裝飾。❻捻金：金線捻絲。雪柳，孟元老《東京夢華錄》卷五：正月十六日，「市人賣玉梅、夜蛾、蜂兒、雪柳……」雪柳以絹或紙製成，捻金雪柳，則另加金線捻絲的雪柳，較爲貴重。❼簇帶：宋時方言，插戴滿頭之意。周密《武林舊事》卷三「都人避暑」云：「茉莉花爲最盛，初出之時，其價甚穹(高)，婦人簇帶，多至七插。」濟楚，宋時方言，整

齊美麗。《宣和遺事》卷上載曹組〈脫銀袍〉詞：「濟楚風光，昇平世界。」周邦彥〈紅窗迴〉詞：「有個人人，生得濟楚。」❽風鬟霧鬢：李朝威〈柳毅傳〉：「見大王愛女牧羊於野，風鬟雨鬢，所不忍睹。」蘇軾〈題毛女眞〉詩：「霧鬢風鬟木葉衣。」

浣溪沙❶

李清照

【導讀】

李清照這位才情卓犖、胸襟豪邁的女詞人在舊時代卻完全被剝奪了參預廣闊生活的權利，她只能把全部身心集中在婚姻生活方面，她常常爲相思別離所苦，爲「酒意詩情誰與共」(〈蝶戀花〉)而嘆惋，於是藉詞章盡情吐出。

這首詞以清新精麗的詩筆，寫出她傷春怨別的心情。「淡雲來往月疏疏」句寫景極清疏淡遠、富有韻致。詞中以心情的慵倦、華美而冷寂的生活環境來表現念遠之情，極婉約之旨。

髻子傷春慵更梳❷，
因爲傷春，我無心把頭髮梳理，

晚風庭院落梅初，
晚風吹入庭院，梅花片片飛落滿地。

淡雲來往月疏疏。
淡雲在天際浮游來去，清疏的月光一縷縷透出雲隙。

玉鴨薰爐閒瑞腦❸，
朱櫻斗帳掩流蘇❹，
通犀還解辟寒無❺。

玉鴨薰爐冷冰冰，龍腦香已經燃盡，
繡著紅櫻桃的帳子流蘇低掩，
屋裡空寂淒清。
聽說通犀能夠避寒，
這犀角梳可能溫暖我的心？

【注釋】

❶王仲聞《李清照集校注》卷一將此詞列爲「存疑之作」；《全宋詞》以此首爲李清照作品。❷髻子句：《詩經・衛風・伯兮》：「自伯之東，首如飛蓬。豈無膏沐，誰適爲容。」此處暗用其意，明寫傷春，其實主要爲怨別。❸玉鴨薰爐：指鴨形香爐。李商隱〈促漏〉詩：「睡鴨香爐換夕陽。」❹朱櫻斗帳：指繡或繪有紅櫻桃花紋的小型方帳。《集韻》：「斗帳，小帳也，形如覆斗。」溫庭筠〈偶遊〉詩：「紅珠斗帳櫻桃熟，金尾屏風孔雀閒。」流蘇，龐元英《文昌雜錄》卷五云：「流蘇，五彩毛雜而垂之。摯虞〈決疑要注〉曰：『凡下垂爲蘇。』」五彩羽毛或絲絨製成的下垂。穗子，稱流蘇。王維〈扶南曲歌詞〉：「翠羽流蘇帳。」❺通犀句：《開元天寶遺事》卷上：「開元二年冬至，交趾國進犀一株，色黃似金。使者請以金盤置於殿中，溫溫然有暖氣襲人。上問其故。使者對曰：『此辟寒犀也。頃自隋文帝時，本國曾進一株，直至今日。』」通犀：《漢書・西域傳》：「通犀翠羽之珍。」注引如淳曰：「通犀謂中央色白通兩頭。」此處似指犀角梳。

附錄：原序

詞學極盛於兩宋，讀宋人詞當於體格、神致間求之，而體格尤重於神致。以渾成之一境爲學人必赴之程境，更有進於渾成者，要非可躐而至，此關係學力者也。神致由性靈出，即體格之至美，積發而爲清暉芳氣而不可掩者也。近世以小慧側艷爲詞，致斯道爲之不尊；往往塗抹半生，未窺宋賢門徑，何論堂奧！未聞有人焉，以神明與古會，而抉擇其至精，爲來學周行之示也。彊村先生嘗選《宋詞三百首》，爲小阮逸馨誦習之資；大要求之體格、神致，以渾成爲主旨。夫渾成未遽詣極也，能循塗守轍於三百首之中，必能取精用閎於三百首之外，益神明變化於詞外求之，則夫體格、神致間尤有無形之訢合，自然之妙造，即更進於渾成，要亦未爲止境。夫無止境之學，可不有以端其始基乎？則彊村茲選，倚聲者宜人置一編矣。

中元甲子燕九日，臨桂況周頤。

國家圖書館出版品預行編目資料

宋詞三百首／(清)朱祖謀原著；沙靈娜譯注.
——二版.——臺北市：五南圖書出版股份有限公司，2013.12
面；　公分
ISBN 978-957-11-7352-8（平裝）

833.5　　102019438

中國經典　05

8R13

宋詞三百首

原　　著— 清・朱祖謀
譯　　注— 沙靈娜
發 行 人— 楊榮川
總 經 理— 楊士清
總 編 輯— 楊秀麗
副總編輯— 蘇美嬌
責任編輯— 邱紫綾
封面設計— 童安安
出 版 者— 五南圖書出版股份有限公司
地　　址：106台北市大安區和平東路二段339號4樓
電　　話：(02)2705-5066　　傳　　真：(02)2706-6100
網　　址：https://www.wunan.com.tw
電子郵件：wunan@wunan.com.tw
劃撥帳號：01068953
戶　　名：五南圖書出版股份有限公司

法律顧問　林勝安律師事務所　林勝安律師

出版日期　2008年8月初版一刷
　　　　　2012年3月初版四刷
　　　　　2013年12月二版一刷
　　　　　2021年8月二版三刷

定　　價　新臺幣380元

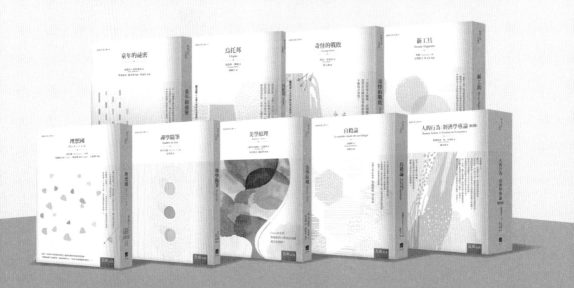